Helene Luise Köppel

Die Affäre Calas

HELENE LUISE KÖPPEL, 1948 geboren, lebt in Schweinfurt. Ihre Romane *Die Ketzerin vom Montségur* (2002), *Die Erbin des Grals* (2003) und *Das Gold von Carcassonne* (2005) handeln vom dramatischen Schicksal der Katharer und den Mythen um den Heiligen Gral.

Als ihre Tante in Toulouse stirbt, erbt die junge Nürnberger Anwältin Sandrine Feuerbach außer zwei Anwesen in Südfrankreich auch ein Geheimnis: Sandrine ist eine echte Calas, und damit wird die grausame »Affäre Calas« zu einem Teil ihrer Familiengeschichte. 1761 war der älteste Sohn der Hugenottenfamilie unter rätselhaften Umständen ums Leben gekommen. Die mysteriöse Bruderschaft der Weißen Büßer beschuldigte den Vater, ihn ermordet zu haben, weil er zum katholischen Glauben konvertieren wollte. Obwohl es keine Beweise gab, wurde der Vater hingerichtet. Voltaire klagte den Fall als Justizverbrechen an, aber das Geschehen wurde nie aufgeklärt.

Kaum hat Sandrine mit Hilfe ihres Jugendfreundes Henri begonnen den alten Vorgängen nachzuforschen, verschwindet Henri spurlos. Sie selbst wird in ihrem Haus überfallen. Erst Monate später kann sie, von einer Freundin begleitet, die Suche nach Henri aufnehmen. Alle Spuren führen zu noch heute einflussreichen Geheimbruderschaften, die bereits beim Fall Calas nicht vor Mord zurückschreckten.

Die historischen Hintergründe dieses packenden Geschehens wurden von Helene Luise Köppel akribisch recherchiert und bestechend miteinander verflochten.

Helene Luise Köppel

Die Affäre Calas

Thriller

aufbau taschenbuch
AUFBAU VERLAGSGRUPPE

Mit der vorliegenden Geschichte sollen weder ganz noch teilweise tatsächliche Ereignisse dokumentiert, sondern Leser unterhalten werden. Die Gegenwartshandlung sowie die in ihr agierenden Personen sind frei erfunden. Anklingende reale Sachverhalte, die als Impuls für den Handlungsablauf dienten, werden im Anhang erläutert.

ISBN 978-3-7466-2370-2

Aufbau Taschenbuch ist eine Marke der Aufbau Verlagsgruppe GmbH

1. Auflage 2008

Umschlaggestaltung Mediabureau Di Stefano
unter Verwendung eines Fotos von Jeremy Horner/Corbis
Druck und Binden AALEXX Druck GmbH, Großburgwedel
Printed in Germany

www.aufbau-taschenbuch.de

»Nein, mein Herr, nichts soll mich abhalten,
daß ich nicht alles unternehme,
um unsere Unschuld darzuthun;
lieber will ich verurtheilt sterben,
als leben und schuldig geglaubt werden.«

Auszug eines Briefes
der verwitweten Frau Calas
vom 15ten Brachmonat 1762

»Unser Ziel muß sein,
die Fanatiker
um ihren Einfluß zu bringen.«

Voltaire, Für Wahrheit und Menschlichkeit

Die Entscheidung

Als ich zum ersten Mal vom Fall Calas hörte, hätte ich nicht im Traum daran gedacht, dass diese furchtbare Geschichte, die sich vor fast zweihundertfünfzig Jahren in Toulouse ereignete, mit meinem Leben verknüpft sein könnte, ja geradezu schicksalhaft mit ihm verbunden. Man müsse an ein »Sejanisches Pferd« denken, hatte Dr. Amberg, einer der Psychologen von St. Agatha in Luzern, gemeint, als wir die Geschehnisse besprachen, die zu den Mordanschlägen auf mich geführt hatten.

»Ein Sejanisches Pferd?« Ich war verwirrt. »Trojanische Pferde sind mir ein Begriff, aber Sejanische?«

Amberg lachte. »Die Römer sagten von einem Menschen, der unter merkwürdigen Umständen an seinem Besitz scheitert, er habe ein Sejanisches Pferd. In Ihrem Fall, Frau Feuerbach, scheint es darauf hinauszulaufen. Sie müssen wissen, dass Sejanus ein prachtvolles Pferd aus dem Gestüt des Diomedes besaß. Als er im Jahr 44 vor Christus eines unnatürlichen Todes starb, gelangte das Tier nacheinander in die Hände verschiedener Männer. Und auch sie alle kamen vorzeitig ums Leben. Ihr Haus und ihre Familien gingen zugrunde. Die Römer brachten das auffallende Unglück dieser Leute mit dem Besitz des Sejanischen Pferdes in eine ursächliche Verbindung.«

Ungläubig schüttelte ich den Kopf. »Sie denken allen Ernstes, dass die Papiere, die ich geerbt habe, auf irgendeine Weise gefährlich sind?«

Amberg lachte wieder. »Nein. Gegenstände rächen sich wohl ebenso wenig wie Tiere. Nicht Ihre Papiere sind gefährlich, ihr Inhalt oder ihr Wert ist es, welcher die Gier anderer anstacheln könnte. Denken Sie nur an den Koh-i-Noor, der angeblich jedem Besitzer Unglück bringen soll.«

»Ich verstehe. Die Briefe bleiben einzig wegen ihres Inhalts oder Verfassers für jeden gefährlich, der sie in seinem Besitz hat.«

»Möglicherweise. Und hier beginnt das, was ich mit Vorsorge meinte. Sie müssen Vorsorge treffen, dass Sie nicht ein zweites Mal in Gefahr geraten. Sie nicht und nicht derjenige, der irgendwann Nachbesitzer Ihres … nun, sagen wir ruhig, Ihres ›Schatzes‹ wird.«

»Sie haben recht, Doktor«, sagte ich so entschlossen wie nie zuvor in den zurückliegenden Monaten und traf eine Entscheidung, die ich längst hätte treffen müssen. »Ich werde morgen abreisen!«

Überrascht legte der Psychologe den silbernen Kugelschreiber zur Seite, mit dem er sich Notizen gemacht hatte.

»Warum wollen Sie Hals über Kopf unser Sanatorium verlassen? So war das nicht gemeint. Sie sollten wenigstens noch vier Wochen … Sie brauchen die Sicherheit noch immer.«

»Ich will zurück nach Toulouse.«

»An den …«, er räusperte sich, »an den Ort des Geschehens? Was versprechen Sie sich davon?«

»Nichts. Überhaupt nichts. Oder doch: endlich Ruhe zu finden.«

»Die haben Sie hier auch.«

»Eine Ruhe, die anfängt, mich zu lähmen. Ich will meine Zeit nicht länger totschlagen. Was ich suche, werde ich finden, wenn ich die Affäre Calas aufgeklärt habe. Ich kann gewisse Dinge nur in Toulouse veranlassen.«

Verwundert sah mich der Psychologe an. Dr. Aaron Amberg war ein freundlicher Mann in den Fünfzigern. Silberdurchzogenes rötliches Haar, warme Augen.

Ich lachte. »O nein … Ich bin nicht verrückt.«

»Nein, natürlich nicht«, beeilte er sich zu sagen. »Sie sind nur ein wenig aus dem Gleichgewicht geraten durch das, was Ihnen widerfahren ist. Ihr Bild von einem perfekten Leben ist zerbrochen, aber Sie sind es nicht.«

»Ja, und gerade das bestätigt mich in meiner Auffassung, dass ich zurückmuss, um dort anzuknüpfen, wo die Fäden gerissen sind.«

»Das ist ein Trugschluss, Frau Feuerbach. Solange Sie sich weigern, die Brüchigkeit des Lebens zu akzeptieren, stecken Sie nur den Kopf in den Sand. Lassen Sie sich noch ein wenig Zeit. Nach Auflehnung, Wut und Trauer kommt irgendwann die Akzeptanz. Dann wird es Ihnen besser gehen.«

»Ich flüchte ja nicht«, widersprach ich energisch, und das allein gab mir den Mut, die Ära der Sanatorien tatsächlich hinter mich zu bringen, »aber ich habe eine Entscheidung getroffen. Ich will die Geschichte in aller Ruhe aufschreiben, eine Möglichkeit der Verarbeitung, die Sie selbst mir empfohlen haben. Doch auch das kann ich nur in Toulouse.«

»Nur in Toulouse?« Amberg schüttelte den Kopf. »Schreiben kann man überall. Aber ich kann Sie natürlich nicht halten, wenn Sie so fest entschlossen sind. Sie sind frei, Sandrine Feuerbach ...« Er studierte die vor ihm liegende Karteikarte. »Geborene ... Ach ja, da steht es. Eine halbe Französin ...«

Ich nickte. »Mein Vater ...«

Zögerlich steckte der Psychologe den Stift in seinen weißen Kittel und die weiße Karteikarte in eine weiße Mappe (Weiß galt es zu fliehen) und erhob sich. »Tja, ich bin jederzeit für Sie da, wenn Sie mich brauchen, Sie können mich auch ambulant konsultieren.« Er schwieg einen Moment. »Aber in Toulouse gibt es ebenfalls gute Ärzte«, sagte er abschließend und schüttelte mir lange die Hand.

Als mir Schwester Moni am späten Nachmittag die gewünschten Atteste und die Rechnung brachte, meinte sie, ich sähe blass aus und müsste etwas mehr essen. Ich selbst fand das nicht. Im Gegenteil. Abgesehen von der hässlichen, noch immer leicht entzündeten Narbe, die sich quer über meine Stirn zog, fand ich mein mager gewordenes Gesicht eher interessant. So schmal hatte ich schon immer sein wollen. Glücklicherweise hatte ich Vaters dichte Haare geerbt, mit denen sich durchaus das Kainsmal verdecken ließ, so es eines war. Ein paar Millimeter noch – ich zupfte täglich an ihnen herum, damit sie schneller wuchsen – und es würde künftig nur noch dem Wind möglich sein, das Zeugnis der Tat an mir aufzudecken – oder zärtlichen Händen.

Nicht Sams Händen. Nein, das auf keinen Fall.

Beim Packen lobte ich mich selbst für meinen spontanen Entschluss. Doch je kahler die weißen Zimmer um mich herum wurden, je voller die Koffer, desto mehr trat die Angst an die Stelle des herrlichen Gefühls, bald wieder frei zu sein. Als ich fertig war, zitterte ich wie ein Süchtiger auf Entzug. Amberg hatte recht. Ich war noch immer auf Sicherheit angewiesen, und Sicherheit konnte man nicht einpacken und mitnehmen. Schade auch, dass es mir offenbar an Vorstellungskraft fehlte, meine Ängste und Sorgen auf eine andere Ebene zu transportieren, sie beispielsweise den am Haus vorbeifahrenden Lastwagen aufzuladen, die sie ungefragt mitnehmen würden. Ich fand die »Imaginationen«, die hier im Haus angeboten wurden, ziemlich einleuchtend, doch funktionierten sie bei mir nur selten. Amberg meinte, dass ich mich dagegen sperrte, denn an Phantasie mangelte es mir nicht. Sicher hatte er recht damit.

Irgendwann hatte er mir diese Tabletten gegeben, rosafarbene, Tranquilizer, um meine Ängste in Schach zu halten.

Ich riss eine neue Packung auf, holte ein Glas Wasser und schluckte eine Tablette. Dann band ich mir meinen dicken roten Schal um den Hals und trat auf den winzigen Balkon hinaus, der wie ein Schwalbennest an dem größeren meiner beiden Zimmer klebte. Auf den anderen Nestern rechts und links von mir hielt sich niemand auf, weil es kalt und windig war. In seiner winterlichen Wildnis sah der Sanatoriumsgarten so trostlos aus wie Sams Miene, als er nach seinem letzten Besuch hier wieder nach Nürnberg fuhr.

Nebel hatte die umliegenden Berge verschluckt und war schon dabei, die hohen schwarzen Tannen einzuspinnen, die das Anwesen säumten. Rasch trat ich ins Zimmer zurück, bevor der graue Schleier mich entdeckte, und schloss mit Nachdruck die Tür.

Teil 1

DIE ERBSCHAFT

I

»Das wäre etwas Schönes, wenn man seine Seele sehen könnte.«
Voltaire, Fragen der Weltanschauung

Im Zug nach Straßburg – 8.15 Uhr

Endlich im Zug Richtung Straßburg. Nachdem ich meinen Koffer und mein Handgepäck verstaut habe, träume ich mit geschlossenen Augen vor mich hin. Keine Lust, zu lesen oder mir weitere Notizen zu machen. Keine rechte Lust auch, mich mit den anderen Reisenden zu unterhalten. Bin ich tatsächlich faul geworden in den langen Monaten, die ich in wechselnden Sanatorien verbracht habe, faul und träge?

Bei Voltaire las ich kürzlich einen Satz, der mich seltsam angerührt hat: »Was bleibt zu tun, nachdem wir uns mächtig zugesetzt haben? Ein sanftes Leben zu führen in friedlicher Gelassenheit und zu lachen.«

Man wird sehen, was zu tun bleibt.

»Sandrine, in diesem Sommer besuchst du Tante Charlotte!« Mutter strich sich zum wiederholten Mal dieselbe dünne blonde Haarsträhne aus der hohen Stirn.

»Warum kann ich nicht mit euch kommen?« Ich heulte. »Ich möchte auch ans Meer! Ich will nicht bei Tante Charlotte bleiben. Ich kenne sie nicht mal.«

Mit tränenverschleierten Augen starrte ich auf das vergilbte Foto, das sie mir in die Hand gedrückt hatte. Ich war sieben, und fremde Leute machten mir Angst. Diese strenge Frau, die ich da vor mir sah, ganz besonders.

»Es tut mir leid, aber es geht nicht anders, Kleine«, hatte Mutter seufzend gesagt und angefangen, hektisch die überall herumliegenden Wäschestöße auf die offenstehenden Koffer zu verteilen, zwei für die Eltern, einer für mich. Sie hatte rote Wangen vor Aufregung, Reisefieber.

»Papa und ich, wir haben zu reden«, sagte sie ein wenig später, fast abwesend. »Wir müssen einige Dinge besprechen, die für unsere Zukunft entscheidend sind, da bliebe kaum Zeit für dich, Sandrine. Sei also vernünftig und hör zu weinen auf. Im nächsten Jahr fahren wir alle zusammen ans Meer. Und Tante Charlotte nehmen wir mit. Du wirst sehen, sie ist sehr nett ...«

Wir fuhren nie mehr zusammen ans Meer, doch aus meinem ersten Aufenthalt bei meiner Tante wurden viele. Herrliche, zauberhafte Sommer in Toulouse und in Castelnaudary, wo sich ihr Landhaus befand.

Schlank, ja fast hager, mit ausrasierten Brauen, rotem langem Rock und spöttisch verzogenem, knallrot geschminktem Mund hatte Charlotte in der hohen Eingangstür ihres ziegelroten Toulouser Anwesens in der Rue de la Dalbade gestanden, um uns willkommen zu heißen. Völlig überwältigt von dem Erlebnis, auf jemanden zu treffen, der mit mir verwandt war und dennoch ganz anders redete als der Rest meiner damaligen Welt, hatte ich sie nur stumm angestarrt. Ihr eisgraues gänzlich glattes, aber gepflegtes Haar war rechts gescheitelt und hing ihr bis auf die Schultern. Die Augen, die das schmale Gesicht beherrschten und mich unausgesetzt musterten, waren vom gleichen eisigen Grau. Doch als Charlotte anfing, mich anzulächeln, begannen sie zu strahlen.

Ich lachte zurück, und das Eis war gebrochen.

»Du kannst das, meine liebe Sandrine!« Wie oft habe ich diesen Satz von ihr gehört. Ihm habe ich viel zu verdanken. Ja, wohl auch, dass ich Jura studierte und Anwältin wurde.

Nachdem die Eltern weitergefahren waren, eröffnete mir Charlotte, dass sie mich in den nächsten Tagen die wichtigsten Wörter der französischen Sprache lehren würde. Später würden wir mit dem Dienstmädchen Marie aufs Land hinausfahren, nach Castelnaudary, wo es Kinder in meinem Alter gäbe.

Charlotte hatte wie Vater eine erstklassige Bildung genossen und sprach fast akzentfrei deutsch. Aber ich sollte ja ihre Sprache lernen.

Als es soweit war – in meinem Kopf wuselten bereits französische Ausdrücke wie Ameisen herum –, hatte Charlotte in aller Früh ihren alten cremefarbenen Citroën Licorne aus der Garage geholt, ihn eigenhändig auf Hochglanz poliert, Öl und Wasser nachgefüllt und probeweise gestartet. Dann stopften wir unzählige Kisten und Koffer hinein, auch den meinen, den ich erst gar nicht ganz ausgepackt hatte, und fuhren los. Maries dünnes Haar flatterte im Wind (der Licorne war ein Cabrio), sie lachte über das ganze Gesicht und hielt hartnäckig eine riesige schwarze Kuchenform umklammert, die sie auf ihrem Schoß transportierte, weil im Fond dafür kein Platz mehr war.

Wenn ich die Augen schließe, erinnere ich mich, dass der Brioche verführerisch nach Zitrone geduftet hatte.

»Sandrine, das ist Armand, der Älteste der Balottis von nebenan. Aber jedermann ruft ihn ›Chicotin‹«, erklärte mir meine Tante, als am Morgen nach unserer Ankunft plötzlich ein dunkelblonder Junge in ihren Garten spazierte, der offenbar sehnsüchtig darauf wartete, dass die Schaukel frei würde, auf der schon seit einer Stunde dieses fremde Mädchen saß.

Ich sprang mit einem Satz ab und reichte ihm stumm die Hand. Armand war einen Kopf größer als ich.

»Nun frag ihn schon, Sandrine«, sagte Charlotte, die Arme voller bunter Bonbondahlien, die sie überall im Haus verteilen wollte, und sie stupste mich aufmunternd mit dem Ellbogen in die Seite. »Frag ihn, woher er diesen Namen hat. ›Chicotin‹. Los, du kannst es!«

Die Röte schoss mir ins Gesicht, als ich meinen ersten französischen Satz zusammenstotterte.

Armand lachte, wobei neben seinen Mundwinkeln zwei Grübchen erschienen.

»Du redest aber komisch! Ich heiße so, weil es im Wald Pilze gibt, die so aussehen wie meine Sommersprossen, sagt mein Vater. Die Chicotins! Sieh sie dir nur an« – er deutete auf seine Nase –, »dort wachsen sie jedes Frühjahr wie die Pilze!«

»*Très jolie*«, antwortete ich höflich, obwohl ich kaum ein Wort verstanden hatte und mir auch nicht vorstellen konnte, was sein Name mit seiner Nase zu tun haben sollte, aber ich überließ ihm großmütig die Schaukel, die der alte Eugène am stärksten Ast des dicken Maulbeerbaums extra für mich angebracht hatte.

Tags darauf machte mich Chicotin mit seiner Bande bekannt. Da war sein bester Freund, Henri-foutre, der »Taugenichts«, wie er sich selbst voller Stolz nannte. Ein dunkler, seltsamer Junge mit feurigen Augen, der nur so vor Einfällen sprühte. Seine Eltern, die den sonderbaren Namen Gagnepain trugen – der Vater war aber kein Bäcker, wie ich lange Zeit annahm, sondern Polizist –, verbrachten die Sommerferien stets in Castelnaudary bei Verwandten. Marceau, ein gleichfalls achtjähriger, ein wenig dicklicher Junge mit runder Brille, still, in sich gekehrt, wollte unbedingt ein guter Arzt werden wie sein Vater und sein Großvater, die in ganz Toulouse berühmten Serralongues. Ihre Praxis lag ebenfalls in der Rue de la Dalbade, Charlottes Haus schräg gegenüber und nahe dem alten Hôtel de Clary mit seiner monumentalen Steinfassade aus dem 16. Jahrhundert, an der ich noch heute nicht vorüberlaufen kann, ohne die hervorkragenden Masken, Menschen- und Tierköpfe zu bewundern und immerfort Neues zu entdecken. Das Landhaus der Serralongues befand sich allerdings am anderen Ende von Castelnaudary.

Unvergessen auch die blasse Inès Rimbau, die direkt am Canal du Midi in einem kleinen, fast völlig von Kapuzinerkresse umwucherten Fischerhäuschen lebte und das ganze Jahr über an Schnupfen litt. Aus diesem Grund durfte sie auch niemals barfuß laufen. In ihrem Schlepptau befand sich ihre vier Jahre jüngere Schwester Anaïs, die es meist an den Ohren hatte – es war wirklich dramatisch mit den beiden – und deswegen ständig ein rotes Käppchen trug. Mit dem ernsten, herzförmigen Gesichtchen und den dunklen Augen erinnerte mich die Kleine an das Märchen vom Rotkäppchen. Und tatsächlich gesellte sich zu meiner ausgelassenen Freude auch bald ein Wolf zu uns, ein alter räudiger Kater, den die Jungen seit Jahren kannten und Loup riefen. Rotkäppchen jedoch stellte sich als quengelig heraus, wenn auch schauspielerisch höchst begabt. Hatte sie mit ihrer ständigen Aufforderung, mit ihr *à la bacule* zu spielen (eine wilde Angelegenheit, bei der sie von uns Großen an Armen und Füßen ergriffen und heftig hin- und hergeschaukelt wurde), keinen Erfolg, so brach sie in leidenschaftliche Tränen aus. Krokodilstränen. Zu unserem Verdruss besaß sie keine »märchenhafte« Großmutter, die sie hätte besuchen können (die Mutter der Mädchen musste auch in den Ferien arbeiten, denn Monsieur Rimbau war ertrunken, als er einen Touristen aus dem Kanal hatte retten wollen). Kurz: Das Rotkäppchen war uns oft lästig.

Charlottes Rechnung jedoch war aufgegangen. Es dauerte nicht lange, bis ich mich mit meinen neuen Freunden halbwegs verständigen konnte (ausgenommen Loup, der immer fauchte, wenn er mich sah). Dennoch kapierte ich längst nicht alles, was die Bande schwatzte, vor allem Henri-foutre konfrontierte mich oft mit Ausdrücken, die in dem »Ersten französisch-deutschen Wörterbuch für Kinder«, das mir Charlotte in die Hand gedrückt hatte, nicht vorkamen. Alle gaben sich aber größte Mühe mit mir und umschrieben weitschweifig nicht nur die gebräuchlichsten Schimpfwörter, sondern erklärten obendrein alles in ihren Augen Wissenswerte über Frankreich, nicht zuletzt, weil sie meinten, dass ich damit zu Hause, in der Schule, angeben könnte. Was ich auch ausgiebig machte.

2

»Ein Teil meiner Wünsche ist erfüllt;
ich wollte nichts als Toleranz …«
Voltaire, Für Wahrheit und Menschlichkeit

Im Zug nach Straßburg – 9.30 Uhr

Der Anfang ist gemacht. Das Schreiben fiel mir wider Erwarten leicht. Ein kurzer Rückblick auf die schönste Zeit in meinem Leben, auf Castelnaudary, die Bande um Chicotin …

Kinder- und Jugendfreundschaften sollen angeblich lange halten, dennoch nimmt man sie nur selten mit hinüber ins ernste Leben.

Doch manchmal trifft man wieder auf jemanden von früher … Zufällig?

Es war an meinem dreiunddreißigsten Geburtstag, als mich Maries Anruf erreichte.

Charlotte war tot. Eine Welt brach für mich zusammen. Meine Kindheit und meine Jugend, die unbeschwerten Zeiten, waren nun endgültig vorüber. Ich fühlte mich so elend, dass ich den wenigen Gästen absagte, die ich zum Abendessen eingeladen hatte, und mich lieber mit einer Wärmflasche in mein Bett verkroch. Nicht einmal der Tod meiner Mutter hatte mich so mitgenommen.

Sam, der mich vielleicht hätte trösten können, war wieder nicht da.

Als Vertriebsleiter einer großen Druckerei musste Samuel Feuerbach häufig in die USA und nach England reisen. Insgeheim hatte ich damals längst den Verdacht, dass er, wie vor einem halben Jahr, seine geschäftlichen Beziehungen irgendwo privat vertiefte. Doch mein eigener Beruf brachte es mit sich, dass ich nicht selten am Wochenende Akten studieren musste, so dass ich Sam nicht ernsthaft vermisste.

Nein, ich will ehrlich sein (gewiss, Dr. Amberg, ich werde

mich bemühen, ab sofort nicht mehr den Kopf in den Sand zu stecken!): ich scheute davor zurück, irgendwelche Nachforschungen anzustellen, die unausweichlich zu Auseinandersetzungen mit meinem Mann geführt hätten. Das alles hatten wir schon einmal durchgemacht.

Ich hatte also die halbe Nacht hindurch um Charlotte geheult. Am Morgen schluckte ich zwei Aspirin, puderte mir die Nase und stürzte aus dem Haus, um in meine Kanzlei zu fahren. »Ramon, du musst mir aus der Patsche helfen und den Fall Harry R. übernehmen. Tante Charlotte ist tot. Ich muss noch heute fahren. Wir können per Handy in Verbindung bleiben ... Was siehst du mich so entgeistert an?«

Ramon Schneider, ein blutjunger Fachanwalt für Familien- und Strafrecht – ich teilte mit ihm seit einem halben Jahr meine Kanzleiräume am Burggraben, in Nürnbergs bester Lage –, war sichtlich schockiert. Ich erklärte ihm, dass man aus privaten Gründen keinen Prozess platzen lassen könne. »Doch ich muss nach Toulouse! Ich muss wirklich«, beschwor ich ihn.

Im Morgengrauen hatte ich kurz erwogen zu fliegen. Von Nürnberg bis Toulouse-Blagnac in viereinhalb Stunden. Das wäre phantastisch gewesen. Doch obwohl nach wie vor alle Statistiken beweisen, dass das Reisen mit dem Flugzeug viel ungefährlicher ist als das Autofahren, quält mich noch immer die Flugangst. Seit einem Beinahe-Zusammenstoß vor fünf Jahren, als eine Concorde auf dem JFK-Airport in New York zum Landen ansetzte, während meine Maschine gerade startete, bin ich nicht mehr geflogen. Schon wenn ich nur daran denke, beginne ich zu zittern, und es bricht mir der Schweiß aus allen Poren. Aus diesem Grund konnte ich auch Sam nicht mehr auf seinen Reisen begleiten. Leider hatte ich eine Verhaltenstherapie bislang immer abgelehnt. Das rächte sich jetzt.

Ramon schüttelte in gespielter oder auch echter Verzweiflung den Kopf. »Der Fall Harry R.!«, sagte er und rollte theatralisch die Augen. »Ausgerechnet. Ich fass es nicht. Ich geb mir die Kugel!«

Ich sah auf die Uhr. Mir blieb keine Zeit festzustellen, wie ernst er es meinte. Ich zog die Mappe mit den Prozessunterlagen aus dem Stapel und schnappte mir meinen langen schwarzen Mantel. Es war lausig kalt in Nürnberg. »Wir reden später weiter, Herr Kollege. Ich fahr jetzt zu Harry R. und dann zu Richter Müller!« Ich nickte Frau Münster, der Sekretärin, zu und ließ die Tür krachend ins Schloss fallen.

Kurze Zeit darauf erklärte ich meinem Mandanten in der Justizvollzugsanstalt Nürnberg, dass Ramon Schneider ein ausgezeichneter Anwalt sei, auf den ich mich voll und ganz verlassen würde. Außerdem wäre ich zu jeder Minute per Handy erreichbar und noch vor dem Schlussplädoyer wieder zurück. Notfalls würde ich fliegen, log ich, um ihn zu beruhigen.

Ich fuhr die Nacht auf regennassen, aber freien Autobahnen durch, hielt mich einzig mit dunkler Schokolade und Cola wach und kam am nächsten Nachmittag bei trübem Wetter und ebensolcher Stimmung in Toulouse an.

Die Stadt, die die Franzosen ihrer vielen alten Backsteinhäuser wegen »la ville rose« nennen, war an diesem Tag in ein eher malvenfarbenes Licht getaucht. Das obligatorische Veilchenfest stand vor der Tür. Charlotte hatte mir einmal erzählt, dass napoleonische Soldaten das Parmaveilchen von Italien mitgebracht hätten. Und es machte Furore. Seit langem war das Veilchen der ganze Stolz der Toulouser Blumenhändler mit ihren Gewächshäusern im Norden der Stadt, der Parfumhersteller und natürlich auch der unzähligen Pâtisserien, die in dieser Zeit von kandierten Veilchenblüten geradezu überquollen. Ich mag sie nicht, die Veilchen, weder riechen noch schmecken, sie sind mir zu süß. Toulouse jedoch erinnert mich tatsächlich immer ein wenig an Italien, auf der einen Seite prachtvolle Patrizierhäuser, auf der anderen ein Gewirr kleiner verwinkelter Gässlein.

Obwohl völlig übermüdet, stürzte ich mich entschlossen in den Stadtverkehr, überquerte nach etlichen Kreiseln den Canal du Midi und machte mich auf zum Friedhof De Terre Cabade. Seine säulenbewehrte Leichenhalle, palmengesäumt, erweckte den Anschein, als befände man sich mitten in Ägypten, was aber auch wieder irgendwie passte, wenn es um Tote ging.

Wachsbleich und sehr fremd lag Charlotte in ihrem Sarg aus Palisanderholz – helles Holz hatte sie immer gehasst –, die Hände mit den langen Fingern und den manikürten Nägeln gefaltet, das Haar wie einen halben Heiligenschein um ihren Kopf gebreitet, die schönen grauen Augen endgültig geschlossen. Mir zog es das Herz zusammen, und ich zitterte vor Trauer und Kälte. Nie mehr würde ich beobachten können, wie sie sich die Lippen schminkte, fuhr es mir lächerlicherweise durch den Kopf (etwas, das mich vor allem als kleines Mädchen fasziniert hatte, weil meine Mutter nie einen Lippenstift benutzte); niemals mehr würde ich sie lachen hören, so silberhell und auf- und abhüpfend. Nun hieß es Abschied zu nehmen für immer.

Niedergedrückt, mit pochenden Kopfschmerzen und noch müder als zuvor, verließ ich nach einer Weile die eisige Halle, um die Formalitäten für die Beerdigung zu klären, bevor die Angestellten ihren wohlverdienten Feierabend antraten. Dann würde ich endlich in die Rue de la Dalbade fahren. Doch ich scheute mich vor der Leere dort und den traurigen Augen der alten Marie.

Ich war erst wenige Schritte gegangen und überlegte gerade, wo sich ein Aspirin auftreiben ließe, als plötzlich das Handy klingelte. Rasch setzte ich meine Tasche ab, um die Hände freizuhaben, und drückte auf die Empfangstaste.

»Ja, hallo?«

»Sandrine …«

»Ja? Bist du es, Sam?«

»Hm … Es tut mir leid, das mit Charlotte. Ich hab es gerade erst erfahren. Wo steckst du?«

»Ich bin bereits in Toulouse. Wieso hast du meine SMS erst jetzt gelesen?«

Sam atmete hörbar. Dann sagte er leise: »Ich ... äh, das Handy war nicht aufgeladen.«

»Aha«, sagte ich, während ich mich blitzartig an ein ähnliches Telefongespräch erinnerte. Ich spürte, wie der Kloß in meinem Hals anfing zu wachsen. »Danke übrigens für die Rosen zum Geburtstag.«

»Schon gut ... wenn ich demnächst wieder in Nürnberg bin, dann ...«

»Das heißt, du fliegst nicht nach Toulouse, zur Bestattungsfeier?«

»Nein ... Ich ... ich hab zwei wichtige Konferenzen, Sandy, tut mir leid.«

Ich starrte auf das Handy in meiner Hand, das ich weit weg von mir hielt, als ob es ein Fremdkörper wäre und mir gar nicht gehörte. Dabei fiel mein Blick auf ein Blumenbeet: Rosenstöcke, die mit jetzt nadellosen Tannenreisern bedeckt waren, letzte Schneereste. Direkt vor dem Beet hatte ein Hund sein Geschäft hinterlassen.

Ich hielt das Handy wieder an mein Ohr. »Konferenzen? Sag, dass das nicht wahr ist, was ich gerade denke«, flüsterte ich mit benommenem Kopf und angeekelt von dem Kothaufen. »Ist da wieder eine Frau?«

»Rede dir jetzt bloß nicht ein, dass es deine Schuld ist, Sandrine!«

»Wieso meine Schuld? Was meinst du damit?«

»Ach nichts«, sagte mein Mann. »Vergiss es ...«, und dann beendete er das Gespräch.

Seine Stimme ... sie hatte genauso spröde geklungen wie damals, und er hatte keinen Versuch unternommen, mich zu beruhigen.

»Oh, mein Gott«, stieß ich hervor.

Charlotte war überzeugte Atheistin gewesen, demzufolge fand die Beerdigung ohne Priester statt. Einer ihrer Freunde,

Fernand Laroque, ein Literat alter Schule, hatte mit ihr ein Abkommen getroffen, dass derjenige, der den anderen überlebte, die Traueransprache halten sollte. Nun schien es aber, als ob Monsieur Laroque Charlotte zu sehr gemocht hätte, denn er war nicht in der Lage, ihr diesen letzten Liebesdienst zu erweisen und die sicherlich würde- und stilvolle Ansprache, die er vorbereitet hatte, zu Ende zu bringen. Ja, er kam im Grunde genommen nicht einmal über den ersten Satz hinaus, und er tat mir unendlich leid. Noch mehr aber tat ich mir selbst leid an diesem Tag. Bis heute Mittag hatte ich gehofft, dass Sam doch noch käme. Ich rief sogar im Flughafen an, um mir die Flüge aus London durchgeben zu lassen. Er war nicht gekommen.

Ich unterdrückte ein Gähnen. Die halbe Nacht hatte ich mir seinetwegen um die Ohren geschlagen. Befand sich Sam bereits in der Midlife-Crisis? Zugegeben, sein Haar wurde schon grau an den Schläfen, aber was bewies das … Ich solle mir nicht die Schuld geben … Die Schuld wofür? Dass er mich wieder betrog wie vor einem halben Jahr? Es ist vorbei, hatte Sam gesagt, als er zu mir zurückkam, ein für alle Mal. Und ich hatte mich darauf verlassen, fest darauf verlassen …

»Meine liebe Sandrine, verehrte Freunde, werte Trauergäste, unsere gute Freundin Charlotte ist von uns ge…«, sagte Laroque schon zum zweiten Mal, um erneut den angefangenen Satz mit einem trockenen Schluchzen zu beenden. Nun entfaltete er auch noch umständlich sein blütenweißes Taschentuch und hielt es sich vor das Gesicht. Seine Schultern zuckten, so sehr musste er weinen. Da erbarmte sich Doktor Arsène Serralongues, Marceaus Vater, und führte Laroque hinaus.

Sofort kam Unruhe auf. Einige Trauergäste – es waren gut hundert gekommen – drehten sich nach mir um. Der Harmoniumspieler meinte es gut und stimmte, um die Zeit zu überbrücken, bis der Arzt zurückkehrte, *Célébrons le Seigneur* an. Die wenigsten sangen, wussten sie doch, dass Charlotte zeitlebens alles abgelehnt hatte, was mit Gott und der Kirche zusammenhing.

Plötzlich trat ein kleiner untersetzter, aber gutgekleideter Mann mit randloser Brille vor die Trauergemeinde, und ich erkannte zu meiner Freude Marceau Serralongues. Wie lange hatte ich ihn nicht mehr gesehen? Bestimmt über fünf Jahre! Marceau, dessen Haare sich bereits lichteten, bat in seiner ruhigen, besonnenen Art den Klavierspieler innezuhalten. Dann sagte er: »Madame Charlotte d'Alonges ist am vorigen Dienstag im Alter von vierundachtzig Jahren von uns gegangen. Wer sie kannte, hat sie über alle Maßen geschätzt. Sie war kein Mensch, der viele Worte machte, sondern eine Frau der Tat, zupackend, helfend, immer zur Stelle, wenn sie gebraucht wurde. Wir alle werden sie vermissen.«

Er trat vor den über und über mit weißen Lilien geschmückten Sarg, verbeugte sich und sagte: »Charlotte d'Alonges – ruhe in Frieden.« Und zu mir und zur Trauergemeinde gewandt: »Liebe Sandrine, ich nehme an, dass es dir recht ist, wenn wir deine Tante nun zu ihrer letzten Ruhestätte geleiten.«

Irgendwie erleichtert, erhoben sich alle von den Bänken.

Als endlich der Sarg in die Familiengruft der d'Alonges hineingeschoben wurde, die zwischen so illustren Grabstätten lag wie der des Poeten Maurice Magre und der des Marquis d'Hautpoul, stimmte Laroque plötzlich Charlottes Lieblingschanson an. Er hing noch immer am Arm des alten Serralongues und seine Stimme zitterte.

»*Non, rien de rien, non, je ne regrette rien!*«, sangen wir und weinten dabei um eine Frau, die wie die Piaf nie etwas bedauert hatte in ihrem prallgefüllten Leben.

Zumindest war mir bis zu diesem Zeitpunkt nie etwas darüber zu Ohren gekommen.

3

»… und nichts wäre gescheiter, als wenn man es
jedermann freistellte, ein Narr auf eigene Faust zu sein.«
Voltaire, Für Wahrheit und Menschlichkeit

Im Zug nach Straßburg – 10.00 Uhr
Der Zug rattert und saust. Das neue weinrote Kunstlederpolster riecht ekelhaft süßlich. Noch widerlicher als der Sanatoriumsgeruch der letzten Monate. Ich atme flach.

In Toulouse würde ich hart arbeiten! Die Notizen sichten, ergänzen, alles ins Reine schreiben. Keine Ärzte, keine Tabletten mehr, kein Sam, und vor allem keine Narren, die mir übelwollen.

Kein Sejanisches Pferd, das die Besitzer wechselt!

Nur ich und Charlottes kleiner romantischer Garten hinter dem Haus in der Rue de la Dalbade. Sicherlich blüht dort bald der Mandelbaum …

Nicht Marceau, nein, Henri-foutre lud mich ein, mit ihm zu Abend zu essen. Der »Taugenichts« war auf dem Friedhof erschienen, als alles vorüber war, und hatte sich bei mir tausendmal für seine Verspätung entschuldigt. Höchst erfreut über das Wiedersehen – ihn hatte ich noch länger, fast fünfzehn Jahre, nicht zu Gesicht bekommen –, willigte ich ein. Außerdem hatte ich wirklich keine Lust, mir erneut von Charlottes vorwurfsvoll tickender Standuhr Schuldgefühle wegen Sam einhämmern zu lassen, wie sie dies die beiden Abende zuvor getan hatte. Ein oder zwei Gläser Rotwein, vielleicht ein deftiges Cassoulet, dazu ein gutes Gespräch über alte Zeiten waren genau das, was ich brauchte, um die Erstarrung aufzubrechen, die mich erfasst hatte.

Ich wunderte mich ein wenig, dass Marceau sich Henri gegenüber so kühl verhielt, ja demonstrativ auf seine goldene Uhr sah und einen wichtigen Termin vorschob, um nicht mit uns ausgehen zu müssen. Obwohl er seine Ablehnung ziemlich offen zeigte, schien er uns sichtlich ungern allein zu lassen. Denn nachdem ich mich noch einmal für sein Einspringen bei der Trauerfeier bedankt hatte, zögerte er eine Weile, zog mit der rechten Fußspitze einen Kreis in den Sandweg des Friedhofes und meinte dann, als er mich auf die Wangen küsste:

»Für dich hab ich das gerne getan, liebe Sandrine, für dich und für Charlotte. Wenn du mich brauchst, du weißt, wo ich zu finden bin. Gib auf dich acht, hörst du!«

Ich hätte damals nicht sagen können, woran es lag, dass mich seine Worte beunruhigten. Es war weniger der Tonfall als ein gleichzeitiges kurzes Aufblitzen seiner braunen Augen, was mich stutzig machte. Gib auf dich acht, hörst du!?

Henri-foutre sah umwerfend aus. Groß, schlank, braungebrannt und das um diese Jahreszeit. Es schien, als suchte er regelmäßig das Solarium auf. Das dunkle Haar hing ihm in Locken bis knapp auf die Schultern, seine Augen leuchteten noch wie früher. Und er versprühte beim Diner seinen ganzen Charme, um mich aufzuheitern, wie er sagte. Er war witzig, aufmerksam, ein guter Unterhalter, so dass mir von den Nebentischen manch neidvoller Blick zugeworfen wurde. Von Charlotte wusste ich, dass er lange studiert hatte, Philosophie und Politikwissenschaften, außerdem dann noch Journalismus, doch er hatte in keinem Fach einen Abschluss gemacht, wie er schulterzuckend zugab, als wir bei der Crème brûlée angekommen waren.

Und das war offenbar seine persönliche Tragödie.

»Ein Taugenichts eben, Sandrine! Einen Doktortitel wie Marceau und du habe ich nicht aufzuweisen«, meinte er lapidar, so dass ich mich sofort veranlasst sah, ihn zu verteidigen.

Als ich ihn fragte, was er augenblicklich mache, brauchte er lange für seine Antwort. Er spielte weiter an der brennenden Kerze herum, die auf dem Tisch stand, knetete das weiche lilafarbene Wachs, zupfte kleine Stücke ab, rollte sie zu Kugeln und legte sie auf die gleichfarbige Serviette. Die »Fête de la violette« hatte auch das ehrwürdige *Hôtel du Grand Balcon* fest im Griff. Es fehlte nur noch, dass man die weißen Spitzenvorhänge gegen lilafarbene ausgetauscht hätte.

Schließlich sah er hoch. »Was ich mache? In diesem Moment schaue ich in ein Paar wunderschöne grüne Augen«, sagte er lächelnd. »Nein, ernsthaft, ich schreibe für ein Journal, eine Serie gewissermaßen, und rate, wer darin vorkommt.«

»Ich?«

Er schüttelte den Kopf und lachte.

»Nicht du – oder vielleicht doch, mal sehen. Ich bin ja erst am Anfang. Meine Protagonisten kommen und gehen, sie sind nicht gebunden an Ort und Zeit. Ich habe völlig freie Hand. Erinnerst du dich noch an *Monsieur le sucre*?«

»Das Zuckermännchen? Natürlich, wie könnte ich ihn jemals vergessen«, sagte ich versonnen.

Der alte Hausierer mit dem hüpfenden Gang war ein Relikt aus dem vorigen Jahrhundert und gerade deswegen *das* Ereignis für uns Kinder.

Nie habe ich seinen winzigen kahlen Kopf von etwas anderem bedeckt gesehen als einer altmodischen Baskenmütze aus löchrigem Chenille. Der Arme stotterte, dass es zum Erbarmen war, aber in seinem Bauchladen schleppte er das reinste Paradies mit sich herum. Er hatte sich für uns besondere Namen ausgedacht, was jedes Mal einen Sturm unbändiger Heiterkeit hervorrief. Erst viel später erkannten wir, dass er uns nach den Argonauten benannt hatte. Inès rief er stets »Ka... Ka...ssandra«, mich »Me... Medeia«, Chicotin hieß »Ka... Ka... Kastor« und der Taugenichts war der »I... I... Iason«.

»Du schreibst über ihn?«, fragte ich Henri erstaunt.

Wieder sah er mir tief in die Augen. »Ich schreibe über Originale, die es bald nicht mehr geben wird, wie zum Beispiel das Zuckermännchen ... aber man könnte auch sagen, ich schreibe eine Autobiographie, bevor es zu spät ist.«

»Ach, Henri«, sagte ich, »man macht mit solchen Dingen keine Scherze.«

Beim Begleichen der Rechnung bemerkte ich, dass Henris Brieftasche ziemlich leer war. Ich war irritiert, denn er war es gewesen, der das *Grand Balcon* vorgeschlagen hatte; es hätte auch weniger teure Restaurants gegeben. Ging es ihm schlecht? Zwar trug er ausgewaschene Jeans und einen dünnen hellblauen Rollkragenpullover unter einer schwarzen Lederjacke, die schon bessere Zeiten gesehen hatte, doch das war nichts Ungewöhnliches. Viele Leute kleiden sich heute leger, wenn sie zum Essen gehen (außer Sam natürlich, der in jeder Lebenslage elegant bleibt).

Als wir das Lokal verließen, bemerkten wir, dass es geregnet hatte. Dennoch schien es wärmer geworden zu sein. Ich schnupperte: Ja, hier, mitten in der Stadt, roch es plötzlich nach Frühling. Henri, der mich nach Hause begleiten wollte, schlug vor, den Weg zu nehmen, der unterhalb des verkehrsreichen Quais de Tounis, direkt an der Garonne vorbeiführte. Es tropfte von den Bäumen. Die schwarzen Laternen, die an der hohen Backsteinmauer des Quais befestigt waren, warfen ihr Licht weit hinaus auf die Garonne, so dass man nicht nur die Umrisse der alten Pont-Neuf sehen konnte, sondern scherenschnittartig auch das gegenüberliegende Ufer mit den Bauten des Faubourg Saint-Cyprien und den davorstehenden Weidenbäumen. Sanft kräuselte der Wind das Wasser.

Endlich fasste ich mir ein Herz und fragte Henri nach seinem Verhältnis zu Marceau.

»Wir sehen uns kaum«, war seine rasche Antwort. »Der Herr Professor hat zu viel zu tun.«

Hatte ich da soeben Neid herausgehört? Marceau war Arzt, aber kein Professor! Irgendetwas musste zwischen den beiden vorgefallen sein!

»Und Inès? Hast du mal was von ihr gehört oder von ihrer Schwester Anaïs?«

Henri schüttelte den Kopf, brummte unwillig und hielt sich die Nase zu, weil es am Ufer brackig roch. Wir gingen rascher. »Keine Ahnung, wohin es die beiden verschlagen hat«, sagte er wenig später, als der Gestank nachgelassen hatte. »Einige Zeit war Chicotin hinter der Kleinen her, aber sie hat ihm den Laufpass gegeben.«

»Tatsächlich?« Ich lachte. »Der gute Chicotin und das Rotkäppchen! Siehst du ihn manchmal? Was treibt er so?«

»Er ist Bildhauer geworden und ausgewandert. Nach Marokko. Schon vor sechs Jahren. Liebeskummer. Seitdem habe ich nichts mehr von ihm gehört.«

»Ach nein, wie schade«, meinte ich verwundert und verkniff mir weitere Fragen, nicht zuletzt, weil auch Henri sich offenbar mit irgendwelchen unbewältigten Kümmernissen herumschlug. Die Arbeit mit meinen Mandanten hatte mich gelehrt, dass man oft mehr von einem Menschen erfährt, wenn man seine eigene Neugierde zähmt.

Gedankenverloren gingen wir nebeneinanderher, bis wir zur Treppe kamen, die uns wieder nach oben brachte. Dort, auf dem Quai de Tounis, führte ein alter Mann seinen Pudel aus. Er grüßte freundlich, und der Hund wollte an mir hochspringen.

»Mal abgesehen von deinem Trauerfall – bist *du* wenigstens glücklich, Sandrine?«, fragte mich Henri, als die linke Hälfte des riesigen Turms der zinnenbekrönten Dalbade-Kirche in Sicht kam. Er war stehengeblieben und hatte nach meiner Hand gegriffen, die er nun festhielt. Es war zu dunkel, um sein Gesicht zu erkennen.

»Was ist schon Glück«, sagte ich leichthin, lachte und entzog ihm die Hand wieder, vielleicht etwas zu heftig, denn er steckte die Hände in die Hosentaschen und ging wortlos weiter.

»Jetzt sei doch nicht gleich beleidigt!«, sagte ich, doch er schwieg und sah stur geradeaus.

Vor Charlottes Villa angekommen, fragte ich ihn, wo er sein Auto geparkt habe.

»Ich fahre kein Auto.«

»Du bist mit der Metro gefahren? Warum hast du das nicht gleich gesagt! Soll ich dir ein Taxi rufen? Wo wohnst du?«

»Ich habe kein Auto und kein richtiges Zuhause, und ein Taxi kann ich mir nicht oft leisten. Ich laufe für gewöhnlich.«

Ich erschrak. Der Charme, den Henri im Lokal versprüht hatte, war einer Mischung aus Ärger und Trotz gewichen. Fast widerstrebend erklärte er mir auf meine hartnäckige Nachfrage, dass er noch immer zu den *Sans Fenêtres*, den Fensterlosen, zählen würde – Opfer der verheerenden Chemieexplosion in Toulouse im September 2001. In einer Düngemittelfabrik, die zu einem Erdölriesen gehörte, waren zwei Fabrikhallen explodiert. Einunddreißig Menschen starben, darunter der Sohn eines Bekannten, über zweitausendvierhundert Verletzte mussten ärztlich versorgt werden, viele seien noch heute in psychologischer Behandlung. »Dreihundert Tonnen Ammoniumnitrat flogen in die Luft«, sagte Henri, und er hörte sich richtig wütend an, »es war ein Inferno, Sandrine, das mich seitdem nicht loslässt; alles lag in Schutt und Asche – wie beim Attentat auf das World Trade Center zehn Tage vorher. Nur ist darüber nicht annähernd so ausführlich berichtet worden.«

Die Druckwelle hatte offenbar ganze LKW-Züge durch die Luft geschleudert und ein nahe gelegenes Einkaufszentrum zum Einsturz gebracht. Im Umkreis von fünf Kilometern waren sämtliche Fensterscheiben zu Bruch gegangen und Schornsteine eingestürzt. Henri, der in dieser Zone gewohnt hatte, bezifferte den Schadensumfang auf 1,5 Milliarden Euro und berichtete von einer großen orangefarbenen Gaswolke, die nach der Explosion über die Stadt gezogen sei, und über den stechenden Ammoniakgestank, gegen den man in der Innenstadt Gasmasken austeilte. Als blanken Hohn hätte er es empfunden, dass man den Reichen und Industriellen, die im Zentrum von Toulouse wohnten, sofort Nothilfe leistete, während die ärmeren Leute in den äußeren Vierteln oft dreißig Stunden auf Hilfe warten mussten, ja man hätte sie aufgefordert, in den Häusern zu bleiben, wo die meisten doch gar keine Fensterscheiben mehr besaßen. Obendrein habe man die Bevölkerung nur schrittweise von der Verschmutzung des Trinkwassers unterrichtet; keiner warnte auch vor dem Verzehr von Obst und Gemüse, das hier angebaut wurde.

Henri hatte fünf Wochen mit schweren Atemproblemen im Krankenhaus gelegen, währenddessen hatte sich Marceau um ihn gekümmert.

»Dann kam der Streit um die Entschädigung«, sagte Henri leise. »Du wirst es nicht glauben, Sandrine, doch es warten noch heute Menschen auf eine Wiedergutmachung. Diejenigen, die wie ich damals in Papus lebten, dem am stärksten betroffenen Stadtteil, gehörten halt nicht zu den Privilegierten. Sozialschwache, Taugenichtse – wie ich einer bin«, sagte er bitter. »Plastikplanen hat man uns gegeben, zum Verhängen der Fensterlöcher. Plastikplanen, die der Wind aufblähte. Sonst nichts. Irgendwann haben wir dann eine Initiative gegründet: *Plus jamais ça! Ni ici ni ailleurs!*«

»›So etwas nie wieder – nicht hier und nicht woanders‹? Das war klug. Resignieren und jammern bringt nichts.«

Henri zuckte mit den Schultern. »Ob es klug war? Ich weiß nicht … Die Initiative hat auch nicht viel gebracht. Ich bin so arm wie eine Kirchenmaus, und glaub mir, ich habe es satt, arm zu sein! Damals, kurz vor dem Unglück, ich sagte es bereits, hatte ich eine feste Anstellung als Journalist in Aussicht, gut dotiert. Heute … nun ja … Wusstest du eigentlich, dass euer Schröder zu dem Zeitpunkt hier war, als das Unglück geschah? Zusammen mit Chirac. Der deutsch-französische Gipfel. Sie waren auf einer Pressekonferenz im *Hôtel-Dieu Saint-Jacques*, als es knallte. Weit weg vom Schuss natürlich. Stell dir nur vor, die beiden wären …«

Henri lachte noch einmal bitter auf, dann gestand er mir, dass er mit seinen besten Freunden, den Büchern und Grünlilien – wenigstens mit denen, die die Explosion überlebt hatten –, seit gut einem Jahr in einem Zimmer in der Nähe des Bahnhofs wohnen würde.

Da machte ich ihm ein Angebot.

4

»Ein Franzose, der nicht fröhlich ist,
ist ein Mensch, der nicht in seinem Element ist.«
Voltaire, Korrespondenzen aus den Jahren 1749 bis 1760

Im Zug nach Straßburg – 10.25 Uhr
Die alte Dame, die mir im Abteil gegenübersitzt, hat die kleinen Hände mit den kurzgeschnittenen lackierten Nägeln sorgfältig gefaltet und den Kopf schräg in das Polster gedrückt. Nun schnarcht sie leise. Ihr Begleiter, ein langweilig aussehender Mittvierziger mit nachpubertierendem Pickelgesicht und saurem Körpergeruch, liest John Irving, was überhaupt nicht zu ihm passt. Über den Buchrand hinaus wirft er mir Blicke zu. Starrt er auf meine Narbe? Hat er mich erkannt, obwohl ich mir die Haare dunkler gefärbt habe? Immerhin ging mein Bild seinerzeit durch die Presse.

Ich zupfe an den Fransen. Dann lege ich Heft und Stift zur Seite und schließe die Augen, um weiter vor mich hin zu träumen …

Madame Estelle Duchamp, die Testamentsvollstreckerin, eine zierliche sanfte Frau in den Fünfzigern, mit kleinen rosafarbenen Süßwasserperlen in den Ohrläppchen (allerdings hatte sie zu viel *Chanel N° 5* aufgelegt), las mir Charlottes letzten Willen vor. Bis auf eine lebenslange Rente für die treue Marie und den alten heißgeliebten Citroën Licorne für Monsieur Laroque (was diesen erneut derartig zu Tränen rührte, dass wir alle miteinander Mühe hatten, ihn zu beruhigen) war ich die Alleinerbin.

Das Testament überraschte mich nicht wirklich. Meine Tante hatte mir ihren letzten Willen bereits vor einigen Jahren angekündigt. Dass sie ziemlich reich war, wusste ich auch. Ihr verstorbener Mann Alphonse war aus adligem Haus und zeit seines Lebens keiner Erwerbstätigkeit nachgegangen. Doch dass sie beide so viel besaßen, Bargeld, Goldmünzen, Aktien,

Immobilien in und um Toulouse, das hatte mich sprachlos gemacht.

Sprachlos – und frei.

Bereits am Tag nach der Testamentseröffnung – ich weiß es noch genau, es war Dienstag, der 9. März 2004 – zog Henri bei mir ein. Ein Freund half ihm beim Umzug, und beide schleppten – wie er es angekündigt hatte – zahllose Bücherkisten und Grünlilien die Treppe hinauf.

»Wenn du möchtest, Henri, dann überlasse ich dir das Dachgeschoss in Charlottes Haus«, hatte ich ihm am Abend nach der Beerdigung angeboten und zu den weißen Bogenfenstern des ehrwürdigen Backsteingebäudes hinaufgedeutet. Ich erklärte ihm, dass die alte Marie zu ihrer Schwester aufs Land ziehen wollte und ich jemanden suchte, der das Haus in Ordnung hielt. Auf seinen Einwand, dass eine Wohnung in der Rue de la Dalbade für ihn viel zu teuer sei, entgegnete ich ihm, dass es mich beruhigen würde, ihn im Haus zu wissen, wenn ich nach Deutschland zurückfuhr. Er solle einzig den Concierge machen, das genüge.

Henri war begeistert und meinte, dass er hier endlich in aller Ruhe würde arbeiten können. Sein Leben würde sich von Grund auf ändern.

Zwei Tage nach Henris Einzug sollte sich *mein* Leben auf zweierlei Art grundlegend verändern.

Als endlich alles notariell abgewickelt war – die Unterschriften für die Überschreibungen geleistet, die Banken von der Übernahme aller Konten anhand einer beglaubigten Abschrift des Testamentes überzeugt –, kam der Anruf von Sam. Doch davon später.

Madame Duchamp hatte mich eingeladen, mit ihr nach Erledigung der Formalitäten ins *Café des Artistes* zu gehen. Als wir uns dort gegenübersaßen, lächelte sie geheimnisvoll, öffnete ihre große Handtasche und drückte mir einen Umschlag in die Hand. Zuerst dachte ich, es sei vielleicht ihre Rechnung. Doch Madame schüttelte den Kopf und sagte in gebrochenem Deutsch: »Aber nein. Der Brief ist von Ihrer Tante, Frau Feuerbach! Ich hatte den Auftrag, ihn Ihnen erst auszuhändigen, wenn alles abgewickelt ist, jedoch unbedingt bevor Sie wieder nach Deutschland zurückfahren.«

Ich war überrascht. Ein Abschiedsbrief von Charlotte?

Zu Hause, das heißt im Toulouser Anwesen, das mir jetzt offiziell gehörte (nun war es wirklich *mein* Zuhause), machte ich mir einen Espresso und setzte mich in Charlottes gemütlichen Ohrensessel, den sie vor drei Jahren mit einem modernen, fast flippigen Stoff hatte überziehen lassen (roter Klatschmohn auf beigem Grund). Ich legte die Beine hoch, knipste die Stehlampe an, deren Schirm das gleiche Muster bekommen hatte, und öffnete den Brief.

Meine liebe Sandrine, las ich, erneut innerlich berührt, als ich ihre Schrift erkannte und den leisen Lavendelduft roch, mit dem sie sich immer umgeben hatte, *zu sterben fällt keinem leicht, auch mir nicht. Und das hat nichts damit zu tun, dass ich mit dem lieben Gott all die Jahre im Streit lag. Ich werde es ja nun bald erfahren, ob es ihn gibt oder nicht. Vielleicht habe ich die ganze Zeit mit mir selbst gehadert, was bei meinem verehrten Alphonse, so es mir vergönnt ist, ihn wiederzusehen, eine ziemliche Heiterkeit auslösen wird! Denn genau das hatte er mir immer prophezeit.*

Wenn Du diese Zeilen liest, meine Liebe, bist Du eine reiche Frau. Es ist zum überwiegenden Teil das Vermögen meines Gatten, der Dich leider nie kennenlernen durfte, weil er kurz nach Deiner Geburt tödlich verunglückt ist. Aber diese Geschichte kennst du ja.

Ich sah auf das Portrait über dem Kamin. Schlank, gutgeschnittenes Gesicht, kluge Augen unter feinen Brauen. Onkel Alphonse war ein ausgezeichneter Reiter gewesen. Dennoch hatte er sich ausgerechnet auf einer Hetzjagd das Genick gebrochen, woraufhin Charlotte alle Pferde verkauft hatte.

Kehren wir zurück zu unserer Linie, Sandrine, Deiner und meiner. Wie Du weißt, gibt es in jeder Familie entweder das berüchtigte schwarze Schaf oder ein sogenanntes Familiengeheimnis. Ja, auch wir haben unsere ›Leiche im Keller‹ – im wahrsten Sinne des Wortes, und damit komme ich endlich zur Sache.

In der Anlage findest Du einen von Hand gezeichneten Plan. Er stellt den Keller unseres Landhauses in Castelnaudary dar. Dort, an der mit einem Kreuz markierten Stelle, musst Du die Wand aufschlagen. Du wirst eine eiserne Kassette finden, die in die Wand zwischen dem heutigen Vorrats- und dem Heizungsraum eingemauert ist. Die Papiere, die Du in dieser Kassette findest … nun, es handelt sich um die Affäre Calas!

Ich hielt inne. Meine Hände zitterten vor Aufregung. Die Affäre Calas?

Dunkel erinnerte ich mich. Es war kurz vor den Semesterferien gewesen, ein halbes Jahr nach Aufnahme meines Studiums, als uns Professor Ritter auf den in Juristenkreisen noch immer unvergessenen Justizskandal Calas aufmerksam machte, der sich vor zweihundertfünfzig Jahren in Toulouse zugetragen hatte. Meine Kommilitonen und ich hatten einen ganzen Abend lang in einer lauten verrauchten Studentenkneipe darüber diskutiert. Als ich Charlotte dann in den Ferien besuchte, sprach ich sie darauf an. Schließlich lebte sie in dieser Stadt, sie musste also etwas darüber wissen.

Charlotte sah mich überrascht an, aber irgendwie schien sie höchst zufrieden über meine Frage. Sie nickte und sagte dann: »Natürlich weiß ich Details, jedermann in dieser Stadt kennt die Affäre Calas. Voltaire – ›*le roi Voltaire*‹ –«, sagte sie beinahe euphorisch und streckte dabei das Kinn in die Höhe, »dem Geistesfürsten des achtzehnten Jahrhunderts, ist es zu verdanken, dass der arme Mann, Jean Calas, der Opfer war, nicht Täter, posthum rehabilitiert wurde. Voltaire war der Einzige, der sich darum gekümmert hat.«

Dass Charlotte Voltaire verehrte, wusste ich längst. Sein berühmter Ausspruch *Écrasez l'infâme* (zermalmt die Niedertracht – womit die Kirche gemeint war) hing gerahmt über ihrem Bett. Charlotte war im Besitz all seiner Werke und hatte mir – als ich elf oder zwölf war – daraus vorgelesen, womit sie mich natürlich überforderte.

Wir diskutierten noch etwas über den Fall Calas, über das, was wirklich geschehen war, doch dann läutete es, und Fernand Laroque war gekommen. Charlotte hatte mir zugezwinkert und sofort das Thema gewechselt, was mich verwunderte. Später vergaßen wir die Angelegenheit.

Und nun gib acht, meine liebe Sandrine!, hieß es weiter. *Wie ich selbst hast auch Du Calas-Blut in Deinen Adern! Deine Urgroßmutter Claire war eine geborene Calas (aus der Linie des Louis Calas), was sie jedoch ihr Leben lang verheimlichte. Das hatte zwei Gründe. Zum einen schien sie sich für ihr Familienerbe, das sie mit in ihre Ehe brachte, so zu schämen, dass sie ihren Mann kurz nach der Hochzeit bat, »das alte Zeug« endlich zu verbrennen. (Er hat es nicht getan, wie er mir auf dem Totenbett gestand.) Zum anderen hatte sie – wie mir mein Großvater erzählte – all die Jahre hindurch Angst vor gewissen Leuten, die sie die »Geheime Bruderschaft des Wertvollen Blutes« nannte. Der Affäre Calas wegen hätte es schon genug Todesfälle gegeben, war ihre Überzeugung, von der sie nie abließ. Wer oder was diese Bruderschaft war und weshalb Deine Urgroßmutter sich vor ihr fürchtete, habe ich nie herausbekommen. Kurz vor seinem eigenen Tod hat mein Alphonse aus Neugierde die Kassette geöffnet und die Spur dieser Leute aufgenommen. Sie führte in eine möglicherweise noch heute existente Bruderschaft frommer Büßer, aber Alphonse kam nicht mehr dazu, mir Näheres mitzuteilen. Ein wichtiger Brief aus der Kassette Deiner Urgroßmutter, datiert Anno Domini 1761, den Alphonse an jenem Unglückstag mit sich führte, um mit jemandem darüber zu reden, ist seitdem verschwunden. Meine anfänglichen Befürchtungen, dass Alphonses Tod mit dieser Angelegenheit etwas zu tun haben könnte, wurden von zuverlässigen Zeugen, die an diesem Tag an seiner Seite ritten, ad absurdum geführt. Wie der Brief abhandenkam, konnte nicht mehr rekonstruiert werden.*

Zum Inhalt des verlorengegangenen Briefes: Es handelt sich um ein Hilfegesuch einer der Calas-Töchter. Sie fordert darin jemanden auf, der offensichtlich ihr Liebhaber war, einen Maler aufzusuchen, um ihn von der Vergiftung eines führenden Mitglieds dieser Geheimen Bruderschaft zu informieren. Weder nennt das Mädchen den Namen des Malers noch den ihres Liebhabers. Nach dem Tod von Alphonse habe ich die Kassette geschlossen und nach Castelnaudary gebracht. Es schien mir sicherer so. Du wirst darin »alles« finden, liebe Sandrine, um Dir die Affäre Calas zu erschließen.

Großvaters Wunsch war, dass eines meiner Kinder – abgesichert durch einen guten Anwalt – diese Dokumente veröffentlichen sollte. Nachdem Alphonse und ich kinderlos blieben, bist nun Du die Person, auf die Dein Urgroßvater gewartet hat. Ich habe ihn sehr geliebt, denn er hat mich und Deinen Vater mit viel Geduld und Güte großgezogen, nachdem unsere Eltern so früh verstorben waren.

Verstehst Du jetzt, weshalb ich Dich stets behutsam, aber äußerst beharrlich auf Deinen beruflichen Weg brachte? Bist Du mir deswegen böse?

Nein, Du wirst eher amüsiert sein über meine List. Schließlich hast Du meinen Humor geerbt. Sieh Dir also ›unseren Schatz‹ in aller Ruhe an, das ist das Einzige, worum ich Dich bitte. Ich will Dich nicht unter Druck setzen, die Dokumente juristisch zu kommentieren und zu veröffentlichen, doch ich weiß, dass Du es könntest! Solltest Du Dich anders entscheiden, liebe Sandrine, so trage dafür Sorge, dass diese Originale in das Archiv der Stadt Toulouse gelangen. Ich würde das längst veranlasst haben, hätte ich mich nicht an mein Versprechen gebunden gefühlt. Zudem wollte ich Dir die Chance geben, Deine Vergangenheit kennenzulernen.

Ich starrte auf das Schreiben und wusste nicht, ob ich lachen oder weinen sollte.

Charlotte hatte in ihrem Haus einen Schatz versteckt, und ich sollte ihn heben. »Du kannst es, Sandrine!« Deshalb also …

Es war nicht nur unglaublich, es war albern! Charlottes

nicht würdig. Warum hatte sie nicht mit mir zu Lebzeiten vernünftig darüber geredet?

Ich schüttelte den Kopf. Roch wieder den Lavendelduft. Nein, wirklich, das war nicht ihr Stil. Im Grunde hatte sie sich wie ihre eigene Großmutter verhalten (nur ein wenig geheimnisvoll getan). Den gleichen Vorwurf hätte ich aber auch meinem Vater machen können, der mir ebenfalls nie etwas von seiner berühmten Herkunft erzählt hatte. War ihm die alte Familiengeschichte egal gewesen? Was hatte ich ihm eigentlich bedeutet?

Ich hielt inne und versuchte, ihn mir vorzustellen. Viele bruchstückhafte Erinnerungen …

Er war groß, kräftig, hatte dunkles Haar und einen dunklen Kinnbart und eine ebensolche Stimme. Panamahut. Weiß gekleidet, auch im Winter. Es lag nicht daran, dass er um Jahre älter war als Mutter, er war wohl schon als ein altmodisch-eleganter Typ zur Welt gekommen, ein charmanter Beau, den niemand aufhalten konnte.

Dass mein Urgroßvater Charlotte in unser Familiengeheimnis eingeweiht hatte und nicht ihn, konnte ich nachvollziehen. Sie war mit absoluter Sicherheit die Verlässlichere von den beiden Geschwistern.

Als Vater in mein Zimmer gekommen war, um sich endgültig zu verabschieden, eineinhalb Jahre nach dem Versöhnungsversuch am Meer, schneite es draußen. Ich hatte mich an seinen Hals gehängt und bittere Tränen geweint, vermisste schon jetzt die von mir heißersehnten abendlichen Besuche an meinem Bett und die Geschichten, die er mir erzählte. Er liebte mich ebenfalls. Doch er hasste Mama. Ihr Geflenne gehe ihm auf die Nerven, hörte ich ihn eines Tages sagen.

Und obwohl er mir eine riesengroße Blechschachtel mit feinsten Malstiften schenkte und beteuerte, er käme mich zu Weihnachten besuchen, wusste ich instinktiv, dass ich ihn nie mehr wiedersehen würde. Er liebte Havannas und Pfefferminzpastillen – und ein Parfum, dem ich bis zum heutigen

Tag in sämtlichen Drogerien der Welt nachspüre, mit wenig Hoffnung, es je zu entdecken.

Mutters Reaktion war schrecklich. Bei seinem Weggang schrie sie so laut, dass die Leute im Haus zusammenliefen. Auch noch nach seinem Tod – er starb vor acht Jahren in London an Lungenkrebs – hasste sie ihn. Da ich »seine« Tochter war und ihm ähnlich sah, bekam ich einen Teil der Wut ab, die zu ihrem ganzen Lebensinhalt wurde. Als Mutter vor vier Jahren selbst erkrankte und in ein Pflegeheim musste, dachte ich, sie würde nun ruhiger werden. Doch das stimmte nicht. Meine Besuche bei ihr verliefen jedes Mal nach dem gleichen Muster: Erst zog sie über die Schwestern und Ärzte her, die alles daransetzten, ihr die letzten Tage so schwer wie nur möglich zu machen. Dann kam sie unweigerlich auf Vater zu sprechen, wobei ihre Augen vor Erregung fast fiebrig glänzten. Sie bezeichnete ihn abwechselnd als Hurenbock und als Scheusal, und ich hatte alle Hände voll zu tun, sie wieder zu beruhigen.

Der Espresso war kalt geworden. Mich fröstelte. Charlottes Heizung funktionierte nicht so recht, die Heizkörper blubberten ständig, obwohl ich sie entlüftet hatte. Ich würde die Handwerker holen müssen. Gerade als ich überlegte, ob ich den Kamin anschüren oder mir eine dicke Jacke aus dem Schlafzimmer holen sollte, klingelte das Telefon. Noch gefangen von dem, was mir meine Tante – außer einem großen Vermögen – im Keller ihres Landhauses hinterlassen hatte, und der Erinnerung an meine unglücklichen Eltern, nahm ich den Hörer ab (ich dachte, es könnte vielleicht Henri sein, der am Morgen aus dem Haus gegangen war, um sich irgendwo vorzustellen).

Es war Sam.

»Hallo Sandy, wie geht es dir?«

»Danke, gut«, sagte ich betont kühl, denn ich nahm es ihm nicht nur übel, dass er beim letzten Mal das Gespräch so grob abgebrochen hatte, sondern ich war inzwischen richtig verärgert über ihn. In den letzten Tagen hatte ich mehrmals vergeblich versucht, ihn zu erreichen. Sein Handy war offenbar ständig ausgeschaltet oder nicht aufgeladen – wie konnte er da für seine Geschäftspartner erreichbar sein? –, und obwohl ich nach der Testamentseröffnung eine dringende Nachricht auf seinem Anrufbeantworter im Büro hinterlassen hatte und sogar seine Sekretärin bat, ihm auszurichten, dass ich ihn zu sprechen wünschte, hatte er sich nicht gemeldet. In meiner Unruhe überprüfte ich sogar mehrmals mein eigenes Handy sowie Charlottes alte Telefonanlage, weil ich befürchtete, ich selbst sei vielleicht nicht erreichbar.

»Hast du schon von den Terroranschlägen in Madrid gehört, heute Nachmittag?«, fragte er mich.

»Ja, einfach schrecklich!«, antwortete ich mit belegter Stimme und versuchte zugleich verzweifelt seinen Tonfall zu analysieren. »Ich habe die Nachrichten in einem Café gehört, wohin ich mit der Testamentsvollstreckerin gegangen bin. Was meinst du, war es die ETA?«

»Schwer zu sagen. Es deutet einiges darauf hin, dass Al Kaida dahintersteckt. 11. September – 11. März! Genaueres weiß man aber noch nicht. Solltest du vorhaben, einen Abstecher nach Spanien zu machen, so kann ich dir im Augenblick nur davon abraten.«

»Wie du genau weißt, fehlt mir die Zeit, um mich in der Weltgeschichte herumzutreiben. Ich muss morgen zu einer Bestandsaufnahme in Charlottes Landhaus fahren und will mich dann spätestens am Samstag auf den Heimweg machen. Die Kanzlei …«

»Ja, ich weiß, die Kanzlei …«, antwortete er ungnädig. »Und … darf man gratulieren? Hat sie dir alles vermacht, die gute Charlotte?«

»Ja«, sagte ich. »Es ist eine ganze Menge. Es langt für uns beide, lebenslang.«

Sam schwieg. Ich hörte ihn wieder laut atmen. Was hatte er nur? (Was fragte ich mich das, ich wusste es doch …)

»Deswegen rufe ich dich an«, sagte er nach einer Weile leise.

»Deswegen? Brauchst du Geld?«

»Nein. Es geht um das *Lebenslang*. Ich muss dir etwas sagen …« Er seufzte. »Es fällt mir so unendlich schwer, Sandrine!«

»Was denn? Hat man dich verhaftet?«, fragte ich ironisch, in der idiotischen Hoffnung, dass damit alles wieder in Ordnung käme. Sam hasste Szenen … »Lebenslänglich? Brauchst du einen guten Anwalt? Da wüsste ich …«

»Nein. Ich habe … ich habe jemanden kennengelernt und …« Wieder schwieg er. Doch sein Schweigen sprach Bände.

»Ach … schon wieder? Du … du hast also erneut eine Geliebte. Deshalb warst du am Telefon so komisch. Ist es …«

»Es tut mir leid, Sandrine. Es hat im Grunde gar nichts mit dir zu tun, bitte glaube mir. Ich … ich mag dich noch immer, und ich wollte dir auch treu bleiben. Wir haben keine schlechte Ehe geführt, wir zwei. Dennoch … diese Frau … Gwen«, sagte er fast tonlos, »Gwen ist diejenige, die ich mein halbes Leben lang gesucht habe. Wir … ich denke, wir beide sollten uns trennen.«

Mir wurde übel. Ich zitterte und brachte kein Wort mehr heraus. Ich dachte, dass ich mich aus diesem bösen Traum nur herauswinden und ihn dann zukünftig – wie beispielsweise Flugzeuge – meiden müsste, damit es mir wieder gut ginge.

Wir schwiegen beide. Meine Hand fing an zu schmerzen, so fest hielt ich den Telefonhörer umklammert. Nach einigen Minuten – vielleicht waren es auch nur Sekunden – hörte ich Sam leise aufschluchzen, doch das Einzige, was mir dabei durch den Kopf schoss, war, dass eigentlich *ich* hätte weinen müssen, nicht er.

Das Elend kam, nachdem ich eine halbe Flasche Rotwein in mich hineingeschüttet hatte. Ich heulte und tobte die halbe Nacht lang – ständig Mutter vor Augen. Dann zog ich meinen Mantel über und lief, tief die Luft einatmend, in die Dunkelheit hinaus. Nur fort.

5

»Die wahre Geschichte ist die der Sitten,
der Gesetze, der Künste und der Fortschritte
des menschlichen Geistes.«

Voltaire, Für Wahrheit und Menschlichkeit

Im Zug nach Straßburg – 10.35 Uhr
Der Schaffner will die Fahrkarten sehen. Ich krame in meiner Tasche. Die alte Frau schläft noch immer, ihre Wangen sind rosig angehaucht. Ihr Sohn hält dem Schaffner dreist seine beiden Fahrkarten vor die Nase, obwohl jener die Hand schon nach meinem Ticket ausgestreckt hat. Der Schaffner entschuldigt sich bei mir, knipst die Karten und reicht sie ihm zurück. »Gute Reise!«, wünscht er.

John Irving fällt zu Boden.

Als der Bahnbeamte wieder gegangen ist und der Zug weiterfährt, stehe ich auf und schiebe behutsam ein Stück das Fenster herunter. Schon im Sanatorium hatte ich ständig das Gefühl zu ersticken. Der Wind plustert die Vorhänge auf. Ich dehne und strecke mich und schaue dabei ins Grüne hinaus.

In meiner Erregung lief ich damals stundenlang heulend am Garonne-Ufer entlang. Im Nachhinein war ich heilfroh, dass mir niemand begegnete, der beispielsweise seinen Pudel ausführte, man hätte mich sicherlich in eine Nervenklinik eingewiesen.

Am nächsten Vormittag wachte ich zerschlagen und völlig desorientiert auf. Als ich mich ein wenig beruhigt hatte, fasste ich einen Entschluss. Ich würde weder Widerstand leisten, noch zu Kreuze kriechen wie beim letzten Mal, als ich wochenlang um Sam und unsere Ehe gekämpft hatte. Ich durfte mich schließlich nicht selber belügen. Nur wenn wir miteinander ins Bett gingen, hatten wir »ich liebe dich« gesagt. Das war der eigentliche Grund für unser Dilemma, nicht diese Gwen und auch keine andere Frau.

Ich rief Ramon Schneider an und bat ihn, alles für eine baldige Scheidung in die Wege zu leiten. Sam würde sich nicht ändern, das war mir inzwischen klar. Ich gebe auf, erklärte ich meinem völlig überraschten Kompagnon. Scheidung!

»Sandrine, überstürze nichts«, riet mir Ramon. »Komm nach Nürnberg, dann reden wir in aller Ruhe darüber.«

Ich erklärte ihm, dass ich keinesfalls vorhätte, in nächster Zeit zurückzukehren. Ich trüge mich im Gegenteil mit der Absicht, entweder meine Kanzlei ganz aufzugeben oder sie für einige Zeit ruhen zu lassen. Dann erkundigte ich mich nach dem Fall Harry R.

Ramon hatte sich tapfer geschlagen: Freispruch. Ich beglückwünschte ihn und bat ihn, meine weiteren noch unbearbeiteten Fälle sowie Frau Münster, die Sekretärin, zu übernehmen, damit sie nicht entlassen werden musste. Das alles hatte ich mir während der letzten Nacht überlegt.

»Nun gut«, antwortete Ramon beflissen, »ich verstehe deine Entscheidung zwar nicht, aber ich akzeptiere sie für den Moment. Was die Kanzleiräume angeht, so werde ich mich jedoch nach einer preisgünstigeren Lage umsehen müssen.«

Ich erklärte ihm, dass ich ihn keinesfalls auf dem Trockenen würde sitzenlassen. Der alte Meyer hätte mir schon vor einem halben Jahr das Vorkaufsrecht für die Kanzleiräume eingeräumt. Sobald das geregelt sei, versprach ich Ramon, würde ich ihm einen Mietvertrag in einer akzeptablen Höhe vorlegen, bis dahin gingen die Kosten auf meine Rechnung. Das sei ich ihm schuldig.

»Hast wohl eine große Erbschaft gemacht, Sandrine?«

»Tja«, sagte ich, »zufriedenstellend. Zu Sam bitte kein Wort über unsere Übereinkunft! Ruf Meyer an. Wenn er zustimmt, bereite einen Vertrag vor – und zugleich die Scheidung.«

Drei Tage später fuhr ich mit Henri im Regen nach Castelnaudary.

Unterwegs erzählte ich ihm alles. Er war überrascht, weniger über meine bevorstehenden privaten Veränderungen als darüber, dass meine Urgroßmutter aus einer berühmten Toulouser Familie stammte.

»Der Fall Calas? Unser Jean Calas? *Du* bist eine Calas?«, fragte er verblüfft.

»Nun ja, der Name stimmt nicht mehr, und das Blut ist inzwischen schon ein wenig dünner geworden …«

»Das ist ja … unglaublich ist das, Sandrine!«, Henris Gesicht war puterrot geworden. »Meinst du, Madame d'Alonges war zurechnungsfähig, als sie diesen Brief verfasste?«

»Charlotte? Ich hatte beim Lesen nicht den Eindruck, dass es ihr an Verstand gefehlt hätte. Aber wir werden es ja bald feststellen.«

Mitten im schönsten Unkraut blühte es in Castelnaudary. Gelbe Narzissen, Tulpen, Veilchen, wachsrosafarbene Hyazinthen mit regenschweren Köpfen – ja der ganze Garten leuchtete wie ein Osternest, obwohl noch Zeit war bis dahin; und die Mandelbäume hatten hier schon dicke Knospen. Vom alten Maulbeerbaum war allerdings nur noch der Stumpf da, was ich bedauerte.

Im Gegensatz zum Toulouser Haus, das Marie all die Jahre über in Ordnung gehalten hatte, machte Charlottes Landhaus, ein langgestrecktes, eingeschossiges Steinhaus aus dem 17. Jahrhundert, das in der Nähe des mit Weiden gesäumten überaus romantischen Canal du Midi lag, schon von außen einen weniger gepflegten Eindruck. Seit der alte Eugène vor Jahren gestorben war, hatte sich wohl niemand gefunden, der sich regelmäßig um das Anwesen gekümmert hätte.

Umso mehr freute es mich, dass sich noch immer die cremefarbenen alten Rosen an der Außenfassade emporrankten, die zur Blütezeit im Juni so herrlich dufteten.

Als wir die Läden vor den hohen Flügelfenstern aufstießen, fiel gleißend helles Sonnenlicht in den Salon. Es war eines dieser typischen französischen Landhauszimmer, wie ich sie seit meiner Kindheit liebe. Auch wenn es heute kühl war und der muffige Geruch der Vergangenheit über allem lag, konnte man die heitere Poesie träger Sommertage spüren. Die dunklen Möbel waren ordentlich mit weißen Tüchern abgedeckt, die Teppiche standen zusammengerollt an einer Wand. Beim näheren Hinsehen merkte man aber, wie sehr der Zahn der Zeit an allem genagt hatte: die italienischen Bodenfliesen waren stumpf, von den Türen und Fensterrahmen blätterte der Anstrich, und in den Ecken hatten sich Spinnen eingerichtet. In der großen Küche und den beiden Bädern roch es unangenehm. Silberfischchen huschten umher. Hier musste wohl alles herausgerissen und neu gefliest werden.

Ich war nicht enttäuscht. Im Gegenteil, ich freute mich darauf, den Umbau nach meinen Vorstellungen zu gestalten, und nahm mir vor, gleich in der nächsten Woche Handwerker damit zu beauftragen.

Sam hatte im vergangenen Winter ein Auge auf ein interessantes Objekt in der Nähe der Kanzlei geworfen, ein schöner Altbau, drei Stockwerke hoch, miteinander durch eine freitragende Treppe verbunden, hohe Räume, Stuck. Ein 3-t-Haus: traumhaft, todschick, teuer. Bei der Vorstellung, dass er nun statt mit mir mit dieser neuen Frau, mit Gwen, dort einziehen würde, durchfuhr mich schneidend der Schmerz, und die Tränen schossen mir nur so in die Augen.

Henri sah mich erstaunt an.

»Was hast du?«

»Nichts.« Ich schüttelte den Kopf, kämpfte um Gelassenheit. »Gar nichts.«

Ich hatte Henri im Auto zwar von der beabsichtigten Scheidung erzählt, ihm aber weder die Umstände erklärt, noch einen tieferen Einblick in mein Herz gewährt. Auch den Umfang meiner Erbschaft hatte ich für mich behalten. Ersteres lag an meiner Eitelkeit (keine Frau kann es ertragen, einer anderen wegen verlassen zu werden) und das zweite möglicherweise an meinem Juristenverstand, der mich in Gelddingen stets vorsichtig sein ließ.

»Dann lass uns jetzt hinuntergehen«, sagte er und warf mir einen unsicheren Blick zu. (Mit weinenden Frauen haben alle Männer Probleme, das kannte ich von meinen Mandantinnen.)

Die schwere dunkle Holztür, die zum Keller führte, knarrte, als wir sie öffneten. Ein modriger Geruch drang in meine Nase. Der Keller war feucht, was wohl an der Nähe des Kanals lag. Es würde ein ziemliches Stück Arbeit werden, das Haus wieder bewohnbar zu machen; Arbeit, um Sam zu vergessen.

Henri tastete nach einem Lichtschalter. Als er ihn endlich gefunden hatte, funktionierte er nicht, und wir mussten uns auf die Suche nach dem Sicherungskasten machen.

Dann war es soweit, dass wir – mit einer Spitzhacke bewaffnet – den bewussten Kellerraum betraten, in dem sich eine alte Waschmaschine und allerlei Gerümpel befanden.

Hastig sichteten wir Charlottes Plan, bevor Henri begann, Stück für Stück die Wand abzuklopfen.

»Still«, herrschte er mich an, als ich ihn auf einen dunkleren Abschnitt im Putz aufmerksam machen wollte. »Ich hab die Stelle schon entdeckt. Hier klingt es hohl, hörst du es nicht?«

»Na, dann schlag zu, Henri!«

Eine riesige Wolke Staub und Putz ergoss sich auf uns und den gestampften Lehmboden. Ich machte einen Sprung zur Seite und lachte. Henri hustete und war über und über mit weißem Staub bedeckt. Sein Aussehen passte allerdings gut zu seinem Bäckernamen Gagnepain …

»Hör auf zu grinsen, hol lieber eine Kerze oder was Ähnliches«, sagte er ungeduldig, nachdem er sich von seinem Anfall erholt hatte. »Ich will mir die Stelle genauer ansehen. Schließlich wollen wir die Kiste nicht beschädigen.«

Ich rannte hinauf zum Alkoven, riss dort sämtliche Schubladen der kleinen Anrichte auf und wühlte, bis ich gefunden hatte, was ich suchte: eine Taschenlampe, die zu meiner Überraschung auch noch funktionierte.

Wir leuchteten in den klaffenden Mauerspalt hinein.

»Nichts«, sagte Henri enttäuscht und nahm noch einmal den Plan in die Hand.

Mit Daumen und Zeigefinger maß er die Wand aus und setzte an einer bestimmten Stelle ein weiteres Mal die Spitzhacke an – es staubte wieder kräftig –, doch nun hatten wir Glück. Einige Ziegel fielen heraus, und dahinter ertasteten wir Metall. Vorsichtig erweiterte Henri mit der Hacke das Loch. Doch die Kassette wollte sich einfach nicht bewegen lassen. Henri musste noch mehr losbrechen, ehe wir sie endlich herausziehen konnten.

Es handelte sich um eine ziemlich verrostete eiserne Kiste, etwa zwanzig Zentimeter breit und doppelt so lang, gesichert durch zwei altertümliche Schnappverschlüsse.

Siegesgewiss streckte Henri den Daumen in die Höhe. Wir lachten wie zwei Verschwörer. »Soll ich sie aufmachen?«, fragte er, und ich sah, wie seine Augen strahlten, obwohl seine Wimpern mehlgepudert waren.

»Nur zu«, sagte ich lachend. »Du hast doch schon früher gerne den *père Noël* gespielt, ich kann es jedenfalls kaum erwarten.«

Er grinste und öffnete vorsichtig die Kiste. Die Scharniere quietschten leise. Ein dickes Bündel gelbliches Ölpapier kam zum Vorschein, mehrmals verschnürt. Da wurde ich vernünftig und schlug Henri vor, mit dem Öffnen des Päckchens zu warten, bis wir wieder in Toulouse waren.

Er gab mir recht, räumte den Schutt beiseite und trug dann feierlich die Kiste nebst Inhalt zum Auto.

Aprilwetter im März. Nachdem für eine Weile die Sonne geschienen hatte, zogen nun wieder schwere schwarze Wolken von Westen heran. An den dünnen Ästen einer Weide im Nachbargarten hingen Wassertropfen wie winzige Diamanten.

Henri war ziemlich einsilbig auf der Rückfahrt. Er fuhr nervös und viel zu schnell, das Wasser spritzte rechts und links am Wagen hoch. Schon als Kind war er ein Draufgänger gewesen. Als ich durch den Regenschleier hindurch die Hochspannungsmasten erkannte, die am Rande des Städtchens standen, erinnerte ich mich, wie er mit zwölf dort hinaufgeklettert war, obwohl ihn Chicotin gewarnt hatte. Voller Angst hatten wir Mädchen Charlotte gerufen.

»Wer eine Gefahr nicht wahrnimmt, hat auch keine Angst vor gefährlichen Situationen«, hatte mir Sam irgendwann erklärt, als ich ihm die Geschichte erzählte. Und es war wohl so: Henri Gagnepain kannte keine Angst.

»Leben deine Eltern noch, Henri«, fragte ich ihn vorsichtig, als er sich in den Round-Point Boulingrin einreihte, den letzten Kreisel vor der Rue de la Dalbade.

»Sie sind beide kurz hintereinander gestorben. Das war vor fünf Jahren. Vater hat mich gehasst.«

Ich warf einen kurzen Blick auf sein Gesicht. Mit zusammengekniffenen Augen starrte er auf die regennasse Straße. Ja, da war sie noch immer, die feine Narbe, die sich quer über seine Wange zog. Sie hatte nichts mit dem Explosionsunglück zu tun und auch nichts mit jenem wagemutigen Aufstieg auf den Strommast. Sie hing mit einer anderen Mutprobe zusammen, einem dummen Ladendiebstahl, den er begangen hatte.

Dass Monsieur Gagnepain, als er davon erfuhr, so fest zugeschlagen hatte, dass Henris Wange vom alten Serralongues mit einigen Stichen genäht werden musste, hatte wiederum damit zu tun gehabt, dass er eben kein gutmütiger Bäcker, sondern ein strenger Polizist war.

6

»Wenn die Pedanten sich prügeln,
triumphieren die Philosophen.«
Voltaire, Korrespondenzen aus den Jahren 1749 bis 1760

Im Zug nach Straßburg – 10.50 Uhr
Weitere Notizen für meine Aufzeichnungen, nur Stichworte, keine ganzen Sätze. Ausformulieren werde ich später, in Toulouse. Doch etwas scheint nicht richtig zu funktionieren. Ständig wollen mir gewisse Wörter durch die Finger rinnen, nur mit Mühe gelingt es mir, sie auf dem Papier zu fixieren.

Es drängt mich niemand, aber schließlich ist meine Geschichte im Kopf schon weit fortgeschritten. Sie gilt es einzuholen.

Vergangenheit, Gegenwart, Zukunft. In der zarten und zugleich dummen Hoffnung, Geschehenes rückgängig machen zu können, werde ich weiterhin die Gegenwart der Vergangenheit voranstellen, vielleicht um Zugriff auf das Schreckliche zu bekommen, das geschehen ist.

Am Abend wickelten wir vorsichtig das Ölpapier auf. Über Henris Oberlippe standen kleine Schweißperlen, was mich verwunderte, denn mich fröstelte ständig in diesem Haus.

Die vergilbten Handschriften, die – muffig riechend – zum Vorschein kamen, stammten aus den Jahren 1762 und 1763. Auf den ersten Blick handelte es sich um unterschiedliche Stellungnahmen zum Fall Calas.

»Kaum zu glauben«, meinte Henri und schüttelte den Kopf. »Deine Tante wusste all die Jahre von diesen Briefen und hat keiner Menschenseele etwas gesagt? Wie sieht es mit ihrem Busenfreund aus, dem alten Laroque? War er nicht ihr Vertrauter in allem?«

Ich zuckte mit den Schultern. »Fernand Laroque? Hast du ihn auf dem Friedhof gesehen? Nein, ich denke nicht, dass er von den Briefen weiß. Charlotte hat die Kassette nach dem Tod von Onkel Alphonse in Sicherheit gebracht, nachdem schon ein Brief verlorengegangen war. Ich habe auch Sam nicht eingeweiht. Wir beide, du und ich, sind wohl augenblicklich die Einzigen, die von meinem Familiengeheimnis Kenntnis haben.«

Kaum dass Sams Name ausgesprochen war, hatte ich unkontrolliert zu zittern begonnen, was diesmal nicht an der Kälte lag. Diese andere Frau und die Trennung verdarben mir gründlich die Freude an Charlottes Hinterlassenschaften. Ja, ich war noch immer richtig wütend. Auch auf mich. Doch Wut soll in solchen Fällen hilfreich sein.

»Mir ist kalt«, sagte ich, um mein Zittern vor Henri zu erklären. »Könntest du vielleicht den Kamin anschüren?«

Er nickte, legte die Papiere zurück und machte sich an die Arbeit. Nachdem das Feuer flackerte, befahl er mir, mich in Charlottes Sessel zu setzen.

»Leg deine Füße hoch, Sandrine!« Er nahm eine Decke und wickelte mich fürsorglich darin ein. Als nur noch mein Gesicht daraus hervorschaute, bückte er sich zu mir herunter und gab mir einen Kuss auf die Stirn.

»Du bist noch immer der verrückte Kerl, der du früher warst!«, sagte ich. »Komm, lass uns eine Flasche Wein öffnen und unser Geheimnis begießen!«

Als vor jedem eines der langstieligen Kristallgläser stand, die Charlottes ganzer Stolz gewesen waren, meinte Henri aufgekratzt: »Jetzt stoßen wir an, dann lese ich dir vor, und du schließt die Augen, Sandrine, und versetzt dich in das 18. Jahrhundert, in die Zeit der Boudoirs und Mätressen, in der die Männer *à la mode* gingen – gepuderte Perücken, Spitzenhemden, Stöckelschuhe – und vor den Frauen Kratzfüße machten, um dabei lüstern in ihre Dekolletés zu starren.«

Henri brachte mich zum Lachen.

Er setzte sich neben mich, blätterte vorsichtig in den Seiten, nieste, weil ihn der alte Staub in der Nase kitzelte. »Der erste Brief ist offenbar von der verwitweten Frau Calas.

Merkwürdig – er trägt keine Unterschrift! *15. Brachmonat 1762 …*«

»Brachmonat – was ist das?«, warf ich ein. »Oktober vielleicht? Da liegt alles brach …«

Doch Henri war skeptisch. »Wenn mich nicht alles täuscht, liegt der Brachmonat im Frühling – aber weiter …«

»Nein, mein Herr, nichts soll mich abhalten, dass ich nicht alles unternehme, um unsere Unschuld darzutun, lieber will ich verurteilt sterben, als leben und schuldig geglaubt werden. Man fährt fort, die Unschuld zu unterdrücken und uns nebst unserer beweinenswürdigen Familie auf das Grausamste zu verfolgen. Man entführt mir noch, wie Sie wissen, meine lieben Töchter, den einzigen mir überbleibenden Trost, um sie in zwei verschiedenen Klöstern zu Toulouse zu verstecken, man führt sie an einen Ort, welcher der Schauplatz war von allem unserm entsetzlichsten Unglück; ja man hat sie gar voneinander abgesondert. Doch wenn der König zu befehlen geruht, daß man Sorge für sie trage, so segnet ihn mein ganzes Herz. Ich will Ihnen unsere Unglücksgeschichte umständlich und nach der genauen Wahrheit erzählen.

Den 13. Oktober 1761 (welch ein betrübter Tag für uns!) kam Herr Gober Lavaisse von Bordeaux, woselbst er sich eine Weile aufgehalten hatte, hierher, um seine Verwandten auf ihrem Landgut zu besuchen; in dieser Absicht suchte er sich ein Lehn-Pferd und langte abends zwischen 4 und 5 Uhren in unserer Behausung an. Mein Mann bat ihn, weil er doch noch nicht zu verreisen gedächte, daß ihm belieben möchte, mit uns zu Nacht zu speisen; der junge Herr nimmt es an; er geht hinauf in mein Zimmer, wo er mich, wider meine Gewohnheit, noch antraf. Sein erstes Compliment war: Ich esse mit Ihnen zu Nacht, Ihr Mann hat mich eingeladen. Ich bezeugte ihm mein Vergnügen darüber, nach wenigen Augenblicken verließ ich ihn, um meiner Magd Verhaltungsbefehle zu geben; demzufolge begab ich mich zu meinem ältesten Sohn, Marc-Antoine, und fand ihn ganz allein im Kaufmanns-Gewölbe sitzen, er sah finster und tiefsinnig aus; ich bat ihn hinzugehen und Käse von Roquefort zu kaufen, denn er war gewöhnlich dazu bestellt und verstand sich auf diese Sachen besser denn andere; deswegen sagte ich zu ihm, geh hin und kauf uns Käse von Roquefort, hier hast du Geld dazu, was übrig bleibt, kannst du dem Papa geben.

Hierauf ging ich wieder in mein Zimmer zu dem jungen Lavaisse, den ich darinnen zurückgelassen habe. Doch bald hernach verließ er mich und ging zu den Roßhändlern, um zu sehen, ob ein Pferd für ihn angelangt wäre, denn er wollte morgens kurzum auf das Landgut seines Vaters reisen.

Als mein ältester Sohn unterdessen den Käse gekauft hatte, wurde es Zeit zu Nacht zu speisen; es war sieben Uhr. Alles im Haus setzte sich zur Tafel. Die Mahlzeit dauerte nicht lange, man unterhielt sich von gleichgültigen Dingen, man disputierte unter anderem über die Altertümer auf dem Rathause; mein jüngster Sohn Pierre erwähnte etliche derselben, sein Bruder tadelte ihn, denn jener redete weder gut noch gründlich davon.

Da wir am Nachtische waren, steht dieses unglückliche Kind, ich meine meinen ältesten Sohn Marc-Antoine, von der Tafel auf und geht durch die Küche, wie seine Gewohnheit war, hinweg. (Die Küche ist bei dem Speisesaal zu, auf dem ersten Stockwerk.)

Die Magd sagte zu ihm: Frieren Sie, Herr Calas? Wärmen Sie sich hier.

Nichts weniger, antwortete er, ich bin im Gegenteil ganz erhitzt. Er geht fort.

Wir blieben noch etliche Augenblicke bei der Tafel, danach gingen wir in das ehemalige Schlafzimmer, nämlich der Herr Lavaisse, mein Mann, mein Sohn und ich. Die zwei setzten sich auf ein Sofa, mein jüngster Sohn auf einen Lehn-Sessel, ich auf einen Stuhl, wir disputierten alle miteinander. Mein Sohn entschlief, und ungefähr um 9¾ Uhren nahm Herr Lavaisse Abschied von uns, wir weckten den Entschlafenen auf, den Gast zu begleiten, und gaben ihm die Fackel, demselben den Weg zu weisen. Sie gingen dann miteinander herunter.

Im Augenblick aber, als sie drunten waren, hörten wir ein lautes Geschrei und Lärm, konnten aber nicht unterscheiden, was man redete; mein Mann lief herzu, ich aber blieb zitternd auf der Galerie, ich durfte nicht heruntergehen und wußte nicht, was es wohl sein möchte.

Doch da ich niemand kommen sah, entschloß ich mich, herunterzugehen; ich ging und traf unten an der Treppe den Herrn Lavaisse an, den ich mit Ungestüm fragte, was es wäre? Er bat mich sehr, mich wieder hinauf zu begeben, ich würde es denn schon vernehmen; er setzte so sehr in mich, daß ich endlich mit ihm in meine Kammer ging. Ohne Zweifel wollte er mir den Schmerz ersparen, meinen Sohn in solchem Zustand zu sehen, und ging wieder herunter. Ich konnte nicht länger in diesem allzu heftigen Stande der Ungewissheit bleiben, ich rief die Magd und sagte ihr, indem ich ihr das Licht gab, Jeanette, geht doch herunter, zu sehen, was es ist, ich weiß es nicht und bin ganz voller Schrecken. Sie geht.

Da sie aber nicht zurückkommt, mir Bericht zu bringen, ging ich selbst hinab.

Großer Gott, welcher Schmerz, welche Bestürzung überfiel mich, als ich diesen lieben Sohn ausgestreckt auf der Erde liegen sah?

Doch ich hielt ihn noch nicht für tot, ich lief und suchte Ungarisch Wasser, im Glauben, es sei ihm übel geworden, und da die Hoffnung das ist, was uns am spätesten verläßt, tat ich alles, was ich immer konnte, um ihn wieder zu sich selbst zu bringen, denn ich konnte mich nicht überreden, daß er tot wäre.

Wir alle schmeichelten uns damit, indem man den Wundarzt hat kommen lassen, der neben mir stand, den ich aber nicht wahrnahm, bis daß er sagte, es wäre vergeblich, etwas Weiteres zu versuchen, er sei tot.

Ich behauptete ihm, daß dieses nicht sein könnte, und bat ihn, seine Bemühungen zu verdoppeln und ihn aufs Genaueste zu examinieren. Das tat er, allein es war alles umsonst. Es war nur gar zu wahr, daß er tot war.

Mittlerweile lehnte sich mein Mann an einen Tisch und ergab sich der Verzweiflung, also daß mein Herz wie zerteilt war. Es blutete vor dem kläglichen Anblick meines Sohnes und der Furcht, meinen lieben Mann zu verlieren, der sich ganz und gar seinem Schmerz ergab und von keinem Trost was hören wollte.

Da wir in diesen Umständen waren, traten die Gerichtsbedienten herein und nahmen uns in dem Zimmer, wohin man uns hinaufgehen ließ, gefangen.

So verhält sich aufs Genaueste die ganze Begebenheit.

Ich rufe den Gott an, der unsere Unschuld kennt, daß er mich ewig verdamme, wenn ich nur um ein Jota von der Wahrheit abgewichen und nicht bei allen Umständen dabei geblieben bin.

Ich bin bereit, diese Wahrheit mit meinem Blut zu besiegeln …«

Ich war wie erschlagen von dem, was ich gehört hatte. Von wegen Kratzfüße und lüsterne Blicke … »Ich bin bereit, diese Wahrheit mit meinem Blut zu besiegeln«, wiederholte ich leise.

Auch Henri schien wie gefangen von dem Bericht. Er starrte mit entgeistertem Blick auf sein Glas, in dem der Rotwein funkelte. Dann trank er es mit einem Schluck leer und sah auf die Uhr. »Ich würde jetzt gerne mit dir darüber reden, Sandrine, wirklich, glaub mir, die Sache interessiert mich über alle Maßen. Aber ich muss noch einmal weg«, sagte er und wirkte plötzlich nervös, geradezu gehetzt.

Ging es ihm nicht gut? Waren es diese elenden Kopfschmerzen, die ihn heimsuchten?

»Wenn es nicht zu spät wird und bei dir noch Licht brennt, klopf ich noch einmal an.«

Ich nickte.

Sorgfältig legte er die Blätter auf den Stapel der noch ungelesenen Seiten. Dann schob er zwei dicke Scheite Holz in den Kamin und nahm seine Cordjacke. An der Tür drehte er sich um. Er sah mir tief in die Augen, verzog ein wenig spöttisch den Mund und meinte: »Ich hab dich schon früher sehr gemocht, kleine Sandrine Calas!«

Regungslos und mit traumverlorenem Blick blieb ich in Charlottes Sessel sitzen. Das flackernde Feuer malte bizarre Bilder auf das Parkett. Ich konnte mich nicht dazu aufraffen weiterzulesen, schlafen zu gehen, ja nicht einmal, die Gläser abzuräumen. Im Grunde war ich froh, endlich allein zu sein. Es gab so vieles zu bedenken. Da war die bewegende Stimme aus der Vergangenheit, die eindringlichen Worte der Witwe Calas, Worte voller Angst um Sohn und Ehemann, und auch dass man ihr nicht glauben könnte.

Ein schreckliches Unglück war damals über die Familie hereingebrochen.

Schließlich musste ich auch über meine eigenen Probleme nachdenken: die neue Affäre meines Mannes. Die bevorstehende Scheidung. *Sam und Sandy* gab es nicht mehr …

Das Pendel der großen Standuhr schwang ohne Unterlass hin und her. Mein Gesicht glühte, ich war ganz erhitzt, so wie Marc-Antoine, bevor das Unglück über ihn hereinbrach.

Obwohl ich noch immer wütend über Sam war, musste ich mir eingestehen, dass ich ihn dennoch liebte, und jetzt machte ich mir bittere Vorwürfe, es ihm zu wenig gezeigt zu haben. Nicht nur die Kanzlei hatte mich voll in Anspruch genommen, wahrscheinlich hatte ich mich auch viel zu oft mit Steffi, meiner besten Freundin, getroffen. Zwei Tage vor Silvester war ich sogar – völlig erschöpft nach einem schwierigen Prozess, bei dem ich Nebenklägerin in einer Vergewaltigungssache gewesen war, und frustriert darüber, so viel allein zu sein – kurzentschlossen mit ihr nach St. Peter Ording gefahren, wo sie ein Landhaus besaß. Als Sam von seiner Geschäftsreise nach Hause kam, um mit mir den Jahreswechsel zu feiern, fand er einzig einen kleinen Zettel auf dem Küchentisch vor und ein kaltes Huhn im Kühlschrank.

Nun fühlte ich mich auch noch schuldig deswegen. Typisch Frau!

Das Holz knisterte im Kamin. Eines der Scheite fiel krachend und funkensprühend in sich zusammen. Schuldig oder unschuldig … Wie oft hatte ich in den letzten Jahren diese

Wörter ausgesprochen? Wer gibt die Spielregeln vor und wer spricht Recht, Gott oder der Zufall?

Natürlich geschieht manches rein zufällig. Menschen kommen und gehen. Man verliebt sich und will, dass der Partner liebt, was man selbst liebt, dass er hasst, was man auch hasst, und man trennt sich wieder, wenn der vermeintliche Segen der Übereinstimmung zum Fluch geworden ist.

»Steter Tropfen höhlt den Stein, und der Ring zerreibt sich durch Tragen«, heißt es bei Ovid. Steter Tropfen höhlt den Stein? Hatte ich Sam tatsächlich einmal zu viel gezeigt, dass er entbehrlich war, dass ich mein Leben auch ohne ihn bewältigen konnte? (Dass ich eine gute Freundin wie Steffi hatte, die er nicht zu lieben brauchte, und Dinge verabscheute wie Golfspielen oder Segeltörns, die er schätzte?)

»Zerreibt sich durch Tragen ...«, murmelte ich mehrere Male vor mich hin und betrachtete voller Wehmut und Schmerz meinen Ehering. Der Diamant blitzte auf. In seinem Licht sah ich uns beide, *Sam und Sandy* – das schöne elegante Paar, das nach Meinung vieler so gut zusammenpasste –, wie wir Hand in Hand auf der Fifth Avenue vor dem Schaufenster eines Juweliergeschäftes standen und uns einfach nicht entscheiden konnten. Der Inhaber, ein älterer Mann im dunklen Anzug und mit braunfleckigen gepflegten Händen, musterte uns aufmerksam, als wir den Laden betraten.

»Sie suchen Trauringe?«, hatte er vorsichtig gefragt, als hätten jene tausend Zweifel, die wir über die Ringfrage hinaus in dieser Heiratsangelegenheit hegten, offen in unseren Gesichtern gestanden. Wir nickten wie befreit. Sollte ein anderer die Entscheidung treffen, uns war es recht.

Da lächelte der Mann, bückte sich und zog ein Schubfach heraus, das er vor uns auf die Ladentheke stellte. Auf schwarzem Samt lagen gut zwei Dutzend Platinringe.

»Sie müssen wissen, dass es für jede Braut nur einen einzigen, genau zu ihr passenden Ring gibt auf dieser Welt«, sagte er leise und geheimnisvoll zu mir und wies auf ein schmales, fast unscheinbares Platinband mit einem kleinen Diamanten.

»Dies ist der Ihre, junge Frau. Ein Unikat. Er wird Ihnen Glück bringen.«

Der Ring gefiel mir sehr, er passte wie angegossen. Der Preis war horrend.

Doch an das Glück wollte ich nur zu gerne glauben.

Sams Gegenstück besaß keinen Stein, war aber gerade deswegen von einer bestrickenden männlichen Eleganz …

Mein Gott, dachte ich, als ich erneut die Hand hin und her bewegte, um den Diamanten zum Funkeln und weitere Bilder zum Erscheinen zu bringen, der Juwelier hat glatt gelogen. Geblufft. Gepokert. Ein Geschäft gemacht kurz vor Ladenschluss. Clever, dieser Mann … »Der Ring wird Ihnen Glück bringen!«

Aber heißt es nicht auch: »Jeder ist seines Glückes Schmied«?

Was geschieht eigentlich mit Eheringen *nach* einer Scheidung? Musste ich den meinen Sam zurückgeben und er mir den seinen? Höchstpersönlich, bei einem letzten Glas perlenden Champagners? Oder sollte ich ihn per Wertbrief abschicken, mit ein paar Tränen-Perlen auf den allerletzten Zeilen?

(Was bleibt zu tun, nachdem wir uns mächtig zugesetzt haben, Herr Voltaire? Ein sanftes Leben zu führen in friedlicher Gelassenheit und zu lachen?) Oder vielleicht ein Scheidungsritual in einer Kirche praktizieren, wie ich es in einem Journal gelesen hatte? Was hierzulande noch Aufsehen errege, hatte es in dem Artikel geheißen, sei in vielen protestantischen Kirchen in den USA schon beinahe Normalität. Ein solches Ritual helfe trennungswilligen Paaren, ihre Wunden zu heilen und ihre Befreiung zu feiern. Danach vergrub man gemeinsam die Eheringe vor der Kapelle oder man schmolz sie ein.

Zugegeben, Menschen brauchen Rituale. Doch dieses fand ich einfach lächerlich. Unwürdig, wie Charlottes Schatzgeschichte.

Ich schenkte mir nach, nahm einen großen Schluck Wein, kuschelte mich dann wieder in meine Decke, starrte ins Feuer und dachte noch lange an Sam, der mich irgendwann geliebt hatte – und dann ein bisschen an Henri, der mich ein klein wenig mochte.

7

»Wenn man aber drei Tage im Bauch eines Walfisches zugebracht hat, ist man nicht so gut gelaunt wie nach dem Besuch einer Oper ...«
Voltaire, Für Wahrheit und Menschlichkeit

Bahnhof Straßburg – 11.01 Uhr
Straßburg oder Strasbourg, wie die Franzosen schreiben.

Mit einem unschönen Quietschen der Bremsen und heftigem Ruck hält der Zug an. Die alte Dame ist aufgewacht, der picklige Sohn angelt hektisch die Koffer herunter.

Ich muss in den Zug nach Lyon umsteigen und mache mich mitsamt meinem Gepäck auf die Suche nach dem richtigen Gleis und dem Wagenstandsanzeiger, der hier so melodisch Compositions des trains heißt.

Endlich frische Luft, wenn auch dieser besondere, offenbar allen alten Bahnhöfen dieser Welt anhaftende Geruch nach Kohle und Urin vorherrscht, obgleich es längst keine Dampfloks mehr gibt und auch genügend öffentliche Toiletten.

Ich habe eine knappe Stunde Aufenthalt, brauche nicht zu hetzen.

Es war bereits kurz vor Mitternacht, als Henri klopfte.

»Hast du noch Lust zum Lesen, oder bist du schon zu müde«, fragte er beim Hereinkommen. Seine dunklen Haare waren vom Wind zerzaust, er sah gut aus – fast unwiderstehlich. Was hält mich eigentlich zurück, etwas mit ihm anzufangen, dachte ich trotzig. Sam wollte mich nicht mehr haben, Henri war klug, lustig, attraktiv – ein Mann, nach dem sich jede Frau umschaute. Wenig erfolgreich – nun gut, schließlich musste er mich nicht ernähren. Dennoch ... etwas hielt mich zurück. Vielleicht war ich noch nicht so weit, Sam zu betrügen.

Was heißt da betrügen, fuhr es mir in den Sinn. Bist du verrückt, Sandrine! Wer betrügt hier denn wen? »Dumme Kuh«, würde Steffi jetzt mit Recht zu mir sagen.

»Ich bin überhaupt nicht müde«, antwortete ich und gähnte laut.

Henri lachte. »Na, ich weiß nicht, vielleicht ist es besser, du gehst zu Bett!«

»Nein, lies weiter! Die Affäre Calas bewahrt mich vor Grübeleien.«

»Wegen deines Mannes?«

Ich nickte. »Lies …«

Henri lächelte. Alle Nervosität war von ihm gewichen. Doch er hatte mir ein bisschen zu glänzende Augen. »Wie Sie wünschen, Madame«, sagte er, setzte sich entspannt neben mich und begann zu blättern.

»Der nächste Brief ist von Donat Calas, einem weiteren Sohn der Familie, so die Überschrift. Er schreibt aus einem Ort namens Châtelaine an seine Mutter, datiert ist der Brief vom 22. Juni 1762.«

»Donat? Nicht Louis? Von dem sollen wir nämlich abstammen. Und Châtelaine sagst du? Wo liegt denn das? In der Schweiz?«

»Keine Ahnung. Doch sieh nur, Sandrine. Es handelt sich um den gleichen Schriftzug, und wieder ist der Brief nicht unterzeichnet. Hier stimmt etwas nicht. Das sind keine Originale, sondern Abschriften!«

»Was? Zeig her«, entgegnete ich ungläubig. »Komisch, wirklich. Es ist die gleiche Handschrift. Aber Charlotte sprach ausdrücklich von Originalen. Wie kann sie sich so geirrt haben? Sie schrieb mir auch, dass mein Onkel bei seinem Tod einen dieser Briefe bei sich trug, der seitdem verschwunden ist. Der Brief soll aus dem Jahr 1761 gestammt haben, jenem Jahr, in dem das Unglück geschah, diese hier sind aber allesamt ein oder zwei Jahre später datiert. Wirklich seltsam!«

Henri begann zu lesen.

»Meine verehrenswürdige, geliebte und unglückliche Mutter!

Ich sah Euren Brief vom 15. Juni … Siehst du, Sandrine, ich hatte recht. Der Brachmonat ist nicht im Oktober«, sagte Henri zufrieden. »Wenigstens das ist jetzt geklärt. … *Ich sah*

Euren Brief vom 15. Juni, da ein Freund ihn las und weinte; auch ich benetzte ihn mit meinen Tränen. Ich habe Gott auf den Knien gebeten, mich zu vertilgen, wenn jemand aus meiner Familie der verfluchten Mordtat schuldig sei, die man meinem Vater und Bruder beimißt und worin man auch Euch, die beste und tugendhafteste aller Mütter, verwickelt dargibt.

Es war in der Schweiz, dahin ich wegen meiner kleinen Handelschaft seit etlichen Monaten reisen mußte, woselbst ich das unbegreifliche Unglück meiner nächsten Blutsverwandten vernommen habe. Ich wußte sogleich, daß Ihr, geliebte Mutter, daß mein Vater, mein jüngster Bruder Pierre Calas, der Herr Lavaisse, ein junger Mensch, dessen Redlichkeit, Leutseligkeit und Rechtschaffenheit bekannt ist, allesamt zu Toulouse an Eisen und Band geschlossen worden … Hast du das gehört, Sandrine! An Eisen und Band. Und man hat auch den jüngeren Bruder Pierre und den Freund Lavaisse inhaftiert! … *Ich wußte, daß mein ältester Bruder Marc-Antoine Calas eines scheußlichen Todes gestorben und daß derjenige Haß, welcher so oft aus der Verschiedenheit der Religionen entsteht, Euch wegen dieser Mordtat anklage. Ich ward vor Gram und Wehmut krank und wünschte zu sterben.*

Man berichtete mir gar bald, daß eine Partei von dem Toulousischen Pöbel, da er meinen toten Bruder erblickte, vor unserer Haustür geschrien: ›Es ist sein Vater, es ist seine protestantische Blutsverwandtschaft, die ihn ermordet hat; er hat wollen katholisch werden, er sollte den folgenden Tag abschwören, sein Vater hat Hand an ihn gelegt und ihn erwürget, in der Meinung, Gott ein angenehmes Werk zu tun; bei diesem Opfer haben ihm sein Sohn Pierre, seine Frau und der junge Lavaisse Hilfe geleistet.«

Henri ließ das Blatt sinken. »Mein Gott, Sandrine, jetzt erinnere ich mich wieder! Die Leute haben damals ernsthaft angenommen, dass der Vater den Sohn aus Glaubensgründen umbrachte, weil er konvertieren wollte … Das ist verrückt!«

»Warte, Henri! Wenn ich mich recht entsinne, gab es in der Familie bereits einen Konvertiten. Nicht Marc-Antoine, sondern einer der anderen Söhne war Jahre zuvor katholisch geworden.«

»Jahre zuvor? Das ist nicht möglich. Wenn Marc-Antoine der Älteste war, kann ein solcher Vorfall nicht so lange zurückgelegen haben. Mal sehen ... *Man tat hinzu, dass der zwanzigjährige Lavaisse, der an eben dem Tage von Bordeaux hergekommen, in einer protestantischen Versammlung gewählt worden, der Henker ihrer Sekte zu sein und jeden aus derselben zu erdrosseln, der die Religion ändern wollte. Man machte durch ganz Toulouse ein Geschrei, das sei die gewöhnliche Jurisprudenz der Protestanten.«*

»So ein Quatsch«, entfuhr es mir. »Lavaisse, ein hugenottischer Henker! Und die ›gewöhnliche Jurisprudenz‹ der Protestanten! Niemals haben Protestanten so gehandelt! Absurd!«

»Das kannst du nicht wissen, Sandrine! Religiöse Fanatiker gab es zu allen Zeiten und in allen Glaubensgemeinschaften!«, entgegnete mir Henri. »Denk nur an die Bartholomäusnacht und daran, was davor und danach geschah!«

»Ja, du hast recht. Doch welcher Vater würde seinen Sohn ermorden, nur weil dieser die Absicht hat, den Glauben zu wechseln? Ich sage es noch einmal: Jean Calas hätte dann bereits den ersten Sohn umbringen müssen.«

Henri zuckte mit den Schultern. »Vielleicht war es einer zu viel«, entgegnete er leise. *»Die abgeschmackte Ungereimtheit dieser Beschuldigungen beruhigte mich; sie offenbarten einen so albernen Unsinn, daß ich von der Klugheit Eurer Richter das Beste hoffte.*

Ich gestehe es, ich zitterte, da ich vernahm, daß man meinen Bruder Marc-Antoine, einzig in dem Wahn, er habe die Religion ändern wollen, in einer katholischen Kirche begraben habe. Man hat uns die Nachricht erteilt, daß die Bruderschaft der ...« Henri stockte, *»der Pénitens blancs ...«*

»Der was?«

»Pénitens blancs offenbar ...«

»Was bedeutet das?«

»Weiße Büßer höchstwahrscheinlich, doch mit kirchlichen

Dingen kenne ich mich nicht so gut aus. Es gibt zwei Straßen in Toulouse, die nach Büßern benannt sind, einmal die *Rue des Pénitents Blancs*, wo sich das Fremdenverkehrsbüro befindet, und dann die *Rue des Pénitents Gris* bei der Kirche Notre-Dame du Taur – nur schreibt Donat den Namen anders: Pénitens, ohne das zweite ›t‹.«

»Haben sie etwas mit wertvollem Blut zu tun?«, fragte ich aufs Geratewohl.

»Wertvolles Blut? Wie kommst du darauf?«

»Ist mir nur so eingefallen, Charlotte erwähnte so etwas. Mach weiter.«

»… daß die Bruderschaft der Pénitens blancs ihm als einem Märtyrer eine feierliche So… Solem…nität«, Henri stockte erneut und buchstabierte.

»Hochamt. Solemnität ist ein Hochamt«, warf ich ein.

»… ein feierliches Hochamt gehalten, daß man ihm ein prächtiges Grabmal aufgerichtet und daß man sein Bild daraufgestellt habe, mit einem Palmzweige in der Hand.«

»Diese Weißen Büßer haben Marc-Antoine zum Märtyrer gestempelt? Unglaublich! Weshalb so ein abscheuliches Theater?«

Henri zuckte mit den Schultern. *»Es ahnte mir nur gar zu gut vor den Folgen dieser Übereilung und fatalen Enthusiasterei. Ich merkte wohl, daß weil man meinen Bruder Marc-Antoine für einen Märtyrer hielt, mein Vater, Ihr, mein Bruder Pierre und der junge Lavaisse seine Mörder sein müßten. Schreckensvolle Erwartungen betäubten mich einen ganzen Monat lang. Umsonst konnte ich mich mit den Gedanken beruhigen: Ich weiß doch, daß mein Bruder den Vorsatz abzuschwören nicht gehabt, ich weiß, daß, wenn er seine Religion hätte ändern wollen, meine Eltern seinem Gewissen keinen Zwang würden angetan haben; sie sind ja zufrieden gewesen, da mein Bruder Louis katholisch geworden …«*

»Siehst du! Komm, lass uns die wichtigsten Fakten aufschreiben!«

Alle Kälte war vergessen. Verworrenes klar zu strukturieren, Beweise zu erheben, um mit ihnen der Wahrheit auf den

Grund zu gehen, das lag mir. Ich sprang auf, holte Papier aus Charlottes Sekretär und begann, Notizen zu machen.

Im Laufe der nächsten Stunde erfuhren wir noch sehr viel mehr über die Familie Calas. Neben Marc-Antoine, dem Ältesten, war da Donat, dessen Brief wir gerade studierten, Louis, der irgendwann katholisch geworden war, und Pierre, der Jüngste, sowie die beiden Töchter Anne und Anne-Rosé. Der Aussage der katholischen Magd Jeanette, die seit dreißig Jahren in diesem Haushalt lebte, hatte man keinen Glauben geschenkt.

Immer wieder musste Henri die altertümliche Handschrift von der Seite betrachten oder buchstabieren, um einzelne Wörter entziffern zu können. Die Wortwahl und die Formulierungen waren allerdings brillant. Dass ein junger Mann um die zwanzig imstande war, solch tiefschürfende Gedanken zu formulieren, erstaunte uns. Vereinzelt gab es Begriffe, mit denen wir nichts anfangen konnten. Als zum Beispiel die Rede auf sogenannte »Schutzschriften« kam, rieb sich Henri die Schläfen. »Schutzschriften! Welche Schutzschriften? Das wird wirklich immer mysteriöser. Fassen wir kurz zusammen: Die Anklage lautete auf Mord durch den Vater, doch meiner Meinung nach hat Marc-Antoine mit hoher Wahrscheinlichkeit Suizid begangen. Lagen die Gründe dafür in den Umständen oder in seiner Person? Was für ein Mensch war er überhaupt? Seine Mutter beschreibt ihn als melancholisch. Notierst du das ebenfalls, Sandrine?«

»Ja, ja«, sagte ich, »natürlich! Als *finster* hat ihn seine Mutter beschrieben, wenn ich mich recht entsinne. Sieh doch noch einmal nach.«

Ich schrieb drei Randnotizen, während Henri zurückblätterte:

1. Sohnesmord: Entweder alle schuldig oder keiner!
2. Suizid: Was waren die Gründe? Depression, Schulden, sonstige Probleme.
3. Mord: Wen traf Marc-Antoine, als er den Roquefort kaufte?

»Hier steht es: finster und tiefsinnig«, bestätigte mir Henri. »Und unglücklich … und, hier noch etwas anderes: er tadelte oder korrigierte seinen Bruder Pierre beim Abendessen, weil dieser sich nicht gut und nicht gründlich über die Altertümer auf dem Rathaus geäußert hatte. Das verstehe ich wirklich nicht. Was meint er mit nicht gut oder nicht gründlich? Konnte er sich nicht entscheiden? War Marc-Antoine aufgebracht, weil Pierre irgendwelchen Unsinn geredet hat, oder war der große Bruder nur ein elender Nörgler und Besserwisser? Aber was hat er überhaupt mit Altertümern gemeint?«

»Keine Ahnung, vielleicht irgendwelche greise Konsuln«, spottete ich und schenkte uns Wein nach, »damals gab es die doch in Toulouse, oder? Konsuln, meine ich …«

»Hm, ja. Bereits im Mittelalter regierten hier Konsuln, man nannte sie Capitouls. Toulouse ist ja immer eine bedeutende Stadt gewesen. Zu Zeiten der Calas, also im 18. Jahrhundert, dürfte sie meines Wissens aber keine fünfzigtausend Einwohner gehabt haben. Heute, mit gut vierhunderttausend, läuft unsere Kulturszene Millionenstädten wie Lyon und Marseille den Rang ab … Halt, da kommt mir ein Verdacht, was diese *Altertümer* betrifft. Der junge Mann könnte die berühmten Terrakottabüsten von Marc Arcis gemeint haben, die damals ganz sicher noch im Rathaus standen, dreißig an der Zahl. Ob diese Büsten aber etwas mit seinem Tod zu tun hatten?«

Wir diskutierten bis weit in die Nacht hinein. Als Henri endlich nach oben ging, dämmerte es bereits.

8

»Zuweilen kommt es vor, daß man einem anderen nicht zustimmt, ihm aber doch nichts zu entgegnen weiß; man ist geschlagen, ohne überzeugt zu sein.«

Voltaire, Unterhaltung mit einem Mathematiker

Im Zug nach Lyon – 11.50 Uhr

Als ich endlich im Zug nach Lyon sitze, fühle ich mich müde, aber zufrieden. Ein Araber sitzt mir gegenüber. Er hat ein schmales, freundliches Gesicht und trägt einen edlen Kaftan aus lavendelblauer schwerer Seide sowie ein zartgraues gehäkeltes Käppchen. Er liest wohl den Koran. Zumindest sieht es aus wie ein frommes Buch.

Der Zug fährt erst in einer Viertelstunde ab. Ich schaue zum Fenster hinaus. Mein Atem beschlägt die Fensterscheibe, und ich wische sie mit dem Ellbogen sauber.

Eine riesige Plakatwerbung für einen Film springt mir ins Auge: »N'oubliez jamais!« Den gleichnamigen Song von Joe Cocker kenne ich.

N'oubliez jamais? Niemals vergessen? Eine Botschaft für mich? Ich schlucke die Bitternis hinunter, die mir in die Kehle steigt.

Es war die erste erholsame Nacht seit Sams Anruf, und ich wachte gegen elf frisch und relativ gutgelaunt auf. Ich lief zur Boulangerie an der Ecke, winkte auf dem Weg dorthin Marceau zu, der, sein schwarzes Arztköfferchen in der Hand, gerade ins Auto stieg, kaufte knusprige Croissants, Baguette, Butter, Milch und ein Glas mit Aprikosenmarmelade.

Wieder zurück, kochte ich Kaffee, deckte den Tisch und läutete bei Henri Sturm, um ihn einzuladen.

Strubbelig und ein wenig ungepflegt kam er kurz darauf die Treppe heruntergestürmt. Doch seine Fröhlichkeit entschädigte mich für seine Nachlässigkeit. Er küsste mich auf die Stirn, hielt mich dann ein Stück von sich weg und meinte leichthin, nicht nur das nächtliche Gespräch sei seit langem das Beste gewesen, was ihm widerfahren sei, nein, auch die Einladung zum Frühstück aus dem Mund der schönsten Frau, die die Rue de la Dalbade jemals gesehen hätte.

Weil ich mir nicht vorstellen konnte, dass er nicht an jeder Hand zehn Freundinnen hatte, zog ich ihn ein wenig damit auf. Doch er wischte meine Bemerkung mit einer Handbewegung beiseite und meinte frech, dass keine darunter wäre, die mir gefährlich werden könnte. Außerdem scheue ein verbrannter Hund die Küche, sagte er schmunzelnd. Dass ich zögerte, weiter in ihn zu dringen, versteht sich von selbst. Ich hatte im Augenblick genug eigene Probleme.

Nach dem Frühstück war es so warm, dass wir uns entschlossen, unsere Lesung in der Laube fortzusetzen, die um diese Jahreszeit erst spärlich vom wilden Wein bewachsen war und nahezu ungehindert die Sonnenstrahlen durchließ. Wir schrubbten Bank und Tisch und legten eine bunte Decke auf. Ich dehnte und streckte mich in der Sonne. Das war es, was mein Körper brauchte: Wärme und frische Luft.

Der kleine, vor neugierigen Blicken verborgene Hinterhofgarten war wirklich herrlich: an der Mauer des Nachbarhauses Fliederbüsche, die Rispen kurz vor dem Aufspringen, davor das erste zarte Grün der Pfingstrosen, gegenüber ein leuchtender Teppich von Vergissmeinnicht und Schlüsselblumen, und in der Mitte des Gartens das runde mit Buchs gesäumte Beet, in dem der Mandelbaum stand. Violette und dunkelrote Stiefmütterchen wendeten, wie ich es gerade getan hatte, die schwarzen Augen und fleischfarbenen Münder der Sonne zu.

Als ich mit einem gewissen Wohlbehagen von der Gartenseite Charlottes Haus – mein Haus – betrachtete, bemerkte ich, dass die Fenster ziemlich schmutzig waren. Zu meinem Erstaunen störte es mich kaum …

Henri hatte ein altes, völlig zerfleddertes Universallexikon mitgebracht, in dem bereits einige blaue Haftzettel steckten.

»Les Pénitents blancs«, sagte er gutgelaunt und klopfte auf

den Wälzer. »Ich habe heute Morgen nachgesehen. Weiße Büßer, wie ich schon vermutete. Das Wort kommt vom lateinischen *paenitentia*, Reue. Im 13. und 14. Jahrhundert gab es vier Kategorien von Büßern.« Er blätterte. »Die Weinenden, sie blieben vor den Türen der Kirche, die Hörenden, die im Vestibül der Gotteshäuser warteten, die sich Niederwerfenden, die nur am ersten Teil der Messe teilnahmen, und die Beständigen, die sich unter das Volk mischten, aber nicht an der Eucharistie teilnehmen durften. Sie alle behaupteten, sich mit ihrer Verkleidung, die Gleichheit vor dem Tod symbolisierte, auf die Anfänge der christlichen Kirche zurückzubesinnen. Fast alle Büßer begleiteten die zum Tode Verurteilten zur Richtstätte und sammelten anschließend für deren Gräber. Aber sie widmeten sich offenbar auch schon sehr früh irgendwelchen anderen guten Werken.«

»Na ja, wenigstens etwas Vernünftiges. Doch was hat es mit der Farbe Weiß auf sich?«

»Nur Geduld!« Mit einem kräftigen Zug trank Henri seinen Saft aus. Dann erklärte er mir, dass es nicht nur weiße Büßer gab, sondern auch graue, blaue, schwarze und rote, wobei die blauen offenbar in Aigues-Mortes und Montpellier ansässig waren, die grauen in Avignon, die weißen in Rom und die schwarzen und roten in Nizza. Von Toulouse stand in seinem Buch nichts. »Das Interessanteste jedoch ist, Sandrine«, sagte er, »dass sie allesamt nicht nur einheitliche Kutten und Kälberstricke um den Leib trugen, das kennt man ja auch von Mönchen, sondern obendrein spitze Kapuzen, sogenannte Cagoules oder Caparuxtes, in die einzig zwei Sehschlitze geschnitten waren.«

»Wie der Ku-Klux-Klan?« Ich lachte auf. »Das darf doch nicht wahr sein!«

Henri schüttelte den Kopf. »Der Clan soll angeblich nichts damit zu tun haben. Doch das kann glauben, wer will. Ich bin mir sicher, dass sich die Südstaatler die mittelalterlichen Büßer zum Vorbild genommen haben. Das gleiche reaktionäre Gedankengut! Drüben ging es gegen die Farbigen und hier – zumindest in der Zeit, in der Calas lebte – gegen die Reformierten. Fanatiker auf beiden Seiten.«

»Da magst du recht haben. Doch weshalb hoben die Weißen Büßer ausgerechnet Marc-Antoine Calas auf ihr Schild? Er war schließlich ein Reformierter!«

»Ich denke, diese Kerle haben die Gunst der Stunde genutzt. Sie stempelten Marc-Antoine, den armen Sohn, der mit dem Katholizismus liebäugelte, zum Märtyrer und seinen Vater Jean, den bösen Reformierten, zum Mörder. Hoch lebe die einzig wahre, die gerechte, die römisch-katholische Kirche. Der Papst wird sich gefreut haben! Wer saß denn damals im Lateran? Mal sehen ...« Henri blätterte erneut. »Clemens XIII., ein Jesuitenfreund. Wie heißt es doch: ›Jesuiten sind des Teufels letzter Krach, mit dem er lange schwanger gegangen.‹ Kannst mich gerne übertrumpfen, liebe Freundin, wenn dir was Besseres einfällt!«

Ich musste lachen.

Donat Calas' Brief war recht umfangreich. Er sah es als erwiesen an, dass sein Vater während der Zeit, als der Bruder starb, nie von den anderen getrennt war, und er erregte sich darüber, dass man seinen Bruder Pierre zuerst verbannt, dann jedoch in ein Kloster zu Toulouse gesteckt hätte. Dies sei ein einziger Widerspruch, denn wenn Pierre dem Vater geholfen hatte, Marc Antoine zu töten, hätte er auch wie jener verurteilt werden müssen.

Über den Schluss des Briefes gerieten Henri und ich fast in Streit. Der Junge hatte seine Mutter aufgefordert, den König um Hilfe anzuflehen, worauf Henri wütend wurde, weil er an die Gerechtigkeit eines Louis XV. nicht glauben konnte, der einerseits die Pompadour in sein Bett zog, andererseits in religiösen Fragen absolut intolerant war.

»Du darfst nicht alles gleichsetzen, Henri«, warf ich ein. »Ein Verbrechen bleibt zwar ein Verbrechen, aber man muss es aus der jeweiligen Rechtsordnung und Geisteshaltung der Zeit beurteilen.«

»Ach, jetzt spricht die Juristin«, brauste er auf. »Ich weiß sehr wohl, Sandrine, dass man Historie nicht einseitig betrachten kann. *Panta rhei,* alles fließt, der Strom der Geschichte bewegt sich unaufhörlich, doch es scheint, dass die Menschen nicht bereit sind, aus der Vergangenheit zu lernen. Und dabei ist es völlig gleich, welchem Glauben sie anhängen. Es ist der Hass, der immer neue Dämonen gebiert. Du befindest dich auch im Irrtum, Sandrine, wenn du glaubst, dass ein Reformierter wie dieser Jean Calas *nicht* fähig gewesen sein soll, seinen Sohn umzubringen, wenn dieser im Begriff ist, sich auf die verhasste Gegenseite zu schlagen! Da gibt es nämlich den Fall Sirven«, sagte er triumphierend. »Ein Hugenotte, der seine Tochter ertränkt hat, um zu verhindern, dass sie katholisch wurde.«

»Ja, gut. Es mag solche Vorfälle gegeben haben. Aber im Fall Calas setzt du schon wieder voraus, dass Marc-Antoine konvertieren *wollte*! Doch gerade das ist nicht bewiesen. Komm, lies jetzt weiter!«

Zu unserer Überraschung klagte Donat nicht die Richter an, er fand, dass es zweifelsohne nicht ihr Wille gewesen war, »die Unschuld juristisch zu ermorden«, sondern dass »die Vielzahl der falschen Anzeigen, ungeschickten Erzählungen, der dummen Schlüsse und Vermutungen sowie das Geschrei eines rasenden Pöbels« schuld waren.

Ich erklärte Henri, dass es sich hier um das sogenannte *Monitoire* handelte, ein Verfahren, bei dem man an allen öffentlichen Gebäuden Bekanntmachungen anschlug, die man auch des Sonntags in der Messe verlas, des Inhalts, dass jeder, der eine Aussage zu einem bestimmten Fall machen konnte, bei Strafe der Exkommunikation diese auch zu machen hatte. Alles, auch die geringste Kleinigkeit, musste gemeldet werden, beispielsweise Dinge, die man nur vom Hörensagen kannte. Mir war rasch klar geworden, dass, wenn Calas zu den wenigen Reformierten in der Stadt gehörte, auf die sich sowieso das Augenmerk der Leute richtete, den Richtern die wildesten Gerüchte zu Ohren gekommen sein mussten.

»Du meinst, Monsieur X erzählt dem Richter, Madame Y habe dies und jenes gesagt, das diese aber wiederum von Mademoiselle Z im Vertrauen erfahren hat?«

»Genau. Das *Monitoire*. Dieses Verfahren entsprach der damaligen Prozessordnung.«

Dass Donat es absurd und lächerlich fand, dass sein Vater, ein achtundsechzigjähriger Greis, der seit zwei Jahren geschwollene Beine hatte, einen achtundzwanzigjährigen Jüngling von außerordentlicher Stärke und besonderer Hurtigkeit, wie er schrieb, aufgehängt haben sollte, konnten Henri und ich verstehen.

Als wir aber feststellten, dass es sich nicht nur bei den beiden ersten Briefen, sondern bei allen weiteren Schriftstücken um die gleiche Handschrift handelte und ein gewisser François Marie Arouet, besser bekannt unter seinem Künstlernamen Voltaire, dahintersteckte, war Henri bleich geworden.

»Voltaire. Ich fasse es nicht. Sandrine, das ist eine Sensation!«

9

»Philosoph, Freund der Weisheit, das heißt der Wahrheit. Diese zweifache Eigenschaft ist für alle Philosophen kennzeichnend.«
Voltaire, Philosophisches Wörterbuch

Im Zug nach Lyon – 12.04 Uhr
Die Durchsage. Die Türen schließen sich. Endlich geht es weiter. Ich schiebe die plissierten türkisfarbenen Vorhänge ein wenig zur Seite. Alles hier in diesem französischen Zug ist grautürkis.

Einzig die geschäftigen Bahnbeamten tragen zur grauen Hose ein stahlblaues Hemd.

Sie sind freundlich und hilfsbereit.

Ein letzter bewundernder Blick auf den dunklen, herrlich alten Jugendstilbahnhof von Straßburg, dann wird der Zug hinausgepfiffen.

Schön, dass das Abteil nicht voll besetzt ist. Ich ziehe meine Schuhe aus und mache es mir bequem …

Da schiebt jemand die Tür auf.

»Wusstest du wirklich nicht, dass Voltaire Calas verteidigt hat?«, fragte ich Henri verwundert, weil ich mir seine Begeisterung nicht recht erklären konnte. Dass ich selbst nicht sofort an Voltaires »Offene Briefe« und die berühmten »Schutz- und Denkschriften« zu diesem Fall gedacht hatte, war einfach unverständlich. Wie ein Anfänger war ich auf die herzzerreißenden Schriftstücke hereingefallen. Ich hatte Charlotte gründlich missverstanden und geglaubt, es handele sich ausschließlich um Familienpapiere, Schriftstücke aus der Hand meiner Vorfahren, wie dasjenige, das Onkel Alphonse verlor. Voltaires Briefe zum Calas-Fall gab es in jeder Buchhandlung zu kaufen. Dennoch hielt ich einen nicht unbedeutenden Schatz in meiner Hand, was auch Henri sofort erkannte.

»Ja, natürlich wusste ich, dass Voltaire sich der Sache annahm, Sandrine. Doch das hier sind seine Originale! Weißt du, was die wert sind in Sammlerkreisen? Ha!« Henri richtete sich auf. »Du könntest steinreich werden, Sandrine! Natürlich nur, wenn du sie an die richtigen Leute verkaufst!«

»Ich bin eher enttäuscht, dass sich nicht ein einziger Brief oder ein Hinweis meiner Verwandten darunter befindet. Keine Zeile auch von meinem Urgroßvater, der doch so großen Wert darauf legte, dass sich jemand des Calas-Falles annimmt. Irgendwie finde ich das Ganze höchst seltsam, Henri. Der einzige Brief, der aus der Zeit stammte, bevor Voltaire eingriff, ging ausgerechnet bei der Suche nach irgendwelchen frommen Büßern verloren. Daraufhin versteckte Charlotte die Kassette, angeblich weil sie es sicherer fand. Warum? Und welche Fakten soll ich denn meiner Arbeit zugrunde legen?«

»Wie meinst du das?« Henri runzelte die Stirn.

»Nun, in den Denkschriften steht nichts, was nicht längst der Öffentlichkeit bekannt ist. Es sei denn, die Originale unterscheiden sich von den gedruckten Ausgaben, die im Jahr 1762 und später herauskamen. Das müssen wir prüfen, Henri. Jedenfalls ist eines gewiss, wenn ich mich irgendwann von Voltaires Schriftsätzen trenne, dann kommen sie in das Stadtarchiv von Toulouse!«, sagte ich bestimmt.

»Bist du verrückt?«, Henri sprang auf. »Die zahlen nichts! Die danken dir deine Großherzigkeit höchstens mit einem feuchten Händedruck! Nein, nein, das überlässt du mir, wenn es soweit ist. Ich kenne Leute, die für einen echten Voltaire …«

»Jetzt beruhige dich, Henri«, sagte ich, irritiert über seine Aufgeregtheit. »Setz dich wieder hin. Wenn es mich packt, schreib ich eine Abhandlung und versuche sie zu publizieren, und bis dahin bleiben die Papiere selbstverständlich in meinem Besitz.«

Nachdenklich sah mich Henri an. Ich konnte direkt spüren, wie sich die Gedanken in seinem Kopf überschlugen. Er kniff die Augen ein wenig zusammen. Dann sagte er: »Manche Leute haben das Glück gepachtet.«

Ich war für einen Moment sprachlos. »Ich denke, wir sollten für heute Schluss machen«, sagte ich schließlich.

Henri Gagnepain, mein alter Jugendfreund, hatte gemerkt, dass er zu weit gegangen war, denn er nickte kurz, stand auf und ging nach oben. Eine Viertelstunde später hörte ich, wie er das Haus verließ.

Irritiert las ich noch eine Weile weiter, holte mir auch eine Ausgabe der Denkschriften aus Charlottes Bücherschrank, um erste Vergleiche anzustellen, aber ich konnte mich nur schlecht konzentrieren. Henris Worte wollten mir nicht aus dem Sinn gehen. »Ich habe es satt, arm zu sein«, hatte er bereits am Abend nach der Beerdigung hervorgestoßen. Und jetzt dies ... Offenbar schleppte er ein größeres Problem mit sich herum, als er es sich selbst eingestand. Ich wehrte mich aber dagegen, ihn erneut vor mir selbst in Schutz zu nehmen, schon weil es mir nicht in den Kopf wollte, weshalb er bei seiner Begabung keinen ordentlichen Job fand in dieser Stadt. Das hätte sein Problem doch mit einem Schlag gelöst! Konnte ja sein, dass heutige Zeitungsverlage mit Individualisten, wie er einer war, nichts mehr anfangen konnten, man legte inzwischen wieder Wert auf Angepasstheit. Doch wie lange wollte er noch dieses Chemie-Unglück für jegliche Unbill in seinem Leben verantwortlich machen?

Ich blätterte weiter, las, verglich, hielt erneut inne ... Nein, ich hatte absolut recht, das Versteck im Keller ergab nur einen Sinn, wenn in den Papieren nicht nur ein Hinweis auf diese seltsame Bruderschaft des Wertvollen Blutes steckte, sondern die ganze Wahrheit über die Affäre Calas!

Am nächsten Morgen weckte mich ein zeitiger Anruf von Ramon Schneider aus unruhigen Träumen. Ich setzte mich im Bett auf und zog die Decke unters Kinn. Charlottes Schlafzimmer war ein wahrer Eiskeller.

Ramon berichtete mir gutgelaunt, dass Meyer tatsächlich bereit sei, mir die Kanzleiräume zu verkaufen. Der Preis war akzeptabel. Noch ziemlich schlaftrunken, signalisierte ich meinem Kompagnon Grünes Licht. Hellwach wurde ich aber, als mir Ramon erzählte, dass gestern Sam in der Kanzlei gewesen sei und ihn über mich ausgefragt habe. Auf meine Scheidungspläne habe mein Mann recht irritiert reagiert.

»Ich will dich nur vorwarnen, Sandy«, meinte Ramon, »es würde mich nicht wundern, wenn Sam über kurz oder lang bei dir auftaucht. Hast du denn wirklich vor, ihn laufenzulassen? Ohne Kampf?«

»Was soll ich denn deiner Meinung nach machen, sag? Heulen, jammern, damit er die andere aufgibt? Das tun, von dem ich meinen Mandantinnen immer abgeraten habe? Das alles habe ich bereits hinter mir, und ich bin nicht gewillt, mich ein weiteres Mal zu erniedrigen.«

»Hm ... Na gut. Wie stellst du dir die finanzielle Seite vor?«

Ich verwies Ramon auf unseren Ehevertrag, der sich in einem privaten Ordner in meinem Schreibtisch befand. Im Falle einer Scheidung waren Sam und ich uns nichts schuldig.

Wir vereinbarten, dass ich nach Ostern zur Vertragsunterzeichnung nach Nürnberg kommen und bei dieser Gelegenheit auch meine Angelegenheiten ordnen würde.

»Na, deinen ›Kleinlein‹ wirst du wohl auch nach Toulouse mitnehmen, oder?« Ramon lachte.

Mit dem Maler und Bildhauer Norbert Kleinlein – eines seiner Werke hing in meinem Büro – hatte mich meine beste Freundin Steffi auf einer Vernissage bekannt gemacht. Mit Steffi war ich bereits aufs Gymnasium gegangen. Sie war mit einem bekannten Nürnberger Industriellen verheiratet, der ein Zweigwerk in Schanghai besaß, und hatte ein gutes Händchen für moderne Kunst.

Wir diskutierten noch eine Weile über den Fall Harry R., wobei mir Ramon erzählte, dass sich Richter Müller maßlos über einen bestimmten Erlanger Journalisten aufgeregt hätte und es im Übrigen zutiefst bedaure, nicht mehr mit mir zusammenarbeiten zu dürfen. Ramon nutzte diese Brücke zu einem weiteren Versuch, mich umzustimmen.

Ich ließ mich jedoch auf nichts ein und staunte selbst, wie sehr ich mich bereits von meiner alten Welt abgenabelt hatte.

»Und was treibst du so den ganzen Tag, außer zu grübeln

und mit deinem Schicksal zu hadern?«, fragte mich Ramon zum Schluss.

»Ich lese Voltaire, den ganzen Tag … und die halbe Nacht.« Ich gähnte.

»Voltaire?« Ramons Stimme klang entsetzt. »Aber du kannst doch nicht nur … Voltaire lesen?«

»Warum nicht, er ist spannend und aktuell wie nie zuvor!«

»So hab ich das nicht gemeint. Ich dachte … nun, du musst doch auch noch was anderes zu tun haben dort unten, oder?«

Ich lachte. »Natürlich! So ganz nebenbei entrümple ich Charlottes Haus. Vorgestern habe ich meine roten Lackschuhe entdeckt. Charlotte hat sie mir gekauft, als ich sieben war. Sie war der Meinung, dass jedes Mädchen einmal im Leben rote Lackschuhe haben müsste! Ich habe sie geliebt, die Schuhe – und natürlich Charlotte. Meine Mutter hätte mir niemals solch unnützes Schuhwerk gekauft.«

»Sie war ganz schön verrückt, deine Tante, oder?«

»Klug war sie. Einfach nur klug.«

Abgesehen davon, dass es einen vollkommenen Menschen nicht gibt, könnte man inzwischen den Eindruck haben, als wäre Charlotte ein solcher Mensch gewesen. Sie besaß gleichermaßen Scharfsinn wie Herzensgüte, hatte aber auch Ecken und Kanten, so legte sie zum Beispiel übertriebenen Wert auf ihr Aussehen. Niemals wäre sie ungeschminkt oder in nachlässiger Kleidung aus dem Haus gegangen. Als ich ihre Kleiderschränke inspizierte, brachte ich es nicht übers Herz, den Inhalt irgendwelchen hier ansässigen wohltätigen Organisationen zu schenken. Nein, in Toulouse sollte keine andere Frau in ihren Kleidern herumlaufen! So verpackte ich lieber alles, um die Kartons irgendwann mit nach Nürnberg zu nehmen. Frau Münster kannte bestimmt Leute, die etwas damit anzufangen wussten.

Charlotte war also nicht perfekt gewesen. Waren ihr jedoch Ungerechtigkeiten zu Ohren gekommen, hatte sie eine Beharrlichkeit an den Tag gelegt, die manche Leute mit Starrsinn verwechselten. Obwohl Onkel Alphonse der französischen Aristokratie angehörte, galt seine Frau noch zu seinen Lebzeiten als eine Linke. Ihre Ablehnung der Kirche gipfelte nicht nur in Aussprüchen wie »Wer's nicht glaubt, ist drum kein Ketzer«, sondern sie hatte über Jahre hinweg Lesungen und Vortragsabende organisiert, mit Autoren und Referenten, die ihre freigeistige Auffassung stützten. Aus all diesen Gründen war nicht jeder in Toulouse gut mit ihr ausgekommen, und vielfach hatte man sie ihrer Haltung wegen – auch öffentlich – scharf angegriffen.

Ich erinnerte mich an einen Vorfall vor sieben oder acht Jahren, als ich sie für einige Wochen besuchte. Kurz zuvor hatten Kinomacher einen Appell zum »zivilen Ungehorsam« gegen das Projekt verschärfter Ausländergesetze von Innenminister Jean-Louis Debré lanciert, und Charlotte hatte sie mit einem Leserbrief im *Observateur* unterstützt. Daraufhin war sie einen ganzen Nachmittag lang auf das heftigste am Telefon beschimpft worden – natürlich anonym. Nicht etwa eingeschüchtert – sie ließ sich übrigens auch nicht von ihrem Freund Fernand Laroque aufhalten, der ihr händeringend zur Zurückhaltung riet –, fing sie noch am gleichen Tag an, weitere Unterstützer zu requirieren. Studenten, Künstler, Politiker, Archäologen, Psychiaterinnen, Fotografen, Modemacherinnen und selbst Richter bekannten sich plötzlich öffentlich. Innerhalb weniger Tage waren dreißigtausend Unterschriften gesammelt, von einfachen Bürgern irgendwo auf der Straße, was die These einer rechtsextremen Wochenzeitung, es handele sich um »das Luxushobby einer kulturell-intellektuellen Elite«, widerlegte. Als es im Anschluss an eine Demonstration zu einem Zusammenstoß zwischen den Demonstranten und der Polizei kam, war Charlotte handgreiflich geworden und hatte eine Nacht auf der Wache zubringen müssen. Dies war das einzige Mal, dass ich sie ungeschminkt und in verknittertem Kostüm zu Gesicht bekam, als ich sie am nächsten Morgen dort abholte. Ihre Augen hatten jedoch vor Unternehmungslust gefunkelt. Als sie sich zu Hause geduscht, umgezogen, geschminkt und frisch frisiert hatte, fuhr sie augenblicklich wieder zu dem von ihr organisierten Info-Stand vor der Kirche St. Sernin.

Mit den Männern an ihrer Seite war es problematisch. In ihrem Herzen war Alphonse zu Hause, für immer und ewig, auch nach seinem Tod. Eine Zeitlang hatte Doktor Serralongues – Marceaus Vater – ein Auge auf sie geworfen, doch er war der guten Charlotte zu jung, zu konservativ und vor allem zu dominant gewesen.

»Arsène ist ein Stockfisch«, pflegte sie zu sagen.

Fernand Laroque (einen Kopf kleiner als sie) war zwar im Grunde seines Herzens ebenfalls äußerst konservativ, aber er verstand es geschickt, Charlotte für sich einzunehmen. Die beiden kamen Arm in Arm zu fast jeder Vernissage oder Finissage, jedem Opernball, jedem Konzert, blieben aber dennoch auf Distanz. Natürlich boykottierte er ihre linksalternativen Kreise. Er sei zwar – so hatte er auch Sam kurz nach unserer Hochzeit erzählt – unter gewissen Prämissen bereit, bürgerrechtliche Forderungen von Minderheiten zu unterstützen, für die *»Sans-Papiers«*, wie man die illegalen Einwanderer in Frankreich nennt, hätte er jedoch keinerlei Verständnis. Charlotte funkelte ihn stets wütend an, wenn er ihr wieder einmal unterstellte, blindlings für andere ins Verderben zu rennen, und sie revanchierte sich bei nächstbester Gelegenheit, indem sie ihm an den Kopf warf, dass nicht alle Leute fromm wären, die täglich in die Kirche liefen.

Kurz, die beiden stritten sich oft und heftig, sie gingen sich auch tagelang aus dem Weg, fuhren aber Jahr für Jahr im Sommer für acht Wochen gemeinsam nach Biarritz, wo sie getrennte, jedoch nebeneinander liegende Hotelzimmer bezogen.

»Ach weißt du, Sandrine«, hatte mir Charlotte einmal auf meine Frage hin erklärt, warum sie Monsieur Laroque eigentlich nicht heiratete, »wenn man den Abstand aufgibt, ist der Reiz nur noch halb so groß. Fernand trägt mich auf Händen, wäre ich seine Gattin, würde er bequem werden.«

Ich hatte Henri an diesem Morgen nicht zum Frühstück eingeladen, was auch daran lag, dass ich gar nicht wusste, ob er überhaupt in der Nacht zurückgekommen war.

Mein Plan für diesen Tag war, einen Stadtbummel zu machen und in den einschlägigen Buchhandlungen nach Informationen über die Weißen Büßer oder die Bruderschaft des Wertvollen Blutes Ausschau zu halten.

Zuerst suchte ich die Rue des Filatiers auf, um mir das Haus des Jean Calas anzusehen. Die engen malerischen Gassen der Toulouser Altstadt mit ihren aus Ziegelsteinen erbauten Fachwerkhäusern hatten mir schon immer gefallen. Lange blieb ich vor dem alten Haus mit der Nummer fünfzig stehen. Während die Leute geschäftig an mir vorbeieilten, betrachtete ich die geschnitzte, hellblau gestrichene, hohe Tür und sah hinauf zu den Fenstern, in denen sich die Morgensonne spiegelte. Ich war ein wenig enttäuscht, denn ich hatte mir das Haus viel größer vorgestellt. Interessiert las ich die Inschrift, die sich oberhalb der Tür befand: *Haus des Jean Calas, wo man den Leichnam seines Sohnes Marc-Antoine fand, am 13. Oktober 1761.* Dann ein weiteres Datum, und zwar *5. 1. 1945*, der Tag, an dem offenbar diese Inschrift angebracht wurde, einhundertvierundachtzig Jahre später, gegen Ende des Zweiten Weltkrieges. Wer hatte dies angeordnet? Da fiel mir ein, dass es sich genau um das Jahr handelte, in dem mein Urgroßvater mit fünfundsiebzig Jahren starb. Kurz zuvor hatte er die Dokumente Charlotte hinterlassen. Zumindest im Jahr 1944 musste es also diese Bruderschaft noch gegeben haben. Das war interessant!

Ob man ihn und Charlotte eingeladen hatte zur Anbringung der Gedenktafel?

Ein blutjunges Mädchen mit dünnen staksigen Beinen stand Arm in Arm mit einem jungen Farbigen vor der Auslage eines benachbarten Modegeschäftes. Sie warf mir einen neugierigen Blick zu. Ich nickte, lächelte – und dachte über die Liebe nach, die nicht nur Paare, sondern auch Familien zusammenschweißt, und hoffte, mir bald ein besseres Bild machen zu können von den Menschen, die damals in diesem Haus wohnten. Ein Liebhaber, ein unbekannter Maler, ein vergifteter Büßer ... Würde ich jemals die Wahrheit herausfinden, was damals im Haus des standhaften Hugenotten Jean geschah?

Bedrückt ging ich weiter in Richtung Saint Etienne. Um die Kathedrale herum lag das Antiquariatsviertel. Aber zuerst eilte ich in die benachbarte Rue Lafayette, um mir bei *Maître Chocolatier Olivier* jene rabenschwarze Zartbitter-Mokka-Schokolade zu kaufen, der ich noch nie hatte widerstehen können, auch nicht in meinen glücklichen Tagen, einfach weil sie wie Butter auf der Zunge zergeht.

Als ich die hohen wurmstichigen Bücherregale von Monsieur Maxime inspizierte, tippte mir plötzlich jemand auf die Schulter. »Sandrine? Kann es möglich sein? Sind Sie es?«

Ich drehte mich um und sah in die erstaunten Augen von Marceaus Vater. »Wie schön, Sie noch in Toulouse zu wissen«, sagte er freundlich und strich sich das halblange weiße Haar hinter die Ohren. »Ich dachte, Sie seien längst wieder nach Deutschland abgereist! Haben Sie die Immobilien Ihrer Tante bereits verkauft?«

»Aber nein«, ich schüttelte den Kopf. »Ich habe gar nicht vor, sie zu veräußern, vorerst bleibe ich in Toulouse. Ihr Sohn weiß übrigens, dass ich noch hier bin, wir haben uns gestern über die Straße hinweg zugewinkt.«

Monsieur Serralongues' Miene verfinsterte sich. »Ach, das hat er mir gar nicht erzählt ... Nun, ich kam erst gestern Abend von einer kurzen«, er räusperte sich, »... einer Reise zurück, und da hatte er keine Zeit. Marceau hat eigentlich nie Zeit, meine Liebe, nicht für mich und nicht für andere Menschen, außer für seine Patientinnen natürlich. Bitte nehmen Sie es ihm nicht übel. Er ist ein vielbeschäftigter Mann.«

Was wollte der alte Serralongues? Ich hatte mich doch gar nicht beschwert! In *seinen* Worten hatte Bitternis gelegen. Seltsam, dachte ich, Henri hatte ähnlich reagiert: »Der Herr Professor hat keine Zeit!«

Was war nur mit Marceau los?

Nach allem, was mir in der Zwischenzeit widerfahren ist, weiß ich, dass es Menschen gibt, die einem völlig fremd bleiben, auch wenn sie einen ein Stück auf dem Lebensweg begleiten. Man glaubt sie gut zu kennen, denkt sogar, sie seien nahe Freunde, aber im Grunde kennt man sie nicht.

»Dass Marceau bis über beide Ohren in Arbeit steckt, kann ich mir schon denken«, sagte ich, um meinen Jugendfreund in Schutz zu nehmen. »Da fehlt einem oft die Zeit zum Leben ... nun ja, mir ging es in Nürnberg ähnlich. Außer der Praxis wird ihn auch seine Familie fordern, nicht wahr? Übrigens habe ich Ihre Enkelin noch gar nicht zu Gesicht bekommen.«

Serralongues nickte, ohne mir darauf zu antworten. Dann schaute er sich suchend um und meinte mit hochgezogenen Brauen: »Gibt es denn überhaupt noch Bücher, die sich nicht in Charlottes Schränken finden lassen?«

Ich lachte und erzählte ihm von den geerbten Papieren. »Allein aus juristischer Sicht ist es die Affäre Calas wert, heute noch einmal näher beleuchtet zu werden«, sagte ich und verwies dabei auf die undurchsichtige Rolle, die seinerzeit die Weißen Büßer gespielt hätten. Über sie suche ich Material ...

IO

»Es gereicht der menschlichen Vernunft nicht gerade zur Ehre, daß man sich irgendwelcher Meinung wegen gehaßt, verfolgt, niedergemetzelt und verbrannt hat.«

Voltaire, Philosophisches Wörterbuch

Im Zug nach Lyon – 12.10 Uhr

Ausgerechnet ein Priester kam ins Abteil. Jetzt sitzt er mir gegenüber, brav, schweigsam, nachdem er beim Eintreten höflich in meine und des Arabers Richtung gegrüßt und sich uns sogar vorgestellt hat. Perillos sei sein Name. Sein kleines silbernes Kruzifix glänzt wie neu. Mein Herz klopft laut.

Merkwürdig, er hat fast dasselbe rötlich blonde Haar, eine ähnlich jugendfrisch rosige Haut und marienblaue Augen wie derjenige, den sie vor einem Jahr in Toulouse umgebracht haben, obwohl er viel größer und kräftiger ist.

Ich versuche unauffällig den Titel des Büchleins zu entziffern, das er in den Händen hält.

»La vraie langue celtique …«, kann ich lesen, mehr nicht.

Die wahre keltische Sprache?

Der Araber geht in den Speisewagen. Mein Gott, ich weiß nicht warum, aber ich will nicht mit diesem Priester allein bleiben! Doch in Panik dem Araber hinterherzulaufen, erscheint mir kindisch.

Nach einer Weile reiße ich mich zusammen, bitte Abbé Perillos, auf mein Gepäck achtzugeben und frage, ob ich ihm dafür etwas aus dem Speisewagen mitbringen dürfte.

Der Mann lächelt nett und schüttelt den Kopf. Mit näselnder Stimme dankt er mir.

»Wenn man die Aussagen der Leute und alle Indizien, die wir bisher zusammengetragen haben, einander gegenüberstellt, steht für mich zweifelsfrei fest, dass alle Angeklagten unschuldig sind.«

»Ja, gut, Sandrine«, meinte Henri, »du hast sicherlich recht, aber es gibt eben keinen Augenzeugen für das, was im Gewölbekeller passiert ist.«

»Es kann gar keinen geben, und es ist auch gar nicht zwingend nötig.«

»Doch was ist – nur hypothetisch, Sandrine –, was ist, wenn alle zusammen ihn getötet haben?«

»... der Vater, die Mutter, der Bruder, der Freund *und* die katholische Magd? Niemals. Das ist so abwegig, wie es nur sein kann. Voltaire sagt, es sei ein Zusammentreffen unglücklicher Umstände gewesen, vom Schicksal arrangiert. Obendrein war der Richter durch die Zeugen – du erinnerst dich an das Mittel der *Monitoire* – voreingenommen. Statt Richter zu sein, machte er sich zum Ankläger. Hinzu kommt, dass es sich um einen nichtöffentlichen Prozess handelte. Voltaire war es, der für eine umfassende Strafrechtsreform eintrat und durch seine Briefe die fehlende Öffentlichkeit wieder herstellte. Er rief sogar ein Komitee ins Leben, das ihn bei seinen Bemühungen um eine Revision unterstützte. Letztendlich musste sich der König des Falles annehmen, was die Familie Calas rehabilitierte. Das alles geschah aber erst nach dem Tod des Vaters. Es handelte sich also um einen Justizmord ersten Grades.«

»Hast du am Ende weitergelesen? Ohne mich?«

Natürlich hatte ich das in den zwei Tagen, die wir uns nicht gesehen hatten, getan.

Henri verzog unwillig das Gesicht, was mich erneut an unsere Kindheit erinnerte, als auch immer alles nach seinem Kopf hatte gehen müssen.

Es läutete an der Tür. Ich ging hinaus und öffnete. Ein Mann von der *France Télécom* stand draußen und wollte Charlotte sprechen. Er legte mir einen Auftrag vor, der offenbar kurz vor ihrem Tod erfolgt war. Es ging um den Austausch der alten Wählscheibenapparate gegen neuere Tastendruckmodelle (dunkelrot – meine Lieblingsfarbe, was mich freute). Nach einer halben Stunde war alles erledigt.

»Und was hast du noch während meiner Abwesenheit herausgefunden?«, fragte Henri, als wir wieder unter uns waren. Er stand am Küchenfenster und starrte auf die Straße.

»Nun, zuerst einmal, dass es keine Unterschiede gibt zwischen den Originalen und Charlottes Ausgabe. Das herauszufinden war mir wichtig. Über andere Details, die mir beim Lesen auffielen, muss ich erst nachdenken, zum Beispiel, dass der *Capitoul* von Toulouse, David de Beaudrigue, herbeieilte und anordnete, die ganze Familie, die Magd und Lavaisse einzukerkern. Ich weiß nicht, ob das der Normalfall war.«

Gestern hatte ich lange über bestimmte Dinge nachgedacht und beschlossen, Henri zukünftig nicht in alle meine Überlegungen und Recherchen einzubeziehen. Seine hässlichen Neidgefühle waren der eine Grund, der andere, dass er sich meiner Meinung nach viel zu sehr in die Affäre Calas verbiss. Und nachdem meine Nachforschungen in der Stadt mehr oder weniger ergebnislos geblieben waren, musste ich sie ihm auch nicht auf die Nase binden. Weder Maître Maxime noch andere Buchhändler wussten etwas von einer Geheimen Bruderschaft des Wertvollen Blutes. Über die Gebäude und Kapellen der frommen Büßer von Toulouse erfuhr ich jedoch, dass sie als Widerstandsnester gegenüber dem Protestantismus errichtet worden waren. Maxime sagte mir, dass diese »Spinner« – seine Worte! – weitgehend unabhängig von Rom gehandelt hätten. Zum Schluss hatte er mir die Biographie von Voltaires langjähriger Lebensgefährtin in die Hand gedrückt und gemeint, dass die Beschäftigung mit dieser Dame doch weitaus amüsanter für mich wäre.

»Wusstest du eigentlich, dass Voltaire ganze fünfzehn Jahre eine Liebesbeziehung mit einer verheirateten Frau hatte?«, fragte ich Henri, um ihn auf andere Gedanken zu bringen – manchmal sah er recht trübsinnig aus. »Émilie du Châtelet. Die beiden lebten auf Cirey, dem Landgut ihres Mannes, irgendwo in Lothringen.«

»Was hat denn Voltaire zu dieser Frau hingezogen?«

Mein Plan war aufgegangen. Ich erzählte von der »göttlichen Émilie«, wie Voltaire sie genannt hatte. Humanistisch und wissenschaftlich gebildet, sprachbegabt, mutig, stolz und leidenschaftlich, war sie die richtige Frau für ihn gewesen. Auf ihrem Landgut hatten sich die beiden jahrelang mit physikalischen, mathematischen, theologischen und historischen Fragen beschäftigt. Sie schrieben Abhandlungen, übersetzten, philosophierten mit den Großen der damaligen Welt – sie liebten und sie stritten sich. Voltaire meinte später einmal – und das hatte zur Abwechslung mich neidisch gemacht, als ich es las –, er bedaure einzig die vertanen Tage seiner Jugend, bevor er Émilie und die Freuden der Liebe kennengelernt hätte.

»Auf dem Landgut ihres Mannes?«, fragte Henri verwundert. »Was hat denn der Gatte zu dieser Liaison gesagt?«

»Keine Ahnung. Ich habe das Buch noch nicht zu Ende gelesen, doch vor Voltaire hatte sie wohl schon den heißbegehrtesten Schönling dieser Zeit erobert, den Herzog Richelieu. Ich denke, dass es damals nichts Ungewöhnliches war, wenn sich adlige Frauen Liebhaber zulegten. Émilie war sowieso ihrer Zeit voraus, sie suchte regelmäßig in Männerkleidung die Pariser Cafés auf, um dort zu diskutieren, was Frauen generell verboten war. ›Wenn ich König wäre‹, schrieb sie in einem Kommentar, ›so würde ich einen Missbrauch abschaffen, der die Hälfte der Menschheit zurücksetzt. Ich würde Frauen an allen Menschenrechten teilhaben lassen, insbesondere an den geistigen. Dies würde der gesamten Menschheit zugute kommen.‹ Das war vor zweihundertfünfzig Jahren. Eigentlich unglaublich, dass heutzutage in einigen Ländern noch immer Frauen unterdrückt werden, ja, sogar zwangsverheiratet.«

Ich suchte Henri die Voltaire-Briefe heraus, die ich nachts durchgearbeitet hatte, dann stand ich auf. »Weißt du was? Lies selbst. Ich gehe inzwischen einkaufen, der Kühlschrank ist leer. Mal sehen, ob es schon grünen Spargel gibt …«

Als ich zurückkam, saß Henri noch immer am Tisch. Doch statt die Denkschriften zu studieren, unterhielt er sich mit Sam.

Ich ließ den Bastkorb mit dem Spargel sinken und blies die Backen auf. »Du hier?«

Mein Mann nickte. »Wir müssen miteinander reden, Sandrine«, sagte er. »Schick deinen Liebhaber nach Hause!«

Ich dachte, ich höre nicht recht. »Wie kannst du es wagen, Henri als meinen Liebhaber zu bezeichnen? Gerade du? Ganz davon abgesehen, dass dein Verdacht lächerlich ist.«

»Nun, da hat mir dein … Freund aber etwas anderes erzählt«, meinte Sam ungerührt, wobei er das Wort »Freund« zynisch betonte.

Ich warf Henri einen wütenden Blick zu und wies ihm wortlos die Tür. Er machte eine Unschuldsgeste, grinste dabei aber bis über die Ohren und verzog sich.

»Du hast dich offenbar schnell getröstet, das muss man dir lassen, Sandrine«, sagte Sam, als Henri gegangen war. »Das hätte ich nicht von dir geglaubt.«

»Ein für alle Mal, Sam, Henri ist nicht mein Liebhaber, und selbst wenn es so wäre, dürfte es dich eigentlich nicht interessieren«, antwortete ich mit eisiger Stimme. »Jetzt sag mir, weshalb du da bist.«

»Nun«, antwortete er, »ich habe mit Ramon gesprochen. Er hat mir mitgeteilt, dass du die Scheidung willst. Was ist nur in dich gefahren!« Sams Stimme klang wie die eines dummen trotzigen Kindes.

»Was willst du, du hast mich schließlich um eine Trennung gebeten, oder?«

»Um eine Trennung, aber nicht um die Scheidung! Als wenn du darauf gewartet hättest! Und was soll dein Entschluss, in Toulouse bleiben zu wollen und die Kanzlei aufzugeben? Weißt du eigentlich, wie viel Geld ich dort investiert habe?«

»Weißt du eigentlich, wie viel Liebe ich für dich empfunden habe?«

»Davon habe ich in letzter Zeit recht wenig gemerkt.«

Selbst wenn Sam recht hatte – er konnte mir nicht offen in die Augen sehen. Immer wieder warf er auch einen Blick auf die eiserne Kassette mit den Briefen. Ich kannte seine

Neugier. »Komm, Sam, lass uns nicht streiten!« Ich versuchte einzulenken, doch Sam, der mir die zweite Geliebte innerhalb eines Jahres präsentierte, kam immer wieder auf Henri zu sprechen. Plötzlich gefiel mir die Rolle, in der ich mich befand. Dem untreuen Ehemann bei der erstbesten Gelegenheit einen gutaussehenden »Liebhaber« zu präsentieren war Rache pur. Süße Rache …

Über die erfundenen Liebhaber verlassener Mandantinnen hatte ich mich oft genug amüsiert. Es steckt Selbstschutz hinter solchen Geschichten, wie ich jetzt verstand. Auch »imaginäre Liebhaber« sind Pflaster für die verwundete Seele.

Nach stundenlanger Debatte kamen wir überein, nichts zu übereilen. Ich würde Ramon anrufen und die Scheidungspapiere auf Eis legen. Sam und Gwen – so sagte er – wollten sich ausgiebig prüfen. Meine Rivalin hatte offenbar einige schlechte Erfahrungen mit Männern gemacht und kein großes Interesse, sich sofort wieder zu binden. Außerdem besaß sie eine elfjährige Tochter, die in England zur Schule ging.

Nach einem halben Jahr würden wir uns wieder zusammensetzen, um gegebenenfalls »Nägel mit Köpfen« zu machen. Es war mir neu, dass man Scheidungen so umschreiben kann, und ich hatte auch nicht gewusst, dass untreue Ehemänner sich offenbar von nichts und niemandem abhalten lassen, mit der betrogenen Ehefrau schlafen zu wollen. Aber dazu konnte Charlottes exzellenter Bordeaux ein gut Teil beigetragen haben.

Am nächsten Morgen meinte Sam jedenfalls gutgelaunt, dass Toulouse so schlecht gar nicht sei. Er könne mich durchaus verstehen. Haus und Garten seien einfach phantastisch, das habe er früher nie so recht erkannt.

Ich hatte den leisen Verdacht, dass Sam plötzlich zwei Frauen in zwei Städten vor sich sah, zwischen denen er hin- und herzupendeln gedachte, doch als er nach dem Frühstück in der Laube in den Salon zurückschlenderte und geradewegs auf die Kiste zusteuerte, deren Scharniere ich im Morgengrauen erst geschlossen hatte, meinte ich mit ernster Stimme, dass es für ihn an der Zeit sei, nach Hause zu fahren. Ich hätte die vergangene Nacht zwar durchaus genossen, weil ich ihn noch immer liebte, aber es wäre ein Fehler gewesen, miteinander zu schlafen. Er solle die Nacht als einen Abschied ansehen – einen endgültigen.

Damit, dass ihm Henri noch einmal über den Weg laufen könnte, hatte ich nicht gerechnet. Gerade als Sam die Haustür aufmachte, kam mein »Geliebter« auf Strümpfen die Treppe herab. Er hatte einen feuerroten und einen schwarzen Socken an und ein provozierendes Grinsen im Gesicht. Sams Blick sprach Bände.

»Er kann es ja gar nicht erwarten«, sagte er sarkastisch …

II

»Der Aberglaube scheint eine Epidemie zu sein, gegen die auch die stärksten Gegner nicht immer gefeit sind.«
Voltaire, Philosophisches Wörterbuch

Im Speisewagen – 13.15 Uhr
Der Speisewagen ist überfüllt, aber ich entdecke noch einen Platz neben der Theke.

Der Araber sitzt neben zwei anderen Muslimen am Ende des Waggons. Sein blauer Kaftan leuchtet bis hierher.

Als der Kaffee und die Rühreier serviert werden, die ich bestellt habe, wird mir übel. Ich habe zwar meine Aufzeichnungen bei mir, nicht aber die Tabletten. Dennoch wage ich es nicht, vorzeitig in mein Abteil zurückzukehren und möglicherweise den Priester dabei zu überraschen, wie er mein Gepäck durchwühlt. Wächst sich das Sejanische Pferd zur Paranoia aus? Ein Familienerbe?

Ich stochere ein wenig in den Eiern herum und zerpflücke das Weißbrot. Ganz langsam kaue ich das Brot, Stückchen für Stückchen, in der Hoffnung, dass die Übelkeit vergeht – und die Zeit mit ihr …

Henri sprach mich nicht auf Sam an, wofür ich ihm dankbar war. Bereitwillig half er mir, das Geschirr abzuräumen, und während er abspülte, setzte ich Kaffeewasser auf. Unweigerlich kamen wir auf die Affäre Calas zu sprechen. Henri schien regelrecht darauf zu brennen weiterzulesen. Hatte er denn gar nichts anderes zu tun? Auf meine Frage meinte er kryptisch: »Ach, weißt du … ich brauche ständig Anstöße von außen, und die Gespräche mit dir regen mich zum Schreiben an. Augenblicklich denke ich an eine längere Abhandlung über den ›König‹ Voltaire. Der Titel: *Monsieur le sucre et le roi* … Das könnte mich reizen.«

»Du spinnst«, sagte ich und lachte, wenngleich sein Vorhaben nicht so verrückt war, wie es sich anhörte. Beide in ihrer

Außergewöhnlichkeit zu vergleichen, wäre einen Versuch wert gewesen.

Bei Maître Maxime hatte ich ein interessantes Werk über das französische Strafrecht in dieser Zeit entdeckt. Das Strafverfahren war bereits seit dem Jahr 1670 durch die *Ordonnance Criminelle* für ganz Frankreich einheitlich geregelt, zumindest in der Theorie. Die Praxis hatte wohl anders ausgesehen. Die Capitouls waren die Richter der ersten Instanz, und das Strafrecht des *Ancien Régime* kannte keine Gewaltenteilung. Ein absolutistischer Staat eben!

»Diese *Ordonnance Criminelle*«, fragte mich Henri, nachdem ich ihm den Sachverhalt kurz erklärt hatte, »war also im Grunde eine Verbesserung des alten Strafsystems?«

»So könnte man sagen. Nur Jean Calas hatte nichts davon, weil dieser Beschluss eben nicht überall zum Tragen kam. Das Verfahren, das bei Calas zum Einsatz gelangte, war geheim. Es sah keinen Anwalt und keine Gegenüberstellung des Angeklagten und der Zeugen vor. Calas erhielt auch keine Abschriften über deren Aussagen.«

»Heißt das, er hatte keine Möglichkeit, in die Berufung zu gehen?«

»Doch, und zwar vor dem *Parlement*, dem königlichen Gerichtshof. Dort konnte jeder, der zum Tode verurteilt worden war, Berufung einlegen. Nur war offensichtlich das *Parlement* von Toulouse äußerst konservativ – und natürlich katholisch. Es stützte sein Urteil auf die ihm von der ersten Verhandlung vorliegenden Akten, die aber weder Calas noch der Öffentlichkeit zugänglich waren. Das muss man sich mal vorstellen! Gegen die Entscheidung des *Parlements* konnte nur der König selbst einschreiten, der übrigens auch das Recht hatte, einzig durch einen sogenannten *lettre de cachet* eine Verurteilung zu erwirken, ohne Prozess! In England war man in diesen Jahren schon weiter, wie auch Voltaire wusste.«

Henri hatte sich Notizen gemacht, war aber mehrmals aufgestanden und ans Küchenfenster getreten. Sein Freund Sokrates würde ihn gleich abholen, sagte er, es ginge um Recherchen.

Nachdem aber der Mann mit dem außergewöhnlichen Spitznamen auf sich warten ließ, setzten wir uns ans Küchenfenster und nahmen uns die Anmerkungen vor, die Voltaire unter einige seiner Denkschriften gesetzt hatte. Sie waren viel pointierter, ja, oft schärfer in der Wortwahl als die Briefe, die er im Namen der Angehörigen geschrieben hatte. Wie er suchten auch wir nach Gründen für einen Suizid des jungen Calas:

1. Marc-Antoine hatte zwar das juristische Examen abgelegt, erhielt aber als Hugenotte keine Genehmigung zur Ausübung seines Berufes.
2. Einige Wochen vor dem Unglück war es zum Streit mit dem Vater gekommen. Voltaire schrieb hierzu, dass Marc-Antoine kein Kaufmann werden konnte, weil er dafür ungeeignet war.

»Ungeeignet heißt doch, dass er kein Talent dafür hatte.«

»Guter Gott, Sandrine«, meinte Henri, »dieser junge Schnösel hatte ganz einfach einen Dünkel, wollte was Besseres sein als der Rest seiner Familie, lungerte aber untätig zu Hause herum. Jeder Vater spielt in einem solchen Fall verrückt. Aber wenn Marc-Antoine so klug war, wie er es sich einbildete, hätte er dann nicht bereits zu Beginn seines Jurastudiums wissen müssen, dass er am Ende als Reformierter nicht zugelassen würde? Schließlich war der Katholizismus Staatsreligion. Vielleicht war er der Meinung, dass sein Vater schon alles richten würde.«

»Das könnte sein … doch weiter: *Da ihm* – Marc-Antoine ist gemeint – *alle Wege zum Erfolg verschlossen schienen, verfiel er in tiefen Schmerz. Ich sah ihn oft Texte von verschiedenen Autoren über den Selbstmord lesen, von Plutarch, Seneca oder Montaigne; er konnte die Übersetzung des berühmten Monologs aus Hamlet in Versen auswendig.«*

»Sein oder Nichtsein, das ist hier die Frage«, witzelte Henri und sah wieder auf die Straße hinaus. Er schien zunehmend nervöser zu werden. »Marc-Antoine hat sich für das Nichtsein entschieden, nicht wahr?«

Ich wiegte zweifelnd den Kopf. »Voltaire schreibt: *Es ist höchst wahrscheinlich, dass Marc-Antoine Calas sich selbst entleibt hat.* Und dann, nach dem Auffinden des Leichnams: ... *der Vater kommt, man schneidet den Körper herunter: Sehet, das ist der erste Beweggrund des Urteils wider diesen unglücklichen Vater: Derselbe wollte nicht so schnell den Nachbarn und den Wundärzten sagen: ›Mein Sohn hat sich erhängt, man muß ihn nach dem Richtplatz schleifen und meine Familie beschimpfen.‹*«

»Nach dem Richtplatz? Was bedeutet das?«

Ich erklärte ihm, dass man damals die Leiche eines Selbstmörders nackt, mit dem Gesicht nach unten und unter großem Hallo durch die Straßen zum öffentlichen Richtplatz schleifte. Dabei hatte jedermann das Recht, den Toten mit Steinen zu bewerfen. Am Richtplatz wurde die Leiche dann an einen Galgen gehängt.«

»Das ist ja furchtbar! Kein Wunder, dass Jean Calas seinem toten Sohn diese Behandlung ersparen wollte«, stieß Henri entsetzt hervor.

»Er musste aber auch seine Familie schützen und an sein Geschäft denken. Als Hugenotte war er sowieso Außenseiter. Das Schlimmste war wohl für ihn, dass er sich selbst als Hauptschuldigen betrachtete: Er, der überstrenge Vater, der den Sohn mit unnötiger Härte in den Tod getrieben hat. Wie soll er sich vor seiner Frau rechtfertigen, die an ihrem Ältesten, diesem Sorgenkind, mit großer Liebe hängt? Das, und die Schande, die nun unweigerlich über die Familie hereinbrechen wird, macht ihm Angst. In seiner Bestürzung, seiner Verwirrung, seiner tiefen Trauer beschließt er, den Selbstmord als Mord hinzustellen. Ein Fremder muss das Abscheuliche getan haben! Das ist in diesem Augenblick für ihn die einfachste, die beste Lösung. Es ist die klassische Flucht aus der Realität, völlig unüberlegt, gewiss – aber in einer solchen Ausnahmesituation durchaus nicht ungewöhnlich«, sagte ich. »Das war übrigens nicht *meine* Vorstellung von dem, was in der Rue des Filatiers Nr. 50 geschah, sondern die Sicht Voltaires.«

Ich stand auf, um mir ein Glas Wasser zu holen. Als ich

zurückkam, sah mich Henri sonderbar an. Er war lange still, dann meinte er leise: »Eines muss man dir lassen, das Plädoyer, das du gerade gehalten hast … wäre Jean Calas dein Mandant gewesen, so hätte man ihn ganz sicher freigesprochen. Du bist … eine außergewöhnliche Frau geworden, Sandrine.«

Ich senkte verlegen den Blick, betrachtete meine Fingernägel. Der Lack splitterte an zwei Stellen. Nicht Henris Lob hatte mich soeben aus dem Konzept gebracht, sondern seine Augen.

Draußen hupte es, und Henri riss das Fenster auf. Es war nur die Paketpost.

Dennoch blieb er weiter am halboffenen Fenster stehen. Nach kurzer Zeit schon drang feuchtkalte Luft herein. Ich zog die Ärmel meiner Strickjacke über die Handgelenke. Wenn er jetzt ginge, dachte ich, würde ich mir ein Bad einlassen. Als ich aber merkte, dass ich insgeheim hoffte, er bliebe hier und seinem Freund Sokrates wäre etwas dazwischengekommen, schob ich den Gedanken schnell beiseite.

Ich lehnte mich zurück und versuchte unauffällig meine Handflächen, in die ich meine Finger gekrallt hatte, an meiner Jeans zu trocknen. Das war mir schon seit Jahren nicht mehr passiert. Weil ich nur ab und zu am Wasserglas nippte und nichts sagte, sah mich Henri – noch immer am Fenster stehend – über die Schulter hinweg an. »Was hast du? Du bist heute so blass. Mein Kompliment war keine Schmeichelei, sondern völlig ernst gemeint! *Du* hättest seinerzeit einen Freispruch erwirkt!«

»Wenn jemandem sehr daran gelegen war, einen Sündenbock zu finden, um die wahren Hintergründe dieses Dramas zu verschleiern, hätte das gar nichts genutzt.«

»Wie meinst du das?«

»Nun, ich halte Voltaire entgegen, dass er einer Fehleinschätzung zum Opfer fiel. Marc-Antoine hat sich *nicht* umgebracht, niemals!«

Henri drehte sich nun vollends zu mir um. Er schloss das

Fenster mit einem Knall und pfiff leise durch die Lippen. »Mord? Du denkst an diese Weißen Büßer?«

Ich zuckte mit den Schultern. »Lass mir ein paar Tage Zeit zum Überlegen und Recherchieren. Vielleicht habe ich unrecht, schließlich hat Voltaire in dieser Sache gesiegt.« Draußen hupte es erneut. Henri spähte auf die Straße und sprang dann zur Tür. »Voltaire«, sagte er zu mir, als er sich seine Jacke schnappte, »würde jetzt aufstehen und sagen:

›Madame, Sie befinden sich im Irrtum. Die Vernunft hat gesiegt!‹«

12

»Was ist das für eine Religion, die seit Konstantin sich nur durch Bürgerkriege oder durch Henker gehalten hat!«

Voltaire, Für Wahrheit und Menschlichkeit

Kurz vor der Ankunft in Lyon – 16.40 Uhr
Die Durchsage kündigt Lyon-Part-Dieu an. Stunden voller quälender Gedanken sind vorüber. Dennoch habe ich kurz geschlafen, nachdem ich gemeinsam mit dem Araber in das Abteil zurückgekehrt bin.

Nun muss ich wieder umsteigen. Mein Gepäck steht bereits im Gang. Abbé Perillos, der die letzten Jahre in China verbracht hat, wie er mir erzählte, ist schon vorausgegangen. Dank der Gnade Gottes und seiner eigenen Beharrlichkeit dürfe er sich nunmehr in die Abtei Saint-Joseph de Clairval zurückziehen, so sagte er, um dort gewisse Studien zu betreiben. Gewisse Studien?

Ich werfe einen letzten Blick zum Fenster hinaus. Die Rhône schimmert grüngolden im spätnachmittäglichen Sonnenlicht …

Die Vernunft hat gesiegt? Obwohl er lange vor der Affäre Calas das Zeitalter der Vernunft und Aufklärung hereinbrechen sah, war Voltaire davon überzeugt, dass aus so abscheulichen Verdächtigungen wie dem »Kindesmord aus Glaubensgründen« irgendwann Realität werden könnte. Gerade durch diese Anschuldigungen könne ein solch schrecklicher Widerwillen gegen den Katholizismus entstehen, »dass die Natur in einigen unglückseligen, fanatischen Vätern diese dazu bringen könnte, das so leichtfertig angenommene Verbrechen tatsächlich zu begehen.«

Jean Calas hatte Marc-Antoine nicht getötet, und sein Sohn hatte nicht vorgehabt, seinen Glauben zu wechseln. Das stand für mich fest. Wenn meine Vermutung stimmte, dass die Büßer ihn umgebracht hatten, so konnte man ihn tatsächlich als Märtyrer bezeichnen, denn er war für *seinen* Glauben – den reformierten – gestorben, weil er eben *nicht* hatte abschwören wollen. Fakt war auch, dass bereits kurz nach dem Bekanntwerden des Todes von Marc-Antoine eine Person aus dem Kreis der Weißen Büßer gezielt das Gerücht von der Konversion und dem »zwangsläufig« daraus resultierenden Sohnesmord in die Welt gesetzt hatte.

Doch wer war diese Person? Hatte sich die römisch-katholische Kirche schon vor dem Fall Calas der willfährigen Büßer bedient, um die Hugenotten zu diffamieren? Wenn ja (was nachzuprüfen wäre), bedeutete das, dass die Büßer vielleicht nur Statisten waren und der Regisseur der Kopf der ominösen Bruderschaft des Wertvollen Blutes? Einer dieser Leute war vergiftet worden. Da Voltaire jedoch auf diesen Todesfall nicht Bezug nahm, musste man davon ausgehen, dass er vertuscht wurde oder keine Rolle spielte.

Vielleicht war diese Bruderschaft aber auch völlig harmlos und meine ängstliche Urgroßmutter nur einem Hirngespinst aufgesessen?

Die »Altertümer auf dem Rathaus« fielen mir ein, über die die Calas-Brüder in Streit geraten waren. Henri hatte auf Marc Arcis getippt …

Ich schlug im Lexikon nach. Arcis hatte tatsächlich von 1655 bis 1739 in Toulouse gearbeitet und zur Ausschmückung des Rathauses etliche Büsten illustrer Personen angefertigt, unter anderem die vom Sonnenkönig.

Nachdenklich geworden, ging ich in die Küche, öffnete nun selbst das Fenster, um frische Luft hereinzulassen, und sah hinunter auf die um diese Stunde ruhige Rue de la Dalbade. Erneut ertappte ich mich, wie ich ungeduldig auf Henri wartete. Auf der anderen Straßenseite, in Höhe des Serralongues-Anwesens, stand ein großer schwarzer Wagen mit laufendem Motor. Ärgerlich über den Gestank der Abgaswolke, die sich bis zu mir herüberzog, wollte ich gerade das Fenster wieder schließen, als ein dunkel gekleideter Mann quer über die Straße zum Wagen hin rannte. Beim Öffnen der Beifahrertür ging das Licht für einen Augenblick an, und der Lichtschein fiel auf sein Gesicht. Ein hagerer südländischer Typ … Als ob er gespürt hätte, dass ich ihn beobachtete, hielt er beim Einsteigen plötzlich inne. Er riss den Kopf herum und sah zu mir hoch. Dann machte er eine fahrige Bewegung, stieg ein, und das Auto fuhr los.

Irgendwie kam mir die Sache merkwürdig vor …

Als ich das Lexikon in den Schrank zurückstellte, fielen mir zwei alte Fotoalben in die Hände. Auf einem der letzten Bilder sah ich Onkel Alphonse hoch zu Ross, ein Foto, das wohl kurz vor seinem Tod aufgenommen worden war, denn Charlotte hatte ein schwarzes Band darüber gespannt. Neben ihm ritt Fernand Laroque. Ich staunte. Laroque war ein gutaussehender Mann gewesen. Ob ich *ihn* über diese Bruderschaft befragen sollte? Vielleicht hatte Alphonse vor seinem Tod mit ihm über seine Nachforschungen geredet.

Zu meiner großen Enttäuschung hielt sich Onkel Fernand (wie ich ihn früher immer nannte, obwohl ich ihn aus Respekt nie geduzt hatte) nicht in Toulouse auf, wie mir seine Haushälterin Zélie mit schleppender Stimme am Telefon beschied. Ich solle es in vier Wochen noch mal versuchen.

Ramon Schneider klang noch verschlafener als die alte Zélie, meinte jedoch, er hätte bereits beim ersten Klingelton gewusst, dass ich am anderen Ende des Telefons wäre, schließlich sei er ungeduldige nächtliche Anrufe von mir gewohnt. »Der heutige ist für mich übrigens ein deutliches Zeichen, dass du bald wieder in deinen Beruf zurückkehrst, Sandrine!«, hatte er zufrieden gemeint.

Ich lachte nur, denn nächtliche Versprechungen taugen nichts.

Kurz: Ramon versprach, im Internet Nachforschungen nach dieser Bruderschaft zu betreiben (wobei ich mich maßlos ärgerte, dass ich es versäumt hatte, den Monteur von *France Télécom* auf einen eigenen Internet-Anschluss anzusprechen. Das musste ich so bald wie möglich nachholen).

Mittlerweile war es ein Uhr geworden, und ich war zu

müde, um hinauf ins Schlafzimmer zu gehen. Henri war noch immer nicht zurückgekommen, oder er hatte sich ins Haus geschlichen. Ich legte mich auf das Sofa, wickelte mich in eine Decke und löschte das Licht. Die Pendeluhr tickte laut in der Stille ... Ich weiß nicht, woran es lag, dass mir die Szene mit dem parkenden Wagen nicht aus dem Kopf gehen wollte. Vielleicht war es ein Freund von Henri gewesen, der ihm eine wichtige Nachricht in den Briefkasten gesteckt hatte?

Nach einer Weile schaltete ich die Stehlampe wieder ein. Ich stand auf, legte mir die Decke um die Schultern und eilte ins Treppenhaus. Dort nahm ich den Postkastenschlüssel vom Brett und schaltete die Außenlampe an, bevor ich die Tür öffnete. Erschrocken wich ich zurück. Mir wurde beinahe schwindlig: Vor mir – auf dem Fußabstreifer – lag ein toter schwarzer Hund.

Schweratmend lehnte ich am Türrahmen und begann fieberhaft nachzudenken. Wem galt dieser Anschlag? Henri? Wollte ihm jemand Angst einjagen? War es eine Drohung? ... Eine schwarze Katze bedeutete Pech. Doch welche Symbolik besaß ein toter schwarzer Hund vor der Haustür? Verrat? Satanische Messen fielen mir ein, die Mafia sowie sämtliche Krimis, die ich je gelesen hatte.

Ich holte tief Luft, um nicht vollends in Panik zu geraten. Bei dem Hund handelte es sich um einen noch jungen Zwergschnauzer. Als ich mich bückte, sah ich, dass das arme Tier erdrosselt worden war, wobei sich der grüne Draht, der mehrfach um seinen Hals geschlungen war, tief in sein Fleisch geschnitten hatte. Welch ein Unmensch hatte das getan und aus welchem Grund?

Wütend stand ich auf und sah mich um. Auf der Straße war alles ruhig. Nirgendwo brannte mehr Licht in den Häusern. Sollte ich die Polizei rufen? Entschlossen zählte ich bis zehn, packte das Tier an den Hinterläufen und zog es die Stufen hinab. Ich zerrte den Kadaver hinter den großen Forsythienbusch im Vorgarten und hoffte nur, Henri würde wissen, was zu tun war, wenn ich es ihm morgen erzählte.

Der Briefkasten war leer. Keine Erklärung, auch kein Drohbrief …

Es dauerte lange, bis ich einschlief. Drei Stunden später wachte ich wieder auf, lauschte auf den Viertelstundenschlag der Standuhr im Salon und machte mir bis zum ersten kalten Licht des Morgengrauens Gedanken um meinen Freund, obwohl mich sein Privatleben weiß Gott nichts anging.

13

»Wir fahren alle dahin wie Schatten;
unser Leben ist wie ein Versailler Ministerposten,
heute etwas und morgen ein Nichts.«
Voltaire, Für Wahrheit und Menschlichkeit

Bahnhof Lyon-Part-Dieu – 17.00 Uhr im Café in der Nähe des Bahnsteigs F

Vierzig Minuten Aufenthalt bis zum Anschlusszug nach Toulouse. Mit zitternden Knien schleppe ich mich und mein Gepäck in eines der gläsernen Cafés.

Ich hatte recht. Jemand lässt mich beobachten. Abbé Perillos hat mir zum Abschied die Hand geschüttelt und gesagt: »Verzagen Sie nicht, es wird alles gut werden, wenn Sie sich nicht wie Frau Lot verhalten. Sehen Sie vorwärts, nicht zurück, lassen Sie die Dinge ruhen, die Sie belasten. Der Herr sei mit Ihnen.«

Ich habe ihn nur angesehen, nichts erwidert. Ich denke, ich bin noch nicht einmal blass geworden. Der Ratschlag – oder die Warnung? – kam zu einem Zeitpunkt, an dem ich den Priester längst für harmlos hielt …

Am nächsten Tag begannen sich die Ereignisse gewissermaßen zu überschlagen.

Gleich nach dem Aufstehen sah ich hinter den Forsythienbusch. Der Kadaver lag noch da, ich hatte es nicht geträumt. Dann klingelte ich Sturm bei Henri. Noch im Treppenhaus beredeten wir die Sache mit dem Hund. Henri war sichtlich betroffen, konnte sich aber ebenfalls keinen Reim auf diesen üblen Vorfall machen. Die Polizei zu rufen, sah er als wenig sinnvoll an. Er vermutete einen dummen Streich – und ich, dass er mich damit zu beruhigen versuchte.

Beim Frühstück erklärte er mir, dass er einen Termin für uns beide bei einem Priester vereinbaren würde. Auf mein dummes Gesicht hin, lachte er schallend und erzählte, dass sein Freund Sokrates einen gewissen Abbé Maury als Experten in Sachen »Weiße Büßer von Toulouse« empfohlen hätte.

Henris gute Stimmung kam mir ein bisschen bemüht vor, außerdem störte es mich, dass er seinen Freund in unsere Geschichte eingeweiht hatte, ohne mich zu fragen. Doch ich ließ ihn telefonisch einen Besuch bei diesem Priester für den späten Nachmittag vereinbaren, ehe er erneut aus dem Haus ging, um den Hundekadaver zu entsorgen und dann für einen wichtigen Artikel zu recherchieren, wie er sagte.

Worüber er schrieb, erzählte er mir nicht.

Kurze Zeit später läutete es an der Haustür. Marceau Serralongues stand draußen. Ich hatte gerade allerlei Geschirr, Decken, Tisch- und Bettwäsche in Kartons und Körbe verpackt, um sie dem Priester Maury für die Bewohner eines Obdachlosenheimes mitzubringen, freute mich aber dennoch über Marceaus ersten Besuch bei mir.

Nachdem er über die zahlreichen Kartons und Körbe im Treppenhaus gestiegen war, bat er mich um Verzeihung, weil er mich erst jetzt besuchen käme. »Ich wollte ganz einfach einen Zeitpunkt abpassen, an dem du allein bist.«

»Wieso?«, fragte ich erstaunt. »Ich wohne hier doch allein!«

Marceau zog die Brauen hoch. »Na!«, sagte er bedeutungsschwanger und hängte seinen nassen Mantel an die Garderobe.

»Ach, du spielst auf Henri an? Der logiert im obersten Stock.«

Marceau errötete leicht. »Entschuldige, aber ich dachte … Ich sah ihn mehrfach an deinem Küchenfenster stehen.«

»Du denkst falsch. Ich will dir aber reinen Wein einschenken, bevor es jemand anderer macht: Ich habe mich von meinem Mann getrennt. Das ist auch der Grund, weshalb ich noch immer in Toulouse bin.«

»Das tut mir leid«, sagte Marceau und fasste mich beim Arm. »Ich dachte, du wärst glücklich verheiratet. Was ist geschehen?«

»Außer, dass es ganz bestimmt nichts mit Henri zu tun hat, würde ich nur ungern darüber reden, Marceau. Das verstehst du sicherlich.«

»Natürlich, ich wollte nicht neugierig sein. Hast du vielleicht eine Tasse Kaffee für mich?«

»Aber ja, nimm Platz. Es dauert nur einen Augenblick.«

Als wir wenig später an dem kleinen runden Tisch direkt neben der Terrassentür saßen, mit Blick auf die Fliederbäume, deren Blüten sich gestern vorsichtig zu öffnen begonnen hatten, heute jedoch schwer vom Regen waren, meinte Marceau: »Du hast kürzlich meinen Vater getroffen, nicht wahr?«

Ich nickte. »Ja. Er sieht noch immer gut aus, dein alter Herr. Übrigens war er ziemlich überrascht, mich zu sehen. Warum hast du ihm nicht gesagt, dass ich noch in Toulouse bin?«

Marceau druckste ein wenig herum. Er inspizierte ausgiebig den wolkenverhangenen Himmel, als bedauerte er jetzt erst, seinen Regenschirm vergessen zu haben, dann begann er mit dem kleinen Silberlöffel in seiner Kaffeetasse herumzurühren. Er kam mir übernervös vor und machte überhaupt einen seltsam unfertigen Eindruck, ganz so, als ob ein Teil seines Ichs sich irgendwann nicht weiterentwickelt hätte. So hatte ich ihn nicht in Erinnerung.

»Der Grund, dass ich Vater nichts gesagt habe, hat mit … jenem … dort droben zu tun!« Marceau deutete auf die Zimmerdecke.

»Der Kronleuchter? … Der liebe Gott? Oder meinst du Henri?«

Er verzog das Gesicht. Mir fiel es wieder ein: solche Späße hatte er schon früher nicht vertragen. »Mach keine Witze über den lieben Gott! Natürlich meinte ich Henri, wen denn sonst? Ich will ihn nicht schlechtmachen, Sandrine, schon gar nicht in seiner Abwesenheit, er war schließlich früher einmal unser Freund. Doch ich sehe es als meine Pflicht an, dich vor ihm zu warnen, nicht zuletzt, weil du Anwältin bist. Ich war entsetzt, als ich erfahren habe, dass er sich bei dir eingeschlichen hat. Er ist ein Nomade, Sandy, nichts weiter …«

Ich war versucht zu sagen: Und du bist ein langweiliger neurotischer Spießer geworden! Doch ich wollte es mir nicht mit ihm verderben, außerdem war ich neugierig, etwas über den Anlass zu erfahren, der die beiden entzweit hatte. »Ach Marceau, immer deine Pflicht, deine Pflicht! Du hast dich nicht geändert. Was genau müsste ich denn deiner Meinung nach über Henri wissen?«

»Er hat im Gefängnis gesessen. Fast ein Jahr«, platzte es aus ihm heraus.

»Was?« Ich war sprachlos.

Marceau zog ein sauberes Taschentuch hervor und polierte damit umständlich sein rechtes Brillenglas. Dann hielt er das elegante, randlose Gestell weit weg, um das Glas zu kontrollieren.

»Eine Betrugssache«, sagte er süffisant, nachdem er die Brille wieder aufgesetzt und zurechtgerückt hatte, »kurz nach der Explosion vor drei Jahren. Erspare mir die Details.«

»Der Chemieskandal, wie ihr dazu sagt? Das ist doch nicht möglich!« Ich war regelrecht schockiert. »Henri hat mir von dem Unglück erzählt. Dass seine Wohnung zerstört gewesen wäre, dass er im Krankenhaus gelegen habe und dass du dich um ihn gekümmert hättest.«

Marceau lachte bitter auf. »Gekümmert? Ja, das habe ich. Vater hat ihm sogar einen guten Anwalt besorgt, aber auch den hat er belogen. Er ist der geborene Betrüger! Seitdem … Nun ja, Sandrine, ich war ziemlich wütend, als ich ihn plötzlich auf dem Friedhof an deiner Seite sah. Ich dachte, er wäre längst abgehauen aus Toulouse. Und als ich dann von Madame Richard erfuhr, dass er sich bei dir eingenistet hat … also, das war der Grund, weshalb ich dich bislang auch nicht zu mir eingeladen habe. Meine … meine Frau hat mir deswegen ebenfalls Vorwürfe gemacht, nicht nur der Vater. Doch ich habe mir den Kopf zerbrochen, wie ich dir das mit Henri beibringen sollte.«

»Madame Richard? Wer ist das?«, fragte ich, um überhaupt etwas zu sagen.

»Na, die Concierge aus dem Haus dir gegenüber. Du musst dich doch auf sie besinnen!«

»Ach, die, die immer über Leute redet, die man gar nicht kennt – der Spaniel!«

Auch Henri hatte sich schon mehrmals über die verblüffende Ähnlichkeit der älteren Frau mit ihrem Hund lustig gemacht.

Marceau hob die Brauen. Er schien irritiert. Dann trank er seine Tasse aus und stand auf. »Tut mir leid, aber meine Patientinnen warten.« Beim Hinausgehen fasste er mich wieder am Arm und meinte: »Sandrine, du musst selbst wissen, was du tust. Ich habe jedenfalls meine Pflicht getan.«

Ich nickte und strich mir die Haare glatt. »Danke«, sagte ich und betonte, »danke deinem Pflichtbewusstsein!«

Schon an der Haustür, drehte er sich noch einmal um. »*Ich* habe zu danken für den Kaffee, liebe Sandrine. Diese Sache mit Henri … nun, sie tut unser beider Freundschaft ja keinen Abbruch. Sei aber ihm gegenüber vorsichtig, ich bitte dich herzlich darum … Ach übrigens, Vater hat mir von dieser Calas-Sache erzählt. Das war ja eine Überraschung für dich, nicht wahr? Komisch, dass deine Tante nie ein Wort darüber verloren hat, all die Jahre …«

Ich nickte. »Allerdings. Charlotte hat einen letzten Paukenschlag gesetzt. Das war *ihre* Art.«

Jetzt lachte Marceau und nickte eifrig dazu, doch nachdem er die Haustür bereits einen Spalt geöffnet hatte, zögerte er erneut.

»Ja, Marceau? Ist noch etwas?«

»Würdest du mir … hm, die Dokumente einmal zeigen? Du weißt doch, historische Sachen haben mich schon immer interessiert. Auch meinen Vater … Wir haben gestern Abend darüber geredet.«

»Tja, warum nicht! Ihr könnt euch die Papiere gerne ansehen. Wann habt ihr Zeit dazu?«

Wieder druckste er herum. Konnte Marceau keine einfache Antwort auf eine einfache Frage geben? Wenn er sich bei der

Diagnostik ebenso unsicher zeigte, dann hatte er von seinem Vater nicht viel gelernt.

»Am günstigsten wäre es, liebe Sandrine, du kämst zu uns in die Praxis, sagen wir am Donnerstag so gegen zwölf Uhr? Vater hat sich weitgehend zurückgezogen, doch an den Donnerstagen assistiert er mir. Ich bitte dich einzig darum, Henri nichts von unserem Kontakt zu erzählen. Am besten, du verschweigst ihm ganz und gar meinen Besuch. Du solltest ihm auch nichts von den Calas-Dokumenten sagen. Henri ist ein Bettler, der vor jeder ehrlichen Arbeit zurückscheut. Das Einzige, was er zur Genüge hat, ist kriminelle Energie!«

Das grenzte ja an Unverschämtheit. Was bildete sich der Herr Doktor nur ein! »Aber er weiß längst davon, Marceau«, entgegnete ich heftig, »ich hatte schließlich bis zum heutigen Tag keinen Grund, ihm zu misstrauen!«

»Was?« Mit einer allzu heftigen Bewegung drückte Marceau die Haustür wieder zu, so dass jetzt sogar der Schlüssel herausfiel, den ich dort hatte stecken lassen. »Pardon«, sagte er und bückte sich umständlich, wobei sein Mantel zu Boden glitt. Als der Schlüssel wieder steckte, drehte er sich mit hochrotem Gesicht nochmals zu mir um. »Aber Sandrine! Zuerst erzählst du mir, er sei nur dein Untermieter und jetzt …« Marceaus Stimme kippte. Sie klang, als hätte ich ihn persönlich beleidigt.

Da reichte es mir endgültig. »Marceau Serralongues!«, sagte ich laut. »Ich habe das Gefühl, ich muss etwas klarstellen. Dein hässlicher Streit mit Henri geht mich nichts an, doch an wen ich meine Wohnung vermiete, mit wem ich meine Angelegenheiten bespreche oder vielleicht ins Bett gehe, das geht *dich* nichts an! Unfair finde ich es obendrein, dass du Henri nachträglich ›lebenslänglich‹ verpasst, obwohl er – wie du sagst – seine Strafe längst abgebüßt hat. Deine Selbstgerechtigkeit schreit zum Himmel!«

Selbst wenn Henri tatsächlich nur ein gescheiterter Lokalreporter war, der in einer Lebenskrise vielleicht etwas aus der Bahn geraten war, hatte Marceau nicht das Recht, derart über ihn zu reden. Schon immer war mir die Arroganz gewisser Leute, die sich in Ermangelung eines tatsächlichen Adelstitels zu einer Art neuem »Bildungs- und Geldadel« zusammengefunden hatten, unerträglich gewesen. Auch mit Sam hatte ich mich darüber oft gestritten.

Marceau entschuldigte sich auf der Stelle. Er hätte mir keineswegs zu nahe treten wollen.

Ich lenkte ein, versprach ihm, dennoch am Donnerstag in seiner Praxis zu erscheinen – und Henri nichts davon zu erzählen.

Zwei Stunden später kam er arglos hereinspaziert, und ich hätte Marceau ohrfeigen können, als ich merkte, dass seine Saat aufgegangen war. Es fiel mir nicht leicht, mir nichts anmerken zu lassen. Zu meinem Schrecken hatte mir Henri auch noch Rosen mitgebracht. Zwölf Stück. Langstielig … Himmel, rote Rosen um diese Zeit. (Jedermann weiß schließlich, was das bedeutet oder wozu dies führen kann.) Rasch sagte ich leichthin: »Wie komm ich zu der Ehre, mein Freund?« und eilte, ohne eine Antwort abzuwarten, mit dem Strauß in die Küche, dankbar, dass für einige Minuten die Blumen zwischen uns standen und ich ihm nicht in die Augen sehen musste. Ich stellte die schwere eckige Glasvase mitten auf den Esstisch, so dass wir auch beim Mittagessen gezwungen waren, uns durch die langen Stiele hindurch zu unterhalten. Einmal fuhr mir durch den Kopf, während ich ohne Appetit auf einem zähen Stück Steak herumkaute und noch immer seinen Blicken auswich, dass die Rosenstängel Gitterstäben glichen und die Dornen ein Symbol für Stacheldraht seien. Ich begann hysterisch zu lachen – aber nur inwendig. Und ich dachte zwangsläufig wieder an Sam.

Langsam schlich sich bei mir das Gefühl ein, dass sich dieses Frühjahr unheilvoll ankündigte.

Abbé Maury, ein schlanker Mann mit rötlich blondem Haar und auffällig blauen Augen, war wohl schon gut in den Fünfzigern, hatte jedoch die straffe Haut eines Dreißigjährigen.

»Die Büßer von Toulouse, das ist ein mehr als außergewöhnliches Thema, Madame et Monsieur … ich habe Ihren Namen am Telefon nicht recht verstanden.«

Da Henri zu mir sah, und im Übrigen schwieg, sagte ich: »Feuerbach.«

»Ach, Sie sind Deutsche?«

»Wir sind ein deutsch-französisches Autorenteam«, antwortete jetzt Henri, und es erstaunte mich nicht wirklich, wie leicht ihm die Lüge über die Lippen ging. Der geborene Betrüger … Abbé Maury schien zu überlegen. Eines seiner Augenlider zuckte auffällig. Von irgendwoher drangen Musikfetzen in das Zimmer, ein bekanntes Duett aus der Oper *Lakmé* von Léo Delibes … Der Priester schloss das Fenster, dann arrangierte er mit seinen schmalen weißen Händen die Papageientulpen, die auf dem Schreibtisch standen. Hinter ihm, fast wie eine Drohung über seinem Kopf schwebend, hing ein schweres Kruzifix aus Olivenholz. »Darf ich fragen, wie Sie auf dieses ausgefallene Gebiet gestoßen sind?«, sagte er.

Noch bevor ich ihm etwas über Voltaire oder Calas erzählen konnte, riss Henri das Gespräch an sich und erklärte, dass wir ein Buch über religiöses Brauchtum schreiben wollten.

Ich nickte ernst.

»Monsieur le Curé«, sagte ich und versuchte zugleich meinen ganzen Charme auszuspielen. »In Toulouse gibt es zwei Straßen, die nach Büßern benannt sind …«

Es gebe noch die *Platea de Clotis*, die im 17. Jahrhundert zum Platz der Weißen Büßer umbenannt wurde, ergänzte er. Am Heiligen Gründonnerstag hätten die Büßer ihre Umzüge abgehalten und zwar mit öffentlichen Selbstgeißelungen, bis man diese Art der Prozessionen verbot. Eine ihrer Kapellen diente heute kulturellen Veranstaltungen. »Warten Sie einen Augenblick, bitte …«

Er öffnete einen Schrank. Nach einer Weile zog er ein Büchlein hervor, das einen fleckigen Ledereinband hatte. Beim Herumblättern murmelte er etwas Unverständliches.

Endlich blickte er wieder hoch. »Ich wollte mich nur noch einmal vergewissern.«

Henri zückte Block und Kugelschreiber, um sich Notizen zu machen, und Maury erklärte uns, dass die Weißen Büßer zu den sogenannten Sanch-Bruderschaften gehörten, deren Gründer der heilige Vincent Ferrer war …

Er erzählte uns eine lange Geschichte über diesen Mann, alles Dinge, die uns eigentlich gar nicht interessierten. Dann schlug er das Büchlein erneut auf, blätterte hin und her und kam auf das Hauptanliegen Ferrers zu sprechen, die Sanch-Prozessionen. »Übrigens, das Wort ›Sanch‹ ist katalanisch! Früher wurde es allerdings ohne das ›h‹ am Ende geschrieben – nur, damit Sie das richtig wiedergeben in Ihrem Buch.«

»Danke. Sehr aufmerksam«, sagte ich mit einem Seitenblick auf Henri, der sich sofort eine Notiz machte. »Existieren diese Sanch-Bruderschaften denn noch heute?«

»Aber ja, natürlich. Es gibt sogar eine Archiconfrérie, das heißt einen Verband, der die verschiedenen Sanch-Bruderschaften in allen Städten des Departements vereinigt. In *allen* Städten ist natürlich zu viel gesagt. Meines Wissens sind die Büßer heute vor allem in Perpignan und in Collioure aktiv. Und natürlich in Spanien sowie im spanisch-französischen Grenzgebiet. Die Büßer von Toulouse jedoch« – nun schmunzelte er –, »die werden Sie nicht mehr finden. Ihre Blütezeit war im späten Mittelalter – das ist der Zeitraum, auf den es Ihnen ankommt, nicht wahr?«

Henri nickte kurz. »Ja, aber …«

»Wir wüssten auch gerne etwas über ihre Rolle im 17. und 18. Jahrhundert«, fiel ich ihm ins Wort. »Denn in dieser Zeit muss es sie noch gegeben haben! Das haben wir herausgefunden.«

»Ach ja? Hm. Ob ich Ihnen da weiterhelfen kann? Das 18. Jahrhundert … Warten Sie …«

Wieder blätterte er in dem Buch.

»Nein, leider. Kein Hinweis auf die späteren Jahre. Alle Weißen Büßer zählten jedoch zu den Frommen, deren Ziel es war, sich in Reinheit Christus zu nähern – daher ihre weiße Kleidung; wohingegen die Schwarzen Zeugnis abgaben für den Tod unseres Herrn. Jede Confrérie hatte auch ihre eigene Kapelle, ein eigenes Wappen, Banner und eine eigene Zeremonie. Die wichtigste Aufgabe der Bußbruderschaften bestand jedoch in der Begleitung zum Tode verurteilter Menschen. ›Der schmerzhafte Weg‹« – intonierte Abbé Maury zu meiner Erheiterung mit leicht vibrierendem Timbre –, »vom Gefängnis zur Hinrichtungsstätte. Tja«, der Priester seufzte und klappte das Buch zu. »In dieser schrecklichen Aufgabe lag auch der Grund für die absonderliche Kopfbedeckung der Sanch-Bruderschaften, die noch heute so getragen wird.«

»Absonderliche Kopfbedeckung?«, fragte Henri scheinheilig und runzelte die Stirn. »Was meinen Sie damit?«

»Ach, wissen Sie, Monsieur Feuerbach«, sagte der Priester – und ich wurde wütend, weil Henri gar nicht daran dachte, ihn zu korrigieren –, »bei der Begleitung der Todgeweihten musste die Anonymität gewahrt bleiben. Daher zogen Verurteilte und Begleiter sich gleichermaßen spitze Kapuzen über den Kopf, die das ganze Gesicht verdeckten. Nur in Augenhöhe waren Schlitze angebracht.«

»Zu welchem Zeitpunkt traten denn erstmals derartig gewandete Büßer auf?«, fragte ich ihn.

»Im 15. Jahrhundert. Ich sagte aber bereits, dass der heilige Vincent Ferrer Büßer unterschiedlichster Art mit Habit und Knotenstrick um den Leib um sich geschart hat. Ob sie damals schon die Caperutxes trugen, weiß man nicht.«

Der Priester legte das Büchlein zur Seite und bedauerte, keine weiteren Informationen zu haben. Er stand auf, um uns hinauszugeleiten.

Auf dem Flur fiel ihm dann doch noch etwas ein. »Übrigens, wenn Sie interessante Fotos schießen wollen für Ihr Buch, so kann ich Ihnen einen Tipp geben. Ostern steht vor der Tür. Fahren Sie doch in der Heiligen Woche einmal nach Perpignan oder Collioure hinunter. Dort veranstalten die ansässigen Sanch-Brüder alljährlich ihre nächtlichen Prozessionen. Sie werden sich geradewegs ins Mittelalter versetzt fühlen.«

»Ja, danke für den Hinweis«, sagte ich, »vielleicht machen wir das. Allerdings interessieren wir uns in erster Linie für die Büßer von Toulouse. Meinen Sie, dass noch irgendwo Unterlagen über sie existieren?«

»Es gibt sicherlich zahlreiche unveröffentlichte Dokumente aus ihrer Zeit. Doch als Laien werden Sie da kaum herankommen. Ich will mich aber für Sie umhören, Madame. Vielleicht rufen Sie mich kurz vor den Feiertagen noch einmal an? Machen Sie sich aber keine allzu großen Hoffnungen.«

Er geleitete uns hinaus. Als wir ihm die Körbe und Kisten zeigten, die wir im Kofferraum und auf den Rücksitzen hatten, freute er sich sichtlich. »Ein herzliches Dankeschön! Das können meine Schäflein gut gebrauchen!«, sagte er und schüttelte uns lachend die Hand. Während Henri, ohne zu murren, alles in den Keller des Pfarrhauses schleppte, nutzte ich die Gelegenheit, den Priester noch nach der Geheimen Bruderschaft des Wertvollen Blutes zu fragen. Er sah mich erstaunt an, schüttelte den Kopf und meinte, noch nie etwas darüber gehört zu haben. Vielleicht aus Dankbarkeit oder weil er mir meine Enttäuschung ansah, bemerkte er: »Sie sollten sich einmal mit dem Maler Nicolas Tournier auseinandersetzen.«

»Mit einem Maler aus dem 18. Jahrhundert?«, fragte ich interessiert.

Der Priester schüttelte den Kopf. »Er hat im 17. Jahrhundert hier gelebt. Doch man sagt ihm enge Kontakte zu den frommen Büßern nach. Es gibt da einige interessante Gemälde von ihm im Musée des Augustins. Und wenn Sie vor dem Eingangstor des Museums stehen, Madame Feuerbach, geben Sie ebenfalls gut acht! Dort befindet sich nämlich ein Fragment des Portals der alten Kapelle der Büßer von Toulouse, ihr Wappen, das man als einziges Relikt in Sicherheit gebracht hat. Ein seltsames Portal … Ja, wirklich seltsam. Die Inschrift, meine ich …«

14

»Der Fanatismus ist die Wirkung eines irrenden Gewissens, welches die Religion unter die Launen der Phantasie und unter die Leidenschaftlichkeit knechtet.«

Voltaire, Für Wahrheit und Menschlichkeit

Im Café in der Nähe des Bahnsteigs F – 17.15 Uhr

Die Bahnhofshalle ist riesig. Vom Café aus kann ich trotzdem alles überblicken. Unzählige Rolltreppen in alle Richtungen. Keine nummerierten Gleise, sondern alphabetisch bezeichnete. Hastende, suchende Menschen, Koffer mit Rädern, Taschen, Rucksäcke, Kindergeschrei, Werbeplakate, Bettelei. Monotone Durchsagen, auf die niemand zu achten scheint. Dafür starren alle wie gebannt auf die große sich ständig aktualisierende Zugabfahrtstafel.

Mich beachtet niemand. Gott sei Dank. Ich bestelle mir eine heiße Schokolade, ein Glas Wasser zum Tablettenschlucken und ein Croissant.

Die Bedienung ist ungeschickt. Mit einem Knall setzt sie das Tablett ab, so dass das Wasser überschwappt.

»Merde«, sagt sie und verzieht das Gesicht, während ich lache …

Bis heute weiß ich nicht, warum ich nicht sofort misstrauisch geworden bin, als sich beim Nachhausekommen die Tür kaum aufschließen ließ. Ganze drei Mal musste ich meinen Schlüssel ins Schloss stecken und brauchte dann ein wenig Gewalt, um sie überhaupt aufzubekommen. Ich führte mein Ungeschick auf die Flasche Wein zurück, die wir nach dem Besuch beim Priester im *Café des Artistes* getrunken hatten. Im Gegensatz zu Henri, der sich über eine große Portion Spaghetti mit Anchovis hermachte, trank ich den Merlot auf beinahe nüchternen Magen. Am Ende war ich zu beschwipst, um selbst den Wagen zu lenken.

Henri fuhr das Auto in die Garage, und als er nach mir hereinkam, hatte ich den Zwischenfall mit dem Schlüssel bereits vergessen.

Ich ließ mich in Charlottes Sessel fallen und schleuderte mit einem Stöhnen meine Schuhe in den Raum.

»Bin ich müde«, sagte ich, was sich so anhörte wie: Verzieh dich am besten gleich nach oben. Doch Henri ignorierte meine Worte. Er kniete vor mir nieder und lächelte, wobei seine dunklen Augen blitzten. Und ich atmete heimlich seinen Geruch ein, der sich seit der Kindheit nicht geändert hatte.

Dann begann er meine Füße zu massieren. Ein bisschen wehmütig dachte ich, dass heute tatsächlich für mich die rechte sanfte Nacht hätte sein können, wenn – ja, wenn Marceau mit seinem verdammten Pflichtbewusstsein mir nicht alles gründlich verdorben hätte.

Alkohol machte mich wie immer nicht nur sentimental, sondern auch hellsichtig.

Henri, der meine widersprüchlichen Gedanken nicht kannte, massierte gut. Trotzig schloss ich die Augen und ließ ihn gewähren, erinnerte mich an die eigentümliche Vertrautheit zwischen uns, an jeden einzelnen zärtlichen oder forschenden Blick, den wir uns plötzlich in dem Café geschenkt hatten (unweigerlich aber auch an das Gefängnis, in dem Henri fast ein Jahr seines Lebens vergeudete. Weshalb nur war er auf die schiefe Bahn geraten?).

Weil das Fenster zum Garten gekippt war, hörte man überdeutlich den Regen auf das benachbarte Garagendach prasseln. Irgendwo bellte ein Hund.

Ich spürte, wie unter Henris streichelnden Händen die Lust in mir erwachte, und wusste zugleich, dass ich meine nächtliche Entscheidung am nächsten Morgen bereuen würde.

Bevor ich endgültig die Kontrolle verlor, befragte ich rasch und aufrichtig mein Herz: Nein, signalisierte es mir, es würde keine große Leidenschaft wollen, es wollte nur eine Zeitlang genießen, an Henris Seite zu leben und zu träumen.

Dennoch steckte ich noch immer in meiner Juristenhaut.

Ich bin kein übermäßig misstrauischer Mensch, aber ich weiß, dass eine unerwiderte oder zurückgewiesene Liebe mitunter einen exzessiven Charakter annehmen kann, der bis zum Stalking führt. Einen dramatischen Fall hatte ich im letzten Jahr bei einer Mandantin erlebt. Doch ich konnte mir weder Henri noch mich in einer solchen Rolle vorstellen, und somit würde alles in Ordnung sein zwischen uns – selbst wenn es bei einer einzigen Liebesnacht bliebe.

Die Zeit begann zu verschwimmen und mit ihr die Bedenken … Ich öffnete meine Augen einen kleinen Spalt – aus Henris sanftem Lächeln war ein siegessicheres geworden. Er sah verteufelt gut aus. Ich hörte ihn atmen, ich atmete selbst schneller und schneller, während seine Hand weiterwanderte … Als er zärtlich meine Haut oberhalb des Spitzenrandes der schwarzen Seidenstrümpfe zu streicheln begann und flüsterte, dass ich mich gut anfühlen würde, tauchte plötzlich Sam in meinem Kopf auf. Verdammt, sagte ich mir, was hatte er hier noch zu suchen?

Henris Hand wanderte weiter. Ich spürte, wie ich feucht wurde. »O, Gott«, stieß ich hervor – und ich riss die Augen vollends auf, als Henri überheblich mit »Ja, bitte?« antwortete. Die Grimasse, die diese alberne Blasphemie begleitete, brachte auf der Stelle Sam, jegliches Unbehagen und alle Vorbehalte dieser Welt zum Verschwinden. Wir lachten ausgelassen und küssten uns lange. Liebe und Lachen gehen gut zusammen.

»Willst du es?«, fragte Henri mich kurz darauf mit rauchiger Stimme, die bereits meiner Zustimmung sicher war.

»Liebst du mich?«, gab ich dennoch zurück, weil ich es hören wollte.

Er hielt inne. Dann sagte er vage: »Ich … ich weiß nicht, ob ich dich liebe. Ich mag dich sehr, und ich begehre dich.«

Das war ehrlich, wenngleich ein wenig ernüchternd. Nur wenige Männer haben in einem solchen Augenblick den Mut, die Wahrheit zu sagen.

Wir schliefen dennoch miteinander, weil wir es beide wollten, weil wir einander begehrten. Und es war gut, was wir taten. Noch heute erscheinen mir die wenigen Stunden, die wir als Liebespaar verbrachten, als ein großes, fast unglaubliches Geschenk. Dass es tatsächlich Liebe war, stellte ich erst fest, als es zu spät war.

Am nächsten Morgen nach dem Aufwachen stützte ich mich auf meine Ellbogen und betrachtete Henris schlafendes Gesicht. Die Affäre Calas, die uns zusammengebracht hatte, war weit in den Hintergrund getreten. Dennoch war ich mir keineswegs sicher, nicht doch einen Fehler gemacht zu haben. Was wusste ich schon über Henri, außer einigen geschönten Wahrheiten, die er mir noch in der Nacht erzählt hatte, damit ich vor den bitteren nicht irgendwann davonlief. Und wenn es von seiner Seite aus nur ein Spiel war – womit zu rechnen war –, so würde es recht bald zu Ende sein.

Als wir irgendwann am Frühstückstisch saßen, hatte ich der späten Stunde wegen nicht im mindesten ein schlechtes Gewissen. Mit Sam an meiner Seite hatte es keine Bummeleien gegeben, was vielleicht ein Fehler gewesen war. Aber aus Fehlern konnte man lernen. Es war noch nicht zu spät.

Gestern Abend, im *Café des Artistes* (bevor die zärtlichen Blicke kamen), hatten Henri und ich beschlossen, uns heute Morgen auf die Spuren der Büßer zu begeben. Nun verschoben wir es auf den Nachmittag …

Auf dem Weg zum Musée des Augustins, das unweit der Rue de la Dalbade lag, waren wir bester Laune. Wir spotteten über das verrückte 18. Jahrhundert, in dem sich bestimmte Salondamen die Brustwarzen rot färbten, lästerten auch ein wenig über Voltaire, weil dessen umfassende Bildung nicht allein dem ganz sicher hervorragenden Jesuitenkolleg Louis-le-Grand zugeschrieben werden konnte, wie ich gelesen hatte, sondern auch einer solchen Salondame, nämlich Ninon de Lenclos, der ersten Kurtisane von Paris (was mir Henri am Morgen absolut nicht hatte glauben wollen).

»Voltaire hat sie beerbt. Sie war eine außergewöhnlich gebildete Edelhure, denn sie hinterließ dem Elfjährigen die enorme Summe von zweitausend Franc mit der strengen Auflage, sie ›zum Kauf von Büchern‹ zu verwenden, was ihn gewissermaßen zu einem der bestausgebildeten Jünglinge seiner Zeit machte.«

»Aber wie kam er als Elfjähriger zu dieser Frau?«

»Ein guter Freund seiner Mutter, der Abbé de Châteauneuf, trug die Verantwortung für seine Erziehung – weswegen Voltaire übrigens sein ganzes Leben lang meinte, ein illegitimer Sohn des Abbés zu sein –, kurz: dieser Priester stellte eines Tages den Jungen Ninon vor, und Voltaire war mehr als angetan von ihrem Geist und ihrer Schönheit. Ich denke, das war ein Schlüsselerlebnis, von diesem Zeitpunkt an konnte Voltaire mit dummen Frauen nicht mehr viel anfangen.«

»Mit hässlichen wohl auch nicht«, hatte Henri augenzwinkernd gemeint.

Das Museum befand sich in einem ehemaligen Konvent der Augustiner und beherbergte neben Gemälden berühmter Meister die größte Sammlung romanischer Skulpturen in Europa. Die meisten der Friese und Gewändestatuen stammten aus der abgerissenen westgotischen Kirche La Daurade, auch »die Goldene« genannt, sowie aus den ebenfalls zerstörten Kreuzgängen von St. Sernin und St. Etienne, wie ich später im Führer nachlas. Obwohl ich als Kind mit Charlotte mehrmals hier gewesen war, konnte ich mich nur noch an geheimnisvolle mittelalterliche Grabinschriften erinnern sowie an das berühmte Relief der beiden Frauen mit dem Löwen und dem Widder, aber auch das nur, weil die Frauen so merkwürdig die Beine kreuzten.

Das große steinerne Wappen oder Portal aus der ehemaligen Kapelle der Büßer von Toulouse prangte tatsächlich unübersehbar über dem Eingang des Museums. Doch selbst wenn man sich noch so große Mühe gab, konnte man nichts darauf erkennen, was uns weitergebracht hätte. In der Mitte befand sich ein tiefschwarzes Kreuz auf einem Lorbeerkranz, der von zwei putzigen Engeln gehalten wurde. Oberhalb und unterhalb des Kranzes lugte jeweils ein Engelsköpfchen hervor mit Flügeln um die Ohren. Keine Spur von irgendwelchen Inschriften.

Im Museum erfuhren wir nur, dass die Bruderschaft der Büßer von Toulouse im Jahr 1577 begründet worden war, also mitten in den Glaubenskriegen, und dass eine ihrer Kapellen in der heutigen Rue Saint Jérôme lag. Wir setzten also alle Hoffnung auf die Gemälde dieses Nicolas Tournier, der tatsächlich für sie gearbeitet hatte. Seine Bilder seien im ehemaligen Kirchenschiff der Augustiner zu finden, wo auch Werke von Rubens, van Dyck und Murillo hingen.

Dort herrschte um diese Tageszeit gähnende Leere. Außer uns und einem jungen Aufseher stand nur noch ein älterer Herr mit kahlem Schädel und schlohweißem, aber gepflegtem Bart herum. Als er unser Interesse an Tourniers Gemälden bemerkte, sprach er uns sofort an.

»Ich komme häufig hierher, müssen Sie wissen«, sagte er freundlich. »Dieser Künstler fasziniert mich. Er setzt das Licht auf dramatische Weise ein, sehen Sie nur!«

Unsere Blicke folgten seinem ausgestreckten Arm. Tournier sei ein Schüler Caravaggios, dessen Bild »Grablegung« diesem hier verblüffend ähnlich sehe.

Wir zeigten uns entsprechend beeindruckt, was wir aber postwendend bereuten, denn nun wurde Caravaggios Lebensgeschichte vor uns ausgebreitet (nicht etwa die des Tournier!), der ein begnadeter Maler, aber zugleich ein wilder Geselle gewesen sei, ja sogar ein Mörder, wie der Alte mit hochgezogenen Brauen meinte.

»Stellen Sie sich vor, Madame«, sagte er zu mir – Henri hatte sich, wohl um dem Redefluss zu entkommen, nun ernsthaft dem Gemälde Tourniers zugewendet –, »kein Geringerer als Kardinal Borghese ließ Caravaggio von einem spanischen Kapitän umbringen.«

Bis zu diesem Zeitpunkt hatte ich dem Geschwätz des

Alten wenig Interesse entgegengebracht. Ich kannte solche Menschen, die ständig auf der Suche nach einem Opfer ihres Mitteilungsdranges waren. Doch die Geschichte über den Tod Caravaggios war schon deshalb nicht uninteressant, weil Tournier als sein bester Schüler galt.

»Aber weshalb ein Mord?«, warf ich ein. »Ein Kardinal – und mag er auch Borghese heißen – lässt doch nicht ohne triftigen Grund jemanden umbringen.«

»Nun, die Sache ist schon fast vierhundert Jahre her, Madame, aber man munkelt noch heute so einiges in italienischen Künstlerkreisen«, meinte der Mann leise, aber ziemlich wichtigtuerisch, vielleicht um den Eindruck zu erwecken, dass er zu diesen Kreisen zählte. »Borghese galt als Kunstmäzen. Er schätzte Caravaggios Stil über alle Maßen, was natürlich kein Grund war, den Schöpfer dieser Kunstwerke zu töten. Doch kürzlich hat man alte Prozessakten entdeckt sowie vertrauliche Briefe Caravaggios, die mehr über die Umstände seines außergewöhnlichen Lebens und seines ungewöhnlichen Todes verraten. Ein Freund von mir, der in Rom lebt, behauptet, Caravaggio … hm, er sei ein Eingeweihter gewesen! Deswegen hätte er sterben müssen.«

Den letzten Satz hatte der Alte fast geflüstert.

»Ein Eingeweihter?«, fragte Henri, offenbar zu laut, denn der Mann legte erschrocken den Finger auf den Mund und sah sich zugleich nach dem Aufseher um.

»Ich bin viel zu geschwätzig. Verzeihen Sie mir, und vergessen Sie, was ich Ihnen erzählt habe«, sagte er eindringlich. »Es ist alles nicht so wichtig.«

»Aber nein, Monsieur«, meinte da Henri rasch und zwinkerte mir unauffällig zu. »Sein Tod mag vielleicht nicht mehr von Belang sein, dennoch finde ich Ihre Geschichte hochinteressant. Weshalb galt Caravaggio als Eingeweihter?«

»Tja … weil er bestimmte Geheimnisse in seinen Bildern versteckt hat, wie auch unser gemeinsamer Freund Nicolas Tournier.«

Das interessierte mich nun wirklich, und Henris Augen begannen jetzt geradezu zu strahlen. »Bestimmte Geheimnisse?« Er lachte leise. »Sie scherzen, Monsieur!«

Erneut warf der Mann einen vorsichtigen Blick auf den Aufseher, der sich an seinem kleinen Schreibtisch zu schaffen machte.

»Nein, nein«, beschwichtigte der Alte. »Viele alte Maler verwendeten Symbole oder Allegorien, um Geheimnisse zu verbergen oder etwas Besonderes auszudrücken, ich denke da vor allem an Botticelli und Rubens, auch Delacroix gehört dazu. Im Gegensatz zu heute verstand es der gebildete mittelalterliche Mensch noch, diese Sprache zu lesen. Caravaggio war im Besitz eines Geheimnisses, das die Allgemeinheit unter keinen Umständen wissen durfte, und es heißt, er hätte es seinem Schüler Tournier anvertraut. Sehen Sie, deshalb bin ich so oft hier, es ist meine persönliche Passion, vor meinem Tod herauszufinden, was dahintersteckt. Ich will Ihnen etwas zeigen.«

Er zog uns zu Tourniers Gemälde *Die Grablegung* und deutete auf einen seltsamen Gegenstand, der sich in der Hand von Jesus befand. Zuerst hatte ich den Eindruck, dass die Hand irgendwie im Tode verkrümmt oder einfach nur schlecht dargestellt war, aber der Alte meinte, so etwas sei bei Tournier ausgeschlossen. »Sehen Sie sich seine rechte Schulter an. Der Arm *muss*, anatomisch gesehen, ein Stück hinabfallen, alles andere wäre absurd. Die Handhaltung ist also vollkommen in Ordnung. Also rätselt man, was dieser Gegenstand bedeuten könnte. Das andere Bild, dieses hier« – er wies auf *Christus abgestiegen vom Kreuz* –, »ist jedoch noch viel symbolträchtiger.«

»Diese Bilder gehörten doch ursprünglich zu einem Ensemble von drei Gemälden, die alle das Thema Kreuzigung zum Inhalt hatten, nicht wahr?«, unterbrach ihn Henri, mit einem Blick auf die Broschüre in seiner Hand.

»Ja, das stimmt. Das dritte Gemälde, *Die Kreuzigung*, befindet sich im Louvre. Leider. Sie sollten nicht auseinandergerissen sein. Ich habe es mir mehrfach angesehen – herrlich das intensive Blau von Mariens Gewand –, doch …« – der Mann wiegte zweifelnd den Kopf und zeigte dann auf das Bild vor uns – »dieses hier finde ich viel interessanter. Schauen Sie, wie sehr das Kreuz bei Tournier in den Hintergrund rückt und natürlich auch die Dornenkrone, der Wasserkrug … All das ist irgendwie nebensächlich, unwichtig, nicht wahr?«

»Und Sie sagten, die Bilder hingen einst in einer Kapelle der Büßer?«, warf ich ein.

Der Mann stutzte. »Sagte ich das?«

Ich hatte ein wenig auf den Busch geklopft. Ein alter Anwaltstrick.

»Nun, es stimmt. Sie hingen tatsächlich in St. Etienne, und zwar in der Seitenkapelle St. Sépulcre – zum Heiligen Grab. Die Etienne ist die Kathedrale mit den verschiedenen Baustilen, Sie kennen sie?«

Wir nickten. »Flüchtig, vom Reiseführer«, sagte ich, weil ich nicht wollte, dass er uns für Einheimische hielt. An meinem leichten Akzent konnte er sicher hören, dass ich Deutsche war.

»Das Bild ist wirklich herrlich!« Ich trat zwei Schritte näher, um den Alten zu ermuntern, noch mehr zu erzählen.

»Sie trägt Gold!«, sagte der alte Mann an meiner rechten Seite anzüglich und wies auf Maria Magdalena, die im Vordergrund kniete, die offenen Hände in einer hilflosen Gebärde weit von sich gestreckt.

Ich merkte auf. »Maria Magdalena? Ja, warum auch nicht?«

»Nein, Sandrine«, sagte da Henri zu meiner Linken. »Der Herr hat recht. Ich habe mich gründlich mit der Farbenlehre auseinandergesetzt.«

»Jeder Künstler tut das«, ergänzte der Alte zufrieden. »Die Magdalena trägt Gold als Zeichen für das Kostbarste auf Erden. Ein Hinweis, dass sie …«, er stockte kurz, »dass sie vom göttlichen Geist erfüllt ist. Auch Rubens hat sie im goldenen Gewand dargestellt, kniend vor Jesus und dem Kreuz, halbnackt sogar, fast obszön, möchte man sagen. Ja, Gold, das ist die Farbe, die ihr gebührt. Bei den Minnesängern symbolisierte Gold höchste Beglückung, der Liebe Lohn, ja die sinnliche Liebe.«

»Der Liebe Lohn, die sinnliche Liebe, halbnackt und obszön – das nenne ich in Zusammenhang mit Maria Magdalena anzüglich«, meinte ich, mit einem Seitenblick auf die hübsche Frau aus Magdala.

Henri grinste. »Wir wissen natürlich längst, worauf Sie hinauswollen, Monsieur ... Maria Magdalena und Jesus, nicht wahr? Die heilige Familie. Ist es das?«

Der Mann sah sich wieder um und nickte dann. »*Ich* habe das nicht erfunden«, sagte er, sich fast entschuldigend. »Der Gral kann aber tatsächlich auch mit dem Sang Réal gleichgesetzt werden, der besonderen Blutlinie. Caravaggio wusste etwas darüber. Sie müssen sich *seine* ›Magdalena‹ einmal ansehen. Dieses Gemälde hängt in der Galleria Doria Pamphilj in Rom, in einer der reichsten Privatsammlungen Italiens. Möglicherweise ... nun, man munkelt, dass er nicht zuletzt dieses Bildes wegen umgebracht wurde. In ihr Kleid ist der Gral eingewebt ...«

»Umgebracht? Weshalb? Das müssen Sie uns aber jetzt genauer erklären!«, sagte Henri erneut ein wenig zu laut.

»Pst!«, ermahnte ihn sogleich der alte Mann. Dann jedoch hob er seine buschigen Brauen und flüsterte: »Caravaggios Magdalena ist schwanger. Schwanger! Verstehen Sie? Dies und die Tatsache, dass der Koran ...«

Ich dachte gerade, dass es wirklich viele Verrückte gibt auf dieser Welt, als unvermittelt der Museumswärter hinter dem Alten stand. Keiner von uns hatte ihn herankommen gehört. Er legte die Hand auf die Schulter des Weißbärtigen.

»Monsieur«, sagte er leise. »Wir haben Sie doch schon öfter gebeten, unsere Besucher nicht zu belästigen. Die Herrschaften sind an Ihren Geschichten nicht interessiert. Bitte gehen Sie jetzt weiter ...«

Der Alte hatte ein puterrotes Gesicht bekommen. Obwohl wir ihn in Schutz nahmen, nickte er uns nur kurz zu und verließ dann hocherhobenen Hauptes den Saal. Der Aufseher zuckte gleichmütig mit den Schultern und sah ihm hinterher.

»Tut mir leid«, sagte er zu uns, »der Mann ist zwar gutmütig, aber regelrecht besessen von Tournier.«

»Vielleicht ist es die Einsamkeit, die ihn so redselig macht«, entschuldigte ich den Alten und zog Henri mit mir. Kaum, dass wir außer Reichweite des Aufsehers waren, sah er sich suchend um.

»Ich muss den Mann finden, Sandrine«, sagte Henri fast atemlos, »ich könnte den Wärter umbringen! Komm mit, ich erklär dir später alles ...«

Wir eilten durch sämtliche Säle, doch der Weißbart war wie vom Erdboden verschluckt. Als wir schon enttäuscht das Museum verlassen wollten, entdeckten wir ihn. Einsam und allein saß er auf einer Bank im Eingangsbereich und machte sich Notizen in ein kleines schwarzes Heft. Als er uns sah, leuchteten seine Augen auf. Er hatte offenbar auf uns gewartet. Gleich zwei Verrückte, die sich für dasselbe Thema interessierten wie er, war wie eine doppelte Bescherung am Heiligen Abend. Henri setzte sich zu ihm, während ich die Plakate studierte, die neben der Bank an einer Pinnwand hingen, um so wenig Aufmerksamkeit wie möglich auf uns zu lenken, für den Fall, dass auch das übrige Personal den Alten im Auge hatte. Aber das wäre gar nicht notwendig gewesen, denn im Vestibül herrschte ein ständiges Kommen und Gehen, zudem strömte eine Schulklasse herein. Als die Kinder die Kasse endlich passiert hatten, schnatternd und lachend, verstand ich wieder, was Henri und der Weißbart redeten.

»... ja, es geht mir um die Büßer von Toulouse ...«

»Hinter denen sind Sie her? Deshalb der Tournier?«

»Was ich wissen muss, ist: Gibt es eine Verbindung zum Calas-Fall?«

Ich spitzte die Ohren.

»Ach, darauf läuft es hinaus«, sagte der Alte, er klang enttäuscht. »Nun ja, das ist auch so eine Sache. Ich hab mich immer gewundert, weshalb bislang niemand darauf kam ...«

»Also stimmt das wirklich? Gibt es eine andere Version als die Voltaires, der einen Selbstmord des jungen Mannes vermutete? Waren die Weißen Büßer vielleicht noch auf eine … eine andere Art am Geschehen beteiligt?«

Ich will es abkürzen. Der Mann war der Meinung, dass die Weißen Büßer schon deshalb Dreck am Stecken gehabt haben müssen, weil sie Marc-Antoine gewissermaßen noch am gleichen Tag »heiligsprachen«. Damit hätten sie jeglichen Verdacht, seinen Tod herbeigeführt zu haben, im Keim erstickt. Da aber auch angesehene Magistratspersonen Mitglieder bei den Weißen Büßern waren, hätte man hinter vorgehaltener Hand davon gesprochen, dass diese das Ganze inszeniert hätten, um den erfolgreichen Hugenotten Jean Calas in die Knie zu zwingen.

»Die Weißen Büßer saßen auch im Magistrat?«, fragte ich nach.

Der Mann nickte. »Aber gewiss, Madame, das ist doch heute nicht anders. Die Kirche steht immer auf Seiten der Herrschenden – der Politik, der Wirtschaft. Schauen Sie sich doch um, überall finden Sie kirchlich-weltliche Verstrickungen, auch hier in Toulouse. Da könnte ich Ihnen Namen nennen … Doch zurück zu den Bußbrüdern: Die Blauen waren aus dem Adel, die Schwarzen die Händler, die Weißen die Maler. Aber ob weiß, schwarz oder bunt – *je suis le Diable et sa clique et c'est moi qui te réplique*«, zitierte er. »Es ist völlig gleich, Monsieur, sie waren alle des Teufels.«

»Die Maler hielten also engen Kontakt zu den Weißen Büßern?«, fragte ich hinter seinem Rücken. Der Alte drehte sich zu mir um.

»Tournier nicht, Madame. Der hatte es eher mit den Schwarzen. Aber vielleicht hat er für diejenigen gearbeitet, die am meisten zahlen konnten. Was den Calas-Fall angeht, so gibt es natürlich keine direkte Verbindung zu Tournier, denn der Künstler lebte ja – wie Sie wissen – hundert Jahre vor dieser Zeit.«

»Aber es muss einen Toulouser Maler gegeben haben, den man mit dem Calas-Fall in Zusammenhang brachte«, hakte ich nach, Henris fragenden Blick ignorierend.

Der alte Mann strich sich über seinen Bart. »Amédée vielleicht«, sagte er nach einer Weile. »Ja, da fiele mir eigentlich nur der junge Amédée ein. Er verschwand im gleichen Jahr, in dem der Calas-Prozess stattfand, und kehrte nie mehr nach Toulouse zurück.«

»Er verschwand? Vor oder nach dem Prozess? Und seine Bilder?«

»Sind mit ihm verschwunden. Den genauen Zeitpunkt kann ich Ihnen nicht sagen. Aber seine Gemälde sollen gut gewesen sein, er hat mehrfach Preise dafür erhalten.«

Ich triumphierte. Das war nun kein graues Puzzlestück vom Rand, sondern ein äußerst markantes Teil, mit dem etwas anzufangen war!

Obwohl wir mehrmals den Anlauf machten, uns von dem alten Mann zu verabschieden, gelang es uns nicht. Ständig fiel ihm noch etwas ein, um uns zu halten, zum wiederholten Male erklärte er uns auch, dass die Maler Caravaggio und Tournier ein universelles Geheimnis verbinde, etwas Großes, Weltbewegendes. Tournier sei jedoch schlauer gewesen, denn ihn habe man nicht umgebracht.

»Übrigens gibt es hier noch ein weiteres bemerkenswertes Gemälde von ihm«, sagte er zum Schluss. »Haben Sie es schon gesehen?«

Wir verneinten.

»Jahrelang ist es nicht mehr öffentlich präsentiert worden. Man behauptete, es sei stark zerstört. Doch seit kurzem hängt es hier im Museum, drüben in einem der Säle. Kommen Sie mit mir. Sie werden erstaunt sein.«

Nach allem, was ich in der letzten Viertelstunde gehört hatte, zweifelte ich nicht an seinen Worten, und nachdem der Wärter ihn unseretwegen so gedemütigt hatte, wollten wir auch nicht unhöflich sein. Allerdings leuchtete mir noch immer nicht ein, dass Marc-Antoine eines Geheimnisses wegen umgebracht worden war. Auch wenn ich selbst von meiner Mord-Theorie überzeugt war, so erinnerte mich das Gebaren des Alten an bestimmte Grals-Theoretiker, die in TV-Interviews im Brustton der Überzeugung sagten: »Wir sind uns völlig sicher, dass es sich so zugetragen haben könnte.« Vor Gericht wäre ich mit einer solchen Beweisführung kläglich gescheitert, wenngleich Richter Müller schmunzelnd meinen würde, dass es eben Geheimnisse gäbe, von denen man nicht wüsste, wenn sie keine Geheimnisse wären.

15

»Es ist an der Zeit, daß das Ungeheuer des Aberglaubens an die Kette gelegt wird.«

Voltaire, Für Wahrheit und Menschlichkeit

Im TGV 5117 nach Toulouse – 17.40 Uhr
Noch gute fünf Stunden Fahrt.

Ein Ehepaar mit drei Kindern zwängt sich herein. Harmlose Leute, nichts zu befürchten. Der junge Mann – so könnte Marc-Antoine Calas ausgesehen haben, fährt es mir durch den Kopf – hat dunkle Haare und ein schmales, nachdenkliches Gesicht. Er hat Jeans an und ein dickes rotkariertes Hemd. Nun wuchtet er seinen schweren Rucksack auf die Ablage. Seine Frau, eine zierliche Person mit schwarzem Anorak, trägt ebenfalls Jeans. Man sieht ihr nicht an, dass sie bereits drei Kinder geboren hat.

Auf ihre höfliche Frage, ob die Kinder mich stören würden, schüttle ich den Kopf.

In dem großen Saal, in den uns der alte Mann geleitete, fand ausgerechnet die Führung der Schulklasse statt, doch das war für den Weißbart offenbar die richtige Geräuschkulisse. Umständlich und gestenreich erklärte er uns jedes Detail auf dem größten Gemälde Tourniers, das den Titel trug: *Die Schlacht der Roten Felsen*. Es ginge hier um das bedeutendste Ereignis für den Fortbestand der Christenheit, als Konstantin I. seinen Rivalen Maxentius bei der Milvischen Brücke vor Rom besiegte und dadurch zum alleinigen Herrscher des Westreiches wurde.

Um diese Schlacht rankten sich allerlei Legenden, so sollte Maxentius heidnische Orakel befragt haben, die ihm prophezeiten, dass »der Feind der Römer« untergehen werde. Konstantin dagegen habe in einer Vision – Tournier hatte sie im Gemälde festgehalten – am Himmel ein leuchtendes Licht gesehen, ein Kreuz, und darinnen die Worte: »In hoc signo vinces – Durch dieses Zeichen siege!« Im Traum habe ihm Christus befohlen, das Kreuz zu seinem Feldzeichen zu machen, worauf Konstantin seine Soldaten anwies, das christliche Symbol Chi Rho – die griechischen Buchstaben X und P – auf ihre Schilde zu schreiben. Der unglückliche Maxentius stand aber offenbar auf der falschen Seite, denn er ertrank im Tiber, und Konstantin schaffte den Durchbruch für das Christentum.

Der alte Mann hatte beim Erzählen ganz rote Bäckchen bekommen.

»Die Sache ist für mich ›getürkt‹, wie man heute sagt. Ein falsches Spiel. Konstantin war gekauft. Er hat das Christentum nur aus … na, sagen wir einmal … aus ganz pragmatischen Gründen aufgewertet. Ein Sündenfall eher als eine Vision. Inzwischen weiß man auch – man gibt es nur nicht zu –, dass es sich bei dem angeblichen Christusmonogramm um ein Emblem des heidnischen Gottes Mithras handelte, dessen Verehrung bei den Legionären weit verbreitet war. Tournier hat die Sache wohl ähnlich gesehen.«

Der Alte trat noch einmal auf das Gemälde zu, wartete sichtlich auf unsere Nachfragen. Die Schulklasse strömte hinaus. Zwei Leute, eine jüngere Frau und ein Mann, die ich für Lehrkräfte gehalten hatte, blieben jedoch hier, um sich ebenfalls dem Tournier zuzuwenden. Der Alte musterte zwar die beiden kurz, erweckte aber nicht den Eindruck, sie zu kennen.

»Ich verstehe Sie nicht. Was hat Tournier entdeckt?«, fragte Henri neugierig, als das Paar sich die nächsten Gemälde ansah.

»Nun, fällt Ihnen nichts auf, schauen Sie doch genauer hin!« Wir betrachteten das Bild intensiver.

»Wenn ich ehrlich bin, Monsieur, äh …«, sagte ich und drehte mich zu dem Mann um. Doch der Weißbärtige dachte nicht daran, mir seinen Namen zu nennen.

»Ja?«, fragte er erwartungsvoll.

»Wenn ich ehrlich bin, dieses Bild hätte ich niemals Tournier zugeordnet. Wie kommt es, dass seine anderen Bilder viel besser sind, hat er hier geschludert?«

Der Mann lachte. »Sie haben einen guten Blick für das Wesentliche, Madame«, sagte er, und zu Henri gewandt: »Das Pferd. Sehen Sie sich das Pferd an. Das weiße Ross, auf dem König Konstantin reitet. Ihm fehlt es an Kraft, an Energie, an Leben. Kurz, im Vergleich zu dem Pferd daneben sieht es aus wie ein Karussellpferd. Es ist, als ob der Maler darauf aufmerksam machen wollte, dass Konstantin auf das ›falsche Pferd Christentum‹ gesetzt hat, auf eine müde Mähre.«

»Tja ...«, Henri schien ehrlich verblüfft. »Der Reiter auf dem fahlen Pferde?«

Der Alte grinste. »Sie bemühen die Apokalypse, Monsieur?«

Ich ärgerte mich insgeheim, weil es gar nicht das Pferd gewesen war, sondern der Gesamteindruck, der mich enttäuscht hatte. Doch bei näherem Betrachten musste ich dem Mann recht geben. »Aber kein Künstler würde eine solche Peinlichkeit der Öffentlichkeit präsentieren. Oder handelt es sich um ein frühes Werk?«

Der Alte schüttelte den Kopf. »Aber nein, Madame! Sehen Sie, das ist eines, wenn nicht das größte Rätsel, das uns dieser Maler aufgibt. Als er noch in Italien wirkte, unter Caravaggio und auch später, hat Tournier ausschließlich Bilder mit Wirtshausszenen, Musikern, Trinkern gemalt – nur solche Motive, aber wirklich exzellent! Dann plötzlich eilt er nach Toulouse, wirft sich den frommen Büßern an den Hals und malt für sie fortan nur noch sakrale Kunst.«

»Nun, vielleicht hatte auch er eine göttliche Vision erfahren«, spottete Henri.

»Oder«, warf ich ein, »er war schon immer im Herzen ein frommer Katholik, der sich einzig von Caravaggio zum Lotterleben hatte verleiten lassen, und danach kehrte er in die Arme von Ecclesia zurück!«

»Oh, oh«, sagte der alte Mann und spitzte den Mund. »Madame, ich muss Sie enttäuschen. Tournier ist kein frommer Katholik gewesen, niemals, zu keiner Zeit! Tournier war überzeugter Hugenotte …«

Als wir den Place Esquirol erreicht hatten, blieb Henri plötzlich stehen.

»Sandrine – dass Tournier Hugenotte war und dennoch für die Büßer arbeitete, ist kaum zu glauben. Verstehst du das? Die waren sich doch spinnefeind!«

»Vielleicht befand er sich in Geldnot, oder sie haben ihn erpresst?«

»Gut möglich, auch dass er käuflich war, aber … also … wir müssen noch einmal zurück.« Henri sah äußerst ernst aus.

»Zurück? Wieso? Was meinst du? Ins Museum? Der Alte ist doch längst gegangen!«

»Nein, das Bild von der Kreuzabnahme … Ist dir nichts aufgefallen?«

»Es war wunderschön, vor allem die Magdalena, das goldene Kleid – dann der fast schneeweiße herrliche Körper von Jesus …«

»Genau, der weiße Körper von Jesus, den meine ich. Ich bin mir nicht sicher. Kannst du dich vielleicht an eine Wunde erinnern? Er müsste doch einen Lanzenstich in der rechten Seite gehabt haben, oder?«

Am selben Nachmittag hatten wir ein zweites Mal das Musée des Augustins besucht und uns vom »völlig unversehrten alabastergleichen Körper Jesu«, wie Henri sagte, überzeugt. Ja, Henri meinte sogar, dass auch keine Verletzungen durch die Dornenkrone zu sehen wären, während ich nebulöse Schatten am Kopf von Jesus ausmachte.

Beim intensiven Betrachten des Bildes entdeckte ich jedoch etwas anderes, das uns beide ziemlich irritierte. Das Kreuz im Hintergrund des Bildes, wurde von einer unsichtbaren Person umfasst. Einzig ein schemenhafter Arm und zwei schmale weiße Hände waren zu sehen.

»Eines ist mir sonnenklar«, sagte Henri ein wenig missmutig nach unserer langen, ergebnislosen Diskussion über unsere Entdeckung, »der Alte gehörte zu jenen, die dem *roi perdu* nachtrauern.«

»Dem verlorenen König?«, fragte ich ratlos.

Henri nickte schweigend.

»Ich meine die Leute, die seit Jahren absonderliche Theorien über Jesus und seine angeblichen Nachkommen verbreiten. Inzwischen existiert ein richtiges Gespinst von Legenden, Halbwahrheiten, Verschleierungen und Abstrusitäten, das die christliche Welt überzieht und die Buchläden überschwemmt. Meiner Meinung nach wird dies von Rom selbst gesteuert, weil man Angst hat, dass die Wissenschaft eines Tages etwas ans Licht zerrt, das der Kirche nicht gefällt. Bereits zu Beginn des 20. Jahrhunderts, als bestimmte Theologen im Pariser Seminar St. Sulpice begannen, sich kritisch mit der Historie um Jesus auseinanderzusetzen, hat Rom ganz schnell einen Riegel vorgeschoben, indem man den Antimodernisteneid für alle Priester einforderte. Heute geht das nicht mehr, Sandrine, da muss man zu anderen Mitteln greifen, um die Macht über die Menschen nicht zu verlieren.«

Natürlich hatte Henri recht. Um es überspitzt zu sagen: Früher brachte man unliebsame Ketzer auf den Scheiterhaufen, heute zog man bestimmte Dinge ins Lächerliche, was zur Folge hatte, dass seriöse Wissenschaftler nur ungern kirchenkritische Themen anpackten.

»Sokrates meint, die Tonkrüge von Qumran und Nag Hammadi hätten Rom das Fürchten gelehrt, und er weiß, wovon er spricht, denn er setzt sich täglich innerhalb eines großen Internetforums über das Geheimnis von Rennes-le-Château mit solchen Fragen auseinander.«

»Rennes-le-Château?«

»Das ist ein Ort für Esoteriker, Sandrine, aber es würde zu weit führen, dir das heute zu erklären. Zu verwirrend und nicht relevant für unsere Geschichte. Später einmal …«

Bevor es endgültig zu spät war, brachte ich jetzt doch noch – geschickt, wie ich hoffte – das Gespräch auf diese außergewöhnliche Blutlinie, den *Sang Réal*, von dem der Alte gesprochen hatte. Henri blieb abrupt stehen und runzelte die Stirn. »Jean Calas im Zusammenhang mit dem *Sang Réal*? Wie meinst du das?«

»Ach, weißt du, ich hatte es aufgrund meines Ärgers mit Sam total vergessen«, log ich ihn an (weil es mir nach der letzten Nacht doppelt peinlich war, ihm die Sache verschwiegen zu haben) und erzählte ihm von der Geheimen Bruderschaft des Wertvollen Blutes, vor der sich meine Urgroßmutter gefürchtet hatte.

»Wusste ich es doch«, sagte Henri, und er schien sich damit irgendwie bestätigt zu fühlen, »jemand oder eine bestimmte Organisation steht hinter dem Ganzen. Die Weißen Büßer sind nicht die Drahtzieher. Ich sehe die Szene direkt vor mir: Der junge Hugenotte Calas gibt beim Spiel, in einer Weinlaune, etwas Ketzerisches von sich, meinethalben über Maria Magdalena und ihren Bauch, was bereits Caravaggio das Leben gekostet hat. Die Blasphemie wird in Windeseile den frommen Büßern zugetragen, die ihrerseits diese ominöse Bruderschaft des Wertvollen Blutes informieren. Das göttliche, wertvolle Blut darf schließlich weder von einer Hure wie Magdalena entweiht, noch von einem Hugenotten in den Dreck gezogen werden. Weißt du was, Sandrine, wir sollten Abbé Maury nach diesen Blut-Leuten befragen!«

Wie hätte ich reagieren sollen, wo ich den Priester doch schon heimlich darauf angesprochen hatte und obendrein auf diesen Maler? Halbe Lügen erweisen sich oftmals als besonders hinterhältig.

Ich zuckte daher nur gleichmütig mit den Schultern, schmiegte mich an Henri und bat ihn, mit mir für ein Stündchen den Fall Calas zu vergessen.

Lachend legte Henri den Arm um meine Schultern, und wir liefen zur Garonne hinunter – wo ich dann selbst das Gespräch auf den verlorengegangenen Brief brachte und auf die

Gründe, die diesen jungen Amédée veranlasst haben könnten, im Jahr 1761 Hals über Kopf Toulouse zu verlassen. Schließlich überlegten wir, wie die frommen Büßer im Hause Calas einen nahezu lautlosen Mord begangen haben könnten.

Henri sprach von einer Garrotte.

Wieder zurück in der Rue de la Dalbade – es dämmerte bereits und es war kühl geworden –, ließ sich mein Schlüssel zwar problemlos in das Schlüsselloch stecken, machte aber wie am Abend zuvor Schwierigkeiten beim Aufschließen. Ich besah ihn mir genauer und bemerkte, dass sich Reste einer klebrigen, rosafarbenen Masse im Bart befanden, offenbar ein alter Kaugummi, den Nachbarskinder ins Schloss gesteckt hatten. Als ich sie weggekratzt hatte, war alles wieder in Ordnung.

»Ein Geheimbund also«, sagte Henri, der hinter mir die Diele betrat. Ich befürchtete sofort, dass das »Stündchen Themenwechsel« endgültig vorüber war, doch er hängte seine Jacke erst gar nicht an die Garderobe, sondern erklärte, noch einmal wegzumüssen. Als er sich im Bad hastig mit meiner Haarbürste durch die Locken fuhr, trat ich neben ihn und nahm ihn in den Arm. Ich bemerkte im Spiegel, dass seine Augen wieder wie fiebrig glänzten.

»Gehst du zu Sokrates? Surft ihr im Internet? Oder womit, um Himmels willen, beschäftigt ihr euch ständig?«

Henri grinste. Dann drückte er mich fest an sich, küsste zärtlich meinen Nacken und meinte zu meiner Verblüffung, ich solle aufhören, mir Sorgen um ihn zu machen. Er passe schon auf sich auf. Im Übrigen sei er auf dem besten Weg, eine feste Anstellung bei einer renommierten Zeitung zu bekommen. Mit diesen Worten verließ er das Haus.

Bis zu diesem Abend hatte ich mir eigentlich keine Sorgen um ihn gemacht.

16

»So ist alles eitel, vom Papst angefangen
bis zu mir herunter.«

Voltaire, Für Wahrheit und Menschlichkeit

Im TGV 5117 nach Toulouse – 18.00 Uhr
Mir ist wieder übel. Diese elenden Pillen. Schlucke ich sie, geht es mir schlecht, schlucke ich keine, ebenso.

Das nette Paar von gegenüber hat mir erzählt, dass es aus Cordes stammt, einem hochgelegenen Ort nordwestlich von Albi. Sie hätten die Großeltern besucht und seien nun auf der Heimfahrt.

Cordes kenne ich gut.

Schon wieder fröstelnd, denn es wollte in diesem Jahr einfach nicht richtig warm werden, hüllte ich mich in meine dicke weiße Alpakajacke und führte ein langes Telefongespräch mit meiner Freundin Steffi, die endlich aus New York zurück war. Unausweichlich kamen wir auf meine vielleicht bevorstehende Scheidung zu sprechen. Steffi stand, wie ich es nicht anders erwartet hatte, auf meiner Seite und bestärkte mich in dem Entschluss, eine Zeitlang in Toulouse zu bleiben, um Abstand zu gewinnen. Mit Sam hatte sie sich nie besonders vertragen, weil er von Anfang an auf sie eifersüchtig war. Bereits während der Hochzeitsfeier – sie war eine der Trauzeuginnen – hatte er sie unablässig provoziert. Zum Schluss ging es um eine ausgesprochene Lächerlichkeit, nämlich das korrekte Anschneiden der Hochzeitstorte (Steffi hatte Sam als Korinthenkacker bezeichnet, was man einem frischgebackenen Bräutigam nun nicht gerade an den Kopf wirft). Meine Freundin war nur mir zuliebe auf dem Fest geblieben, und Sam hatte düster und halbbetrunken vor sich hingestarrt, bis ich ihn kurz nach Mitternacht auf seine Pflicht aufmerksam machte. Dass er die Hochzeitsnacht mit der gleichen

Korrektheit absolvierte wie das Tortenanschneiden, habe ich Steffi allerdings nie erzählt.

»Soll ich dich nun über Pfingsten besuchen, oder hast du schon andere Pläne?«, fragte sie, als wir zum dritten Mal beschlossen hatten, endlich aufzulegen.

Ich dachte kurz an Henri, bat sie aber dennoch, zu kommen und mir beim Aussuchen der Möbel und Vorhänge für mein Landhaus behilflich zu sein.

»Nach Ostern fahre ich aber erst einmal nach Hause, zur Unterzeichnung des Vertrages, da können wir alles Nähere besprechen, und dann« – ich stöhnte theatralisch –, »dann gehen wir zusammen zum Bratwurstessen!«

Steffi prustete. »Du bist das verrückteste Huhn, das ich kenne. Sitzt in Toulouse und denkt an Nürnberger Bratwürste!«

»Was willst du, ich bin und bleibe eben Fränkin! Frankreich ist super, aber was mir hier abgeht …«

»… sind ordentliche Bratwürste!« Noch immer lachend, versprach Steffi mir ihre Unterstützung beim Renovieren. Sie hat ein ausnehmend gutes Händchen für derlei und einen hervorragenden Geschmack.

Seltsam nur – das stelle ich jetzt im Nachhinein fest –, dass ich ihr nichts von Henri erzählte.

Als er gegen zweiundzwanzig Uhr zurückkam, war er gut aufgelegt. Er müsse allerdings morgen beizeiten aus den Federn, meinte er, um mit Sokrates nach Limoux zu fahren. Das kam mir sehr gelegen, denn der versprochene Besuch bei Marceau hatte mir bereits Kopfzerbrechen bereitet. Ich sagte es schon: die halben Lügen!

Henri ging unter die Dusche, sang dabei aus voller Kehle *Sous le vent* von Céline Dion, während ich es mir im Bett gemütlich machte. Als er aus dem Bad kam, die Haut noch feucht vom Duschen, tranken wir ein Glas Landwein (aus der Gegend um den Agly – Charlottes Weinkeller barg wahre Schätze) und aßen Käse und Baguette dazu, bis das ganze

Bett voller Brösel war. Dann liebten wir uns leidenschaftlich und völlig ungeachtet der Krümel und der kleinen Heimlichkeiten, die wir voreinander hatten. Steffi, aber vor allem Sam und die Pflicht waren weit weg, und es war mir unbegreiflich, dass ich noch vor einer Woche unter der Trennung von meinem Mann gelitten hatte ... Das Telefon läutete. Als ich mich meldete, wurde aufgelegt. Das dritte Mal an diesem Tag! Wirklich ärgerlich! Aber solche Anrufe hatte es auch in Nürnberg oft gegeben, bis Ramon dafür gesorgt hatte, dass sie zurückverfolgt wurden.

Später, als wir zärtlich Rücken an Rücken beieinander lagen, um endlich zu schlafen, sagte mein Geliebter aus heiterem Himmel: »Sandrine, hast du Lust, über Ostern ans Meer zu fahren?«

Ich lachte auf. »Ans Meer? Wie kommst du jetzt darauf ... oha!« Ich drehte mich zu ihm um und schüttelte ihn sanft: »Ja, natürlich ... ich weiß, was du im Schilde führst: Abbé Maury! Dir spuken die Sanch-Bruderschaften und ihre Prozessionen im Kopf herum, die Weißen Büßer!« Ich knipste noch einmal die Lampe an und setze mich auf.

»Ja, ich muss sie mir einfach ansehen«, sagte er. »Weißt du, ich werde eine Reportage über das *Renouveau* der frommen Bußbruderschaften schreiben, keine Angst, nicht über den Fall Calas. Das überlasse ich dir. Doch für mein Vorhaben brauche ich aktuelle Fotos, und das gewisse *Feeling* ... Du weißt schon ... aber ich ...« Henri schwieg und sah zur Decke.

»Was ist los? Was hast du?«

Er bohrte mit der Zunge in seiner Wange herum, dann sah er mich wieder an und lächelte ein wenig traurig. »Ich will dir nichts vormachen, Sandrine, mir fehlt es am Geld. Ich habe ein klassisches Henne-Ei-Problem: ohne Geld keine ordentlichen Recherchen, ohne Recherchen keine sauberen Artikel, ohne Artikel kein Geld. Die Verlage weigern sich, freien Mitarbeitern wie mir Vorschüsse zu zahlen. Obendrein ist Collioure nicht gerade billig. Glaub mir ... es ist mir mehr als peinlich, dich anzupumpen, gerade jetzt, wo wir ... wo wir uns lieben. Meinst du, du könntest mir etwas vorstrecken? Sobald ich den Artikel verkauft habe, bekommst du das Geld zurück. Großes Ehrenwort.«

Er sagte tatsächlich ... lieben!

»Das geht schon in Ordnung«, beruhigte ich ihn. »Ich mach dir einen Vorschlag. Ich gebe dir gleich morgen einen Vorschuss von ... nun sagen wir, zweitausend Euro. Ich freu mich auf Collioure. Allerdings muss ich am Dienstag nach Ostern nach Nürnberg fahren, um dort bestimmte Dinge zu erledigen.«

Da Henri nicht weiter nachfragte (was ich ihm hoch anrechnete), beugte ich mich zu ihm hinüber und küsste seine nackten Schultern – noch heute träume ich von ihnen –, und er genoß sichtlich meine Zärtlichkeit, sah mich aber dennoch nachdenklich an.

»Glaub mir, ich nehme dein Geld nur äußerst ungern ...«, sagte er leise und in seinen Augen stand Stolz. »Es ist beschämend für mich.«

»Ja, ja, ich weiß«, sagte ich und legte ihm meinen Zeigefinger auf den Mund. »Doch weshalb sollen für einen Liebhaber andere Maßstäbe gelten als für einen guten Freund?«

Dass Voltaires Pergamente und der Hinweis des Priesters Maury auf die Büßer von Collioure zum Auslöser all der schrecklichen Ereignisse werden sollten, die wenig später auf uns einstürmten, ahnte ich in dieser wundervollen Nacht nicht, denn sonst hätte ich die eiserne Kassette mitsamt Inhalt nach Castelnaudary zurückgebracht und sie eigenhändig wieder in Charlottes Keller eingemauert. Doch ob ich damit das Sejanische Pferd hätte aufhalten können, wage ich zu bezweifeln. Das Böse verbarg sich unter einer Maske.

Die Patienten wären bereits alle gegangen, versicherte mir Marceau, als ich am nächsten Tag Punkt zwölf Uhr seine Praxis betrat. Ich hatte mir eingebildet, dass auch seine Frau Monique da sein würde, doch sie ließ sich nicht blicken. Seit meiner Ankunft in Toulouse hatte ich sie nur ein einziges Mal am Fenster gesehen. Dafür begrüßte mich der Senior mit einem albernen Handkuss.

Wohin ich auch sah, alles blitzte und blinkte geradezu pervers vor Chrom und Sauberkeit. Offenbar hatten die Serralongues erst vor kurzem die Praxis renoviert. Zwischen dunklen polierten Schränken mit Dutzenden von schmalen, edelstahlbeschlagenen Schubläden und hohen Regalen mit medizinischer Lektüre hingen die mir noch bekannten Stiche, meist englische Jagdszenen, wie sie auch mein Onkel Alphonse geliebt hatte.

Wir setzten uns im Empfangsbereich an einen runden Tisch, dessen weiße Spitzendecke bis zum Boden fiel. In einer Ecke neben dem Fenster stand – malerisch dekoriert – eine hohe Edelstahlvase, gefüllt mit ausladenden Zweigen weißen und lilafarbenen Flieders. Marceaus Sprechstundenhilfe servierte Kaffee und Eclairs, bevor sie sich in die Mittagspause verabschiedete. Eine ganze Weile plauderten wir angeregt über Charlotte, den alten Fernand Laroque und andere gemeinsame Bekannte. Brachte ich jedoch vorsichtig das Thema auf Marceaus Familie, lenkten die beiden sofort ab.

Nach dem Kaffee ließ ich mich von Marceau gründlich untersuchen, denn ich wollte ein Rezept für die Pille haben. Arsène Serralongues sichtete unterdessen die Dokumente, die ich mitgebracht hatte. »Interessant«, sagte er, nachdem wir an den Tisch zurückgekehrt waren, »wirklich höchst aufschlussreich. Und es handelt sich tatsächlich um Originale.« Er sah mich an und lachte leise, wobei sich seine Mundwinkel nach unten verzogen. »Madame Sandrine, Sie haben also Calas-Blut in Ihren Adern! Welche Überraschung! Charlotte hat mir das verschwiegen. Sie war auch sonst recht sonderbar, Ihre Tante, überaus exzentrisch und …«

Ich widersprach freundlich und erklärte ihm dann, wie ich zu den Briefen gekommen war sowie dass ich außer den hier vorliegenden noch weitere besitze und dass sie nach meiner Auswertung ins Archiv der Stadt wandern würden.

»Ins Archiv? … Überlegen Sie sich diesen Schritt gut, Sandrine«, meinte daraufhin der Alte, die »Madame« weglassend, während Marceau einen neugierigen Blick auf die Schriftstücke warf. »Einmal aus den Händen, haben Sie keinerlei Zugriff mehr auf Ihren …« Arsène Serralongues räusperte sich, um dann anzüglich und mit einem Augenzwinkern zu schließen: »… auf Ihren Schatz.«

»Nun, es eilt mir ja nicht, Monsieur. Ich habe vor, dem Archiv zur Auflage zu machen, alles, was Voltaire über oder im Namen der Calas-Familie geschrieben hat, mit meinen Anmerkungen und Kommentaren zu veröffentlichen. Das werden sie mir nicht abschlagen, denke ich, zumal ich Juristin bin. Damit erhält Jean Calas endlich die Genugtuung, die er verdient. Jean Calas – und die Wahrheit!«

Ich hielt inne, denn der Alte sah mich plötzlich so sonderbar mit zusammengekniffenen Augen an, und auch Marceau hing wie gebannt an meinen Lippen. Hatte ich etwas Falsches gesagt, sie gekränkt?

»Die Wahrheit sagen Sie, Sandrine?« Der Alte schluckte. »Aber worüber? Mit Verlaub, Voltaire ist ein Lügner, das weiß alle Welt, einer, der andere benutzte, um gegen die Ordnung Gottes, gegen unsere Kirche zu wettern. Hier ist doch der Beweis, Madame Sandrine«, er klopfte mit der flachen Hand auf die blaue Mappe, in die ich die Blätter zurückgesteckt hatte. »Voltaire, dieser Wichtigtuer, schreibt munter drauflos, er drückt auf die Tränendrüse und verdreht die Tatsachen, wie es ihm gerade in den Kram passt, am Ende lässt er andere ihren Namen unter seine elenden Ergüsse setzen. Was sagen Sie dazu, dass er den ach so tugendhaften alten Calas bewundert, weil jener seinem Sohn Louis, der zum wahren Glauben zurückfand, eine Pension aussetzte?«

Ich war irritiert. Der alte Serralongues schien sich auf dieses Gespräch bestens vorbereitet zu haben. Doch weshalb?

»Was ist daran verkehrt, dass ein Vater seinen Sohn unterstützt?«

»Nun, nichts, gar nichts«, antwortete Arsène Serralongues

mit einer wegwerfenden Handbewegung, »Calas hat aber nicht freiwillig gezahlt, sondern das Gesetz verpflichtete ihn dazu. Das verschweigt Voltaire geflissentlich, genau wie im Fall der katholischen Magd, die Calas beschäftigt hat. Hugenotten durften gar keine Reformierten anstellen. Voltaire lügt also. Er ist nichts weiter als ein Atheist, ein Vaterlandsverräter und Wichtigtuer, was übrigens schon Abbé Desfontaines erkannt hat, bevor er ihn vor Gericht zerrte!«

Ich holte tief Luft. Also das konnte ich bei aller Freundschaft so nicht im Raum stehenlassen. »Meine Güte! Voltaire erkannte sehr wohl ein höheres Wesen an. Und ein Lügner? Dieser Abbé Desfontaines hat in seiner Schmähschrift auf niederträchtigste Art sämtliche Satzfehler, ja den kleinsten Lapsus, der Voltaire jemals unterlaufen war, verspottet. Der Streit, auf den Sie anspielen, fand außerdem zwanzig Jahre *vor* der Affäre Calas statt. Voltaire hat auch nicht all diese fiktiven Streit- und Denkschriften verfasst, um sich wichtig zu machen, sondern weil er der Familie Calas beistehen und zugleich den Fanatismus vieler Katholiken anprangern wollte, den es, wie mir scheint, auch noch heute gibt. Paul Valéry sagt über ihn: *Voltaire ruft die Vernunft an, aber er zielt aufs Herz.* Was ist daran falsch?«

... Übrigens hielt ich auch als Juristin Voltaires Vorgehen für absolut legitim, denn es diente schließlich dazu, einen Justizmord aufzuklären und Jean Calas zu rehabilitieren. Halb Europa wusste zudem, wer hinter den Streitschriften steckte. Wie man Voltaire letztendlich beurteilte, hing aber eng damit zusammen, welchen Standpunkt man selbst bezog.

»Was daran falsch ist?« Marceaus Vater plusterte sich jetzt geradezu auf und bekam einen roten Kopf. »Sie sehen diese Geschichte verklärt. Sie glauben, Sie müssten ihre Vorfahren und deren Beschützer reinwaschen. Nein, es ist eine Tatsache und zu beweisen: Voltaire *hat* gelogen, nicht zuletzt, indem er vorgab, dass Marc-Antoine Calas Selbstmord begangen hat.«

»Was glauben *Sie* denn, was in der Rue des Filatiers geschehen ist?«

»Jemand hat den Jungen umgebracht. Es war ein raffiniert inszenierter Mord aus Eifersucht, ein betrogener Ehemann, der sich Eintritt in das Haus verschafft hat.«

Ich war verblüfft. »Ist das Ihr Ernst, Monsieur? Haben Sie dafür irgendwelche Beweise?«

»Beweise? Pah! Mein Vater hat es mir erzählt, und er hat es wiederum von seinem Vater. Jeder, der in Toulouse Rang und Namen hat, kennt die Geschichte hinter der Geschichte. Voltaire wollte den Leuten nur weismachen, dass dieser Tod mit einem Glaubensstreit zusammenhängt. Ha, das war gelogen! Voltaire hat die Gelegenheit beim Schopf gepackt, weil er eine Möglichkeit sah, die Heilige Kirche in ihren Grundfesten zu erschüttern, ja sie aufs Feinste zu verleumden.«

Ich schwieg, doch in mir kochte es. Was zu weit ging, ging zu weit. Marceau betrachtete nervös seine Fingernägel und sagte kein einziges Wort. Ich zählte bis zehn, und als ich mich halbwegs beruhigt hatte, stand ich auf, bemühte mich um ein kleines Lächeln, nahm die Mappe – und machte den ersten Fehler dieses Tages (wenn man davon absieht, dass es offenbar schon ein Fehler gewesen war, überhaupt hierherzukommen). Ich verwies auf Abbé Maurys Hinweis, Tournier betreffend, auf die absolut üble Rolle der Weißen Büßer im Calas-Fall und auf den Maler Amédée, der mit der Affäre in Zusammenhang gebracht werden müsse.

Als ich bemerkte, dass sich Vater und Sohn Serralongues sonderbare Blicke zuwarfen, triumphierte ich leise. Die Saat war aufgegangen ... Was würden sie mir nun über die Kapuzenmänner erzählen?

»Aha«, sagte der Alte, ungewohnt einsilbig, und warf einen weiteren – jetzt verächtlichen – Blick auf seinen Sohn. »Die Weißen Büßer also«, sagte er schroff. »Sie erzählten bereits davon. Aber Ihre Ermittlungen sind – Sie werden es sehen – vergebliche Liebesmüh!«

»Du hast tatsächlich etwas über diese Leute herausgefunden, Sandrine?« Endlich machte auch einmal Marceau den Mund auf.

»Ja und nein«, ich zuckte mit den Schultern. »Voltaire verweist aus gutem Grund darauf, dass die Kirche seit Jahrhunderten jede abweichende Meinung mit Feuer und Schwert im Keim erstickt. Also muss man wohl auch heute noch ein wenig vorsichtig …«

»Das ist doch lachhaft«, unterbrach mich der Alte ungnädig. »Wir leben im 21. Jahrhundert. Wer beschäftigt sich heute noch mit Voltaire und seinen kruden Ideen? Die Originalbriefe besitzen natürlich einen gewissen Liebhaberwert. Auch ich könnte mir vorstellen, sie in meine Sammlung einzureihen« – er sagte tatsächlich *einzureihen*! –, »doch seine Werke stehen in Bibliotheken auf der ganzen Welt herum und verstauben. Zu Recht. Seine durch nichts zu rechtfertigenden Angriffe auf unsere Heilige Mutter Kirche, die doch das Werk Gottes ist, waren Ketzerei und Blasphemie und …«

Jetzt platzte mir endgültig der Kragen. Was sei mit der blutigen Verfolgung der Hugenotten, der Bartholomäusnacht, in der bis zu zehntausend Menschen in Paris ermordet wurden, und mit den gut zweihunderttausend Flüchtlingen? Er stelle die Historie auf den Kopf, nur um die katholische Kirche gut dastehen zu lassen.

»Ich verbitte mir das! Sie sind eine dumme Gans!«, schrie daraufhin der Alte mit krebsrotem Gesicht. »Die Hugenotten waren um keinen Deut besser. Außerdem muss eine Regierung das Recht haben, die Verblendungen der Menschen zu bestrafen! Voltaire war Atheist und hatte die vollständige Trennung von Staat und Kirche im Sinn!« Er fuchtelte mit seinem rechten Arm in der Luft herum. »Dafür waren ihm alle Mittel …«

»Aber Vater, so beruhige dich doch. Das alles interessiert Sandrine im Grunde gar nicht«, unterbrach ihn Marceau mit jetzt schneidender Stimme. Dieser Satz brachte mich aber erst recht auf die Palme. Was mich interessierte oder nicht, war einzig und allein meine Angelegenheit. Ich beherrschte mich mühsam, um den Streit nicht weiter eskalieren zu lassen, schnappte mir meine Mappe und lief grußlos dem Ausgang zu. Kurz vor der Tür drehte ich mich um. »Ach, ein Wort noch: Voltaire bezweifelte nicht, dass die Menschheit eines Tages in der Lage sein würde, jemandem, dem es an einem ordentlichen Kopf gebricht, einen ebensolchen zu verschaffen. Es ist also noch nicht zu spät, Herr Doktor!«

Der Alte wurde leichenblass, und ich dachte schon, er würde mir folgen und an den Kragen gehen. Dafür stürzte Marceau mir nach, um mich zur Haustür zu begleiten.

»Es tut mir leid, dass unser Gespräch so eskaliert ist«, sagte er mehrmals zu mir, als wir außer Hörweite des Alten waren. Ein gehetzter Ausdruck lag auf seinem Gesicht. »Ich weiß nicht, was heute los war mit ihm. Altersstarrsinn, vermutlich.«

»Altersstarrsinn heute? Oder in *diesem Fall*? Voltaire schrieb übrigens auch etwas zu den Themen Leibeigene und Geistessklaven, falls *dich* das interessiert. Solltest du mal lesen!«

Marceaus Hände zitterten, als er mir das Rezept überreichte. Da tat er mir schon wieder leid, und ich fragte ihn, ob er mit seiner Familie über Ostern wegfahren würde.

Er schüttelte traurig den Kopf. »Und du?«

Ich zuckte mit den Schultern. »Ja, sicher, ich fahre irgendwohin. Ans Meer, in die Berge, ich weiß es noch nicht genau.«

»Ach ja? Wie schön. Und … und Henri? Hütet er während deiner Abwesenheit dein Haus?«

Da konnte ich nicht mehr an mich halten. »Henri fährt mit mir, Marceau. Inzwischen sind wir ein Liebespaar. Du verstehst?«

Das war der zweite große Fehler an diesem Tag.

17

»Ich habe allerlei Ähnlichkeiten mit den Windfahnen, die erst dann feststehen, wenn sie verrostet sind.«

Voltaire, Für Wahrheit und Menschlichkeit

Im TGV nach Toulouse …

Am liebsten würde ich die Zeit verändern, habe ich gerade geschrieben.

Ach, welch hehrer, göttlicher Anspruch!

Die Zeit lässt sich von uns Menschen nicht verändern, allenfalls haben wir geschafft, sie zu messen. Die Zeit verändert uns und zernagt Dinge wie Menschen wie Rost. Was übrig bleibt ist Staub.

Als ich mich wieder auf der Straße befand, holte ich tief Luft – und stolperte um ein Haar über den Spaniel von Madame Richard. »He, du Schlingel«, wies sie ihren Hund halbherzig zurecht, wobei ihre rotblond gefärbten Spaniellocken auf und ab hüpften. Während der Hund mich winselnd und wie verrückt umkreiste, säuselte sie: »Sie sind doch die kleine Sandrine, nicht wahr? Die Nichte von Madame Charlotte! Ich hab Sie auf der Beerdigung sofort wiedererkannt. Sie sind aber lange nicht hier gewesen!«

Die Hundeleine wickelte sich um meine Beine und drohte, mich zu Fall zu bringen.

Ich nickte verzweifelt und deutete auf ihren Liebling. »Bitte …«

»Die kleine Sandrine also!« Madame ignorierte meinen Hilferuf. »Ich kannte Sie schon als Kind. Aber gut sehen Sie aus!«, sagte die Frau und lächelte unbeirrt weiter, wobei sie ihre großen Hasenzähne bleckte. »Wirklich gut … Wissen Sie, die Nichte meiner Cousine …«

»So befreien Sie mich doch endlich von Ihrem Untier«, sagte ich nervös.

Sie lachte auf. »Untier«, wiederholte sie. Endlich packte sie den Hund am Halsband (rosafarben und mit Strassbrillanten besetzt!) und lief dann dreimal kichernd mit ihm um mich herum. Auf der anderen Straßenseite grinsten bereits die Leute.

»Nichts für ungut!«, rief die Concierge mehrmals hinter mir her, als ich fluchtartig die Rue de la Dalbade überquerte.

Selbst beim Aufschließen der Haustür konnte ich sie noch immer hören: »Suzette, du schlimmes Mädchen, was hast du da nur wieder angestellt! Die arme Mademoiselle Sandrine zu fesseln.«

Die »arme Mademoiselle« ließ sich mit flauem Magen und völlig entnervt ein Schaumbad ein. Die Serralongues *und* der Spaniel, das war zu viel. Hätte ich mich in der Praxis zurückhalten sollen? Nein, leise Töne gehen in lauten Zeiten leicht unter. Im Nachhinein ärgerte ich mich aber, dass ich überhaupt dort gewesen war. Die Pille hätte ich mir auch woanders besorgen können. Ich goss ein wenig Lavendelöl und etwas Arnikatinktur in das Badewasser, das Beste überhaupt, um zu innerer Ausgeglichenheit zurückzufinden, wie Steffi meinte, und dachte dabei über alte Männer nach, die sich gottähnlich fühlten.

Dass er so felsenfest behauptete, Marc-Antoine sei von einem eifersüchtigen Ehemann umgebracht worden, irritierte mich dennoch. Ich nahm mir vor, mich sobald wie möglich auf den Weg in das Stadtarchiv zu machen.

Als Henri nach Hause kam, lag ich noch immer in der Wanne. Zu meinem Verdruss über die Serralongues war mein verdrängter Kummer um Sam und unsere Ehe zurückgekehrt.

Henri lenkte mich sofort ab. »Ich hab dir was mitgebracht«, sagte er komplizenhaft und packte das Päckchen aus, das er bei sich trug. Es entpuppte sich als ein großer Bildband über den Maler Caravaggio.

»Stell dir vor, Caravaggio war wegen seiner Maria Magdalena sogar angeklagt«, sagte er aufgeregt und setzte sich auf den Wannenrand. »Die Karmeliter haben sich an der überaus aufschlussreichen Assoziation, die das Gemälde hervorruft, gestört. Man muss es gesehen haben!« Henri blätterte und hielt mir das Bild unter die Nase. »Was sagst du dazu? Sieh nur, wie sie die Arme um ihren Körper hält, als ob sie das Kind bereits betrachtet. Ein goldenes Tuch, eine geraffte Schürze vielleicht, umgibt ihren Leib wie ein Ring und lenkt den Blick auf das Gewand, in das ziemlich auffällig das Bild eines herrlichen Gefäßes gewebt ist. Sandrine, es ist der Gral, der Weißbart hat recht! Wie er sagte, kann man Gral auch als *Sang Réal* deuten, die wertvolle Blutlinie, die Maria Magdalena weiterzugeben im Begriff ist, nicht wahr? Dann – als ob es noch immer nicht genügt hätte – ein rotes Band um den Leib. Rot, die wertvolle Farbe des Blutes, des Lebens! Neben ihr, am Boden, ein gläserner Wasserkrug, halbgefüllt – wie ihr Zustand. Du musst wissen, Sandrine, dass Maria Magdalena oft mit einem Gefäß dargestellt wird, meist ist es ein Salbkrug – das Nardenöl, mit dem sie Jesus die Füße gesalbt hat. Hinter dem Krug eine zerrissene Perlenkette. Also, ich bin begeistert!«

»Vielleicht war Caravaggio wirklich ein Eingeweihter, wie der Alte sagte. Na, wenn das die Welt erfährt, dann ...« Meine Stimme klang leicht sarkastisch, ich merkte es selbst. »Ist er denn tatsächlich ermordet worden?«

Henri zuckte mit den Schultern. »Ob es Mord war, ist unklar«, sagte er. »Gesichert ist, dass ein Anschlag auf ihn verübt wurde, an dem er kurz darauf starb.« Er legte das Buch beiseite, damit es nicht nass wurde.

»Aber wenn Maria Magdalena diese reiche, unabhängige Frau war, als die sie führende Theologen heute schildern«, fuhr er leise fort, »so war sie auch gebildet. Sie stand damit geistig weit über den Fischern und Handwerkern, die Jesus um sich scharte. Könnte es nicht sein, dass sie bedeutend mehr Einfluss auf Jesus hatte als Jesus auf sie, dass die neue Lehre, die er vertrat, ursprünglich von einer Frau stammte? Eines steht für mich – und auch für Sokrates – felsenfest«, sagte Henri, »Jesus hat beim letzten Abendmahl Maria

Magdalena zu seiner Nachfolgerin bestimmt und damit die Jünger gegen sich aufgebracht. Das ist der wahre Grund für den späteren Streit zwischen Jakobus und Petrus. Und natürlich für Judas' Verrat! Eifersucht!«

»Was du alles weißt! Da muss ich erst einmal drüber nachdenken«, antwortete ich unbestimmt, aber um einen ernsten Tonfall bemüht.

»Hast du schon einmal das sogenannte Thomas-Evangelium gelesen, Sandrine?«

Ich schüttelte den Kopf.

»Es gehört nicht zum Kanon des Neuen Testamentes, ist aber möglicherweise das älteste Zeugnis von Jesus. Dort spricht er: *Ich sage meine Geheimnisse denen, die meiner Geheimnisse würdig sind. Was deine Rechte tut, soll deine Linke nicht wissen.*

Sokrates meint, Maria aus Magdala war die Person, die würdig war, die Geheimnisse des Herrn zu erfahren – nicht Petrus, nicht Jakobus und nicht Johannes. Er hat also eine Frau zu seiner Nachfolgerin erkoren. Eine Frau, Sandrine! Und das bedeutet das wahre Sakrileg, nicht die Blutlinie! Damit komme ich eines Tages groß raus.«

Dass sich Henris Recherchen auf so grenzwertige Themen erstreckten, irritierte mich. Andererseits ging von einem Artikel über Maria Magdalena die Welt nicht unter, ja, viele Leute lasen seit einiger Zeit solche Theorien mit wachsender Begeisterung.

Dennoch machte ich mir Gedanken um ihn, und ich vermisste die Bodenständigkeit eines Samuel Feuerbach.

Da der Kühlschrank nicht viel hergab, beschlossen wir, essen zu gehen.

»Ich habe eine Idee, Sandrine«, brüllte mein Freund in Richtung Bad, als ich mir das Haar föhnte, »wir gehen in die Brasserie *Capoul* und schauen vorher nochmals bei Abbé Maury vorbei. Er soll uns das Portalwappen erklären, nachdem der Weißbart darüber nichts wusste, und wir erkundigen uns auch gleich über die Geheime Bruderschaft des Wertvollen Blutes.

Ich schaltete den Föhn aus. »Der Weißbart? Wieso? Den haben wir doch gar nicht nach dem Portalwappen gefragt!«

Henri schien einen Moment zu zögern, dann sagte er leichthin: »Ich war heute noch einmal im Museum, und da traf ich ihn wieder. Von einer Inschrift hat er nie zuvor gehört.«

»Tatsächlich?« Ich war nicht wenig erstaunt. Henri ging wohl ebenfalls eigene Wege.

Rasch bürstete ich mir das Haar und überlegte, was ich anziehen sollte. Viel Auswahl hatte ich nicht, es wurde höchste Zeit, meine Sachen aus Nürnberg zu holen. So schlüpfte ich in den schwarzen seidenen Hosenanzug, den ich zu Charlottes Beerdigung getragen hatte. Doch das war offenbar ein schlechtes Omen. Denn als wir am Haus des Priesters ankamen, trug man ihn gerade auf einer Bahre heraus.

Ich war regelrecht geschockt.

»Was ist passiert«, fragte Henri aufgeregt die Leute von der Ambulanz, aber er erhielt natürlich keine Auskunft. Ein älterer Herr, der im Nebenhaus in Filzpantoffeln vor seiner Haustür stand und das Geschehen beobachtete, sagte halblaut zu uns: »Man weiß es nicht. Vielleicht ein Herzinfarkt. Seine Haushälterin hat ihn tot aufgefunden.«

Zutiefst erschüttert, wollten wir weitergehen, als eine Stimme aus einem der gegenüberliegenden Häuser zu uns herüberrief: »He, Sie da, junger Mann! Sie waren doch heute schon einmal hier? Ich habe Sie aus dem Pfarrhaus kommen sehen!«

Henri blieb wie angewachsen am Rande des Gehsteigs stehen. Er war kreidebleich. Dann drehte er sich um, sah zu der Frau hoch, die neugierig aus dem Fenster starrte, und schüttelte den Kopf.

»Ich hab ihn nicht angetroffen, Madame!«, rief er hinauf.

Wir gingen langsam weiter. Mein Herz klopfte zum Zerspringen. Zuerst mein Streit mit den Serralongues, dann Henris heimliche Zusammenkunft mit dem Weißbart und sein nachmittäglicher Besuch bei Abbé Maury … lauter Heimlichkeiten.

Kein besonders guter Start für eine neue Beziehung!

»Du warst tatsächlich am Nachmittag schon einmal hier?«, fragte ich nach einer Weile. »Warum hast du nichts davon erzählt?«

»Ich … also weißt du, Sandrine …«, Henri blieb stehen. Er sah noch einmal zurück. Der Ambulanzwagen war verschwunden, aber es standen noch immer Leute herum. »Es war merkwürdig. Ich habe geläutet. Niemand hat aufgemacht. Dann habe ich gemerkt, dass die Tür gar nicht verschlossen war. Ich ging hinein, rief nach dem Abbé. Keine Antwort. Ich wartete eine Weile, rief ein zweites Mal, lauter. Doch dann hörte ich plötzlich Schritte – es war fast so, als ob jemand weglief. Eine Tür knarrte. Da bin ich auf dem Absatz umgedreht und wieder hinausgegangen. Bitte, das musst du mir glauben, Sandrine.« Er hatte mich bei den Armen gepackt. »Es ist die reine Wahrheit, und … ich wollte nicht als Feigling vor dir dastehen.«

Er hatte so überzeugend gesprochen, dass ich ihm glaubte. »Also auf mich hat Maury neulich keinen kranken Eindruck gemacht, aber das muss ja nichts bedeuten.«

»Er sah noch so vital aus«, meinte auch Henri. »Nun wird uns wohl niemand das Büßerwappen erklären können.«

Wir schwiegen, bis wir in der Brasserie angekommen waren. Obwohl uns beiden gründlich der Appetit vergangen war, bestellten wir Tournedos mit Schalotten und frischen Champignons. »Meine liebe Sandrine«, meinte Henri fast feierlich, als der Ober die Bestellung aufgenommen hatte, »je länger ich über diese Sache nachdenke, desto merkwürdiger finde ich es. Vielleicht ist Abbé Maury keines natürlichen Todes gestorben. Jemand hat ihn umgebracht.«

»Wie kannst du so etwas sagen?«, zischte ich leise, denn am Nebentisch saß ein junges Paar, das vielleicht nur so tat, als ob es die Welt rings um sich herum vergessen hätte … Entsetzt, dass ich mich offenbar bereits an Henris Paranoia angesteckt hatte, sagte ich zu ihm: »Du liest zu viele Krimis. Wer sollte ein Interesse daran haben, einen Mann Gottes umzubringen?«

»Er wäre nicht der Erste. Da gab es einen, den man Ende des 19. Jahrhunderts in seinem Pfarrhaus erschlug, ohne sein Gold mitzunehmen. Die Lage des Opfers verwies auf ein Logenritual. Seine Beine waren auf unnatürliche Weise abgewinkelt, und zwar eines unter dem anderen. Das wichtigste Indiz war jedoch ein Zettel, den die Mörder im Pfarrhaus zurückgelassen hatten.«

Ich lachte auf. »Du meinst, die Mörder dieses Priesters haben ihre Visitenkarte neben den Toten gelegt? Aber nein, so dumm ist doch niemand!«

»Natürlich nicht, Sandrine. Auf diesem Zettel standen nur zwei Worte, ›Viva Angelina‹, eine Warnung an seine Freunde, den Mund über bestimmte Dinge zu halten. Sokrates meinte, ›Angelina‹ könnte auf eine Organisation namens *Association Angélique* hindeuten, eine geheime Loge, der viele Priester im Süden unseres Landes angehörten, man nannte sie auch A.G.L.A. Doch keiner weiß, ob es sie noch gibt, und wenn ja, wer heute die Köpfe dieser Loge sind und welche Ziele sie verfolgt. Vielleicht steckt ja deine geheime Bruderschaft unter der gleichen Decke. Sie geben sich ständig andere Namen ...«

»Du meinst, ein neues Hemd – aber derselbe schmutzige Hals?«

Henri sah mich erstaunt an. Er schwitzte, obwohl es kühl war in der Brasserie. Ich nahm seine Serviette und tupfte ihm die Stirn ab.

»Keine Ahnung«, antwortete er. »Auf die Bruderschaft des Wertvollen Blutes habe ich Sokrates noch nicht angesetzt, aber das werde ich jetzt tun. Er wird schockiert sein, wenn er von Maurys Tod erfährt. Er hat uns schließlich dorthin geschickt. Warte!« Er zog sein Handy hervor und stürzte hinaus auf die Straße.

Bereits nach wenigen Minuten kam er zurück. »Zu dumm«, sagte er, »Sokrates ist nicht da.«

»Komm, Henri, beruhige dich wieder!« Ich legte meine

Hand auf seine, obwohl ich inzwischen selbst nervös wurde, weil mir einfiel, dass ich Maurys Namen bei den Serralongues erwähnt hatte. Andererseits, weshalb hätte ich nicht über diesen Priester sprechen sollen? Ich durfte mich von Henris Panik, seinem Wahn, wirklich nicht anstecken lassen! Aber was war mit dem toten Hund vor meiner Tür? Irgendetwas stimmte nicht.

Doch Henri sah weiter düster vor sich hin, die Lippen aufeinandergepresst.

Endlich kam der Wein. Der Ober schenkte ein und zündete dann feierlich die Kerze an, die auf dem Tisch stand. Wie dunkler Granat funkelte der Merlot in den hochstieligen Gläsern. »Auf Abbé Maury«, meinte Henri leise und stieß mit mir an, »möge er seinen Frieden finden. So einen Tod hat er nicht verdient! So einen Tod verdient niemand.«

Ich fand, er übertrieb. Schließlich war es doch gar nicht sicher, dass jemand ihn ermordet hatte. Wieder griff ich nach Henris Hand. Doch mein Freund war nicht so leicht zu beruhigen. So beschloss ich endgültig, meinen Besuch bei den Serralongues zu verschweigen, damit er sich nicht noch mehr aufregte und vielleicht noch Marceau verdächtigte.

Henri schien nicht sehr belastbar zu sein.

Nach einer Weile sagte er: »Es gibt Beweise für das universelle Geheimnis, von dem der Weißbart sprach: In Béziers existiert eine alte Kirche der Büßer. Dort, am linken Seitenaltar, befindet sich ein Relief, ein Schiff mit Maria Magdalena und anderen überquert das Meer ... Und in Chartres gibt es ebenfalls einen alabasterweißen perfekten Körper unseres Herrn Jesus, wie ihn Tournier gemalt hat. Kein Speerstich zu sehen!«

Er nahm sein Glas und trank es auf einen Zug leer. Dann sagte er triumphierend: »Und bei dir zu Hause, in Deutschland, in einem Ort namens Tiefenbronn, im Schwarzwald, wird eine goldene Magdalena verwahrt, die weggeschlossen ist und nur einmal im Jahr gezeigt wird. Wohlgemerkt: eine *goldene* Magdalena!«

18

»Wenn die Köpfe einmal in Gärung sind,
so machen sie nicht leicht halt.«

Voltaire, Recht und Politik

Im TGV nach Toulouse …
Doch nicht kann sterben die Seele …

Dass ich so trübsinnig bin, dass mich erneut diese schmerzhaft-zärtliche Schwermut überfallen hat, liegt nun wirklich nicht daran, dass ich die Tabletten nicht regelmäßig nehme, sondern dass ich noch immer zu viel an Henri denke, da kann Doktor Amberg sagen, was er will.

Nach dem Essen bat mich Henri, mit ihm in der *mieja vila* ein wenig Luft zu schnappen, bevor wir nach Hause gingen.

»In der was? *Mieja vila?*«, fragte ich lachend, worauf er mir erklärte, dass dies okzitanisch wäre und *Stadtmitte* bedeutete. Das Glockenspiel von St. Sernin schlug gerade elf, als wir an der Mauernische mit den steinernen Sarkophagen der vier berühmten Raymonds, der Grafen von Toulouse, vorbeischlenderten. Ein Gitter versperrte uns beinahe die Sicht, der Gehsteig davor war aufgerissen, es wurden Leitungen verlegt, und wir mussten auf die Straße ausweichen. Dennoch bewunderte ich wie immer, wenn ich hier vorbeikam, die herrlich verzierten Steinsärge aus dem Mittelalter.

Der bekannteste Toulouser Graf, Raymond VI., war einer der ruhm- und einflussreichsten Fürsten Frankreichs, ein Freund der Katharer wie auch sein Sohn, Raymond VII., und Toulouse zu jener Zeit – im 13. Jahrhundert – eine der größten Städte des Abendlandes. Wir liefen weiter. Die Straßenlaternen warfen ihr Licht auf das Trottoir. Die eleganten Schuhgeschäfte konnten sich durchaus mit denen von New York, Paris oder Mailand messen. Amüsiert beobachteten wir eine

Gruppe lärmender junger Leute, die mitten auf der Straße Hip-Hop tanzten, was ein wütendes Hupkonzert der Autofahrer auslöste. Wir tranken dann ein letztes Glas tintenschwarzen Weines, einen ausgezeichneten Minervois, im *Bistrot des Vins*, in der Rue Riguepels.

Über Abbé Maury fiel kein Wort mehr.

Auf dem Weg nach Hause – es ging nun schon auf ein Uhr zu – standen wir plötzlich wie zufällig vor dem Eingang des Musée des Augustins. Natürlich wusste ich sofort, was Henri hierher getrieben hatte, denn er starrte, kaum dass er es zu Gesicht bekommen hatte, wie gebannt zu diesem ominösen Portal hinauf. Durch die angrenzende Rue de Metz brodelte noch immer der Verkehr, doch hier – der Eingang lag um die Ecke – war weit und breit keine Menschenseele.

»Hast du Mut, Sandrine?«, fragte Henri plötzlich. Er sah mich mit geneigtem Kopf und frechem Grinsen an. Seine Depression hatte sich an der frischen Luft offenbar endgültig verflüchtigt.

Er deutete nach schräg gegenüber, wo ein Gerüst aufgebaut war. »Sieh mal, dort drüben wird gerade ein Haus verputzt.«

»Ja, und?«

»Siehst du nicht die Leiter, die aus der Garageneinfahrt ragt?«

»Du meinst … Du bist verrückt, Henri, nein betrunken! Oder beides!«

»Ich mach's, ich steig hinauf und … Maury kann ich schließlich nicht mehr fragen …«

»Schlag dir diesen Plan aus dem Kopf! Es ist viel zu dunkel, um irgendwelche Buchstaben lesen zu können, wenn dort überhaupt welche sind! Vielleicht hat sich der Priester getäuscht.«

»Aber Sandrine, die Straßenlaterne beleuchtet das Wappen, doch wenn es zum Lesen tatsächlich zu dunkel sein sollte, so kann ich eventuell eingravierte Lettern ertasten. Hast du was zum Schreiben dabei?«

Ich kramte in meiner Tasche und zog meinen Terminkalender und einen Kugelschreiber hervor. »Ja«, sagte ich, schicksalsergeben, »aber sei bloß vorsichtig! Du bringst uns beide in Schwierigkeiten!«

»Ach, was soll schon passieren? Du kannst mich ja wieder rauspauken! Nein, im Ernst, wenn tatsächlich jemand auftaucht und dich fragt, erzählst du den Leuten irgendeine verrückte Geschichte, gib dich als Kunstprofessorin aus Deutschland aus ... oder was Ähnliches!«

»Eine Geschichte von einer Kunstprofessorin, die mitten in der Nacht auf einer gestohlenen Leiter ... Du spinnst wirklich, Henri!«

»Ich stehle die Leiter doch nicht, Sandrine, ich borge sie mir nur aus«, sagte mein Freund beschwichtigend. Er grinste verschmitzt und setzte dann in die Tat um, was er sich offenbar bereits seit Stunden ausgedacht hatte. Vorsichtig und fast lautlos zog er die Leiter aus der Einfahrt, schleppte sie die kurze Treppe zum Eingang des Museums hinauf und lehnte sie dort an die Mauer. Als ich ihn hinaufklettern sah, behände und sicher, trotz des Weines, den er getrunken hatte, dachte ich ein weiteres Mal an die Geschichte mit dem Strommast. Nein, Henri kannte noch immer keine Angst.

»Tatsächlich, da sind Buchstaben ... links neben dem unteren Engelsköpflein. Ich kann sie spüren. Schreib auf«, rief er halblaut, »ein N, ein I, ein ... ja, ein G und danach ein R und ein A ... dann kommt nichts mehr, doch halt, darunter geht es weiter – ein S, ein E und ein D, hast du alles, Sandrine?«

»Ja«, sagte ich und stieß dann einen halblauten Schrei aus, als mir plötzlich jemand auf die Schulter tippte. Wegen der Sirene eines Krankenwagens, der die Rue de Metz entlangraste, hatte ich niemanden kommen hören. Auf den Tod erschrocken, fuhr ich herum, wobei mir der Kugelschreiber aus der Hand fiel.

»Was machen Sie hier, Madame?«, fragte mich ein Mann in blauer Uniform mit Käppi. Der Polizist warf mir einen misstrauischen Blick zu und trat dann einen Schritt nach vorne, um mit der Taschenlampe Henri in Augenschein zu nehmen, der wie erstarrt auf der Leiter verharrte. Mir wurde übel, und ich beschloss augenblicklich, auf die dumme Geschichte mit der Kunstprofessorin zu verzichten.

»Oh«, sagte ich und hielt die Hand aufs Herz. »Haben Sie mich erschreckt, Brigadier! Ich weiß, dass es ungesetzlich ist, was wir hier treiben, aber ich kann es Ihnen zumindest erklären!«

Im Rückblick muss ich über diese Szene lachen, denn sie entbehrte nicht einer gewissen Komik. Verzweifelt tischte ich dem Gendarmen eine Geschichte auf, die der Wahrheit zumindest nahe kam. Ich sei Anwältin aus Nürnberg, müsse morgen leider wieder abreisen und hätte gerade jetzt, auf dem Heimweg von einem Diner, dieses phantastische Portalwappen entdeckt, das einem aus Nürnberg aufs Haar gliche. Auf den meisten Portalen aus dieser Zeit fände man nämlich hochinteressante Inschriften, erklärte ich dem Brigadier und zeigte ihm bereitwillig meine Notizen mit den einzelnen Buchstaben. Dann gab ich auch noch offen zu, dass wir beide, Henri und ich, wohl ein Glas zu viel getrunken hätten, was auch das widerrechtliche Ausborgen der Leiter erkläre. Treuherzig sicherte ich dem Polizisten Schadenersatz zu, falls die Leiter Schmutzspuren am Eingang des Museums hinterließe …

Der Brigadier ließ sich jedoch weder von meinem Redeschwall noch von meinem allerschönsten Lächeln beeindrucken; einzig, dass sich rings um das Portal kein eingeschlagenes Fenster befand und die schwere Eingangstür des Museums keinerlei Einbruchsspuren aufwies, hinderte ihn daran, uns auf der Stelle zu verhaften. Er verlangte jedoch unsere Papiere zu sehen, und natürlich, dass Henri sofort herabstieg.

Glücklicherweise hatte ich nicht nur meinen Personalausweis dabei, sondern auch meinen europäischen Berufsausweis, den der Flic nun kritisch beäugte. Ein wenig umständlich schrieb er die Personalien auf und machte uns darauf aufmerksam, dass wir mit einer Anzeige wegen groben Unfugs zu rechnen hätten. Henri, noch immer die Leiter unter dem Arm, nickte ergeben. Ich hoffte inständig, dass er den Mund hielt, und stellte zu meiner Überraschung fest, dass er schauspielerisch begabt war, denn er spielte äußerst talentiert den Zerknirschten, brachte beflissen die Leiter zurück und entschuldigte sich zum Schluss noch (übertrieben!) demütig.

Als der Polizist außer Hörweite war, lehnte ich mich an die Wand des Museums und atmete erst einmal tief ein und aus. Henri nahm mich in den Arm. »Tut mir leid, Chérie, das habe ich nicht gewollt«, sagte er leise. »Aber warum hast du ihm denn nicht die Geschichte mit der Kunstprofessorin erzählt?«

»Ganz einfach«, entgegnete ich ungehalten und befreite mich aus seiner Umarmung, »weil eine Anzeige wegen Unfugs schlimmstenfalls eine Geldstrafe nach sich zieht. Falsche Personalien anzugeben, könnte mich jedoch meine Zulassung kosten.«

»Aber nur, wenn es herauskommt, Sandrine!«

»So etwas kommt immer heraus, mein Freund, glaub mir, und ich habe keine Lust, wegen eines derartigen Blödsinns ins Gefängnis zu wandern. Gerade *du* müsstest wissen, dass dort kein Zuckerschlecken ist.«

Ich bereute meine Worte sogleich, allein schon weil sie völlig überzogen waren. Niemand wandert wegen einer solchen Sache in den Knast.

»Wer hat dir das erzählt?«, fragte Henri fast tonlos. Sein Gesicht versteinerte zusehends. Er starrte auf das Haus mit dem Gerüst. Sein Mund war nur noch ein Strich. »Marceau, dieser Hund?«

»Ja«, erwiderte ich leise. »Ich weiß nicht, was du getan hast – darüber haben wir nicht gesprochen –, und ich will es auch nicht wissen, es sei denn, du erzählst es mir aus freien Stücken. Nur eines: Diese Geschichte ändert nichts an meinen Gefühlen für dich.«

Ich schlang die Arme um seinen Hals.

»Gut«, sagte er nach einer Weile. »Reden wir nicht mehr davon. Lass uns nach Hause gehen.«

Sokrates hatte uns über das Internet ein Zimmer im *Les Templiers* bestellt, angeblich eine der besten Adressen in Collioure. Am Abreisetag war das Wetter mies wie schon seit Tagen nicht mehr, wenig österlich also, und wir packten überwiegend warme Kleidung ein. Die Hoffnung, dass am Meer die Sonne schien, gab ich jedoch nicht auf.

Henri war am Gründonnerstag beizeiten noch einmal in die Innenstadt gelaufen, um die neuesten Zeitungen zu kaufen und sich von Sokrates eine Kamera auszuleihen. Seit dem Tod des armen Maury hatten wir vergeblich alle nur möglichen Gazetten durchgesehen. Weder ein Wort über die Umstände des plötzlichen Ablebens war zu finden noch eine Anzeige seiner Kirchengemeinde. Das ließ nur einen Schluss zu – dass es eine Obduktion gab, die noch nicht abgeschlossen war. Und das bedeutete wiederum, dass er eben *keinen* Herzinfarkt erlitten hatte, also *keines* natürlichen Todes gestorben war. Das war jedenfalls Sokrates' und Henris Meinung.

Ich selbst wusste einfach nicht mehr, was ich von der ganzen Geschichte halten sollte.

Henri kam und kam nicht zurück. Wir hatten um zehn Uhr losfahren wollen, nun war es halb zwölf. Ich war beunruhigt. Seit wir das Portalwappen inspiziert hatten, wurde ich die Angst nicht los, er könnte wieder irgendwelchen Unsinn anstellen. Vor allem dieser Sokrates war mir nicht geheuer.

Schweigend waren wir in jener Nacht nach Hause spaziert, ich befürchtete schon, Henri würde sich beleidigt in seine Wohnung zurückziehen, aber dann hatten wir uns doch noch auf einen Kaffee zusammengesetzt, um die Buchstaben, die ich in meinem Terminkalender notiert hatte, mit denjenigen, die sich Henri rasch noch eingeprägt hatte, als der Polizist aufgetaucht war, zu verbinden. Es kam ein lateinischer Satz heraus: NIGRA SUM SED FORMOSA.

»Ich bin schwarz, aber schön?« Wir sahen uns verdutzt an und lachten dann.

»*Sapristi*, die Büßer müssen verdammt eitel gewesen sein«, meinte Henri kopfschüttelnd. »Oder haben sich hier die *Black Panther* einen Scherz erlaubt?«

»*Black is beautiful* auf einem kirchlichen Portalwappen aus dem 17. oder 18. Jahrhundert? Nein, ernsthaft, Henri: Das kann nur ein Verrückter nachträglich dort eingemeißelt haben.«

»Du meinst so einen Verrückten wie mich, der um Mitternacht auf eine Leiter steigt?« Henri grinste. Noch einmal nahm er den Zettel zur Hand. »Kein Zweifel. NIGRA SUM SED FORMOSA: Ich bin schwarz, aber schön. Heißt das im Umkehrschluss, dass weiß hässlich ist?«

Ich zuckte mit den Schultern.

»Keine Ahnung. Vielleicht hat es mit den Schwarzen Büßern zu tun …«

»Irgendeine Bedeutung muss dieser Spruch haben, wenn sich jemand diese Mühe gemacht hat. Und – das Wichtigste: Abbé Maury hat davon gewusst. Ich muss unbedingt mit Sokrates sprechen …«

Wieder sah ich auf die Uhr … Wo blieb nur Henri? Ich hatte weder die Telefonnummer seines Freundes, noch wusste ich, wie Sokrates wirklich hieß.

Mehr als zwanzigmal war ich sicherlich schon zum Fenster geeilt, als ich endlich Reifen quietschen hörte. Ich rannte ins Treppenhaus und riss die Haustür auf. Der feuerrote Peugeot! Henri sprang heraus, schlug die Autotür zu und winkte seinem Freund, der sofort weiterfuhr. Es regnete in Strömen.

»Endlich«, sagte ich, als er hereinstürzte. »Wo warst du nur so lange?«

»Du wirst es nicht glauben, Sandrine«, Henri keuchte, und auf seinen nassen Wangen waren hektische rote Flecken zu sehen. »Es gibt noch einen Toten!«

Wortlos hielt er mir die *Dépêche du Midi* unter die Nase. »Seite sieben: Toulouse«, meinte er lakonisch und warf nervös seine Jacke über die Lehne eines der Küchenstühle, was ich noch nie hatte leiden können.

Ich setzte mich, blätterte ungeduldig. Da trat Henri neben mich und deutete auf eine große invers gedruckte Schlagzeile: »Unbekannte Wasserleiche in der Garonne«. Ich warf einen fragenden Blick auf meinen Freund, dann jedoch starrte ich auf das dazugehörige Bild, das einen alten Mann zeigte, aufgedunsen, keine Haare auf dem Haupt, dafür – ein weißer Vollbart.

Mir wurde regelrecht übel. »Der Weißbärtige aus dem Musée des Augustins! Das darf doch nicht wahr sein!«

»In der *Métro* steht noch nichts davon, auch nicht in der *Gazette.*« Henri warf die Zeitungen auf den Küchentisch. »Er scheint noch nicht lange im Fluss gelegen zu haben. Und offenbar kennt ihn niemand. Ich war gerade mit Sokrates bei der Polizei. Deshalb hat es so lange gedauert.«

»Du warst *wo*? Auf der Polizei? Aber du weißt doch gar nicht, wie der Mann heißt!«

»Natürlich nicht, aber die Leute im Museum werden der Polizei sicherlich weiterhelfen können!«

»Gewiss«, murmelte ich, »ich weiß nur nicht, ob es richtig war, schlafende Hunde zu wecken.« Postwendend ärgerte ich mich, und Henri gab es mir auch gleich zurück.

»Und das rät mir ausgerechnet eine Anwältin?« Seine Stimme klang beleidigt, dennoch trat er auf mich zu und nahm mich in den Arm. »Sandrine, hör gut zu. Ich wollte nur vermeiden, dass zu viel Zeit vergeht, bis man seine Identität feststellt. Kostbare Zeit, die die Polizei braucht, um seinen Mörder zu finden!«

»Seinen Mörder? Vielleicht war es ein Unfall, oder er hat Selbstmord begangen. Er war ein alter einsamer Mann, der sich im Museum sein Publikum suchte!«

»So einsam war der nicht. Erinnere dich an den Wärter! Der Weißbart war geradezu eine Plage! Er hat mit allen Leuten ständig und zu viel geredet. In unserem Fall möglicherweise nur ein einziges Wort zu viel, Sandrine! Vielleicht ist er tatsächlich auf etwas gestoßen, das irgendwelchen Leuten gefährlich wurde. Und nun? Was hat er davon? Schluss, aus, tot, wie Maury, der Priester. Nein, nein, hier stimmt etwas nicht. Sokrates ist auch dieser Meinung.«

»Ach«, entfuhr es mir, und meine Stimme wurde laut, »Sokrates meint das auch? Hast du ihn am Ende in alles eingeweiht?«

Henri nickte.

Ich war mehr als entsetzt. »Dein Freund weiß, dass du am selben Nachmittag bei dem Priester warst, an dem er starb?«

Henri beruhigte mich. Der Polizei habe er davon nichts erzählt, er erachte es aber für dringend notwendig, Sokrates auf dem Laufenden zu halten, schon für den Fall, dass uns beiden ebenfalls etwas passiere.

»Bist du jetzt völlig irre, Henri?!« Mein Herz fing laut zu klopfen an, und ich dachte auch wieder an den erdrosselten Hund. »Wie kommst du darauf, dass *uns* etwas passieren könnte? Was haben wir mit diesen Toten zu schaffen?«

»So beruhige dich doch, Sandrine. Wir haben mit dem Tod der Männer nichts zu schaffen, außer … nun, außer dass wir mit beiden Kontakt hatten und sie nach den Weißen Büßern von Toulouse befragten. Vielleicht stellt sich ja alles als Hirngespinst heraus. Aber vielleicht auch nicht. Also, lass uns losfahren.«

Noch immer schockiert, dachte ich, dass Henris Verfolgungswahn vielleicht aus seiner Gefängniszeit stammte. Seit seinem Kampf um Gerechtigkeit für die Fensterlosen und dem Versuch, die Schuldigen für die Chemie-Explosion zu finden, kreisten wohl all seine Gedanken um Verschwörungen.

Mir davon zu erzählen, fehlte ihm aber der Mut.

Dafür brachte er es fertig, kurz vor der Abfahrt noch einmal ins Haus zu stürzen, um seine Grünlilien zu wässern und einen dicken Umschlag mit Unterlagen zu holen, die er von Collioure aus an einen Verlag schicken wollte.

Dass er dann auch noch in den Keller lief, um einen Stapel Altpapier zu entsorgen, der sich in seiner Wohnung angesammelt hatte, hielt ich nun wirklich für übertrieben.

19

»Wenn Sie aber nur deshalb Herr Abbé sind, weil man Ihnen eine Tonsur geschnitten hat …, dann sind Sie nicht wert, Abbé genannt zu werden.«

Voltaire, Philosophisches Wörterbuch

Nîmes, 18.30 Uhr
Ein alter, kleiner Bahnhof, wenig einladend. Ich schiebe das Fenster ein Stück herunter. Erste Palmen. Ich mache einige Kniebeugen. Eine halbe Stunde lang habe ich geschrieben. Wenn ich weiter so fleißig bin, kann ich in Toulouse beginnen, die Notizen auszuformulieren. Bislang ist das Ende noch offen und die schmale Grenze zwischen wahr und falsch, gut und böse verwischt. Fest steht nur: Es ist nicht alles so verlaufen, wie es hätte müssen, und die Affäre Calas – das Sejanische Pferd – muss wieder in der Versenkung verschwinden.

Sorge ich nicht dafür, werden sie mich aufsuchen.

Dieser Perillos hat mir Angst gemacht.

Unsere Gedanken waren so trübe wie das Wetter. Es regnete Bindfäden, und Henri fuhr zu schnell. Im Autoradio sang Milva. Das passte.

Kurz nach Carcassonne setzte Henri überraschend den Blinker und fuhr auf einen Rastplatz.

»Wir verlassen jetzt die *Autoroute des deux mers*«, sagte er im Stile eines guten Reiseführers, »um ein ganz besonderes Denkmal zu besichtigen.«

Obwohl wir uns der Küste bereits beträchtlich genähert hatten und der Regen nachgelassen hatte, pfiff der Wind kalt aus allen Richtungen, so dass wir uns die Kapuzen unserer Jacken über den Kopf zogen.

Das offenbar neue Denkmal war den Katharern gewidmet, schließlich befanden wir uns – wie ein Schild besagte – mitten im *Pays Cathare*. Die *Guten Leute*, wie sie sich selbst genannt hatten, waren von Rom fast völlig ausgerottet worden. Später suchte man sich ein anderes Feindbild: die Hugenotten, zu denen auch der Kaufmann Jean Calas und seine Familie zählten, tief religiös, aber weltoffen und die Fahne der Aufklärung schwenkend.

Henri hatte nicht zu viel versprochen. Auf einem mit Disteln, wildem Fenchel, Rosmarin und Igelginster bewachsenen Hügel standen drei hohe Aussichtstürme aus hellem Stein. Die runden Türme stellten katharische Ritter oder Wächter dar. Mit ihren steinernen Schilden und helmartigen Ausgucklöchern schienen sie dort oben, auf diesem winddurchtosten Hügel, heroisch und modern zugleich, noch immer ihr Land zu bewachen. Obwohl die Rittertürme mit schweren eisernen Ketten und gewaltigen Steinkugeln auf der Erde festgehalten wurden und ihr finsterer Blick Zeugnis ablegte von der Ausrottung durch Kreuzzug und der Inquisition, meinte man noch etwas davon zu spüren, was den Katharern wichtig war: die Sehnsucht nach einer anderen, einer besseren Welt.

Es war ein beeindruckendes Ensemble, das nachdenklich und betroffen machte. Wir kletterten die Wendeltreppe in einem der Türme hinauf und lugten aus dem Ausguck – dem steinernen Visier.

»Siehst du dort drüben Narbonne?« Henri deutete nach links.

»Hm«, erwiderte ich einsilbig, denn noch immer wollte mir das Bild des angeschwemmten Toten aus der Garonne nicht aus dem Kopf gehen, wie auch nicht Henris Reaktion darauf. Ich seufzte. »Schade, dass die Sonne nicht scheint. Ist alles so trüb heute.«

Henri legte seine Arme um meine Schultern. »Seit du nach Toulouse gekommen bist, hast du wohl nichts als Ärger, Sandrine«, sagte er leise. »Erst mit deinem Mann und jetzt mit mir als Fassadenkletterer, tja – und dann die beiden Toten. Möglicherweise bringe ich deinen Alltag zu sehr durcheinander, auf eine Art, die dir gar nicht recht ist. Wenn dir meine

Anwesenheit zu viel wird, so sag es mir bitte. Dann ziehe ich wieder bei dir aus. Du bist eine liebenswerte Frau, ich will dich nicht unglücklicher machen, als du es aufgrund deiner gescheiterten Ehe schon bist. Wir können auch sofort nach Toulouse zurückfahren. Der Artikel über diese verdammten Sanch-Brüder ist mir nicht so wichtig wie du.«

Ich sah zu ihm hoch und schüttelte den Kopf. »Nein, Henri, wir fahren weiter. Schließlich hat mich niemand gezwungen, mit dir hierher zu kommen oder mich überhaupt mit dir einzulassen. Allerdings ... ich muss dir etwas gestehen: Seit einigen Tagen schon spüre ich, wie sich Sam aus meinem Kopf zurückzieht und du dort einziehst. Noch vor einer Woche hätte ich das nicht für möglich gehalten. Das ängstigt mich ein wenig. Es geht alles viel zu schnell, viel zu schnell ...«

»Warum ängstigt *dich* das?« Henri grinste zufrieden. »Es sollte *mich* beunruhigen. Ernsten Liebesgeschichten bin ich bislang immer aus dem Weg gegangen. Ich bin nicht der Mann zum Heiraten, weißt du? Vielleicht verschwinde ich auch eines Tages aus deinem Gesichtsfeld, einfach so« – er schnippte mit den Fingern –, »und zwar schneller, als dir lieb ist.«

Nun musste ich lachen. »Na gut, du alter Schwerenöter, bevor du dich ins Nirvana begibst, lass uns lieber weiterfahren und unseren ersten Urlaubstag genießen!«

Als wir auf der *Languedocienne* in Richtung Perpignan weiterfuhren, erzählte mir Henri unvermittelt, dass Sokrates etwas über die geheimnisvolle Inschrift auf dem Portal der Toulouser Büßer herausgefunden hätte. »Du wirst es nicht glauben, Sandrine. *Black is beautiful*, steht bereits in der Bibel, im Alten Testament.«

»Du willst mich wohl auf den Arm nehmen?«

»Ja, gern«, sagte er mit einem frechen Seitenblick. Dann wurde er wieder ernst. »Sandrine, dieses Zitat steht tatsächlich im *Cantique des Cantiques*.«

»Im *Cantique des Cantiques*? Meinst du das Hohelied Salomos?«

Henri nickte. »Hoffentlich habe ich mir das richtig gemerkt, Kapitel eins, Vers fünf. *Ich bin schwarz, aber schön, ihr Töchter von Jerusalem, seht mich an, dass ich so braun bin, denn die Sonne hat mich verbrannt …* und so weiter. Wobei man für ›*aber*‹ auch ›*und*‹ übersetzen kann. Die *Vierges noires en majesté,* die romanischen Schwarzen Madonnen, sollen quasi bildgewordene Kommentare zu dieser Bibelstelle sein. Solche dunklen Mutter-Kind-Madonnen gibt es unzählige in Frankreich, weit über zweihundert, vor allem in der Auvergne. Aber nachdem der Spruch ja im Alten Testament steht, könnte die Verehrung auch mit den heidnischen Urgöttinnen wie Artemis, Kybele, Diana und Isis zu tun haben oder auch schwarzen Bauerngottheiten, gallorömischer Ahnenverehrung … ach, was weiß ich. Sokrates hat mir von dem riesigen Merkur-Tempel erzählt, den man auf dem hohen Vulkankegel Puy-de-Dôme in der Auvergne ausgegraben hat und dass die Bauern in dieser Gegend noch vor Jahren mit den Worten schworen: *per Diano neiro* – bei der Schwarzen Diana! Und er hat recht, denn hier bei uns im Süden ist *Diano nèro* ein Synonym für Schwarze Madonnen.«

»Sag, steht nicht in der Daurade-Kirche in Toulouse eine Schwarze Madonna?«

»Genau! Die ursprüngliche Statue wurde im 14. Jahrhundert gestohlen und eine Replik während der Revolution zerstört. Die heutige ist eine neuere Kopie. Ehrlich gesagt, hab ich mich bislang nicht dafür interessiert. Dabei gilt sogar der Papst als Verehrer einer Schwarzen Ikonen-Madonna, nämlich der von Tschenstochau in Polen. Aber zurück nach Toulouse: Sokrates hat herausgefunden, dass die frommen Büßer von Toulouse ab dem 16. Jahrhundert, möglicherweise um diese Daurade-Madonna, eine Art Mysterienkult aufgebaut haben. Im Augenblick kann ich noch nichts weiter dazu sagen. Sokrates meint …«

Langsam, aber sicher wurde mir Henris Freund unheimlich, und ich fragte ihn, ob es sich bei Sokrates wohl um eine Art Roger Bacon des 21. Jahrhunderts handelte, weil er gar so viel wusste. Henri lachte und meinte, mein Vergleich hinke nicht, er werde mir seinen Freund gelegentlich einmal vorstellen.

»Ich bin schwarz, aber schön – ein Mysterienkult«, sagte ich achselzuckend. »Doch was ist, wenn diese Madonnen im Laufe der Jahrhunderte erst durch Ruß, Wachs oder Brandeinwirkung ihre Farbe erhielten? Wo bleibt da das Alte Testament?«

»Du hast den Weihrauch vergessen, Liebste, mit dem sie ständig eingenebelt werden!« Henri lachte wieder und zwinkerte mir zu. »Ja, sicher gab es das auch. Doch viele Madonnen waren eben von Anfang an ›schwarz, aber schön‹. Nicht wenige wurden von den Kreuzzügen nach Europa gebracht, und sie gelten noch heute als die wundertätigsten und mächtigsten Götterbilder überhaupt, sagt Sokrates. Bei den Esoterikern fungieren sie sogar als Trägerinnen dunkler Geheimnisse, und es heißt, C.G. Jung soll sie als psychologischen Archetypus angesehen haben, sagt ...«

»... sagt Sokrates«, ergänzte ich wohl ein wenig *zu* süffisant, denn Henri zog die Brauen hoch und schwieg, ja er starrte fortan regelrecht düster vor sich auf die Fahrbahn.

Henri war überempfindlich, das hätte ich wissen müssen! Es würde einige Zeit dauern, bis wir uns aneinander gewöhnt hatten.

Dass ein Mysterienkult um Schwarze Madonnen mit der Affäre Calas zu tun hatte, schien mir so wenig vorstellbar wie ein Zusammenhang mit dem »universellen Geheimnis« in Gestalt von Caravaggios schwangerer Magdalena. Im Calas-Fall ging es zwar um Katholiken contra Hugenotten, drehte sich dann aber entweder um Kindesmord, Selbstmord oder Mord. Hatte Voltaire die Wahrheit wirklich herausgefunden? Oder hatte er sie sich zurechtgezimmert, um Jean Calas posthum vor aller Welt Gerechtigkeit widerfahren zu lassen? Einer meiner Professoren hat einmal gesagt: »Aufklärung lebt vom Zweifel an den Fakten, dieser Zweifel aber entspringt nicht den Fakten.«

Inzwischen befürchtete ich allen Ernstes, dass Henri und ich – ähnlich getrieben wie Voltaire – von einer falschen Fährte in die andere gerieten. War es überhaupt richtig, die Affäre Calas wieder aufzurollen? Jean Calas war längst rehabilitiert.

Collioure ist ein bezauberndes Hafenstädtchen im Roussillon, ungefähr dreißig Kilometer südlich von Perpignan, dort wo die Pyrenäen – das Massiv der Albères-Berge – ins Meer fallen. Das zweigeteilte Ortsschild verrät den Ankömmlingen auch den alten katalanischen Namen »Cotllioure«. Beim ersten Auftauchen seines Wahrzeichens – des sogenannten »maurischen Glockenturms« – wurde Henri plötzlich wieder lebendig. Er lachte und meinte, dass dieser Turm mit seiner rosa Kuppel bei manchen Frauen phallische Assoziationen wecken würde. Das aber mache den besonderen Reiz eines Kurzurlaubs in Collioure aus, mit einer schönen, aber etwas kühlen – er verbesserte sich –, nein, einer verfrorenen Frau neben sich.

Wir lachten beide wie befreit, dennoch wurde ich den Eindruck nicht los, dass unsere Lustigkeit ein wenig aufgesetzt war und wir damit nur die beiden Toten aus unseren Köpfen verdrängen wollten.

Petrus war uns wohlgesonnen. Es war zwar auch hier windig und kalt, aber es schien wenigstens die Sonne. Beinahe verzückt betrachtete ich nicht etwa den auffälligen Glockenturm, als wir die Serpentinen hinabfuhren, sondern das tiefe reine Blau des Meeres, das hinter den zartbeige-, apricot- und rostfarbenen Häusern und roten Dächern unendlich weit und vielversprechend glitzerte.

Da der Zentralparkplatz belegt war, stellten wir unser Auto vor dem Bahnhof ab.

Im Hotel *Les Templiers* wartete man schon auf uns. Eine junge Frau namens Marjorie führte uns durchs Haus. Im Vorbeigehen warfen wir einen Blick in die von Rauchschwaden durchzogene Bar, die mit ihren dunklen Möbeln und weinroten Lederbänken so ganz dem gängigen Touristenklischee französischer Bars entsprach. An allen Wänden, sogar im benachbarten Treppenhaus und in den Gängen des Hotels, hingen Gemälde über Gemälde. Wir kamen aus dem Staunen nicht mehr heraus. Marjorie erzählte uns die Geschichte ihres Hauses, in dem Generationen von Malern abgestiegen waren, um das vielgerühmte klare Licht von Collioure und die brillanten Farben der Landschaft zu genießen, unter ihnen Dufy, Matisse und Derain. Waren die »Fauvisten« – die Wilden, wie man sie nannte – schlecht bei Kasse gewesen, hatten sie mit Bildern bezahlt. Die wertvollsten Gemälde hielt die Familie Pous allerdings unter Verschluss.

Wir bezogen unser Zimmer, warfen uns aufs Bett und liebten uns.

Als wir später auf den winzigen Balkon hinaustraten, der einen berauschenden Blick auf riesige, aber noch immer fast unbelaubte Platanen bot sowie das wuchtige Schloss der Könige von Mallorca, das einst auch Tempelritter beherbergte, entdeckten wir die Ursache des Geräuschs, das uns seit unserer Ankunft ständig begleitet hatte: Eine katalanische Fahne, orangegelb gestreift, knatterte dort oben heftig im Wind. Unter uns, auf der Straße, die zum Hafen führte, wimmelte es vor Touristen.

Ganze Familien schienen nach Collioure zu strömen, mit Oma, Opa, Hund und Katze. Ostern stand vor der Tür und natürlich – die berühmte Prozession der Sanch-Bruderschaft! Henri sprach von nichts anderem mehr und wollte sich vor dem Diner noch eine weitere Speicherkarte für die Digitalkamera besorgen, die er sich von Sokrates geborgt hatte.

Gerade als wir das Zimmer verlassen wollten, klingelte mein Handy.

Sam war am Apparat. Henri verdrehte die Augen, als er mitbekam, mit wem ich telefonierte. Ich legte den Finger auf den Mund, daraufhin verließ er leise das Zimmer.

»Wo bist du?«, fragte Sam. »Ich hab dich nicht richtig verstanden!«

»In Collioure, am Meer!«

»Was machst du dort? Bist du alleine?«

»Was soll das heißen: Bist du alleine? Was geht es dich an?« Heftig begann mein Herz zu klopfen.

»Wie sprichst du eigentlich mit mir, Sandrine?« Die Bestürzung, die in seiner Stimme lag, war wohl nicht gespielt.

»Hör zu, Sam. Ich bin nicht hierher gefahren, um mich über dich zu ärgern. Ich will mich über die Feiertage hier erholen. Wenn du nichts Wichtigeres zu tun hast, als mir wegen meiner Reise Vorhaltungen zu machen, so lege ich jetzt auf.«

»Nichts Wichtigeres, sagst du?« Sam schnaufte komisch. »Mit Gwen ist es aus.«

»Ach, du kannst einem richtig leidtun, Sam!« Mein Spott sollte über meine Erleichterung hinwegtäuschen und insgeheim triumphierte ich, schmetterten die Siegesfanfaren, und jetzt auch noch mit Henri an meiner Seite, mit Henri in meinem Bett …

Sam schien nervös, er räusperte sich laut. Ich konnte ihn direkt vor mir sehen, wie er unruhig das Telefonkabel unseres alten Apparates entwirrte, der auf dem Sekretär in der Diele stand, um es gleich darauf um seinen Finger zu wickeln. Sicherlich trug er einen seiner Armani-Anzüge, vielleicht den hellgrauen, ein gleichfarbiges Seidenhemd und die perfekt dazu passende graurot gesprenkelte Krawatte. Tadelloser Eindruck, kein Fältchen, keine Schweißflecken. Perfekt. Nach außen und nach innen … und dennoch hatte Gwen ihn verlassen.

»Es tut mir wirklich leid«, wiederholte ich jetzt ernst, weil Sam schwieg.

»Es tut dir leid? Warum fragst du nicht nach dem Grund?«

»Ich finde es dreist, Sam, dass du mich anrufst, um dich bei mir über Gwen zu beschweren. Was geht mich die Entscheidung dieser Frau an?«

Er begann zögernd: »Nun, es gibt doch stets einen Grund …«

»Ich will aber ihre Gründe gar nicht wissen.« Ich wollte vielmehr schnell hier weg, Henri hinterherlaufen, mit ihm lachen, reden, Steine ins Meer werfen, Muscheln essen. Kein Sam. Keine Gwen. Keine Affäre Calas. Weit und breit nur das unendliche Meer.

»Du bist der Grund, Sandrine! Du!« Sams vorwurfsvolle Stimme überschlug sich.

»Ach komm, Samuel Feuerbach, jetzt mach einen Punkt. Du bist gekränkt und verletzt, weil dir deine Geliebte den Laufpass gegeben hat. Lass mich gefälligst in Ruhe und such dir irgendwo jemand anderen, bei dem du dich ausheulen kannst.«

»Sandy, ich bin entsetzt. Du hast dich sehr zu deinem Nachteil verändert, seit du da unten bist. Daran ist bestimmt dieser Kerl schuld. Komm wieder nach Hause, ich bitte dich. Setz dich ins Flugzeug ... oder nimm meinetwegen das Auto.«

Nach einer kurzen Weile des Schweigens, nicht des Überlegens, sagte ich leise: »Sam, dieser Kerl, wie du ihn nennst, fickt mich, und zwar ganz wunderbar, und ich komme sicherlich so schnell nicht wieder nach Hause.«

Ich hörte wie Sam scharf die Luft einsog. Es war nie meine Art gewesen, so zu reden, doch ich hatte das Gefühl, sehr deutlich sein zu müssen.

»Ist das dein letztes Wort?«, stieß er hervor.

Ich schaltete das Handy aus.

20

»Es gibt – vielleicht – einen ziemlich angenehmen Zustand
in der Welt, das ist der eines Dummkopfes.
Aber ich kann Ihnen diese Existenzweise nicht vorschlagen.«
Voltaire, Für Wahrheit und Menschlichkeit

Bahnhof Montpellier, 18.55 Uhr
Jemand sucht seinen Koffer. Das junge Paar aus Cordes fährt mit mir weiter bis nach Toulouse. Die jüngste Tochter schläft friedlich im Arm des Vaters, die anderen Kinder drücken sich die Nase an der Glastür zum Gang platt, wo helle Aufregung wegen des verschwundenen Gepäckstücks herrscht.

Cordes. Die Hauptstadt der Spitzbögen. Eine Katharer-Bastide. Der berühmte Brunnen, in den man die Inquisitoren gestürzt hat …

Die jungen Leute lachen erfreut auf. »Ja, wer unsere alte Stadt kennt, ist verzaubert! ›Hier ist alles schön, sogar das Bedauern‹«, zitiert der junge Mann stolz.

»Albert Camus, nicht wahr?«

Bücher. Schreiben. Viele weiße Seiten, Einstiege, Gegenwärtiges, Erinnerungen …

Cordes … Charlotte und ich waren damals im Grand Écuyer abgestiegen, einem der besten Hotels, in der Rue Voltaire.

Schon wieder Voltaire?

Henri strahlte, als ich ihm von dem Telefonat erzählte. Das Meer vor Augen, das im letzten Sonnenlicht magentafarben schimmerte, nahm er mich in die Arme und küsste mich zärtlich. Dann sagte er ernst: »Ich bin Realist. Dein Entschluss muss nicht bedeuten, dass du den Rest deines Lebens mit mir verbringen wirst. Collioure wird vielleicht so etwas wie eine Rarität für uns bleiben.«

»Still«, sagte ich und verschloss seinen Mund mit meinem. »Still«, wiederholte ich noch einmal. »Lass uns von anderen

Dingen reden. Vom Diner beispielsweise. Ich bin am Verhungern!«

Wir lachten übermütig, fassten uns an den Händen und liefen zur Stadtmauer zurück. Als wir beim runden Durchlass angekommen waren, wo sich das *Office de Tourisme* befindet, warf ich einen Blick über die Schulter zum Glockenturm.

»Wirklich vielversprechend«, sagte ich schmunzelnd. »Und anregend …«

Das konnte man aber auch vom Aperitif behaupten, einem Gläschen starken süßen Banyuls, mit dem wir im *Les Templiers* auf unser erstes gemeinsames Osterfest anstießen. Als Vorspeise gab es grünen Spargel *Mousseline* – schon wieder ein Phallussymbol, wie sich Henri nicht verkneifen konnte festzustellen. Er hatte Fischsuppe bestellt, eine duftende *Bullinada de baudroie*. Zum Hauptgang trug man Tournedos auf mit *Sauce poivrade* und *Morue fraîche poêlée*; und wir aßen, bis wir absolut nicht mehr konnten.

Es ging auf Mitternacht zu, als wir das Lokal verließen, um noch einen kleinen Spaziergang zu machen. Es war eine finstere Nacht, ich erinnere mich genau, am Himmel keine Sterne. Der wuchtige Steinklotz der Templerburg schien vor unseren Augen direkt aus dem Wasser aufzutauchen. Das ganze Gebäude war geheimnisvoll illuminiert, ebenso der Glockenturm und das im Hintergrund einsam auf dem Berg liegende Fort St. Elme. Dazwischen lag, unheimlich dunkel und grenzenlos, das Meer. Ohne Unterlass schwappte es in das Hafenbecken und zog sich wieder zurück. Es lebte – und es roch brackig …

Ein mächtiger Katamaran schaukelte auf den Wellen. Als für wenige Sekunden der Mond erschien, leuchtete das Boot silbern auf. Vor uns, gut vertaut am Quai de l'Amirauté, lag ein Fischerboot. Der Name des Kutters war »Jack«, wie uns der Mond noch sehen ließ, bevor er endgültig hinter den Wolken verschwand.

Stumm und beeindruckt von der Schönheit dieser Nacht,

sahen wir lange hinaus auf die schwarze, jetzt kaum bewegte Fläche des Meeres.

Henri legte den Arm um mich. »Du bist meine Venus, die Meerschaumgeborene …«, flüsterte er mir ins Ohr. Plötzlich überflutete mich eine Woge warmen Gefühls für ihn. Henri mochte ein vom Pech Verfolgter sein, doch ich spürte, dass er auf meiner Seite stand. Für die Liebe reicht es jedoch nicht, nur ein Freund zu sein. Dass wir uns, auf der Suche nach einer von außen unterdrückten Wahrheit, nähergekommen waren und uns über die Freundschaft hinaus vorsichtig zu lieben begannen, das stellte für mich alle Weißen oder Schwarzen Büßer, seltsamen Madonnen, Priester, Gemälde, ja selbst Jean Calas in den Schatten. Hätte ich allerdings zu diesem Zeitpunkt gewusst, was am nächsten Abend auf mich einstürzen würde, hätte ich mein Herz von Anfang an im Zaum gehalten.

Am Morgen darauf frühstückten wir auf der Veranda des Hotels, während die Leute draußen, trotz Sonnenschein dick eingemummt, an uns vorüberzogen. Auf dem Frühstückstablett lag unter den Croissants, der Kanne mit Kaffee und dem Glas mit Orangensaft, der Druck eines herrlichen Dufy-Gemäldes von Collioure, mit einer handschriftlichen Bemerkung des Malers darauf: *Collioure sans voiles – c'est un soir sans étoiles!*

»Collioure ohne Segel – das ist tatsächlich wie ein Abend ohne Sterne«, flüsterte mir Henri zu. »Ich habe gestern Nacht allerdings keine Sterne vermisst, es war auch ohne sie einfach nur herrlich! Bin gespannt, was uns die kommende bringen wird.«

»Du meinst die Prozession?«

Er nickte und schenkte mir Kaffee nach. »Auch«, sagte er. »Sokrates hat mir übrigens noch einige Unterlagen zugesteckt, bevor wir wegen des Weißbartes zur Polizei gingen. Einmal über diese ominöse Bruderschaft des Wertvollen Blutes, vor der sich deine Urgroßmutter so gefürchtet hat, und dann …«

»Er hat tatsächlich Informationen über diese Leute? Und

das erzählst du mir erst jetzt!« Langsam fing Henris Freund an, mir mehr zu imponieren, als unheimlich zu sein.

»Man soll sein Pulver nicht vorschnell verschießen, Chérie.« Grinsend zog er einen total verknitterten Zettel aus seiner Jacke, »ansonsten würde es dir bald langweilig werden mit mir …« Er versuchte, den Schmierzettel glatt zu streichen. Dann überflog er die Notizen. Ich beugte mich zu ihm hinüber und erkannte eine kleine, gestochen scharfe Handschrift. Ein Pedant, dieser Sokrates, dachte ich; einer, der nicht lockerlässt, bis er etwas herausbekommen hat. Ein wenig wie Sam …

»Also, er ist offenbar bei einer Artus-Epik fündig geworden. Ein Artikel über Chrétien de Troyes, der von Graf Philipp von Flandern beauftragt wurde, den ›Perceval‹ zu schreiben.«

»Den was? Parzival? Aber den hat Wolfram von Eschenbach geschrieben! Das wird ja immer seltsamer! Die Affäre Calas und der Gral!«

»Langsam, Sandrine, ganz langsam.« Henri nahm meine Hand in die seine und küsste meine Fingerspitzen. »Gib acht … Über die Gralsgeschichten weiß ich ausnahmsweise selbst Bescheid. Chrétiens *Perceval* ist nicht gleich Wolframs *Parzival*, sondern eine Vorgängergeschichte, die unvollendet blieb. Erst durch Robert de Boron hat sich die Gralsgeschichte gegen Ende des 12. Jahrhunderts mit biblischen Aspekten verbunden, während Wolframs ›Parzival‹ etwas später entstand.«

»… und Sokrates hat dir nun erzählt, dass diese Blutsbrüder auf der Suche nach dem Heiligen Gral waren«, sagte ich lachend.

»Sei nicht albern. Das alles ist ziemlich kompliziert. Der flandrische Hof hatte enge Verbindungen zu den Kreuzfahrern, und Philipps Vater hat irgendwann aus dem Heiligen Land eine Reliquie des Wertvollen Blutes nach Brügge gebracht. Keine Ahnung, was das war, Sandrine, eine Phiole mit Blut oder irgendeiner dunklen Substanz. Jedenfalls hat sich daraufhin eine Bruderschaft des Wertvollen Blutes gegründet. Keine geheime allerdings. Über diesen Orden kann man noch heute alles nachlesen. Sokrates vermutete jedoch, dass die Reliquie nur vorgeschoben war und man sich insgeheim darauf verständigte, die ›Blutlinie‹ von Jesus Christus zu schützen, den Gral. Ob das stimmt, wissen wir nicht …«

»Hm, in Brügge also, Belgien. Man müsste in Erfahrung bringen, wie weit dieser Orden verbreitet war und wer im 18. Jahrhundert dieser Bruderschaft angehörte«, überlegte ich.

»Ja, und ob diese Mönche tatsächlich noch hundert Jahre später in Toulouse saßen und dort Angst und Schrecken verbreiteten. Seltsam, dass sie dort keiner kennt …«

»Und was hat dein Freund noch entdeckt?«

»Nun, er hat sich näher mit dieser Loge namens A.G.L.A. beschäftigt. Erinnere dich: Ein neues Hemd und derselbe dreckige Hals. Also, Sandrine, was ich dir jetzt erzähle, ist absolut verrückt. Warte einen Augenblick.« Henri drehte sich kurz um, doch außer uns saß nur noch eine ältere Dame mit ihrer Enkelin beim Frühstück, und die Kleine drängelte bereits. Als die beiden aufbrachen, zog er eine Fotokopie aus seiner Lederjacke. »*Athah Gabor Leolam Adonaï*«, las er halblaut vor. »A.G.L.A. ist eine bekannte hebräische Exorzismusformel. Die Gesellschaft, die diesen Namen trägt, wurde angeblich während der Renaissance in Lyon gegründet. Ihr Zweck soll sein, ein Ritual zu schaffen, um das Wiedergeburtenrad zum Stillstand zu bringen. Kurz gesagt, es geht um die wichtigste buddhistische Einweihung. Und um die Nephilim.«

Ich dachte, ich höre nicht recht. »Um die *was*? Wovon redest du eigentlich? Hebräisch? Ich denke, dieser Gesellschaft gehörten überwiegend katholische Priester an? Rituale, Wiedergeburtenrad? Also Sokrates ist entweder verrückt, oder er muss hier etwas durcheinandergebracht haben!«

»Sokrates ist ein gescheiter und vernünftiger Kopf«, beschwichtigte mich Henri. »Doch es scheint zwei verschiedene Gesellschaften dieses Namens zu geben oder gegeben zu haben, vielleicht handelt es sich in einem Fall um eine Absplitterung. Willst du trotzdem wissen, was diese Nephilim sind?«

Schicksalsergeben nickte ich, und Henri erzählte, dass *Nephilim* ein hebräisches Wort sei, mit der grundlegenden Bedeutung: *diejenigen, die gefallen sind.*

»Diejenigen, die gefallen sind?«, platzte es aus mir heraus. »Die Gefallenen Engel, an die die Katharer geglaubt haben? Luzifers Sturz aus dem Himmel?«

»Kluges Kind«, sagte Henri und hob anerkennend die Brauen. »Ja, die Katharer glaubten an den Mythos von den Gefallenen Engeln, den hatten sie von den Bogomilen; andere jedoch sahen in den Nephilim ganz bestimmte Eindringlinge auf dieser Erde – zum Beispiel die biblischen Riesen, Dämonen, Elementar- oder Wasserwesen.«

»Was um alles in der Welt haben Riesen oder Dämonen mit unseren Büßern zu schaffen?«

»Das weiß ich nicht. Vielleicht gar nichts. Diese Leute sind jedenfalls hinter solchen Nephilim her, um welche auch immer es sich handelt. Sie bekämpfen sie mit magischen Formeln, aber absolut unversöhnlich. So etwas wie Exorzismus also.«

Ich schluckte entschlossen den letzten Bissen hinunter. »Jetzt mach aber einen Punkt, Henri. Das kann nun wirklich nicht euer Ernst sein!«

Mein Freund hob die Schultern. »Pst«, mahnte er, sich wieder umsehend, »reg dich nur nicht auf! Sokrates war sich ja auch nicht sicher, ob es sich nicht um die größte Spinnerei aller Zeiten handelt. Er vermutete jedoch, dass die Verrücktheiten nur vorgeschoben sind und sich dahinter eine ganz andere Organisation befindet.

»Aber *wer* steckt dahinter?«

»Nun, irgendwelche Kräfte, ein Orden, freimaurerische Geheimbündler vielleicht, die politische Macht erlangen wollen. Eine Gesellschaft, die seit Jahrhunderten im Verborgenen agiert, heute aber vernetzt ist über ganz Europa, die USA, Afrika, Asien ... eine heimliche Weltmacht.«

Ich muss sagen, ich war ziemlich schockiert. Das alles wirkte langsam wie eine handfeste Psychose auf mich. Ich hatte Angst um Henri. Um Zeit zu gewinnen, schob ich die Frühstückstabletts auf den Nachbartisch. »Henri, das kommt mir alles sehr weit hergeholt vor«, sagte ich dann. »Weltmacht … da gibt es schließlich Kontrollmechanismen. Also, wer sollte einen solchen Blödsinn inszenieren?«

»Ja, ja! Du hast schon recht«, lenkte Henri ein, aber in seinen glühenden Augen stand anderes.

Dann versuchte er mir zu erklären, dass diese Leute sich deshalb so viele Namen geben würden, weil sie darunter den Kopf der Organisation zu verbergen trachteten. »Nur so schaffen es die Drahtzieher und Hintermänner«, meinte er, »sich heimlich in die politischen Schaltzentralen und die ersten Etagen der Wirtschaftsunternehmen zu schleichen. Oder sogar in die kirchlichen Hierarchien. Damit werden allerdings *sie* zu den wahren Nephilim, Dämonen, die sich in die Körper – nein, in die Köpfe anderer Menschen drängen, um sie nach und nach zu manipulieren, um irgendwann selbst die Welt zu regieren!«

»Aber, Henri!«, warf ich fast verzweifelt ein. »Im Grunde sind das alles wilde Spekulationen. Als Nächstes kommst du mir mit Geheimarchiven im Vatikan! Wir sollten unsere Köpfe nicht mit derart abstrusen Dingen vollstopfen, die wahrscheinlich nichts mit dem Calas-Fall zu tun haben, auch wenn der Hinweis auf eine kirchliche Loge durchaus nachdenklich macht.«

»Man muss auf alles vorbereitet sein, Sandrine«, sagte Henri ernst.

21

»Gibt es etwas Unchristlicheres,
als wenn man in allem das Gegenteil von Christus tut?«
Voltaire, Für Wahrheit und Menschlichkeit

Sète, 20 Minuten später
Die Schienen führen an Sète vorbei, dem »Venedig des Languedoc«, der Stadt, die Paul Valéry so sehr liebte. Rechts die riesige Lagune, der Étang de Thau, der einen glauben macht, das Meer vor sich zu haben. Düster und melancholisch schimmert das Wasser in der Dämmerung. Ich halte mit dem Schreiben inne, um die Inselchen und Kanäle zu betrachten. Dabei bemerke ich aus den Augenwinkeln, dass mich das jüngste Kind der Familie intensiv mustert. Ein knapp dreijähriges Mädchen. Es hat ernst blickende graue Augen mit langen gebogenen Wimpern. Alte Augen, wissende. Bei manchen Kindern ist das so. Sie scheinen schon mehrere Leben hinter sich zu haben.

Väter, Mütter und Kinder. Familien. Meine Familie. Die Familie Calas …

Erneut war es zwar sonnig, aber ziemlich kalt, als wir nach dem Frühstück das Château besichtigten und dann Hand in Hand treppauf und treppab durch die malerischen Gassen der Altstadt liefen. Schmale Häuser, nicht selten zwei oder drei Stockwerke hoch und auf Fels gebaut, waren in intensiven Malerfarben angestrichen: krapprosa, kadmiumorange, ziegelrot, zitronengelb, smaragdgrün. Sie kontrastierten mit titanweißen alten Fischerhäusern, deren blaue Türstürze und Fensterbänke in der Sonne leuchteten. Nach Collioure passten solche Farben, weil das Meer ringsum und das besondere Licht, das zu gewissen Stunden über dem Ort lag, sie weich machte und einander anpasste.

Wo berühmte Künstler einst ihre Motive fanden, hingen

jetzt, wettergeschützt, ihre Reproduktionen. Nicht weit von diesen markanten Aussichtspunkten entfernt, standen die Malerkarren der Neuzeit und diejenigen, die dem Ruhm noch nachjagten. Mit dem Pinsel in der Hand, einem weißen Strohhut auf dem Kopf und nonchalantem Lächeln schienen sie es zu genießen, wenn man ihnen über die Schulter sah, und wir beobachteten amüsiert, wie sie zum tausendsten Mal das Wahrzeichen Collioures auf die Leinwand bannten.

Henri und ich überboten uns gegenseitig im Entdecken von zauberhaften Ausblicken auf das Schloss, den Hafen, die Zitadelle, auf vorspringende Felsarme, verschwiegene Strände und bunte Boote. Das Fort St. Elme, das hoch oben auf einem Berg wie ein aufmerksames Auge über Collioure wachte, hatte es Henri besonders angetan.

Später aßen wir mit gutem Appetit Muscheln mit Pommes frites in einem Strandbistro in der Nähe des Glockenturms.

Die Sonne schien uns endlich sommerlich warm ins Gesicht.

Gewissermaßen von einer Stunde zur anderen – wir saßen noch beim Espresso – vollzog sich der Umschwung von einem gewöhnlichen Wochentag zum Heiligen Karfreitag. Die obligatorische Siesta der Einheimischen fiel einer auffälligen Betriebsamkeit zum Opfer. Jung und Alt war plötzlich auf den Beinen, um die Straßen zu schmücken und die Altäre vorzubereiten, wo die Prozession haltmachen würde. Schaufenster wurden leergeräumt und mit religiösen Utensilien dekoriert. Vor vielen Geschäften stellte man Tische auf, bedeckte sie mit handbestickten weißen Tischtüchern, Blumenvasen, Kerzenständern, Efeu und roten Rosenblättern. Bald schon duftete der ganze Ort nach Lilien und Kallas, von den Frauen in großen Sträußen herangeschleppt.

»Sieh nur, Sandrine, die ersten Schwarzen Witwen«, raunte mir Henri unauffällig zu.

Und tatsächlich: Wie von Zauberhand waren sie aufgetaucht, halbmannshohe Puppen, in Trauer gekleidet, das

Haupt verhüllt mit einer Spitzenmantille, sieben silberne Schwerter auf der Brust aufgenäht.

»Schwarze Madonnen und Schwarze Witwen, wo ist da der Unterschied?«

»Nun, Schwarze Madonnen haben bekanntlich eine dunkle Hautfarbe, die Witwen dagegen sind allesamt weiß, sie tragen nur Trauerkleidung, die Karfreitagskleidung.«

»Ein verrücktes Land, in dem du lebst, Henri. Wissen die Leute eigentlich, wen sie in welcher Gestalt verehren? Und diese Schwerter? Drei links und vier rechts …«

»*Nostra Senyora Dels Dolors*. Unsere schmerzensreiche Frau … Die sieben Schwerter der Witwe durchbohren gewissermaßen ihr Herz, was das Leid über ihren Verlust zum Ausdruck bringen soll«, sagte er.

Ich sah ihm an, dass er stolz war, mir dies erklären zu können. Wir schlenderten weiter. Vor einem Antiquitätengeschäft in der Rue St. Vincent stand eine besonders schöne Witwe, eingerahmt von zwei weißen Stehlampen und zusätzlich mit einem Spot in Szene gesetzt. Wir traten näher. Ein schmales, edles, sehr junges Gesicht unter der schwarzen Mantille, die Hände zum Gebet gefaltet, jedoch mit auffällig rot gefärbten Lippen. Vor ihr, auf einem schwarzen Polster liegend, der tote Jesus, ihr göttlicher Sohn.

»Dass man die Muttergottes schminkt und als Witwe verkleidet, habe ich noch nirgends gesehen«, sagte ich.

»Es handelt sich nicht um die Muttergottes, auch wenn man den Anschein erweckt.« Henri senkte seine Stimme. »In Wirklichkeit steht hier Maria Magdalena, die um ihren Gatten Jesus trauert. Der Tod eines Kindes macht schließlich keine Mutter zur Witwe!«

»Das meinten dein Freund Sokrates und der Weißbärtige aus der Garonne«, erwiderte ich und zog bedeutungsvoll die Brauen hoch. »Du brauchst es mir wirklich kein zweites Mal zu erklären: Die schwangere Maria Magdalena, von der Caravaggio besessen war, spukt auch dir im Kopf herum!«

»Spotte nur, Sandrine! Hier bei uns im Süden weiß jedes

Kind, dass sich hinter den Schwarzen Witwen Maria Magdalena verbirgt. Es gibt eine heiße Spur zu ihr: das Gralsbüchlein. Nie davon gehört?«

Ich schüttelte den Kopf.

»Ein Zisterziensermönch namens Heliandus, der um das Jahr 1200 gelebt hat, hat es noch gekannt. Es soll nicht länger und breiter als die Innenfläche einer Hand sein und den Stammbaum des Gralsgeschlechts enthalten, der bis auf Joseph von Arimathäa zurückreicht, und natürlich auf Jesus und Maria Magdalena. Rom will diese alten Geschichten nicht wahrhaben, deshalb ist dieses Gralsbüchlein wie so vieles andere verschwunden. Und aus demselben Grund verschweigt man die wahre Identität der Schwarzen Witwen. Man sagt zwar Maria, doch nicht, welche Maria gemeint ist.«

Ehrlich gesagt, ich verspürte keine Lust, schon wieder eine Grundsatzdiskussion über Maria Magdalena zu führen. Henri hatte sich längst für diese Version der Geschichte entschieden und damit für eine höchst schwammige Theorie.

Inzwischen hatte ich nämlich kalte Füße bekommen. Da die Prozession erst bei Anbruch der Dunkelheit begann, war genügend Zeit, ein Bad zu nehmen. Doch Henri brannte darauf, auch die Vorbereitungen des Umzugs zu fotografieren. So lief ich allein zum Hotel zurück, wo er mich später abholen wollte.

Eine ganze Stunde lang blieb ich im warmen Wasser und überließ mich meinen Gedanken, aus denen ich nur einmal aufschrak, weil ich mir einbildete, etwas an der Tür gehört zu haben. Als ich nach Henri rief, antwortete niemand.

Wenig später hüllte ich mich in eines der weichen Hotelbadetücher und legte mich aufs Bett, um ein wenig zu lesen. Doch ich konnte mich nicht konzentrieren, obwohl der Krimi, den mir Henri bei der Ankunft in Collioure heimlich aufs Kopfkissen gelegt hatte, recht spannend war. Er hieß »Fliehe weit und schnell«, und noch heute wünschte ich mir nichts sehnlicher, als dass ich Henri überredet hätte, noch in der gleichen Stunde mit mir dieser Aufforderung Folge zu leisten.

Doch was oder wen wir beeinflussen können, ist für alle Menschen unterschiedlich. Deshalb war es auch so schwer, zu verstehen, was in der Familie Calas passiert war. Wir wussten zu wenig über die Protagonisten. Voltaire schrieb, dass im Languedoc eine teuflische Raserei geherrscht hätte, die einst von der Inquisition im Gefolge von Simon de Montfort – dem Katharerjäger – eingeschleppt worden war. Wer die teuflische Raserei in Toulouse angeheizt hatte, war klar – die Weißen Büßer –, doch wer hatte sie inszeniert? Und warum gebot ihr keiner Einhalt?

Henri hatte mir beim Mittagessen gestanden, dass er vor einem Jahr begonnen habe, eine Dreyfus-Biographie zu schreiben, aber erst jetzt seien ihm die Parallelen zur Calas-Affäre klargeworden. Der äußerst erfolgreiche Dreyfus war Jude, der angesehene Tuchhändler Calas Hugenotte. In beiden Fällen war es also im Hintergrund um Religion gegangen, hatte jemand dafür gesorgt, dass die Volksseele kochte, und hatte es offensichtliche Verfahrensmängel gegeben. Dreyfus wurde auf die Teufelsinsel verbannt, später erfolgte seine Rehabilitation.

Für Jean Calas war sie zu spät gekommen.

Müde vom Bad und vom Nachdenken, steckte ich den Krimi unter Henris Kopfrolle, stellte den Wecker auf achtzehn Uhr dreißig und kuschelte mich in die Decke. Ich schlief rasch ein, träumte jedoch völlig wirr – und wie sollte es auch anders sein – von roten Talaren und in die Stirn gerutschten Allongeperücken. Aufgebracht stritt ich mit den Richtern um Gerechtigkeit, während draußen vor den Fenstern des ehrwürdigen Gerichts das alte Toulouse brodelte. Ein höllischer Spuk war entfesselt worden. Ich hörte Wiehern, Peitschenknallen, die Schreie des aufgeputschten Pöbels: »Tod den Hugenotten!« Ich sah den Prior der Weißen Büßer auf ein Gerüst steigen und predigen. Kein Wunder, dass die Gebete und frommen Karfreitags-Gesänge, die aus den Gassen von Collioure in mein Zimmer drangen, sich im Halbtraum in die monotone Litanei der frommen Büßer und das eifernde Gebet des Priors verwandelten – und in den Schrei eines Mannes, dessen Gesicht zu sehen mir verwehrt blieb, so sehr ich mich auch anstrengte: »Tod dem alten Calas!«

Endgültig aufgeschreckt durch den blechernen Lärm mehrerer Lautsprecher, sah ich auf die Uhr. Ich hatte gerade einmal zehn Minuten geschlafen. Ich sprang auf und lief ans Fenster. Die Menschen strömten jetzt nur so herbei. Passionslieder erklangen, Liturgien – dazwischen immer wieder das Gebet an *Nostra Senyora Dels Dolors* … unsere schmerzensreiche Frau … Maria Magdalena?

Ob *ihr* jemals Gerechtigkeit widerfahren würde? Ich hatte meine Zweifel …

22

»Ich habe an Gott immer nur ein Gebet gerichtet,
freilich ein kurzes:
›Lieber Gott, mache meine Feinde recht lächerlich.‹«

Voltaire, Für Wahrheit und Menschlichkeit

Béziers, 19.40 Uhr

Der drittletzte Halt vor Toulouse. Der TGV überquert den Orb, und ich erkenne im Vorbeifahren die berühmte Pont Vieux.

»Was hast du an deiner Stirn«, fragt mich das kleine Mädchen, das wie ich Sandrine heißt. »Hast du dort geblutet?«

Ich schiebe das Haar zur Seite. »Du meinst die Narbe?«

Die Kleine nickt. Die Mutter will das Kind rügen, doch ich halte sie zurück. Kinder dürfen fragen.

Aber was soll ich antworten? Will man im Leben reinen Tisch machen, darf man nicht mit einer Lüge beginnen. Ich bin gestürzt, sage ich, was nur die halbe Wahrheit ist.

Die Kleine nimmt den Zeigefinger und fährt vorsichtig über den zarten Wulst. Dann nickt sie, bevor sie sich wieder setzt.

Kinder erahnen das Wesen der Dinge, und ihre Seele ist reiner als der Wind.

Ein dumpfer Trommelschlag. Noch einer. Fackellichter sprangen auf. Der Umzug. Ein Raunen ging durch die Reihen der Schaulustigen, die, mit warmen Schals, Mützen und Jacken ausgestattet, den Boulevard du Boramar belagerten. Hälse wurden gereckt, kleine Kinder hastig auf die Schultern gehoben.

»Stell dich auf das Mäuerchen hinter mir«, sagte Henri, nicht weniger aufgeregt als ich, und half mir hinauf.

Noch vor wenigen Minuten waren wir in der Pfarrkirche *Notre-Dame des Anges* gewesen, die die Einheimischen *St. Vincent* nennen. Welch ein Reichtum hatte uns da entgegengestrahlt. Gold über Gold. Nicht weniger als neun Altäre schmückten den Chor und die seitlichen Kapellen. Der Hauptaltar, ein raumhohes, ebenfalls goldüberflutetes Triptychon. Auch hier überall prachtvolle weiße Lilien, die Blumen der Auferstehung – bereits am Karfreitag. Ihr Duft machte ganz benommen, und ich musste an ein Lied denken, in dem es heißt, dass die Lilien schöner wären als Salomons Seide. Der Sarg meiner Tante war ebenfalls mit weißen Lilien geschmückt gewesen. Charlotte fehlte mir ...

In den Bänken saßen alte Frauen, schwarzgekleidet und versunken in ihre Andacht. Henri jedoch hatte nur Augen für eine Schar Männer, aus deren Sporttaschen schon bei der Ankunft im Gotteshaus verräterisch die Spitze einer Caperutxes lugte. Völlig ungeniert, schwatzend, lachend, also wenig kontemplativ, verkleideten sie sich nun vor unseren Augen als Büßer, rote, schwarze und graue.

Henri grinste vielsagend. »Wie der Hase läuft, wo der Pfeffer wächst, ist ganz allein die Sache des Fuchses«, meinte er trocken.

Ich musste kichern. »Wie der Hase läuft, wo der Pfeffer wächst, ist wessen Angelegenheit ...? Wo hast du denn das her?«

»... ist ganz allein die Sache des Fuchses. Von Sokrates, der sagt das immer, wenn ihm etwas nicht geheuer ist. Und *ich* sag dir, Sandrine, das Ganze entpuppt sich noch als ein großer Mummenschanz. Du wirst schon sehen!«

Henri fotografierte jedes Detail.

Von einer Sekunde auf die andere entstand Unruhe im Gotteshaus. Fünf oder sechs Priester, offenbar die Organisatoren des Umzugs, waren eingetroffen.

Rasch schlängelten wir uns hinaus, um uns einen guten Platz zu suchen, wobei mir Henri beiläufig erzählte, dass man in den fünfziger und sechziger Jahren am Karfreitag kleine Mädchen entweder als Büßerinnen oder als hübsche Magdalenas mit Blüten im Haar verkleidet hätte, wohl um den Gottesdiensten und Umzügen den letzten Glanz zu geben. Seine Mutter sei einmal eine solche Magdalena gewesen, habe darüber oft gesprochen.

Ein kalter Wind war aufgekommen. Zwischen Kindergeschrei und Unterhaltung konnte man die Meeresbrandung hören. Aus den umliegenden Gassen der Altstadt, dem Quartiers du Mouré, strömten noch immer Menschen.

Ich erinnere mich genau, dass an diesem Abend, im Gegensatz zur vorhergehenden Nacht, der Mond als dicke Sichel hoch oben am Himmel stand und alles in ein kaltes Licht tauchte. Mich fröstelte. Wurde ich am Ende krank? Ich stellte den Kragen meiner Windjacke auf und vergrub die Hände tief in den Taschen.

Dann endlich war es losgegangen.

Karfreitag – der Tag des Schweigens – gebrochen vom einsamen dumpfen Trommelschlag eines Roten Büßers mit hoher Kapuze. Feierlich schritt er dem Zug voraus. Bumm, bumm, bum-bum-bum ... bumm, bumm, bum-bum-bum ... Der Trommelton ging mir durch und durch. Die kleinen flackernden Windlichter der Kinder und die Fackeln der Schwarzen Büßer, die gemessenen Schrittes dem roten Tambour folgten, waren die einzigen Lichter im Städtchen an diesem Abend.

Hinter ihnen acht weitere Kapuzenträger, schwarze Umhänge, um den Leib rote Kordeln. Sie schleppten einen schweren Altar. Die seltsamen gegabelten Tau-Stäbe, die die Männer in der freien Hand trugen, muteten ägyptisch an, hatten aber die Aufgabe, bei einem Halt die Altäre zu stützen, wie ich später sah.

Es war tatsächlich ein Mummenschanz, aber ich war hin- und hergerissen zwischen Ablehnung und Faszination. So etwas hatte ich noch nie gesehen.

Eine große, mit weißer Seide ausgeschlagene Bahre folgte, getragen von acht im Gleichschritt marschierenden Roten Büßern, deren spitze Kapuzen mit den Augenschlitzen verwegen wirkten. Auf der Bahre lag, mit verdrehten Gliedern, eine Nachbildung des Gekreuzigten.

Weitere Fackelträger. Die Trommel. Bumm, bumm, bum-bum-bum ... dröhnte es durch Collioure. Bumm, bumm, bum-bum-bum … Einige Kinder begannen zu weinen. Doch ihre Mütter bewegten sich nicht vom Fleck. Sie wiegten die Kleinen nur hin und her, um sie zu beruhigen.

Eine Gruppe von acht Frauen kam in Sicht, schwarze Spitzenkleider, schwarze Strümpfe, Schuhe und Handschuhe – über dem Haar die Mantille, in die der Wind fuhr, so dass sie zitterte. Allesamt sahen sie aus wie ein detailgetreues Abbild der schwarzen Witwenpuppe vor dem Antiquitätengeschäft. Ernste, ja maskenhafte Gesichter – manche hatten fast identische Gesichtszüge. Mütter und Töchter. *Magdalenas?*

Vier dieser Frauen trugen einen quadratischen Altar, in seiner Mitte befand sich eine riesige Witwenstatue, jung, unschuldig, fast naiv das feine Porzellangesicht, zu ihren Füßen rote Rosen und Schleierkraut. *»Va arrossegant sa cabellera, la Magdalena tot perfum«*, hörte ich die Frauen murmeln.

Eine sah aus wie Marie, Charlottes ehemaliges Dienstmädchen. Obwohl zwanzig Jahre jünger als meine Tante, gehörte sie ebenfalls einer Generation an, die unbeirrt die alten Bräuche achtete. Einmal hatte sie uns am Sonntag Kaninchenfleisch vorgesetzt, knoblauchduftend und in Rotwein geschmort, mit frischen Pilzen und Sahne in der Soße. Beim Diner – sie aß stets mit uns am Tisch – erzählte sie wie beiläufig, dass es schwangeren Frauen in ihrem Dorf untersagt war, Kaninchen- oder Hasenfleisch zu essen. Charlotte hatte die Stirn gerunzelt und nachgefragt, weil sie sich dieses Verbot nicht erklären konnte, Marie hatte sie ganz erstaunt angesehen. »Aber Madame, wissen Sie nicht, dass die Kinder dann mit einer gespaltenen Lippe zur Welt kommen?«

Schwarze Büßer zogen heran. Schwer trugen sie an der Passionsgeschichte auf den bunten bestickten Bannern, die an hölzernen Stangen hingen.

»Siehst du dieses seltsame Kreuz, Sandrine? Es ist ein *croix des outrages*, Freimaurersymbole!«, raunte mir Henri zu, die Kamera schussbereit. Es war ein ziemlich beeindruckendes Holzkreuz. Obenauf der Hahn, der krähte, als Petrus Jesus verriet, darunter das bekannte INRI-Schild. Rechts und links, aufgereiht auf dem Querbalken, Zange, Hammer, Kelch, Wasserkrug, Lampe, Ysoprohr, das Schweißtuch der Veronika, eine hölzerne Hand oder ein Handschuh … Wieso Freimaurersymbolik? Ich musste Henri danach fragen, später … Ob er ahnte, dass das Kreuz bei den ersten Christen als Sinnbild für eine der brutalsten Strafen in der Antike verpönt war? Die älteste Darstellung soll ein in die Wand geritztes sogenanntes »Spottkreuz« gewesen sein, das Jesus mit einem Eselskopf gezeigt hat. Und irgendwann später kam dann diese blinde Verehrung …

Der Zug geriet ins Stocken. Plötzlich hörte ich laute, harte Schreie, die in den engen Gassen ihren Widerhall fanden: *»Senyor, ver Déu! Misericòrdia!«*

Dreimal wurden diese Rufe wiederholt, dann hörte man gemurmelte Gebete: *»Jesus nostre Redemptor«*, in die etliche Menschen um mich herum einfielen.

Rechts und links vom Querbalken des Kreuzes hingen Geißeln herab. Auf dem senkrechten Holm war eine Leiter befestigt, dazu ein langes Seil. Ich erkannte auch die Lanze des Longinus und den Essigschwamm. In der Mitte befand sich eine dicke silberfarbene Dornenkrone, darunter ein Palmzweig, ein Schwert, drei hölzerne Würfel.

Die Trommel ertönte wieder. Weitere Schwarze Büßer schritten vorüber. Gespenstisch flackerten ihre Fackeln, bis sie sich in einem grotesken Reigen mit den schwankenden Kapuzen vereinten und in der Dunkelheit verschwanden.

So neugierig ich auf diesen Umzug war, so sehr sehnte ich mich plötzlich danach, dass alles bald zu Ende ginge. Unheimlich, ja suggestiv war die Stimmung, die über Collioure lag!

Mit schweren Silberkreuzen in den Händen zogen zwei Rote Büßer heran. Die Kreuze waren zusätzlich an einem ledernen Haltegurt befestigt, den die Männer um die Hüften trugen.

»Da! Das Kreuz der Mission«, hörte ich jemanden sagen, und schon kam es in Sicht: schwarz, schmucklos, zwei Meter hoch, aus Ebenholz. Dahinter schritten drei fast gleich große Fackelträger in schwarzer Seide, und, ihnen auf dem Fuß folgend, zwei graugewandete Schemen, kaum menschlich zu nennen. Ein Zitat von Goethe schoss mir durch den Kopf: »Schwarz und Weiß, eine Totenschau, vermischt ein niederträchtig Grau …«

Der zweite Halt. Erneute Trommelschläge und die schon bekannten Schreie. *»Senyor, Ver Déu! Misericòrdia!«* In die folgenden, ziemlich heruntergeleierten Gebete fielen nicht wenige Zuschauer ein.

Die große Andacht wurde über die Lautsprecher ausgestrahlt.

Schräg vor mir stand ein hochgewachsener Kapuzenträger. Schwarz. Ich musterte ihn kurz, dachte dabei an die Schwarzen Büßer von Toulouse und an das Portalwappen mit dem Spruch »Ich bin schwarz, aber schön«.

Wer wohl damit gemeint war? Die Königin von Saba? Die karthagische Tanit? Astarte? Artemis? Kybele? Die Isis der Ägypter? Aschera …? Von ihr hatte ich kürzlich gelesen, doch wo? Wie jedermann heute feststellen konnte, verehrten die Südfranzosen die Witwe in blasser, zarter und leidender Gestalt. Vielleicht – und das erschien mir in diesem Augenblick gar nicht so abwegig – dienten die mysteriösen Schwarzen Madonnen in Frankreich der Überbrückung von Gegensätzen, der Vereinigung von Heiden- und Christentum. Aber weshalb waren ausgerechnet die Bußbrüder von Toulouse ihre Verehrer?

Ich warf einen weiteren Blick auf den Büßer vor mir. Im Schein seiner Fackel blitzte eines seiner Augen auf. Beobachtete er mich? Hatte dieser Caperutxes meine Gedanken gelesen? Nach einigen Sekunden zwang ich mich wegzuschauen, denn in diesem Auge lag etwas, was mich zutiefst erschreckte: Verachtung, Stolz und … Fanatismus.

Es gab sie also noch immer, die religiösen Fanatiker, auch hier bei uns in Europa und erneut unter Christen. Nach Tucholskys Meinung waren die französischen Katholiken die wildesten Nationalisten. Das hatte ich bislang für eine Übertreibung gehalten. Der heutige Abend gab ihm allerdings recht, man konnte gar nicht anders denken: tagsüber brave Familienväter, arbeitsam, genügsam, die *Dépêche du Midi* oder *Le Figaro* lesend, Gauloises rauchend, am Abend ein Glas vom einfachen Rotwein, noch rasch die Kinder streicheln und dann – losgezogen und die schwarze Kapuze über den Kopf gestülpt. Fanatiker verraten ihren Glauben *und* ihr Vaterland. Sie verfolgen ihr Ziel ohne Rücksicht auf andere, aber eben versteckt, das wusste auch schon Voltaire. Wenn all diese Fackelträger am Karfreitag doch nur gegen die elenden Kriege auf der Welt protestierten, gegen Armut, Ungerechtigkeit und Vereinnahmung jeglicher Art. Das allein würde die Prozessionen, Fackellichter und Schreie rechtfertigen.

Der Mann war zwei Schritte weitergelaufen, als der Zug wieder stockte. Plötzlich drehte sich der Büßer um – und das schreckliche Auge starrte mich erneut an. Es war, als ob hier – im Jahr 2004 – eine der finsteren Seiten des Lebens wieder zum Vorschein kam. »Polyphem«, schoss es mir durch den Kopf, und ich flüsterte leise: »Zeig dich, du Feigling!« Dann jedoch rief ich mich zur Ordnung. Wieso ließ ich es zu, dass mich dieser Verrückte in seinen Bann schlug, dass mich ein lächerlich verkleideter Unbekannter derart aus der Fassung brachte?

Ich riss mich los und beugte mich zu Henri hinab, um ihn nach der Bedeutung eines seltsamen Wappens zu fragen, das sich auf der Brust eines der nachfolgenden Männer befand.

»Die fünf Wunden!«, sagte er aufgeregt, blickte aber dabei unentwegt auf seine Kamera, die er ein Stück weit von sich weghielt. Er knipste und knipste.

Wieder begann ein Kind zu weinen. Die Mutter machte mich wütend, weil sie nicht mit ihm nach Hause ging, fort von diesen dröhnenden Trommelschlägen, unheimlichen Schreien und hinter Kapuzenschlitzen versteckten Augen. Diese Nacht war nichts für zarte Kinderseelen. Ein bisschen war ich auch auf mich wütend, weil ich mich hatte ängstigen lassen. Das Mädchen steigerte sich in sein Geschrei hinein.

Wunderbar, dachte ich, schrei noch viel lauter! Und als ob es mich gehört hätte, fing es tatsächlich zu plärren an, was das Zeug hielt, so dass sich die Leute verärgert umdrehten. Der Vater endlich zeigte sich vernünftig. Er nahm die Kleine auf den Arm, drängte mit dem Kind aus der Menge hinaus und lief zum Strand hinunter.

Der Zug schob sich langsam weiter. Es war wie in einem luziden Traum. Ein drittes Mal blieb der Kapuzenmann stehen und drehte sich auffällig zu mir um. Doch zu spät. Ich war längst erwacht. Die Wut hatte mich obendrein mutig gemacht. Ich warf ihm den verächtlichsten und hochmütigsten Blick zu, dessen ich fähig war! Augenblicklich wandte sich der Kerl ab, um den anderen hinterherzueilen.

Die schwarzen Damen, die nun heranschritten, machten einen absolut resoluten, furchtlosen Eindruck. Sie standen aber auch unter besonderem Schutz, denn sie führten die Madonna mit sich, die Mutter Gottes, erkennbar an ihrem blauen Umhang. Das Podest, auf dem sie thronte, zierte eine ebenfalls blaue Schabracke, und zu Marias Füßen lagen Lilien.

Schmerzerfüllte Strophen eines frommen Liedes. Ein weiterer Tragaltar, mit weinroter Seide ausgeschlagen, obenauf eine lebensgroße halb sitzende Jesusgestalt aus Pappmaché, die Dornenkrone auf dem Haupt, der Umhang aus dem gleichen Stoff wie die Schabracke. Leidvoll das blutüberströmte Gesicht, fast barbarisch die Körperhaltung, nackte, gespreizte Beine. Obszön, dachte ich bei mir. Weshalb stellte man Jesus in dieser Pose zur Schau?

»Pilat lo demostra dihenlos: Ecce, homo«, drang es an mein Ohr.

Ecce, homo – seht, ein Mensch?

Da gab es so viel über das Katalanische hinaus, das ich nicht verstand. Wir würden die ganze Nacht darüber reden müssen, Henri und ich.

Eine Madonnenfigur in braunem Kleid wurde vorübergetragen, ein weißer Spitzenumhang verhüllte ihre Schultern. In ihren Händen lag ein Jesusportrait, das Antlitz voller Sanftmut. Wieder waren es ältere Damen, die das Podest schleppten. Die Frauen waren für die Frauen zuständig, die Männer für die Männer. Alles bei diesen Sanch-Umzügen hatte seine Ordnung.

»*Oh, que tristesa! Oh! Que gran pena! Oh! Que gran mal*«, psalmodierten die Frauen.

Ein Kreuz mit Dornenkrone, gefolgt von einem Mann mit einer schweren schwarzen Fahne. Die Troddeln, die die Fahne säumten, blinkten schon von weitem im Mondlicht wie reines Gold. Heiligenbanner ... Statuen ... Kapuzen ... Es schien kein Ende zu nehmen, meine Füße waren eiskalt. Eine weitere Schwarze Witwe. *»Sant Pere, Sant Josep, Sant Simon de Cirena; Santa Anna per la ma ten Santa Magdalena ...«*

Plötzlich rüttelte Henri an meinem Arm. »Sieh doch, ein Weißer!«, flüsterte er.

Ich stellte mich auf die Zehenspitzen. Und tatsächlich, vielleicht noch dreißig Meter von uns entfernt, ragte eine einsame blütenweiße Kapuze in die Finsternis hinein.

»Hör zu, Sandrine«, sagte Henri. »Wenn der Weiße hier vorüberzieht, folge ich ihm. Vielleicht gibt er mir ein Interview. Wir treffen uns dann im *Saint Vincent*, wie ausgemacht ...«

»In Ordnung«, sagte ich leichthin und hielt noch einmal Ausschau nach dem ungewöhnlichen Büßer, der immer näher rückte. Der Mann trug nichts als eine Fackel, er schien von ganz besonderer Art. In einer geradezu lächerlichen Feierlichkeit schritt er an uns vorüber, sich seiner weißen Einzigartigkeit bewusst in diesem Meer Roter, Schwarzer und Grauer Büßer. Marc-Antoine Calas, dachte ich, was hattest du nur mit solch arroganten Leuten zu tun?

Natürlich war dieser Fremde hier an der Affäre Calas völlig unschuldig, dennoch hasste ich ihn in diesem Augenblick, nicht zuletzt seiner Eitelkeit wegen, die er so offen demonstrierte, weil es die Arroganz der Eliten war, die noch heute die Menschen manipulieren.

Henri ging, ohne sich noch einmal zu mir umzudrehen.

Das Letzte, was ich von ihm sah, war der Ärmel seiner roten Windjacke, kurz bevor er von der Dunkelheit verschluckt wurde.

»Per misericordiam Dei, requiescat in pace …«

»Amen«, erwiderten acht in weiße Spitze gekleidete Priester, den Rosenkranz in der Hand. Aber das Raunen der Menge galt nicht ihnen, wie ich jetzt sah. Mein Gott, dachte ich, als ich merkte, worum es sich handelte, Henri versäumt etwas! Hinter den Priestern schritten sechs Männer heran, die ihre Würde und ihren Stolz nicht unter Kapuzen versteckten und in ihrer Eitelkeit dem Weißen Büßer noch überlegen waren. Brennende Fackeln in der ausgestreckten, weiß behandschuhten Rechten. Die älteren Frauen unter den Zuschauern knicksten. Es musste sich also um hochgestellte Persönlichkeiten handeln. Im Gleichschritt zogen diese Herren an uns vorüber, die Gesichter stoisch nach oben gerichtet. Schneeweiße seidene Umhänge, auf die blutrote Wappenkreuze aufgenäht waren, darunter schwarze Anzüge.

Auserwählte, fuhr es mir durch den Kopf. Doch wer hatte sie erwählt? Wer hatte sie ans Ende des Zuges und zugleich an die Spitze dieser Sanch-Bewegung gestellt? Und wer waren die Heloten in diesem Stück?

Bereits im griechischen Sparta hatte es keine Elite ohne die Heloten gegeben, die Nachkommen unterworfener Bevölkerungsschichten. Irgendwann während meines Studiums hatte ich über Friedrich Schillers Aufsatz »Die Gesetzgebung des Lykurg und Solon« referiert und unter anderem dargelegt, dass in Sparta alles dem Staat geopfert wurde, während das Individuum nicht zählte. Als ich nun diesen Männern hinterhersah, fiel mir wieder mein Schlusssatz ein: »Die herrschende Elite durfte die Heloten umbringen, wann immer und wo immer sie das wollte.«

Nachdem nun alles vorüber war, lief ich – irgendwie befreit – hinunter zum Lokal *Saint Vincent*. Henri war noch nicht da, und ich bestellte mir einen Kaffee zum Aufwärmen.

Die Leute strömten nur so herein und die Kellner hatten alle Hände voll zu tun, die dicken Jacken zu verstauen, Kindersitze, Speisekarten und warme Getränke herbeizuschleppen. Der sogenannte »Katzentisch« für zwei Personen, den man mir angeboten hatte, war wunderbarerweise so platziert, dass ich den Eingang im Auge hatte.

Ich wartete. Henri kam nicht. Nachdem die meisten Gäste schon beim Dessert angelangt waren und die Kellner anfingen, mir verwunderte Blicke zuzuwerfen, bestellte ich mir endlich eine Suppe, die ich langsam auslöffelte. Dann einen weiteren Kaffee. Abwechselnd sah ich auf meine Uhr und auf die Eingangstür. Abwechselnd war ich besorgt und ärgerlich. Was war nur los?

Um dreiundzwanzig Uhr zahlte ich und lief ins Hotel zurück. Bevor ich aufs Zimmer ging, warf ich noch einen Blick in das Café des Hotels, in der Hoffnung, dass Henri vielleicht dorthin gegangen war, doch ich konnte ihn nicht entdecken. Ich hoffte nur, dass wir nicht aneinander vorbeigelaufen waren.

Ich stieg die Treppe hinauf zu unserem Zimmer, weil Henri nur ungern den Aufzug benutzte, und bereits auf dem Flur begann mein Herz zu klopfen. Irgendetwas war ganz und gar nicht in Ordnung: Die Tür stand einen Spalt auf.

»Henri«, rief ich vorsichtig in das dunkle Zimmer hinein.

Doch nichts rührte sich dort drinnen. Da nahm ich allen Mut zusammen und stieß die Tür auf. Ich tastete nach dem Schalter, machte Licht – und erschrak so sehr, wie ich mich mein Leben lang noch nicht erschrocken hatte.

Das ganze Zimmer war auf den Kopf gestellt, alle Schubladen herausgerissen, die Kleider und unsere Einkäufe lagen verstreut auf dem Boden – und auf dem zerwühlten Bett lag eine blutverschmierte weiße Kapuze.

23

»Der gebildete Mann, der gegen Aberglauben, Fanatismus und Verfolgungsgeist zu Felde zieht, leistet der Menschheit einen Dienst.«

Voltaire, Für Wahrheit und Menschlichkeit

Vorletzter Halt: Narbonne im Dunkel

Nicht nur der Bahnhof macht einen verschlafenen Eindruck, auch die Stadt selbst. Man könnte meinen, dass sich hier seit der Römerzeit nur wenig verändert hat. Kaum dass Reisende aus- und einsteigen. Der romantische beleuchtete Canal de la Robine, den wir nach der Weiterfahrt überqueren, bringt den jungen Mann aus Cordes wieder zum Schwärmen. Einmal auf einem Hausboot einen der Kanäle entlangzuschippern, das sei sein Traum. Doch die Kinder wären dafür noch zu klein.

Ich denke an Castelnaudary, wo wir als Kinder unter dem Milchblau des Himmels die Beine ins Wasser des ruhigen Canal du Midi hängten, Steine springen ließen, plauderten und den Tag verträumten.

Die Gendarmerie versiegelte das Hotelzimmer. Um zwei Uhr in der Nacht, als die ersten Verhöre vorüber waren, bezog ich nur mit dem, was ich den ganzen Abend angehabt hatte, ein anderes Zimmer im *Les Templiers*. An Schlaf war nicht zu denken. Unzählige Male lief ich zum Fenster, um auf die Gasse hinunterzusehen, den Schritten zu lauschen und auf das Klappen von Autotüren, Stimmen, Lachen zu hören – und ich zermarterte mir den Kopf, was Henri zugestoßen sein könnte. Den Beamten hatte ich nichts von unseren Nachforschungen in Sachen Calas erzählt. Ich wollte Henri nicht noch weiter in eine Angelegenheit hineinziehen, in die er offenbar schon viel zu tief verstrickt war. So erzählte ich nur, dass mein Freund Reporter wäre und einen dieser Büßer – den Einzigen mit einer weißen Kapuze – interviewen wollte.

Weshalb diese Kapuze jetzt hier auf unserem Bett läge und obendrein blutverschmiert, sei mir ein Rätsel, und das war es auch.

Gefehlt hatte nichts. Mein Schmuck war noch da, unsere (nicht unbeträchtliche) Barschaft befand sich bereits seit Toulouse zur einen Hälfte in meiner Handtasche und zur anderen in Henris Börse.

Hatte Henri den Büßer beim Einbruch in unser Zimmer überrascht? War es zu einem Kampf gekommen? Das Blut deutete darauf hin. Ich wusste nicht, was ich denken oder unternehmen sollte.

Wäre Henri ernsthaft in Gefahr, so käme es natürlich auf die ganze Wahrheit an. Aber wie sollte die Polizei handeln, wenn nicht einmal ich wusste, was wirklich los war? Ging es nun eigentlich um die Affäre Calas, das Interview mit dem Weißen Büßer für Henris Artikel, um Maria Magdalena, diese ominösen Todesfälle in Toulouse oder um eines jener haarsträubenden Phantasieprodukte namens »Nephilim« aus Sokrates' Kräuterküche?

Um vier Uhr in der Nacht fiel mir etwas ein. Ich überlegte einige Minuten. Sollte ich oder doch lieber nicht ... Dann zögerte ich nicht mehr. Ich zog meine Jacke an, schrieb ein paar Zeilen auf das Hotelpapier, das auf dem Schreibtisch lag, für den Fall, dass Henri in der Zwischenzeit zurückkäme (ich hoffte nur, dass man ihm erzählte, ich hätte ein anderes Zimmer), und verließ durch den hinteren Eingang unauffällig das Hotel.

Die Rue Aristide Maillol war wie ausgestorben, als ich in Richtung Bahnhof lief, um nach meinem Wagen zu sehen. Henri konnte zwar nicht mit meinem Auto weggefahren sein, weil sich die Schlüssel in meiner Handtasche befanden, doch hatte er in Toulouse diesen dicken Umschlag in den Kofferraum gepackt, um ihn in Collioure zur Post zu bringen, und ich konnte mich nicht erinnern, dass er ihn ins Hotel mitgenommen hatte. Also musste er wohl noch im Wagen sein.

Vielleicht fand sich ja in diesen Unterlagen eine Erklärung für sein mysteriöses Verschwinden.

Mein weißer Renault Clio stand noch immer an Ort und Stelle, wenngleich ich mir für einen kurzen Augenblick einbildete, dass ihn Henri gestern ein Stück weiter vorne abgestellt hatte, direkt unter einer der Platanen und nicht vor dem Werbeplakat, vor dem er jetzt stand. Aber im Dunkeln wirkte der Parkplatz ganz anders, ich musste mich täuschen. Ich öffnete den Kofferraum, schob alles zur Seite, die alte Decke, den Werkzeugkasten, das Abschleppseil, das Warndreieck. Endlich fand ich die Taschenlampe, mit der ich nun jeden nur denkbaren Winkel ausleuchtete; ich suchte auf und unter dem Fahrer- und Beifahrersitz, im Fond, hob am Ende auch noch die Plastikplane hoch, unter der das Reserverad lag, nichts.

Henri musste den Umschlag von mir unbemerkt in seine Reisetasche gepackt haben. Die Polizei jedoch hatte in meinem Beisein seine Sachen durchsucht. Da war kein Umschlag gewesen. Also hatte er ihn entweder bei sich, oder er war gestohlen worden.

Noch beunruhigter als zuvor, lief ich zurück, am nun menschenleeren Place du Maréchal Leclerc vorbei. Ich hätte eigentlich hundemüde sein müssen, aber ich war zu aufgewühlt. So entschloss ich mich, auf eigene Faust in den Straßen und Gassen der Stadt nach Henri zu suchen, natürlich in der dummen Hoffnung, im spärlichen Licht der Laternen einen Zipfel der roten Daunenjacke meines Geliebten zu entdecken, ja ich bildete mir sogar mehrmals ein, seine Schritte zu hören, und glaubte, dass er im nächsten Augenblick um eine Ecke biegen und mir in die Arme laufen würde.

Nach und nach lief ich immer schneller, rannte fast, geriet mehr und mehr in Panik, malte mir aus, was Henri Schreckliches widerfahren sein könnte. Ich lief hinauf zur Rue Belle Vue, wo man von einem Mauerdurchbruch aus tief hinunter auf zerklüftete Felsvorsprünge schauen kann. Lag dort jemand? Nein, es war nur ein großer Stein, wie mir der Mond enthüllte, als er hinter den Wolken hervorbrach. »Er ist nicht tot«, flüsterte ich vor mich hin, »er darf einfach nicht tot sein, bitte nicht jetzt, wo ich angefangen habe, ihn zu lieben. Bitte nicht …«

Als ich wenige Minuten später am Meeresufer stand, auf dem kleinen Sandstrand hinter der Kirche, den unheimlichen Wohnturm mit seinen Zinnen vor Augen, und zitternd vor Kälte und Angst in die Brandung hineinlauschte, wusste ich nicht weiter. Was sollte ich nur tun?

Draußen auf dem Meer tuckerte ein Fischerboot.

»Die herrschende Elite durfte die Heloten umbringen, wann immer und wo immer sie das wollte.« Weshalb kam mir das jetzt wieder in den Sinn? Das Auge des Büßers, die stolzen Männer in ihren schneeweißen Umhängen? Hatte ich heute Bekanntschaft mit einer Loge gemacht, mit dieser A.G.L.A.?

Es war so kalt, dass mein Atem sichtbar war. Ausgerechnet jetzt erinnerte ich mich an meine höchst kunstvoll aus weißem Schreibmaschinenpapier gedrehten und mit Watte ausgestopften ersten Zigaretten. Zwölfjährig hatte ich an Frosttagen mit Steffi solche Glimmstängel geraucht, während wir nach der Schule auf die Straßenbahn nach Gostenhof warteten. Unter den neidvollen Blicken unserer Freundinnen auf der anderen Straßenseite waren wir uns herrlich erwachsen vorgekommen.

Ach, verdammt … In was für einen Schlamassel waren wir nur geraten, Henri und ich … Ich schluchzte auf.

Gerade als ich mich umdrehen wollte, um ins Hotel zurückzukehren, sagte eine leise Stimme hinter mir: »Madame?«

Mit einem Aufschrei fuhr ich herum. Mein Atem ging keuchend. Es war einer der Brigadiers, die das Hotelzimmer durchsucht hatten, ein freundlicher Kerl mit buschigen schwarzen Augenbrauen. »Sie werden ganz sicher krank, wenn Sie noch länger hier unten am Meer stehen.«

»Das könnte das geringste Problem sein, das auf mich zukommt«, antwortete ich.

Der Beamte nickte. »Da haben Sie recht. Dennoch – wenn Sie schon nicht schlafen können, so kommen Sie mit auf die

Wache, ein heißer Kaffee wird Ihnen guttun. Dann können wir noch einmal über alles reden.«

Ich dachte an die Schritte, die ich in den Gassen gehört hatte. »Haben Sie mich die ganze Zeit verfolgt oder zufällig hier entdeckt?«

»Ich habe Sie nicht aus den Augen gelassen, seit Sie das Hotel verlassen haben, Madame. Auch wenn wir hier nur eine relativ kleine Gendarmerie sind, so kennen wir doch unsere Pflichten.«

Irgendwie hatte ich den Eindruck, der Mann stünde auf meiner Seite. Aber das wäre mir in dieser Nacht wohl mit jedem Menschen so ergangen, der sich meinethalben auch nur ein kleines bisschen gesorgt hätte.

»Gut, eine Tasse Kaffee wäre jetzt wirklich nicht übel. Doch was ist, wenn Monsieur Gagnepain ins Hotel zurückkehrt oder vielleicht bereits …«

»Da würde mich mein Kollege sofort verständigen!«

Am Place de l'Église hörten wir plötzlich aufgeregte Stimmen. Unten am Hafen, vor dem Schloss, standen zwei Leute, die wild gestikulierten.

»Bitte bleiben Sie hier stehen, Madame. Warten Sie, bis ich Sie hole«, sagte der Polizist mit ernster Miene und lief los.

Mir wurde leicht übel. Ich stellte mich auf die Stufen zum Eingang eines der Majolikageschäfte, und von dort beobachtete ich, wie der Polizist auf die beiden Gestalten zuging, mit ihnen redete, ins Hafenbecken hinuntersah und dann aufs Meer hinausdeutete. Nach einer Weile kam er zurück.

»Keine Angst, Madame«, rief er schon von weitem und winkte mich heran. »Kommen Sie …!«

Ich rannte zu ihm hin. »Haben Sie etwas gefunden?«, fragte ich angstvoll.

»Möglicherweise eine Spur. Das Boot des Fischers ist gestohlen. Vielleicht hat die Sache mit unserem Fall zu tun.«

»Gestohlen?« Wieso hatte ich ständig das Gefühl, Henri verteidigen zu müssen. »Ich habe ein Boot gehört, draußen auf dem Meer, vor wenigen Minuten erst!«

Der Polizist nickte. »Ja, ich auch, ich nahm an, es wäre Monsieur Izarn. Er fährt jeden Morgen um diese Zeit hinaus, wenn das Wetter passt. Wir Einheimischen rufen ihn ›Jack‹, so heißt auch sein Boot.«

»Jack« oder Monsieur Izarn, ein kräftig gebauter Mann in den Vierzigern, war mehr als aufgebracht. Er rannte wie ein Verrückter am Kai entlang. Wenn er nicht gerade wütende Drohungen in Richtung Meer ausstieß, knallte er mit seinen Stiefelspitzen gegen einen alten Rettungsring, der an der Kaimauer befestigt war. Sein jüngerer Begleiter konnte ihn gar nicht beruhigen.

Tausend aberwitzige Möglichkeiten schossen mir durch den Kopf. Ich kramte nach einem Taschentuch, denn die Tränen liefen einfach über meine Wangen. Der Fischer hörte zu toben auf und sah mich irritiert an.

»Was hat die Frau?«, fragte er den Polizisten. »Hat sie mit dem Diebstahl zu tun?«

Der Polizist schüttelte den Kopf. »Aber nein, Monsieur Izarn, sie sucht nur jemanden …«

Er erklärte dem Mann, dass er sich spätestens um neun Uhr auf der Wache einfinden solle. Dann nahm er mich beim Arm. »Kommen Sie, Madame. Was Sie jetzt dringend brauchen, ist ein warmes Getränk.«

Der Kaffee tat mir gut, so gut, dass ich wieder einigermaßen zusammenhängend denken konnte. Ich erzählte sogar ein weiteres Stückchen Wahrheit, gerade so viel, wie ich glaubte, erzählen zu dürfen, denn *Brigadier de Police* Claret – so stellte er sich mir vor – hatte natürlich auch meine nächtliche Autoinspektion beobachtet. Schließlich bat er mich höflich um meine Autoschlüssel. Man müsse vorsichtshalber die Fingerabdrücke auf dem Lenkrad mit denen im Hotelzimmer vergleichen. Henris Fingerabdrücke – verflixt.

»Sicher klärt sich heute bei Tage alles auf, Madame, und Ihr Freund kommt wohlbehalten ins Hotel zurück. Den Umschlag mit den Verlagsunterlagen, nach dem Sie heute Nacht gesucht haben, hat er bestimmt bei sich. Sie sind Juristin, wissen aus eigener Erfahrung, dass Journalisten mitunter nicht ungefährliche Aufträge annehmen und dass sie – ich will es vorsichtig formulieren – manchmal zu ungewöhnlichen Mitteln greifen, um an Informationen zu gelangen. Ihr Freund ist gewiss nicht der Erste, der bei der Ausübung seines Berufes in irgendwelche Schwierigkeiten geraten ist«, meinte er abschließend, während er sich bereits Notizen machte, die mit dem Verschwinden des Bootes zu tun hatten.

Im *Les Templiers* gab es leider nichts Neues. Madame Marjorie war schon auf den Beinen, sie brachte mir eine Wärmflasche und eine Isolierkanne mit heißem Tee und viel Zucker. Zum Schluss steckte sie mir eine Schlaftablette zu, die ich dankbar annahm. Ich war am Ende meiner Kraft.

Als ich am Nachmittag aus unruhigem Schlummer und mit dumpfen Kopfschmerzen aufwachte, war Henri noch immer nicht da. Ich duschte, zog mich an und ging hinunter ins Hotel-Café, wo der nächtliche Vorfall bereits Gesprächsthema war. Das plötzliche Verstummen an den Tischen, als ich eintrat, sprach Bände.

Gerade als ich mich nach einem Sitzplatz umschaute, bemerkte ich Brigadier Claret. Er winkte mich zu sich an die Theke. Neben ihm stand ein Mann, dessen Äußeres ihn als Priester auswies. Beide tranken einen Pastis. Die gelben Anisschlieren bewegten sich träge im Glas.

»Nun, Madame«, fragte Claret freundlich und goss dabei Wasser aus der Karaffe nach, »geht es Ihnen jetzt ein wenig besser?«

Ich nickte. »Gibt es Neuigkeiten?«, fragte ich zögernd und warf einen vorsichtigen Blick auf den Abbé. Er war wohlbeleibt, hatte rote Hamsterbäckchen, einen schwarzmelierten Lockenschopf und trug eine Hornbrille mit starken Gläsern. Ich meinte, ihn gestern Abend in der Kirche gesehen zu haben, aber ich konnte mich auch täuschen.

»Nein, leider haben wir weder Ihren Freund noch das

Fischerboot gefunden.« Er wandte sich leicht dem Priester zu. »Abbé Augustin Ferrant«, stellte er ihn mir vor. »Wir haben auf Sie gewartet, Madame Feuerbach, denn wir möchten gerne mit Ihnen reden.«

Als er mein Erschrecken bemerkte, fügte er rasch hinzu: »Bitte, verzeihen Sie, aber wir haben wirklich keine schlechten Nachrichten, alles ist unverändert, sozusagen ... Möchten Sie nicht zuerst etwas essen? Sie haben doch sicherlich seit gestern nicht mehr ...«

»Nein, danke, ich habe keinen Hunger«, antwortete ich, obwohl mir recht übel war. Doch ich musste auf der Stelle wissen, was mir die beiden zu sagen hatten.

»Gut«, meinte der Polizist und stellte sein Glas auf die Theke. »Madame Marjorie hat uns erlaubt, ihr Büro zu benutzen, dort sind wir ungestört.«

Beim Hinausgehen konnte ich fast körperlich spüren, wie sich die Blicke sämtlicher Gäste in meinen Rücken bohrten. Das Gespräch verlief so, wie ich beim Anblick des Priesters befürchtet hatte. Kleriker – wie übrigens auch Juristen – haben das Talent, Gegenbeweise zu konstruieren. Und der Abbé von Collioure war ein ausgesprochen guter Geistlicher. Er stellte die Sanch-Brüder als absolut harmlose Familienväter dar, die sie, zugegebenermaßen, in ihrer Mehrheit auch sicherlich waren.

»Aber, Madame«, versuchte er meine Einwände zu entkräften, und seine roten Bäckchen glühten fast – ob vom Pastis oder davon, dass er sich so ereiferte –, »wer behauptet, die Caperutxes seien gefährliche Leute, der missachtet nicht nur die Gesetze der Vernunft, nein, der weiß ganz einfach nichts über sie. Das Wesen des Meeres – wenn ich einmal unseren katholischen Glauben so bezeichnen darf – ist aus einem Tropfen nicht ersichtlich. Und mehr als diesen Tropfen haben Sie gestern nicht zu Gesicht bekommen. Die Zeiten, in denen diese Büßer durch die Straßen zogen, sich geißelten und die Leute mit dem nahenden Weltgericht erschreckten, sind längst vorbei. Und wenn Sie behaupten, dass einer der

Männer Ihnen … nun, dass er Ihnen seltsame Blicke zugeworfen hat, so hängt das – bitte verzeihen Sie mir, Madame –, so hängt das weniger mit Fanatismus zusammen als damit, dass Sie eine gutaussehende Frau sind. Ich verstehe natürlich Ihre tiefe Sorge um Ihren Freund und auch, dass Sie sich aus diesem Grund an jede Einzelheit erinnern, die mit dem Umzug zusammenhängt, doch Sie befinden sich gewiss im Irrtum mit Ihren Verdächtigungen. Seit Jahrzehnten führen wir diese Prozessionen durch, hier in Collioure und auch in Perpignan. Ich kenne alle Teilnehmer. Glauben Sie mir bitte, dass es sich durchweg um fromme, gottesfürchtige …«

»Alles schön und recht, Monsieur le Curé«, unterbrach ich seinen Redefluss, »doch wenn Sie behaupten, alle Teilnehmer zu kennen, wer war dann dieser Weiße Büßer? Sagen Sie uns seinen Namen!«

»Wie?«, fragte da der Priester konsterniert und warf Claret einen fragenden Blick zu. »Aber Madame, wie kommen Sie auf einen ›Weißen‹ Büßer?« Sein Erstaunen schien ehrlich, offenbar hatte Claret noch keine Details erzählt.

»Das stimmt«, warf der Polizist nun ein. »Die Kapuze, die wir gefunden haben, war weiß.«

»Der Mann marschierte am Ende des Zuges mit, geradewegs vor den Priestern.«

Abbé Ferrant, der sein Glas die ganze Zeit über nicht abgestellt hatte, trank einen Schluck. Dann hustete er und nahm einen weiteren Schluck. War ihm etwas in die Kehle geraten?

»Sie meinen …«, er hüstelte noch einmal, »es hätte tatsächlich einen gegeben, der weiß gekleidet war?«

Jetzt sahen der Gendarm und ich uns an.

»Ja, natürlich«, sagte ich. »Was glauben Sie, wie die weiße Kapuze auf mein Bett gekommen ist? Ich habe diesen Mann mit eigenen Augen gesehen und viele Leute neben mir ebenfalls. Und Sie dürften ihn auch gesehen haben, Monsieur le Curé, denn er schritt – wie gesagt – den acht Priestern voraus, die am Zug teilnahmen. Hinter ihm war Monsieur Gagnepain her. Die Weißen Büßer aus Toulouse, ich habe es doch schon erklärt. Es gab sie dort seit dem Mittelalter, und mein Freund wollte eine Reportage über sie machen.«

»Das mag ja alles sein, Madame, doch hier in Collioure gab es seit Jahren keine Weißen Büßer mehr. Bei keinem Umzug. Nie hab ich eine einzige weiße Kapuze gesehen!«

»Nein, da müssen Sie sich irren«, kam mir Claret zu Hilfe. »Unsere Nachfragen haben ergeben, dass tatsächlich ein Mann beim Umzug dabei war, der ein weißes Büßergewand trug. Bislang konnte mir aber niemand sagen, wer sich darunter verbarg.«

Der Priester schüttelte ein ums andere Mal den Kopf. »Ich bin ratlos. Absolut ratlos. Zwar bin ich für die Logistik zuständig, aber ... Also, tut mir aufrichtig leid, dass ich Ihnen im Augenblick nicht weiterhelfen kann, Madame ...«

Plötzlich klopfte es an der Tür, und ein junger Gendarm trat ein. Er winkte Claret hinaus. Sofort wurde ich unruhig. Sah so ein Überbringer schlechter Nachrichten aus?

Der Priester beobachtete mich aus den Augenwinkeln heraus. Dann rüttelte er ein wenig an seinem fast leeren Glas, seufzte, trank es aus und wickelte sich seinen schwarzen Schal zweimal um den Hals. Als Claret zurückkam, nutzte Abbé Ferrant die Gelegenheit, sich zu verabschieden. Er versprach, sich sofort zu melden, sobald er etwas über den unbekannten Weißen Büßer erfahren würde, und wünschte mir Gottes Segen.

Ich sah in Clarets Augen, dass tatsächlich etwas passiert war.

»Madame«, fing er an, und es war ihm hoch anzurechnen, dass er mich nach dem, was er in der Zwischenzeit erfahren hatte, noch immer anlächelte. »Madame, Sie haben uns nicht die ganze Wahrheit erzählt.«

Meine Hände begannen zu zittern. »Wie meinen Sie das?«

»Nun, Sie haben verschwiegen, dass Ihr Freund vorbestraft ist. Dass er wegen Betruges verurteilt und auch inhaftiert war. Wussten Sie das nicht?«

Ich lachte, aber es fiel etwas verkrampft aus. »Ich wusste,

dass er im Gefängnis war, aber nicht weswegen … Außerdem ist dies bei einer Vermisstenmeldung nicht relevant.«

»Aber Madame, es kann Ihnen nicht verborgen geblieben sein, dass es sich in diesem Fall um mehr als eine reine Vermisstengeschichte handelt. Die blutige Kapuze, die Schleifspuren, das verschwundene Boot. Und gerade haben wir festgestellt, dass jemand an Ihrem Auto … nun, gewisse Manipulationen vorgenommen hat.«

Ich erschrak. »Manipulationen? Aber der Wagen war doch vollkommen in Ordnung heute Nacht!«

»Sie selbst konnten das nicht erkennen. Mein Kollege ist auch nur wegen eines frischen Ölflecks unter dem Wagen stutzig geworden, der im Nachhinein allerdings gar nichts mit Ihrem Renault zu tun hatte. Kurz: Irgendwer – wohl ein Profi – hat die Sicherungsmutter zum Spurstangenkopf am linken Achsschenkel gelockert. Es wäre nur eine Frage der Zeit gewesen – fünf Kilometer vielleicht oder fünfzig, je nach gefahrener Geschwindigkeit –, dass sie durch die Vibration herausgesprungen wäre. Das linke Rad wäre nicht mehr lenkbar gewesen und Ihr Wagen unweigerlich ins Schleudern geraten. Ich wage nicht, mir auszumalen, Madame, was passiert, wenn so etwas auf einer unserer zahlreichen Alleestraßen geschieht!«

Ich muss Claret derartig entgeistert angestarrt haben, dass er sich sofort entschuldigte.

»Es tut mir leid, wenn ich Sie erschreckt habe … und das Ganze bedeutet natürlich nicht, Madame, dass Monsieur Gagnepain damit zu tun hat, zumal er ja keinen Schlüssel hatte. Dennoch müssen wir realistisch sein. Es handelt sich um einen Anschlag auf Ihr Leben. Der ganze Fall hat nun eine völlig andere Dimension, und ich muss das Kommissariat in Perpignan einschalten.«

Claret schien zu zögern. »Sagen Sie, Madame, hat jemand ein Interesse, Sie umzubringen? Haben Sie Feinde? Sind Sie … Sind Sie vielleicht vermögend?«

Henris kryptische Worte kurz vor unserer Abfahrt fielen mir ein: *Wenn uns etwas passiert, dann …*

Doch was sollte ich Claret erzählen? Die Wahrheit? Zum Beispiel, dass Henri in aller Heimlichkeit den Priester Maury gerade zu dem Zeitpunkt aufgesucht hatte, als dieser urplötzlich starb? Dass er auch den Weißbärtigen traf, um kurz darauf festzustellen, dass der Alte bis zur Unkenntlichkeit aufgedunsen in der Garonne lag? Die Geschichte mit dem toten Hund? Nein, ich wollte nicht, dass Claret das alles miteinander kombinierte. Ich wählte das kleinere Übel.

Der Polizist beobachtete mich.

»Ich habe kürzlich eine beträchtliche Erbschaft gemacht«, sagte ich leise.

Claret warf mir einen bedeutungsvollen Blick zu. »Wer ist die Person, die davon profitieren würde nach … nach Ihrem Ableben? Monsieur Gagnepain?«, fragte er.

Ich atmete tief ein und schüttelte den Kopf. »Nein, Brigadier. Es ist mein Mann, Samuel Feuerbach. Doch er ist selbst vermögend. Wir leben zwar getrennt, dennoch ist ein Verdacht in seine Richtung unhaltbar. Nicht Sam.«

Claret nickte. »Nun gut, es ist zu früh, um zu spekulieren. Auf jeden Fall können Sie ein paar Tage den Wagen nicht benutzen, Madame, tut mir leid.«

»Das geht schon in Ordnung«, sagte ich und stand entschlossen auf. »Wie steht es mit meinem Gepäck?«

»Ich schicke Ihnen heute Abend … so gegen neunzehn Uhr … eine Kollegin. Sie wird Sie in das Zimmer lassen, damit Sie Ihre Sachen holen können. Äh … da ist noch etwas …«

Ich erschrak. Clarets Stimme hatte plötzlich alle Verbindlichkeit verloren. Sie klang sogar lauernd. Wendete er die Columbo-Taktik an? Beunruhigt nahm ich wieder Platz.

»In Toulouse scheint es kurz vor Ihrer Fahrt hierher einen kleinen Zwischenfall gegeben zu haben. Sie und Ihr Freund wurden angetroffen, als Sie … nun«, Claret hob die buschigen Brauen. »Sie sollen mitternächtlich eine Leiter entwendet und mit ihr eine Inschrift oberhalb des Musée des Augustins eingesehen haben? Stimmt das?«

Erleichtert lachte ich auf. »Ich weiß, ich weiß, eine peinliche Angelegenheit, diese Suppe habe ich mir selbst eingebrockt. Wir hatten … also, wir hatten ein Glas zu viel getrunken, und ich bat Henri, dort hinaufzusteigen.«

Ich tischte Claret haarklein dieselbe Geschichte auf wie der Polizei in Toulouse und dachte dabei an Simone de Beauvoir, die einmal gesagt hat: »Die hinterhältigste Lüge ist die Auslassung.«

24

»Es ist Zeit, daß das Ungeheuer des Aberglaubens
an die Kette gelegt wird.«

Voltaire, Philosophisches Wörterbuch

Bahnhof Carcassonne, 21.05 Uhr
Draußen ist es bereits dunkel, als wir Carcassonne, die letzte Station vor Toulouse, erreichen. Die mittelalterliche Cité auf dem Berg, mit ihren unzähligen schieferbedeckten und zinnenbewehrten Türmen ist romantisch beleuchtet und ragt weit über die neue Stadt hinaus. Sooft man Carcassonne zu Gesicht bekommt, glaubt man, ein geheimnisvolles Märchenbuch aufzuschlagen. Auch die Kinder staunen und drücken sich die Nase platt an der Fensterscheibe. Die junge Mutter erzählt ihnen die Geschichte von einer guten Fee, die dort einst gelebt hat.

Nach all dem, was mir widerfahren ist, habe ich Angst davor, in mein Haus zurückzukehren. Aller Mut hat mich verlassen, so kurz vor Toulouse.

Wo ist meine gute Fee?

Nachdem Claret endlich gegangen war, bestellte ich mir bei Marjorie eine Omelette und einen Kaffee. Ich zwang mich zu essen. Doch bald glaubte ich zu ersticken, wenn ich noch länger im Hotel bliebe. Ich nahm meine Jacke und lief ins Freie.

Die Fahne auf dem Turm des Schlosses knatterte wieder, und es war bitterkalt. Ohne nachzudenken, wohin mich mein Weg führte, schloss ich mich einer Familie an. Die Großmutter trug eine Blumenschale mit gelben Tulpen auf dem Arm und redete ununterbrochen auf ihre Tochter oder Schwiegertochter ein, die sich bei ihr eingehängt hatte. Der ältere und der jüngere Mann, beide die Arme auf dem Rücken verschränkt, gingen voraus, und die drei Kinder stritten sich darum, den Hund an der Leine führen zu dürfen.

So landete ich auf dem Friedhof.

Ich liebe die einsamen französischen *Cimetières*, wenn dort auch statt frischer oft Porzellan- oder Plastikblumen zu finden sind. Mit ihren Zypressen, den schwarzen schmiedeeisernen Kreuzen und steinernen Engeln vermitteln sie mir auf eigentümliche Weise Ruhe und Zuversicht. Jedes Mal ging ich die Gräberreihen entlang, um die Sprüche, Abschieds- und Trostworte zu lesen, die auf Emailleplaketten oder hölzernen Tafeln stehen.

An diesem Tag war der Friedhof voller Menschen. Es war ja Ostersamstag. Ich heuchelte Anteilnahme, um nicht aufzufallen, schlich durch sämtliche Abteilungen, entdeckte das Grab des Malers Balbino Giner, wobei ich mich erinnerte, seine Büste im *Les Templiers* gesehen zu haben, und blieb dann lange vor dem Grab einer mir völlig Unbekannten stehen, die wie ich einen deutschen Namen trug, aber französische Wurzeln hatte: Elise Sinninger, geborene Vielle. Wieder und wieder las ich den Spruch, den sie offenbar noch zu ihren Lebzeiten verfasst hatte: *Je suis revenue dans mon Collioure adoré. Je repose avec les miens, et je t'attend mon amour à bientôt. Élise.*

Eine schönere Liebeserklärung an die Stadt und eine größere Hoffnung auf ein baldiges Wiedersehen mit ihrem Geliebten konnte es kaum geben. Wieder kamen mir die Tränen. Doch das war in Ordnung. Auf einem Friedhof fragt keiner, warum man weint.

Würde *ich* Henri wiedersehen? Was war nur geschehen? Warum nur hatte ich nicht darauf bestanden, dass Henri mir den Grund für seine Gefängnisstrafe erzählte!

Ich starrte mit nassen Augen ins Leere. Plötzlich konnte ich nicht mehr an mich halten. Ein bitterer Geschmack stieg vom Magen in meinen Mund. Ich lief zum Friedhofstor hinaus und schaffte es gerade noch hinter eine Hecke, um mich zu übergeben.

Brigadier Claret betrachtete es wohl als selbstverständlich, dass ich in Collioure blieb, solange mein Wagen beschlagnahmt und das Verschwinden von Henri nicht geklärt war, denn durch die junge Polizistin, die mich am Abend aufsuchte, ließ er mir nur ausrichten, dass ich mich gedulden solle, man habe leider noch immer nichts Neues erfahren.

Als ich unter polizeilicher Aufsicht meine Sachen packte, um sie in das andere Zimmer zu bringen, rebellierte etwas in mir. Ich hasse Gewalt in jeder Form und ich hasse es beinahe ebenso, wenn man mir die Freiheit beschneidet. Wenn Henri bis morgen nicht wieder hier wäre, nahm ich mir vor, würde ich mit dem Zug nach Toulouse fahren, um dort nach ihm zu suchen und um Voltaires Schriften in Sicherheit zu bringen. Leichtsinnigerweise hatte ich die Kassette, weil sie für das Geheimfach im Sekretär zu groß war, in meinen Schlafzimmerschrank gesperrt. Jetzt bereute ich es, die Dokumente nicht herausgenommen zu haben. Offenbar hatte jemand nicht gewollt, dass ich zurück nach Toulouse fuhr, und vorsichtshalber mein Auto unbrauchbar gemacht. Für einen kurzen Augenblick kam mir ein leiser Verdacht. War dieser »jemand« vielleicht Sokrates, Henris Freund, der in alles eingeweiht war?

Eines stand fest: Sokrates musste ein Verrückter sein. Wie lautete dieser Spruch, den Henri zitiert hatte, bevor er spurlos verschwand? »Wie der Hase läuft, wo der Pfeffer wächst, ist ganz allein die Sache des Fuchses …«

Die Sache des Fuchses? Sah sich Sokrates als der oberschlaue, listige und verschlagene Reineke? War er der Drahtzieher im Hintergrund, der Henri an seinen Fäden tanzen ließ? Der ihm diese unglaublich dumme Nephilim-Story aufgebunden hatte? Der vielleicht selbst den Priester Maury ermordet und Henri noch einmal in sein Haus geschickt hatte, wohl wissend, dass dort ein Toter lag?

Seltsam, wie schnell das eigene juristische Gerüst wackelt, wenn man selbst Betroffene in einem Kriminalfall und voller Zweifel ist. Man reagiert wie die Schneiderin oder die Putzfrau, die sich um ihr verschwundenes Kind sorgt, in ihrer Angst Rundumschläge verteilt und dabei Gott und die Welt verdächtigt. Dennoch, vielleicht würde ich ja Sokrates' Adresse in Henris Wohnung finden – oder zumindest Unterlagen über das, was die beiden ständig beschäftigte.

Ja, mein Entschluss, nach Hause zu fahren, war absolut richtig. Wenn die Polizei erst in Toulouse aktiv wurde, bestand für mich keine Möglichkeit mehr, unauffällig mit Henris »Freund« in Verbindung zu treten, geschweige denn Voltaires Abhandlungen in Sicherheit zu bringen.

Nach einer weiteren qualvollen Nacht hinterließ ich am Ostermorgen bei Madame Marjorie einige Zeilen für Claret, damit er nicht sofort seine Spürtruppe auf mich hetzte. Dringende berufliche Gründe hätten mich kurzfristig nach Toulouse gerufen, ich wäre per Handy aber jederzeit erreichbar, falls es Neuigkeiten gäbe, und käme spätestens in drei Tagen zurück, um mein Auto zu holen – höchstwahrscheinlich aber schon am Montagabend. Dass die Polizei mich rund um die Uhr beobachten ließ, schloss ich aus. So viel Courage oder Initiative, mich auf und davon zu machen, traute man mir wohl nicht zu. Vorsichtshalber nutzte ich aber das feierliche Ostertreiben unter einem höhnisch blauen Himmel und schlenderte auf dem Weg zum Bahnhof ganz gemächlich wie eine Touristin durch sämtliche Budenreihen des großen Marktes, den man frühmorgens auf dem Place du Maréchal Leclerc aufgebaut hatte. Hier, mitten im Gewühl, würde man mir schwerlich folgen können.

Im Waggon schaltete ich sofort mein Handy aus, obwohl ich kurz daran dachte, dass mich dann weder Claret noch Henri erreichen konnten.

Henri … Henri … Henri … Im monotonen Rhythmus der Räder wiederholte ich ständig diesen Namen, der mir bald zur Bürde werden sollte. Ich bin keine Schwarzseherin, weiß Gott nicht. Dennoch lief an diesem Tag ein irrsinniger Film nach dem anderen vor meinen Augen ab. Ich sah Henri, wie er sich gegen die Wucht der Explosion schützte, um kurz darauf – ausgemergelt und einsam – im Gefängnis zu sitzen, wohin ihn nur ein Justizirrtum gebracht haben konnte. Dann erschien er mir im Streit mit Sokrates, der sich als Büßer verkleidet hatte, um ihn zu provozieren. (Er wusste als Einziger, dass wir nach Collioure gefahren waren!) Und schließlich – noch nicht genug der höllischen Verruchtheit – sah ich die beiden, wie sie sich (wieder versöhnt, aber blutverschmiert!) in den Armen lagen und dann den Plan fassten, die Voltaire-Denkschriften zu Geld zu machen und mit dem Boot abzuhauen, um jede Spur zu verwischen.

Eine boshafte Stimme flüsterte mir zu: Henri hat genügend Euros einstecken, um in jedes nur denkbare Land zu fahren, wo es reiche und fanatische Sammler gibt, die niemals über die Herkunft ihrer unrechtmäßig erworbenen Schätze reden ... Doch halt! Zuvor musste die naive deutsche Anwältin Sandrine Feuerbach daran gehindert werden, mit dem Auto nach Toulouse zu fahren, damit man in aller Ruhe ... Herrgott ja, das war die Schwachstelle des Ganzen. Die Kassette! Dann der Renault und die Lenkung ... Schloss Sokrates' »Universalbegabung« auch ein Zertifikat als Automechaniker ein? Und hatte er den toten Hund auf dem Gewissen?

Rastlos lief ich im Gang des Zuges auf und ab. Die Sitzplätze waren alle besetzt.

Um mich abzulenken und weil ich auf den Anschlusszug mehr als zwei Stunden warten musste, kaufte ich mir in der Bahnhofsbuchhandlung in Perpignan zwei Bücher über die Hugenotten. Wenn schon meine Vorfahren diesem Glauben angehangen hatten, so war es nicht mehr als recht und billig, dass ich mich ebenfalls damit befasste. Vielleicht konnte ich danach die Familie Calas, *meine* Familie, und das, was ihr widerfahren war, besser verstehen.

Es wäre gescheiter gewesen, ich hätte mir einen Krimi besorgt, denn ich war auch im Zug nach Toulouse so durcheinander, überreizt und gestresst, dass ich jeden Abschnitt des ersten Kapitels dreimal lesen musste, um ihn auch nur einigermaßen zu verstehen.

... Haben Sie, verehrter Leser, dieses Buch gekauft, um sich zu bilden? Möchten Sie genauer wissen, warum Ihre Vorfahren Frankreich verlassen haben? Oder sind Sie Student und suchen einen Einstieg in die Geschichte der Hugenotten?

Der Autor vertrat die Ansicht, dass die gesamte Tragödie der Französischen Revolution durch eine winzige Kleinigkeit hätte vermieden werden können: Jeder Reformierte hätte doch nur zu sagen brauchen: »Ich bleibe katholisch.« Aber gerade hier lag das Problem, mit dem übrigens auch schon die Katharer zu kämpfen hatten, diese »Kleinigkeit«, die Freiheit ihres Glaubens und die reine Christenlehre, war für die Reformierten von grundlegender Bedeutung. Nur deshalb zogen sie sich in die Wälder und in die »Wüste der Cevennen« zurück, um dort ungestört auf Französisch statt auf Latein beten und singen zu können, wobei die hölzernen Kanzeln im Handumdrehen in Getreidetonnen umgewandelt wurden, wenn Gefahr im Verzug war. Nur deshalb flüchteten sie, als sie sich nicht mehr verstecken konnten, ins Exil nach Hessen, Preußen, Holland oder Schweden.

Ich las einen kurzen Abschnitt über die junge Marie Durand, die 1730 als Fünfzehnjährige ihres Glaubens wegen in den sicherlich nicht sehr hygienischen Kerker von Aigues-Mortes geworfen wurde, wo sie mit neun weiteren Glaubensgenossinnen siebenunddreißig lange Jahre ausharrte. Siebenunddreißig Jahre!

Irgendwann – ich glaube, es ging schon auf Toulouse zu – kam ich zum Jahr 1762 und zum »Fall Calas«. Eine Passage bestärkte meine Vermutung über manch wirre und widersprüchliche Aussage, die damals gemacht wurde: *... Bald zog das Parlament den Fall an sich. Es erklärte zunächst das Verfahren der Capitouls für ungültig, das in jeder Hinsicht fehlerhaft war, aber die Vorurteile wirkten fort. Alle Eiferer wollten ihre Aussage machen: Einer hatte in der Dunkelheit durchs Schlüsselloch Männer weglaufen sehen; ein anderer hatte im Inneren eines Hauses am anderen Ende der Straße Calas' Stimme gehört, wie er sich beklagte, er sei erdrosselt worden. Ein Mann* *namens Matéi sagte aus, seine Frau habe ihm gesagt, dass ein gewisser Mandrille ihr gesagt habe, eine Unbekannte habe gesagt, sie habe die Schreie von Marc-Antoine Calas am anderen Ende der Stadt gehört.*

Na also, dachte ich, nicht unzufrieden. Das *Monitoire*.

Doch wer waren die Männer, die jemand hatte weglaufen sehen? Die Weißen Büßer?

Erneut kämpfte ich mit den Tränen. Wenn diese Fanatiker in ihrem Religionswahn gegen die Hugenotten tatsächlich die Ursache zum Ruin meiner Familie waren, so verdienten sie gewiss – wie auch Voltaire meinte –, ihre Schuld als wahre Reuige abbüßen zu müssen. Und wenn sie wirklich die Schuld daran trugen, dass Henri nicht mehr lebte, so würde *ich* mich ebenfalls schuldig fühlen und bis ans Ende meines Lebens keine ruhige Minute mehr haben, weil ich ihn da hineingezogen hatte.

Es dämmerte bereits, als ich am frühen Abend des Ostersonntages in der Rue de la Dalbade aus dem Taxi stieg. Schon auf der Fahrt hatte mich ein ungutes Gefühl beschlichen. Während der Fahrer meine Tasche aus dem Kofferraum holte, warf ich einen vorsichtigen Blick auf mein Haus. Die Straßenlaterne beleuchtete die Fenster der zweiten Etage, und es war zu lächerlich, dass es mir wieder durch den Kopf ging, dass diese geputzt werden mussten.

Im Haus selbst war alles dunkel. Kein Lichtschein drang aus den Fenstern. Ja, es war enttäuschend dunkel. Ich gebe es zu, ich hatte die aberwitzige Hoffnung gehabt, Henri würde hier sein und an seinem Artikel schreiben. Ganz so, als wäre nichts geschehen.

Das Taxi fuhr weiter. Ich schloss die Haustür auf, knipste das Licht im Treppenhaus an und … hielt inne. Was war das? Irgendein Geräusch …

Ein leiser Aufprall, als wenn eine Katze von einer Kommode auf das Parkett gesprungen wäre. Wo kam das her? Ich ließ die Haustür offen, stellte vorsichtig meine Tasche ab und schlich die fünf Stufen hinauf zur Salontür, wo ich zu meinem Schrecken feststellen musste – und es handelte sich keineswegs um eines der üblichen *Déjà-vu*-Erlebnisse –, dass diese Tür wie die im Hotel ein Stück offenstand.

Ich hielt inne. Mein Herz schlug mir bis zum Hals. Ich wusste genau, dass ich zweimal den Schlüssel herumgedreht und ihn dann abgezogen hatte, bevor wir losgefahren waren. Doch Henri war noch einmal ins Haus gelaufen. War er auch in meiner Wohnung gewesen und hatte vergessen abzuschließen? Er besaß die Zweitschlüssel. Mein Gott, dachte ich, vielleicht ist er doch hier und versteckt sich vor der Polizei? Aber ergab das einen Sinn? Wenn er den Weißen Büßer verletzt oder gar getötet hatte, musste er doch damit rechnen, dass die Polizei ihn auch in Toulouse suchte. Oder bildete er sich ein, dass er mit dem Entwenden des Fischerbootes die Gendarmen von seiner eigenen Entführung überzeugt hatte?

In meinem Kopf begann es zu hämmern, meine Hände waren schweißfeucht. Was sollte ich jetzt tun? Die Angst, dass mich etwas Schlimmes in meiner Wohnung erwartete, ließ mich erstarren, denn das, was mir die Vernunft eingab, nämlich sofort zu fliehen und die Polizei zu rufen, konnte ich ebenfalls nicht tun. Damit hätte ich vielleicht Henri ans Messer geliefert.

Das Licht ging aus, es war mit einer Zeituhr geschaltet, und ich zitterte vor Angst und blieb weiter unbeweglich im Dunkeln stehen …

Da hörte ich leise Schritte. Das Letzte, an das ich mich erinnere, war der Schein einer Taschenlampe, der mich blendete. Für einen kurzen Moment bildete ich mir ein, einen Priester vor mir zu haben, was wohl eine Täuschung war, denn alle Einbrecher kleiden sich dunkel, und in der Nacht sind alle Katzen schwarz.

Ich schrie so laut ich konnte. Dann fühlte ich, wie mein Kopf zersprang. Ein schwarzer Schleier hüllte mich ein wie ein endloser Traum.

Teil 2

DAS SEJANISCHE PFERD

25

»Je genauer man diese Welt betrachtet, desto mehr Widersprüche und Inkonsequenzen entdeckt man in ihr.«
Voltaire, Philosophisches Wörterbuch

Pünktlich um 21.40 Uhr fuhr der TGV am 14. Februar 2005 in den Toulouser Bahnhof Matabiau ein. Ich verabschiedete mich von der Familie aus Cordes.

In der Gegenwart angelangt, packte ich mein Notizheft in die Tasche.

Das Stimmengewirr, das mir auf dem Bahnsteig entgegenschlug, machte mich augenblicklich nervös. Ich sah mich um, wie man das auf Bahnhöfen so tut, gleich, ob man nun erwartet wird oder nicht. Es roch tatsächlich nach Frühling hier in der Halle, nach einem Toulouser Frühling, rosa und mild, in dem aber bereits das Versprechen mittäglicher Hitze lag.

Durch mein Zögern mussten die Leute um mich herumlaufen. Unentschlossen sah ich den hastenden Menschen hinterher, die schwer bepackt in alle Richtungen strömten, während blechern und verzerrt klingende Durchsagen auf mich eindrangen.

Noch ehe ich den Ausgang erreicht hatte, fühlte ich mich erschöpft. Ich schwitzte und begann zu zittern. Mutlos ließ ich die Tasche zu Boden sinken. Hatte ich das Sanatorium doch zu früh verlassen?

Da blickte ich in ein paar spöttisch lächelnde graublaue Augen. Ich schrie auf, ein Schrei, der alles beinhaltete, was einen in einem solchen Augenblick bewegt: Wiedersehensfreude, Dankbarkeit und übergroße Erleichterung. Meine Fee war gekommen, mich abzuholen!

Der große Koffer fiel mit einem Scheppern um. Ich lachte, weinte, ja schluchzte mir vor allen Leuten ringsumher meine Last von der Seele. Steffi wiegte mich hin und her wie eine

Mutter ihr wiedergefundenes Kind. Wir erregten wohl einiges Aufsehen.

Endlich war ich wieder in der Lage, klar zu denken, aber ich konnte noch immer nicht glauben, dass sie hier war. Doch sie stand leibhaftig vor mir. Eine wahre Freundin eben …

Steffi gehörte zu den wenigen Frauen auf dieser Welt, die, trotz einiger Kilos zu viel, zu jeder Stunde einfach gut aussahen. Was immer sie trug, ob Jeans oder Abendkleid – es stand ihr. Weder sie selbst noch andere störten sich deshalb an dem kleinen Doppelkinn oder dem etwas zu ausladend geratenen Hinterteil. Sie joggte regelmäßig, spielte Golf – und strotzte vor Gesundheit, Selbstbewusstsein und fränkischem Humor.

»Woher wusstest du …«

»Na, sag mal, hältst du mich für *blond*? Diese graue Maus, die an der Rezeption deines Sanatoriums saß und heimlich Pornos las, hatte von mir den strikten Befehl, mich auf der Stelle anzurufen, wenn du deine Rechnung bezahlst. Als du noch dabei warst, deine Siebensachen zu packen, stand ich bereits in den Startlöchern, obendrein hab ich vor einer Woche meinen Theo nach China geschickt.«

»Nach Schanghai?«

»Ja, ich hatte sowieso keine Lust, ihn zu begleiten.«

»Jetzt bin ich sprachlos.«

»Das ist ja ganz was Neues, Frau Advokatin! Deinen Stolz und deinen Dickschädel hast du aber behalten. Ein Wort, und ich hätte dich mit dem Wagen abgeholt, dann wären wir in aller Ruhe nach Toulouse gegondelt!«

Ich nickte. »Du hast ja recht, ich hätte dir Bescheid sagen sollen.«

»Also, Chérie, lass uns gehen, oder gedenkst du auf dem Bahnsteig zu übernachten?«

»Fahren wir … in die Rue de la Dalbade?«, fragte ich ein wenig zögernd.

Steffi zog die Brauen hoch. »Wir? Du hast die falsche Frage gestellt. Willst *du* dorthin?«

Ich schüttelte den Kopf. »Nicht gerade heute …«

»Gut, *pas de probleme* – oder wie der Deutsche sagt: *no problem*!« Steffi lachte glucksend über ihren alten Witz. »Gehen wir ins *Orsay*, es liegt gleich gegenüber. Mein Wagen steht dort. Nürnberger Bratwürste hab ich allerdings keine im Gepäck, aber deinen Kleinlein und noch einiges, woran dein Herz so hängt …«

Wir blieben die halbe Nacht wach, nachdem wir uns ein getrüffeltes *Poulet à la crème* aufs Zimmer hatten bringen lassen, dazu gleich zwei Flaschen Champagner, weil Steffi zwinkernd meinte, sie wäre schier am Verdursten.

Nach dem Essen fasste ich mir ein Herz und erzählte ihr die ganze Geschichte. Bei ihren Besuchen in der Schweiz hatte ich ihr jedes Mal eine etwas andere Version der Geschehnisse aufgetischt, doch nun gab es kein Ausweichen mehr. Steffi hatte mein Vertrauen, und wer, wenn nicht sie, hätte es verdient, die Wahrheit zu erfahren. Dr. Amberg wäre stolz auf mich gewesen.

»Allmächt'«, meinte sie auf ihre Nürnberger Art, als ich geendet hatte und die zweite Flasche Champagner leer war. »Wo bist du da nur hineingetappt, Frau Anwalt? Größer könnte der Misthaufen nicht sein, Erbschaft hin, Erbschaft her.«

»Ich muss vor allem das Seja … Sejanische Pferd vernichten!« Der Alkohol war schuld daran, dass meine Zunge so schwer war. Gegessen hatte ich nicht allzu viel, aber auch keine Tabletten mehr geschluckt, worauf *ich* nicht wenig stolz war, Herr Dr. Amberg …

Ich zupfte an meinen Haaren und rieb über die Narbe, weil sie wieder spannte.

»Ja, ja, natürlich, Chérie«, beruhigte mich Steffi, »wir werden diesen Gaul schon kriegen. Doch nicht jetzt nach all dem Schampus, und auch nicht gleich morgen früh. Wir müssen einen ordentlichen Schlachtplan aufstellen. Lass uns erst mal ausschlafen und dann gut frühstücken. Du weißt, mit hungrigem Magen kann ich nicht denken, und später überlegen wir gemeinsam, was wir machen.«

»Meinst du … man hat mich verfolgt? Vom Bahnhof bis hierher ins Hotel? Dieser Priester im Zug vielleicht …«

»Ich denke, der ist in Lyon ausgestiegen? Und wenn schon, heute Nacht werden dir die Schwarzkittel ganz bestimmt nichts tun.«

»Die Schwarzkittel? So nennt man Wildschweine!«

»Sag ich doch! Also, die Tür ist abgeschlossen, und das Telefon steht in Reichweite. Und morgen … nun, wir werden die Augen offen halten. Außerdem kann ich heilige Männer zehn Meilen gegen den Wind wittern. Also, beruhige dich und schlaf endlich!«

Es war schon fast elf Uhr, als ich erwachte und mit einem leichten Brummschädel aus dem Bett stieg. Ich trat zum Fenster und sah hinunter auf den Canal du Midi. Der Wind strich über die noch immer mageren Bäume, die das Ufer säumten. Wie jeden Morgen seit fast einem Jahr dachte ich an Henri. Manchmal begriff ich erst nach dem Aufwachen, dass er nicht mehr an meiner Seite lag.

»Hör zu, ich hab nachgedacht«, sagte plötzlich meine Freundin, die in ihrem eleganten Seidennachthemd fast lautlos neben mich getreten war. Ihre strubbeligen kupferbraunen Haare standen, wie so oft, verwegen zu Berge. Sie legte ihren Arm um meine Schulter. »Bevor du dich heute bei der Polizei zurückmeldest, fahren wir erst einmal in deine Wohnung, um nach dem Pferd mit dem unaussprechlichen Namen zu sehen. Jetzt, am Morgen, am helllichten Tag, wird uns dort niemand auflauern.«

»Du meinst, wir gehen ganz allein dorthin?«

»Na gut, Plan zwo: Wie sieht es mit männlicher Begleitung aus? Ich denke da an deinen alten Freund Marceau, diesen Gynäkologen? Könnte er vielleicht mitkommen?«

Ich zuckte mit den Schultern. Marceau war mein Lebensretter. Er hatte damals meinen Schrei gehört, war sofort herübergelaufen, wobei er eine dunkle, hochgewachsene Gestalt vom Haus weglaufen sah. Dann hatte er mich versorgt, bis der Notarzt eintraf, und natürlich auch die Polizei gerufen. Als ich nach vier Wochen aus dem Koma erwacht war, kümmerte er sich zusammen mit der alten Marie, Charlottes Dienstmädchen, um mich. Er schickte mir Blumen in die Klinik, Bücher oder Konfekt von *Maître Olivier* und besuchte mich alle paar Tage. Zwei- oder dreimal brachte er mir sogar die Post, wenn Marie, die nur ab und an nach Toulouse fuhr, keine Zeit dazu hatte.

»Ehrlich, Sandrine«, hatte er bei einem dieser Besuche gesagt, »es ist furchtbar, was dir passiert ist, nur … Henri war schon immer schwierig. Erinnere dich, an jeder Schandtat war er beteiligt, schon als Junge. Dennoch, ich kann mir wirklich nicht vorstellen, dass er dich niedergeschlagen hat. Wenn, dann muss es ein Versehen gewesen sein, ganz bestimmt! Kannst du dich denn an überhaupt nichts erinnern? Mir kam die Person relativ groß vor, die ich sah …«

»Ich weiß es nicht«, hatte ich geflüstert. »Wenn ich nur den Schimmer einer Ahnung hätte, wäre ich heilfroh. Dass du jedoch in einer Art über Henri sprichst, als wäre er der Täter oder gar tot, finde ich nicht schön.«

»So hab ich das doch nicht gemeint, Sandrine«, hatte er begütigend gesagt und meinen Arm getätschelt. »Das weißt du doch. Ich hab im Grunde nichts gegen Henri. Im Augenblick allerdings wünsche ich mir, dass *du* bald wieder auf die Beine kommst. Ich mochte dich ja schon immer, meine ganze Familie schätzt dich außerordentlich.«

»Deine ganze Familie? Dein Vater kann mich ganz bestimmt nicht mehr leiden. Und deine Frau? Was ist eigentlich mit ihr? Nie erzählst du etwas über sie.«

Marceau schwieg lange. Dann sagte er fast tonlos: »Wir haben uns ebenfalls getrennt. Sie ist schon ein paarmal davongelaufen. Sophie – unsere Tochter – lebt jetzt bei ihr. Das ist auch der Grund, weshalb ich dich nie nach Hause einlud. Es war mir irgendwie peinlich. Außerdem hätte ich dann wohl auch Henri … äh, einladen müssen, nicht wahr?«

Ich war betroffen von seiner Beichte, hatte allerdings insgeheim ein gewisses Verständnis für Marceaus Frau. Mit dem alten Serralongues unter einem Dach hätte ich es auch nicht lange ausgehalten.

Ich ließ es klingeln und klingeln in der Arztpraxis, endlich nahm jemand ab, und eine gehetzt wirkende Sprechstundenhilfe erklärte auf meine Frage, dass Monsieur le Docteur zu einer Hausgeburt gerufen und vor dem späten Nachmittag nicht zu erreichen wäre. Ob ich den Herrn Senior zu sprechen wünschte ...

»Na gut«, meinte Steffi, als ich aufgelegt hatte, »du hast recht, den alten Besserwisser müssen wir uns wirklich nicht antun. Plan drei also: Nach dem Frühstück gehen wir einkaufen, dann fahren wir zur Polizei und fragen, ob es was Neues gibt in deinem Fall, und bitten um Polizeischutz für den ersten Besuch in deinem Haus. Was hältst du davon?«

»Und, wenn sie mich wieder ausfragen?« Alles hätte ich heute lieber getan, als eine unangenehme Vernehmung über mich ergehen zu lassen, denn darauf würde es hinauslaufen, das ahnte ich bereits.

»Bist *du* Anwältin oder ich? Kram die Geschichte aus deinem Gedächtnis hervor, die du diesem Brigadier in Collioure aufgetischt hast oder dem, der dich in der Klinik befragt hat. Ich würde bei einer Version bleiben, Sandrine, eisern! Nichts daran ist gelogen, du sagst nur nicht die ganze Wahrheit. Und ehrlich, alles, was du mir gestern versucht hast zu erklären, klingt so total verrückt, dass dir vielleicht ein naives Nürnberger Christkindl Glauben schenkt, aber niemals der Kriminalkommissar Rives aus Toulouse! So heißt der doch, oder?«

Steffi hatte recht. Mit diesen absurden Geschichten à la Sokrates konnte ich der Polizei wirklich nicht kommen, wenn ich nicht wieder in eine Klinik eingeliefert werden wollte. »Und Voltaires Schriften, das Sejanische Pferd?«

Steffi lachte auf. »Darüber erst recht kein Wort! Merkst du, Chérie, was du da angerichtet hast? Ein ganzes Jahr schleppst du nun dieses Geheimnis mit dir herum und weißt noch immer nicht, ob die Kassette in deinem Schrank ist oder nicht. Warum hast du mir nicht vertraut? Ich hätte nachgesehen, mit polizeilicher Begleitung oder ohne. Also, mach dir keine Sorgen. Wir werden das Pferd noch früh genug satteln.« Sie kicherte. »Ich hoffe, es stellt sich nicht als störrischer Esel heraus!«

Zum Boulevard de l'Embouchure 29, wo das *Hôtel de Police* lag, war es nicht weit. Ich hatte bislang nur die *Gendarmerie nationale* in der Avenue Jean Rieux gekannt, wo ich vor Jahren meine aufsässige Tante Charlotte abgeholt hatte.

Kommissar Rives – ein hagerer, grauhaariger Mann mit einem großen Muttermal rechts über der Oberlippe, das mich an irgendjemanden erinnerte –, erwies sich als wortkarg und zurückhaltend. Es gäbe keine neuen Erkenntnisse, meinte er.

Auf meinen Einwand, dass ich hoffte, alles sei nur eine Verkettung merkwürdiger Ereignisse (zugegeben: ein neuerlicher Anlauf, den Kopf in den Sand zu stecken), bedachte er mich mit einem ärgerlichen Blick.

»Es sind Straftaten begangen worden, Madame. Denken Sie an das, was Ihnen hier in Toulouse zugestoßen ist, und an die Manipulation an ihrem Wagen. Obendrein ist Ihr Freund, Monsieur Gagnepain, seit dieser Zeit spurlos verschwunden. Das muss seinen Grund haben.«

»Wie ist die Sache mit dem Fischerboot ausgegangen? Wurde es gefunden?«

Rives begann, in einem Aktenordner zu blättern. »Ja, der Kutter ist wieder da«, sagte er zögernd. »Man fand ihn am Cap Béar, an einer unwegsamen Stelle, die nicht leicht eingesehen werden kann. Er war leer. Am Steuer befanden sich die Fingerabdrücke Ihres Freundes sowie eine geringe Menge Blut seiner Blutgruppe … die uns ja bekannt ist, Madame.«

»Nur *seine* Blutgruppe? Als Sie mir im Krankenhaus mitteilten, dass das Blut auf der Kapuze *nicht* von Monsieur Gagnepain stammt, gingen Sie davon aus, dass nur der Büßer verletzt worden war. Nun höre ich von Ihnen, dass es offenbar zwei Verletzte gab. Das ändert alles. Wie steht es mit weiteren Fingerabdrücken auf dem Boot?«

»Es waren zu viele, der Fischer nahm oft Touristen mit hinaus aufs Meer. Wir konnten nur noch seine und die seines Helfers identifizieren.«

Ich hörte eigentlich schon gar nicht mehr zu, denn ich freute mich unsäglich. Ein Lebenszeichen, ein winziges Stückchen Hoffnung. Henri *war* auf dem Boot gewesen.

»Wie weit ist eigentlich dieses Cap von Collioure entfernt?«, fragte Steffi.

Der Kommissar stand auf und trat an die große Landkarte hinter seinem Schreibtisch. »Schauen Sie, Mesdames, hier ist Collioure, da Port-Vendres und ungefähr drei Kilometer weiter das Cap Béar. Dort oben, auf einem Berg, befindet sich ein Fort gleichen Namens. Es liegt in einem militärischen Sperrgebiet. Hm ...«

»Was bedeutet das, Monsieur?«

»Vielleicht bedeutet es Flucht, Madame«, sagte er leise und mit einem kurzen Seitenblick zu mir.

»Flucht?«

»Nun, wenn Ihr Freund es geschafft hat, zu Fuß dieses bewachte Gelände zu durchqueren, was ich mir nicht allzu leicht vorstellen kann, so ...« – er steckte mit Nachdruck eine Nadel mit rotem Kopf in das Militärlager hinein –, »also wenn er es tatsächlich geschafft hat, nach Port-Vendres zu gelangen, zum großen Hafen, dann versteckt er sich heute vielleicht auf Mallorca, auf den Kanaren oder sonst wo.«

»Er versteckt sich?« Ich war empört. »Was wollen Sie damit andeuten? Weshalb sollte er sich verbergen? Niemand hat bislang Monsieur Gagnepain einer Straftat bezichtigt, oder? Dass *er* das Boot stahl, ist ebenfalls nicht bewiesen. Und vergessen Sie nicht: Das Boot verschwand zwei Tage *vor* dem Anschlag auf mich. Ist Henri tatsächlich von Port-Vendres aus ins Ausland geflüchtet, kann er mich in Toulouse nicht niedergeschlagen haben. Was also wirft man ihm vor, außer dass er nicht auffindbar ist?«

Rives sollte endlich mit seinem Verdacht herausrücken. Außerdem interessierte mich brennend, ob die Polizei von der Affäre Calas wusste. Schließlich war Henris Wohnung gründlich durchsucht worden, man hätte seine Notizen finden müssen, es sei denn, sie hatten sich in dem verschwundenen Umschlag befunden oder der Einbrecher hatte sie mitgenommen.

»Nun, vielleicht hat Monsieur Gagnepain in Collioure eine uns noch unbekannte Straftat begangen, worauf, zugegeben, bislang nur die blutige Kapuze hindeutet. Dann sind da die beiden ungeklärten Anschläge auf Ihr Leben. Eine weitere Möglichkeit ist, dass Henri Gagnepain nur glaubt, eine Straftat begangen zu haben, und deswegen geflüchtet ist. Allerdings – und da gebe ich Ihnen recht – scheidet er dann in Ihrem Fall als Verdächtiger aus.«

»Das ist logisch«, sagte Steffi, und ihre Stimme klang zufrieden. »Man sollte vielleicht mal überprüfen, welche Schiffe an Ostern oder den Tagen danach in diesem Hafen ausliefen und wohin sie fuhren, aber das hat die Polizei bestimmt bereits getan?«

Rives schwieg. Offenbar hatte man es versäumt. Dann stand er auf und erklärte müde: »Wir werden unsere Recherchen mit Nachdruck wieder aufnehmen, sobald uns neue Erkenntnisse vorliegen.«

»Aber Monsieur le Commissaire, es ist fast ein Jahr vergangen! Niemand wird sich mehr in Port-Vendres an Henri Gagnepain erinnern«, gab ich zu bedenken.

»Madame, wir treten nicht zuletzt Ihretwegen auf der Stelle«, sagte der Kommissar mit einer gewissen Schärfe. »Das ist kein Vorwurf, Sie waren krank. Doch Sie müssen uns endlich sagen, ob Ihnen in Ihrem Haus etwas abhandengekommen ist oder nicht. Vermissen Sie etwas?«

»Aber die ehemalige Haushälterin meiner Tante hat sich doch im Beisein der Polizei in sämtlichen Räumen umgesehen«, entgegnete ich ausweichend. »Es gab ein Protokoll ...«

»Nach vorsichtiger Aussage von ...«, wieder blätterte er in

der Akte, »von Marie Servel waren offenbar alle wertvollen Gegenstände noch da, Bilder, Teppiche, Möbel. Ach, übrigens – Ihre Schmuckstücke befinden sich in der Asservatenkammer. Wir fanden das sicherer so. Warten Sie …«

Rives zog ein Fach in seinem Schreibtisch auf. »Hier, wenn Sie dieses Formular ausfüllen, bekommen Sie sie sofort ausgehändigt. Aber schauen Sie sich bitte gründlich um in Ihrem Haus. Einer meiner Kollegen wird Sie begleiten und Ihre Angaben protokollieren. Die neuen Hausschlüssel haben Sie?«

Ich nickte. »Ja, nach dem Austausch des Schlosses hat man sie mir in die Klinik gebracht.«

So kam es, dass uns, nachdem wir den Schmuck abgeholt hatten, ein blutjunger, schüchtern wirkender Gendarm folgte, der größte Mühe hatte, Steffi ohne Blaulicht auf den Fersen zu bleiben. Meine Freundin besitzt unzählige gute Eigenschaften, doch sie fährt noch rasanter als Henri. Ein einziges Mal hatte sich Sam zu ihr in den Wagen gesetzt, beim Aussteigen war er kreidebleich gewesen und hatte sich geschworen, nie wieder mit ihr zu fahren. Auch eine fremde Stadt wie Toulouse konnte Steffi nicht davon abhalten, auf dem Boulevard Lazare Carnot das Gaspedal ihres Golf GTI kräftig durchzutreten (übrigens auch nicht die Aussicht auf ein Strafmandat wegen überhöhter Geschwindigkeit, schließlich fuhr ja die Polizei höchstpersönlich hinter uns her).

Mit inzwischen wirklich scheußlichen Kopfschmerzen betrat ich nach fast einem Jahr wieder mein Haus. Gleich nach dem Aufschließen rümpfte Steffi die Nase. »Hier stinkt es«, sagte sie. Dann knuffte sie mich in die Seite und deutete auf die Fliesen. »Blut?«

Eingetrocknetes Blut? Tatsächlich, mein Blut. Beinahe wäre ich draufgetreten. Niemand hatte es weggewischt. Marie hatte mir geschrieben, dass die Polizei sie nicht allein ins Haus gelassen hätte. Dementsprechend wüst sah es überall aus. Nur notdürftig hatten die Beamten die herausgerissenen

Schubladen beiseitegestellt. Die Schranktüren standen allesamt weit offen, und es quoll nur so aus ihnen heraus. Fast hätte ich mich vor dem Gendarmen meiner Unordentlichkeit geschämt, obwohl ich nichts dafür konnte.

Ich riss die Fenster auf, während Steffi Kaffee aufsetzte und rigoros all das in eine Abfalltüte stopfte, was sich seit letztem Jahr im Kühlschrank befand. Zum Glück war nichts Unverpacktes darunter gewesen.

Als ich im kleinen Flur rechts neben der Küche meine Reisetasche entdeckte, die ich an jenem Unglückstag aus Collioure mitgebracht hatte, brach ich in Tränen aus.

Obwohl es mich drängte, hinaufzueilen, um nach der Kassette zu sehen, setzte ich mich zu Steffi an den Küchentisch. Meine Freundin hatte mir unterwegs zur Vorsicht geraten. »Rives schaut zwar harmlos aus«, hatte sie gemeint, als sie mit quietschenden Reifen in den Round Point Boulingrin einbog, »aber er ist clever. Gut möglich, dass er dem Sonnyboy, der da hinter uns her rast wie ein Irrer, den Auftrag erteilt hat, auf jedes deiner Worte zu achten. Also zeig dich nicht ungeduldig, sondern biete dem süßen Kerl erst mal einen Kaffee an.«

Der Polizist mochte keinen Kaffee, dafür war er mehr als gründlich. Es dauerte lange, bis wir im Untergeschoss alles gesichtet hatten, aber ich konnte beim besten Willen nicht beschwören, dass nichts fehlte. (Weil man geerbte Gegenstände nicht selbst angeschafft hat, kennt man sie nicht wirklich.) Jedenfalls war das geheime Safe-Fach im Rosenholzsekretär, wo sich Charlottes Testament, diverse Bankunterlagen, weiterer Schmuck sowie die Schlüssel zu den Bankschließfächern befanden, unversehrt.

Oben im Schlafzimmer war ein ebenso großes Durcheinander. Die Kleidersäcke und Kartons, die ich für Nürnberg gepackt hatte, waren aufgerissen, alles lag auf dem Boden. Auch hier standen die meisten Schränke offen. Ich sah sofort, dass das Schrankabteil, in das ich – übrigens im Beisein Henris –

die Kassette geschoben hatte, ebenfalls klaffte. Mit klopfendem Herzen bückte ich mich, tat, als ob ich prüfte, kontrollierte; schob hier einen verrutschten Stapel Seidenblusen gerade und stellte dort wieder die hübsche chinesische Lackschachtel mit Spitzenschals, Pelzbesatz und Stoffblüten an ihren Platz. Dann ging ich in die Hocke und tastete im untersten Fach unauffällig nach der Kassette. Ich hob Charlottes Biarritz-Badetücher-Stapel an und jubilierte innerlich, als ich das Metall unter meinen Fingern spürte.

Endlich richtete ich mich wieder auf, ließ prüfend meinen Blick über das ganze Zimmer gleiten und meinte: »Merkwürdig, aber ich vermisse auch hier oben nichts, Brigadier. Was hat der Dieb nur in meinem Haus gesucht, wenn alles von Wert noch da ist?«

»Haben Sie denn keinerlei Verdacht, Madame?«, fragte der Polizist.

Einzig Henris wegen hatte ich seinerzeit nicht nur die Polizei, Steffi und Sam belogen, sondern auch Marceau, als er mich bei einem seiner Krankenbesuche auf die Voltaire-Briefe ansprach. Ich hatte nur etwas von einem sicheren Bankfach gemurmelt, worauf er zufrieden nickte.

»Nein«, belog ich nun auch den jungen Gendarmen, »ich zermartere mir ja seit einem Jahr den Kopf darüber. Müssen wir jetzt noch in Monsieur Gagnepains Wohnung?«

Der Polizist verneinte. »In der Dachwohnung ist alles protokolliert und fotografiert, und nachdem Sie seinerzeit angegeben haben, dass sich dort keine Wertgegenstände aus Ihrem Besitz befinden, hat sich diese Angelegenheit erledigt«, sagte er und machte sich abschließende Notizen.

Ich trat zum Fenster, schob den zartgelben Voilevorhang zur Seite und versuchte, das Zittern meiner Hände zu verbergen, indem ich sie auf die verstaubte marmorne Fensterbank presste. Unten im Garten sah es furchtbar aus. Niemand hatte im Herbst die vertrockneten Pflanzen entfernt, doch das neue Grün bahnte sich seinen Weg durch die verrottenden Reste – und die Stiefmütterchen blühten bereits.

Nachdem ich verschiedene Unterschriften geleistet hatte und der Polizist gegangen war, warf Steffi mir einen fragenden Blick zu. Ich nickte wortlos, stürzte zum Schrank, zog die Kassette hervor und öffnete sie: Sie war leer.

Das Sejanische Pferd hatte Flügel bekommen und sich davongemacht.

26

»Sagen, was man denkt,
das ist der Trost des Lebens.«
Voltaire, Für Wahrheit und Menschlichkeit

Als ich wenig später Henris Habseligkeiten betrachtete, den roten und den schwarzen Socken, die einträchtig über einem Stuhl hingen, einige dunkle lange Haare in einer herumliegenden Haarbürste, dazu ein Foto von ihm, das keine zwei Jahre alt war, schnürte es mir die Kehle zu.

Bis auf seine Bücher und einen Stapel Fachzeitschriften, die sich mit Fotografie beschäftigten, hatte die Polizei alle schriftlichen Unterlagen beschlagnahmt. Ich würde sie auch nicht zurückfordern können, da ich in keinem verwandtschaftlichen Verhältnis zu Henri stand. Dass ich nicht wusste, was fehlte, machte mich nervös. Es war nicht auszuschließen, dass Henri kurz vor der Abfahrt nach Collioure heimlich – vielleicht aus Vorsicht, weil er damals schon einen Verdacht hatte – in meinem Schlafzimmer war, die Voltaire-Briefe geholt und sie entweder oben in seiner Wohnung versteckt oder in diesem großen Umschlag mit nach Collioure genommen hatte.

Befand sich das Sejanische Pferd also jetzt in Händen der Polizei, bei Henri oder bei denjenigen, die dafür gesorgt hatten, dass er verschwand?

Alles Grübeln half nichts, ich musste mich wohl oder übel zu einem kooperativeren Verhalten der Polizei gegenüber durchringen; das Verschweigen wichtiger Fakten machte alles nur noch schlimmer. Voltaire schrieb einmal, dass es besser sei, einen Schuldigen zu retten, als einen Unschuldigen zu verurteilen.

Und ich hatte immer nur Henri vor Augen.

Um mich abzulenken, half ich Steffi, die vertrockneten Grünlilien zu entsorgen. Doch als ich heimlich an einem herumliegenden T-Shirt von Henri roch, brach ich zusammen. Der Weinkrampf, der mich packte, war so heftig, dass Steffi einen Arzt rufen wollte.

»Nein, auf keinen Fall!«, rief ich aus und war sofort wieder ganz Vernunft, holte tief Luft und lief, noch fast blind vor Tränen, die Treppe hinab.

Im Badezimmer schluckte ich gleich zwei der rosafarbenen Tabletten. Nur keine Ärzte ... Es würde sich zwar nicht vermeiden lassen, dass Marceau irgendwann herüberkäme, um nach mir zu sehen, doch nicht heute an meinem ersten Tag, nein, nicht heute.

»Ich mach dir einen Vorschlag«, sagte Steffi ungewohnt ernst, als ich mich wieder beruhigt hatte, »lass uns nichts überstürzen. Wir räumen hier gründlich auf und ziehen uns dann für einige Zeit in dein Landhaus zurück, da sind die Erinnerungen an Henri nicht so heftig. Du schreibst dort deine Geschichte auf, wie du es dir vorgenommen hast, und dann reden wir in aller Ruhe darüber, was wir unternehmen wollen, um ihn zu finden. Ich habe Zeit.«

Ich war erleichtert über Steffis Vorschlag, dennoch kam ich in der letzten Nacht, die wir in Toulouse verbrachten, erneut nicht zur Ruhe. Wir hatten bereits das Nötigste eingepackt, Bettwäsche, Geschirr, Kleidung und sämtliche Werke Voltaires, die sich in Charlottes Bücherschrank befanden. Ein Laptop und ein GPRS-fähiges Handy für den mobilen Internetzugang, ein Drucker und jede Menge Schreibmaschinenpapier komplettierten unsere »Ausrüstung«. Steffi, die neben mir im Bett lag, weil mir das Haus am Abend noch unheimlicher vorkam als tagsüber, schlief seit Stunden tief und fest, doch ich hatte ständig das Gefühl, als ob ich etwas Wichtiges vergessen hätte. Es ging schon auf drei Uhr zu, als mir tatsächlich siedend heiß einfiel, dass ich Kommissar Rives meine Adresse hinterlassen musste ... Sollte ich vielleicht auch Marceau verständigen? Von den Serralongues war in der ganzen Zeit nichts zu sehen gewesen, obwohl tagsüber in der Praxis Licht brannte. Irgendwann hielt ich es nicht mehr aus. Ich stand auf und schlich in die Küche, um mir Milch warm zu machen. Die Standuhr schlug vier. Da kam mir plötzlich ein irrwitziger Gedanke – es fällt mir schwer, genau zu erklären, was in diesem Augenblick in mir vorging: Ich folgte einem inneren Drang, der keinen Aufschub zuließ, eilte in den Keller und suchte den Stapel mit Altpapier, den Henri vor unserer Abfahrt nach Collioure dort deponiert hatte.

Als ich zurückkam, war die Milch übergelaufen. Es stank fürchterlich. Rasch schaltete ich den Herd aus, packte mit bloßen Händen den Topf am Stiel und stellte ihn in den Ausguss, wobei ich mir die Finger verbrannte. Wütend über meine Nachlässigkeit und Dummheit riss ich das Fenster auf …

»Was treibst du denn mitten in der Nacht in der Küche?« Schlafbenommen stand Steffi unter der Tür und raufte sich das Haar, als sie die Bescherung sah. »Willst du das Haus in Brand stecken?«

Ich deutete auf den Stapel mit Papier und erklärte ihr kurz den Sachverhalt, worauf sie mir einen Blick zuwarf, als ob ich endgültig verrückt geworden sei. Und sicherlich hatte sie recht: Kein normaler Mensch versteckt wichtige Dokumente im Altpapier! Bestimmt war ich einem Wahn aufgesessen.

Kopfschüttelnd ließ meine Freundin heißes Wasser in den angebrannten Topf laufen und begann den verkrusteten Herd zu säubern. »Was stehst du so untätig herum?«, lamentierte sie, weil ich mit offenen Augen ins Leere starrte. »Willst du nicht endlich die Schnur aufschneiden und nachsehen?«

Unter etlichen Lagen Tageszeitungen, die ich fieberhaft Seite für Seite aufblätterte, fand ich nicht etwa die Voltaire-Briefe, sondern Henris alte Recherchen zur Dreyfus-Affäre, stattliche fünfzig eng beschriebene Seiten. Ich triumphierte. »Na, was sagst du jetzt?!«

Steffi trocknete ihre Hände ab und trat an den Küchentisch. Sie war sprachlos. »Dreyfus? Eines steht fest, dein Henri war nicht ganz normal. Los, du musst weitersuchen, vielleicht …«

Sie hatte noch nicht ausgeredet, als ich in einer Sonderausgabe der *Le Monde* auch noch all unsere handschriftlichen Notizen zum Fall Calas entdeckte.

Ich war natürlich glücklich über diesen Fund, zugleich aber sehr bestürzt, denn nun machte mir nicht nur Henris Verschwinden Kopfzerbrechen, sondern ich musste mich auch noch fragen, wer oder was ihn dazu getrieben hatte, diese Aufzeichnungen zu verstecken. Mein leiser Verdacht, dass Henri die Voltaire-Briefe nach Collioure mitgenommen hatte, verstärkte sich noch. Hatte er die Originale und unsere Notizen getrennt aufbewahren wollen?

Ich vermisste aber auch seine Recherchen über diese unselige Chemieexplosion. Unvorstellbar eigentlich, dass er ausgerechnet diese Notizen in seiner Wohnung ließ. Wo also waren sie? Bei seinem Freund Sokrates? Oder bei demjenigen, der inzwischen das Sejanische Pferd in seinem Besitz hatte?

Als ich wieder im Bett lag, dachte ich erneut an Henris unverschämte Bemerkung, dass manche Menschen das Glück gepachtet hätten und dass er Leute wüsste, die viel Geld für einen »echten Voltaire« bezahlen würden.

Ich musste mir eingestehen, dass ich diesen Mann liebte, aber kaum kannte.

Dass er mir kein Vertrauen geschenkt hatte, schmerzte mich unendlich.

In Castelnaudary sah es fast genauso aus wie im Jahr zuvor, nur das Unkraut stand noch höher. Notdürftig richteten wir uns zwei der kleineren Zimmer her und bestellten gleich am nächsten Tag verschiedene Handwerker. Ein Ehepaar aus der Nachbarschaft, die Voisins, half uns tatkräftig. Der Mann war Maler und Verputzer und froh, sich was dazuverdienen zu können, und die Frau eine dieser Hausfrauen, die ich insgeheim für ihre Einfachheit und Bodenständigkeit bewundere.

Bereits am zweiten Abend begann ich, die Notizen zu ordnen, die ich auf der Zugfahrt von der Schweiz nach Toulouse gemacht hatte. Steffi übernahm die Oberaufsicht über die Renovierung des Hauses. Sie hatte sich bereits am letzten Tag in

Toulouse haufenweise Möbelprospekte, Stoff- und Tapetenmuster besorgt, und beides, ihre fröhliche Geschäftigkeit und das Aufarbeiten meiner Tragödie – das mir ja Dr. Amberg empfohlen hatte –, machten mich nach und nach tatsächlich ruhiger.

»Dein Freund Henri ist weg, das Sejanische Pferd ebenfalls, und wenn man dem alten Gorbatschow mit seinem roten Kopfpicker Glauben schenken darf, so gibt es keine einfachen Lösungen für komplizierte Probleme, also lassen wir uns Zeit«, waren Steffis Worte, als ich an unsere geplanten Nachforschungen erinnerte. Allerdings wurde ich den Verdacht nicht los, dass sie selbst das kleinste Gespräch darüber vermied, um meine Gesundung nicht zu gefährden.

So schrieb ich viele Stunden lang, Tag für Tag, bis kurz vor Ostern. Ich hätte jedoch niemals in dieser Ausführlichkeit alle Gespräche, die Henri und ich über die Affäre Calas führten, niederschreiben können, wenn ich nicht zuvor seine Notizen gefunden hätte.

Inzwischen war es endgültig Frühling geworden. Unter den Fliederbüschen spitzte helles Rot hervor, ein gelber fransiger Hauch schmückte seit zwei Tagen den langen Holzzaun, und vor dem Küchenfenster entdeckte ich mehrere orangefarbene Sicheln inmitten von Nestern violetter und weißer Veilchen.

Auch die beiden Bäder strahlten bereits im neuen Glanz, cremefarben und elegant wie Charlottes alter Citroën. Die Küche sowie einige Möbelstücke, die Charlottes Palisanderschränke und Ledersessel ergänzen sollten, trafen ein. Mit Madame Voisins Hilfe hängten wir herrliche rotorange- und goldgestreifte Chintzvorhänge im Salon auf, und Monsieur Voisin platzierte endlich meinen »Kleinlein« über dem Kamin. Das moderne Bild (aus einem Fensterzyklus) war der absolute Blickfang.

Steffi freute sich mit mir, als alles fertig war. Sie war ein wenig schlanker geworden, weil sie viel Obst und Salate aß, fühlte sich pudelwohl und gab dem amerikanischen Präsidenten Thomas Jefferson recht, der der Meinung gewesen war, dass jeder Mensch von Kultur zwei Vaterländer hätte, die eigene Heimat – und Frankreich.

Weil es sich auf dem Land so gehörte, feierten wir eine kleine Party mit den Nachbarn, und als die Gäste gegangen waren, saßen wir – ein Glas Bordeaux in der Hand – noch eine Weile in den neuen schwarzen Rohrsesseln beisammen.

Plötzlich begann Steffi über Henri zu reden. »Also, dein Liebhaber gehörte zu den sogenannten *Fensterlosen*, bevor er sich bei dir eingenistet hat.«

Ich sah sie überrascht an. »Du bist schon fertig?« Kapitelweise hatte ich ihr meinen Bericht zum Lesen hingelegt.

Sie gähnte. »Na *schon* ist gut. Ich habe mir halbe Nächte mit dieser Lektüre um die Ohren geschlagen und mich im Übrigen ganz schön aufgeregt. Also, ich rede jetzt mal offen mit dir: Deine Geschichte liest sich nicht nur wie ein Kriminalroman, alle Fakten deuten tatsächlich auf einen hin. Ich weigere mich allerdings, als Miss Marple verkleidet, auf irgendwelche Leitern zu steigen – wie dein Henri – oder verdächtige Leute zu belauschen. Lass uns die Sache anders anpacken. Zuallererst müssen wir uns Henri Gagnepain selbst vorknöpfen, und zwar völlig vorbehaltlos. In seiner Person liegt die Lösung dieses Falles. Meiner Meinung nach gibt es keine Affäre Calas 2004, wenn es zuvor nicht eine Affäre Henri-foutre 2001 gegeben hätte. Das Explosionsunglück! Ich wette, damit fing alles an!«

»Dann muss auch Marceau eine Rolle spielen, denn die beiden waren offenbar erst danach verfeindet. Ich frage mich, warum?«

»Weshalb hast du Marceau nicht darauf angesprochen? Aus Angst, etwas Negatives über Henri zu erfahren? Nein, nein …«, Steffi wehrte ab, »du brauchst nicht an die Decke zu gehen. Komm, trink dein Glas aus … Du bist verknallt, noch immer. Und Verliebte haben bekanntlich eine rosa Brille auf.«

Meine Stimme brach, als ich melodramatisch sagte: »Er hat mich auch geliebt.«

»Ich glaube dir das wirklich, Sandy«, sagte Steffi leise. »Geh schlafen! Lass uns morgen früh weiterreden. Ich hab da eine Idee, wie wir an diesen Sokrates herankommen können. Das ist nämlich der zweite Ansatz, diese mysteriöse Geschichte aufzuklären. Und – du schreibst weiterhin jedes Detail auf, das wir herausfinden. Wer weiß, wozu wir es noch gebrauchen können …«

Am nächsten Morgen jedoch kam alles anders.

Wir saßen noch beim Frühstück und aßen die Reste von der Party, als es an der Haustür läutete.

»Erwartest du jemanden«, fragte mich Steffi etwas undeutlich, weil sie ein Lachsschnittchen kaute.

Ich schüttelte den Kopf. »Vielleicht hat einer was vergessen …« Ich ging zur Tür.

Draußen standen die beiden Serralongues.

»Oh …«, sagte ich. Dann noch einmal »Oh …« und: »Welch außergewöhnlicher Besuch an einem gewöhnlichen Wochentag! Ist die Praxis heute geschlossen?«

»Sandrine, ach du liebe Zeit!« Marceau stand der Mund offen vor Überraschung. »Ich hätte dich fast nicht wiedererkannt. Du hast dir ja die Haare schwarzgefärbt? Sieht aber gut aus, wirklich …«, sagte er jovial. »Entschuldige bitte diesen Überfall, doch wir würden gerne mit dir reden, wenn es dir recht ist. Madame Richard hat mir leider erst gestern erzählt, dass du irgendwann für einige Tage in Toulouse warst. Weshalb hast du mich nicht angerufen? Ich war zwar auf einem Kongress, hätte dich aber sofort nach meiner Rückkehr besucht. Meinen letzten Brief, den ich dir in die Schweiz geschickt hab, hast du auch nicht …«

»Na, dann herein«, sagte ich, um einen heiteren Tonfall bemüht und ohne seine Fragen zu beantworten.

Ich führte die beiden in den Salon, wo ich nach Steffi rief, um sie den Serralongues vorzustellen. Marceaus Vater sah sich kritisch um, nickte dann aber anerkennend.

»Madame Sandrine«, hub er geradezu feierlich an, »ich

hoffe, es geht Ihnen wieder gut nach der schlimmen Zeit, die Sie durchgemacht haben. Ich darf Sie doch noch Sandrine nennen wie früher? Auch … nun, auch wenn wir uns bei Ihrem letzten Besuch ein wenig gestritten haben.«

»Aber natürlich, Monsieur le Docteur! Vergessen wir den Vorfall.«

Der Alte nickte zufrieden. »Ich würde vorschlagen, Ihre Freundin macht einen kleinen Spaziergang, während wir in aller Ruhe über eine … eine Familienangelegenheit reden.«

Das war dreist. Nun stand Steffi der Mund vor Überraschung offen, und selbst Marceau schluckte und lief rot an. Du widerlicher, unverschämter alter Mann, dachte ich, was bildest du dir nur ein?

»Nein, Monsieur.« Ich schüttelte entschieden den Kopf. »Was es auch immer zwischen uns zu besprechen gibt, meine Freundin wird dabei sein. Ich bestehe darauf – oder ich muss Sie bitten, wieder zu gehen.«

»Aber …« Der Alte schob angriffslustig die Schultern nach vorne und holte tief Luft, um etwas zu entgegnen. Energisch stand ich auf und lief zur Tür. »Ich stelle hier die Bedingungen, Monsieur!«

Marceau hüstelte kurz, dann meinte er, noch immer rot im Gesicht: »Es geht um Henri.«

Steffi warf mir einen Blick zu, doch ich reagierte nicht darauf, obwohl ich innerlich so gespannt war wie selten zuvor. Man soll dem Gegner nicht zu viel Gefühle zeigen. Und der Alte war mein Gegner.

»Was ist mit ihm?«, fragte ich ruhig. »Hast du etwas von ihm gehört?«

»Nein, nichts, tut mir leid. Du weißt ja, dass ich mich immer um ihn gekümmert habe, Sandrine, er war mein Freund.« Ein kleiner vorsichtiger Seitenblick zu seinem Vater. »Ja, das war er.«

Ich zog die Brauen hoch. »Er ist *unser* Freund«, entgegnete ich leise.

»Natürlich. Unser Freund. Dennoch, als er damals im

Gefängnis saß und auch danach, war ich es, der sich um ihn gekümmert hat. Von euch hat sich niemand blicken lassen … nun ja, ihr wart eben nicht hier.«

»Ich will deine Verdienste um Henri gewiss nicht in Abrede stellen, Marceau«, sagte ich und bemühte mich erneut um eine einigermaßen freundliche Stimme. »Doch worum geht es? Was ist der Anlass für dieses Gespräch?«

»Es geht um …«, warf der Alte ein.

»Bitte Vater, überlass das mir!«, unterbrach ihn Marceau ungewohnt scharf. »Also, es geht um seine Hinterlassenschaft.«

Ich dachte, ich höre nicht richtig. »Um seine was …?«

»Na, das, was dem Verrückten gehörte«, sagte der alte Doktor unfreundlich.

»Wieso Hinterlassenschaft?«, fragte Steffi spitz. »Er ist doch nicht tot, oder?«

»Sie halten sich da heraus!«, fuhr der Alte Steffi an. »Sie haben kein Recht, hier …«

»Sie auch nicht und jetzt Ruhe!« Ich versuchte einzulenken, obgleich ich Marceaus Vater am liebsten sofort vor die Tür gesetzt hätte. »Also, Marceau, wir beide reden jetzt ganz offen miteinander. Nur wir beide. Mit welchem Recht beanspruchst du Henris Hinterlassenschaft? Bist du sein Erbe?«

»Nein, nein, du verstehst das völlig falsch, Sandrine«, meinte Marceau, »er hat – soweit ich es weiß – gar keine Erben, seine Eltern sind tot, und es gibt keine Geschwister.«

»Und er ist vielleicht auch noch am Leben, so dass es gar nichts zu erben gibt«, hielt ihm Steffi vor, wobei sie jedes einzelne Wort betonte.

»Ja, natürlich, Madame.« Marceau gab sich sichtlich Mühe und lächelte sie sogar an. Wenn er wollte, konnte er sehr charmant sein. »Ich hoffe sehr, dass er noch lebt und sich nur irgendwo versteckt hält. Ja, ich hoffe es von Herzen, wenngleich es für sein Verschwinden ja einen triftigen Grund geben muss. Dennoch bitte ich dich, meine liebe Sandrine, einen Blick in seine Wohnung werfen zu dürfen, es … nun, es ist mir wirklich peinlich, aber ich suche meine Digitalkamera.«

»Was hat denn Henri mit deiner Kamera zu schaffen? Wie soll sie in seine Wohnung gekommen sein?«

»Nun, du kannst es nicht wissen. Bevor ihr wegfuhrt, damals vor Ostern, kam Henri zu mir in die Praxis und bat mich händeringend, ihm eine Kamera auszuleihen. Er müsse Fotos machen für einen wichtigen Artikel, es ginge um seine Zukunft als Journalist. Dich wollte er nicht darum bitten. Er meinte … nun, du hättest schon viel zu viel für ihn getan, finanziell … Natürlich hab ich sie ihm geliehen. Auch wenn wir uns nicht mehr so gut verstanden wie früher, wollte ich ihm helfen, beruflich wieder auf die Beine zu kommen.«

»Es tut mir leid, Marceau, aber die Kamera ist wohl mit Henri verschwunden«, sagte ich äußerlich ruhig, aber innerlich aufgewühlt. »Jedenfalls befindet sie sich nicht in meinem Haus.«

Die beiden Männer sahen sich verdutzt an.

»Ist es möglich, dass die Polizei sie beschlagnahmt hat?«, fragte der Alte vorsichtig.

Ich zuckte mit den Schultern. Mir selbst wäre die Kamera zum letzten Mal aufgefallen, als Henri diesem Weißen Büßer hinterhergelaufen war, um ihn zu interviewen.

Dann fragte ich Marceau nach dem Preis seiner Kamera, um sie ihm zu ersetzen. Doch er meinte, es ginge ihm nicht um das Geld, außerdem hätte er sich längst eine neue Kamera gekauft.

»Es geht um ein Andenken an seine Frau und sein Kind«, sagte der alte Serralongues mit Bestimmtheit. »In der Fototasche muss sich noch eine Speicherkarte befinden mit den letzten Aufnahmen der beiden, bevor sie … Nur deshalb will Marceau sie wiederhaben. Vielleicht liegt diese Speicherkarte ja noch in Henris Wohnung herum …«

Ich versprach den beiden, gründlich zu suchen und bei Gelegenheit auch Kommissar Rives danach zu fragen. Marceau nickte, doch der Alte gab nicht auf. »Vielleicht könnten wir dennoch einen Blick in seine Wohnung werfen? Vier Augen sehen möglicherweise mehr als zwei …«

»Aber gerne«, sagte ich, nun wirklich äußerst mühsam beherrscht, und stand auf, »in der nächsten Woche werde ich voraussichtlich für einige Tage in Toulouse sein. Ich melde mich dann. Einen guten Tag noch.«

An der Haustür warf mir Marceau einen überaus dankbaren Blick zu, was man von seinem Vater nicht gerade behaupten konnte.

Als sie weg waren, blies Steffi die Backen auf. »Wer es fassen kann, der fasse es«, sagte sie. Wir ließen alles stehen und liegen und gingen joggen, um uns an der frischen Luft zu beruhigen. Direkt am Canal du Midi entlang verläuft ein alter Treidelweg bis zur Schleuse Saint Roch. Dort, ganz in der Nähe des windschiefen Häuschens, in dem früher Inès Rimbau und das Rotkäppchen wohnten – auch unser Freund Chicotin mit den vielen Sommersprossen –, ließen wir uns erschöpft auf einer Bank nieder. Wir waren beide aus der Übung. Steffi perlte sogar der Schweiß von der Stirn.

»Marceau tut mir wirklich leid«, sagte ich, völlig außer Atem, »bei diesem Vater ist es kein Wunder, dass er ein wenig seltsam geworden ist.«

»Der arme Marceau? Ha! Mit Verlaub, er ist ein Idiot, dein Freund. Aber sag, wie war das nun wirklich mit der Kamera, Sandrine?«

»Die beiden lügen. Henri hat mir gegenüber behauptet, er hätte sich die Kamera von Sokrates geborgt.«

»Wenn es so ist, dann haben die Herren Doktoren Dreck am Stecken und zwar gewaltigen. Nur, irgendwoher müssen sie doch gewusst haben, dass Henri keine eigene Kamera hatte? … Was ist, weshalb sagst du nichts?«

»Mir ist gerade etwas eingefallen … aber ich möchte diesen Gedanken am liebsten gar nicht weiterspinnen.«

»Nun red schon!«

»Der rosa Kaugummi!«

»Der rosa Kaugummi? Was meinst du damit? Ach … der an deinem Schlüssel klebte?« Steffi sah mich erwartungsvoll an.

»Ja. Genau an diesem Tag war Marceau bei mir und hat sich auffällig lange an der Haustür aufgehalten. Lass mich nachdenken: Marceau ist im Begriff, sich zu verabschieden, er hat bereits den Türgriff in der Hand. Wir diskutieren noch, plötzlich fällt der Schlüssel zu Boden, Marceau hebt ihn auf und steckt ihn umständlich zurück ins Schloss. Sein Mantel … irgendetwas war mit seinem Mantel … ach, verdammt, mir fällt es nicht mehr ein.«

Nachdenklich sah mich meine Freundin an. »Ein Schlüssel fällt doch nicht einfach so aus dem Schloss! Ist Marceau vielleicht mit seinem Mantel dort hängengeblieben?«

»Verflixt und zugenäht, ich kann mich nicht mehr erinnern. Ich war damals so wütend auf ihn.«

»Wenn ich dich jetzt richtig verstanden habe, so verdächtigst du Marceau, an diesem Tag einen Abdruck von deinem Schlüssel gemacht zu haben, oder?«

Ich warf ihr einen verzweifelten Blick zu. »Ich weiß schon, wie das klingt!«

»Sandy, das klingt nicht nur komisch, das ist hanebüchen. Wozu sollte Marceau deinen Schlüssel brauchen? Um heimlich Wanzen anzubringen oder deine Spitzenhöschen zu klauen?«

Ich musste grinsen. Über die Vorstellung, dass sich Abhörgeräte in meinem Haus befinden sollten, hätte selbst Henri gelacht.

Dennoch war Vorsicht geboten.

Bereits im Sanatorium hatte ich manchmal überlegt, ob mein Geliebter nicht ein doppeltes Spiel mit mir trieb. Steckte er vielleicht mit den Serralongues unter einer Decke? Nein, da hätte er mir ein schönes Theater vorgespielt haben müssen …

»Um die Voltaire-Briefe zu stehlen, hat Marceau jedenfalls keinen Schlüssel anfertigen lassen«, sagte ich mit Bestimmtheit, auch um wieder sicheren Boden unter den Füßen zu bekommen. »Die sind schließlich veröffentlicht.«

Steffi zuckte mit den Schultern. »Möglicherweise war der Alte hinter den wertvollen Originalen her. Schließlich hat er gesagt, er hätte die Briefe gerne bei sich ›eingereiht‹, obwohl er Voltaire abgrundtief hasst. Es gibt eine Menge reicher Leute, die meinen, alles haben zu müssen.«

»Kann sein. Trotzdem, reden und handeln ist zweierlei.«

»Na gut, lassen wir das. Dennoch muss man sich fragen, wieso Marceau von der Kamera wusste und dass du Henri finanziell unterstützt. Vielleicht hat er nur auf den Busch geklopft.«

(Es sind oft nur Kleinigkeiten, über die man im Leben stolpert: Den Monteur von *France Télécom* sowie das nächtliche Telefonat mit Ramon, den ich um Nachforschungen über die Bruderschaft des Wertvollen Blutes bat, hatte ich vergessen. Doch welcher Normalsterbliche, der sich nie etwas hat zuschulden kommen lassen, rechnet mit Wanzen in seinem Haus?)

Irgendwas ging Steffi im Kopf herum. Sie raufte sich das Haar, stand dann wortlos auf und lief los. Ich trabte neben ihr her. Unterwegs erklärte ich ihr, dass ich im Sanatorium ständig gedacht hatte, in Toulouse sei der Faden gerissen, allmählich dränge sich mir aber der Verdacht auf, noch einmal nach Collioure fahren zu müssen. Dorthin, wo Henri verschwand.

Doch meine Freundin meinte, dass wir zuallererst Sokrates auftreiben sollten.

Am Nachmittag kochten wir Kaffee und setzen uns vor den Laptop.

»Gib *google.fr* ein, dann *Rennes-le-Château*«, wies mich Steffi an. Sie hatte in meinen Aufzeichnungen gelesen, dass Sokrates regelmäßig in diesem Forum surfte. Eine Liste mit Internetseiten erschien, bereits die erste sah wie ein Volltreffer aus:

Rennes-le-Château, le site officiel …

»Wunderbar, vielleicht haben wir schon, was wir suchen. Jetzt klick mal auf *Forum*.«

Wir stießen auf eine Fülle von Threads, die sich mit diesem Pyrenäennest beschäftigten, in dem offenbar im 19. Jahrhundert ein Priester namens Bérenger Saunière zu sehr viel Geld kam (das er später seiner Geliebten und Haushälterin – der »Erbin des Grals« – vermachte). Geheimnisvolle Pergamente, Merowinger, Katharer, Tempelritter, Logen – auch jener seltsame Priestermord, von dem mir Henri erzählt hatte –, all das gehörte zum Mysterium von Rennes-le-Château. Ich vermutete, dass Henri sich in diesem Forum häufiger getummelt hatte, als es seinem beruflichen Fortkommen guttat.

Es gab etliche anderssprachige Foren, doch uns interessierte nur ein Franzose, der sich *Sokrates* nannte und mitten in Toulouse saß. Aufmerksam scrollten wir alle Beiträge durch, doch weit und breit war kein Sokrates zu finden. Dafür tauchten Namen wie *Aiglenoire, Pantocrator, Torkain, Taillefer* und *Dragonnoir* auf.

»Vielleicht ist dieser Sokrates inzwischen ausgestiegen, oder er hat er den Namen gewechselt.«

»Hm, und was können wir da machen?«

»Angriff ist die beste Verteidigung. Wir denken uns ebenfalls einen Namen aus und fragen dann ganz frech nach ihm. Irgendwer wird ihn kennen.«

Gesagt, getan. Um Nachrichten schreiben zu können, mussten wir uns offiziell anmelden, wobei wir für einen Moment zögerten, unsere E-Mail-Adresse preiszugeben. Aber anders wären wir nicht weitergekommen. Endlich schrieben wir unter dem Decknamen *Phainarete* – nach der Mutter des wahren Sokrates – unseren ersten Beitrag:

Sokrates, mein Sohn, was macht unser gemeinsamer Freund? Herzlichst Phainarete.

Mindestens alle halbe Stunde sahen wir nach. Vergeblich. Es ging schon auf Mitternacht zu, da erschien endlich eine Mitteilung: *@ Phainarete: Haben wir einen gemeinsamen Freund? Gruß Sokrates.*

Rasch tippten wir: *@ Sokrates: Ostern 2004: Wie der Hase läuft, wo der Pfeffer wächst, ist ganz allein die Sache des Fuchses!*

Er hatte wohl auf unsere Reaktion gewartet, denn es dauerte nur wenige Augenblicke, bis seine Antwort auf dem Bildschirm erschien, und diese Nachricht trug interessanterweise als Icon eine kleine Glühbirne. *Der Fuchs ist klug und der Hase vorsichtig, und was zwischen zwei Zungen gerät, gerät schnell zwischen tausend.*

»Und jetzt ...?« Steffis Haare standen steil empor. Ihre Wangen glühten.

»Das ist eindeutig eine Warnung, Steffi. Der Kerl rät uns zur Vorsicht.«

»Wenigstens sind wir an den Richtigen geraten. Lass mich mal ran!«

Wir wechselten die Plätze.

@ Sokrates: Weiß der kluge Fuchs den rechten Weg?

@ Phainarete: Wer für die Zukunft sorgen will, muss die Vergangenheit mit Ehrfurcht und die Gegenwart mit Misstrauen aufnehmen.

»He, der Junge gefällt mir. Redet in Sprichwörtern. Hast du ein passendes Lexikon parat, Sandrine? Rasch!«

»Warte, ich schau mal nach ...« In den zahlreichen Bücherschränken, die es auch in Castelnaudary gab, herrschte einigermaßen Übersicht. Nach kurzer Suche schon wurde ich fündig, und ich dankte im Stillen Charlotte sowohl für ihre Belesenheit als auch für ihre Ordnungsliebe.

Steffi blätterte eine Weile, lachte dann kurz auf und schrieb Folgendes: *@ Sokrates: Eine schöne Menschenseele zu finden ist Gewinn.* »Jetzt weiß er, dass wir Henri noch immer suchen«, meinte sie zufrieden.

Sokrates Antwort lautete: *@ Phainarete: Abstand wahren ist der kürzeste Weg in die Nähe des anderen.*

»Was meinst du, was das bedeutet?«, fragte ich Steffi.

»Wenn mich nicht alles täuscht, will er damit sagen, dass er sehr wohl mit uns Kontakt aufnehmen möchte, aber aus sicherem Abstand heraus. Wenn er wirklich so klug ist wie ein Fuchs, wird er diesen Weg finden. Vielleicht schreibt er uns per E-Mail.«

»Aber der Webmaster darf doch unsere E-Mail-Adresse gar nicht weitergeben. So stand es in den Bedingungen …«

»Keine Panik, Chérie. Sokrates weiß sich zu helfen, und einem Hacker ist vieles möglich!«

Steffi schrieb noch: *»Der Weg ist das Ziel …«*

Und bekam als Antwort zurück: *»We shall overcome …«*

Da strahlte sie mich an. »Ja, wir werden siegen, Sandrine, ganz bestimmt. Warte es ab.«

27

»Zittert vor dem anbrechenden Tag der Vernunft!«
Voltaire, Philosophisches Wörterbuch

Am nächsten Morgen eilten wir noch im Nachthemd an den Computer. Es erschien uns ewig, bis er hochgefahren war. Im Forum Fehlanzeige, nur ein anonymer Besucher, der sich über die Hasen und Füchse mokierte, die sich dort seit Neuestem tummelten.

Dann öffnete Steffi die Mails.

»Bingo«, rief sie aufgeregt und lachte. »Eine Nachricht von unserem Freund. Er hat es geschafft!«

Doch die Freude darüber sollte uns rasch vergehen, denn die Mail ließ sich nicht öffnen. Sokrates hatte sich offenbar gut abgesichert und den Text durch ein Passwort geschützt.

Ratlos probierten wir allerlei Wörter aus wie zum Beispiel »Fuchs« und »Hase«, bis mir einfiel, dass Ramon Schneider einmal erzählt hatte, kurze Wörter wären nicht sicher genug für das Internet. Aber auch auf »Sokrates« erschien nur wieder der gleiche Textsalat.

Wir beschlossen, eine Liste aller Begriffe anzulegen, die im Zusammenhang mit Henri standen. Seinen Nachnamen zum Beispiel, seinen Geburtstag, seinen Beruf, ja sogar den Namen Dreyfus notierten wir, weil er sich zuletzt damit beschäftigt hatte. Dann versuchten wir unser Glück erneut – ohne Erfolg.

»Ich werd verrückt«, sagte Steffi und wischte sich den Schweiß von der Stirn. »Das gibt es doch nicht. Es muss was sein, das ganz speziell auf Henri zugeschnitten ist! Hatte er nicht mal einen Spitznamen? Im Zusammenhang mit diesem ollen Zuckermännchen?«

»Natürlich«, sagte ich. »Der Alte nannte ihn *Iason*. Ich kann mir aber kaum vorstellen, dass Sokrates dies weiß.«

Wir tippten *Iason* ein: Fehlanzeige – Textsalat.

»Sind ja auch nur fünf Buchstaben, Steffi. Wenn Sokrates ein Computerfreak ist, wird er kein Sicherheitsrisiko eingegangen sein.«

»O.k.«, sagte Steffi. »Wie war noch mal dein Spitzname? *Medeia?*«

Ich nickte und fragte mich plötzlich, ob das Zuckermännchen geahnt hatte, dass Henri und ich irgendwann einmal schicksalhaft verbunden sein würden.

»Und wie war das gleich mit den Argonauten?«, sinnierte Steffi. »Iason entwendete mit Hilfe von Medeia das Goldene Vlies und kehrte dann mit ihr in die Heimat zurück. Stimmt's?«

»Hm ... Versuch es halt mal mit dem Goldenen Vlies!«

»Blödsinn«, sagte Steffi und tippte in kleinen Buchstaben *iasonmedeia* ein.

Wir sahen uns verdutzt an, als sich der Text tatsächlich öffnete.

»Volltreffer! Lies selbst, Sandrine!«

Kompliment, Phainarete! Größtmögliche Diskretion, keine Namen. Zwei Fragen: Bist du auf dich gestellt, oder ist jemand mit dir? Verwendest du einen PC oder einen Laptop?

Henris Freund bat mich, das Passwort keinesfalls zu notieren. Über eine nachstehende, relativ sichere Mail-Adresse könne ich ihn jederzeit erreichen.

In der nächsten Mitteilung bat er uns, den Laptop keine Sekunde mehr aus den Augen zu lassen. Dann fragte er nach, ob in letzter Zeit jemand bei uns im Haus gewesen wäre. Wir sahen uns erschrocken an. Die Serralongues!

»Ja«, schrieben wir, *»es waren zwei Leute da (A. u. M.S. aus T.), die den Hasen gut kennen, sowie jede Menge Handwerker.«*

Ich hoffte inständig, dass Henri seinen Freund irgendwann über Arsène und Marceau Serralongues informiert hatte. Doch Sokrates kapierte schnell.

»Kein Wort mehr über diese Sache innerhalb eurer Räume. Lasst niemanden herein. Beobachtet die Straße. Ich melde mich

wieder. PS: Alle Mails sofort löschen – und anschließend auch den ›Papierkorb‹ leeren!«

Steffi war bleich geworden und mir übel. Ich rannte ins Bad, wo ich die große Schachtel mit den rosa Tabletten deponiert hatte. Als ich wieder zurückkam, sahen wir uns ratlos an.

»Wenn es sich bei Sokrates nicht um einen absolut Verrückten handelt, könnte es bald … nun, es könnte durchaus spannend werden …«, flüsterte Steffi besorgt.

Während wir die Mails löschten, bemühten wir uns um belanglose Worte.

Nach dem Frühstück schlug Steffi vor, joggen zu gehen, um ungestört reden zu können. Den Laptop und meine Aufzeichnungen nahmen wir in einem Rucksack mit.

»Verdammt, nun befürchtet auch noch Sokrates, dass man mich abhören könnte. Das ist doch alles lächerlich! Will man mich jetzt vollends verwirren?«, sagte ich zu Steffi, in gebührendem Abstand zum Haus. Im Nachbargarten war Madame Voisin dabei, ihre Himbeersträucher auszulichten und sie an den Maschendrahtzaun, der unsere Grundstücke trennte, zu binden. Wir winkten ihr kurz zu.

»Beruhige dich, Chérie, Sokrates ist entweder übervorsichtig, oder er hat zu viele Krimis gesehen«, meinte Steffi leise. Sie stand Henris Freund jedoch in nichts nach, denn sie trat zwei Schritte zum Gartentor hinaus und bückte sich, um ihre Laufschuhe zuzubinden, die natürlich bereits gebunden waren. Dabei sah sie sich unauffällig um. »Niemand weit und breit, auch kein Auto mit jemand drinnen«, sagte sie, als sie sich wieder aufgerichtet hatte. »Dennoch, langsam denke ich, dass wir gar nicht vorsichtig genug sein können, nach allem, was passiert ist. Woher wussten die Serralongues überhaupt, dass du hier bist, in Castelnaudary? Hast du dir das schon einmal überlegt?«

»Sie werden es vermutet haben. Marceau kennt Charlottes Landhaus seit unserer Kinderzeit. Seine Familie hatte hier früher ebenfalls eine Villa.«

Wir liefen nebeneinander zum Canal du Midi. Erneut versprach es ein herrlicher Tag zu werden, die Sonne wärmte unsere Gesichter bereits zu dieser frühen Stunde, das Wasser des Kanals glitzerte im Schattengewirr noch unbelaubter Platanen. Für einen Augenblick wünschte ich mir nichts sehnlicher, als ein Boot zu chartern und alles hinter mir zu lassen.

Vor uns schlenderte, eng umschlungen, ein Liebespaar. Ich dachte wahrhaftig nichts Arges, als wir die beiden rechts und links überholten und ihnen ein fröhliches *Bonjour* zuwarfen. Doch nach einem vorsichtigen Seitenblick auf den Mann kam ich vor Schreck fast aus dem Laufrhythmus. Das konnte doch nicht wahr sein …

»Was ist? Hast du ein Problem?«, fragte mich Steffi, als wir wieder auf gleicher Höhe waren.

»Seitenstechen«, gab ich ihr zur Antwort. »Da vorne … die drei Zitterpappeln … wir wenden und kehren zurück.«

»Zurück? Aber warum? Wir wollten doch noch einkaufen …«

»Schweig!«, herrschte ich sie an.

Als wir zum zweiten Mal an dem Pärchen vorbeiliefen – dieses Mal von vorne –, versicherte ich mich unauffällig. Nein, es gab keinen Zweifel. Diese auffällige Warze oberhalb der Lippe. Ich kannte den Mann – und ich kannte auch die Frau.

Wortlos liefen wir weiter, bis wir wieder zu Hause waren, wo ich mich völlig erschöpft auf die alte Holzbank fallen ließ, die unter den Mandelbäumen steht.

»Jetzt sag schon, Sandrine! Wer waren die beiden?« Steffi stand ebenfalls der Schweiß auf der Stirn. Sie keuchte.

»Vielleicht haben wir gerade den Mörder des Weißbärtigen getroffen.«

»Allmächt'!«, rutschte es aus Steffi heraus. »Du spinnst!«

»Leider nein. Die beiden waren damals im Musée des Augustins, als Henri und ich uns für den Maler Tournier interessierten. Der Mann trägt eine auffällige Warze oder ein Muttermal, wie Rives. Jetzt weiß ich endlich, an wen mich der

Kommissar erinnerte ... Steffi, es kann doch einfach kein Zufall sein, dass die beiden am frühen Morgen hier in Castelnaudary herumspazieren. Und noch dazu in der Nähe unseres Hauses. Die Frau hat sich obendrein die Haare schwarzgefärbt, wie ich selbst. Warum wohl!«

»Allmächt'!«, stieß Steffi ein weiteres Mal hervor, was mich bei aller Beklommenheit nun doch zum Lachen brachte. »Sie beobachten dich tatsächlich. Was machen wir jetzt nur, Sandrine?«

»Auf! Ins Haus, den Laptop einstöpseln«, sagte ich. »Vielleicht hat sich Sokrates schon gemeldet. Wenn nicht, rufen wir ein Taxi, fahren in den Supermarkt, versorgen uns für drei Tage mit Lebensmitteln, suchen die Wanzen – wie sehen die überhaupt aus? – und schließen uns dann ein, bis wir was von ihm hören. Und – das ist die beste Idee überhaupt – wir bitten die Voisins, uns ihren ›Troubadour‹ auszuleihen, wenigstens für die Nacht.«

»Was? Diesen Schlabberköter? Na, meinetwegen, wenn du Wert auf *Schlaflos in Castelnaudary* legst!«

Troubadour war ein lammfrommer schwarzer Neufundländer. Nachdem er uns die ersten Tage ständig verbellt hatte, kam er uns seit einiger Zeit schwanzwedelnd entgegen und versuchte, uns abzuschlecken. Nachts hörten wir ihn manchmal »singen«, da machte er seinem Namen alle Ehre.

Erst am zweiten Tag, dafür aber in aller Herrgottsfrühe, meldete sich Sokrates. Wir hatten nicht mehr schlafen können. Ein breiter Streifen Sonnenlicht fiel durchs Fenster, als wir den Laptop einschalteten. Henris Freund bat uns, am nächsten Sonntag in den *Temple du Salin* nach Toulouse zu kommen. Wir sollten um zehn Uhr den Gottesdienst der Reformierten besuchen. Man würde uns erwarten.

»Ich brauch dringend einen Arzt«, flüsterte ich Steffi ins Ohr, als ich die Nachricht gelesen hatte. »Aber keinen, der Serralongues heißt.«

Sie drehte sich um und sah mich an. Dann schüttelte sie

langsam den Kopf. »Aber nein, Sandrine, du bist völlig in Ordnung. Ich hol dir eine Tablette, das genügt.«

Ich schämte mich meiner Schwäche. Der Grund für meine manchmal sonderbaren Reaktionen lag nach Ansicht der Schweizer Ärzte darin, dass ich mich weigerte, völlig gesund zu werden, solange ich nichts über Henris Verbleib erfuhr. Doch nach Stress-Situationen hatten mich schon früher nicht selten Kopfschmerzen überfallen, die meine Konzentrationsfähigkeit beeinträchtigten. Bereits die umständliche und am Ende erfolglose Suche nach Abhörgeräten hatte mich gestern an den Rand des Nervenzusammenbruchs gebracht. Nun, da das Misstrauen erst einmal gesät war, getrauten wir uns nicht mehr, im Haus offen miteinander zu reden. Vorübergehend hatten wir uns sogar überlegt, in ein Hotel zu ziehen.

Nachdem mir Steffi eine der Rosafarbenen mit einem Glas Wasser gereicht hatte, sagte sie laut: »Der Hund muss raus! Und ich auch. Frische Luft!«

Rasch zogen wir die Jacken über.

»Ein Tempel der Reformierten also«, meinte Steffi nachdenklich. Sie lehnte neben mir am Gartenzaun, während Troubadour voller Begeisterung einem Kaninchen nachjagte. »Wirst du diesem Sokrates erzählen, dass die Voltaire-Briefe verschwunden sind?«

»Keine Ahnung. Dass Henri ihm vertraut hat, heißt noch lange nicht, dass ich das ebenfalls tue!« Ich rieb mir die Schläfen, der Kopf hämmerte noch immer. Steffi sah besorgt aus.

»Ich hoffe nur, das Ganze stellt sich nicht als Falle heraus«, sagte sie und hielt die Hand über ihre Augen, weil die Sonne sie blendete.

»Wie meinst du das?«

»Nun, wir beide ...«, Steffi kniff die Lippen zusammen. »Wir sind nicht gerade unvermögend. Ich muss ... auch Rücksicht auf Theo nehmen. Er ist Geschäftsmann. Es ist albern, aber was ist, wenn sie uns *kidnappen*?«

Ich war entsetzt. So kannte ich meine Freundin nicht. Bei

ihr bedurfte es in der Regel mehr, um sie in Panik zu versetzen. Und dass sie plötzlich an ihren Mann dachte …

»Steffi, wir sind hier in Frankreich, nicht in …« Da kam mir ein Verdacht.

»Wen meintest du eigentlich mit *sie*? Die Reformierten? Oder denkst du am Ende an Sokrates und … Henri?«

»Entschuldige, Sandrine. Es ist … also, nicht nur dir geht es heute schlecht. Ja, ich gebe es zu, ich dachte an die beiden, vor allem an Henri Gagnepain. Ich hab deine Aufzeichnungen höchst gewissenhaft gelesen, auch was du über ihn als … na ja, als Lover schreibst. Ich verstehe, dass du dich noch immer nach ihm sehnst. Doch das eine muss mit dem anderen nichts zu tun haben.«

Steffi erinnerte mich an den Streit mit Henri, der mir ja selbst ständig durch den Kopf ging, und sie vermutete, dass Henri sich tatsächlich die Briefe angeeignet hatte, um sie zu verhökern. Ich wäre nicht die erste und nicht die letzte Frau auf Erden, der so etwas passiert, sagte sie, selbst wenn ich Anwältin sei. Ich sollte mich auf das Schlimmste gefasst machen und Henri nebst den Briefen vergessen.

»Sei still!«, herrschte ich meine Freundin an. »Sei still, auf der Stelle! Ich lasse ihn nicht los, es sei denn, er wünscht das.«

Eine Weile schwieg Steffi mit zusammengepressten Lippen. Dann seufzte sie, trat auf mich zu und nahm mich in den Arm.

»Ach, verdammt, Sandrine, du bist die hartnäckigste Frau, die ich kenne. Wir haben beide schlechte Nerven, was kein Wunder ist. Und dann das Geheule des Köters! Ich hab keine Stunde geschlafen in der Nacht!«

»Schon gut«, antwortete ich und versuchte zu lächeln. Mein Verstand konnte sich vorstellen, dass Henri mich verraten hatte, mein Herz nicht. Es war Feigheit, ihr das nicht einzugestehen.

Steffi war zwar unkompliziert, aber trotzdem nicht immer einfach. Ihr unfehlbarer Blick und ihre Angewohnheit unsentimentale, ja unbequeme Fragen zu stellen und die Antworten oft gleich selbst zu geben, erschwerte ein Zusammenleben mit ihr. Eigentlich sollte sie wieder nach Hause fahren, dachte ich bei mir, Golf spielen und die Oper besuchen, ihrem tüchtigen Theo zur Seite stehen, der sie sicherlich längst vermisste, statt sich in diese dubiose Geschichte hineinziehen zu lassen – in meine persönliche Tragödie, wie ich mir einbildete.

Ich schluckte die aufsteigenden Tränen hinunter und nahm mir vor, höllisch achtzugeben, dass mich nicht erneut das Selbstmitleid überfiel. Weiße Sanatoriumszimmer und Tage mit absoluter Tatenlosigkeit waren das Letzte, was ich mir wünschte. Dass ich mich wie Orpheus auf der Suche nach Eurydike fühlte, ließ sich wohl nicht ändern. Doch der Styx und die Liebe haben ihre eigenen Gesetze, über die man uns im Jurastudium im Unklaren gelassen hatte.

»Schon gut«, wiederholte ich leise, »bringen wir den Hund den Voisins zurück.«

Unser »Beschützer« hatte tatsächlich in der letzten Nacht ein höllisches Spektakel abgezogen, so dass um drei Uhr sein Herrchen im Schlafrock, mit einer Sturmlampe und einem dicken Stock bewaffnet, vor unserer Tür gestanden hatte. »Mesdames, was ist los? Warum führt sich der Hund so auf? Ich bin um das ganze Haus gelaufen, aber da war niemand!«

Weiter kam er nicht, denn der verrückte Köter war bereits an ihm hochgesprungen, um unter lautem Winseln seine nasse Schnauze in den Bart seines Herrchens zu stecken.

»Ob es wirklich eine so gute Idee war, dass er eine Zeitlang bei Ihnen im Haus schläft?«, sagte Voisin ein wenig verlegen, nachdem er den Hund abgewehrt hatte. »Aber wenn Sie sich dann sicherer fühlen …«

Wenig später, wir waren gerade wieder am Einschlafen, hatte alles von vorne begonnen. Der Auslöser war das Knirschen der Räder eines Wagens, der zu schnell angefahren war, und das Ergebnis ein unruhiger Schlaf, in dem sich Vergangenheit und Gegenwart, Traum und Realität miteinander vermischten.

Der *Temple du Salin* lag auf der Place du Salin. Das hohe, turmartige Backsteinhaus mit der riesigen steinernen »Spinnweben«-Rosette über dem Portal hatte mich bereits als Kind fasziniert.

Wir stellten unseren Wagen auf dem davor gelegenen Platz ab und bemerkten beim Aussteigen, dass bereits ein gutes Dutzend Leute wartete, obwohl es erst halb zehn war.

Als wir hinzutraten, nickte man freundlich. Ein wenig unschlüssig blieben wir vor der Treppe stehen. Nach einer Weile öffnete sich knarrend das große Tor, ein Mann mittleren Alters lugte heraus, und alle, die ihn sahen, winkten und freuten sich offenbar über seinen Anblick. Der Mann machte sich am Türflügel zu schaffen, arretierte ihn umständlich und kam dann hemdsärmlig die Treppe herab, wobei er jeden, ob Mann oder Frau mit Namen und den obligatorischen Wangenküssen begrüßte.

Vor uns blieb er stehen. Er lächelte. »Sie müssen unsere Gäste aus Deutschland sein, nicht wahr? Ich bin der Liturg dieser Gemeinde. Mein Name ist Dupont. Aus welchem Bundesland kommen Sie, Mesdames?«

»Aus Bayern«, sagte ich, und Steffi berichtigte stolz: »Aus Franken!«

»Ah, Lutheraner, nicht wahr?«, sagte der Mann und zog bedeutungsvoll die Brauen hoch. Die Leute um uns herum spitzten die Ohren.

»Nach dem Gottesdienst zeige ich Ihnen dann unser Gemeindearchiv, man hat mir gesagt, dass Sie sich dafür interessieren?«

Wir nickten eifrig und verbargen hoffentlich geschickt unsere Überraschung.

Eines musste man Sokrates lassen, dachte ich, als wir hinter den anderen das beinahe völlig schmucklose Gotteshaus betraten – er pflegte ganze Arbeit zu leisten.

Wir setzten uns in die vorletzte Bankreihe, um von hier aus unauffällig Ausschau halten zu können nach jemandem, der jung war, auffällig, vielleicht so nervös wie wir. Doch so einen

Mann gab es nicht unter den Besuchern, übrigens auch keinen mit einer Warze über der Oberlippe, was uns beruhigte.

Ich konnte mich des Eindrucks nicht erwehren, dass die Predigt des Liturgen eigens für mich geschrieben war, denn er kam beinahe sofort auf die Zeit zu sprechen, in der Toulouse die erklärte Hochburg der Katholisch-Orthodoxen war.

Noch immer hemdsärmlig, einen dunklen Pullover nur locker über die Schultern gehängt, stand er hinter seinem Pult, als ob er gerade aus den Reihen der Anwesenden hervorgetreten wäre, weil er an diesem schönen Sonntagmorgen etwas zu sagen hatte.

»Als in der ersten Hälfte des 16. Jahrhunderts Frankreich ein prosperierendes Land war«, begann er mit ruhiger Stimme, »strebte ein Teil der Bevölkerung einen brüderlicheren Katholizismus an, eine innerkirchliche Reform. Es sollte ein Protest sein gegen die Machtgelüste und üblen Machenschaften der Prälaten, nichts weiter. Und der König stand hinter diesen Reformbemühungen, unterstützte sie. Doch als die unsrigen plötzlich Plakate aufhängten, auf denen sie die katholische Messe als Götzendienst anprangerten, stellte sich François I. gegen uns. Vielleicht haben wir es nicht verstanden, liebe Schwestern und Brüder, unsere Botschaft so unter die Leute zu bringen, wie es nötig gewesen wäre. Vielleicht war unser Calvinismus – wie es Pastor Lovy ausdrückte – zu autoritär, zu politisch, zu bilderstürmerisch und zu wenig volkstümlich. Das unterschied ihn jedenfalls vom Luthertum Deutschlands.«

Er räusperte sich und zog den Pullover ein wenig enger um die Schultern. Es war ziemlich kühl in seinem Gotteshaus.

»Bald darauf begann man, die Abtrünnigen auf dem Scheiterhaufen zu verbrennen. Unsere Bücher wurden zensiert, Herausgeber und Drucker schärfstens kontrolliert. *Un roi, une loi, une foi* – hieß es landauf, landab. Ein König, ein Gesetz, ein Glaube – ist falsch, liebe Schwestern und Brüder! Eine solche Forderung führt zu totalitärem Denken. Wir haben es erlebt. Etwas, das so abscheulich war wie die Bartholomäusnacht selbst«, sagte er, und man hätte eine Stecknadel fallen hören, so still war es plötzlich in der Kirche, »war die Freude auf der Gegenseite über dieses Abschlachten. Papst Gregor XIII. ordnete einen Dankgottesdienst an und ließ Katharina von Medici seine Glückwünsche dazu übermitteln. Eine blanke Aufforderung zur Gewalt, die eine Massenflucht vieler unserer Leute ins Ausland bewirkte!«

Die Gottesdienstbesucher nickten sich zu.

»Tötet sie alle, plündert. *Wir* sind eure Väter! hieß es auch in unserer schönen Stadt Toulouse. Doch die Hugenotten setzten sich zur Wehr. *Résistance* ist kein Fremdwort für uns. Unsere Leute – so sie zahlenmäßig der katholischen Bevölkerung überlegen waren – zerstörten jetzt katholische Kirchen, Altäre, Marienstatuen, Kreuzwege und Kruzifixe. Im Gegenzug organisierte sich die katholische Liga unter Henri de Guise. Die Konflikte spitzten sich zu.«

Der Liturg sah nachdenklich über die Köpfe seiner Gemeinde hinweg. Dann fuhr er fort: »Erst Henri IV. gelang es, die blutigen Auseinandersetzungen zu entschärfen. Im Herzen noch immer Protestant, konvertierte er dennoch zum Katholizismus. ›Paris war ihm eine Messe wert‹, um seine Macht zu sichern. Damit jedoch setzte er einen Schlusspunkt unter die Religionskriege und erreichte mit dem Edikt von Nantes im Jahr 1598 volles Bürgerrecht für alle Protestanten.«

»War das der, dessen Wort vom Sonntagshuhn für die Untertanen Furore machte?«, flüsterte mir Steffi zu. Ich nickte und sah seine Büste vor mir, die im Hof des Rathauses von Toulouse stand.

»Dennoch nahm unsere Not kein Ende, das Volk war abergläubisch und ungestüm, und die nachfolgenden Könige, zu denen auch der ›Sonnenkönig‹ zählt, ließen erneut die Unsrigen verfolgen.«

Aufmerksam lauschte ich, als der Prediger auf die Zeit zu sprechen kam, in der die Calas lebten. Noch im 18. Jahrhundert hätten die Katholiken in Toulouse unbeirrt den Jahrestag gefeiert, an dem sie viertausend ketzerische Bürger niedergemetzelt hatten, und zwar mit einer Prozession und Freudengeschrei. Obwohl noch immer formell das Edikt von Nantes galt, setzte eine erneute Massenflucht ein, auch aus Toulouse.

»Was blieb den Leuten anderes übrig?«, fragte er seine Gemeinde. »Protestanten wurde der Zutritt zu Notariaten oder Staatsanwaltschaften versagt, auch von der Ständeversammlung blieben sie ausgeschlossen. Hochzeiten und Beerdigungen mussten heimlich abgehalten werden, Tempel wurden noch immer zerstört, keine Art von Unmenschlichkeit war den Katholiken fremd, sie misshandelten die ehrwürdigsten Alten, schleiften die edelsten Frauen in ihre Kirchen, stellten die unschuldigsten Leute an den Pranger oder hängten sie an den Füßen auf. Zwangsbekehrungen durch königliche Dragonaden waren an der Tagesordnung. Diejenigen Protestanten, die hier blieben, versteckten sich in den Cevennen. Viele der sogenannten Kamisarden, auch Widerstandskämpfer genannt, zogen psalmensingend in den Tod. Erst durch das Toleranzedikt von Versailles wurde unser Glaube geduldet, und es war der Code Napoléon, der endlich die volle Gleichberechtigung brachte.

Liebe Gemeinde«, meinte er zum Schluss, und nun hatte er tatsächlich ganz offen Steffi und mich im Blick, »ich habe unsere Geschichte heute deshalb so ausführlich beleuchtet, weil wir Gäste lutherischen Glaubens aus Deutschland unter uns haben. Lasst uns jetzt gemeinsam unser Lied der Freiheit singen, das lange Jahre verboten war ...«

Fast ein Jahr nach der Beerdigung von Charlotte vernahm ich erneut, aber diesmal aus vollen Kehlen *Célébrons le Seigneur*, Lobet den Herrn.

28

»Arbeiten, das heißt leben …«

Voltaire, Lebensrezepte

Nach der Verabschiedung der Gemeindemitglieder geleitete uns der Liturg eine schmale Kellertreppe hinunter zu einer eisernen Tür. Er öffnete sie umständlich, weil er das Körbchen mit den Kollekteneinnahmen unter dem Arm hatte, und trat dann zur Seite, um uns einzulassen. Der kleine Raum, in den er uns bat, wurde durch ein schmales Kellerfenster erhellt, von oben mit einem Gitterrost abgesichert. Es roch so, wie es in kirchlichen Gebäuden oft riecht: eine Mischung aus Frömmigkeit, Kaffee und Bohnerwachs. Um einen runden Tisch mit einer zipfelig herabhängenden weißen Leinendecke waren vier unterschiedliche alte Stühle gruppiert. Eine Warmhaltekanne stand darauf, dazu Tassen, Teller und frische Croissants.

Sokrates sah völlig anders aus, als wir ihn uns vorgestellt hatten.

Mit verschränkten Armen lehnte vor uns ein schlaksiger James-Dean-Typ an der Wand, allerdings mit einem schmalen, fast glattrasierten Eierkopf wie Hercule Poirot. Bekleidet war er mit einem schwarzen Rollkragenpullover, ebenfalls schwarzen enganliegenden Jeans und einer beigefarbenen Weste mit unzähligen Taschenklappen.

»Wer von euch beiden ist Phainarete«, fragte er leise, und seine hellen Augen musterten uns aufmerksam. Ich wollte uns gerade vorstellen, als er vorsichtig abwehrte: »Förmlichkeiten sind nicht nötig. Ich möchte, dass wir es bei den Decknamen belassen.«

An den Wänden hingen unzählige vergilbte Fotos, gerahmte Urkunden und Bibelsprüche, an der Stirnwand überdies ein herrliches altes Kreuz aus Gold und blauem Email, das Symbol der reformierten Christen, wie mir der Liturg auf meine Frage erklärte. »Es ist von der Form her ein Malteserkreuz. Die anhängende Taube symbolisiert den Heiligen Geist«, sagte er.

»Verehrten nicht auch die Katharer die Taube?«

Der Liturg sah mich erstaunt an, auch Sokrates hatte aufgemerkt.

»Aber ja, Madame, auf dem Montségur, ihrem größten Heiligtum, will man Tauben aus Ton gefunden haben!« Dupont zündete eine dicke Bienenwachskerze an, goss Kaffee ein und nahm dann wie selbstverständlich auf dem vierten Stuhl Platz.

Ich warf Steffi einen fragenden Blick zu, den Sokrates sofort auffing. »Du brauchst dich nicht zu beunruhigen, Phainarete«, sagte er leise, indem er sich zu mir herüberbeugte. »Die Anwesenheit von Monsieur Dupont – wir wollen ihn heute *Dominus* nennen – geht völlig in Ordnung. Ich kenne ihn seit vielen Jahren.«

Aber ich nicht, dachte ich trotzig. Ich kenne ja nicht einmal dich. »Weißt du etwas von Henri«, platzte es aus mir heraus.

»Keine Nachricht ist eine gute Nachricht«, sagte Sokrates bedächtig, nachdem er seinen Kaffee umgerührt und den kleinen Löffel beiseitegelegt hatte. »Ich glaube jedenfalls nicht, dass er irgendwo gefangen gehalten wird, oder gar, dass er tot ist. Das wolltest du doch hören, nicht wahr?«

Ich stockte. Was war das nur für eine Art, ein Gespräch zu führen? Mit dieser Mischung von knabenhafter Schüchternheit und hypnotischer Stimme erinnerte mich der junge Mann an einen gewissen Staatsanwalt, den ganz Nürnberg »Beckmesser« nannte und vor dem ich einen Heidenrespekt hatte.

»Natürlich wollte ich das hören, Sokrates, wenngleich ...«

»Wenngleich *was*?«

Fast aufreizend ruhig, die Beine übereinandergeschlagen, saß er mir gegenüber. Er schien voll konzentriert und sah mir ständig tief in die Augen. War das eine Masche?

Ich erzählte ihm, dass auch ich nicht ohne Hoffnung sei, weil man Henris Fingerabdrücke auf dem Fischerboot gefunden habe. »Dennoch«, gab ich zu bedenken, »irgendwann muss man der Wahrheit ins Auge sehen, und wenn sie noch so bitter ist.« Ich fixierte ihn nun ebenfalls, allerdings in der Hoffnung, in *seinen* Augen auf ehrliche Antworten zu stoßen. »Henri ist jetzt seit fast einem Jahr verschwunden. Lebte er noch, so würde er sich doch längst gemeldet haben. Entweder bei dir … oder bei mir.«

»Ich widerspreche dir, Phainarete. Er würde das nicht tun, wenn er uns damit in Gefahr brächte oder wenn nach seinem Auftauchen die Verhaftung drohte. Er ist vorbestraft. Du weißt davon?«

»Keine Details. Ich habe ihn nie nach Einzelheiten …«

Wieder fiel er mir ins Wort. »Lass es mich dir erklären. Henri meldet sich nicht, weil Gefahr besteht, dass man ihn des Mordes an einem Priester namens Maury anklagt. Du kanntest diesen Mann, nicht wahr?«

»Wie bitte? Henri steht unter Verdacht? Das musst du mir näher …« Mein Herz begann zu klopfen.

»Ganz ruhig, Phainarete, ich erzähle es ja bereits. Der Priester starb an einer Überdosis Heroin. Mein Informant fand nicht heraus, ob er süchtig war, umgebracht wurde oder Suizid beging, nur dass die Polizei einen Mann als Zeugen sucht, der Maurys Haus zum Zeitpunkt seines Ablebens betrat. Die Beschreibung passt haargenau auf Henri. Hat man dich jemals darauf angesprochen, Phainarete?«

Ich schüttelte den Kopf. »Nein, nie. Wenn es so ist, wie du sagst, dann verstehe ich natürlich, weshalb sich Henri versteckt. Hast du über den anderen Toten, diesen Weißbärtigen, auch etwas herausgefunden? Du warst doch seinerzeit mit Henri bei der Polizei.«

»Nein«, sagte er. »Wir waren übrigens nicht *zusammen* bei der Polizei. Henri« – Sokrates hüstelte –, »Henri betritt nicht freiwillig die Höhle des Löwen. In dieser Sache hieß es nur lapidar: Tod durch Ertrinken. Unwahrscheinlich, dass hier noch immer ermittelt wird.«

Sieh mal einer an, dachte ich bei mir, über den Besuch bei

der Polizei hatte mich Henri belogen. Sein Spruch, *ein verbrannter Hund scheut die Küche*, bekam allmählich Sinn. Doch einmal gelogen, immer gelogen?

Der perfekte Sokrates schien wohl auch Gedanken lesen zu können, denn er kam im nächsten Augenblick auf die Dokumente zu sprechen. »Eskaliert ist die ganze Angelegenheit erst mit dem Auffinden dieser Voltaire-Denkschriften«, meinte er, »doch angefangen hat alles viel früher. Wie weit ist deine Freundin eingeweiht, Phainarete? Wir wollen sie schlicht *Freundin* nennen, geht das in Ordnung?«

Nun sah er Steffi tief in die Augen, und – ich konnte es kaum fassen – sie lächelte ihn selig an und nickte ergeben. Auf welchem Kreuzzug befand sich dieser Mann? Ich holte tief Luft und sagte ein wenig schnippisch: »*Freundin* ist eingeweiht, sie hat mein vollstes Vertrauen«, insgeheim aber dachte ich bereits an den Lachkrampf, den Steffi ganz sicher auf dem Heimweg bekommen würde. Sokrates jedoch nickte zufrieden.

Er holte tief Luft, strich sich bedächtig über seine hohe Stirn, dann erzählte er uns, dass Henri nach der Chemieexplosion und seinem Krankenhausaufenthalt sowohl ein privates als auch ein berufliches Interesse gehabt hätte, die Schuldigen ausfindig zu machen. Als Wortführer der Gruppe *jamais plus* sei er bei seinen Recherchen auf mehrere illustre Personen gestoßen – nicht nur aus Toulouse, auch aus Lyon und Paris –, die jedoch allesamt einen hohen Schutzwall um sich herum aufgerichtet hätten. »Die Namen sollen dich im Augenblick nicht belasten, Phainarete«, sagte er. »Kurz, es ging um eine absolut heiße Information, die besagte, dass es auf dem Gelände der Düngemittelfabrik eine Explosion verbunden mit einem EMP-Impuls gab, wie auch immer dieser zustande kam. Henris Informant sprach von der Erprobung eines neuentwickelten Bombentyps mit elektromagnetischer Wirkung.«

Steffi warf mir einen ungläubigen Blick zu, und auch Dupont merkte auf.

»Eine Bombe? Darüber hat Henri nicht mit mir gesprochen«, sagte ich, nur mühsam meine Erregung unterdrückend. »Was versteht man unter einer EMP-Bombe?«

»Es ist eine Waffe, die in erster Linie dazu dient, elektronische Geräte, also Computer und Waffensysteme des Gegners, zu zerstören. Die USA haben sie angeblich bereits im Kosovo und in Afghanistan eingesetzt. Aber Henri kam nicht weiter in dieser Sache. Die Schotten in Toulouse waren dicht. Seine Nachforschungen stagnierten.«

»Es gab damals ja unglaublich viele Hypothesen«, warf Dupont ein, »etliche Leute waren auch von einem Attentat überzeugt, schließlich fand die Explosion nur ganze zehn Tage nach der des World-Trade-Centers statt.«

»Das ist richtig«, sagte Sokrates. »Es war ein merkwürdiges Zusammentreffen, so kurz vor dem Ausbruch des Irakkrieges. Wir wissen allesamt noch immer nicht, was damals wirklich geschah. Doch plötzlich, obwohl sich Henri nichts hatte zuschulden kommen lassen, entließ ihn sein Verlag. Nun kommen die beiden Serralongues ins Spiel, die einzigen Namen, über die ich reden will. Wir sprechen doch von den gleichen Personen, nicht wahr, Phainarete? Du hast übrigens richtig gehandelt, in deiner Mail Abkürzungen zu verwenden.«

Ich nickte.

»Nun, der Vater eures Freundes Marceau, der zuvor großmütig dafür gesorgt hatte, dass Henri im Rangueil-Krankenhaus eine erstklassige Behandlung erfuhr, suchte ihn, wenige Tage nachdem Henri arbeitslos geworden war, auf und bot ihm einen lukrativen Job als Journalist in der Schweiz an, allerdings für den Preis, dass er seine sinnlosen Recherchen in Sachen Chemieexplosion – wie er sagte – aufgeben würde.« Sokrates zögerte. »Henri ist stolz«, meinte er dann, »doch gehört er nicht zu den Menschen, die eine aussichtslose Sache fanatisch weiterbetreiben. Ausschlaggebend für seine Weigerung war wohl, dass es seinen *Jamais-plus*-Leidensgenossen schlechter ging denn je zuvor. Keiner von ihnen konnte mit einem glänzenden Angebot in der Schweiz oder sonst wo rechnen. Er sagte dem alten Serralongues ins Gesicht, er sei nicht käuflich, sondern im Gegenteil entschlossen, die Schuldigen ans Messer zu liefern. Es kam zu einer äußerst heftigen verbalen Auseinandersetzung, die in einer Anklage wegen Betruges gipfelte. Es war eindeutig, dass jemand höchstes Interesse daran hatte, Henri kaltzustellen. Die Gegenpartei wartete mit erstklassigen Rechtsanwälten auf, vor denen Henris Pflichtverteidiger in Ehrfurcht erstarrte.«

Henri war in dieser Sache also nichts vorzuwerfen, außer dass es ihm wohl an der nötigen Diplomatie gefehlt hatte, um mit einem so schwierigen Menschen wie Marceaus Vater klarzukommen. Charlotte pflegte zu sagen: *Wenn einer noch so klug ist, so ist er oft nicht klug genug, um zu erkennen, dass man den Schritt dem Bein anpassen muss.* Was ich jedoch nie geglaubt hätte, war, dass sich die Serralongues für ein so schändliches Spiel hergeben würden. Sie selbst konnten als Ärzte mit diesem Unglück doch gar nichts zu tun gehabt haben, also gab es wohl Hintermänner in der Politik oder der Wirtschaft …

Sokrates schenkte Kaffee nach. »Wir sollten die alte Geschichte jetzt nicht vertiefen«, meinte er, »sondern …«

»Stopp«, jetzt unterbrach ich ihn zur Abwechslung. »Nicht so schnell. Ich muss das wissen, Sokrates. Was genau wurde Henri vorgeworfen?«

»Scheckbetrug und Urkundenfälschung. Die Serralongues haben ihn hereingelegt.«

Ich war erschüttert. »Mein Gott, wir waren einmal eng befreundet gewesen, Henri, Chicotin, Marceau und ich!«

»Henri war sich bis zum Schluss über Marceaus Rolle nicht im Klaren. Er vermutete, dass der Alte entweder eigenmächtig gehandelt hatte oder aber auf Veranlassung irgendwelcher Leute im Hintergrund. Heute glaube ich, dass einzig die alte Freundschaft mit Marceau Henri das Leben gerettet hat. Diese Leute hätten Mittel und Wege genug finden können, um ihn … auszuschalten.«

»Der Alte wollte also verhindern, dass Henri die Wahrheit

über die Explosion und das, was danach geschah, herausfand. Aber wer steht hinter ihm? Um welche Leute handelt es sich; sitzen sie in dieser Chemiegesellschaft, im Senat oder bei den französischen Geheimdiensten? Kannst du mir nicht doch Namen nennen? Und was hat diese Geschichte mit den Voltaire-Denkschriften zu tun?«

»Langsam … Ich komme gleich darauf zurück, Phainarete. Sagt euch der Begriff *katholische Mafia* etwas?«

Steffi sah mich erschrocken an. Dominus nickte kurz, und vor meinen Augen tauchte erneut der alte Serralongues auf, wie er – vom Wahn getrieben, zur wahren christlichen Weltelite zu gehören – für Ordnung sorgte im Land. *Voltaire war Atheist und hatte die vollständige Trennung von Staat und Kirche im Sinn …* hatte er gebrüllt. Das passte.

»Du vermutest, die Serralongues sind Mitglieder einer … einer kirchlichen Mafia?«

»Es ist nicht auszuschließen. Man munkelt so manches in dieser Stadt. Durch den Einzug in dein Haus, Phainarete, sah sich Henri plötzlich in der Lage, die Praxis und das Anwesen der Ärzte genauestens zu beobachten. Er hoffte, damit an die Hintermänner heranzukommen, die für die Verschleppung der Entschädigung der Opfer verantwortlich waren.«

»Nun ja, die Serralongues waren immer sehr christlich, aber … aber …« Ich stotterte, weil ich zutiefst schockiert war, nicht zuletzt über Henris Verhalten, der sich tatsächlich bei mir eingeschlichen hatte. Er war also gar nicht Charlottes wegen zum Friedhof gekommen, sondern um auch dort die Serralongues auszuspionieren.

Damit, dass ich von diesem Tag an nicht nur seine Ehrlichkeit, sondern auch seine Liebe in Frage stellen musste, kämpfe ich noch heute.

»Wie Sokrates gerade ausführte, hat das Verschwinden Ihres Freundes in erster Linie mit der Explosion zu tun, aber im weitesten Sinne auch mit der Kirche«, ergänzte der Liturg. »Es existieren tatsächlich Verbindungen zwischen hiesigen Industriemagnaten und sehr einflussreichen katholischen

Bürgern unserer Stadt wie beispielsweise den Serralongues.« Monsieur Dupont erklärte uns, dass neuerdings in Frankreich wie anderswo kritische Geister wieder mundtot gemacht würden und dass parallel dazu fromme Geheimbünde aufblühten, in denen sich illustre Zeitgenossen tummelten. Die Verschwiegenheit, der Zusammenhalt sowie das arrogante Auftreten dieser Leute sei bemerkenswert und beängstigend, meinte er und verwies als abschreckendes Beispiel auf die USA, in denen die sogenannten Kreationisten, die die Evolution leugneten, ja nicht einmal davor zurückschreckten, Lehrer und Priester unter Druck zu setzen, nur damit diese lehrten, die Menschheit stamme tatsächlich von zwei realen Personen ab, nämlich Adam und Eva. Gedankengut, das ganz selbstverständlich auch von der realen Existenz von Teufeln und Dämonen ausgehe, sei heute leider in allen Kirchen gegenwärtig, mit dem einen Unterschied, dass sich der Begriff Fundamentalismus in den Reformierten Kirchen längst durchgesetzt hätte, während man in der katholischen Kirche noch immer ›Integralismus‹ dazu sagen würde.

»Religiöse Geheimbünde?«, warf ich ein. »Sie meinen das Opus Dei, die Büßer oder sonstige Orden?«

»Madame, das Opus Dei würde protestieren, als Geheimbund deklariert zu werden, aber ich habe durchaus solche politisch-theologisch reaktionären Verbindungen im Sinn, die sich dreist als Werk Gottes bezeichnen, aber nichts weiter als totalitär sind, wobei ihr Fundamentalismus sich nur graduell, nicht aber wesentlich unterscheidet«, sagte der Prediger frei heraus.

»Auf einige Gruppierungen trifft sogar eines in hohem Maße zu, nämlich ihre Verbindung zu inzwischen verbotenen Orden, die heute eindeutig als faschistisch zu bezeichnen sind«, warf Sokrates ein. Den Faschismus zeichne nicht nur ein extremer Nationalismus aus und ein Führerprinzip, sondern auch mythologisierende Volkstümelei. Das passe bestimmten konservativen Kirchenkreisen hervorragend in ihren Kram, hier ginge es um blanken Machterhalt.

»Tja, jeder, der geglaubt hat, die Zeiten der Kreuzzüge wären vorüber und Religion spiele nur noch eine Nebenrolle, hat sich wohl getäuscht«, meinte Dominus. »Es sind die neuen Fundamentalisten im Islam *und* im Christentum, die uns einen weiteren Kriegszug bescheren werden. Die letzte Schlacht, das Armageddon, wird gegen die Aufgeklärten und Vernünftigen stattfinden.«

»Eigentlich müsste eine weltweite Allianz gegen religiöse Dummheit gebildet werden«, warf Steffi wütend ein.

»Kein Einwand«, erwiderte ich, »doch nicht überall geht man derart naiv an die Frage der Existenz des personalen Bösen heran wie in den USA. Schließlich kann man heutzutage keinen vernünftigen Menschen mehr mit Weißen Büßern und ähnlichem Klamauk erschrecken!«

»Das sagst ausgerechnet du, Phainarete?«, meinte Sokrates gedehnt.

Alle sahen mich an. Ein betroffenes Schweigen senkte sich über den Raum.

29

»Nein, mein Herr, es ist nicht alles verloren,
wenn man das Volk in den Stand setzt, zu merken,
daß es einen Geist hat.«

Voltaire, Für Wahrheit und Menschlichkeit

»Entschuldige, du hast recht«, sagte ich in das Schweigen hinein. »Ich weiß seit einem Jahr am besten, dass die Realität anders aussieht ...«

Und ich erzählte von dem, was Sokrates und Dominus seinerzeit nicht in der Presse hatten lesen können, nämlich von meinem Erlebnis mit dem »Auge« und meinen Ängsten an jenem Abend, an dem Henri verschwand. Als ich auf die sechs eitlen Männer zu sprechen kam, die hinter den Priestern geschritten waren, warfen sich Sokrates und der Liturg einen überraschten Blick zu.

»Kannst du das Zeichen, das sie auf ihren Mänteln trugen, näher beschreiben, Phainarete?«

»Wenn mir je etwas im Gedächtnis haften blieb, dann dies ...«

Dominus schob mir seinen Kugelschreiber und ein Blatt Papier zu. Ohne zu zögern, zeichnete ich das seltsame Kreuz auf.

Sokrates stieß hörbar die Luft aus. »Das Jerusalemer Kreuz«, sagte er. »Die Ritter vom Heiligen Grabe. Fast habe ich es geahnt.«

»Ja«, bestätigte der Liturg. »Vier kleine Kreuze in den Winkeln eines großen Krückenkreuzes, das ist ein Hinweis auf die fünf Wunden Jesu und das Abzeichen des Ordens der Ritter vom Heiligen Grabe.«

»Was hat das zu bedeuten? Sind diese Leute von der Geheimen Bruderschaft des Wertvollen Blutes? Da gibt es doch einen belgischen Orden? Henri hatte die Information von dir, Sokrates!«

Er runzelte irritiert die Stirn. »Nein, nein. Die Ritter vom Heiligen Grabe führen ihre Entstehung auf die Kreuzzüge zurück. Wie damals lautet auch heute noch ihr Schlachtruf: *Deos lo vult*, Gott will es. Doch aus ehemaligen Beschützern der Christen im Heiligen Land ist eine Elitetruppe entstanden, deren Führer weltweit in Aufsichtsratsgremien und Vorstandsetagen bei Industrie und Banken sitzen, es befinden sich auch viele Anwälte darunter und sogar Ärzte. Deswegen wurde ich hellhörig. Ein katholisches Machtkartell sozusagen. Also eigentlich genau das, was wir suchen! Dass die Grabesritter mit den Leuten aus Brügge in Verbindung stehen, glaube ich allerdings nicht.«

»Wow«, sagte Steffi. »Grabesritter! Da fragt man sich schon, was intelligente Menschen bewegt, sich in mittelalterliche weiße Gewänder zu hüllen und zum Ritter schlagen zu lassen!«

»Bildung schützt nicht vor Barbarei. Und es ist gerade die fromme Maske, die dieser ›Vereinigung der besten Köpfe‹ – wie man sie nennt – Schutz bietet«, entgegnete der Liturg. »Schutz, um im Geheimen und unter Gleichgesinnten die Welt nach ihren Vorstellungen zu verändern.«

»Und was verbindet die Ritter des Heiligen Grabes mit den Weißen Büßern?

»Phainarete, du musst es dir so denken«, sagte Sokrates leise. »Ein Grabesritter flattert nicht wie eine Henne, wenn er wie ein Adler fliegen kann, das heißt, er macht sich natürlich nicht selbst die Hände schmutzig …«

»… oder die weißen Handschuhe, die er trägt«, warf Steffi ein.

»Dennoch … wir sollten niemanden vorverurteilen«, gab ich zu bedenken, »schließlich war von irgendwelchen Grabesrittern im Schreiben meiner Tante keine Rede. Fakt ist, dass meine Urgroßmutter, eine geborene Calas, sich vor der Bruderschaft des Wertvollen Blutes gefürchtet hat. Irgendwer müsste doch noch über sie Bescheid wissen!«

Dominus lächelte plötzlich. »Aber ja, Madame, hier kann ich Ihnen wirklich weiterhelfen. Ihre Urgroßmutter hatte vor niemand anderem Angst als vor der *Confrérie du Précieux*

Sang de Notre Seigneur Jésus-Christ. Das ist jedoch keine eigenständige Bruderschaft wie der Blutsbruderorden aus Belgien, sondern nur ein anderer Name der uns bereits bekannten Weißen Büßer. Weshalb sie sich eine Zeitlang so nannten, entzieht sich meiner Kenntnis.«

»Halleluja«, stieß Steffi hervor. »Deine Uroma fürchtete sich also schlicht und einfach vor den Weißen Büßern, das hätte die alte Dame ja auch gleich sagen können!«

Alles lachte. Plötzlich drehte Monsieur Dupont den Kopf zur Seite, lauschte. Er erhob sich, trat zur Tür, riss sie auf und starrte auf den Gang hinaus. Als er sich wieder zu uns umdrehte, meinte er: »Ich habe mich wohl getäuscht. Da war niemand, oder … es war die Putzfrau. Wo war ich stehengeblieben? Noch einmal zurück zu diesen Grabesrittern von Collioure. Ich wusste bislang nicht, dass sie am Karfreitag dort mitwirken.«

»Kann in diesem Verein jeder Mitglied werden?«, fragte Steffi.

»Nein. Man wird berufen. Dennoch soll es weltweit fast zwanzigtausend Ritter des Heiligen Grabes geben, ein beträchtliches Heer, könnte man sagen. Ihr Großmeister residiert in Rom, in einem prachtvollen mittelalterlichen Gebäudekomplex. Also, wenn wir es tatsächlich mit den Grabesrittern zu tun haben, wird damit die Sache nicht einfacher. Doch fehlt uns jeder Beweis.«

»Falls Henri die sechs Männer noch gesehen hat, bevor er verschwand, wusste er Bescheid«, meinte Sokrates nachdenklich. »Der Orden gehörte von Anfang an zum Kreis unserer Verdächtigen. Dass wir damals diese Spur nicht weiterverfolgt haben, lag einzig daran, dass in Toulouse offiziell keine Grabesritter sitzen.«

Dominus nickte. Er kam mir jetzt sehr nervös vor; immer wieder lauschte er nach draußen. Erwartete er tatsächlich am Sonntag die Putzfrau? Ich spürte voller Unbehagen, wie die Übelkeit heranrollte, die ich schon überwunden glaubte.

»Ich bitte Sie inständig, in Sachen Grabesritter äußerst

vorsichtig zu sein, Mesdames«, sagte er gerade. »Noch in den sechziger Jahren war diese Vereinigung ein Sammelbecken für rechtsextreme Kräfte und fanatische Antikommunisten. Seit mehreren Jahrzehnten jedoch versuchen die Grabesritter ihr Image zu verbessern. So unterstützen sie beispielsweise mit Millionenbeträgen den Bau und Betrieb von Kindergärten und Schulen im palästinensischen Gazastreifen.«

Ich wurde unruhig, schwitzte. »Ja gut«, sagte ich und holte tief Luft, »wir müssen vorsichtig sein, doch kommen wir damit weiter? Auf diese Weise finden wir Henri nie!«

»Fest steht für mich, dass der mysteriöse Weiße Büßer, dem Henri gefolgt ist, nicht auf eigene Faust vor den ehrenwerten Herren und Priestern einherschritt«, sagte Sokrates. »Die wussten genau, *wer* das war. Dass sich nach dem ganzen Presserummel, den dieser Fall hervorrief, keiner von ihnen bei der Polizei gemeldet hat, macht sie zumindest verdächtig. Die Grabesritter haben einen ähnlichen Verhaltenskodex wie die Mafia.«

»Du meinst die *Omertá*, die unbedingte Schweigepflicht?«

Die Augen von Sokrates funkelten mit einem Mal zornig, und plötzlich fehlte auch seiner Stimme jegliche Geschmeidigkeit. »Gehorsam geht diesen Leuten über alles, der eigene Wille, das individuelle Ich zählen nicht. Was Henri passiert ist, war ganz sicher kein Zufall, Phainarete. Die haben nicht nur von euren Nachforschungen, sondern auch von eurer Reise erfahren. Ich vermute, dass das Auftauchen des Weißen Büßers beim Sanch-Umzug eine Provokation war, die das Ziel hatte, Henri von dir abzusondern und ihn dann aus dem Weg zu schaffen. Letzteres ist ihnen offenbar misslungen. Ich bin mir sicher, er versteckt sich irgendwo vor diesen Leuten, und natürlich vor der Polizei. Du musst also sehr vorsichtig sein, Phainarete, denn vielleicht setzen sie ihre Hoffnung darauf, dass du sie zu ihm führst.«

Keiner sagte etwas. Mir war extrem flau in der Magengrube.

»Nun, jedenfalls sind wir ein kleines Stück weitergekommen«, brach Monsieur Dupont das Schweigen und machte Anstalten, das Gespräch zu beenden.

Da fand ich es an der Zeit, nochmals die Affäre Calas anzusprechen. Offen gestand ich ein, dass die Voltaire-Briefe verschwunden waren und ich das der Polizei verschwieg, um Henri nicht zu belasten.

»Bitte verstehen Sie mich recht«, sagte ich, zu Dupont gewandt, »ich glaube nicht, dass Henri sie entwendet hat, um sie zu verkaufen. Sie sind mir im Grunde auch nicht wichtig. Henri ist es, an dem mir etwas liegt. Und damit komme ich zu dem Punkt, den ich ganz und gar nicht begreife: Wo, bitte, ist der Zusammenhang zwischen Henris Geschichte und der meinen?«

Steffi fasste mich beim Arm. »Bleib ganz ruhig!«

»Ich will es dir erklären, Phainarete«, sagte Sokrates mit aufreizend-geduldiger Stimme, so als ob er ein Schulkind vor sich hätte, doch was er sagte, klang einleuchtend. »Gerade jetzt, wo sich Organisationen wie die Grabesritter oder die Büßer reingewaschen haben, wo niemand mehr über vergangene Zeiten und Missetaten spricht, wo Themen wie Macht- und Gewaltausübung durch die Kirche in der Öffentlichkeit tabu sind, werden diese Leute alles daransetzen, dass nicht der geringste Schatten auf sie fällt. Mit einem *Renouveau* der Affäre Calas jedoch, deinem juristischen Statement und Voltaires Angriffen auf den fanatischen Fundamentalismus, würde der Schleier, der ihre wahre Macht verbirgt, einen Riss bekommen.«

»Du meinst, sie schlagen dann zu, wenn Gefahr besteht, dass ihre wenig ruhmreiche Vergangenheit aufgerührt wird, oder bekannt werden könnte, dass auch in ihren Reihen religiöse Fanatiker Einfluss haben?«

»Genau. Diese Leute fürchten negative Presse wie der Teufel das Weihwasser. Rohe Gewalt ist nicht mehr ihre Sache, heutzutage gehen sie subtiler vor. Denk nur an den Scheckbetrug, aber auch an die beiden Toten. Da floss kein Blut …«

Ich konnte Sokrates nicht recht geben. Jemanden in einem

Fluss zu versenken, weil er den Mund zu weit aufgemacht hatte, einen anderen aufgrund der Preisgabe von Informationen mit Heroin ins Jenseits zu befördern – und all das, nur um einen unliebsamen Reporter mundtot zu machen – war für mich das Gegenteil von subtil.

30

> »Mein Mitgefühl mit den unterdrückten Unschuldigen
> und meine Unerbittlichkeit gegen die Heimtücker
> haben dieselbe Quelle.«
>
> *Voltaire, Für Wahrheit und Menschlichkeit*

Obwohl Steffi erst in der letzten Woche nach Toulouse gefahren war, um nach der Post zu schauen und die Zimmer zu lüften, quoll in der Rue de la Dalbade der Briefkasten beinahe über. Doch das meiste davon war Werbung. Von Ramon eine Karte aus Gomera, wo er Urlaub machte. Erneut keine Nachricht von Sam. Es interessierte mich auch nicht sonderlich, ob er inzwischen selbst die Scheidung eingereicht hatte, die Wechselfälle meines früheren Lebens hatten keine Bedeutung mehr. Dass ich noch immer verzweifelt auf eine Nachricht von Henri wartete, gestand ich mir nicht ein, obwohl mein Herz jedes Mal verräterisch klopfte, wenn ich die Post durchsah.

Einen roten, ein wenig verknitterten Zettel hatte ich eigentlich schon auf den Altpapierstapel legen wollen, als mir der Absender auffiel. Es war die vorgedruckte Benachrichtigung eines Toulouser Anwalts aus der Rue du Périgord. Maître Arnaut Émile Lestang forderte mich auf, ein bei ihm hinterlegtes Päckchen abzuholen.

»Merkwürdig«, sagte ich und reichte Steffi den Zettel. »Ich kenne diesen Mann nicht, ich habe nichts bestellt und schon gar nichts bei ihm hinterlegt.«

Weil wir am Sonntag in dieser Angelegenheit nichts weiter unternehmen konnten, beschlossen wir, in Toulouse zu übernachten. Ein neugieriger Blick zum Haus der Serralongues signalisierte Abwesenheit. Alle Fenster waren geschlossen.

Am Abend gingen wir ins *Tariq*, ein lautes arabisches Lokal, wo wir annehmen konnten, dass unsere Gespräche in den leidenschaftlichen Debatten der Gäste untergingen. Zu Hause offen zu reden, erschien uns nach Sokrates' Warnung zu gefährlich, obwohl wir ja deutsch miteinander sprachen und auch hier alles vergeblich nach Wanzen abgesucht hatten.

Beim Essen diskutierten wir vor allem eine verrückte Geschichte, die uns Sokrates am Schluss präsentiert hatte:

Kurz vor Ostern hatte Henri von einem befreundeten Journalisten erfahren, dass der Orden der Weißen Büßer von Toulouse – wie viele andere mystisch-okkulte Orden – im Jahr 1940 in Frankreich verboten worden war, aber noch immer im Untergrund, irgendwo auf dem Land, existiere. Eine Verbindung zu heutigen Sanch-Brüdern bestehe nicht. Die Toulouser Büßer, die als Emblem irgendwelche »hebräischen Zeichen« auf ihre Kutten genäht hätten, würden ein universelles theologisches Geheimnis hüten – was mich sofort aufmerken ließ, weil das fast die Worte des Weißbartes waren.

»Ein theologisches Geheimnis? Die schwangere Maria Magdalena?«, sagte ich zu Sokrates. »Bei den hebräischen Zeichen kommt mir allerdings diese Priesterorganisation A.G.L.A. in den Sinn, von der mir Henri in Collioure erzählt hat. Da ging es um eine hebräische Exorzismusformel. Doch was bitte kann ein mystischer Orden mit der Chemieexplosion von Toulouse zu tun haben?«

Sokrates hatte erstaunt die Brauen gehoben. »Wer sagt denn, dass ein wichtiges Ordensmitglied nicht zugleich an einer verantwortungsvollen Stelle in einem Konzern oder in der Regierung sitzen kann? Möglicherweise ist er obendrein *miles christi* bei den Grabesrittern, Vorsitzender des örtlichen Sportvereins, Aufsichtsrat einer Aktiengesellschaft, eine unverzichtbare Stütze der Kommunalverwaltung und des Kirchengemeinderates … ja, vielleicht noch« – an dieser Stelle grinste er sogar –, »vielleicht ist er auch noch heimlich Kassenwart beim ›Opus Diaboli‹!«

Dupont hatte geschmunzelt, aber Sokrates' Meinung geteilt.

Ungeachtet meiner noch immer skeptischen Miene – insgeheim stimmte ich den beiden freilich zu –, kam Sokrates nun auf das Toulouse des Jahres 1761 zu sprechen und auf seine berühmte Schwarze Daurade-Madonna, hoch verehrt vor allem von den Frauen und den frommen Büßern der Stadt. Sie sei in heidnischer Zeit eine Pallas Athene gewesen. Consul Cepio hatte sie entdeckt, als er auf der Suche nach irgendwelchen Schätzen einen unterirdischen See trockenlegte, dessen Wasser einen Brunnen mitten im Tempel speiste. Christianisiert wurde die Göttin im fünften Jahrhundert durch die arianischen Westgoten, als der heidnische Tempel eine christliche Kapelle bekam.

Nachdem sich Sokrates zum wiederholten Male geräuspert hatte – vielleicht war er doch nicht so selbstsicher, wie er sich den Anschein gab –, fuhr er in seiner gestelzten Sprache fort: »Nun, wen wundert es, dass es in Toulouse längst keine Büßer mehr gibt. In dieser Stadt, auf die sich dank Voltaire das Augenmerk Europas richtete, war nach dem Justizskandal der Affäre Calas kein Platz mehr für Fanatiker!«

Eines stand fest: Sokrates war tatsächlich ein schlauer Fuchs. Auf einen Ortswechsel der Weißen Büßer wäre ich von alleine nie gekommen, obwohl mich Charlotte indirekt darauf gestoßen hatte. Der Auslöser für den Wegzug des Ordens konnte schließlich die Vergiftung des Büßers gewesen sein.

Sokrates erzählte uns nun von einem »Parallelort zum alten Toulouse«: Notre Dame de Marceille, eine einsam gelegene Kathedrale in der Nähe von Limoux, wohin er seinerzeit mit Henri gefahren war. Diese Kirche beherberge eine noch berühmtere Schwarze Madonna, als es die *Vierge* von Daurade war, nämlich eine Originalstatue, keine Replik!

Obendrein gab es dort ebenfalls einen alten Brunnen, der von einer unterirdischen Quelle gespeist wurde; und gleich der Toulouser Kirche war diese heidnische Stätte von den Westgoten christianisiert worden, die nach der Aufgabe ihrer Stadt Carcassonne dort auch ihre Schätze versteckten!

»Aber nun kommt die größte Überraschung«, Sokrates setzte sich auf. »Noch im 19. Jahrhundert gab es in Notre Dame de Marceille aktive Weiße Büßer! Offiziell begleiteten sie Pilger auf dem Weg zur Kathedrale, inoffiziell aber ... pflegten sie möglicherweise ihre geheimen Andachten im Angesicht der NIGRA, die sie nach außen hin ›Allerseligste Jungfrau Maria, Königin von Palästina‹ nannten, während der wirkliche Name der Schwarzen Madonna wohl nur Insidern bekannt war. Nun, was sagt ihr?«

Zufrieden hatte sich Sokrates zurückgelehnt und sich von Steffi ausgiebig loben lassen. Als ich ihn nach Beweisen für seine, zugegeben interessante, Theorie fragte, grinste er spitzbübisch. »Und was sagt die Frau Anwältin zu der beglaubigten Kopie dieses Briefleins?«

Er öffnete seine Mappe und reichte mir ein Pergament, abgefasst am 17. Januar 1795 in Limoux. Eine ehemalige Nonne, Madeleine Françoise, vermachte ihre »frommen Bücher« dem ehrenwerten Prior der *Pénitents blancs* von Notre Dame de Marceille, »als Wiedergutmachung für das große Unheil, das Euch, Ehrwürdiger Vater, und Euren Brüdern in Toulouse widerfahren ist«.

Das war nun tatsächlich ein Beweisstück, wenngleich nicht klar daraus hervorging, ob es sich um denselben Prior handelte, der einem Giftanschlag zum Opfer fiel, oder vielleicht um seinen Nachfolger.

Mit einer großzügigen Geste überließ mir Sokrates eine Abschrift des Briefes. Er gestand sogar, dass er, einer Eingebung folgend, im letzten Winter zweimal am Sonntag nach Limoux gefahren sei, um die Messe zu besuchen. Dabei wäre er stets als Letzter in die Kirche gegangen, nachdem er die Gottesdienstbesucher gezählt hätte. Jedes Mal hätten zwölf Personen die Kirche nicht mehr verlassen. Bei seinem zweiten Besuch hatte er versucht, sich nach der Messe ein weiteres Mal Eintritt in die Kirche zu verschaffen, die für gewöhnlich Touristen offenstand. Doch hätte eine alte Frau wie Cerberus vor dem Hölleneingang vor der Tür gestanden und den Kopf geschüttelt. »*Un accueil des délégations des diocèses*«, hatte sie gesagt. Eine vorsichtige Nachfrage bei der Diözese hatte jedoch ergeben, dass man von einem Empfang in Notre Dame de Marceille nichts wusste; man vermutete ein Treffen der *Association des Amis de Notre Dame de Marceille,* einer Vereinigung, die zum Erhalt der Kirche schon größere Summen bereitgestellt hätte.

Wie auch immer, Henris Freund hatte gemeint, es sei alles nur eine Frage der Zeit, bis er ihre Spur finden würde, und uns in einem Umschlag ein neues Passwort überreicht, damit wir in sicherem Mail-Kontakt bleiben konnten.

»Hat dir Henri nichts von unserer Recherche in Limoux erzählt?«, hatte er mich verwundert gefragt, als wir aufstanden, und ich musste den Kopf schütteln.

Vor dem Verlassen des Tempels hatte Steffi noch nach der Digitalkamera gefragt, und unser Verdacht, dass die Serralongues logen, bestätigte sich.

Die Kamera gehörte tatsächlich Sokrates.

Nachdem uns Yussuf das dritte Glas Wein serviert hatte, schossen unsere Spekulationen nur so ins Kraut. Steffi ließ sich nicht mehr davon abbringen, dass der alte Serralongues dieser herausragende Kopf sein musste, der hinter allem steckte. Sie wisse schließlich von Theo, wie so etwas in der Wirtschaft laufe. Als Ärzte hätten die Serralongues überdies leicht an Heroin herankommen können, allein dieser Nachweis würde Henri von allem Verdacht befreien. Doch wie sollte das zu bewerkstelligen sein? War es ratsam, mir aufgrund der Lüge von der Kamera den alten Serralongues vorzuknöpfen? Oder wenigstens Marceau?

Wir beschlossen, vorerst nur ganz vorsichtig Nachforschungen zu betreiben. Eine Möglichkeit war es, Fernand Laroque einzuweihen, Charlottes Freund, der ja ebenfalls die Serralongues kannte. Aber ich befürchtete, dass unser Verdacht den alten Mann nur unnötig aufregen würde.

Während wir noch hin und her überlegten, wurde mir plötzlich bewusst, dass von Sokrates' zuversichtlichem Posting *We shall overcome* – was Henri anging – beinahe nur Hoffnungslosigkeit geblieben war.

Steffi bemerkte meine veränderte Stimmung sofort und wechselte das Thema. Den Löffel in der Rechten, voll mit zuckersüßem Baklava, nahm sie Sokrates aufs Korn. Dieser Kerl spiele unbestreitbar virtuos auf dem Klavier seiner »Kopieren-und-Einfügen-Welt«, halte sich aber entschieden zu wenig unter Menschen auf. »Der braucht dringend eine Xanthippe, die ihn auf andere Gedanken bringt!«, meinte sie kauend.

Ich musste herzlich lachen. Das erste Mal an diesem Tag.

31

»Aber häufig glaubt man, ein Lamm um Rat zu fragen, und man gerät an einen Fuchs.«

Voltaire, Philosophisches Wörterbuch

Ein Anruf am nächsten Morgen bei Maître Lestang verlief unbefriedigend. Telefonauskünfte dürften grundsätzlich nicht erteilt werden. Ich müsse persönlich mit meinem Ausweis in der Rue du Périgord erscheinen.

Die wenig begeisternde Stimme stellte sich am Nachmittag als die einer ältlichen Sekretärin in Graurosa heraus, die sich höflich nach meiner Gesundheit erkundigte und sich im gleichen Atemzug dafür entschuldigte, das Paket damals meinem Mann nicht ausgehändigt zu haben. Man hätte eben Vorschriften zu beachten.

»Mein Mann war hier?«, fragte ich. Sam? Ich war völlig perplex. Doch die Frau nickte eifrig. »Ja, Madame, einige Tage, nachdem ich Ihnen die erste Benachrichtigung schickte. Das muss im …, warten Sie, im vergangenen Juli muss es gewesen sein. Sie waren damals in der Schweiz, nicht wahr? Es tut mir wirklich leid, aber Maître Lestang ist in solchen Dingen überaus korrekt. Wenn uns ein Mandant Geheimhaltung aufträgt, ist ohne Ausweis oder Beglaubigung nichts zu machen. Und Ihr Mann hatte nun einmal nichts Schriftliches von Ihnen bei sich …« Sie zuckte mit den Schultern und lächelte, wenn man das ein Lächeln nennen wollte, was sie auf den schmalen Lippen trug. »Wenn Sie nun bitte mitkommen möchten …«

Mein Kopf schmerzte, was aber nun wirklich auch an Yussufs Wein liegen konnte. Während die Sekretärin uns einen dunklen Flur entlangführte, fiel mir ein, dass sich Henri einmal als mein Mann ausgegeben hatte, damals, als wir den Priester Maury aufsuchten. Sollte *er* hier gewesen sein? Verrückt – aber was, wenn er sich noch immer in Toulouse aufhielt? Ein

Versteck bei einem anderen guten Freund? Vielleicht bei dem, der ihm beim Umzug geholfen hatte?

Maître Lestang, auch äußerlich ein sehr korrekter Mann – blütenweißes Hemd, silbern schimmernde Krawatte, dunkler Anzug –, öffnete umständlich seinen Safe, nachdem er gewissenhaft meine Papiere geprüft hatte, und drückte mir nach längerem Herumsuchen ein dickes Päckchen in die Hand, das mehrere Male mit einem braunen Klebeband umwickelt war.

»Hier, Madame Feuerbach«, sagte er ernst. »Der Absender wünscht absolut anonym zu bleiben, ich darf Ihnen also nicht sagen, von wem oder woher die Sendung kommt. Allerdings steht die Begleichung für meine Unkosten noch aus, man hat mir bedeutet, dass Sie …«

Ich nickte, fast unfähig, ein Wort herauszubringen.

Maître Lestang drückte auf einen für Klienten unsichtbaren Knopf unter seinem Schreibtisch, worauf die Sekretärin mit der wohl längst vorbereiteten Rechnung erschien. Die Gebühr für die Aufbewahrung war beträchtlich. Es war mir gleichgültig. Ich drückte das Päckchen wie einen heißgeliebten Schatz an mich und konnte an nichts anderes mehr denken als daran, es auszupacken.

Warten ist ein Bestandteil des Lebens, der die unterschiedlichsten Emotionen hervorruft. In einer der schlaflosen Sanatoriumsnächte hatte ich einmal gelesen, dass man erst langsam wartet, dann immer schneller. Das stimmte: Zuerst nimmt man die leisen Schritte der Nachtschwester auf dem Flur wahr, hört den Wind, der rhythmisch die Läden zum Klappern bringt, das Pfeifen eines Zuges. Man weiß, die Nacht geht auch ohne Schlaf und ohne das Läuten des Telefons zu Ende. Aber schon bald zerrt das nächtliche Warten derart am Nervenkostüm, dass man sich nichts weiter wünscht als Schlaftabletten.

Im Augenblick wartete ich wieder genauso rasend, getrieben von Nervosität, Hoffnung und Angst, dieses Päckchen zu öffnen.

Wir verabschiedeten uns rasch von Maître Lestang, und ich strebte sofort dem Ausgang zu. Steffi jedoch hielt die Sekretärin in der Diele zurück. »Sagen Sie, Madame, können Sie sich noch erinnern, wie Monsieur Feuerbach aussah?«

Die Frau warf mir einen irritierten Blick zu. »Wie er aussah? Stimmt irgendetwas nicht?«

»Nein, nein«, beruhigte ich sie. »Wir möchten nur sichergehen, dass …«

»Ich verstehe … Nun, er war nicht allzu groß, recht freundlich. Er hatte – bitte entschuldigen Sie, Madame –, doch er hatte einen deutlichen Bauchansatz.«

Deutlich? Sam und Henri waren beide nahezu tannenschlank.

Auch Steffi sah ziemlich konsterniert drein. »Sind Sie sicher, Madame?«

»Aber ja. Ich kann mich an diesen Vorfall sogar besonders gut erinnern.« Die Frau vergewisserte sich, dass die Zwischentür zum Chefbüro geschlossen war. »Ihr Gatte sah nämlich einem Herrn aus der Toulouser Oberschicht ähnlich«, flüsterte sie und zog uns ein Stück in Richtung Ausgang. Dort erzählte sie dann halblaut und sichtlich stolz, dass sie um ein Haar einer dummen Täuschung zum Opfer gefallen wäre. Eigentlich kenne sie den Herrn, von dem sie gemeint hatte, er sei es, nur aus der Dépêche-Rubrik *Personalité*, und genau da hätte sie ihn nur wenige Tage zuvor abgebildet gesehen. »Nachdem Ihr Gatte gegangen war, Madame, hat es mir keine Ruhe gelassen. Ich hab mir noch einmal die Dépêche herausgesucht. So eine Ähnlichkeit! Wirklich verblüffend … Ihr Gatte trug zwar eine dunkle Brille und auch eine andere Frisur, aber trotzdem sah er aus wie der junge Doktor Serralongues!«

Während Steffi das Lenkrad umklammert hielt, drückte ich das geheimnisvolle Päckchen an mich. Wenige Minuten zuvor hatte ich es auf der Stelle aufreißen wollen, doch jetzt fühlte ich mich wie erstarrt vor Wut.

»Denkst du vielleicht dasselbe wie ich, Sandrine?«, fragte meine Freundin nach einigen Minuten leise.

»Woran denkst *du* denn?«

»Nun, zum einen, dass du gerade das Sejanische Pferd in den Händen hältst, und zum anderen, dass Marceau Serralongues, dieses bedauernswerte fromme Vatersöhnchen, wie du meinst, offenbar selbst beträchtliche kriminelle Energie besitzt. Hatte ich nicht gestern Abend recht mit meiner Behauptung, dass er sich jederzeit Heroin verschaffen könnte, um einen schwatzhaften Priester ins Jenseits zu befördern? Ich bin mir inzwischen auch völlig sicher, dass er sich einen Ersatzschlüssel verschafft hat, um dich und Henri überwachen zu können. … Allmächt'!« Steffi schrie so laut auf, dass ich regelrecht zusammenfuhr. »Da! Sieh mal unauffällig auf die andere Straßenseite, direkt neben dem Fotogeschäft …«

»Wieso, was ist dort?«

»Schau doch! Der Kerl im schwarzen Lederanzug. Ist das nicht …«

»O mein Gott! Das gibt es doch nicht«, sagte ich entsetzt.

»Deck deinen Schal über das Paket und schnall dich an!«

Ich reagierte wie automatisch. Von der schockierenden Entdeckung abgesehen, dass ich eine Beteiligung Marceaus an Henris Verschwinden nicht länger ausschließen oder schönreden konnte, war mir der Schreck über das Auftauchen des Warzenmannes gewaltig in die Glieder gefahren.

Steffi raste, soweit es der Verkehr zuließ. Als sie in den Boulevard de Strasbourg in die falsche Richtung einbog, hatte ich meinen Schock halbwegs überwunden.

»Halt. Wohin fährst du eigentlich?«, rief ich.

»Nach Nürnberg«, sagte sie. »Und jetzt keine Widerrede, Sandrine. Wir werden das Sejanische Pferd außer Landes bringen, verlass dich drauf. Monsieur Serralongues wird es nicht bekommen!«

»Steffi, wir wissen doch noch gar nicht, ob das Päckchen Voltaires Briefe enthält und ob der Warzenmann wirklich hinter dem Päckchen her ist!«

»So! Wir wissen es nicht? Na, dann klapp mal deinen Schminkspiegel herunter, Madame Einfalt, und beobachte *du* die Autos hinter uns. Siehst du den BMW mit den dunklen Scheiben ...«

»Du meinst ...?« Ich riss vor Aufregung beinahe die Spiegelverkleidung herab.

»Ja, der Kerl verfolgt uns ... Hinter dem weißen Volvo. Aber du wirst uns nicht kriegen, Ganove!«, zischte sie.

Nach Nürnberg zu fahren war keine schlechte Idee. Enthielt das Päckchen tatsächlich die Voltaire-Briefe, würde ich Ramon Schneider bitten, sie in seinen Safe einzuschließen. Dann galt es ernsthaft zu überlegen, was in Sachen Marceau Serralongues zu tun war. Doch eine Verfolgungsfahrt quer durch Frankreich und halb Deutschland würde alles andere als ein Vergnügen werden. Gebannt beobachtete ich die Autos hinter uns, besonders den BMW und die Person, die dort am Steuer saß, neben ihr eine weitere schemenhafte Gestalt, ob Mann oder Frau konnten wir nicht ausmachen.

Steffi fuhr hochkonzentriert. Zum Glück waren die Straßen trocken, und der Verkehr hielt sich für einen Montag in Grenzen. Dennoch war es schwer vorstellbar, dass man uns am helllichten Tag irgendwo überfallen würde. Schließlich waren wir nicht in Hollywood! Andererseits war das Verhalten des BMW-Fahrers wirklich auffällig. Einmal lag der Wagen nur mit wenigen Metern Abstand hinter uns, dann, als ich schon hoffte, er würde uns überholen oder ich könnte wenigstens die Kennzeichen lesen, ließ er sich zurückfallen.

Siedend heiß fiel mir die dunkle Limousine ein, die seinerzeit in der Rue de la Dalbade gestanden hatte, bevor ich den toten Hund vor meiner Tür fand.

Nach einer halben Stunde verloren wir den Wagen plötzlich aus den Augen. Steffi hatte ihn offenbar abgehängt.

Da hielt ich es nicht mehr aus. »Du kannst jetzt sagen, was du willst – ich öffne das Päckchen.«

Meine Freundin grinste. »In Ordnung«, sagte sie nach

einem nochmaligen prüfenden Blick in den Rückspiegel. Sie klang irgendwie stolz und konnte es wohl auch sein.

Es dauerte und dauerte, bis ich sämtliche Klebestreifen von dem rostroten Paketpapier entfernt hatte. Dass ich mir dabei zwei Fingernägel abbrach, hätte mich früher an den Rand des Wahnsinns getrieben.

»Na, was ist drin? Hab ich recht gehabt?« Steffis Wangen glühten vor Aufregung und Konzentration.

Ich holte tief Luft und zog das Packpapier auseinander. Als mir der vertraute Geruch der stockfleckigen Blätter in die Nase drang und ich Voltaires Schrift erkannte, dachte ich erleichtert, Charlotte kann zufrieden sein. »Ja, es ist die Affäre Calas. Voltaires Briefe. Deine Entscheidung, nach Nürnberg zu fahren, war richtig. Wir werden sie … wir werden sie aus dem Verkehr ziehen.«

»Fehlt was? Du klingst so … so komisch? Jetzt sitz nicht so entgeistert da, als ob dich gerade ein Skorpion gestochen hätte. Ist eine Nachricht von Henri darunter?«

»Keine Ahnung, sei doch nicht so ungeduldig«, entgegnete ich unwirsch. »Ich muss das erst prüfen.« Doch ich starrte weiter untätig auf die Blätter in meiner Hand. Ich fühlte mich wie in Watte gepackt und zitterte inwendig. Gerade hatte ich mich so gefreut, weshalb verhielt ich mich nun *contre-cœur*, gegen mein Herz (wie Charlotte mir vor meiner Hochzeit mit Sam vorwarf) – und scheute mich festzustellen, ob alles vollständig war. Henri hatte die Blätter vorsichtig mit Bleistift nummeriert …

Endlich gab ich mir einen Ruck und zählte sie. »Es ist … alles da«, sagte ich nach einer Weile zögernd. Ich hielt einzelne Seiten gegen das Licht und hoffte auf eine kleine Veränderung am Seitenanfang oder -ende, auf irgendwelche eingefügten Buchstaben vielleicht, Markierungen … Nichts. Natürlich auch keine persönliche Nachricht. Wer nur hatte mir die Briefe geschickt?

»Es ist wirklich alles da«, wiederholte ich leise, um Steffi zufriedenzustellen, die mir seltsame Blicke zuwarf.

»Wenn das so ist, dann bedeutet das doch ... Himmel, der Kerl ist wieder hinter uns! Wir müssen unbedingt ...«

»Ich weiß nicht, was es für dich bedeutet«, unterbrach ich sie heftig und riss zugleich den Kopf herum, um nach dem BMW Ausschau zu halten, »aber für mich heißt das, dass Henri unschuldig ist. Er ist weder der Dieb der Voltaire-Briefe, noch derjenige, der mir eines über den Schädel gab, gleich, ob er mir nun dieses Päckchen schickte oder ...«

Unverhofft zog Steffi ihren GTI auf die Überholspur, wobei es um ein Haar zu einem Zusammenstoß gekommen wäre, weil sie einen gelben Porsche schnitt. Kreideweiß im Gesicht, bedachte sie den Fahrer aber auch noch mit einer beleidigenden Geste.

»Fahr sofort langsamer«, brüllte ich sie an. »Es lohnt sich nicht, für das Sejanische Pferd unser Leben und das fremder Leute aufs Spiel zu setzen!«

»Halt du den Mund«, gab sie wütend zurück. »Erst argumentierst du wie eine Anwältin, die in ihren Mandanten verliebt ist, und jetzt willst du mir auch noch vorschreiben, wie ich zu fahren habe. Mir scheint, dir ist nur eines wichtig: nämlich, dass du dich in deinem Liebhaber nicht getäuscht hast!« Steffis Stimme war voller Zorn. Ihr Blick hastete von der Straße zum Außenspiegel und wieder zurück. Die Nadel auf dem Tacho bewegte sich auf die Zweihundert zu, obwohl auf Frankreichs Autobahnen nicht schneller als einhundertdreißig gefahren werden durfte. »Der Hase muss wohl Hase bleiben, auch wenn er zehnmal der Fuchs ist und vielleicht längst eine andere Identität angenommen hat, nicht wahr«, höhnte sie. »Die tüchtige Frau Advokatin kann persönliche Niederlagen nicht ertragen! Nicht nur Sokrates ist eitel, auch du bist es! Denk doch ein einziges Mal gründlich nach, Sandrine! Diese Gangster bringen Henri um, versenken ihn im Meer, dann manipulieren sie deinen Wagen, um sich ungestört in deinem Haus umschauen zu können, und als du ihnen in die Quere kommst, ziehen sie dir eines über. Alles nur, um einen verdammten Gaul in die Hände zu bekommen. Und –

nachdem sie das ganze Zeug gründlich gelesen haben, was diese Idioten übrigens in jeder Bibliothek hätten tun können, verpacken sie es sorgfältig und schicken dir den echten Voltaire wieder zu. Das ist absurd! Absurder geht es gar nicht mehr. Henri ist wie ein bunter Schmetterling in dein Leben geflogen, dieser schöne und charmante Mann. Er hat dich betört, und als er gemerkt hat, was du für einen Schatz in Händen hältst, hat er die Situation erst einmal genutzt. Vielleicht konnte er die Briefe nicht loswerden oder – ich will es ihm mal zugute halten – es plagte ihn nun doch das schlechte Gewissen, da hat er sie dir zurückgeschickt. Du kannst froh sein, dass du ihm die Höhe deiner Erbschaft verschwiegen hast!«

32

»Seinen Staat muß man wie eine Familie regieren,
seine Familie aber kann man nur durch sein eigenes Vorbild regieren.«
Voltaire, Philosophisches Wörterbuch

Es stimmte einfach nicht, was Steffi da von sich gab. Ich kenne meine Stärken und Schwächen. In einem Punkt jedoch hatte sie recht: Ich hatte meine Befürchtungen zwar niedergeschrieben, aber ich sprach sie nicht aus!

Seit über einem Jahr befand ich mich nun in der Krise, lebte ich mit einem Gespenst an meiner Seite, einer Schattengestalt. Die Umkehr der Verpuppung … der bunte Schmetterling war in seinen Kokon zurückgekehrt, es war ungewiss, ob er jemals wieder zum Vorschein kam. Ungewiss? Genau, das war der Punkt. Über all dem Warten, dem Grübeln war ich auf dem besten Weg, mich zu verlieren. Wenn ich so weitermachte – darüber war ich mir durchaus selbst im Klaren –, würde mit der Zeit jegliches Gefühl in mir zu Eiskristallen erstarren.

Albert Einstein war der Meinung, dass das Mysteriöse das Schönste wäre, was wir erleben könnten. Nun, Einstein war gewiss ein kluger Kopf und besaß eine hervorragende Vorstellungskraft, andererseits war er aber wohl zu sehr Realist, um wie ich an Schatten und Gespenster zu denken. Als Kind hatte ich meinen unsichtbaren »Hasen Harvey« geliebt, und Charlotte hatte meine Einbildung unterstützt, obwohl ich schon acht Jahre alt war – also über die Zeit hinaus, wo man sich solche imaginären Freunde sucht. Ich nannte ihn Philipp. Vor dem Schlafengehen hatte sie uns beiden, Philipp und mir, spannende Geschichten von König Artus vorgelesen (die sie übrigens tagsüber in ihren Rosenholzsekretär einschloss, damit die alten, wackligen Buchstaben nicht versehentlich aus dem Buch rutschten). Nach Nürnberg hatte ich Philipp allerdings nie mitgenommen. Er gehörte als Schatten – wie übrigens auch Henri – nach Toulouse. Ja, die gute Charlotte! Jedes Mädchen braucht irgendwann in seinem Leben rote Lackschuhe, jedes Mädchen braucht ein nettes Gespenst (oder einen Vaterersatz?) …

Ich war immer ungeduldig mit Erwachsenen, die ihr Versagen mit Kindheitserlebnissen entschuldigen.

Steffi fuhr jetzt stetig um die einhundertsechzig. Ich beobachtete, wie ihre Arme vibrierten, weil sie das Steuer so eisern festhielt. Der Abstand zu unserem Verfolger hatte sich weiter vergrößert.

»Nun gut«, sagte ich nach einer Weile, »bevor auch noch unsere Freundschaft einen Knacks bekommt, beichte ich dir jetzt, was ich wirklich denke: Ja, ich befürchte, dass Henri in diese Geschichte verwickelt ist. Wer sonst sollte mir die Briefe zurückgeschickt haben – und ja, er könnte mich verlassen haben, weil er gemerkt hat, dass er mich gar nicht liebt, oder weil irgendwo eine andere Frau auf ihn wartete. Und ein Drittes: Möglicherweise hat er die zweitausend Euro benutzt, um vor mir zu fliehen.«

Ich konnte direkt spüren, wie es mich überkam, als ich diese Sätze ausgestoßen hatte. Ein unangenehmer, sich rasch aufbauender Druck in der Brust, der augenblicklich den Wunsch auslöste, zu fliehen oder mich in mein Sanatoriumzimmer zu vergraben, den Kopf unter das Kissen gesteckt und nur in Gedanken flüchtend … in ein fremdes Land, am besten in die Wüste, wo es möglich war, unbeobachtet den Schmerz über meinen Verlust hinauszuschreien.

Meine Schläfen begannen zu hämmern, und mein Herz schien zu rasen. Rasch kramte ich nach meinen Tabletten, ich hatte sie seit zwei Tagen in fast all meine Jacken und Taschen gesteckt, als hätte ich die Verschlechterung meines Zustandes bereits geahnt. Ich schluckte trocken zwei der Rosafarbenen hinunter, würgte, als sich die letzte bereits im Hals aufzulösen begann … spuckte alles wieder in meinen Schal, weil ich so schnell kein Taschentuch fand, geriet fast in Panik, schluchzte hysterisch auf …

»Sandrine, Sandrine«, sagte Steffi mit einem besorgten Seitenblick zu mir. »Ganz ruhig ...« Sie zog den Wagen wieder auf die rechte Fahrbahn und fuhr langsamer. Der Verkehr flutete an uns vorbei. Mir ging es wirklich schlecht. Ich japste jetzt regelrecht nach Luft, hyperventilierte beinahe, fühlte, wie mir der kalte Schweiß auf die Stirn trat. In der Ferne zog eine blaugraue Zypressenreihe wie ein Film an uns vorüber. Vor uns ein Laster mit aufgemalter grasgrüner Vulkanlandschaft, Werbung für *Volvic*. Für einen Schluck davon hätte ich in diesem Augenblick ein kleines Vermögen bezahlt.

»Mach dein Fenster einen Spalt auf und atme tief durch«, sagte Steffi. »Dir geht es gleich wieder gut, Sandrine. Dieser Zusammenbruch kam zur rechten Zeit, wenngleich es nicht der richtige Ort dafür war. Aber du kannst stolz auf dich sein, denn du hast ausgesprochen, was du seit langem in dir herumträgst – unter einem Berg von Medikamenten versteckt! Ich glaube, du brauchst bald keine Tabletten mehr, Chérie! Pack sie in deine Tasche und steck die Voltaire-Briefe weg. Wir müssen demnächst raus zum Tanken.«

Ich folgte, und ich hasste mich dafür, Henri verraten zu haben, und sei es auch nur vor Steffi.

Als ich mich ein wenig beruhigt hatte, das Fenster schloss und die Voltaire-Briefe einpacken wollte, stutzte ich. »Da ist doch etwas ... da steckt was zwischen den Lagen des Packpapiers!«

»Was meinst du?«

»Keine Ahnung! Abfall, eine Verstärkung vielleicht ...« Wieder begann mein Herz zu pochen. Mit zitternden Händen trennte ich die beiden Schichten des Packpapiers voneinander. Plötzlich kam ein etwa zwei Zentimeter breiter Pappstreifen zum Vorschein. »Tamp...«, mehr war darauf nicht zu lesen. Ein abgerissenes Stück von einer Tamponschachtel? Was sollte denn das bedeuten? Ich drehte den Streifen herum – und schrie so laut auf, dass Steffi kurz das Steuer verriss.

»Bist du völlig übergeschnappt! Was schreist du so!«

»Herrgott, Steffi ... er lebt! Henri lebt! Hier auf der

Tamponverpackung steht der Satz mit dem Fuchs! Es ist seine Schrift! Ich bin mir völlig sicher! *Wie der Hase läuft, wo der Pfeffer wächst, ist ganz allein die Sache des Fuchses*!«

»Er hat *was* geschrieben? Will er dir durch die Blume sagen, dass er in einem Land ist, wo der Pfeffer wächst? Wo wächst eigentlich der Pfeffer? ... Oder ein Hinweis auf eine andere Frau? Wie sonst soll ein Mann an eine Tamponschachtel geraten ... Ach, entschuldige, Sandrine, das ist mir nur so rausgerutscht ... Oh, schau, verdammt, verdammt! Der Scheiß-BMW ist wieder hinter uns, gerade jetzt, wo uns das Benzin ausgeht. Los, jetzt pack endlich das verflixte Pferd ein. Steck alles in deinen Rucksack zum Laptop. Nein, besser, du packst es in meine Handtasche, die liegt unter deinem Sitz. Los, los, mach schnell! Und dann halt dich gut fest!«

Alles begann von vorne. Steffi spielte mit unserem Verfolger. Abwechselnd rot und kreidebleich im Gesicht, fuhr sie aggressiv und aufgeblendet auf der linken Seite, so dass ich vor Angst fast das Bodenblech durchtrat und uns etliche Fahrer mit der gleichen wütenden Gebärde bedachten wie Steffi zuvor den Porschefahrer, dann wieder zockelte sie langsam auf der rechten Fahrbahn hinter einem Laster her. Doch wie sie sich auch verhielt, der BMW-Fahrer überholte uns nicht. Auch wenn Steffi kein Wort sagte, war eines klar: Wir hatten ein Problem.

Die Handtasche meiner Freundin, in die ich die Voltaire-Briefe gepackt hatte, lag noch immer auf meinem Schoß. Der Pappstreifen jedoch befand sich in meiner schweißfeuchten linken Hand. Von Henris Nachricht hatte ich mich nicht trennen wollen.

Eine Viertelstunde später war von einer Minute auf die andere von dem BMW nichts mehr zu sehen, dafür leuchtete nun dauerhaft der Benzinanzeiger auf. Steffi stand der Schweiß auf der Stirn. Zwar hatten wir einen Reservekanister dabei, doch am Fahrbahnrand aufzutanken mit der steten Angst im Nacken, dass eine dunkle Limousine hinter einem halten könnte, war keine schöne Vorstellung. Mit dem letzten

Tropfen Benzin erreichten wir die Autobahntankstelle bei Valence. Wenigstens dort ging alles glatt.

Noch während Steffi den Benzinhahn in der Hand hielt, stellte ich mich an der Kasse an und sagte im gleichen Augenblick hastig *numéro sept* zur Kassiererin, als ich sah, dass meine Freundin fertig war. Den Blick auf die Einfahrt gerichtet, rannte ich quer über den Platz zurück, doch kein BMW mit dunklen Scheiben war zu sehen, nur Wohnmobile, Laster und etliche Motorradfahrer. Erleichtert verließen wir mit quietschenden Reifen die Tankstelle.

Auf der Autobahn hatte der Verkehr inzwischen beträchtlich zugenommen. Notgedrungen musste Steffi langsamer fahren, und wir hofften inständig, dass der Warzenmann an der Raststätte vorbeigebraust war, während wir tankten. Nach kurzer Überlegung nahmen wir die ruhigere Autobahn, die über Bourg en Bresse führt, wodurch wir den Engpass bei Lyon umgingen. Steffi fuhr nachts nicht gerne, ließ aber auch mich nicht ans Steuer. In Bourg en Bresse, das wusste ich, gab es ein *Etap*-Hotel direkt an der Autobahn, für eine Nacht würde es ausreichen.

Es dämmerte bereits, als endlich das riesige silberne Huhn auftauchte, das mitten auf der Autobahn auf die Stadt und ihr ausgezeichnetes Geflügel aufmerksam macht (die Hühner werden hier mit Mais aufgezogen). Erleichtert atmeten wir auf. Von dem dunklen Wagen war nichts mehr zu sehen gewesen, und ich war schon bereit zuzugeben, dass wir uns getäuscht hatten.

Der große Parkplatz des Rasthauses, in dem sich das *Etap*-Hotel befand, war nur zu einem guten Drittel belegt. Die Hoffnung, um diese Stunde noch ein Zimmer zu bekommen, stieg. Wir stellten den Golf zwischen zwei holländischen Reisebussen ab – ich erinnere mich, dass sie aus Purmerend bei Amsterdam kamen –, an einer Stelle, an der er von der Straße aus nicht gesehen werden konnte. Dann liefen wir zur Raststätte hinüber. Es handelte sich um eine weitläufige Anlage, die auf altes Fachwerk getrimmt war, und in der mit Glas umbauten Vorhalle mit integriertem Shop herrschte internationales Publikum und Sprachengewirr, wie in allen Hotels am Rande der Autobahn.

Wir buchten ein Doppelzimmer, besorgten uns Waschzeug, zwei Salami-Gurken-Baguettes, zwei Flaschen Wasser und eine Flasche Bordeaux, um nicht das Restaurant aufsuchen zu müssen, schlossen die Zimmertür hinter uns ab und ließen uns erleichtert aufs Bett fallen.

»Nun zeig mir mal die Botschaft deines Lovers«, sagte Steffi nach dem Essen. Sie hatte bereits zwei Zahnputzbecher mit Wein getrunken und konnte es nicht lassen, über Prinz Charles, Camilla und gewisse Tamponvisionen zu lästern. Henris Schrift war gleichmäßig, vielleicht ein wenig schräger, als ich sie in Erinnerung hatte. Sonst war nichts Auffälliges zu entdecken. Der Versuch, mir sein Gesicht vorzustellen, misslang.

Um mich abzulenken, holte ich die Voltaire-Briefe heraus und überprüfte nochmals jede einzelne Seite. Dabei las ich Steffi einige Passagen vor, in denen Voltaire über die Pénitents blancs schrieb: »*Wenn die weißen Pönitentenbrüder die Ursache zur Hinrichtung eines Unschuldigen, zum gänzlichen Ruin einer Familie, zur Zerstreuung derselben und zu der Beschimpfung waren, … so verdienten sie, dieses Unglück ihre ganze Lebenszeit hindurch als wahre Pönitenten abzubüßen. … Und wie, wenn diese Brüderschaften von Schwärmern regiert würden? Wie, wenn man in den Brüderschaften dunkle sogenannte Meditationskammern anlegte, wo man Teufel mit Hörnern und Krallen, feurige Schlünde, Kreuze und Dolche malte, und oben übers Gemälde den heiligen Namen Jesu! Welch ein Schauspiel könnte dies werden, für Augen, die schon durch Gaukeleien verblendet sind?… Wie es scheint, verdanken sie ihre Stiftung dem Religionseifer, der die Katholiken im Languedoc gegen die sogenannten Hugenotten beseelt. So hätte man denn ein Gelübde abgelegt, seine Brüder zu hassen! Denn zum Hassen und Verfolgen haben wir Religion genug, aber nicht zum Lieben und Helfen.*«

Ja, es stimmte, was Steffi abschließend meinte: Wenn man die Halsstarrigkeit bestimmter Imame oder die verbrämte Egozentrik der christlichen Fundamentalisten betrachtete, hatte sich in den letzten zweihundert Jahren nichts geändert.

Ich steckte die Briefe zurück in die Tasche.

Wenig später hörte ich Steffi leise schnarchen.

Am nächsten Morgen – wir hatten das Hotel bereits verlassen – lief ich noch einmal zurück, weil ich vergessen hatte, im Shop Mineralwasser und Croissants zu besorgen. Schließlich lag noch eine lange Fahrt vor uns, und ein zweites Mal sollte mir keine Tablette im Hals stecken bleiben. (Dass ich für alle Zeiten ohne die Rosafarbenen auskommen könnte, bezweifelte ich stark.)

Das Wetter war herrlich, fast sommerlich warm, und versprach eine schöne Fahrt. Steffi stand vor der Einkaufspassage in der Sonne, von wo sie den Parkplatz im Auge behalten wollte. Ich beeilte mich, packte rasch noch einige Schokoriegel in mein Körbchen und stellte mich dann ans Ende der Schlange vor der Kasse. Plötzlich vernahm ich einen entsetzten Aufschrei: »Verdammter Drecksack!« Dann ein weiterer Schrei: »Haltet ihn auf! Mist – da läuft er!«

Das war Deutsch! Steffi!

Ich knallte meinen Korb auf die Verkaufstheke und rannte hinaus, wo bereits helle Aufregung herrschte. Meine Freundin stand mit hochrotem Kopf unter der überdachten Vorhalle des Rasthauses, zwischen einer Telefonzelle und dem großen blauen Werbeplakat des *Etap*-Hotels, um sie herum ein Pulk von gestikulierenden Menschen.

»Was ist los?«, rief ich und zog sie am Ärmel.

Sie drehte sich zu mir um.

Als ich in ihre Augen sah, war mir schlagartig klar, was geschehen war. Das Sejanische Pferd hatte sich erneut auf und davon gemacht! Die schwarze Tasche, die sie beim Verlassen des Hotels über ihre linke Schulter gehängt hatte, war verschwunden.

»Du kannst mich jetzt für verrückt erklären«, sagte Steffi wütend und noch immer auf Deutsch, »aber ich verwette meinen GTI, es war der Mann mit der Warze!«

Der Täter hatte schwarze lederne Motorradkluft getragen, wie der Mann gestern in Toulouse, und zusätzlich einen Helm auf dem Kopf gehabt. Ehe überhaupt jemand reagieren konnte, war er hinter einer zweiten, ähnlich gekleideten Person auf einer schweren Maschine davongebraust. Dies bestätigten mehrere Zeugen.

»Mein Gott, Sandrine, der Idiot hat mich fast zu Boden gestoßen, als er mir die Tasche entriss … Es tut mir wirklich leid! Wie konnten die überhaupt wissen, dass das … das Zeug in meiner Tasche ist? Haben die uns verwechselt?«

»Keine Ahnung«, sagte ich, »lass das Pferd laufen, ich will es nicht mehr haben!«

Ich war seltsam ruhig. Zur Abwechslung nahm ich Steffi in den Arm. »Es wird ihnen kein Glück bringen. Ich bin nur heilfroh, dass dir nichts passiert ist.«

Hinter uns erschien der aufgeregte Chef der Raststätte und bat uns inständig, ihm ins Café zu folgen. Dort ließ er Piccolos und Orangensaft auffahren und entschuldigte sich wortreich. Er sei absolut fassungslos, sagte er, ein so dreister Diebstahl sei auf dem Gelände seines Rasthauses schon lange nicht mehr vorgekommen. Wir mussten eine Dreiviertelstunde warten, bis die Polizei kam, um alles aufzunehmen. Das Ärgerlichste war, dass Steffi neben den Voltaire-Briefen ihre sämtlichen Kreditkarten, ihren Ausweis, etliche private Unterlagen sowie eine stattliche Summe Bargeld mit sich herumgeschleppt hatte. Obwohl wir den Mann mit der Warze deutlich beschrieben, machte uns die Polizei wenig Hoffnung, den Täter zu fassen.

Nachdem das Sejanische Pferd nun erneut verschwunden war, gab es keinen Grund mehr, nach Nürnberg zu fahren. Klüger war es, sofort in Bourg en Bresse die Konten sperren zu lassen.

»Und dann«, sagte ich, »dann fahren wir nach Toulouse zurück.«

Steffi runzelte die Stirn. »Was willst du in Toulouse?«

»Zu Kommissar Rives gehen und ihm die ganze Wahrheit erzählen. Es war ein Fehler, Informationen zurückzuhalten, nur um Henri zu schonen. Wenn ich mir vorstelle, was dir passiert wäre, wenn der Kerl eine Pistole ... Nein, nein, jetzt ist endgültig Schluss, High-noon und aus! Rives muss alles erfahren.«

Die Leute von der *Crédit Lyonnaise* zeigten sich zuvorkommend und besorgt, sie setzten unverzüglich alle Hebel in Bewegung, damit Steffi kein größerer Schaden entstand. Weniger freundlich reagierte Steffis Ehemann, der ihr offenbar tüchtig den Kopf wusch, als sie ihn über mein Handy anrief. Theo war längst aus China zurückgekehrt und hatte sie bereits vor einer Woche erwartet. Er fragte ganz offen, ob sie sich inzwischen von ihm getrennt hätte oder was eigentlich los wäre, dort in Toulouse, außer dass man am helllichten Tag Handtaschen stahl. Steffi, die ja nun wirklich nicht auf den Mund gefallen war, hatte beträchtliche Schwierigkeiten, ihn zu besänftigen. Sie erwähnte die missliche Lage, in die ich geraten sei und versprach ihm, spätestens zu Pfingsten nach Hause zu kommen – und Sandrine mitzubringen. Beim letzten Satz warf sie mir einen fragenden Blick zu.

Ich zuckte mit den Schultern.

Kurz vor Toulouse kam mir unvermutet eine Idee, die mich umso mehr faszinierte, je länger ich sie überdachte. Ich hatte plötzlich das Gefühl, auf der richtigen Spur zu sein.

»Steffi ...«, sagte ich nach einiger Zeit leise.

»Ja, was ist?« Meine Freundin saß mit zusammengebissenen Zähnen hinter dem Steuer. Der Ärger war ihr noch deutlich anzumerken.

»Erinnerst du dich an die Tankstelle gestern bei Valence?«

»Hm ... Natürlich. Weshalb fragst du?«

»Weil ich mir nahezu sicher bin, dass man zwei verschiedene Verfolger auf uns angesetzt hat, die vielleicht über Funk miteinander in Verbindung standen. Die einen saßen in dem dunklen BMW, der uns provozierte und ablenkte, die anderen auf einem Motorrad.«

»Wie kommst du darauf?«

»Nun, als ich die Tankrechnung bezahlt hatte und mich umdrehte, fuhren drei oder vier Motorräder direkt an mir vorüber. Auf einem saßen zwei schwarzgekleidete Personen, ich erinnere mich genau. Außerdem hatte ich deine Tasche bei mir, weil ich kurz zuvor die Voltaire-Briefe hineingesteckt hatte. Du selbst hast mir dazu geraten …«

»Allmächt' – hast du am Ende mit meinem Geld bezahlt?« Steffi warf mir einen überraschten Blick zu.

»Natürlich nicht. Meine Visa-Card steckte seit dem Besuch von Maître Lestang in meiner Jackentasche. Es musste ja alles so schnell gehen. Mein Rucksack lag auf dem Rücksitz, deine Tasche auf meinem Schoß. Ich hab sie ganz mechanisch mit zur Kasse genommen. Für den Motorradfahrer gab es deshalb nur eine einzige *verdächtige* Handtasche und die war schwarz und groß …«

Steffi blies die Backen auf und schwieg nachdenklich.

Ob sie befürchtete, dass man Theo bedrohen oder unter Druck setzen könnte, jetzt wo man auch ihre Personalien kannte? Nein, mein Entschluss, bei Kommissar Rives mit offenen Karten zu spielen, war richtig. So ging es jedenfalls nicht weiter.

»Also … das war noch nicht alles«, fuhr ich fort. »Ich habe eine Vermutung, was es mit dem Pappstreifen auf sich hat!«

»Ach nein, wirklich!« Steffis Stimme troff vor Ironie.

»Da ist die Reisetasche, die ich am Ostersonntag von Collioure mitgebracht habe … ich hatte sie erst kurz bevor wir nach Castelnaudary aufbrachen, ausgepackt.«

»Los, Sandy, komm endlich zur Sache! Was ist damit?«

»In meinem Kosmetikbeutel befand sich eine fast volle Tamponschachtel!«

»Oh …«, sagte Steffi jetzt. »Nachtigall, ick hör dir trapsen … Du meinst wirklich …?«

»Vielleicht hat Henri dort was versteckt und wollte mich darauf aufmerksam machen.«

»Heureka – wie der alte Archimedes sagt, auf zur Inspektion des Badezimmerschrankes. Tampons! Mein Gott, ich kann es noch immer nicht fassen.« Steffi lachte zynisch.

Auf alles gefasst, betrat ich mein Haus. Ich stellte meinen Rucksack mit dem Laptop auf den Küchentisch und warf nun selbst meine Jacke über einen Stuhl. Dann rannte ich die Treppe hoch, zwei Stufen auf einmal nehmend, gefolgt von Steffi. Keine von uns redete. Wir hatten uns längst daran gewöhnt, zu Hause nichts Wichtiges zu sagen. Im Bad riss ich die Schranktür auf: Tatsächlich, die Tamponschachtel stand unverrückt dort, wo ich sie hingestellt hatte. Erleichtert atmete ich auf. Ich legte eines der Handtücher in den Ausguss und kippte langsam die in der Schachtel befindlichen Tampons darauf. Dann triumphierte ich, denn unter den Tampons befand sich etwas, was ganz und gar nicht hierher gehörte.

33

»Nicht alle Bürger können gleich mächtig sein,
aber alle gleich frei.«
Voltaire, Für Wahrheit und Menschlichkeit

»Allmächt', ich glaub es nicht«, schrie Steffi, als sie sah, was ich in Händen hielt. Dann legte sie erschrocken die Hand auf den Mund.

Ich hob die Speicherkarte hoch in die Luft, schwenkte sie, jubelte leise. Henri hatte diesen elenden Karfreitag überlebt, und er war sich sicher gewesen, dass ich herausfinden würde, was es mit dem Pappstreifen auf sich hatte.

Steffi rüttelte mich am Arm. Zum ersten Mal seit dem Überfall auf sie bemerkte ich in ihren Augen ein warmes Lächeln. Ohne ein Wort zu wechseln, liefen wir hinunter, ich packte den Laptop aus und fuhr ihn hoch.

Geradezu feierlich legte Steffi die Speicherkarte in den Card-reader …

»Icon Arbeitsplatz … Wechseldatenträger«, diktierte sie mir ins Ohr. Ich klickte.

»Und nun Doppelklick auf die Bilder …« Obwohl meine Hände feucht waren und zitterten, war ich hochkonzentriert.

Das erste Bild tat sich auf: der Trommler! Wir warfen uns einen verstohlenen Blick zu. Es folgten die Büßer, Fackeln, Kreuze, schwarzgekleideten Magdalenas, die Lilien, Madonnen, der obszöne Jesus in mehreren Einstellungen, sämtliche Heiligenbanner, das Fünf-Wunden-Wappen – Henri hatte nichts ausgelassen. Wirklich nichts? Ich hoffte … betete … klickte aufgeregt von Bild zu Bild, bis sich endlich der einsame Weiße Büßer zeigte.

»Bingo«, sagte ich triumphierend mit lauter Stimme, denn jetzt konnte ich mich einfach nicht zurückhalten. »Glaubst du mir nun?«

»Sandrine, werde nicht dramatisch. Ich hab dir immer geglaubt. Ich schon … Mach weiter, rasch!«

Nun erschienen mehrere Aufnahmen mit dem Weißen Büßer, auf denen er nach und nach aus der Formation des Umzugs ausscherte, ja sich offenbar auch von der Menge fortstahl. Plötzlich ein Foto mit drei Gestalten. Der Weiße in der Mitte, flankiert von zwei Schwarzen Büßern. Wo waren die hergekommen? Rechts und links des Trios erkannte ich eine der schmalen altertümlichen Gassen von Collioure, nur spärlich beleuchtet.

Ich klickte weiter. Auf dem nächsten Bild standen die drei über eine dunkle Limousine gebeugt. Neben dem Auto ein Gewächs, eine Agave, wie mir schien. Der Kofferraumdeckel war hochgeklappt, die zwei Dunklen hatten bereits die Kapuzen abgenommen und starrten in den Kofferraum. Der Weiße stand neben ihnen. Eine Aufnahme weiter sah man, dass die Männer offenbar furchtbar erschrocken waren. Einer hob sogar abwehrend die Hände. Sie mussten gerade Henri entdeckt haben. Das Foto war allerdings völlig verwackelt und unscharf, man konnte keine Gesichter erkennen. Vielleicht war Henri ebenfalls erschrocken gewesen …

»Weiter, Sandy«, drängte Steffi. Ihre Stimme klang belegt.

Das Bild *numéro 62* tat sich auf – das letzte Foto, das Henri geschossen hatte.

Wieder die drei Personen …

»Oh, mein Gott«, stieß ich hervor, als mir klar wurde, wen wir hier vor uns sahen. Der Schweiß brach mir aus. Ich atmete schwer.

Von Steffi hörte ich lange nichts. Als ich mich halbwegs wieder gefangen hatte, sah ich zu ihr hoch. Auf ihren Wangen zeichneten sich hektische rote Flecken ab, ihre Augen und ihr Mund waren zusammengekniffen.

»Scheißkerle«, sagte sie und deutete auf den Bildschirm. »Ich wusste es! Scheißkerle!«

Wir starrten gemeinsam auf das Foto, konnten uns nicht losreißen von den Doctores Serralongues, beide im schwarzen

Büßergewand, die Caperutxes unter dem Arm, die Gesichter wutverzerrt. Der dritte in Bunde trug noch immer seine weiße Kapuze auf dem Kopf und versuchte vergebens mit seinen Händen die Gesichter der beiden Serralongues zu verdecken. Henri war schneller gewesen.

»Und nun?«, fragte ich leise. »Was machen wir jetzt? Jeder weitere Schritt muss gut überlegt sein.«

»Kein Wort hier im Haus«, flüsterte Steffi.

Wir beschlossen, Kaffee trinken zu gehen. Vorher jedoch brannten wir drei CDs von den heiklen Fotos. Dann löschten wir alle Spuren der Bilder auf dem Laptop, steckten die Speicherkarte in einen gefütterten Umschlag, den wir dick mit Klebeband umwickelten, wie zuvor die Affäre Calas, und brachten ihn zu dem zuverlässigen Maître Lestang in die Rue du Périgord mit der Auflage, sie nur mir oder Stefanie Conrad aus Nürnberg auszuhändigen. Eine CD wanderte in mein Toulouser Bankschließfach, eine weitere versteckten wir in Steffis Auto, unter den Ersatzreifen. Mit der dritten hatte ich noch etwas vor.

Endlich fuhren wir zum *Café des Artistes* und setzten uns an einen kleinen Tisch mit Aussicht auf die Garonne und den Eingang. Hier konnten wir in aller Ruhe miteinander reden.

Steffi war überzeugt, dass der dunkle Wagen auf dem Foto der des Warzenmannes war und der Fahrer selbst, als Weißer Büßer verkleidet, der Mann fürs Grobe der Serralongues.

Wir versuchten das Geschehen am Karfreitag zu rekonstruieren:

Nachdem die drei von Henri fotografiert worden waren, kam es zu einer Aussprache im Hotel, die in einen heftigen Streit mündete, in dessen Verlauf es Henri jedoch gelang, die Speicherkarte im Badezimmer zu verstecken. Die drei »Büßer« überwältigten Henri und nahmen ihm die Kamera ab, in der sich inzwischen aber die harmlose Speicherkarte vom Nachmittag befand. Sie durchwühlten das Zimmer, bis sie in seiner Reisetasche den dicken Umschlag entdeckten. Entweder hielten sie sich erst gar nicht damit auf nachzusehen, was er enthielt – schließlich war jederzeit mit meinem Erscheinen zu rechnen –, oder sie nahmen Henri mit, um an einem anderen Ort das aus ihm herauszupressen, was sie erfahren wollten. In aller Eile zogen sie ihm eines der Büßergewänder über, zerrten ihn in den Aufzug – der Hinterausgang des Hotels *Les Templiers* begünstigte ihr Vorhaben –, stießen ihn in die dunkle Limousine und verschleppten ihn. Dass der Weiße Büßer in aller Eile seine blutbeschmierte Kapuze zurückließ, war entweder ein Versehen oder eine Warnung an mich.

Einig waren wir uns am Schluss, dass wir die ganze Wahrheit nur durch Henri erfahren würden. Weiterhin offen blieb auch die Sache mit meinem Renault. Der günstigste Augenblick für die Manipulation wäre die Zeit des Sanch-Umzuges gewesen, meinte Steffi. Das bedeutete jedoch, dass außer den drei Büßern noch weitere Personen beteiligt waren, von denen wir nichts wussten.

Ich seufzte und fasste mir ein Herz. »Es kann gar nicht anders sein, Steffi, als dass Henri die Voltaire-Briefe bereits am Gründonnerstag an sich brachte. Er wusste, wo die Kassette war. Zu welchem Zweck er die Briefe mit nach Collioure nahm, ob es ein Deal mit den Serralongues war – vielleicht als Austausch für eine Information zur Chemiesache –, keine Ahnung! Gleich wie es sich verhielt, der Einbruch in mein Haus war ebenfalls geplant. Entweder suchten sie noch immer die Recherchen oder sie wollten mich und die Polizei glauben machen, dass jemand hinter den Voltaire-Briefen her war. Ein Ablenkungsmanöver, die Chemiesache betreffend! Dass ich ihnen einen Strich durch die Rechnung machte, indem ich mit dem Zug nach Hause fuhr, konnten sie nicht ahnen. Pech für sie – wer auch immer ›sie‹ sind, und natürlich Pech für mich. Zur falschen Zeit am falschen Ort.« Ich seufzte wieder. »Steffi, ich kann und will Henri nicht reinwaschen, doch ich bin davon überzeugt, dass man ihn gezwungen hat, so zu handeln, wie er es tat.«

»Das war gerade sehr mutig, Sandrine«, sagte Steffi und

legte ihre Hand auf meine. »Er muss in gewisse Dinge verstrickt sein, von denen nicht einmal Sokrates weiß. Fakt ist, er hatte die Voltaire-Briefe wieder bei sich, als er in der Nacht zum Ostersamstag mit dem Boot flüchtete. Wie hätte er sie sonst dem Anwalt zuschicken können? Vielleicht war ja das sein Plan: zum Schein auf diesen Deal einzugehen und dann dem Gegner das Sejanische Pferd wieder abzujagen. Riskant, aber nicht unmöglich. Doch Collioure war an diesem Abend voller Touristen. Irgendjemand hätte doch etwas beobachten müssen!«

»Ach, vielleicht sind sie mit ihm an eine einsame Bucht gefahren?«

»Und dann hat er die erstbeste Gelegenheit ergriffen und ist abgehauen?«

Als ich mir Kaffee nachschenkte, merkte ich, dass meine Hand zitterte. Vielleicht sollte ich endlich etwas Vernünftiges essen. Ich entschied mich spontan für ein Stück Sahnetorte mit Himbeeren. Steffi bestellte sich gleich zwei Stücke, eines mit Schokosahne und eines mit frischen Erdbeeren, weil sie meinte, dass ihr Körper in Stress-Situationen Zucker brauche.

»Ehrlich gesagt, so ganz leuchtet mir das nicht ein«, sagte sie, als die Kellnerin weg war. Sie zauste sich wieder das Haar. »Um den Umschlag zurückzubekommen und zu flüchten, müsste Henri die Serralongues und das Warzenschwein überwältigt haben. Drei auf einen Streich, irgendwo in einer einsamen Bucht?«

Es stimmte. Henri musste ihnen auf andere Weise entkommen sein.

Die Bedienung kam mit der Torte.

»Die Blutspur auf der Kapuze«, sagte ich zu Steffi, als wir wieder unter uns waren. »Die ist jetzt unsere Chance! Wegen des Fotos ist die Polizei gezwungen, die Serralongues zur Ader zu lassen und sie zu verhören. Sie müssen aussagen! Dann erfahren wir vielleicht, was damals passiert ist.«

»Na ja, wenn das Verhör mal gut geht«, meinte Steffi skeptisch, den Mund voller Torte, »ich seh den Alten direkt vor mir, wie er tobt und zetert, weil er es als Zumutung empfindet, auch nur einen Tropfen seines göttlichen Blutes hergeben zu müssen. Eines ist allerdings so sicher wie das Amen in der Kirche: Die Suche nach der zweiten Speicherkarte muss unsere liebreizenden Nachbarn seit über einem Jahr völlig verrückt machen.«

»Ich könnte Marceau auch verklagen, weil er sich bei Maître Lestang als mein Mann ausgegeben hat, um an meine Unterlagen zu kommen.« Ich sah auf meine Uhr. Es war zu spät, um Rives aufzusuchen. »Weißt du, wofür ich Marceau zutiefst verachte?«

Meine Freundin hielt mit dem Kauen inne und sah mich erstaunt an.

»Nicht dafür, dass er es billigend in Kauf genommen hat, dass ich mit dem Wagen verunglückt wäre, sondern dafür, was er mit absoluter Sicherheit nach meinem Tod getan hätte.«

»Und das wäre?«

»Den zutiefst betrübten Freund aus der Kinderzeit zu spielen, so wie er den Retter spielte, als Charlottes Freund Laroque nicht in der Lage war, die Trauerrede zu halten, oder als Henri im Krankenhaus lag. Und er hätte es vortrefflich verstanden, jeglichen Verdacht auf Henri zu schieben. Er hat es sowieso versucht, indem er bei der Polizei auf eine hohe Gestalt hinwies, die aus meinem Haus gelaufen sei. Dennoch glaube ich noch immer, dass er seinem Vater hörig ist. Irgendwer – ich denke, es war Hans Arndt – hat einmal gesagt: *Wer eine Hintertür in sein Leben einbaut, gebraucht sie eines Tages als Hauptportal.* Marceau hat viele Hintertürchen eingebaut. Zu viele …«

34

»Ich gehe weiter: ich sage,
man muss alle Menschen wie seine Brüder ansehen.«
Voltaire, Recht und Politik

Kommissar Rives machte einen nervösen Eindruck, als ich ihm die Fotos präsentierte. Er schwitzte. »Madame, das Ganze ist nicht so einfach, wie Sie sich das vorstellen«, sagte er leise, nachdem er seinen Kollegen hinausgeschickt hatte. Seine Augen flackerten unruhig, und um seinen rechten Mundwinkel herum, ganz in der Nähe der Warze – die nun doch ganz anders war als die unseres Verfolgers –, hatte sich ein wenig weißer Schaum festgesetzt.

»Das kann ich mir schon denken«, sagte ich. »Doch wo genau liegt das Problem für Sie oder für die Polizei?«

»Wo das Problem liegt ... Nun, es ist sozusagen heikel, weil ... weil es sich hier ausgerechnet um zwei der renommiertesten Toulouser Bürger handelt. Einem Serralongues flickt man nicht am Zeug. Untadelige Vergangenheit, große Verdienste um die Stadt – vor allem der Vater –, und ... haben Sie mir nicht selbst erzählt, dass der Sohn Ihnen das Leben gerettet hat, nachdem jemand Sie niederschlug? Madame, so leid es mir tut – und glauben Sie mir, ich verstehe Ihr Anliegen wirklich –, ich kann Ihnen im Augenblick nur raten, sich zu beruhigen und die Angelegenheit einstweilen auf sich beruhen zu lassen. Natürlich wird es ein Gespräch über die Fotos geben. Das kann ich Ihnen zusichern.«

»Was? Auf sich beruhen lassen? Ein Gespräch?« Wenn ich ärgerlich werde, wird meine Stimme oft zu laut. »Eine Frage: Befinde ich mich hier auf dem Polizeipräsidium von Toulouse im Jahr 2005 oder anno 1761, als die Willkür die Oberhand hatte über diese Stadt?« Ich fühlte mich plötzlich kampfbereit wie in alten Zeiten, schob theatralisch meine Haare zur Seite und zeigte ihm meine Narbe. »Hat der Anschlag, der mich fast das Leben gekostet hat, keine Bedeutung für die Polizei von Toulouse? Für den Fall, dass Sie sich überfordert fühlen, Herr Kommissar, kann ich mich auch gerne an Ihren Vorgesetzten wenden …«

Rives wollte aufbrausen, doch ich unterbrach ihn schroff. »Nein, Kommissar, nehmen Sie wieder Platz. Ich kenne meine Rechte, und ich sitze hier gewissermaßen auch als Anwältin von Monsieur Gagnepain, der übrigens der Sohn eines Polizisten ist. Ich verlange unverzüglich eine Befragung der beiden Serralongues nach den Vorgängen in der Nacht des Karfreitag 2004, nach den Personalien des Weißen Büßers sowie eine Feststellung ihrer Blutgruppe. Sollte es sich bei den Blutspuren auf der Kapuze um das Blut eines der beiden Ärzte handeln oder des unbekannten Mannes, der in ihrer Begleitung war, so ist das der Beweis, dass diese drei Personen Henri Gagnepain als Letzte lebend gesehen haben. Dass die Serralongues sich bislang in Schweigen hüllen, lässt nur einen Schluss zu: Sie sind in diesen Fall involviert. Bitte vergessen Sie auch nicht, dass beide Parteien – Gagnepain und Serralongues – schon einmal das Gericht bemühten.«

»Madame Feuerbach, ich muss Ihnen vorhalten, dass Indizien eine Seite der Medaille sind, Beweise, die irgendwann zu einer Verurteilung führen, jedoch eine andere. Aber das wissen Sie selbst. Die präsentierten Fotos hier sind aber allerhöchstens eine Information, dass beide Herren Serralongues am Karfreitagsumzug von Collioure teilgenommen haben. Nichts weiter. Niemand kann das verbieten.«

»Gewiss nicht. Was die fehlenden Beweise angeht, bin ich allerdings anderer Meinung. Schließlich lag die blutverschmierte weiße Kapuze mitten auf meinem Bett im Hotel *Les Templiers*. Und es gab nachweislich nur einen einzigen Weißen Büßer in Collioure an diesem Abend. Fragen Sie Brigadier Claret. Er wird es Ihnen bestätigen. Vielleicht steht es auch längst in den Akten, und Sie haben es nur überlesen.«

Das war deutlich. Rives starrte auf den Bildschirm seines Computers, wo sich noch immer das Bild mit den drei

Büßern befand, und ich auf seinen rechten, speichelverschmierten Mundwinkel.

In Deutschland muss bei Verdacht auf eine Straftat nach § 160, Absatz 1 der Strafprozessordnung die Staatsanwaltschaft tätig werden, sobald sie davon Kenntnis erhält. In Frankreich war das nicht anders. Rives wusste das und auch, dass er mir in solchen Fragen kein X für ein U vormachen konnte. Was aber, wenn die Staatsanwaltschaft sich gleich ihm auf den Standpunkt stellte, dass die Fotos für eine Vernehmung nicht ausreichten?

Da fiel mir etwas ein. »Was ist übrigens mit den Fingerabdrücken auf dem Fischerboot! Wir könnten sie jetzt abgleichen!«

Rives sah durch mich hindurch. Ich konnte seine sich überschlagenden Gedanken beinahe körperlich fühlen.

»Madame« – endlich unterbrach er sein langes Schweigen, und endlich wischte er sich auch über den Mund –, »Madame, ich wiederhole es noch einmal: Die Polizei von Toulouse steht auf Ihrer Seite, dennoch …« – ich sah ihm offen ins Gesicht, um Ruhe bemüht –, »haben Sie bitte Geduld! Es sind Vorgespräche nötig, wenn Sie verstehen.« Rives hob theatralisch seine Hände. Ich lächelte ihn vorsichtig an, was er aber sofort als Zustimmung deutete.

»Madame, lassen Sie uns zusammenarbeiten. Ich bin wie Sie ernsthaft beunruhigt über die neue Entwicklung dieses Falles. Als Anwältin kennen Sie heikle Mandanten und diffizile Fälle, deshalb können wir auch offen miteinander reden. Wir sollten die Serralongues im Auge behalten, dürfen aber nichts überstürzen. Ich will in den nächsten Wochen noch einmal in aller Ruhe die Fakten prüfen, und ich bitte Sie ebenfalls darum, Madame, gewissermaßen als Anwältin Ihres Freundes. Ich will Ihnen auch sagen, weshalb ich diese Vorgehensweise vorschlage: Es könnte sich nämlich auch um zwei verschiedene Fälle handeln. Sie haben schließlich vor den beiden Anschlägen ein großes Vermögen geerbt.«

»Das meinem Mann zugefallen wäre, ja. Verdächtigen Sie

inzwischen Samuel Feuerbach und nicht mehr Henri Gagnepain, mich halb totgeschlagen zu haben? Mit Verlaub, ich finde beides an den Haaren herbeigezogen.«

»Ich verdächtige niemanden, Madame, bevor ich keine ernstzunehmenden Hinweise auf eine Straftat habe. Ich darf aber ein weiteres Mal betonen, dass es sich bei den Serralongues um bestens beleumundete Bürger handelt, die wir mit einer harten Anklage konfrontieren müssten: versuchter Totschlag in Ihrem Fall. Da wir über den Verbleib von Monsieur Gagnepain nichts wissen, erübrigt sich hier eine Anklage. Der Presserummel wäre dennoch ungeheuerlich und – stellen Sie sich nur vor – das Rudel von Anwälten, das von ihnen eingeschaltet würde …«

Langsam wurde ich wirklich wütend. »Sie empfehlen mir, die Fakten zu prüfen? Im Gegensatz zu Ihnen hab ich das ein ganzes Jahr lang getan, Herr Kommissar! Ich bin im Übrigen nicht der Meinung, dass die beiden Fälle getrennt zu behandeln sind. Für mich ist mit dem Auftauchen dieses Beweisstückes die Zeit zum Handeln gekommen. Ich hab Ihnen ausführlich berichtet, wie man uns verfolgt hat auf dem Weg nach Deutschland, wie meine Freundin überfallen wurde. Marceau Serralongues hat sich obendrein im letzten Juli als mein Mann ausgegeben, um an eine Postsendung für mich heranzukommen. Hier erstatte ich Anzeige. Und nun bestehen die beiden Serralongues darauf, mein Haus nach einer Kamera auf den Kopf zu stellen, die ihnen gar nicht gehört. Wie können Sie sich nach all dem noch weigern, die Staatsanwaltschaft einzuschalten?«

»Aber nein, unterstellen Sie mir nicht so etwas, Madame«, der Mann wurde nun ebenfalls ärgerlich. »Natürlich kenne ich meine Pflicht.«

Er zog mit sauertöpfischer Miene ein Formular aus der Schublade, stellte Fragen zum zweiten und dritten Mal, machte sich aber nun wenigstens Notizen in seiner krakeligen Schrift. Es dauerte eine Weile, bis er auf der letzten Seite angekommen war, auf der ich hätte unterschreiben müssen, da blickte er zu mir hoch.

»Wo, sagten Sie, befindet sich die Original-Speicherkarte im Augenblick?«, fragte er mit zusammengezogenen Brauen und schob mir gleichzeitig die CD wieder zu. »Mit einer selbstgebrannten Kopie können wir behördlicherseits nichts anfangen, die Staatsanwaltschaft ist in solchen Sachen äußerst korrekt.«

Ich stand auf und ging ohne Gruß.

Steffis Spannung fiel in sich zusammen, als ich zurückkam. Sie hatte im Garten die vertrockneten Stauden aus den Beeten gerissen und auf einen Haufen geworfen. Ich sah meine Freundin nur an und schüttelte resigniert den Kopf.

»Du meinst …?«, fragte sie mit ungläubiger Stimme.

»Die ehrenwerten Serralongues sind offenbar unangreifbar in dieser Stadt. Rives will die Speicherkarte haben. Ich möchte dem guten Mann nichts unterstellen, wirklich nicht, aber ich befürchte, dass man über kurz oder lang darauf keine Fotos mehr finden wird. Ein bedauerlicher Defekt, wird man sagen, versehentlich gelöscht, oder was ihnen sonst so einfällt. Wie ist es, Steffi? Hast du noch Zeit und Lust, mit mir nach Collioure zu fahren? Oder schickt dich Theo dann endgültig in die Wüste?«

Steffis Augen blitzten auf. »Du willst tatsächlich dorthin?«

»Ich habe mir schon mehrmals gesagt: Man muss an den Ort zurück, wo es begann. Dieser Brigadier Claret … der ist von einem anderen Schlag. Die Sache könnte aber nicht ungefährlich sein, falls die Gegenseite Kenntnis von unserem Vorhaben bekommt. Es muss heimlich geschehen, ich werde mir was ausdenken. Und noch etwas habe ich mir überlegt: Ich will, ja ich muss Sokrates dabeihaben. Henri hat mir nicht umsonst den Spruch vom Hasen und dem Fuchs geschickt.«

Was ich für mich behielt, war, dass ich Sokrates nicht blindlings vertraute, nur weil er Henris bester Freund war.

35

»Der Fanatismus ist sehr rasch bei der Hand,
immer, wenn er sich ein bißchen gekratzt fühlt.«
Voltaire, Für Wahrheit und Menschlichkeit

Voltaire schrieb, dass sich der Irrtum, wenn er sich einmal durchgesetzt hätte, mit Macht weiter behaupten würde, selbst wenn er als solcher von allen vernünftigen Leuten erkannt wäre und sogar von den Dienern des Irrtums selbst (er meinte die römisch-katholische Kirche). Es brauche eine neue Revolution der Geister, einen neuen Enthusiasmus, um den alten zu zerstören, sonst bestehe der Irrtum weiter fort, anerkannt, ja triumphierend.

Unter meiner Regie und mit der Unterstützung von Dominus stellten wir voller Enthusiasmus und Entschlossenheit Marceau Serralongues eine Falle, die zum Ziel hatte, den »Irrtum« aufzuklären.

Nachdem ich mich mit Marie-Thérèse Dupont (die Ehefrau von Dominus weigerte sich strikt, sich einen Spitznamen zuzulegen, was sie mir auf Anhieb sympathisch machte) bei Maître Maurice, einem bekannten Damencoiffeur der Stadt, getroffen hatte, half ich Steffi zwei Tage später, ihr umfangreiches Gepäck zum Auto zu schleppen. Es handelte sich überwiegend um Charlottes ausgemusterte Kleider, denn Steffis Garderobe befand sich ja noch in Castelnaudary, was aber niemand wusste. Dann verabschiedete ich mich mitten auf der Straße tränenreich von ihr und winkte ihr hinterher, bis sie außer Sichtweite war.

Unsere Hoffnung, dass die Serralongues die richtigen Schlüsse ziehen würden, schien sich zunächst nicht zu erfüllen. Einzig der »Spaniel«, dem nun wirklich nichts entging, warf Steffi eine Kusshand hinterher und schrie mir dann über die Straße hinweg zu: »Ihre Freundin ist wohl abgereist, Mademoiselle Sandrine?«

Dies hörte jedoch Monsieur Lagrange, der Briefträger, der die Post persönlich bei den Serralongues abzuliefern pflegte und dort seinen Kaffee trank. Seine Tochter war eine der Sprechstundenhilfen. Auch ihn hatte ich in meinen Plan eingebunden, ohne dass er davon etwas wusste.

Während ich also auf eine Reaktion wartete, begann ich in aller Gemütsruhe die Fenster zu putzen, die zur Straßenseite hinausgingen.

Es ging auf halb elf zu, als Marceau endlich aus dem Haus trat. Bereits auf der Treppe warf er mir einen kurzen Blick zu, winkte und betrachtete dann einige Sekunden nachdenklich seinen Schlüsselbund. Ich hätte etwas dafür gegeben, seine Gedanken lesen zu können. Endlich fasste er den Entschluss, zu mir herüber zu schlendern. Ich erzählte ihm, dass Steffis Mann sie zur Heimreise gedrängt hätte und dass ich in den nächsten Tagen ebenfalls abreisen würde. »Ach, übrigens …«, sagte ich, »hattest du nicht einen Blick in Henris Wohnung werfen wollen, wegen der Kamera, die du vermisst?«

Marceaus Augen leuchteten auf. Doch er nickte nur wie beiläufig. »Ist wirklich nicht so eilig«, meinte er.

»Aber ich möchte die Wohnung wieder vermieten, nachdem Henri nun über ein Jahr verschwunden ist. Ich hab schon eine Interessentin, die Cousine meines Coiffeurs …«

»Du willst tatsächlich vermieten?« Marceau sah mich ein wenig ungläubig an.

»Na, ich kann das Haus doch nicht ständig allein lassen, wenn ich auf Reisen gehe oder in Deutschland bin. Ich brauche eine zuverlässige Person, die sich um alles kümmert. In Castelnaudary hab ich gute Nachbarn, die aufpassen. Die besitzen einen scharfen Hund, doch hier … Heute Mittag fang ich an, Henris Sachen zu packen. Sie werden einstweilen bei einer Spedition eingelagert. Also, wenn du dich mal kurz umsehen willst … ich beginne gegen vierzehn Uhr mit dem Ausräumen. Du kannst mir auch gerne ein wenig dabei helfen, jetzt wo Steffi weg ist. Schließlich war Henri ja auch dein Freund, oder?«

»Natürlich«, beeilte Marceau sich zu sagen und sah mich mit großen Augen an. Er fuhr sich durch sein spärliches Haar. »Vierzehn Uhr also«, meinte er ein wenig unschlüssig, »vierzehn Uhr ... das lässt sich bestimmt einrichten. Heute Nachmittag ist die Praxis geschlossen.«

Als ob ich das nicht längst gewusst hätte.

Pünktlich zur verabredeten Stunde stand Marceau vor der Tür, allein, was mich beruhigte. (Den Alten hätte ich nicht ins Haus gelassen.) Er trug Jeans, einen gelben Pullover von Armani und über dem Arm einen eierschalenfarbenen Sommermantel, so dass ich schon befürchtete, dass er nun doch keine Zeit hätte, mir zu helfen. Ich führte ihn die Treppe hinauf und schloss die kleine Wohnung auf, vor deren Tür ein halbes Dutzend noch zusammengefalteter Umzugskartons lag.

»In zwei Stunden kommt der Spediteur«, sagte ich. »Wir müssen uns also beeilen. Henris Kleidung hab ich bereits gestern eingepackt, in die Säcke dort, neben dem Badezimmer. Ich versichere dir, ich hab jede einzelne Jacken- und Hosentasche nach außen gestülpt. Deine Kamera ist dabei nicht zum Vorschein gekommen, und auch sonst nichts, das einen Hinweis auf Henris Verbleib gegeben hätte. Ehrlich gesagt, ich bin froh, dass du gekommen bist, um mir zu helfen, Marceau. Ich hatte ganz vergessen, wie viele Bücher in den Regalen stehen.«

Ich seufzte wieder und wischte mir eine aufrichtige Träne aus den Augenwinkeln. »Henri hing an seinen Büchern – und an seinen Grünlilien. Die sind hinüber ... Kein Mensch hat sie gegossen, als ich im Krankenhaus lag.«

»Weshalb hast du das Einpacken und Ausräumen nicht dem Spediteur überlassen? Das brauchst du nicht selbst zu machen, Sandrine«, meinte Marceau ein wenig pikiert, »genauso wenig, wie man eigenhändig die Fenster putzt!«

»Du hast wohl recht. Doch juristisch betrachtet, ist es in einem ungeklärten Fall besser, jeden einzelnen Gegenstand zu notieren. Also, lass uns keine Zeit verlieren. Du packst ein

– die Gläser obenauf, damit sie nicht zerbrechen –, hältst dabei Ausschau nach deiner Kamera, und ich schreibe. Am Schluss unterzeichnen wir beide das Inventar. Einverstanden?«

Marceau warf seinen Mantel über eine Stuhllehne und begann zu packen. Er suchte gründlich, ließ keinen Winkel aus, wickelte Henris Geschirr in Zeitungspapier, füllte zwei Kartons, räumte dann mit bereits hochrotem Kopf die Bücher aus dem Regal, Stück für Stück. Während er mir die Titel zuraunte, hielt er nach geheimnisvollen Zettelchen Ausschau, die vielleicht zwischen Buchseiten versteckt waren, und bildete sich ein, dass ich, nur weil ich eifrig schrieb, nichts davon merkte. Im letzten Bücherregal, ganz unten in der dunkelsten Ecke, stieß er auf eine schwarzglänzende Kladde im A-5-Format, an allen drei Seiten mit einem dicken Klebestreifen gesichert. Ich sah hoch, weil er zögerte, mir über seinen Fund Angaben zu machen. Schweiß stand auf seiner Oberlippe.

»Was hast du da?«, sagte ich leise und kaute auf dem Kugelschreiber herum.

»Ich frage mich, womit Henri sich …« Marceau hielt mitten im Satz inne, und ich sah ihm an, dass er am liebsten die Klebestreifen abgerissen hätte, um nachzusehen, was darin stand.

»Also, sag schon, was soll ich schreiben«, fragte ich ungeduldig. »Schwarzes Heft …? Steht denn nichts außen drauf?«

»Alte Notizbücher haben wohl keine große Bedeutung mehr«, meinte er mit belegter Stimme und drehte es in seinen Händen. »Man könnte sie genauso gut wegwerfen. Typisch Henri, schreibt nicht einmal eine Jahreszahl drauf, nichts … Nun gut, notiere eben: ein schwarzes Heft, vermutlich alte Recherchen. Journalist!«, wiederholte er noch einmal abfällig.

Ich schrieb, was er diktierte, obwohl ich es natürlich besser wusste, denn ich selbst hatte die Kladde zugeklebt und sie fein säuberlich, also gut lesbar, beschriftet: »CHEMIESKANDAL« stand obenauf.

Marceau brachte es nicht über sich, das Heft zu den Büchern in den halbvollen Karton zu stecken, der vor ihm stand. Es klebte gewissermaßen an seinen Händen, und ich bemerkte, wie plötzlich auch auf seiner Stirn Schweißperlen erschienen, obwohl er den Pullover längst ausgezogen hatte.

Er stöhnte: »Mein Gott, ist das heiß hier unter dem Dach!«

Ich schwitzte auch, aber aus einem anderen Grund. Ich war mehr als gespannt, wie er dieses Problem lösen würde. Und – ich gebe es zu – ich hatte Angst.

Jetzt klemmte er sich das Heft unter den linken Arm und angelte mit der Rechten ein Taschentuch aus seiner engen Jeans, um sich den Schweiß abzuwischen. Dann murmelte er erneut etwas über seine unauffindbare Kamera, riss, nervös und noch immer die Kladde an sich gepresst, ein weiteres Mal das bereits völlig leergeräumte Schubfach von Henris Schreibtisch auf, um tief hineinzuschauen.

»Also sag mal, Marceau, findest du den Kult, den du um deine Kamera treibst, nicht übertrieben?«, fragte ich. »Deine Frau ist doch sicherlich bereit, dir neue Fotos von deiner Tochter zukommen zu lassen. Oder du fotografierst das Kind selbst, sobald du es besuchst. Es wäre sowieso besser gewesen, du wärst zusammen mit deiner Familie aus dem Haus deines Vaters gezogen.«

»Wie meinst du das?«, stieß er hervor. »Was hat mein Vater damit zu tun?«

»Ach«, sagte ich zu ihm, »tu nicht so naiv! Wäre ich deine Frau gewesen, ich hätte es keine zwei Tage mit deinem Vater unter einem Dach ausgehalten. Aber zum Glück war ich das nicht.« Ich lachte auf.

Marceau trat einen Schritt auf mich zu, das Heft eng an den Körper gepresst. »Nein, das warst du nicht, Sandy … aber … aber du könntest es werden. Ehrlich, mit dir … mit dir würde ich sogar aus Toulouse wegziehen, weit weg …«

»Marceau, ich bitte dich. Das ist ja peinlich«, sagte ich ernst, mein Erschrecken über seine Worte nicht verbergend. »Du und ich?«

»Es ist mein völliger Ernst, Sandy, ich … du gefällst mir. Ach, pfeif auf die Kamera, wir beide sind frei, wir könnten tun und lassen, was immer wir wollen.«

»Halt ein, Marceau«, sagte ich und wehrte mit den Händen ab, »vor zwei Minuten noch ziehst du ein großes Theater wegen der Kamera ab, und nun – gewissermaßen von einer Sekunde auf die andere – ist alles nicht mehr wichtig? Jetzt willst du mit mir auf und davon laufen? Irgendwas ist mit dir ganz und gar nicht in Ordnung, lass dir das gesagt sein!«

Marceau räusperte sich. Dann fasste er sich offenbar ein Herz.

»Der Fotoapparat … also, Sandy, ich will jetzt ganz ehrlich zu dir sein, und … ach, wer weiß, vielleicht kommen wir wirklich irgendwann zusammen. Das ist mein aufrichtiger Wunsch. Ich liebe dich. Ich werde um dich kämpfen, wenn es sein muss, Sandrine. Aber das mit dem Fotoapparat war gelogen.«

»Wie bitte? Gelogen?«

Marceau stellte sich vor mich hin und starrte mich eindringlich an. »Eine Notlüge gewissermaßen. Es hat nichts mit dir zu tun, Sandrine. Du weißt, dass er – Henri meine ich – für bestimmte Journale geschrieben hat. Da gab es mal einen Skandal …« Er stockte.

»Sprich weiter. Das interessiert mich. Worum ging es?«

»Hm … es ging … es ging um diesen Chemieunfall hier in der Stadt. Hat er dir nichts darüber erzählt?«

Ich schüttelte den Kopf. »Keine Einzelheiten.«

»Sieh her, Sandy.« Nun ging er in die Offensive. Er zog das Heft unter seinem Arm hervor und deutete auf das Etikett. »Also … ehrlich gesagt … ich bin … ich war …«, Henri rang erneut nach Worten. »Ich war schon vor deiner Ankunft hier an Henris Aufzeichnungen zu diesem Fall interessiert. Weißt du, ein guter Freund unserer Familie ist … das heißt, er war in diesen Fall involviert – nichts Ernstes, nein, ganz und gar nicht, aber man konnte mit Henri einfach nicht darüber reden, weil er sich stur stellte. Er hatte es sich in den Kopf gesetzt, diesen Mann ans Messer zu liefern. Einerseits verständlich, schließlich war Henris Wohnung zerstört und er selbst – nun ja, das weißt du. Andererseits … also, darüber gerieten wir in Streit. Deshalb würde ich gerne einen kurzen Blick in dieses Heft werfen … Henri müsste es ja nicht erfahren, falls er … nun ja, falls er irgendwann doch wieder auftaucht. Reine Neugierde meinerseits, weiter nichts. Der Fall ist ja längst abgeschlossen.«

Ich schwieg und sah Marceau nur in die Augen. Er schwitzte stärker, wurde verlegen, bekam ein rotes Gesicht. Zum Schluss sah er zu Boden. Marceau war noch immer ein Kind, aber auch Kinder können grausame Dinge tun.

»Handelt es sich um deine Neugierde oder um die deines Vaters?«, fragte ich abrupt.

»Zum Teufel! Wieso bringst du ständig meinen Vater ins Spiel?« Marceaus linkes Auge begann zu zucken, und sein Tonfall war plötzlich sehr gereizt. »Er hat damit nichts zu tun, rein gar nichts.«

»Also, dann erklär mir bitte, welche Rolle der Freund eurer Familie in diesem Unfall spielte und wie sein Name ist. Und, Marceau – ich werde mich vergewissern, ob es diesen Menschen auch wirklich gibt.«

»Himmel, Sandy, was bist du misstrauisch geworden. So warst du früher nie. Vergiss doch ein einziges Mal deine juristischen Spitzfindigkeiten. Das Ganze ist so lange her, es würde Stunden dauern, bis ich dir alles erklärt hätte. Und seinen Namen erfährst du sowieso nicht von mir. Das ist Ehrensache. Vergiss die Angelegenheit, es ist nicht so wichtig«, sagte er mit zusammengepressten Zähnen. »Wir sollten lieber weitermachen. Sagtest du nicht, dass der Spediteur bald kommt?«

Ich sah auf die Uhr. »Du liebe Zeit, es ist kurz vor vier. Steck endlich das Heft in den Karton! Wir haben kein Recht, Henris private Aufzeichnungen zu lesen.«

Marceau gehorchte. Meine Stimme und die Erziehung seines Vaters zeigten Früchte. Dass der Apfel nicht weit vom

Stamm gefallen war, sah ich jedoch an seiner nächsten Frage, die einer gewissen Schläue nicht entbehrte. Beim Einpacken zweier Sportpokale – Henri hatte früher Leichtathletik betrieben – fragte er ganz beiläufig: »Welchen Spediteur hast du eigentlich beauftragt, Sandrine?«

»Giscard & Söhne«, antwortete ich, ohne aufzuschauen.

Das Spiel lief zwar so, wie erhofft, dennoch bestand ein gewisses Restrisiko. Es war nicht ganz ungefährlich, gerade nach Marceaus Geständnis, dass er mich liebte, nicht, denn ich war mit ihm allein im Haus und hatte etwas in meinem Besitz, das er oder sein Vater unbedingt haben wollte. Wieder und wieder sah ich auf die Uhr. Wo blieb nur Dominus? Er müsste doch längst da sein! Ich spürte, wie die Kopfschmerzen einsetzten.

Marceau schob die Kartons an die Wand und sah dann stumm aus dem Dachfenster auf die Straße hinunter. Welchen Plan er wohl schmiedete, um doch noch an das Heft zu kommen, wenn er schon die Speicherkarte nicht gefunden hatte? Auf seinem Gesicht lag ein Anflug von Verschlagenheit. Fast spürbar hingen seine Gedanken in der stickigen Luft der Dachwohnung, wie ein diffuser Nebel, unangenehm, bedrohlich …

Endlich surrte die Türglocke.

»Der Spediteur«, rief ich und lief erleichtert hinaus, die Treppe hinunter. Noch nie im Leben war ich so von Herzen dankbar gewesen, einen Prediger vor mir zu sehen, auch wenn er den blauen Arbeitsanzug der Spedition Giscard & Söhne trug und eine ebenfalls blaue Schildmütze tief ins Gesicht gezogen hatte.

Als ich mit Dominus Henris Wohnung betrat, stand Marceau noch immer regungslos am Fenster, doch hing sein Mantel bereits über dem Arm.

»Sandrine, ich muss jetzt gehen«, sagte er ernst. »Eine Patientin … Das Inventarverzeichnis hab ich unterschrieben.«

»Gut, geh nur, ich hab ja jetzt Hilfe. Und danke schön, lieber Freund!«

Er nickte und rannte dann mindestens ebenso schnell die Treppe hinunter wie zuvor ich.

Ich öffnete den letzten Karton. Das schwarze Heft war weg.

Dominus grinste. »Na, hat es geklappt?«

Ich nickte. »Sein Vater wird es ihm um die Ohren hauen, spätestens, wenn er feststellt, dass die Kladde aus unbeschriebenen Blättern besteht.«

36

»Es ist eine große Dummheit, mit der Religion
Hirngespinste zu verbinden, durch die sie lächerlich wird.«
Voltaire, Für Wahrheit und Menschlichkeit

Mein Doktorvater hatte mir seinerzeit, als ich ihm meine fast dreihundert Seiten umfassende Dissertation über Recht und Rechtsgeschichte vorlegte, mit einem Augenzwinkern erzählt, dass Horaz, als er den ersten Band seiner Episteln herausbrachte, gemeint hatte: »Du siehst mir aus, mein Buch, als schieltest du nach Markt und Börse ...«

Wenn ich mir heute meine Aufzeichnungen zum Fall Calas betrachte, scheinen sie sich in eine ähnliche Richtung zu entwickeln, nämlich zu einer Erörterung von Macht, Recht und Unrecht. Macht und Recht vertragen sich schlecht, heißt es im Volksmund, doch ohne Macht ist die Gerechtigkeit ohnmächtig. Auf das rechte Maß kommt alles an.

Ob meine Geschichte – die Affäre Calas – jemals veröffentlicht wird, hängt vor allem mit ihrem Ausgang zusammen.

Mit dem gemieteten Speditionsauto fuhren wir zum *Temple du Salin*, wo wir die Kartons und Kleidersäcke mit Henris Habe in die Garage des Predigers schleppten. Dort stand auch Steffis Auto, in dem sich bereits meine gepackte Reisetasche befand. Durch eine Hintertür betraten wir den Tempel.

Steffi und Marie-Thérèse stürzten erleichtert auf mich zu. Vor allem Steffi hatte zuvor größte Bedenken gehabt, mich mit einem »dieser kriminellen Kerle« allein zu lassen.

Die Duponts stellten uns das einzige Gästezimmer der Gemeinde zur Verfügung und luden uns zum Diner ein. Marie-Thérèse lachte viel, und ich fühlte mich in ihrer Gesellschaft sehr wohl. Am nächsten Morgen hatte sie uns nicht nur bereits das Frühstück zubereitet, sondern auch noch eine Lunchbox gepackt für die Fahrt nach Collioure. Dupont wünschte uns viel Glück und nahm beim Abschied mit der gleichen Selbstverständlichkeit eine größere Spende für seine Gemeinde entgegen, mit der er bereit gewesen war, mir zu helfen.

Um halb neun verließen wir das Gebäude, wieder durch den Hinterausgang. Auf der Rue de Regans stand ein Jeep *Grand Cherokee*, auf dessen Rückbank Sokrates wartete. Henris Freund trug dieselbe Weste wie bei unserem ersten Gespräch im Keller des Tempels, doch auf seinem Kopf saß diesmal ein speckiger Westernhut aus vormals hellem Leder.

»Und? Hast du die Gläser mit Marceaus' Fingerabdrücken, Phainarete«, fragte er mich, ohne sich lange mit der Begrüßung aufzuhalten. Als ich nickte und auf meine Tasche klopfte, hob er grinsend und siegessicher den rechten Daumen.

Wir warfen unser Gepäck zu seiner Tasche in den Jeep. Steffi setzte sich ans Steuer.

Es regnete wieder an diesem Morgen, ein warmer Landregen allerdings, nicht ungewöhnlich für die Jahreszeit, zwei Wochen vor Pfingsten.

»Also nach Collioure soll es gehen, gewissermaßen an den Tatort«, sagte Henris Freund nervös, als wir Toulouse in lebensgefährlicher Eile und unter ruckartigen Bremsvorgängen hinter uns ließen.

Ich drehte mich zu ihm um und musste schmunzeln, als ich seine weit aufgerissenen Augen und die weißen Fingerknöchel bemerkte, da er sich krampfhaft am Haltegriff festklammerte. Der abenteuerliche Westernhut war schon nach den ersten Kurven zu Boden gerutscht. Nun ja, nicht jeder war ein Indiana Jones, an »Freundins« Fahrstil würde er sich gewöhnen müssen. Nachdem Steffi endlich die harte Schaltung des Jeeps beherrschte, fuhr sie etwas ruhiger.

Als ich Sokrates in meine weiteren Pläne einweihte, zog er skeptisch die Brauen hoch. Ich solle mir keine allzu großen

Hoffnungen auf eine Kooperation mit der dortigen Polizei machen. Dennoch sei ein Versuch, Henris Verschwinden vor Ort zu klären, besser als Resignation.

Nach einer Weile holte er eine Landkarte hervor und machte dann den Vorschlag, über Limoux zu fahren, um einen Blick in die Kirche Notre Dame de Marceille zu werfen. Er hätte vor, dort nach diesen hebräischen Zeichen Ausschau zu halten, die auf die Anwesenheit der Weißen Büßer hindeuten sollten. Sechs Augen würden schließlich mehr sehen als zwei, meinte er, bevor er sich ausgiebig mit der Lunchbox beschäftigte.

»Notre Dame de Marceille?« Ich fühlte mich ein wenig überrumpelt, weil Steffi sofort begeistert auf Sokrates' Plan einging.

»Ich möchte keine Spur auslassen, und sei sie noch so winzig«, meinte Sokrates kauend. »Es wird auch gewiss nicht lange dauern ...«

Mit jedem Kilometer, den wir uns von Toulouse entfernten, fiel meine Nervosität mehr von mir ab. Wir diskutierten sogar eine Weile ernsthaft über den Fall Calas, wobei sich Sokrates erneut als gelehrter Kopf erwies. Steffi warf ihm durch den Rückspiegel mehr als einen anerkennenden Blick zu.

»Henri meinte also, sie hätten eine Garrotte benutzt, um Marc-Antoine zu töten ...« Er schien zu zweifeln. »Natürlich, mit einem mittelstarken Draht, der an den beiden Enden mit Holzstückchen versehen ist, kann man in der Regel völlig geräuschlos sein Opfer von hinten erdrosseln. Die *Cosa Nostra* in Sizilien hat sich vorzugsweise der Garrotte bedient. Doch muss man sich fragen, wie die Büßer ins Haus kamen. Hat der junge Mann sie selbst hereingelassen? War jemand unter ihnen, den er gut kannte? Ein Studienfreund vielleicht? Dass sie sich heimlich Zutritt verschafften, halte ich für ausgeschlossen. Da hätte es Spuren gegeben.«

»Aber es war Abend und bereits dunkel«, warf ich ein.

»Dennoch, ich glaube nicht, dass die Weißen Büßer Marc-Antoine erwürgten und dann aufknüpften. Ihr Verbrechen bestand hauptsächlich darin, dass sie das Volk aufwiegelten und das Gerücht aufbrachten, der Vater hätte ...«

»›Das Volk aufwiegelten‹ ist leicht untertrieben. Vielleicht weißt du nicht, was in St. Etienne geschah, nachdem die Büßer seine Leiche aufbahrten und zugleich auf einem prächtigen Altar ein Skelett aufstellten. Es sollte Marc-Antoine vorstellen, wie er in der einen Hand einen Palmwedel und in der anderen eine Feder hielt, mit der er die Abschwörung der Ketzerei unterzeichnen sollte. Es war das Todesurteil seines Vaters!«

»Natürlich habe ich das gelesen, Phainarete«, sagte Sokrates ruhig. »Ich weiß auch, dass man den jungen Mann daraufhin zum Heiligen erklärte, dass unablässig alles Volk zu ihm wallfahrte, dass man ihm Zähne ausbrach und Fetzen seines Leichenhemdes abriss, um dauerhafte Reliquien zu haben – ja, es soll einer sogar verrückt geworden sein, weil er mehrere Nächte am Grab des neuen Heiligen gebetet hatte und das Wunder, um das er ihn anrief, nicht eintreten wollte. Die Weißen Büßer haben definitiv den größten Anteil an dem Unglück der Calas, weil es ohne sie nicht so weit gekommen wäre, doch wir dürfen deswegen nicht die Richter freisprechen. Da gab es nur einen einzigen, der Calas für unschuldig hielt.«

»Aber wie konnten die Büßer so schnell reagieren, wenn sie in der entscheidenden Nacht gar nicht im Haus der Calas waren? Es heißt doch, sie hätten noch in der gleichen Stunde das Gerücht in der ganzen Stadt verbreitet, dass Jean Calas seinen Sohn getötet hätte!«

»Ein Gerücht wächst schnell. Es ist das Stiefkind des Aberglaubens. In Toulouse herrschte ein übergroßer Hass auf die Hugenotten, Freundin! Da braucht nur einer der unmittelbaren Nachbarn zu den Weißen Büßern gehört zu haben, und schon machte die Nachricht über das Drama im Hause Calas die Runde. Darauf, dass man den ›Ketzern‹ eines auswischen konnte, hatte man nur gewartet! Selbst Voltaire schreibt, dass die Bürger von Schwärmern regiert und durch Gaukeleien verblendet worden seien.«

»Schwärmer und Gaukler?« Steffi kniff angestrengt die Augen zusammen und starrte auf die regennasse Fahrbahn. »Die ehrenwerten Grabesritter und die Sanch-Brüder von heute würden einen solchen Vorwurf weit von sich weisen.«

»Das beste Beispiel sind die Serralongues. Einerseits Christen, die Gutes tun, andererseits verfolgen sie eindeutig das Ziel, die römisch-katholische Kirche zu glorifizieren. Vom Fanatismus zur Barbarei ist es nur ein kleiner Schritt«, meinte Sokrates.

»Ich würde dem zustimmen, wenn der alte Serralongues zu diesem Eliteverein der Grabesritter gehören würde«, warf ich ein. »Von ihnen weiß man schließlich, dass sie Verbindungen in die höchsten Wirtschaftskreise haben. Dass er sich jedoch zu den Sanch-Brüdern gesellte, passt nicht zu ihm. Das geht mir die ganze Zeit im Kopf herum. Hier stimmt etwas nicht. Vielleicht wussten sie genau, dass wir unter den Zuschauern sein würden.«

»Religiöse Fanatiker zeigen der Welt doch nicht ihr wahres Gesicht!«, sagte Steffi. »Ein Handlanger ist der Alte jedenfalls nicht. Niemals.«

»Kennt ihr die Geschichte des Mannes aus Kos, der eines Tages nach Lakedämon kam? Er schämte sich seines Alters, weshalb er sein graues Haar färbte. Als er auf den Markt ging, um eine Rede zu halten, stand Archidamos, der König von Sparta, auf und sagte zu ihm: ›Was soll der Gerechte sagen, der die Lüge nicht allein in der Seele, sondern sogar auf dem Kopf herumträgt?‹«

Ich gab Sokrates innerlich recht: Wer eine Kapuze über sein Gesicht zieht, trägt die Lüge gleichfalls doppelt mit sich herum.

Steffi hatte genug. Der Regen war mittlerweile so stark geworden, dass die Scheibenwischer nicht mehr nachkamen. Sie setzte den Blinker, um auf einen Rastplatz zu fahren. Wir parkten in einem kleinen, sichtlich neu angelegten Pinienwäldchen und kurbelten die Fenster herunter. Sokrates nutzte die Gelegenheit, um das Duft-Männchen, das im Jeep baumelte, im hohen Bogen in einen in der Nähe befindlichen Papierkorb zu werfen. Gierig sogen wir die frische saubere Waldluft ein. Dann teilten wir uns das Sandwich und das Obst, das noch übrig war, und ich machte den Vorschlag, in Collioure eine Ferienwohnung anzumieten statt irgendwelcher Hotelzimmer.

»Ich kann mir schon denken, weshalb ...«, sagte Steffi und biss mit großem Appetit in einen Apfel, »diese Sanch-Brüder, nicht wahr? Die Weißen Büßer. Sagt mal, weshalb hat man es überhaupt so weit kommen lassen, damals in Toulouse? Es muss doch auch vernünftige Bürger gegeben haben.«

»Ich vermute, dass das große Erdbeben von Lissabon eine Rolle gespielt hat«, meinte Sokrates. Er hatte zwei Papiertaschentücher auf seinem Schoss ausgebreitet und schälte sich pedantisch eine Orange. »Da gibt es nämlich einen interessanten Briefwechsel. Rousseau macht Voltaire größte Vorwürfe wegen seines Gedichtes über diese Katastrophe: *Poème sur le désastre de Lisbonne.* Es sei ein überladenes, trübsinniges Bild, das den Menschen wenig Trost schenke. Die ganze Welt war damals durcheinander, und viele glaubten, dies wäre der Anfang vom Ende. Solche Katastrophen ziehen stets Theodizee-Ängste nach sich.«

»Mein Gott, Sokrates! Theo... was? Welche Ängste?«

»Die Furcht, Gott könnte nicht allmächtig sein oder nicht gut, oder nicht allwissend, liebe Freundin«, erklärte Sokrates geduldig und reichte Steffi die Hälfte der Orange. (Nicht zum ersten Mal hatte ich ihn im Verdacht, ausgefallene Fremdwörter zu benutzen, um sie hinterher jemandem erklären zu können.) »Theodizee kommt von *theos* – Gott – und *dikaioun* – rechtfertigen. Ich spreche Altgriechisch seit meiner Schulzeit.«

Ich konnte ein Lachen kaum noch unterdrücken. Dass Sokrates Altgriechisch konnte, setzte mich nicht wirklich in Erstaunen, dass er jedoch plötzlich *liebe* Freundin zu Steffi sagte, hing ganz sicher damit zusammen, dass sie ihm die nötige Aufmerksamkeit schenkte.

»Dieses Beben muss furchtbare Auswirkungen gehabt haben«, fuhr er unbeirrt fort, »alle Küsten Portugals und sämtliche Mittelmeerküsten waren betroffen, denn in der Folge hatte es einen ähnlich mörderischen Tsunami gegeben wie im Dezember letzten Jahres in Südostasien, nämlich eine fünfzehn Meter hohe Flutwelle. Angeblich sollen sogar Seen in der Schweiz in Wallung geraten sein. Lissabon war jedenfalls ein einziger Trümmerhaufen, Brände loderten tagelang, sechzigtausend Tote allein in der Stadt …«

»Wenn das so schlimm war, muss man dieses Unglück tatsächlich in den Calas-Fall einbeziehen, um die Menschen dieser Zeit besser verstehen zu können«, sagte ich und hoffte, dass damit das Thema zum Abschluss gekommen wäre. Ich war müde. Die Matratzen bei Marie-Thérèse waren alt und durchgelegen gewesen.

»Ja, viele Menschen sahen in dieser Katastrophe eine Strafe Gottes. In der Folge waren Gruppierungen wie die Bußbruderschaften im Aufwind. Die Hugenotten, als Anhänger Calvins, sah man als Ketzer, die Ketzer wiederum als *Ursache* für die Strafe Gottes.«

Steffi lachte boshaft auf. »Es ging also vor allem gegen die Hugenotten, das ganze ›infame lutherische Gesindel‹.«

»Gegen die Hugenotten *und* die Humanisten, die miteinander sympathisierten. Aber auch die bibelgläubigen Waldenser bekamen die Hetze zu spüren. Jedenfalls hat Voltaire durch seine Schriften gegen die Willkür der Justiz für eine Wende gesorgt.«

»Wie später Émile Zola in der Affäre Dreyfus!«

»Korrekt, Phainarete. In beiden Fällen setzte ein Umdenken ein.«

»Was geschah eigentlich mit Calas' Frau?«, fragte Steffi.

»Ein berühmter Parlamentsadvokat übernahm ihre Verteidigung«, erklärte ich ihr. »Doch der Fall war noch immer nicht zu Ende. Die Katholiken wollten nicht nachgeben, unter ihnen die *Dévots*.« Ich stülpte mir die Kapuze meiner gelben Windjacke über den Kopf und stieg aus, um mir die Beine zu vertreten.

»Die Dévots?«, rief mir Sokrates nach. »Dévots, sagtest du?«

Das amüsierte mich. Ein wenig Vergeltung zu üben, tat gut. Noch einmal steckte ich den Kopf in den Wagen: »Genau ... vom lateinischen *devotus*«, antwortete ich. »Devoti nannte man im alten Rom diejenigen, die sich für das Wohl der Republik opferten, die Curtius, Decius und so weiter ... Tja, und diese sogenannten Dévots aus Toulouse glaubten wohl, sich für die Kirche opfern zu müssen, indem sie öffentlich bekannten, dass es besser sei, einen alten Calvinisten unschuldig rädern zu lassen, als dass acht Räte des Languedoc zugäben, sich geirrt zu haben.«

»Somit ist die Familie Calas der Ehre der Obrigkeit zum Opfer gefallen«, hörte ich Sokrates noch sagen, ehe ich mich aufmachte, den benachbarten Spielplatz zu umrunden.

Ich war gerade auf der Höhe der Rutschbahn, als ich hinter mir Schritte hörte. Ich drehte mich um und sah, wie Sokrates auf mich zukam. Der Regen tropfte ihm vom rasierten Kopf auf die Schultern, und als er endlich bei mir war, sagte er leise: »Bitte erschrick nicht, sag kein Wort, lächle mich nur lieb an.«

Dann nahm er mich beim Arm, hakte mich unter und geleitete mich – wie ein besorgter Ehemann seine schwangere Frau – auf geradem Weg zum Jeep zurück.

»Sag mal, spinnst du? Was soll das?«, fragte ich ärgerlich, als ich wieder im Wagen saß. Steffis kreidebleiches Gesicht signalisierte mir aber sofort, dass es ernste Gründe für sein Verhalten gab.

»Tür verriegeln, und dann sieh mal ganz unauffällig nach rechts«, sagte sie fast tonlos.

»O nein, nicht schon wieder!«, stöhnte ich, als ich das Heck eines dunklen Wagens erkannte, der vielleicht zwanzig Meter vor uns, halb verborgen von einem Strauch, in der ersten Parkbox stand.

»Jetzt nur keine Panik, Mädels«, meinte Sokrates tapfer. »Solche Limousinen gibt es wie Sand am Meer.«

»Ja, das finde ich auch«, stimmte ich ihm lahm zu, während mein Herz zu rasen anfing.

»Zufall?«, herrschte uns Steffi an. »Der ist uns bestimmt seit Toulouse gefolgt, und wir haben es vor lauter Gequatsche nicht gemerkt. Calas, Calas und nochmals Calas! Und hinter uns fährt der alte Serralongues, um dir bei passender Gelegenheit das leere Heft um die Ohren zu hauen, Sandy! Soll er doch rauskommen aus seinem Loch und uns endlich sagen, weshalb er uns verfolgt, oder hat seinem Warzenschwein noch nicht gereicht, was er mir geklaut hat?«

»Bislang wissen wir gar nichts«, entgegnete ihr Sokrates. »Wenn uns dieser Wagen wirklich verfolgt hat, was ich bezweifle, denn ich habe mich immer wieder umgesehen, so wäre der Kerl dort hinter dem Steuer jetzt am Ziel. Wir sind hier mehr oder weniger schutzlos. Doch er rührt sich nicht. Also, ich denke, wir fahren einfach weiter …«

Steffi seufzte theatralisch. Ihr rechtes Augenlid zuckte. »Ich sag euch eines, Leute, wenn ich ernsthaft anfange, unter Paranoia zu leiden, ist das Ende der Fahnenstange in Sicht.«

»Soll ich nicht lieber die Polizei rufen«, fragte ich, das Handy bereits in der Hand.

»Und was willst du denen sagen, Frau Anwalt? Bis du erklärt hast, wer du bist und weshalb du dich vor einem Wagen ängstigst, der auf einem Rastplatz herumsteht, ist der Kerl entweder schon längst auf und davon oder gerade dabei, uns umzulegen. Nein, Sokrates hat recht. Ich fahr jetzt los, und wenn der Typ ebenfalls startet, so wissen wir Bescheid, dann können wir immer noch die Polizei rufen. Sokrates, du versuchst, dir das Autokennzeichen zu merken. Wenigstens das … also, anschnallen!«

Steffi legte einen Blitzstart hin. Es war tatsächlich ein schwarzer BMW mit getönten Scheiben. Ob es derselbe war, der uns auf dem Weg nach Bresse verfolgt hatte, konnte weder Steffi noch ich beurteilen. Kurz vor der Autobahneinfahrt bemerkten wir jedoch, dass er uns nachkam.

»Ein Toulouser Kennzeichen«, sagte Sokrates. »Eine Drei und eine Sieben, die anderen Ziffern konnte ich nicht erkennen, das Schild war total verdreckt.«

»Schluss mit lustig ...«, meinte Steffi, als wir uns eingereiht hatten. »Jetzt will ich es wissen, bei der nächsten größeren Raststätte fahr ich wieder raus. Folgt uns der Kerl erneut, rufen wir die Polizei.«

Doch es kam nicht dazu. Wir waren keine fünf Minuten unterwegs, als wir hinter uns Blaulicht bemerkten und das Folgetonhorn hörten – eine Verkehrskontrolle der Gendarmerie. Steffi zog brav den Jeep auf die rechte Seite und reduzierte das Tempo. Wir dachten wohl alle drei dasselbe, nämlich dass wir jetzt wegen Geschwindigkeitsübertretung dran wären. Etwas Besseres konnte uns wirklich nicht passieren. Doch die Polizei war nicht an uns interessiert. Sie winkte den schwarzen BMW auf den Seitenstreifen.

»Halleluja!«, schrie Steffi. »Dunkle Scheiben, verdreckte Kennziffern ... Das dauert länger, Monsieur Warze!«

Der Zufall hatte uns die Entscheidung, ob wir die Polizei verständigen sollten, abgenommen.

An der nächsten Ausfahrt – Carcassonne-Limoux – verließen wir erleichtert die Autobahn.

37

»Wir wollen dafür sorgen, dàß die Religion
nicht den Nymphen aus der Fabel gleicht,
die sich mit Tieren paarten und Monster gebaren.«

Voltaire, Die Toleranzaffäre

Sokrates' Vorschlag, trotz allem nach dem Mittagessen Notre Dame de Marceille aufzusuchen, war bei mir von Anfang an auf wenig Gegenliebe gestoßen. Mir widerstrebte jeglicher Aufschub, weil ich wild entschlossen war, dem ganzen Spuk so bald wie möglich ein Ende zu bereiten. Doch nachdem er gemeint hatte, dass wir uns vorsichtshalber noch eine Zeitlang hier in der Gegend aufhalten sollten, ließ ich mich überreden. Bevor ich aber die Schwarze Madonna überhaupt zu Gesicht bekam, holte mich auf erschreckende Weise die Vergangenheit ein.

Bereits beim Dessert hatte ich Sokrates' weitschweifigen Erklärungen über irgendwelche Könige der Westgoten nur noch mit halbem Ohr zugehört. Nervös klopfte ich rhythmisch mit den Fingerknöcheln auf die Tischkante, wartete ungeduldig auf die Rechnung und sah ständig hinaus auf die Straße. Gerade als ich dem Kellner ein weiteres Zeichen gab, hörte ich, wie Sokrates auf ein mysteriöses Buch zu sprechen kam. Ein belgischer Journalist hätte diesem entnommen, dass in oder neben der Kirche Notre Dame de Marceille ein unterirdischer Gang aus der Westgotenzeit existierte. Als Sokrates jedoch den Titel des Buches nannte, fuhr ich herum, wobei ich mein Glas umstieß. »Mist!«, entfuhr es mir. »Wie hieß dieses Buch?«

Steffi und Sokrates sahen mich an und reichten mir gleichzeitig ihre Serviette. »Das Buch? *La vraie langue celtique* …«, wiederholte er. »Kennst du es?«

»Du wirst es nicht glauben, aber im Zug nach Toulouse lernte ich einen Priester kennen, der in diesem Buch las.«

»Du willst mich wohl auf den Arm nehmen?«

»Aber nein«, sagte ich leise. Ich fror plötzlich, und nicht wegen des Wassers, das mir auf die Jeans getropft war.

Da kam mir Steffi zu Hilfe. »Es stimmt! Ich erinnere mich, Sandrine hat die Begebenheit sogar aufgeschrieben, weil der Kerl ihr Angst eingejagt hat, obwohl er recht freundlich war. Was hat er gleich gesagt?«

»Er sagte sinngemäß, ich solle mich nicht wie Frau Lot verhalten, sondern vorwärts sehen und die Dinge ruhen lassen.«

»Also ... da fehlen mir die Worte«, sagte Sokrates (was schwer vorstellbar war). Er trank sein Bier aus, dann meinte er nachdenklich: »Wie konnte der Priester überhaupt wissen, dass du in diesem Zug sein würdest?«

Steffi warf mir einen erschrockenen Blick zu. »Das Sanatorium ... die Lady am Empfang ...« Sie erzählte ihm, wie sie selbst die näheren Umstände meiner Zugfahrt in Erfahrung gebracht hatte.

Sokrates schüttelte indigniert den Kopf und murmelte etwas von nicht eingehaltenem Datenschutz. Seine Schulmeisterei missfiel mir mehr und mehr. »Ich frage mich allen Ernstes«, sagte er, »weshalb sie dir einen Priester auf den Hals geschickt haben, Phainarete, der ein Buch liest, von dem die ganze Welt weiß, dass es mit einem der größten Geheimnisse des Abendlandes zu tun hat?«

»Die ganze Welt? *Ich* wusste es nicht. Dennoch, darauf zu spekulieren, dass ich mir den Titel seiner Lektüre merken würde, weil darin etwas Geheimnisvolles steht, nein, das ist zu unwahrscheinlich. Vielleicht war ihm dieses Buch zufällig in einer Bahnhofsbuchhandlung in die Hände gefallen.«

»Zufall? Du wirst dieses Buch in allen Buchhandlungen vergebens suchen. Außerdem ... wie erklärst du dir die Warnung?«

Ich schwieg.

»Vielleicht gehörte der Kerl zu den Grabesrittern? Ein Komplott?«, warf Steffi ein.

Endlich erschien der Kellner mit der Rechnung. Ich reichte

ihm meine Visa-Card, und er verschwand damit hinter die Theke. »Bleiben wir vernünftig und fassen wir zusammen, was wirklich belegbar ist«, sagte ich, »Hauptverursacher der Affäre Calas waren die Weißen Büßer von Toulouse, die eine Schwarze Madonna verehrten. Das war um das Jahr 1760. Hundert Jahre später fürchtete sich meine Urgroßmutter vor einer Geheimen Bruderschaft des Wertvollen Blutes, hinter der – wie wir dank Dominus wissen – ebenfalls die Weißen Büßer steckten. Wenn dieser Orden nach der Affäre Calas seinen Sitz nach Limoux verlegte, wie du, Sokrates, vermutest, weshalb fühlte sich dann meine Urgroßmutter bedroht? Also muss es im 19. Jahrhundert entweder in Toulouse versprengte Büßer gegeben haben, oder Limoux ist eine falsche Spur. Aber ein Buch, das sich um die wahre keltische Sprache dreht, kann hier nirgends eingeordnet werden.«

Sokrates widersprach mir. Der Autor Henri Boudet sei ebenfalls Priester gewesen und der Anführer einer Verschwörung, die sich gegen Ende des 19. Jahrhunderts hier in dieser Gegend zugetragen hätte, wobei sein Freund, der Priester von Rennes-le-Château zu ungewöhnlichem Reichtum gekommen sei, während ein anderer Kollege aus Coustaussa – Abbé Gélis – bestialisch ermordet wurde. Alle drei Priester waren Mitglied bei den Weißen Büßern von Limoux, und ihr Beschützer, der damalige Bischof aus Carcassonne, der bedeutend weniger vom Heiligen Geist als vom Geist der Habgier besessen war, wie Sokrates süffisant anmerkte, sei sogar zeitweilig Besitzer der Kathedrale von Notre Dame de Marceille gewesen. Zu allen Zeiten sei es um Macht, um Geld, um juristische Verwirrspiele und vor allem um die Arkandisziplin der Priester gegangen. »Geheimnisse müssen um jeden Preis gewahrt bleiben«, sagte er, »und wer nicht spurt, wird umgebracht. Vor allem Verräter.«

»Henri hat mir von diesem Mord erzählt und dass die Position der Beine des Priesters auf ein Logenritual hingedeutet hätte.«

»Die Beinhaltung des Toten entsprach der des Gehängten

im Tarotspiel. Ein Mann wird an einem Fuß mit dem Kopf nach unten aufgehängt. Ein Bein kreuzt das andere im Neunzig-Grad-Winkel. Im Mittelalter war dies tatsächlich die Strafe für Verräter. Gélis konnte oder wollte den Mund nicht halten …«, sagte Sokrates nachdenklich.

Seltsam war das alles, seltsam. Trotzdem erschloss sich mir nicht, wo der Bezug zur Gegenwart lag, zum Chemieskandal, zum Sanch-Umzug in Collioure, zum Verschwinden Henris.

Ich drängte zum Aufbruch.

Als wir die schmale asphaltierte Straße hinauffuhren, die zur Kathedrale führte, fragte Steffi: »Und was hat die keltische Sprache, mit der sich dieser Boudet beschäftigt hat, mit dem Westgotenschatz zu tun, hinter dem du her bist?« Sie lachte schelmisch. »Du bist doch hinter ihm her, nicht wahr?«

»Das Keltische, das ursprünglich die Gallier sprachen, wurde nach der Eroberung durch Caesar weitgehend von einer Art Vulgärlatein verdrängt. Die *Lingua vulgaris* unterschied sich jedoch vom *Sermo urbanus*, dem Latein der Redner und Schriftsteller. Es war eine Mischung aus Keltisch und Lateinisch, die – man höre und staune – die Westgoten nach der Eroberung Galliens übernahmen. Boudet hat Vergleiche mit dem Englischen und dem Sächsischen angestellt. Aber das ist nicht alles. Man vermutet seit langem, dass er in seinem Buch etwas verbarg, das nur Eingeweihten zugänglich ist, aber offenbar auch mit dieser Kirche zu tun hat. Man müsste den Code kennen …«

»Ich bin verwundert, dass du ihn nicht kennst, Sokrates«, sagte ich und mein sarkastischer Tonfall ließ ihn tatsächlich für zehn Sekunden verstummen.

Eingeweihte! Schon wieder! Es war nicht zu fassen.

Die Kirche sah auf der Eingangsseite seltsam verbaut aus. Mozarabischer Stil. Ein schmaler achteckiger, minarettartiger Turm sowie mehrere kleine Giebeltürmchen auf dem Schiff, Fenster, die eher an ein Wohn- als an ein Gotteshaus erinnerten. Da es keine Möglichkeit gab, den Jeep irgendwo zu verstecken, parkten wir links vor der Kirche, unterhalb einer großen Sonnenuhr. Weit und breit war kein Mensch zu erblicken.

Gemeinsam entzifferten wir die alte Inschrift: *Verflossene Stunden kommen nicht wieder und Tote kehren nicht zurück.*

Tote kehren nicht zurück … Ich fror stärker, obwohl es zu regnen aufgehört hatte und die Sonne kräftiger schien. Tote kehren nicht zurück? Warum hatte mich Sokrates ausgerechnet hierher geführt? Sollte ich daran erinnert werden, dass es an der Zeit war, zu vergessen und Henri in Frieden zu lassen? Aber er war doch nicht tot! Die wahre keltische Sprache … verschlüsselte Geheimnisse in Gemälden und Büchern. Das alles war absurd, mehr als absurd. Das Gralsbüchlein des Heliandus fiel mir ein, von dem mir Henri erzählt hatte. Da war es um Maria Magdalena und das wertvolle Blut gegangen, um den Gral!

Schluss und Ende! Mit all diesen Geschichten, die keine solide Basis hatten, würden wir niemals zur Wahrheit vordringen, sondern uns im Gegenteil mehr und mehr von ihr entfernen.

»Und wo steckt nun der Schatz der Westgoten?«, hörte ich Steffi fragen. Sie war eine Frohnatur, strahlte über das ganze Gesicht und konnte offenbar nicht genug von Sokrates' Märchenstunde bekommen. Je mehr ich versuchte, eine gewisse Distanz zu Henris Freund zu halten (auch weil ich im schlimmsten Fall damit rechnen musste, dass er ein falsches Spiel trieb – die Sache mit Boudets Buch hatte mich erneut misstrauisch gemacht), desto mehr schien er Steffi zu beeindrucken.

»Möglicherweise handelte es sich nicht um einen rein materiellen Schatz«, erklärte er ihr ebenso aufgeräumt, während er entschlossen auf das schwere, sichtlich uralte Eichentor zulief. Mit einiger Mühe öffnete er den schmiedeeisernen Riegel – eine lange Stange mit einem Schlangenkopf –, um uns einzulassen. Zumindest hatte er Manieren, denn er nahm den Hut ab, als er das Gotteshaus betrat.

»Nachdem dieser Ort schon im Jahr 1011 als Reliquienschrein ausgewiesen war, könnte es sich um eine verborgene Reliquie handeln, um den Kopf eines heiligen Königs, wie einige vermuten, vielleicht den eines Westgotenkönigs.«

»Ach du liebe Güte«, sagte ich. »Lasst uns rasch diese Schwarze Madonna betrachten und nach deinen hebräischen Zeichen Ausschau halten und dann weiterfahren. Überhaupt, wie soll man hier etwas entdecken, es ist stockdunkel und eiskalt! Und es riecht muffig!«

Als sich unsere Augen an die Dunkelheit gewöhnt hatten, bemerkten wir, dass das Licht nur durch drei hohe bunte Glasfenster über dem Altar hereinfiel. An den Beichtstühlen vorbei, tasteten wir uns langsam nach vorne. Keine Menschenseele war zu sehen, es war geradezu unheimlich – und ungewöhnlich, denn in fast jeder Kirche trifft man auf eine oder mehrere alte Frauen, die ins Gebet versunken sind … Ein flüchtiger, wehmütiger Gedanke an meinen letzten Opernbesuch in Nürnberg, wenige Wochen vor Charlottes Tod, damals, als meine Welt noch einigermaßen in Ordnung war: *Wer baut auf Wind, baut auf Satans Erbarmen* hatte es im ersten Akt geheißen. Ich hatte mein dunkelgrünes langes Seidenkostüm getragen, das mir so gut steht, und bewundernde Blicke eingefangen. Sam war eingeschlafen.

Wer baut auf Wind … Ein kalter Schauer nach dem anderen … Wurde ich krank? Nein, ich musste mich nur zusammenreißen. Auf einem kleinen Tisch in einer Nische flackerten etliche Kerzen. Gott sei Dank, Notre Dame de Marceille segelte also doch nicht einsam und verlassen durch die Wogen der Zeit, schließlich musste jemand die Opferlichter angezündet haben.

Wir kamen an alten, sehr dunklen Gemälden vorüber, auf denen man kaum Details erkennen konnte, betrachteten Heiligenfiguren, naiv-schöne Wandmalereien und Votivgaben von Pilgern – darunter ein schwerer Stein, der an einer eisernen Kette von der Decke hing –, dann zeigte uns Sokrates ein Bodenmosaik, das Henri entdeckt hätte – ein Pentagramm in einem gleichschenkligen Kreuz. Über der Orgel hingen etliche hölzerne Medaillons. Auf einem sei tatsächlich die Bundeslade – *foederis arca* – abgebildet, versicherte uns Sokrates. Als er dann aber ansetzte, Steffi zu erklären, auf welche Weise man am besten sakrale Gegenstände fotografierte, gebot ich Einhalt.

»Was drängelst du eigentlich ständig, Sandy?«, sagte Steffi. Sie warf einige Münzen in die Kasse und zündete eine Kerze an, um ein Bild näher zu betrachten. »Also, wenn wir schon mal hier sind … unser Freund möchte doch noch in die Unterwelt hinabsteigen, um die echte Bundeslade zu suchen, nicht wahr?«, meinte sie halb auffordernd, halb ironisch.

Sokrates, der ihren Spott ebenso ignorierte wie meine schlechte Laune, zuckte die Achseln und schlängelte sich behände durch die Stuhlreihen zu einer halbhohen Balustrade. Dort zeigte er auf eine kleine Luke im Fußboden, eine hölzerne Abdeckung inmitten schön bemalter Fliesen. Er grinste bis über die Ohren und meinte, dass sich hier dereinst der heilige Brunnen befunden hätte, heute wäre es der geheime Eingang zur »Unterwelt«, es könne gar nicht anders sein.

Steffi, die noch immer die Kerze trug, hatte ein auffälliges Glitzern in den Augen.

»Oh, nein«, sagte ich halblaut. »Werdet jetzt bloß nicht kindisch. Wir haben weder die Zeit noch die Erlaubnis, hier irgendetwas aufzustemmen.« Einmal sei ein Freund in meinem Beisein in einer Kathedrale über eine Absperrung geklettert, um etwas näher zu betrachten. Dabei sei plötzlich die Sirene losgegangen, gellend laut, und wir wären um ein Haar verhaftet worden.

»Die Frau Anwältin ist ein Angsthase«, sagte Steffi, aber sie zwinkerte mir zu und zog Sokrates mit sich.

Als wir das nördliche Querschiff betraten, ging plötzlich das Licht an. Wir rissen die Augen auf: Gold blitzte uns entgegen, Gold wohin man nur sah. Hinter einem kunstvoll geschmiedeten Gitter und einer dicken Glasscheibe saß die Schwarze Madonna.

»Die hat ja ein helles Kind!«, brach es aus Steffi hervor. Sie steckte die Kerze zu einem guten Dutzend anderer, die dort brannten, und stieg die Stufe hoch, um die Madonna näher zu betrachten.

»Überrascht?«, fragte Sokrates. »Das Dunkel und das Licht. In der Nacht, als Salomon mit der Königin von Saba seinen Sohn Menelik zeugte, sah er im Traum eine hell scheinende Sonne, ein heiliges Licht, aus dem Himmel kommen …«

Dieser Mann hatte eindeutig seinen Beruf verfehlt, er hätte Prediger werden sollen …

»Weiß man denn, woher diese Madonna ursprünglich kommt?«

»Ein Bauer hat sie beim Pflügen gefunden. Er nahm sie mit in seine Hütte, am nächsten Morgen war sie verschwunden. Da lief er auf den Acker zurück und fand sie erneut an Ort und Stelle, so dass die Leute beschlossen, dort eine Kathedrale zu bauen. So erzählt es die Legende. Wie es genau war, weiß ich nicht.«

Dass er einmal zugab, etwas nicht zu wissen, erfreute mich regelrecht! Als er mir Platz machte, stieg ich hoch, um durch das Gitter hindurch ein Foto zu schießen. *Ich bin schwarz, aber schön – Tochter von Jerusalem,* ging es mir durch den Kopf. Die Statue hatte freundliche Augen, ein dunkelbraunes Gesicht unter Schleier und prachtvoller Krone, dazu ein anziehendes verschmitztes Lächeln, obwohl man sie eingesperrt hatte, damit sie nicht wieder davonlief. Ein bisschen konnte ich verstehen, weshalb die Weißen Büßer sie verehrt hatten.

Ich sah auf die Uhr und fand, dass wir nun wirklich genug geschwatzt hätten, zumal hebräische Zeichen oder Buchstaben weit und breit nicht zu sehen waren.

Wir liefen am Altar vorbei, dessen blaues Gewölbe mit unzähligen goldenen Sternen bemalt war, was ich so eindrucksvoll fand, dass ich es ebenfalls fotografierte.

Da hörte ich Steffi fragen: »Was ist denn das hier? Eine Marmorurne mit Schlüsselloch?«

Sie stand in einem Seitenaltar und deutete auf einen kleinen weißen Schrein.

»Aber nein, das ist ein alter Tabernakel«, stellte Sokrates fest, »ein Aufbewahrungsort für geweihte Hostien. Seltsam, normalerweise befindet er sich direkt am Altar ... Das Dreieck darauf ist das Zeichen für die Dreieinigkeit, in seiner Mitte müsste sich eigentlich das ›Auge Gottes‹ befinden. Ärgerlich, dass es hier überall so dunkel ist! Wir hätten die Kerze nicht ...« Sokrates verstummte, strich dann langsam mit seinem Zeigefinger über die Konturen des Dreiecks. *»Attention!«*, sagte er plötzlich und pfiff durch die Zähne. »Wie der Hase läuft, wo der Pfeffer wächst, ist ganz allein die Sache des Fuchses ... des Fuchses. Halte bitte kurz meinen Hut, Phainarete, damit ich beide Hände frei habe. Da ist eine Gravur – möglicherweise genau das, was wir suchen: hebräische Buchstaben.« Er zog einen Zettel aus seiner Weste, lief aus dem Seitenaltar hinaus, dorthin, wo es heller war, studierte ihn, nahm eine der brennenden Kerzen, kam zurück, beleuchtete die Inschrift und stutzte ... »Eigentlich müsste es sich um den Schriftzug *Jaweh* handeln, den Namen Gottes. Der Kranz außen herum stellt ganz eindeutig den Dornbusch dar, der brennt, aber nicht verbrennt. Jahwe wird verklärt, die Dreieinigkeit und das Christentum. Doch hier ...«

Ich beugte mich zu ihm hinüber, um mit gespielter Neugier ebenfalls die Inschrift zu begutachten, während ich bei mir dachte, dass Sokrates ein wahrer Meister der Konstruktion sei.

»Etwas irritiert mich hier, Phainarete, denn es sind nur drei Zeichen vorhanden. Es ist eindeutig nicht das hebräische Tetragramm des Gottesnamens! Merkwürdig ...«

Er schüttelte ein ums andere Mal den Kopf.

Nervös drehte ich seinen speckigen Hut in meinen Händen. Wir würden bestimmt erst bei Dunkelheit in Collioure ankommen, das Fremdenverkehrsbüro wäre geschlossen, und wir müssten ins Hotel ziehen. »Sieht das nicht eher wie eine Zahl aus, eine 313 oder eine 315?«

»315«, sinnierte Sokrates, »... 315; man kann die Drei der Dreieinigkeit zuordnen, die Eins steht für Gott und die Fünf für den Menschen. Das sind Symbolzahlen. Oder – das ist noch besser:

die Drei für Dreieinigkeit … und dann die Fünfzehn: die heilige Zahl der Ischtar oder Astarte, schließlich gibt es hier eine Schwarze Madonna, vielleicht ein Relikt aus heidnischer Zeit.«

Ein weiteres Mal strich er fast andächtig mit den Fingern der rechten Hand über die Ziffern. Dann drehte er sich zu uns herum, wobei seine Augen aufblitzten. Er drückte die Kerze Steffi in die Hand, zog einen kleinen karierten Block aus einer Westentasche, blätterte wie wild, bis er eine freie Seite fand, riss sie heraus, und kramte dann in den anderen Taschen so lange, bis er einen Bleistift fand.

Damit pauste er höchst gewissenhaft die Inschrift ab.

»Nein, meine Damen«, sagte er, als er fertig war und das Ergebnis im Kerzenschein betrachtete, »das sind definitiv keine Zahlen, sondern drei hebräische Buchstaben, wenngleich zwei sehr seltsam aussehen. Hebräisch wird von rechts nach links geschrieben. Auf dem Tabernakel fehlt der erste Buchstabe des Namens Jahwe, das yod. Übrig bleibt Chawa oder auch Chava … Ein Steinmetzfehler war das nicht, das hätte der Auftraggeber niemals durchgehen lassen.«

»Chawa? Aber was bedeutet das?«

»Eve, Eva«, sagte Sokrates leichthin. »Eva oder auch Leben, die Urmutter also.«

»Aber wieso verehrt man hier Eva?«, sagte Steffi verwundert. »Ein Tabernakel sollte doch das Allerheiligste beinhalten, oder?«

»Der biblische Name Eva – Mutter alles Lebendigen – leitet sich aus einer Übersetzung von *Jaganmata*, einem Beinamen der *Kali Ma* ab. In Indien war sie auch als *Jiva* oder *Ieva* bekannt, die Schöpferin aller wahrnehmbaren Formen. Gnostische Schriften besagen, dass Adam nicht durch Gott, sondern durch Eva erschaffen wurde. Doch die Mutter des ganzen Lebens, wie man sie auch nennt, hat viele Namen, Isis, Kybele, Demeter oder auch Sophia, die Weisheit …«

»Eva ist Isis?«, fragte ich.

»Hm, vielleicht stellt das Dreieck in diesem Fall doch eine Pyramide dar.«

»Der liebe Gott ist also eine Frau?«, platzte es aus Steffi heraus.

Sokrates lachte. »Sozusagen …« Es gebe alte Schriften, die besagten, dass Eva die Schlange zu ihrem Vergnügen als einen lebendigen Phallus erschaffen hätte, und frühere Völker hätten eine Göttin und ihre Schlange als ihre Ureltern betrachtet. Im Ersten Buch Mose sei dann allerdings irgendwann aus der SIE ein ER geworden. »Ich könnte euch interessante Geschichten darüber erzählen, vielleicht später in Collioure. Dennoch sind wir heute einen großen Schritt weitergekommen.« Noch einmal beugte er sich über den Tabernakel und nickte zufrieden.

Ich fand diese Entdeckung wirklich hoch interessant, den »großen Schritt« konnte ich allerdings nicht nachvollziehen. Im Grunde war es mir ziemlich gleich, ich wollte endlich herausfinden, wo Henri steckte.

»Meinen Respekt vor deinem Wissen«, sagte ich, schon um Sokrates nicht vor den Kopf zu stoßen, »doch sieh bitte mal auf deine Uhr!«

»Ich trage keine, Phainarete«, antwortete er, während er den Zettel mit der abgepausten Schrift sorgsam in den Block zurücksteckte und diesen in seiner Weste verstaute. »Ich trage keinen Zeitmesser, weil ich mich nicht der Zeit unterordnen will. Mitterrand, mit dem ich Geburtstag habe, aber in vielen Dingen nicht übereinstimme, hat das übrigens auch nie getan. Probier es mal aus, Phainarete! Es wird dich zuerst nervös machen, dann aber beruhigen.«

»Ja, gut, aber nervös bin ich schon jetzt, vor allem *wegen* der Uhr.«

Zielstrebig lief ich zur Tür und stieß sie weit auf. Obwohl es schon wieder leicht regnete, blendete mich gleißendes Sonnenlicht. Ein frischer Wind peitschte die Äste der großen Platanen vor dem Eingang hin und her. Am dunkelvioletten Himmel stand ein Regenbogen. Auf der Straße und in der gegenüberliegenden Anlage, wo sich laut Sokrates ein geheimnisvoller Brunnen mit einer weiteren Madonna befand, die auf einer Schlange stehe – auch Isis sei mit einer Schlange in Verbindung zu bringen –, sowie die Statue des Heiligen Vincent de Paul, über den es wahre Schauermärchen zu erzählen gebe, war keine Menschenseele zu sehen. Alles war so unwirklich hier, sowohl vor als auch in dieser Kirche, so irreal, einschließlich des Wetters, als ob man sich in einer anderen Welt befände.

Wer baut auf Wind …?

»Sandy«, sagte Steffi und hakte mich unter, »du bist manchmal ein richtiger Spielverderber und quengelig obendrein. Der arme Sokrates, so nahe am Glück, kennt den Eingang zur Unterwelt und weiß obendrein, dass der liebe Gott eine Frau ist, und kommt einfach nicht zum Zug.«

Sokrates, der ihre Worte gehört haben musste, erwiderte nichts. Er sah ziemlich verklärt aus.

»Habt ihr beiden schon einmal in Betracht gezogen, dass man all dies hier auch inszeniert haben könnte, um einen weiteren Wallfahrtsort für Esoteriker zu schaffen, so wie dieses Rennes-le-Château, von dem mir Henri erzählt hat?«, gab ich zu bedenken.

»Aber diesen zweiten Ort gibt es längst, Phainarete, es ist Perillos bei Perpignan. Da gibt es eine …«

»Wie? Perillos?« Ich blieb wie angewurzelt stehen, und Sokrates' Stimme verlor sich im Wind, während ihm ein Regentropfen über die Nase lief.

»… mitten in der Garrigue, alles total zusammengefallen, Ruinen und ein paar alte eiserne Grabkreuze mit Plastikblumen …«, drang es nach einigen Sekunden wieder an mein Ohr. »Es ist nicht allzu weit von Collioure entfernt. Dieser aufgegebene Weiler würde mich auch interessieren. Da scheint es Verbindungen zum Lough Dergh in Irland zu geben, dem Purgatorium. Ich kenne die Bilder aus dem Internet. In einem Buch stieß ich auf ›Chapel Perilous‹, die Kapelle der Gefahren. Der Begriff stammt aus den Legenden um König Artus und den Heiligen Gral, es handelt sich um den Ort, an dem Lanzelot und Parzival zuerst himmlischen Wesen begegnen und kurz darauf von Dämonen und Alpträumen heimgesucht werden: *Alles, was du fürchtest, wartet mit gierigem Rachen in der Kapelle der Gefahren, aber wenn du dich wappnest mit dem Stab der Intuition, dem Kelch der Zuneigung, dem Schwert der Vernunft und der Münze der Tapferkeit, so findest du dort die Medizin der Metalle, das Elixier des Lebens, den Stein der Weisen, echtes Wissen und vollkommenes Glück …*«

Vollkommenes Glück hatte er gesagt? Ich starrte noch immer durch Sokrates hindurch, unfähig, etwas zu erwidern.

Steffi rüttelte mich am Arm. »Was ist denn los mit dir? Erst hattest du es so eilig, und jetzt stehst du da … Komm weiter, wir werden ja ganz nass.«

Nun wurde auch Sokrates auf mich aufmerksam. Er hatte noch immer den Hut in der linken Hand und wischte sich mit der anderen über das feuchte Gesicht. Dann fragte er: »Geht es dir nicht gut, Phainarete?«

Nachdem ich noch immer nicht antwortete, hob er beschwichtigend seine Hände. »Keine Angst, wir müssen nicht nach Perillos, wenn du nicht willst«, sagte er jetzt mit sanfter Stimme. Er fasste mich beim Arm, doch ich schüttelte ihn unwillig ab.

»Abbé Perillos«, sagte ich mit fast tonloser Stimme. »So hat sich mir jener Priester im Zug vorgestellt, der dieses seltsame Buch las.«

Steffi schrie auf: »Du hast recht! Den Namen hatte ich bereits vergessen!«

Plötzlich hörten wir Stimmen, Schritte. Erschrocken sahen wir uns um. Wir waren offenbar doch nicht allein an diesem seltsamen Ort. Zwei alte Frauen kamen uns entgegen, die eine mit einer Gehhilfe, die andere mit einer grünen Gießkanne. Sie liefen an der heilkräftigen Quelle vorüber, ohne sie zu beachten. Sie hörten nicht auf, miteinander zu reden, und nahmen uns überhaupt nicht wahr.

Hatten auch sie auf Wind gebaut, weil sie an einem Regentag imaginäre Gräber gossen?

38

»Ich gehöre nicht zu denen, die Ihnen vorsagen: »Da wird sein Heulen und Zähneklappern.«
Denn es ist nicht bewiesen, dass wir nach dem Tod noch Augen und Zähne haben.«

Voltaire, Für Wahrheit und Menschlichkeit

Dass Gerüche stärkere Erinnerungen wecken als Bilder oder Geräusche, ist bekannt. Als ich am Quai de l'Amirauté stand und auf das Boot starrte, das »Jack« hieß, stieg mir derselbe fischbrackige Geruch in die Nase wie damals in der Nacht vor dem unseligen Karfreitag, als ich mit Henri Hand in Hand an der gleichen Stelle stand.

Tief sog ich die Luft ein und wunderte mich nur darüber, dass meine Hand leer war.

Das Appartement, das wir in aller Eile gemietet hatten, lag in der Résidence *Haut-Collioure* auf einem der umliegenden Hügel in Richtung Port Vendres. Monsieur Cardenal, der freundliche Concierge, half uns, das Gepäck ins Haus zu schaffen. Von der großen Terrasse aus hatten wir einen herrlichen Blick auf das Meer und die Bucht – mit dem Wahrzeichen der Stadt, dem »anrüchigen« Kirchturm, wie nun Steffi anzüglich grinsend feststellte. Sokrates, der seit unserer Ankunft in Collioure einen unbeschwerten, ja fast lockeren Eindruck machte, war vom Pool begeistert, der unterhalb unserer Terrasse im Sonnenlicht glitzerte. Ich hatte vorgeschlagen, uns die nächsten Tage erst einmal auszuruhen. Wir würden faulenzen und in der Sonne liegen. »Oder musst du bald nach Toulouse zurück?«, hatte ich Sokrates gefragt.

»Nein, muss ich nicht!« Er hatte seinen großen Zeh in das Schwimmbecken getaucht, um die Temperatur zu testen, und spitzbübisch gegrinst. »Seit ich der ›Mausböi-tüng‹ zum Opfer gefallen bin, hab ich alle Zeit der Welt.«

»Der was? Der Maus…?«

Sokrates buchstabierte: »M a u s b e u t u n g! Ein deutsches Wort, das müsstet ihr doch verstehen!«

Steffi lachte schallend. »Bist du dir sicher, dass du nicht was durcheinanderbringst?«

»Nun, es hört sich vielleicht lustig an, meine Lieben (er sagte tatsächlich »meine« Lieben), ist aber eine äußerst ernste Angelegenheit. ›Mausbeutung‹ ist ein Neologismus, ein sprachliches Hybrid, kurz: eine Verschmelzung von Computer-Mouse und Ausbeutung. Das letzte Wort *ist* deutsch!«

»Na klar«, Steffi kicherte. »Ausbeutung ist das Lieblingswort aller Hausfrauen …«

»Dazu müsst ihr wissen«, fuhr Sokrates ungerührt fort, »dass in der IT-Branche seit einiger Zeit die Hölle los ist …«

Und nun schilderte er uns, wie er – gleich den indischen Informatikern, die man allerorts ins Land holen würde – Woche für Woche bis zu sechzig Stunden hatte arbeiten müssen. Irgendwann hatte er seinen Job an den Nagel gehängt, weil er sich dachte, dass es im Leben auch noch um etwas anderes ging. Seitdem sei er arbeitslos und betrachte sich als Opfer der »Mausbeutung«.

»Verstehe«, sagte Steffi. »Du suchst also einen Job. Würdest du eventuell auch in China arbeiten?«

»In China? Wie kommst du denn darauf? … Im Prinzip schon, doch meine *Grundhaltung* in dieser Frage ist die der Luziferaner, nämlich *non serviam.* Ich werde nicht dienen, gleich, in welchem Land ich arbeite. Leider spreche ich auch nur ein paar Brocken Chinesisch«, sagte er völlig ernst, worauf Steffi und ich uns einen Blick zuwarfen und zu prusten anfingen.

»Du hast dich tatsächlich mit der chinesischen Sprache beschäftigt?«, fragte ich, als wir uns beruhigt hatten.

»Es entzieht sich zwar meiner Kenntnis, was daran so überaus komisch ist«, antwortete Sokrates ungerührt, »aber ich will deine Frage beantworten. Chinesisch ist eine schwierige Sprache, und ich beherrsche einzig ein paar Sätze und Redewendungen, zum Beispiel: *Tai-kong suo-yo duh shing-chiou sai jin wuh duh pee-goo.«*

Wieder lachten wir, aber es war auch ein befreiendes Lachen.

»Und was heißt das?« Steffi japste regelrecht nach Luft.

Jetzt verbeugte sich Sokrates, grinste frech und sagte: »Ach, das würde ich allerdings nur ungern Damen übersetzen.«

»Klar«, meinte Steffi, »also, ich muss unbedingt mit Theo drüber reden, der hat eine Fabrik in Schanghai. Ob er deine *Grundhaltung* akzeptiert, weiß ich nicht, doch mit deinen IT-Kenntnissen und dem«, wieder kicherte sie, »dem besonderen chinesischen Wortschatz könnte dir dort ein kometenhafter Aufstieg bevorstehen.«

Ich dachte, ich hörte nicht recht. Dann gab ich es auf, mich an diesem Tag noch mehr zu wundern. Steffi hatte offenbar einen Narren an Sokrates gefressen, oder sie war so erleichtert, dass wir hier unversehrt angekommen waren, dass ihr Herz überfloss.

Und dieser exaltiert wirkende, überaus geschwätzige, aber dennoch nicht humorlose Mann, der sie bislang nur mit *Freundin* angeredet hatte (und obendrein unter seiner Weste ein T-Shirt trug mit der Aufschrift: *The more I learn about women, the more I love my motorbike*), klang beinahe glücklich, als er leise »Ja, danke, Steffi, das wäre super« sagte.

Mit einem Taxi waren Steffi und Sokrates nach dem Auspacken der Reisetaschen noch einmal weggefahren, um einen anderen, möglichst unauffälligen Wagen zu mieten und etwas einzukaufen. Der Jeep stand in der Tiefgarage der Résidence. Ich hatte es abgelehnt mitzukommen, zog mich um und schlüpfte barfuß in neue silberglänzende Flip-Flops, die ich in Toulouse gekauft hatte. Ein Seidentuch um den Kopf, lief ich hinunter zum Hafen, um dort allein zu sein mit bestimmten Gefühlen – die dann tatsächlich gnadenlos über mich herfielen, so wie sich das Meer über den Strand ergoss.

Später setzte ich mich in einen der Korbsessel des Strandcafés vor dem Lokal *St. Vincent*, beobachtete hereinkommende Boote, wie sie in ihrem Kielwasser schaukelten, lautstark von

Möwen umschwärmt, und bestellte ein Glas Pastis – oder *Mauresque*, wie der alte Laroque immer gesagt hatte. Wieder hatte ich nicht die Zeit gefunden, ihn zu besuchen oder wenigstens anzurufen und bei dieser Gelegenheit nach den Serralongues zu fragen. Was er wohl machte ohne Charlotte? Ich wusste, er hatte zwei Söhne, die in Paris lebten, tüchtige Geschäftsleute, Reishandel, soweit ich mich erinnerte. Männer, die kaum Zeit fanden, sich um den Vater zu kümmern. Ich hatte wirklich ein schlechtes Gewissen, weil ich die ganze Zeit über nur an Henri und mein Unglück gedacht und den alten Herrn total vergessen hatte.

Am Nebentisch saß eine Familie. Die beiden Jungen, vielleicht fünf und sieben, mit tiefgebräunten Knien, aßen mit Begeisterung Pommes frites mit Ketchup. Ich lachte, als ich bemerkte, dass der Jüngere sein T-Shirt als Serviette benutzte.

Erst am Mittwoch entdeckte ich Claret. Mit einem freundlichen Lächeln kam er in Uniform die sonnige Rue Pasteur entlanggeschlendert, nach allen Seiten grüßend. Man sah es: Er war beliebt hier. Und ich wusste sofort, dass es mit seiner Hilfe möglich sein würde, diejenigen ans Messer zu liefern, die hinter allem steckten.

Ich trat auf ihn zu. »Brigadier, auf ein Wort.«

»Ja, bitte«, meinte er mit hochgezogenen Brauen, an sein Käppi tippend. »Kann ich Ihnen behilflich sein, Madame?«

Als ich die Sonnenbrille abnahm, dämmerte ihm, wer da vor ihm stand. Ich brachte kurz mein Anliegen vor, und er versprach ohne Zögern, mich nach Dienstschluss in der Résidence aufzusuchen.

Allein der Umstand, dass ich ihn gefunden und gesprochen hatte, machte mich zufriedener.

Für Steffi und Sokrates ließ ich im *St. Vincent* einen Tisch reservieren, denn ich wollte mich bei meinem Gespräch mit Claret von niemandem aus dem Konzept bringen lassen. Den ganzen Nachmittag über saß ich auf der Terrasse, genoss die

Sonne, trank Orangensaft und sichtete meine Aufzeichnungen, um Notizen für das Gespräch zu machen. Das ist das Erste, was Juristen lernen: Ordnung in das Chaos zu bringen. Früher hatte ich mich zu den Spezialisten im Katalogisieren gesicherter Fakten gezählt. Beherrscht man das – und schaltet persönliche Gefühle aus (was leider nicht immer möglich ist) –, hat man auch die kompliziertesten Sachverhalte im Griff.

Punkt achtzehn Uhr war ich fertig. Ich würde meine Aufzeichnungen nun nicht mehr brauchen, in meinem Gedächtnis war alles jederzeit abrufbar. Ich war zufrieden und überlegte für einen Augenblick, ob ich nicht doch in meinen Beruf zurückkehren sollte. Nachdenklich ging ich in die Küche, um Kartoffeln aufzusetzen, Salat zu putzen, Lammkoteletts zu würzen. Steffi half mir dabei, während Sokrates den Tisch für Claret und mich deckte, Wasser kühl und eine Flasche Bordeaux bereitstellte, und uns wie beiläufig erklärte, dass Untätigkeit für alle Menschen schlecht sei, in der Politik aber über kurz oder lang zu Korruption führen würde. Er legte Dave Brubeck auf, dessen CDs er ständig mit sich herumschleppte. Aber auch ich liebe *Take Five* mit seinem 7/11-Takt über alles, Brubeck entspannt mich.

Der Brigadier schien sehr nachdenklich, nachdem ich ihn über alles unterrichtet hatte.

»An eine Verschwörung mag ich dennoch nicht glauben, Madame«, sagte er, »aber ich dachte oft an Ihren verschwundenen Freund. Als ich von dem schrecklichen Anschlag auf Sie erfuhr, habe ich mich sofort mit Kommissar Rives in Verbindung gesetzt. Der Kollege hatte sich allerdings – es tut mir leid, es Ihnen sagen zu müssen – auf Ihren Freund als Täter festgelegt. Ich habe ihn auf diesen unbekannten Weißen Büßer hingewiesen. Er versprach, meine Informationen in seine Ermittlungen einfließen zu lassen. Ich schickte ihm ein wenig später Abschriften aller Protokolle sowie den Bericht des Sachverständigen über die Manipulation an Ihrem Auto. Haben Sie den Wagen inzwischen wiederbekommen?«

»Eine hiesige Garage hat ihn bei sich eingestellt«, erklärte ich. »Ich zahle seit einem Jahr Miete dafür. Mein Mann wollte ihn irgendwann abholen lassen, aber es hat sich nie ergeben. Wenn ich hier abreise, nehme ich ihn natürlich mit.«

Die Wahrheit war, dass Sam keine Lust mehr hatte, sich um meine Angelegenheiten zu kümmern, nachdem ich mich weigerte zu ihm zurückzukehren. Ich konnte es ihm nicht verdenken.

»Nun, ich vermag den Stand der polizeilichen Ermittlungen des Kollegen Rives nicht zu beurteilen. Ich kann nur über meine eigene Arbeit reden. Sie erinnern sich sicherlich an Abbé Ferrant?«

»Natürlich.«

Ferrant wäre überaus kooperativ gewesen und hätte herausgefunden, dass tatsächlich ein fremder Weißer Büßer beim Umzug dabei war. »Wie heißen übrigens die Bekannten, von denen Sie mir berichtet haben, Madame? Die beiden müssten den Weißen schließlich kennen!«

Ich hatte die Serralongues bis zu diesem Zeitpunkt weder namentlich erwähnt, noch ihren Beruf zur Sprache gebracht, um einer Voreingenommenheit keinen Vorschub zu leisten. Jetzt stand ich auf, fuhr den Laptop hoch, legte die CD ein und zeigte ihm die fünf letzten Fotos, die Henri gemacht hatte.

»Hier, die beiden Männer im dekorativen Schwarz«, erklärte ich, »die Namen werden Ihnen nichts sagen. Sie sind Ärzte, haben ihre Praxis in Toulouse. Kommissar Rives erklärte mir, dass sie über jeden Zweifel …«

»Aber das sind doch die Doctores Serralongues!« Claret deutete aufgeregt auf den Bildschirm. »Natürlich! Der Vater ist oft hier in unserer Stadt, seinen Sohn kenne ich ebenfalls. Und diese Herren laufen am Karfreitag mit schwarzen Kapuzen herum? Das ist ja kaum zu glauben!«

»Wie? Die Serralongues sind *oft* in Collioure? Täuschen sich auch nicht, Monsieur?«

»Aber nein. Zumindest der Alte ist mehrmals im Jahr Gast

eines sehr distinguierten und wohl auch sehr reichen Mannes. Ich sah die beiden mehrfach beim Abendessen im *Les Templiers* oder im *La Fregatte.* Doch, dass die Doctores als Sanch-Brüder beim Umzug mitwirken … Unvorstellbar! Aber ich werde Monsieur Laroque nach ihnen fragen.«

Ich runzelte die Stirn. Was hatte Claret gerade gesagt? Hatte ich mich vielleicht verhört? Doch nicht *der* Laroque? Nein, es musste sich um eine Namensgleichheit handeln. »Sagten sie gerade … Laroque?«, fragte ich vorsichtig.

»Ja. Fernand Laroque. Er stammt aus Toulouse, hat aber hier in Collioure ein altes und sehr romantisches Anwesen! Er kennt wohl die Serralongues von Toulouse her …«

Ich konnte selbst hören, wie mein Atem flog.

Claret sah mich neugierig an. »Was haben Sie, Madame? Sie sind ja ganz bleich.«

Es war, als bräche der Rest meiner heilen Welt endgültig wie ein Kartenhaus zusammen. Meine Umgebung, das Zimmer, die davor liegende Terrasse, der runde Esstisch mit den Tellern und Weingläsern, Claret, der mich so erstaunt ansah – alles nahm ich nur noch verschwommen wahr.

Es gibt kein Verbrechen, keinen Kniff, keinen Trick, keinen Schwindel, kein Laster, das nicht von Geheimhaltung lebt, meinte einst Joseph Pulitzer. Und er gab den Rat, diese Heimlichkeiten ans Tageslicht zu bringen, sie zu beschreiben, sie vor aller Augen lächerlich zu machen, damit sie früher oder später von der öffentlichen Meinung hinweggefegt würden.

Henri hatte in der Nacht vor seinem Verschwinden Pulitzer mit Voltaire verglichen. Jetzt wusste ich, wen mein Geliebter hinwegzufegen und lächerlich zu machen gedachte. Die Serralongues gehörten dazu, doch sie standen nicht an der Spitze der Heimlichkeiten.

»Fernand Laroque«, stieß ich hervor, und meine Stimme überschlug sich fast, »das darf doch nicht wahr sein! Der Liebhaber meiner Tante, mein väterlicher Freund, der mich als Kind mit Spielsachen überhäuft hat, besitzt hier in Collioure ein Domizil, in dem er regelmäßig die Serralongues empfängt? Dieser Mann schickt mir fünfzig lachsfarbene Rosen und schreibt mir einen so lieben und aufmunternden Brief in die Klinik, voller Bedauern über das, was mir zugestoßen ist. Ich solle nur recht bald gesund werden und die Hoffnung nicht aufgeben, meinen Freund wiederzufinden. Es tue ihm aufrichtig leid, mich nicht besuchen zu können, aber er fühle sich im Augenblick nicht recht wohl, das Alter und der Schock über den Tod seiner geliebten Charlotte! Mein Gott, und mit keiner Silbe erwähnt er, dass er in Collioure wohnt, ja vielleicht in meiner Nähe war, als ich in dieser unseligen Nacht dort voller Verzweiflung umherirrte? Sagen Sie selbst, das ist doch nicht normal! Waren die Serralongues an diesem Karfreitag bei *ihm* zu Gast? Ist Laroque vielleicht der dritte Mann auf dem Bild, der heimliche Weiße Büßer? Nein, nein, ich will das nicht glauben.«

Ich schenkte mir Wein nach, trank hastig.

Auch Claret schien ratlos. »Monsieur Laroque der Weiße Büßer? Das wäre in der Tat ein völlig neuer Aspekt«, sagte er nach einiger Zeit, wies mich aber dann auf die gleiche Unstimmigkeit hin, wie ich sie auch beim alten Serralongues sah: Laroque passe höchstens in den seidigen Umhang der Grabesritter und nicht unter eine Kapuze. Das sei nicht sein Niveau, meinte Claret. Er tippe auf einen Zufall.

»Ach, zufällig fahren die Serralongues wie wir nach Collioure, um ihre hochnäsigen Köpfe für einen Abend unter schwarze Kapuzen zu verstecken. Zufällig wohnt dort ein alter Freund. Zufällig fotografiert Henri Gagnepain das ehrenwerte Trio, worüber dieses sehr wütend war. Zufällig verschwindet daraufhin mein Freund spurlos bis zum heutigen Tag. Zufällig werden in der gleichen Nacht an meinem Auto irgendwelche Schrauben gelockert, und zufällig bekomme ich zwei Tage später eines über den Schädel … Meinen Sie nicht auch, dass das zu viele Zufälle sind? Gut möglich, dass Laroque in Wirklichkeit Grabesritter ist, ja, wenn ich es mir recht überlege, passt er eigentlich hervorragend zu dieser ultrakatholischen Vereinigung. Dass er an diesem Karfreitag jedoch als simpler Weißer Büßer auftrat, lässt nur einen Schluss zu: Er wusste genau, dass Henri und ich unter den Zuschauern waren, und er wollte von mir nicht erkannt werden. Der ehrenwerte Herr trug eine Maske.«

Ich stand auf und betrachtete noch einmal eingehend das Foto. Das Größenverhältnis der drei Männer untereinander stimmte. Laroque war fast zwei Köpfe kleiner als Arsène Serralongues. Natürlich verbarg die Kutte seine Figur. Aber man erkannte, dass er bedeutend schlanker war als Marceau. Im Geist sah ich »Onkel Fernand« vor mir, am Arm von Arsène Serralongues bei der Beerdigung meiner Tante. Laroque war ein gebrochener Mann. Und wenige Wochen später spielte er diesen eitlen Weißen Büßer, der den Grabesrittern vorauslief, als gehöre ihm die halbe Welt?

Noch stets habe ich an das Gute im Menschen geglaubt, doch konnte ich mich noch auf meine Gefühle verlassen? Was wusste ich eigentlich über Fernand Laroque, außer dass er in früheren Jahren Bücher verlegt hatte. Stimmte das überhaupt? Hatte er Charlotte belogen oder ihr vielleicht nur die halbe Wahrheit erzählt?

Endlich machte ich den Versuch, mich ebenfalls in eine vernünftige Ausrede hineinzuretten. »Vielleicht war Laroque tatsächlich nur der Gastgeber der beiden Serralongues, und er weiß bis heute nichts von ihren seltsamen Umtrieben unter den Sanch-Brüdern. Ich kenne ihn doch! Er würde solch ein Touristenspektakel ablehnen. Er ist zwar kein Atheist wie meine Tante, aber auch kein besonders gläubiger Mensch.«

Der Brigadier wiegte den Kopf. »Da muss ich Sie berichtigen. Seit ich ihn kenne, *ist* er ein sehr frommer Mann. Er besucht jede Messe, obendrein sind er und Abbé Ferrant, der die Sanch-Umzüge organisiert, langjährige enge Freunde.«

Ferrant und Laroque ... Mich hielt es nicht länger im Raum. Ich stürzte auf die Terrasse, an die frische Luft. Als ich zurückkam, meinte Claret: »Gleich, wie es sich verhält,

Madame, wir wollen die Nerven behalten und vorsichtig sein. Vorsichtig und keinesfalls voreilig, vor allem wenn tatsächlich die Ritter des Heiligen Grabes ihre Hand im Spiel haben, wie Sie und Ihre Freunde vermuten.«

Ich schwieg lange. Doch Claret ahnte wohl, woran ich dachte, denn er sagte leise, während er seine Notizen einpackte: »Madame, ich habe keine Angst vor einer Konfrontation mit den Grabesrittern, selbst wenn ich einige hier und in Perpignan ansässige Persönlichkeiten dieses Ordens seit Jahren gut kenne. Ich sage Ihnen auch offen, dass ich diese Leute ob Ihrer Integrität schätze, aber ich sehe mich vor allem in der Pflicht, Ihnen zu helfen und ohne irgendwelche Rücksichtnahmen aufzuklären, was damals geschehen ist. Was den ominösen Orden der Weißen Büßer von Toulouse … oder von Limoux angeht, die einem …« – Claret zögerte und warf mir einen seltsamen Blick zu, den ich als Juristin gut zu deuten wusste –, »die einem merkwürdigen Kult anhängen sollen, so werde ich mich umhören.«

Ich bedankte mich und überreichte dem Polizisten zum Abschied ein gut verpacktes, äußerst wertvolles Geschenk, und zwar eines von Henris Wassergläsern, auf dem Marceau Serralongues beim Verpacken hoffentlich brauchbare Fingerabdrücke hinterlassen hatte.

Dann fiel mir noch etwas ein. »Das Haus von Monsieur Laroque … Steht es leer, wenn er nicht da ist, oder …«

Claret musterte mich. »Nun, er hat Bedienstete. Ein Ehepaar, so um die Mitte dreißig, das in einer Einliegerwohnung wohnt. Die Frau kocht und hält das Haus sauber, der Mann ist der Chauffeur und für den Garten zuständig. Manchmal steht das Haus aber auch leer, wenn beide in Toulouse gebraucht werden. Ich habe keine Ahnung, wo sich Laroque zur Zeit aufhält. Aber die Rodins sind im Ort, ich habe den BMW gesehen.«

»Einen Wagen mit getönten Scheiben und mit Toulouser Kennzeichen? Und hat Monsieur Rodin vielleicht zufällig eine Warze oberhalb seiner Lippe?«

Clarets Augen weiteten sich. Ganz langsam nickte er.

39

»Wenn bloßes Mönchsgezänk so seltsame Greueltaten
hervorrufen konnte, brauchen wir uns nicht
über die Fülle der Verbrechen zu wundern …«

Voltaire, Die Toleranzaffäre

Am nächsten Morgen, kurz vor elf Uhr, riss mich mein Handy aus unruhigem Schlaf. Claret war am Apparat. »Madame, es gibt neue Erkenntnisse. Können wir uns irgendwo außerhalb von Collioure treffen? Sie dürfen Ihre Freunde gerne mitbringen, wenn Sie das möchten.«

Wir verabredeten uns für dreizehn Uhr in einem kleinen Lokal in Port-Vendres, einem Nachbarort.

In diesem alten, sonnendurchfluteten Fischerhafen der Venus überkam mich, als wir im Freien unter dem blaugrün gestreiften Zeltdach eines Fischlokals saßen, Wein tranken, Oliven aßen, unruhig auf unseren »Freund und Helfer« warteten und in das Hafenbecken starrten, wo sich Yachten, Segler, Fracht- und Containerschiffe aus aller Welt tummelten, seit langem wieder einmal das starke, fast unbändige Gefühl, dass Henri lebte und irgendwo auf mich wartete. Vielleicht war Clarets Anruf heute morgen daran schuld. Ich fühlte auf unbestimmte Weise, dass ich diese Geschichte – die Affäre Calas – nicht nur zu Ende bringen musste, um weiteres Unheil zu verhüten, sondern um Henri endlich zu finden.

Der Brigadier kam eine Stunde später in Port-Vendres an, jedoch nicht völlig abgehetzt, wie wir es nach einem weiteren Anruf erwartet hatten, sondern er war die Ruhe selbst. Die Uniformjacke lässig über dem linken Arm, das dunkle Haar millimeterkurz geschnitten, sein Käppi in der Rechten, denn es war ziemlich heiß an diesem Tag, zeigte sein stahlblaues Hemd keinerlei Schweißflecken oder Knitterfalten, ja, es war geradezu untadelig.

»Entschuldigen Sie bitte«, meinte er und lächelte so französisch-charmant, dass Steffi regelrecht dahinschmolz, »ein dringendes amtliches Gespräch …«

Wir bestellten gegrillte Sardinen mit Fenchel und gratinierten Tomaten, und noch bevor das Essen kam, erfuhren wir, dass es am Dienstag nach Ostern, also vier Tage nach Henris Verschwinden, eine Anzeige gegeben hätte, und zwar aus dem *Cellier des Dominicains*. Man hätte das Ganze seinerzeit nicht weiter verfolgt, so Claret, denn es wäre eigentlich kein »Einbruch« sondern vielmehr ein »Ausbruch« gewesen.

Claret hatte noch einmal alle Vorkommnisse in den Tagen vor und nach Ostern 2004 gründlich studiert und war dabei auf diese Meldung gestoßen. »Da gab es ein zerbrochenes kleines Fenster auf der Rückseite der Weinkellerei, wobei die Scherben allesamt im Freien lagen. Nachdem nichts gestohlen und auch sonst nichts zerstört war, vermutete der Besitzer der Kellerei, der auch die Anzeige machte, dass nach einer Weinprobe am Gründonnerstag Abend versehentlich ein Besucher eingeschlossen worden war, vielleicht auf der Toilette, der sich dann später selbst befreit hat. Nach unserem gestrigen Gespräch jedoch denke ich anders darüber. Denn diese Kellerei befindet sich schräg gegenüber – also in unmittelbarer Nachbarschaft zu Monsieur Laroques Anwesen.«

Ich hob überrascht die Brauen. »Sie vermuten, Henri könnte dort ausgebrochen sein?« Steffi und ich stellten in einem Atemzug die gleiche Frage.

»Es ist noch zu früh, um so etwas ernsthaft in Betracht zu ziehen, Mesdames«, meinte Claret nachdenklich, »zumindest bevor nicht geklärt ist, wie er dort hineinkam. Nach Aussage des Besitzers, den ich heute Morgen noch einmal anrief, gibt es keine Verbindung zwischen seinem Haus und irgendeinem in seiner Nachbarschaft. Nun, man wird sehen. Ich wollte Sie nur über diesen Punkt informieren und Sie vor allem nochmals dringend warnen. Wenn Monsieur Rodin tatsächlich der Mann mit der Warze ist, der Sie in Bresse überfiel, könnte es gefährlich für Sie werden, falls er Sie irgendwo erkennt. Wir müssen die Sache mit Bedacht angehen.«

»Werden Sie Rodin verhören? Seine Wohnung nach Steffis Tasche durchsuchen? Könnte es Probleme geben mit dem Kommissariat von Toulouse, mit Rives? Oder …« Die Fragen strömten nur so aus mir heraus.

Claret beruhigte mich. »Kommissar Rives ist mit dem Überfall auf Sie betraut, Madame, wir hier mit der Vermisstenmeldung. Was Rodin angeht, möchte ich noch ein wenig abwarten, er ist nicht vorbestraft. Und ich will nicht, dass er vorzeitig von unseren Ermittlungen Wind bekommt und möglicherweise seine Auftraggeber informiert – mögen das nun Laroque sein, die Doctores Serralongues oder jemand anderer.«

»Aber so kommen wir doch nicht weiter!« Obwohl ich aufgebracht und enttäuscht war, bemühte ich mich trotzdem um einen geduldigen Ton.

»Madame, sobald wir einen begründeten Verdacht haben, durchsuchen wir Rodins Wohnung und die gesamte Villa! Wir müssen uns unserer Sache sicher sein, denn wenn es sich wirklich um eine geheime Organisation oder eine Sekte handelt, die hinter allem steckt, werden sofort irgendwelche Rechtsanwälte auftauchen. War Ihr Freund an jenem Karfreitag tatsächlich in Laroques Haus, so ist er es heute schließlich nicht mehr. Denken Sie an das entwendete Boot mit seinen Fingerabdrücken. Aber es gibt vielleicht noch Spuren von seiner Anwesenheit, die nicht entfernt werden dürfen, nur weil Rodin und Laroque vorzeitig Verdacht schöpfen. Es wird mir ganz sicher etwas einfallen, haben Sie bitte Geduld.«

Sokrates war auffällig nachdenklich und wortkarg, als wir nach Collioure zurückfuhren. Schon an dem Gespräch mit Claret hatte er sich kaum beteiligt. Auch Steffi fiel sein ungewohntes Schweigen auf.

»Was geht in deinem Kopf vor, großer Meister?«, fragte sie, ohne den Blick von der Straße zu wenden, denn die Strecke von Port-Vendres nach Collioure war ziemlich kurvig.

»Er denkt«, sagte ich bissig (und ärgerte mich sofort, dass

ich meine Unzufriedenheit über den Verlauf des heutigen Gesprächs mit herablassendem Spott zu kompensieren suchte).

Sokrates räusperte sich. »Himmel, Sandrine, ich versuche, mich in Henri hineinzuversetzen, jetzt nachdem wir Kenntnis davon haben, dass er in diesem Haus war«, antwortete er gereizt.

»Aber das wissen wir doch gar nicht«, entgegnete ich brüsk. »Dieses Fenster kann sonst wie zu Bruch gegangen sein!«

»Ja«, sagte er, »es ist nur eine Vermutung, aber dennoch die erste Spur, die Hand und Fuß hat. Wenn es dunkel wird, will ich mich dort ein wenig umsehen. Ich weiß, wo sich die Kellerei befindet. Es ist das alte Dominikanerkloster mit dem kleinen Glockenturm, linker Hand, wenn man von Haut Collioure in die Altstadt hinunterläuft. Wenn wir zurück sind, muss ich mir den Stadtplan ansehen.«

»Mach bloß keinen Blödsinn, Sokrates«, sagte ich streng. »Du hast es doch gehört. Wenn wir auffliegen, sind die Serralongues, Laroque und alle, die mit ihnen unter einer Decke stecken, gewarnt. Und ich will es mir auch nicht mit Claret verscherzen.«

Nachdem Sokrates nichts darauf erwiderte, drehte ich mich zu ihm um. Die Mischung aus Intensität und Kritik, die in seinen grauen Augen lag, brachte mich vollends auf die Palme. »Was starrst du mich so an? Hab ich was Falsches gesagt?«

»Sag mal, hältst du mich eigentlich für beschränkt, Sandrine?«, fragte er leise, aber unter Betonung jeder einzelnen Silbe. »Du tust mir leid. Spielst in diesem Drama das bedauernswerte Opfer, und dabei mangelt es dir nur an Vertrauen.«

Aufgebracht widerstand ich der Versuchung, ihm seine Arroganz mit gleicher Münze heimzuzahlen. Das bedauernswerte Opfer würde ich spielen? Wie kam er darauf? Mir fehlte es auch nicht an Vertrauen, allenfalls an Geduld! Und überhaupt – welchen Ton schlug dieser Kerl mir gegenüber an. Es hätte tausend Dinge gegeben, die *ich* ihm an den Kopf hätte werfen können!

Nur jetzt die Nerven bewahren, dachte ich bei mir.

Steffi legte sich mit Migräne ins Bett, vielleicht wollte sie mir aber auch nur aus dem Weg gehen. Ich hatte den starken Verdacht, dass die beiden am gestrigen Abend über mich geredet hatten. Irgendwie fühlte ich mich auch von ihr im Stich gelassen.

Mit einer Tasse Kaffee in der Hand starrte ich unruhig hinunter aufs Meer, wo Marinesoldaten zur Begeisterung vieler Touristen Übungen veranstalteten, dann auf den Pool, wo Sokrates eine Bahn nach der anderen schwamm, ohne ein einziges Mal zu mir hochzuschauen, und verließ dann kurzentschlossen in Shorts, schwarzem Shirt, Sneakers, Kamera und meiner obligatorischen »Sonnenbrillen-Kopftuch-Verkleidung« die Wohnung, um gewissermaßen »misstrauisch und in leidenschaftlicher Ungeduld« selbst das Haus von Laroque in Augenschein zu nehmen.

Das Dominikanerkloster mit der Weinkellerei war problemlos zu finden – man hätte auch nur dem leicht säuerlichen Geruch nachgehen können. Ich verließ den schmalen Gehsteig, der in das Städtchen führte, und bog vor der Kellerei links ab. Schräg gegenüber lagen hinter einem hohen Zaun die Reste eines ehemaligen Kreuzgangs. Ich frohlockte. Das konnte nur bedeuten, dass die Grundstücke links und rechts des Weges, auf dem ich mich befand, früher zusammengehört hatten. Doch wie kam es, dass der Kreuzgang nun auf Laroques Grundstück, direkt neben dem rückwärtigen Teil seines Hauses stand?

Wie eine ganz normale Touristin blieb ich stehen und fotografierte. Alles machte einen gepflegten Eindruck. Herrliche Zypressen, Platanen, blühende Sträucher, dazwischen leuchteten schneeweiße steinerne Kapitelle hervor.

Laroques Haus besaß einen Hintereingang und eine schmale Steintreppe, die in den ersten Stock führte. Vor einem großen ebenerdigen Bogenfenster stand eine mit weißen Rosen bepflanzte Amphore. Auf dem Rasen lag ein langer grüner Gartenschlauch herum. Rodin konnte nicht weit sein.

Ich hielt inne mit dem Fotografieren, weil mir ein älteres sportlich gekleidetes Ehepaar entgegenkam. Die Frau hatte eine geflochtene Einkaufstasche über ihrer Schulter hängen, der Mann trug ein kariertes Hemd über kurzen Hosen und das obligatorische dunkelgrüne Boulekugel-Täschchen. Ich war erleichtert. Wir grüßten einander, und ich schlenderte weiter. Eine Sandsteinmauer löste nun den eisernen Gitterzaun ab. Es schien, als ob sie sich über die ganze Länge des großen Hauses hinzog, dessen Ausmaße man aufgrund der hohen Büsche, die sich direkt hinter der Mauer befanden, nicht abschätzen konnte. Plötzlich tauchte ein hölzernes Tor auf, das sperrangelweit geöffnet war. Kein Namensschild. Nichts zu hören, niemand zu sehen. Ich spähte hinein, die Kamera in der Hand.

Die Vorderfront des Hauses, das nun linker Hand vor mir lag, war beinahe völlig mit Efeu bewachsen. Zwei Stockwerke mit jeweils acht Fenstern und knallblauen hölzernen Sprossenläden, die wohl zugezogen waren, um die Hitze auszuschließen. Über die ganze Länge des ersten Stockes zog sich ein schmiedeeiserner Balkon, unterhalb des Geländers befanden sich halbrunde Arkaden, die ebenfalls mit Efeu bewachsen waren. An das Haus angelehnt, aber durch den Efeu versteckt, ein kubusförmiger Turm mit einer runden Kuppel, ähnlich dem Kirchturm von Collioure. Merkwürdig … ein herrschaftliches Haus, ein ganzes Stück abseits aller Verkehrswege gelegen und dennoch offen zugänglich? Das passte wenig zu Laroque und seinem ausgeprägten Sicherheitsbedürfnis. Es war, als hörte ich ihn sagen: »Charlotte, was bist du leichtsinnig, du schließt nie ordentlich dein Haus ab. Es gibt nicht nur ehrliche Menschen auf dieser Welt.«

Doch wer oder was war eigentlich Laroque?

Ich hob die Kamera, knipste. Der Garten war phantastisch. Er zeugte von Leidenschaft, gepaart mit Ordnung und … ja, und Understatement. Eine raffinierte Schlichtheit, einzig dafür da, bewundert zu werden. Diese Leidenschaft passte zu Laroque. So hatte er an Charlotte gehangen, falls seine Tränen bei ihrer Beerdigung nicht Krokodilstränen gewesen waren. Ordnung war ihm das halbe Leben, wie er immer sagte, und Understatement war ihm ebenfalls nicht fremd, nicht in der Kleidung und nicht im Wesen. Wie oft hatte er sich im Beisein meiner Tante ein wenig dumm gestellt und getan, als ob er keine Meinung zu irgendeinem Thema hätte und als ob ich – die angehende Juristin – ihm sowieso intellektuell haushoch überlegen sei. Ich erinnerte mich an einen Streit vor vielleicht acht Jahren. Es war um die Morde an den Kennedy-Brüdern gegangen. Ich hatte die Meinung meines Professors vertreten, dass sie von den Leuten der amerikanischen Hochfinanz umgebracht worden waren, Charlotte widersprach mir und forderte Laroque auf, Stellung zum sogenannten »organisierten Verbrechen in den USA« zu nehmen. Er wüsste doch etwas darüber, drängte sie aufgeregt. Doch der alte Herr hatte nur mit den Schultern gezuckt und geschmunzelt. »Aber Charlotte«, hatte er gesagt, »du überbewertest mitunter meine Theorien.« Als ich aus dem Salon ging, hörte ich noch, wie meine Tante zischte, dass er ein elender Sturkopf sei und sie gerade ziemlich blamiert habe.

Darüber hatte ich mich *ziemlich amüsiert* und mir eingeredet, dass Laroque ihr vielleicht ab und zu irgendwelche Märchen auftischte, um sich wichtig zu machen. Ich hielt ihn für harmlos. Das war offenbar ein fundamentaler Trugschluss gewesen.

Ich stellte mich auf Zehenspitzen, um auch den letzten Winkel des Gartens in Augenschein zu nehmen und zu fotografieren. Ob Charlotte jemals hier war? Hatte sie dort, an dem runden, fast ebenerdigen Brunnen inmitten der gepflegten Rasenfläche mit ihrem Geliebten gesessen? Hatte sie mir nichts von diesem Haus erzählen dürfen? Am Ende steckten seine Söhne dahinter? Vielleicht befürchteten sie, ich könnte mich bei Laroque einschmeicheln und ihr Erbe schmälern?

Das Wasserspiel war ausgeschaltet. Dennoch flogen unermüdlich blaugrüne Libellen vom steinernen Brunnenrand zu den rostfarbenen Levkojenstöcken an der Mauer und wieder zurück. Ohne den Blick abzuwenden, ging ich langsam weiter. So sehr sich mir einerseits die Möglichkeit aufdrängte, dass Laroque nicht nur mit mir, sondern auch mit Charlotte ein bitterböses, falsches Spiel getrieben hatte, so wenig konnte ich ihn mit Henris Verschwinden, den Todesfällen von Toulouse und dem Überfall auf mich in Verbindung bringen. Nicht Fernand Laroque, der Harmlose, Freundliche, mit seiner rosigen Haut, seiner Scheu vor Lärm …

Rings um den Rasen verlief ein schneeweißer Kiesweg. Die Arkaden des Hauses gingen in einen Laubengang über, der sich – unterbrochen von Trauerweiden – bis zu einer kleinen Sandsteinmauer hinzog. Im Gang war es schattig, heimelig und geheimnisvoll zugleich, denn er war halb zugewachsen mit allerlei Schlingengewächs: Prunk- und Pfeifenwinden, Clematis und Passionsblumen sowie weißen Moosrosengirlanden, die kaskadengleich über die Brüstung fielen. Die Farbe Grün dominierte, ja sie wucherte geradezu in diesem Garten, dazwischen explodierten farblich aufeinander abgestimmte Blütentupfen, wenn die Sonne auf sie fiel. Kein Hauch rührte sich, außer Vogelgezwitscher und weit entferntem Zikadengesang war nichts zu hören, aber es roch stark nach feuchtem Moos.

Noch einmal drehte ich mich um, knipste aus einer anderen Perspektive, wobei es mir inzwischen egal war, ob mich jemand dabei beobachtete. Niemand konnte hier ohne Bewunderung vorübergehen, und dieses Anwesen war bestimmt schon tausendmal und mehr fotografiert worden. Für einen Augenblick hatte ich den Eindruck, einer der Läden hätte sich unmerklich bewegt. Aber das war wohl nur Einbildung.

Ich ging nun zielstrebig weiter, kam über einige Stufen zu einer Gruppe hoher Pinien. Hier roch es nach Wald. Hinter den Bäumen ging es steil nach oben. Mit niedrigen Steinmauern und zahlreichen Treppenstufen hatte die Stadt Collioure terrassenförmig einen herrlichen Olivenhain angelegt. Trockene Nadeln knackten unter meinen Füßen, als ich jenseits der Treppe im Zickzack zu den knorrigen, weißlichgrau belaubten Bäumen, die voller winziger Früchte hingen, hinaufstieg. Auf halber Höhe drehte ich mich um und bewunderte den Ausblick auf die großzügige Anlage, in der auch Mandelbäume wuchsen und bizarre Kakteen mit gelben Blüten, und natürlich auf das Haus des alten Laroque mit seinem Nymphengarten – sein Paradies. Keuchend vor Anstrengung suchte ich mir einen großen Stein, halb verdeckt von einer Weißdornhecke. Dort blieb ich eine geschlagene Stunde sitzen, um meinen verworrenen Gedanken Zeit zu lassen.

Welches Geheimnis hütete Fernand Laroque in seinem anderen Leben? War er nicht nur ein Freund der Kunst, sondern vor allem der Wirtschaft (mit dicken Aktienpaketen im Safe)? Ein selbsternannter Glaubenswächter? Oder alles zusammen in Personalunion?

Schlimm genug, dass der religiöse Wahn noch immer fortwährend neue Fanatiker hervorbrachte, hart und unerbittlich unter dem Schutzmantel heiliger Absichten. Ging es nicht auch den Grabesrittern, dem Opus Dei und anderen katholischen Vereinigungen mehr um Macht als darum, Gutes zu tun? In den Köpfen der geistigen Avantgarde, die an den Schaltstellen der Wirtschaft, Wissenschaft, der Politik und der Kirchen saß, zählte Gewinnoptimierung – nicht der Mensch. *Hire and fire!* Das Volk am kurzen Zügel. Wer wagte es, aufzumucken oder sich offen gewerkschaftlich zu engagieren, wenn damit gedroht wurde, die Fackel an weitere Arbeitsplätze zu legen! Dieselben Leute, die ihre Untergebenen einzig über die Leistungsfähigkeit definierten, zeigten an besonderen Tagen, dass sie selbstredend keine Unmenschen, sondern im Gegenteil fromme Christen waren. Für ein paar Stunden legten sie die Alltagsmaske ab, um – unschuldigweiße Mäntel um die Schultern und Fackeln in der Hand – im

Blitzlichtgewitter der Presse ihre »wahre christliche Gesinnung« spazieren zu führen. Welch eine Farce …

Charlotte hätte in diesem Punkt ebenso gedacht wie ich, da war ich mir sicher. Doch weshalb hatte sie sich mir nicht anvertraut, mir nichts erzählt von Laroques dunkler Seite? War fehlendes Vertrauen unser wahres Familienerbe? Unglückliche Gene, die auch Marc-Antoine Calas in sich trug, der sich in größter Not lieber umbrachte oder ermorden ließ, als sich jemandem zu offenbaren?

Oder hatte sich Charlotte für Fernand geschämt, wie mein Vater für meine Mutter? Schließlich besaß sie einen untrüglichen Blick für Qualität. Ihr freier Geist an der Seite eines solchen Mannes! Verdammt, warum hatte sie ihn nicht zum Teufel gejagt!

Warum? Weil er vielleicht bis zu ihrem Tod eine Maske trug, die sein wahres Gesicht verbarg? Die weiße Kapuze?

Eine kleine schwarzgold geäderte Eidechse schreckte mich aus meinen Gedanken. An meinen Füßen vorbei huschte sie den Hang hinab und verschwand in einem Wacholdergebüsch. Ich war müde, durstig und halbbetäubt vom Duft des Weißdorns. Die Hitze des Steins, auf dem ich saß, hatte sich auf meinen Körper übertragen.

Plötzlich hörte ich jemanden lachen. Zwei junge Mädchen kamen vorüber, sie kletterten ebenfalls den Olivenhain hinauf. Kurze Hosen, bauchfreie Shirts, Rucksäcke, bunte Plastikohrringe. Ihre Pferdeschwänze schwangen beim Klettern hin und her, ein dunkler und ein blonder Haarschopf. Sie kicherten und grüßten dann freundlich.

Ich stieg in einigem Abstand hinterher, hinauf zur großen Ölmühle, die sich unweit unserer Ferienwohnung befand. Dort oben, außerhalb der schattigen Anlage, war es, obwohl ein kleines Lüftchen wehte, drückend heiß, ein Vorgeschmack auf den Hochsommer. Mohnblumen wiegten sich im Wind, und die Zikaden in den Weinbergen, die sich terrassenförmig die umliegenden Hänge hochzogen, machten ein wahres Getöse. Über allem wachte diese merkwürdige Zitadelle St. Elme, die einen in Collioure, egal, wo man sich befand, regelrecht verfolgte. Plötzlich stürzten sich aus einem Dickicht von wildem Ginster und Habichtskraut Myriaden von Mücken auf mich, so dass ich gezwungen war, schneller zu laufen, um ihnen zu entkommen. Als ich innehielt, lagen unvermittelt die Bucht von Collioure, die Pyrenäen und das weite Meer vor meinen Augen, und zwar im Licht einer bezaubernden Weichheit und Farbigkeit, wie es nur ein später Sommernachmittag hervorbringt, und ich hatte das drängende Verlangen, diesen einzigartigen Anblick völlig in meinem Kopf und meinem Herzen aufzunehmen, weil ich fürchtete, ich würde ihn vielleicht nie mehr genießen können.

40

»Es gibt Dummköpfe, Fanatiker und Gauner, doch ich habe keinen Umgang mit diesen Tieren, und ich lasse die Esel schreien und kümmere mich nicht um ihre Musik.«

Voltaire an Jean Le Rond d'Alembert

Der griechische Philosoph Sokrates, Ratgeber des Perikles, war ein Mann der Ehre und Ideale. Seiner Zeit voraus, hielt er den Reichen und Mächtigen in Athen den Spiegel vor. In einer Gerichtsfarce wurde er zum Tode verurteilt.

Zurück in der Résidence, war unser Freund, der nicht nur den gleichen Namen wie der berühmte Grieche trug, sondern ihm auch im Wesen ein wenig ähnelte, verschwunden. Sein Badetuch und die Shorts hingen tropfnass über dem Terrassengeländer. Lange konnte er noch nicht fort sein. Ich duschte, kochte Kaffee und weckte dann Steffi, die sich verwundert die Augen rieb. Sie hatte gar nicht mitbekommen, dass ich weg gewesen war.

Zuerst machten wir uns keine Sorgen. Doch als wir um zwanzig Uhr am gedeckten Abendbrottisch saßen und Sokrates noch immer nicht da war, begannen wir unruhig zu werden. Beide hatten wir ihn im Verdacht, eigensinnig seinen verwegenen Plan zu verfolgen, sich bei Laroques Haus umzusehen. Ich war ärgerlich, obwohl ich selbst Clarets Warnung missachtet hatte. Alle paar Minuten stand eine von uns auf, um einen Blick durchs Küchenfenster zu werfen, von wo aus man den Eingang zur Résidence im Auge hatte.

Gegen einundzwanzig Uhr zogen dunkelviolett gekräuselte Wolken über dem Meer auf, eine Gewitterschwüle lag in der Luft. Weder Steffi noch ich hatten einen Bissen gegessen. Was sollten wir machen? Unseren Freund suchen? Claret anrufen? Doch was, wenn Sokrates irgendwo in einer Kneipe saß, um mich zu bestrafen, weil ich seinen Plan nicht gutgeheißen hatte?

Das Gewitter brach rasch und mit voller Wucht über Collioure herein. Es war ein unheimliches Spektakel, anzusehen, wie Blitze kreuz und quer über den Himmel zuckten und das dunkle Meer in ihrem Widerschein aufleuchtete. Und die Schwärze der Gewitterfront schien sich noch zu verdichten.

»Nur keine Panik! Er wird sich irgendwo untergestellt haben oder er hat die Zeit vergessen.« Steffis Beruhigungen wirkten nicht. Ich hatte schließlich schon mehrmals erlebt, wie sich mir Menschen davongestohlen hatten.

Kurz vor Mitternacht hielt es selbst Steffi nicht mehr aus. Sie lief, obwohl es noch entfernt donnerte, in den Ort. Gegen ein Uhr war sie wieder da, bleich, aufgelöst und nass vom Regen. »Nichts. Keine Spur von dem Kerl. Ich war übrigens auch bei diesem Haus, alles stockdunkel dort hinten!« Sie atmete schwer, weil sie durch den wesentlich kürzeren Hohlweg zur Résidence hinaufgestiegen war.

Ich weigerte mich, Brigadier Claret anzurufen. Kein Polizist auf dieser Welt würde einen jungen, gesunden Mann ohne Armbanduhr zu diesem Zeitpunkt bereits suchen.

Äußerst beunruhigt gingen wir zu Bett. An Schlaf war nicht zu denken. Jedes Geräusch, jeder Gesprächsfetzen, der durch das Fenster drang, jede zugeschlagene Autotür, und war sie noch so weit entfernt, ließ uns hochschrecken.

Um fünf Uhr früh rief ich an. Es dauerte eine Weile, bis Claret ans Telefon ging. Ich war mehr als dankbar, dass er mir seine Privatnummer gegeben hatte.

»Unser Freund Sokrates ist verschwunden, Monsieur«, sagte ich zu ihm. »Und ich befürchte, er hat sich nicht an unsere Abmachung gehalten und ist zu Laroques Haus gegangen, um Henri Gagnepain zu suchen. Wir hatten versucht, es ihm auszureden, aber …«

Claret seufzte müde. »Ich bin in einer Stunde bei Ihnen. Bleiben Sie in Ihrer Wohnung, Madame!«

Als der Brigadier eintraf, war Sokrates noch immer nicht da.

»Gut«, meine Claret. »Jetzt haben wir eine Handhabe, um

in dieses Haus zu kommen. Wir müssen das sogar, weil Gefahr besteht, dass … dass Ihr Freund sich dort widerrechtlich aufhält. Ich muss Sie jedoch bitten, Mesdames, hier in der Wohnung zu warten.

Sie nennen ihn *Sokrates*«, sagte er zu mir. »Wie ist eigentlich sein richtiger Name?«

Steffi und ich sahen uns an, es war überaus peinlich. Ich versuchte in kurzen Worten Claret die Zusammenhänge zu erklären. Er warf uns einen sonderbaren Blick zu, verkniff sich aber eine Antwort.

Als er weg war, setzte ich mich auf die Terrasse in die bereits warme Morgensonne. Der süße Duft von Bougainvillea vermischte sich mit dem Duft des Kaffees, den Steffi gekocht hatte.

Als sie mir einschenkte, sprach sie etwas aus, was mir selbst schon die ganze Nacht durch den Kopf gegangen war. »Sandrine, hast du schon einmal daran gedacht, dass sich Sokrates absichtlich vom Warzenmann hat erwischen lassen?«

»Ja, völlig verrückt! Liefert sich ans Messer, um …Welch ein idiotischer Plan, aber das passt zu ihm.«

Wir konnten nichts weiter tun, als auf das Handy zu starren.

Da schallte ein fröhliches *»Bonjour, Mesdames!«* zu uns herauf. Monsieur Cardenal stand unten im Garten, bewaffnet mit allerlei Gerätschaften, um den Pool zu säubern. Der Concierge stellte Schrubber, Kescher und Eimer ab, kam dann auf unsere Terrasse zu, bückte sich und hob die Badesachen auf, die der Wind offenbar in den Garten gefegt hatte. Als ich mich zu ihm hinabbeugte, um sie entgegenzunehmen, rief er: »Ich hoffe, Sie haben kein Problem, meine Damen?«

»Nun … es ist sicher harmlos, aber wir vermissen seit gestern Abend unseren Freund.«

»Wie? Der Mann, der mit Ihnen gekommen ist?«

»Ja, wir machen uns Sorgen!«

»Komisch«, sagte Monsieur Cardenal. »Bereits im letzten Jahr – am Karfreitag – ist hier ein junger Mann spurlos verschwunden. Aber ich will Sie nicht beunruhigen, Mesdames, sicherlich klärt sich alles bald auf. Schließlich gibt es schöne Mädchen hier im Ort. O la, la!« Der Concierge zwinkerte uns zu. »Also, ich werde mich umhören, wenn ich nachher zum Einkaufen fahre, vielleicht finde ich ja Ihren Schützling.«

Als Brigadier Claret an Laroques Haus läutete, öffnete niemand.

Wie wir später erfuhren, hatte er beim Umrunden der Villa entdeckt, dass die Garage sperrangelweit offen stand und ein Lichtschacht zum Keller nur notdürftig mit einem Brett abgedeckt war. Er fragte in der Nachbarschaft, doch niemand hatte etwas bemerkt. Als jedoch eine hinzugerufene Kollegin am Hinterausgang eine Blutspur fand, die noch nicht alt sein konnte, handelte er sofort.

Nachdem sich ein junger, sehr schlanker Polizist in den Keller hinabgelassen und von innen das Haus geöffnet hatte, stellte die *Police Municipal* von Collioure das ganze Anwesen auf den Kopf und entdeckte tatsächlich den dort vermuteten Gang hinüber in die Kellerei – doch von Sokrates gab es keine Spur.

Claret versuchte dennoch, uns telefonisch zu beruhigen. Die Blutspur am Hinterausgang und Rodins Verschwinden deuteten zwar auf einen Zusammenstoß hin, aber die Polizei werde alle Hebel in Bewegung setzen, sagte er, um Sokrates ausfindig zu machen.

Wir waren mehr als deprimiert, wenn auch der geheime Gang zumindest eine weitere Bestätigung ergab, dass Henri überlebt hatte. Nur – wo war Sokrates? Ich machte mir insgeheim die größten Vorwürfe, dass ich ihn überhaupt gebeten hatte, uns hierher zu begleiten. Schließlich hatte ich am eigenen Leib erfahren, wie gefährlich Henris Feinde waren. Auch Dr. Ambergs deutliche Warnung hatte ich leichtfertig ignoriert. War Sokrates etwas zugestoßen, so würde ich mir das nie verzeihen können.

Um sechzehn Uhr und zehn Minuten – ich weiß es, weil ich von innerer Unruhe getrieben, ständig auf meine Armbanduhr sah – klingelte erneut das Telefon. Ein Polizist bat uns, zu Laroques Villa zu kommen, Claret wolle uns etwas zeigen.

Ich spürte, wie meine Hände feucht zu werden begannen. »Man wird ihn doch nicht …« , sagte ich, als ich aufgelegt hatte.

»Du meinst, dass sie Sokrates gefunden haben? Tot?«

Ich zuckte mit den Schultern.

»Das glaube ich nicht«, sagte Steffi nachdenklich und zog sich bereits die Schuhe an. »Wenn dem so wäre, würde Claret persönlich kommen, um es uns schonend beizubringen.«

Vor der Villa standen zwei Polizeiautos und zahlreiche Schaulustige. Ein Gendarm hatte alle Hände voll zu tun, die Leute abzuwimmeln. Wir kämpften uns zu ihm durch. Als wir unsere Namen sagten, gab er das Tor frei.

Claret stand beim Kellerabgang, winkte uns zu sich, erklärte aber sofort, dass es für Spekulationen, ob Sokrates nun tatsächlich hier gewesen war oder nicht, viel zu früh sei, und wies uns an, nur ja nichts anzufassen. Dann führte er uns in den Keller. Alles war blitzsauber, der Boden war neu gefliest, kein Staubwölkchen war zu sehen. Ja, es war geradezu chirurgisch steril, was jedoch eine solche Kälte verströmte, dass mir ein staubiger, düsterer Keller fast lieber gewesen wäre. Dieses beklemmende Gefühl wurde auch nicht dadurch gemildert, dass man in die ebenfalls gekachelten Wände in bestimmten Abständen Friese aus handgemalter Keramik eingefügt hatte: Feigen, Birnen, Kirschen, verschiedene Kräuter und Blumen, jedes Motiv umrankt von grünen Blättern und orangefarbenen Bändern. Es war wie ein Hohn auf die Sehnsucht nach draußen, die einen hier unten unweigerlich überkam.

»Herrje! Glaub mir, Sandy, die sind ein Vermögen wert!«, flüsterte mir Steffi zu, die vor Aufregung ein rotes Gesicht hatte.

Der Gang führte zu einem steinernen Gewölbe, in dem unsere Schritte dumpf hallten. Die weit offen stehende eiserne Tür erinnerte mich an diejenige, die sich im Keller des *Temple du Salin* zu Toulouse befand – mit einem Unterschied: Der vor uns liegende Keller war allem Anschein nach ein »Hochsicherheitstrakt«, denn er war mit Alarm- und Klimaanlage versehen. Claret deutete auf einen neben der Tür hängenden Verteilerkasten.

»Irgendjemand hat hier sämtliche Sicherungen fein säuberlich beschriftet und uns die Arbeit erleichtert«, meinte er zufrieden.

Der Brigadier ließ uns den Vortritt. Mit klopfendem Herzen traten wir ein. Ich schnupperte … Hier roch es nach etwas Muffigem und, ja, nach Weihrauch oder einem anderen exotischen Kraut.

Es handelte sich um einen fensterlosen Gewölbekeller, vielleicht doppelt so groß wie unsere Ferienwohnung und nur indirekt beleuchtet. Der Boden war ebenso sauber gefliest wie draußen der Gang.

Steffi machte mich auf etliche Hygrometer aufmerksam, die über den Raum verteilt waren. Eines war sofort klar, Fernand Laroque hatte hier wertvolle und empfindliche Güter gelagert. Für einen Moment fragte ich mich wieder, ob es sich nicht doch um zwei verschiedene Personen handelte. Den ganzen Nachmittag hatte ich vergeblich in meinem Gedächtnis nach irgendwelchen Hinweisen auf seine früheren Aktivitäten geforscht sowie nach aufgeschnappten Gesprächsfetzen zwischen ihm und Charlotte, die nun vielleicht einen neuen Sinn offenbart hätten. Und fast genauso vergeblich versuchte ich jetzt, mir hier in diesen Räumen Henri vorzustellen.

Brigadier Claret – er konnte wie Sokrates wohl mitunter Gedanken lesen – drehte sich zu mir um und schüttelte bedauernd den Kopf. Dennoch umspielte ein feines Lächeln seine Mundwinkel. »Geben Sie die Hoffnung nicht auf, Madame. Bislang gibt es nichts Negatives in Bezug auf Henri

Gagnepain«, sagte er, »im Gegenteil, wenn er damals hier war, hat er es wohl tatsächlich geschafft, zu fliehen. Der Gang, den wir entdeckt haben, endet zwar vor einer eisernen, zugeschweißten Platte. Doch die Schweißnaht sieht noch ziemlich neu aus. Das kann also gut nach seiner Flucht veranlasst worden sein. Im Augenblick jedoch bereitet mir Ihr Freund Sokrates die größeren Sorgen.«

Claret war vor einem die gesamte Stirnwand des Kellers verdeckenden schwarzen Samtvorhang stehengeblieben. »Das, was ich Ihnen jetzt zeige, hat nichts mit ihren beiden Freunden zu tun, Madame, es wird Sie aber möglicherweise trotzdem schockieren.«

Steffi warf mir einen besorgten Blick zu.

Der Brigadier zog den Vorhang auf.

Es traf mich wie ein Blitzschlag und meiner Freundin mochte es nicht anders ergangen sein, denn ich hörte sie laut atmen, als nacheinander sechs elektrische Kandelaber aufflackerten, die die ganze Wand mit einem morbiden Schimmer ausleuchteten.

Vor uns stand ein Tisch, der mit dem gleichen schwarzen Samt bedeckt war, aus dem der Vorhang bestand, so dass unser Blick wie magisch auf das dahinter hängende herrliche Zweimeter-Kruzifix aus Ebenholz gelenkt wurde. Der völlig unversehrte Leib des nur im Ausdruck leidenden Christus schimmerte wie Elfenbein. Er erinnerte mich stark an Tourniers Gemälde. Etwas jedoch war mehr als sonderbar und passte ganz und gar nicht hierher: Rechts und links unterhalb der Querbalken hingen in mehreren Reihen bis fast zum Boden unzählige gleichgroße Bilderrahmen, die allesamt goldene Engelsflügel zierten.

Ich trat ein Stück näher, um sie in Augenschein zu nehmen, und stutzte … Dann begann ich an meinem Verstand zu zweifeln. »Charlotte«, sagte ich und fing an, am ganzen Körper zu zittern. »Arme Charlotte!«

Claret trat neben mich und fasste mich beim Arm. »Ich dachte es mir. Das war der Grund, weshalb ich Sie hergebeten habe. Dieser Laroque muss Ihre Tante sehr verehrt haben, dass er einen derartigen Kult betrieb«, sagte er leise.

»Der ist ja verrückt«, rief Steffi entsetzt und lief aufgeregt vor diesem schwarzen Altar auf und ab. »Der hat eine Ikone aus deiner Tante gemacht!«

Es war ein Anblick, der sich in die Seele bohrte. Wohin ich auch sah, hing, säuberlich gerahmt, meine Tante: Charlotte lachend, Charlotte ernst, Charlotte verträumt, Charlotte kritisch, Charlotte zärtlich, Charlotte spöttisch, Charlotte, Charlotte. Immer wieder Charlotte.

Charlotte mit goldenen Engelsflügeln.

War Laroque wahnsinnig? Hatte *er* Henri auf dem Gewissen, weil er auch mich nicht hergeben wollte? Aber nein, da war ja Sam … mit ihm hatte er sich gut verstanden.

Claret enthüllte jetzt vorsichtig den langen Tisch. Der Altar war aus weißem Marmor. Drei dicke honiggelbe Kerzen, die in der Mitte standen, wurden von zwei massiv-goldenen Kreuzen flankiert, die über und über mit Juwelen besetzt waren, daneben – ordentlich aufgereiht – ebenfalls edelsteinbesetzte goldene Reliquienschreine in Form kleiner Tempel, Tabernakel, Messgefäße … Nein, ich musste mich revidieren: Laroque war nicht nur wahnsinnig, er musste auch wahnsinnig vermögend sein. Man brauchte sehr viel Geld, um sich so etwas leisten zu können. Woher stammte es?

Keiner sprach es aus, doch dachten wohl alle das Gleiche, als Claret nun die unterschiedlich hohen Gegenstände enthüllte, die teils auf Sockeln, teils auf dem Boden im Halbkreis um das große Kruzifix gruppiert waren. Sie entpuppten sich als alte geschnitzte Heiligenfiguren, prächtig bemalt und teilweise vergoldet. Da lächelte – wie eine Gestalt aus dem Wachsfigurenkabinett – ein wenig naiv die Heilige Germaine, die geraffte Schürze voller Rosen. Roch, den treuen Hund an der Seite, deutete missmutig auf seine schwärende Pestwunde oberhalb des Knies. Antonius von Padua, im Volksmund »Kindles-Toni« gerufen, sah liebevoll auf den Jungen hinab, der sich auf seinem Arm befand. Maria Magdalena, golden gewandet und mit blutrotem Tuch um die Hüften, schien einer grün und gold gekleideten heiligen Barbara (nebst Turm) das obligatorische Salbgefäß zu reichen. Ihre Schwester Marthe, gekleidet als Jeanne d'Arc, zähmte die Tarasque …

Der Brigadier fragte mich leise, ob ich irgendwann einen dieser Gegenstände bei Laroque gesehen hätte. Ich schüttelte den Kopf.

Steffi jedoch konnte nicht an sich halten: »Hat dieser Irre all das fromme Zeug gestohlen? Und ausgerechnet mit den Fotos einer Frau vereint, die zeit ihres Lebens Atheistin war? Hat er gehofft, ihr in der Schar der Heiligen einen Platz im Paradies zu sichern?«

41

»Es ist entsetzlich, wie sich der Gedanke, den Himmel durch Blut besänftigen zu können, in fast allen Religionen verbreitet hat.«
Voltaire, Philosophisches Wörterbuch

Es war Monsieur Cardenal, der freundliche Hausmeister der Résidence Haut-Collioure, der Sokrates das Leben rettete. Als wir zutiefst erschüttert aus Laroques »Schatzkammer« zurückkamen, schnitt er gerade die verblühten Schwertlilien vor unserem Domizil ab, und natürlich fragte er uns nach Sokrates.

Wir erzählten, dass eine Spur ins Anwesen von Monsieur Laroque führe, dessen Fahrer Rodin sei ebenfalls verschwunden. Cardenal zog die Stirn in Falten. »Monsieur Rodin?«, sagte er zögernd und starrte nachdenklich auf seine Gartenschere.

»Sie kennen diesen Mann?«

Der Concierge wiegte den Kopf. »Nicht persönlich, Madame. Sind Einzelgänger, sowohl der Alte als auch die Rodins. Das Einzige, was ich über diese Leute weiß, ist, dass sie Zutritt zum Fort St. Elme haben.« Cardenal deutete seitlich hinauf zum Berggipfel, wo sich die seltsame fünfeckige Burg erhob. »Das Fort befindet sich seit ewigen Zeiten in Privatbesitz. Alles ist abgeschirmt, hohe Mauern, Stacheldraht, Elektrozaun.«

»Und Sie sind sich völlig sicher, Monsieur, dass Laroque und Rodin dort Zutritt haben?«

Cardenal nickte eifrig. »Ja. Wissen Sie, mein Onkel hat einen Weinberg nach Port-Vendres zu, in dem ich am Abend oft arbeite. Nach dem großen Umbau des Forts, das muss etwa vor zwanzig Jahren gewesen sein, habe ich immer wieder Fremde, aber auch Monsieur Laroque die Serpentinen hochfahren sehen. Ich wunderte mich nur, weshalb er ausgerechnet diese Strecke nahm und nicht den kürzeren Weg von Collioure aus. Seit ein paar Jahren ist es Rodin, der ihn fährt. Wegen der schönen Aussicht, denke ich, fahren die nicht dort hoch, und sie kommen auch nicht wie die Touristen nach einer halben Stunde zurück.«

»Es sei denn, sie hätten heimwärts den Weg nach Collioure genommen.«

»*Oui*, Madame, doch in der Nacht ist es nicht empfehlenswert, ihn zu benutzen.«

»Aber irgendjemand anderer muss doch noch etwas darüber wissen?«

»Über das Fort wird seit eh und je geredet, und nach dem Krieg noch mehr als vorher. Aber man soll ja nichts Schlechtes über andere sagen, wenn man es nicht beweisen kann. Vor zwei Jahren« – Cardenal sah sich um und dämpfte seine Stimme –, »also, da hat mich die Neugierde gepackt, und ich bin Laroque im Dunkeln hinterhergestiegen. Sein Wagen stand innerhalb des Zauns.« Er hob die dunklen Brauen. »*Innerhalb*, Mesdames!«, wiederholte er eindringlich. »Und man sah kein Licht im Fort, aber es drang leise Musik nach draußen. Irgendetwas Klassisches, Getragenes! Flöte. Möchte wirklich wissen, was der dort oben treibt! Mein Onkel hat beobachtet, dass in der Dämmerung manchmal sechs bis acht dunkle Limousinen hinauffahren.

»Vielleicht feiern sie dort Sexorgien!«, sagte Steffi trocken.

Ich hatte bereits mein Handy hervorgeholt und tippte Clarets Nummer. Dann rannten wir zum Laroque-Haus zurück.

Der Brigadier handelte rasch und entschlossen. Noch in unserem Beisein telefonierte er mit Cardenal und mit seinem Vorgesetzten (man hörte ihn mehrmals *mon Capitaine* sagen), und nachdem er per Funk Verstärkung und schweres Gerät zum Aufbrechen eines Tores angefordert hatte, bat er uns, in seinen Polizeiwagen zu steigen.

Auf dem schmalen und wirklich abenteuerlichen Weg hinauf zum Berggipfel – St. Elme dominierte, wie wir unterwegs feststellen konnten, sowohl Collioure als auch zur anderen Seite Port-Vendres – erklärte uns Claret, dass das Fort seines Wissens von einem spanischen König erbaut worden sei. Obwohl es sich in Privatbesitz befände, dürfe die Polizei – weil Gefahr im Verzug sei – notfalls auch ohne richterlichen Beschluss dort eindringen. Trotzdem versuche sein Vorgesetzter diesen Beschluss noch zu erwirken.

Ich machte mir Sorgen, dass er vielleicht nicht zu bekommen wäre. Es lag mehr als nahe, dass es hier in Collioure, wo jeder jeden kannte, ebenfalls unantastbare, »integre« Personen gab, die in den Augen bestimmter Leute geschützt werden mussten. Ich dachte nicht zuletzt an die Grabesritter …

Als wir endlich oben angekommen waren, wurde das Fort gerade von der letzten Abendsonne beschienen. Es leuchtete ockerfarben. Darüber spannte sich ein grauer, fast feindseliger Himmel. Der Wind blies heftig. Wir durften zwar aussteigen, sollten uns aber in der Nähe der Polizistin aufhalten, die zu unserem Schutz abgestellt war.

Misstrauisch beäugten wir die Anlage, die aus der Nähe noch imposanter wirkte. Ein ungefähr drei Meter breites, stabiles Holztor, das einem mittelalterlichen Fallgitter nachempfunden war, versperrte den Zutritt. Doch die Plankenzwischenräume gaben den Blick frei auf einen Weg, der sich durch weitgehend ungepflegtes Terrain bis zur Zitadelle schlängelte. Rechts und links des Weges standen Zypressen, Agaven, kugelige Zwergkiefern, Weißdorn- und Ginsterbüsche. Die hohen Mauern rings um die Gebäude und den runden Turm waren sternförmig angeordnet.

Kein Wagen war zu sehen, auch sonst deutete nichts darauf hin, dass sich jemand im Fort aufhielt. Man hätte den Eindruck gewinnen können, dass das Gelände vernachlässigt, ja verlassen wirken sollte, um zu signalisieren, dass es hier nichts Aufregendes zu sehen gäbe. Einzig die schmalen Schießscharten im runden Turm bewiesen etwas anderes: Sie waren von innen verglast. Und – es gab eine Satellitenschüssel, gut getarnt, wie uns die Polizistin zeigte. Das alles hatte man von unten nicht ausmachen können.

Im Gegensatz zu Claret, der den Eindruck erweckte, relativ gelassen auf die angeforderte Verstärkung sowie den entscheidenden Rückruf von *mon Capitaine* zu warten, lastete auf Steffi und mir eine ungeheuere Spannung. Während aus mir kein Wort herauszubekommen war, redete Steffi wie immer in solchen Situationen unablässig.

Von der Angst, die ich um Sokrates hatte, ganz abgesehen, schien eine Bedrohung von diesem Fort auszugehen, die rational nur schwer erklärbar war. Aber es gibt Orte, an denen man sich sofort unwohl fühlt, wo einem ein Schauer über den Rücken läuft, wenn man sich ihnen auch nur nähert. Notre Dame de Marceille war für mich ein solcher Ort gewesen, und St. Elme fiel ebenfalls unter diese Kategorie. Gut möglich aber, dass ich wegen meiner Ängste und der vorangegangenen Ereignisse sensibler reagierte als sonst.

Es dauerte eine volle Stunde, bis der erlösende Anruf aus Perpignan kam und fast zeitgleich die angeforderte Verstärkung. Claret forderte uns auf, wieder einzusteigen und im Wagen zu warten, weil das sicherer sei. Dann gab er den Befehl, das Tor aufzubrechen, erzählte uns aber noch rasch, was man in Perpignan herausgefunden hatte:

Im Jahr 1913 war das Fort unter den Hammer gekommen. Zwei Priester, ein gewisser Abbé J. Th. Lasserre und ein Abbé Émile Laroque, beide aus der Gegend um Limoux, hatten es ersteigert und umgebaut. Heute war es im Besitz von Fernand Laroque, dem Neffen dieses Émile, mit erstem Wohnsitz in Toulouse. Fernand Laroque hatte nach dem Krieg und nochmals in den siebziger Jahren größere Baumaßnahmen beantragt.

»Bingo«, sagte Steffi heiser, doch in ihren Augen stand das, was auch mich lähmte: blanke Angst um Sokrates.

Es kam uns wie eine halbe Ewigkeit vor, bis das Tor offen

war und die Polizisten das Fort stürmten. Plötzlich fielen Schüsse … erst einer, dann noch einer, gleich darauf eine ganze Salve.

»Köpfe runter!«, brüllte die Polizistin nach hinten. Steffi und ich gingen in Deckung. Aus den Augenwinkeln heraus beobachtete ich, wie Clarets Kollegin – ohne ihren Blick vom Fort abzuwenden – zuerst ihre Pistole entsicherte und dann einen Funkspruch absetzte. Ich erschauerte, weil sie auch einen Arzt und einen Krankenwagen anforderte. Steffi, mit offen stehendem Mund, die Augen vor Angst zu Schlitzen verengt, fasste nach meiner Hand, um mich und sich zu beruhigen.

Die nächsten Minuten waren schlimm, zumal wir in unserer geduckten Haltung das Fort nicht mehr beobachten konnten. Den Blick jetzt starr auf den Boden des Polizeiwagens gerichtet, verging ich beinahe vor Angst. Ich roch Steffis Schweiß.

»Tut sich denn noch immer nichts?«, fragte sie nach einiger Zeit halblaut die Polizistin.

»Ruhig, ganz ruhig«, antwortete sie. »Bleiben Sie weiter in Deckung. Ich passe schon auf, dass Ihnen nichts passiert.«

Das war nicht unser Problem, wir wollten wissen, wie es Sokrates ging.

Endlich meldete sich Claret per Funk, und wir vernahmen zu unserem Entsetzen, dass es einen Toten gegeben hatte. Nach dem Aufbrechen des inneren Tores hatte ein junger Mann das Feuer auf die Polizei eröffnet. Der erste Schuss war haarscharf an Clarets Kopf vorbeigepfiffen. Der zweite traf einen der Polizisten am Arm – ein Streifschuss. Noch bevor der Schütze einen dritten Schuss abgeben konnte, hatte ihn einer der Polizisten niedergestreckt. Nun machte man sich auf die Suche nach Sokrates.

Das Warten zermürbte. Bald schon hörten wir eine noch weit entfernte Sirene. Es dauerte fast zehn Minuten, bis der Krankenwagen bei uns angelangt war. Die Polizistin stieg aus, gab Claret Bescheid und schickte dann den Arzt und seine Leute in die Burg.

Mit noch immer schussbereiter Waffe stellte sie sich jetzt an unsere Fensterseite. Ich wagte es, mich etwas aufzurichten, der rechte Arm war mir bereits eingeschlafen. Steffi tat es mir nach. Sie kaute auf ihren Lippen herum und war noch immer leichenblass. Mutiger geworden, streckte ich den Hals und beobachtete, wie die Sanitäter den Toten auf einer Bahre heraustrugen. Hinter ihnen lief der verletzte Polizist, den Arm in der Schlinge.

Plötzlich erschien einer der Gendarmen am inneren Tor und machte seiner Kollegin ein Zeichen. Sie steckte kurzerhand die Waffe ein und öffnete die Wagentür.

»Kommen Sie!«, sagte sie, zu uns hinuntergebeugt. »Ich glaube, es gibt Neuigkeiten!«

Mit zittrigen Beinen stiegen wir aus und liefen auf das Tor zu, das der dort postierte Gendarm für uns aufhielt. Der schmale Sandweg, der – gesäumt von blaugrünen Agaven – zur Zitadelle führte, war relativ gepflegt und frei von Unkraut. Wir stemmten uns gegen den Wind. Plötzlich hörten wir Claret rufen. Die Polizistin hielt inne und nahm dann eine Abkürzung, quer durch die Wiese. Wir liefen hinterher, wobei Steffi in der hereinbrechenden Dämmerung eine Wurzel übersah, stolperte – und beinahe gestürzt wäre. Als wir uns der Burg auf ungefähr drei Meter genähert hatten, trauten wir kaum unseren Augen: Unter der hohen Eingangstür stand Sokrates, neben ihm der Arzt und Brigadier Claret.

Steffi schrie auf, und ich sah, dass sie heulte. Auch mir standen Tränen in den Augen, obwohl ich nicht begierig darauf war, der ganzen Welt meine Gefühle zu zeigen. Aber uns hielt nichts mehr. Wir stürzten auf unseren Freund zu.

Sokrates machte alles in allem einen gefassten Eindruck. Shirt und Weste wiesen Blutflecken auf, sein Gesicht war gelblich, sein linkes Auge hatte ein dunkles Veilchen, und beide Hände und Unterarme waren bandagiert. Doch als wir um ihn herumstanden und sofort hören wollten, wie er gefangen genommen wurde, biss er sich auf die Unterlippe, hob seine bandagierten Arme, lächelte sardonisch und zitierte dann völlig emotionslos seinen berühmten Namensgeber: »*Es ist doch zu dumm, dass man nicht weiß, wann es sich empfiehlt, mit Helm auszugehen.*«

Wie ein Paket verschnürt, hatte er in diesem sonderbaren Bauwerk gelegen, der Körper von Schlägen malträtiert. Erst kaltes Wasser hatte ihn wieder zu Bewusstsein gebracht. Er weigerte sich jedoch hartnäckig, sich im Krankenhaus behandeln zu lassen. Ihm ginge es blendend, meinte er auch uns gegenüber.

Später erzählte er uns seine Geschichte.

Ausgerüstet mit einer Taschenlampe, die er in der Ferienwohnung gefunden hatte, und einem Kompass – ein Pfadfinderrelikt, das er offenbar immer mit sich trug –, war er tatsächlich in der Nacht heimlich über den eisernen Zaun von Laroques Anwesen geklettert. In einem unverschlossenen Geräteschuppen neben dem Kreuzgang hatte er einen Pickel gefunden, mit dem er während eines krachenden Donnerschlages den Lichtschacht aufstemmte. Lange irrte er in den Kellerräumen der Villa umher – auch ein Kompass hilft einem nicht überall weiter. Endlich entdeckte er hinter einem Regal mit Malerutensilien einen ungefähr sechzig Zentimeter breiten und ebenso hohen Gang, den er kurz entschlossen entlangkroch, bis er nach einiger Zeit auf eine eiserne Luke stieß, die – wie auch er erkannte – erst vor kurzem zugeschweißt worden war. Sokrates triumphierte: Die Dominikaner aus dem Mittelalter konnten das nicht gemacht haben! Um die Luke herum war ein dünnes rotes Kabel verlegt. Im ersten Augenblick dachte er an Sprengstoff. Nachdem er aber keinen Zünder oder etwas Ähnliches fand, löste er die Leitung ganz vorsichtig aus ihrer Halterung. Das Kabel führte zu einem kleinen Bohrloch in der Decke des Gangs, wo es verschwand. Da bereits schwante Sokrates Unheil. Rasch robbte er zurück. Im gleichen Augenblick stand Rodin vor ihm, eine Pistole in der Hand.

Es wäre die schrecklichste halbe Stunde in seinem Leben

gewesen, sagte Sokrates. Laroques Chauffeur hatte ihn zuerst mit Kabelbinder gefesselt, dann mit Fußtritten misshandelt und, nach einem kurzen Telefongespräch, mit dem Wagen hier herauf gebracht. Der junge Mann, den die Polizei gerade erschossen hatte – seine Blutspuren waren noch frisch – hatte bereits am äußeren Tor auf Rodin gewartet. Sokrates war von ihm fast die ganze Zeit über bewacht worden, auf Fragen und Bitten habe er nicht reagiert.

Claret bat mich, einen kurzen Blick auf den Toten zu werfen. Die Polizistin begleitete mich zum Sanitätswagen hinaus. Den schwarzhaarigen, hageren Mann, dessen Papiere ihn als Spanier auswiesen, hatte ich schon einmal gesehen und zwar in der Nacht, in der der tote Hund vor meiner Tür gelegen war.

Wohin uns Brigadier Claret nach Sokrates' erster Vernehmung führte, machte mir in aller Deutlichkeit klar, dass es sich hier nicht mehr um die verrückte Sammelwut eines reichen Mannes namens Fernand Laroque handelte, auch nicht um die völlig überzogene Verehrung einer heißgeliebten Toten – beides *per se* nicht strafbar –, sondern um eine Angelegenheit, die für heutige Normalbürger nur schwer zu verstehen ist, von gläubigen Zeitgenossen ganz zu schweigen.

Ein kleiner Aufzug führte vom runden Turm direkt in die »Unterwelt« der Burg. Mit einem Ruck hielt er vor einem offenen gemauerten Rundbogen, über dem sich eine steinerne Eule befand. Sophia – die Eule der Weisheit?

Links und rechts des Eingangs hingen an einer Art Garderobe weiße Kutten, zwölf Stück insgesamt, samt Kordel und Caparuxtes.

Wir betraten nacheinander eine halbrunde düstere Felsengrotte, die mich wegen der sechs mächtigen Säulen an das Gebäude des Friedhofs *De Terre Cabade* erinnerte – und damit an den Tag, an dem alles angefangen hatte. Das einzige Licht fiel durch eine verglaste Kuppel, über der sich offenbar der runde Turm des Forts erhob. Licht und Schatten, Moderne und Antike, ging es mir durch den Kopf, Schwarz und Weiß. Himmel und Hölle?

Auf einer der Säulen, die das mächtige Felsgewölbe stützten, befand sich auf Augenhöhe ein wildes, breites Männerantlitz, das Gesicht fast zur Gänze verborgen von einem Gestrüpp aus Blättern und Zweigen, die ihm – girlandenförmig wie die Moosrosen in Laroques Garten – aus dem Mund wuchsen. »Es handelt sich um den berühmten ›Grünen Mann‹«, sagte Sokrates, »den Maikönig, ein Relikt aus alter Zeit. Ihn kann man noch heute in vielen alten Kirchen finden.«

Steffi krallte sich an meinem Arm fest und deutete auf einen hohen Granitaltar, der in der Mitte des Raumes stand. Dort thronte auf einem silberbeschlagenen Stuhl steif und majestätisch eine ungefähr siebzig Zentimeter hohe Statue: eine Schwarze Madonna! Um den Thron herum waren dicke grüne Kerzen gruppiert, halb heruntergebrannt.

Ich hatte gemeint, dass mich nach der Entdeckung von Charlottes Fotogalerie nichts mehr schockieren könnte. Doch der Anblick dieser seltsamen Gestalt nahm mich gefangen wie kaum etwas zuvor.

»Die sieht ja aus wie eine gekrönte ägyptische Katze!«, flüsterte ich.

Claret trat auf mich zu und nickte. »Ich muss mich bei Ihnen entschuldigen, Madame, ich habe ihren Hinweis auf eine Sekte nicht ernst genommen. Dies hier ist eindeutig ein Kultraum – wie das Allerheiligste eines Tempels. Direkt vor dieser Statue haben wir Ihren Freund Sokrates gefunden. Und werfen Sie mal einen Blick unter den Altar, da geht es weiter in die Tiefe, dort unten existiert sogar ein Brunnen!«

»Der Brunnen erstaunt mich nicht, es ist die Heilige Quelle dieser Madonna«, sagte Sokrates. Dann deutete er auf die Felsengrotte ringsum. »Wir befinden uns hier in einer sogenannten *Cella,* wie man die römischen oder griechischen Orte nennt, in denen für gewöhnlich heilige Götterbilder stehen. Ich verwette im Übrigen meinen Hut, dass diese Madonna uralt ist. Eine wahre Rarität! Ich hoffe nur, die Verrückten in ihren weißen Kutten hatten nicht ernsthaft daran gedacht, mich ihr zu opfern!« Schmerzhaft verzog er beim Grinsen das Gesicht; er tat mir leid, sein Auge hätte dringend gekühlt werden müssen.

Vorsichtig traten wir ein paar Schritte näher, und die beiden Polizisten, die dabei waren, alles zu dokumentieren und fotografieren, machten uns bereitwillig Platz.

Ohne die helmartige Krone, verziert mit Rubinen und Smaragden, hätte das wilde dunkle Gesicht der Madonna auch das eines Mannes sein können. Vom Hals abwärts war die Figur jedoch bunt bemalt, das geschnitzte Gewand in einem blaustichigen Grün gehalten und mit roten Rauten verziert, in denen sich kleine ockerfarbene Dreiecke und Kreise befanden. Eine Art Umhang fiel malerisch über die spinnendürren Arme. Die Hände waren überlang – und schneeweiß. Kerzengerade saß das Kind auf ihrem Schoß, es war ein sogenanntes Mannkind, wie uns Sokrates erklärte, wie die Mutter gekrönt und ebenfalls mit weißen Händen. Sein dunkles Antlitz sah noch archaischer aus als das der Mutter – und das wollte etwas heißen.

Es war aber vor allem der seltsam starre Blick der Madonna, der geradezu furchteinflößend wirkte. Diese gläsernen Augen schienen etwas zu fixieren … Ich drehte mich um und suchte …

Wenn dem so war, befand sich der Gegenstand nicht in diesem Raum.

Erfuhr man die Initiation vielleicht, indem man es wagte, ihrem Blick standzuhalten?

»Die hat nichts, aber auch gar nichts mit der lieblichen Schönheit der Madonna von Notre Dame de Marceille gemein«, hörte ich Steffi sagen. »Und diese unnatürlich großen Hände!«

»Riesenhände sind typisch für diese Madonnen«, antwortete Sokrates und stieg die Stufe hinauf, die zum Altar führte. Dort drehte er sich zu uns um. »Sie sollen Schutz gewähren, ähnlich wie die Hand der Fatima. Diese Madonna hier erinnert mich stark an die Schwarze Madonna zu Le Puy. Sie gehörte einst zu den Schätzen des Großsultans von Babylon, des späteren Herrschers von Ägypten, der sie dem heiligen Ludwig schenkte. Also könnte sie vormals eine Statue der Isis gewesen sein. Und vermutlich verhält es sich mit dieser hier ebenso.«

Claret und seine Leute sahen Sokrates verblüfft an.

Die Polizistin saß auf der Kante eines der altertümlichen Stühle, die im Halbrund um den Altar standen, und machte sich eifrig Notizen. Dazwischen schob sie immer wieder einmal ihr dunkles gelocktes Haar in das Käppi zurück, weil es ihr ständig ins Gesicht fiel.

»Meinen Sie, diese Statue ist Diebesgut?«, fragte sie den Brigadier.

»Das muss nicht sein!« Sokrates kam Claret zuvor. »Ich vermute, dass sie der Orden schon immer heimlich verehrt hat. Vielleicht stand sie ursprünglich in ihrer Kapelle in Toulouse, verborgen vor den Blicken des einfachen Volkes.«

»Wollen Sie damit andeuten, Monsieur, dass diese Leute hier einen heidnischen Kult betreiben und Isis anbeten statt Maria, die Muttergottes?« Die junge Beamtin schien irritiert. Sie deutete mit ihrem Kugelschreiber auf die Nigra. »Schwarze Madonnen gibt es doch in vielen Kirchen. Sie stellen in jedem Fall Maria dar, auch wenn sie dunkel sind.«

»Ja und nein«, meinte Sokrates. »Es gibt durchaus Schwarze Madonnen, die von vorneherein als Muttergottes geschnitzt wurden. Viele jedoch – und es sind diejenigen, die noch heute am meisten verehrt werden – wurden von Kreuzrittern in unser Land gebracht, die erstaunt waren, in Ägypten oder Äthiopien auf eine Muttergottes mit Kind gestoßen zu sein. Sie wussten nicht, dass es sich um Isis handelte, die den Horusknaben auf dem Schoß hält, und nahmen sie mit nach Hause. Außerdem gibt es aber einige wenige Exemplare aus heidnischer Zeit, keltische Muttergottheiten, Déesses genannt. ›Dunkelheit innerhalb der Dunkelheit ist das Tor allen Verstehens‹, sagt Laotse. Schwarz ist also eine archetypische

Farbe. Wen die Büßer hier oben tatsächlich anbeteten«, fuhr er fort, »kann man erst sagen, wenn man Näheres über diesen Orden herausgefunden hat. Ich tippe auf bestimmte keltische Rituale, die man hier abhielt, langsame, schwere Gesänge, Flötenspiel, der Mythos wird zur Realität *et cetera* … Allerdings möchte ich den Glauben der Leute nicht von vorneherein als pagan oder heidnisch bezeichnen, nur weil zu einer Schwarzen Madonna der Grüne Mann passt. Ich denke, die Büßer würden das auch vehement abstreiten und sich … nun, auf die christliche Gnosis herausreden. Schließlich findet man den keltischen Maikönig auch in großen Kathedralen wie zum Beispiel in St. Bertrand de Comminges, und niemand prangert dies an.«

Sokrates machte eine kurze Pause und schaute in die Runde. Keiner sagte ein Wort. »Die Gnosis …«, fuhr er nachdenklich fort – und man konnte ihm direkt ansehen, wie sehr er diese Zuhörerrunde genoss –, »nun, es gibt bekanntlich christliche und vorchristliche Gnostiker, die aber beide Wert auf Erkenntnis und Erlösung im Geiste legen und nicht etwa durch das Kreuz. Für Rom bedeutet Gnosis übrigens in jedem Fall Ketzerei. Weil aber auch christliche Gnostiker – wie zum Beispiel die Katharer – die Verehrung der Muttergottes strikt ablehnten, kann es sich hier eigentlich nur um ein heidnisches Heiligtum handeln, das von den Weißen Büßern verehrt wird.«

»Aber was sagt denn der Papst zu solchen Dingen?«, fragte der Brigadier.

»Nun, Rom prüft natürlich im Einzelfall, ob ein Orden in Lehre und Praxis mit der römisch-katholischen Kirche übereinstimmt. Aber wenn man dort von dieser Angelegenheit gar nichts weiß? Es handelt sich hier vielleicht um einen alten geheimen Orden, über den allenfalls Gerüchte kursieren.«

Sokrates trat von der Altarstufe herunter und setzte sich neben die Polizistin auf einen Stuhl. Er ließ die bandagierten Hände baumeln – offenbar schmerzten sie ihn – und sah jetzt sehr, sehr müde aus. Doch er kam einfach nicht zur Ruhe.

Sein übergroßes Mitteilungsbedürfnis kannten wir ja bereits, doch jetzt war es wohl der Stress, die überstandene Angst und die Anspannung, die ihn immer weiter reden ließen: »Es gibt noch eine andere Möglichkeit, wie die Büßer zu dieser Madonna gekommen sein könnten. Vielleicht haben sie sie beim Ausbau dieses Forts entdeckt. Pagane Bildnisse finden sich recht oft tief unten in einer Gruft, einer Höhle oder auch in einem hohlen Baum …«

Claret gab ihm recht und verwies außerdem auf die schweren Säulen, die aus einer lange zurückliegenden Zeit stammen müssten.

Dann fragte er Sokrates noch nach der Bedeutung der merkwürdigen »Gänsefüße«, wie er sich ausdrückte, die auf dem Boden rechts neben dem Altar lagen. Sie waren auch mir schon aufgefallen.

»Das sind nur alte Geißeln, Monsieur«, antwortete Sokrates. »Ich hatte heute Morgen genug Muße, sie zu betrachten. Geißeln, um die Materie, in diesem Fall den sündigen schlechten Körper, zu züchtigen, so wie es alle frommen Büßer – man nannte sie zeitweise Flagellanten – von Anfang an hielten, wie sie aber auch im ägyptischen Isis-Kult üblich waren.«

Während Clarets Leute und Steffi die Geißeln, die Säulen und den Brunnen eingehend betrachteten, alles protokollierten und fotografierten, trat ich zu Sokrates und erzählte ihm rasch, dass der Onkel von Fernand Laroque einer der Priester aus Limoux gewesen sei, die im Jahr 1913 dieses Fort ersteigert und umgebaut hätten. Sokrates war sichtlich zufrieden, dass sich sein Verdacht bestätigt hatte. Er war überzeugt davon, dass die Büßer sich ungeniert aus dem Westgotenschatz von Notre Dame de Marceille bedient hatten. Auch der Reichtum des Priesters Bérenger Saunière aus Rennes-le-Château ließe sich damit erklären. Möglicherweise handelte es sich um Schweigegeld der Bruderschaft. Und während sein Kollege Boudet das Geheimnis des Westgotenschatzes bis heute in seinem Buch verborgen hätte, so Sokrates, sei der dritte Priester, Gélis, der ganz offen alte Goldmünzen bei seiner Bank in Scheine eintauschte, von einem bestimmten Zeitpunkt ab nicht länger bereit gewesen, den Mund zu halten, worauf ihn die Büßer ermordeten.

»Bedeutet das, dass die Weißen Büßer von Limoux tatsächlich mit dieser A.G.L.A. identisch sind?«

»Gut möglich, Sandrine«, meinte Sokrates leise, »doch wir werden das wohl nie erfahren, denn Geheimgesellschaften verpflichten sich zu absolutem Stillschweigen. Dass allerdings religiöser Fanatismus ›vererbbar‹ ist, wie im Falle Laroque, das wäre auch für Voltaire ein Novum gewesen«, sagte er sarkastisch.

Wir saßen bereits wieder im Polizeiauto – Sokrates' Vernehmung war für heute abgeschlossen, und die Polizistin wollte uns zur Résidence bringen –, als plötzlich einer der Gendarmen angelaufen kam, um uns zurückzuholen. Man hätte soeben ein Buch entdeckt, gut verborgen unterhalb der Altarplatte, auf dem sich unbekannte Lettern befänden. Sokrates warf mir einen Blick zu.

Brigadier Claret entschuldigte sich bei ihm, als wir wieder aus dem Aufzug traten. »Kennen Sie sich vielleicht auch damit aus?«, fragte er und zeigte Sokrates ein dünnes, in dunkelgrünes Leder gebundenes Buch, auf dem sich eine goldene Pyramide mit Schriftzeichen befand. Unser Freund warf einen vorsichtigen Blick darauf und nickte. »Ein wenig«, sagte er, seltsam bescheiden. »Es ist Hebräisch.«

Alle sahen ihn fragend an.

Sokrates drehte sich zu mir und Steffi um und nickte dramatisch. »Chawa«, sagte er feierlich. »Eva – genau wie die drei Buchstaben in Notre Dame de Marceille, der gleiche seltsame Schriftzug.« Er erklärte nun Claret und seinen Leuten, was er uns schon in dieser sonderbaren Kathedrale erzählt hatte, womit er die Polizistin wohl endgültig überforderte, denn sie kaute ratlos auf ihrem Stift herum und warf Claret einen fragenden Blick nach dem anderen zu. Der Brigadier jedoch war die Ruhe selbst. Er quittierte die Ausführungen unseres

Freundes einzig mit einem kurzen Nicken, bedankte sich und wies dann den Gendarmen an, das Buch vorsichtig aufzubinden.

Sokrates beugte sich über den Text, denn Claret hatte ihn gebeten, den ledernen Einband nicht zu berühren.

»Sandy, ist das aufregend«, flüsterte mir Steffi zu, als er begann, uns vorzulesen, was dort in vier Sprachen – Hebräisch, Altgriechisch, Latein und Französisch – stand, wobei seine Stimme von den Wänden der Gruft widerhallte, dass uns alle ein Schauer durchfuhr.

Ich bin das Haupt des Alls,
die ich vor einem jeden da bin.
Ich bin der Ruf einer leisen Stimme,
die ich vom Uranfang an im Schweigen bin.
Ich bin der Raum, in dem jeder Ruf erklingt,
und der verborgene Ruf, der in mir ist,
ist in dem unerreichbaren, unmessbaren Gedanken
des unermesslichen Schweigens.
Ich kam herab in die Mitte der Unterwelt,
Ich ging leuchtend auf über der Finsternis.
Ich bin es, der das Wasser hervorsprudeln ließ.
Ich bin es, der verborgen ist in leuchtenden Wassern,
Ich bin es, der aufgegangen ist dem All,
einem nach dem anderen, durch meinen Gedanken.
Ich bin es, der voll des Rufes ist.
Durch mich kommt die Gnosis,
die ich in den unaussprechlichen
und unerkennbaren Äonen bin.
Ich bin die Erkenntnis und das Wissen,
die ich einen Ruf aussende
aufgrund eines Gedankens.
Ich bin der wahre Ruf,
rufend in einem jeden,
so dass sie mich erkennen durch die Gnosis,
weil ein Same in ihnen ist.

42

»Heißt man Glück einen äußeren Zustand wie den des Reichtums, der Macht, des Ansehens, so täuscht man sich nicht minder.«
Voltaire, Für Wahrheit und Menschlichkeit

Der Fanatismus verhält sich zum Aberglauben wie der Wahn zum Fieber oder wie die Raserei zum Zorn. Voltaire empfahl, gegen diese Seuche kein anderes Mittel als den Geist der Philosophie, der, wenn er allmählich um sich griff, schließlich die Sitten der Menschen läutern und den Anfällen des Übels vorbeugen würde, denn wenn dieses Übel erst einmal Fortschritte machte, müsste man flüchten und abwarten, bis die Luft wieder rein wäre. Es wären stets Schurken mit gutem Gewissen, welche die Fanatiker lenkten und ihnen den Dolch in die Hand spielten.

Zwei Tatsachen waren nicht zu leugnen: Fernand Laroque – selbst noch im Greisenalter ein solcher Schurke – hatte als Hauptaktionär nicht nur dafür gesorgt, dass viele Opfer des Chemieunfalls leer ausgingen, sondern auch, dass ein unbequemer Journalist von der Bildfläche verschwand. Spätestens dann jedoch verließ ihn sein gutes Gewissen, als Kommissar Rives vor seiner Tür stand und ihn mit der Verschleppung von Sokrates, dem Schusswechsel in St. Elme sowie mit den Kunstschätzen zweifelhafter Herkunft konfrontierte, die man in seiner Villa in Collioure und im Fort (außerhalb der Krypta) gefunden hatte.

Nachdem sich der alte Mann äußerlich völlig ruhig die Anschuldigungen und Fragen angehört hatte, stieg er mit einem verlorenen Gesichtsausdruck die Treppe hinauf zu seinen Privaträumen, um Unterlagen und Besitzurkunden zu holen, wie er sagte, schloss sich dort ein, schrieb drei Zeilen, in denen er sich bei seinen Söhnen, bei mir und seltsamerweise auch bei Charlotte für alles »Ungemach« entschuldigte, das er uns je zugefügt habe und noch zufügen werde (darunter setzte er in zittriger Schrift *non omnis moriar* – ich werde nicht ganz sterben) – und erschoss sich …

Als die Polizei auch sein Toulouser Haus gründlich durchsuchte – wobei die alte Zélie sich mehr darüber aufzuregen schien als über den Tod ihres Brotherrn –, fand sie weitere dubiose Kunstschätze, vorwiegend ägyptische und griechische Artefakte und Antiquitäten – und den unumstößlichen Beweis, dass Laroque auf vielen Hochzeiten getanzt hatte.

In einem hohen Schrank im Flur des ersten Stockes hing in Seidenpapier verpackt, ein weißer Umhang, versehen mit dem scharlachroten Kreuz des Gottfried von Bouillon auf silbernem Schild, beides auf einem Kreis aus schwarzem Samt und umfasst von einer goldenen Litze: Das Gewand eines Großkreuzritters des Heiligen Grabes.

Auch bei ihnen hatte er sich bis an die Spitze emporgearbeitet.

Im nächsten Schrankabteil befanden sich acht weiße Büßerkutten. Der Beweis einer aktiven Beteiligung an dem Geschehen in Collioure war für mich erbracht, als Rives' Leute die dazugehörigen Kapuzen zählten. Eine Caperutxes fehlte.

Welche obskuren Messen tatsächlich seit fast hundert Jahren im Fort St. Elme gefeiert wurden und ob die Büßer unter Laroques Leitung ein universelles theologisches Geheimnis in Gestalt einer »Isis« hüteten, wie Sokrates vermutete, oder ob sie heimliche Gnostiker waren, wird die Polizei wohl so schnell nicht herausfinden.

In diesen sonnigen Tagen, in denen eine Meldung über Fernand Laroque die nächste ablöste, dachte ich nicht nur über Henri, sondern auch viel über Charlotte nach, die ihr halbes Leben mit diesem Laroque verbracht hatte. Ich sei zu verschlossen, klagte Steffi, aber auch das konnte ich nicht ändern.

Froh war ich nur, dass wir noch einige Tage in Collioure bleiben konnten, eine abrupte Abreise hätte ich nicht ertragen.

Mon Capitaine hatte dafür gesorgt, dass auch der Name Serralongues in der Presse auftauchte, so dass sich Kommissar Rives gezwungen sah, die Doctores zum Verschwinden Henri Gagnepains zu befragen. Ich war Brigadier Claret mehr als dankbar, dass er mich auch darüber unterrichtete.

Wie befürchtet, ließ Arsène Serralongues einen Tross von Anwälten auffahren, die ihr Geschäft verstanden. Die Entrüstung dieses kalten, arroganten Mannes war nicht gespielt. Dass seine Immunität einen Knacks bekommen hatte, empfand er als Blasphemie gegen seine Person. Widerwillig gab er eine jahrzehntelange Bekanntschaft mit Laroque zu, auch dass er einige Male in Collioure in seiner Villa zu Gast war. Im Fort St. Elme sei er nie gewesen, der Sanch-Bruderschaft von Collioure und Perpignan gehöre er zwar nominell an, sie hätte jedoch mit den Vorgängen im Fort St. Elme nichts zu tun. Er sei bereits in jungen Jahren auf Drängen mehrerer mit ihm befreundeter Priester Sanch-Mitglied geworden und unterstütze seit langem ihre Werke, wie übrigens auch die weiteren Organisationen, die im Namen Christi handelten und Gutes täten.

Rives hatte sich damit fürs Erste zufrieden gegeben, aus Rücksicht, wie ich vermutete, oder weil er nicht sofort sein Pulver verschießen wollte, wie Claret meinte.

Marceau Serralongues zeigte sich entsetzt, dass Fernand Laroque in derartige Dinge verstrickt war. Auf die Frage, wann er diesen Mann zuletzt gesehen habe, entschied er sich für den Beerdigungstag meiner Tante.

Daraufhin konfrontierte ihn Rives mit dem Abgleich der Fingerabdrücke, die Marceau im Hotelzimmer und auf Henris Gläsern hinterlassen hatte, und hielt ihm das kompromittierende Foto vor, das ich Brigadier Claret überlassen hatte.

Als Marceau sich selbst in schwarzer Kutte und mit wütendem Gesicht erkannte, begann er unkontrolliert zu zittern. Nach kurzer Besprechung mit ihrem Mandanten erklärten die Advokaten, dass es für diejenigen, die zur Kirche hielten

– wie Laroque und die Doctores Serralongues – eine Ehrensache sei, am jährlichen Sanch-Umzug mitzuwirken. Laroque sei der Weiße Büßer gewesen. Weshalb er im Jahr 2004 nicht wie üblich als Grabesritter teilnahm, entziehe sich der Kenntnis ihres Mandanten.

Überraschend für Rives räumte man auch ein, dass es noch einen weiteren Grund für das österliche Treffen mit Fernand Laroque in Collioure gegeben habe: die neuerlichen Nachforschungen Henri Gagnepains bezüglich der Chemieexplosion, von denen Laroque erfahren hatte. Es sei um eine bestimmte Summe gegangen, die der alte Herr Henri für sein Schweigen anbieten wollte. Die Serralongues seien dabei als Vermittler aufgetreten.

Von der Anwesenheit Sandrine Feuerbachs in Collioure hätte man nichts gewusst. Nachdem Fernand Laroque aber bereits in Toulouse alle Beteiligten angewiesen hatte, Sandrine Feuerbach aus der Geschichte herauszuhalten, so Marceau, sei sein Vater ziemlich erschrocken gewesen, als er sie plötzlich in der Zuschauermenge entdeckte.

Damit, dass Henri Gagnepain ausgerechnet Laroque als Weißem Büßer folgen würde, um ihn zu interviewen, hatte niemand gerechnet. Man habe sich aber noch in der Gasse geeinigt, und Henri habe sofort in das Gesprächsangebot eingewilligt. Erst später, im Hotel, als man alles festmachen wollte, sei es zu einem Streit gekommen. Wie das Blut auf Laroques Kapuze gekommen sei, wisse Marceau nicht, ebenso wenig, wohin Henri Gagnepain damals verschwand. Beide Serralongues hätten vorzeitig das Hotel verlassen, um nach Perpignan weiterzufahren, wo sie mit Bekannten das Osterfest verbringen wollten. Zeugen dafür stünden selbstverständlich zur Verfügung.

Marceau hatte sich schon wieder viel sicherer gefühlt, als ihn Kommissar Rives unverhofft mit der Manipulation meines Renaults konfrontierte, was doch wohl im Widerspruch stünde zu Laroques angeblicher Anweisung, mich aus allem herauszuhalten, und der Behauptung, dass er nicht gewusst hätte, dass ich ebenfalls in Collioure war. Auch der Überfall auf mich in meiner Toulouser Wohnung spräche eine andere Sprache. Doch Marceau stellte sich absolut unwissend. Als der Kommissar ihm dann die Aussagen zweier Zeuginnen vorhielt, der Sekretärin Maître Lestangs und von Marie, dem Hausmädchen meiner Tante, die Marceaus aufdringliches Angebot, meine Post in die Schweiz weiterzuleiten, bestätigte, beriet er sich noch einmal mit seinen Anwälten.

Dann gab er zu, selbst größtes Interesse daran gehabt zu haben, Henri Gagnepains Versteck ausfindig zu machen. Er hätte meine Post gesichtet, um Henri vor Laroques Zorn zu warnen. Auch wenn er das Verhalten seines ehemaligen Freundes nicht guthieße, so würde er doch aus alter Zuneigung noch heute alles daransetzen, ihn vor Schaden zu bewahren. Die Sekretärin von Maître Lestang müsse allerdings etwas falsch verstanden haben, meinte Marceau, er habe sich nie als meinen Mann ausgegeben, hier liege eindeutig ein Missverständnis vor.

Vehement wies er auch den Verdacht zurück, etwas mit dem Diebstahl der Voltaire-Briefe zu tun zu haben, äußerte aber zugleich die Vermutung, dass sein »Freund« Henri – der früher einmal Motorrad gefahren sei (stimmte das?) – möglicherweise aus finanziellen Gründen selbst hinter den Originalen hergewesen wäre. Gagnepain sei doch wohl vorbestraft, meinte daraufhin einer der Anwälte und verwies noch einmal auf Marceaus Aussage in der bewussten Nacht, als er mich blutüberströmt und halb tot aufgefunden hatte. Die Beschreibung der Person, die Marceau Serralongues hätte weglaufen sehen, träfe im höchsten Grad auf Gagnepain zu.

Die Anwälte forderten Kommissar Rives auf, alle Anstrengungen zu unternehmen, um endlich den wahren Täter ausfindig zu machen.

Befremdlich fand ich es, dass Rives die Serralongues nicht zu den beiden Toten aus Toulouse befragt hatte. Wollte denn niemand den Zusammenhang sehen?

Wegen der schwachen Beweislage und den sich abzeichnenden Verfahrensverzögerungen setzten Rives und Claret ihre Hoffnung auf die Auswertung der umfangreichen Aufzeichnungen, Akten und Kunstschätze, die man in Laroques Häusern fand – was allerdings Monate in Anspruch nehmen würde. So war Monsieur Rodin, der Warzenmann, der Einzige, der im Augenblick Näheres sowohl über die Beziehung der Serralongues zu Laroque hätte sagen können als auch über das, was mit Henri geschehen war.

Gemeinsam mit seiner Frau war er zur europaweiten Fahndung ausgeschrieben worden.

»Das Böse ist dem Menschen eigen und zeitübergreifend präsent, aber es kann ihm Einhalt geboten werden«, sagte Sokrates nachdenklich, als wir am letzten Abend vor unserer Abreise bei einer Flasche Wein auf der Terrasse saßen, wobei das Meer dunkel und geheimnisvoll unter uns schimmerte, und wir gaben ihm recht.

»Aber genauso schwerwiegend sehe ich den Verfall der Werte in unserer Welt«, ergänzte Steffi seine philosophische Anwandlung. »Entlarvt man Leute wie Laroque oder die Serralongues, sind sie ohne Unrechtsbewusstsein, weil heutzutage einfach alles erlaubt zu sein scheint. Viele sehen den Spagat zwischen Recht und Unrecht ausschließlich von der sportlichen Seite. Man darf sich nur nicht erwischen lassen beim Hinterziehen der Steuer, beim Erwerb gestohlener Kunstobjekte oder beim Transport der klitzekleinen Million ins Ausland. Woran soll sich die Jugend noch orientieren, frage ich euch? Auch Laroques Selbstmord ändert an der Tatsache nichts, dass Anständigkeit oder Moral nicht mehr gefragt sind. Es sind die Heuchler, die ich verabscheue, gleich, auf welchen Posten sie sitzen«, sagte Steffi.

Ich trank mein Glas aus, ging schlafen – und fühlte eine Leere in mir wie damals, als ich im Krankenhaus erwachte und Henri nicht an meinem Bett saß. Zwar hatten wir den gordischen Knoten ein Stück weit entwirrt, ihn aber nicht durchgeschlagen. Ich wusste nach wie vor nichts über den Verbleib von Henri und konnte nur hoffen, dass er irgendwo auf eine Toulouser Zeitung stieß.

Immer wieder musste ich in dieser Nacht, die einfach nicht verstreichen wollte, auch an den frühen Tod meines Onkels Alphonse denken, der Laroques bester Freund gewesen war. Sein tödlicher Unfall geschah genau in der Zeit, als Alphonse sich nach dieser Geheimen Bruderschaft des Wertvollen Blutes zu erkundigen begann. War Fernand Laroque vielleicht schon damals unsterblich in Charlotte verliebt gewesen und hatte die Gelegenheit genutzt, zwei Fliegen mit einer Klappe zu schlagen? Hatte *er* dafür gesorgt, dass Alphonses Pferd scheute?

Hatte sich eigentlich etwas grundlegend verändert in dieser Welt, wenn sich die herrschende Elite noch heute berechtigt fühlte, unbequeme Heloten auszuschalten? Laroque hatte allerdings seine Rechnung ohne das Sejanische Pferd gemacht. Das Glück war ihm – wie mir – verlorengegangen. Reichlich spät allerdings.

Steffis Mann war bereit, Sokrates einzustellen, und die Polizei erlaubte, dass er uns nach Deutschland begleitete. Wenige Stunden, bevor er mit dem Zug nach Toulouse zurückfahren wollte, um seine privaten Angelegenheiten zu regeln – Steffi und ich würden derweil in Castelnaudary unsere Sachen packen –, klingelte mein Handy. Clarets Leute hatten im Treppenhausturm des Laroque-Anwesens weiteres Beweismaterial gefunden.

Natürlich blieb Sokrates. Wir wählten den Weg an der Mühle vorbei, weil er der kürzere war, und kletterten den Olivenhain hinunter. Der Brigadier stand vor der Tür in der Sonne, neben ihm zwei Gendarmen und *mon Capitaine* aus Perpignan, ein eher gemütlich aussehender älterer Mann in Zivil, mit wachen dunklen Augen und aufgekrempelten Hemdsärmeln. Claret berichtete, dass seine Leute direkt unter dem Dach noch einen kleinen Raum entdeckt hätten.

Wir stiegen nacheinander die enge Treppe hoch, bis wir an

eine Luke kamen, die äußerst geschickt unter Holzpaneelen verborgen gewesen war. Über eine herausklappbare Leiter gelangten wir in einen düsteren, stickigen Raum, dessen winzige Fenster der Efeu zugewachsen hatte.

Es gab keinen Strom, doch Clarets Leute hatten Stablampen bei sich, mit denen sie auf einen Wink hin ein altes Holzregal ausleuchteten.

»Allmächt'!«, schrie Steffi auf. »Da steht doch meine Tasche, oder?«

»Das haben wir uns gedacht«, sagte Claret, und auch *mon Capitaine* nickte zufrieden. »Es hat den Anschein, als ob nichts fehlt, selbst das Bargeld ist vorhanden. Bitte halten Sie sich später zu unserer Verfügung, Madame«, sagte er. »Es sind noch gewisse Formalitäten zu erledigen.«

Claret nahm nun die Lampe selbst in die Hand. Der Lichtkegel wanderte ein Stück weiter und verharrte auf einem altertümlichen Safe, den die Polizei bereits aufgebrochen hatte. Dort zog einer seiner Leute ein Paket heraus, das in dickes rostrotes Packpapier gewickelt war.

Der Brigadier sah mich fragend an. Ich nickte stumm und widerstand eisern der Versuchung, mich zu freuen. Das Sejanische Pferd war wieder da …

»Jawohl, das sind die Voltaire-Briefe! Ich bestätige auch das«, sagte Steffi ganz aufgeregt. Sofort bekam ich ein schlechtes Gewissen, weil sich meine Begeisterung derart in Grenzen hielt.

»Und nun bin ich gespannt, was Sie uns darüber zu sagen haben«, meinte der Brigadier. Er drehte sich um und leuchtete die Wand zwischen den beiden Fenstern aus. Dort hing ein kleines dunkles Gemälde, ungefähr fünfzig mal siebzig Zentimeter groß.

Wir traten näher. Sokrates ging als Erstem ein Licht auf. »Donnerwetter!«, sagte er und wiederholte noch einmal: »Donnerwetter!«

Neugierig umstanden wir das Bild und ließen uns mitnehmen auf eine Reise in die Vergangenheit, in die Stadt Toulouse des Jahres 1761 – zu dem Abend, an dem Marc-Antoine nach dem Essen »ganz erhitzt« das Kaufmannsgewölbe seines Vaters aufgesucht hatte: deckenhohe Regale im Hintergrund, vollgestopft mit Tuchballen aller Art, Größe und Farben; in einer finsteren Ecke zwei Leitern und mehrere zusammengebundene Jutesäcke. Auf dem Zuschneidetisch ein aufgeschlagener Ballen schwarzer Seide, daneben einige Geschäftsbücher, ein Stoß zusammengelegter Kleider sowie unterschiedlich große Messlatten und Scheren.

Unweigerlich wurde der Blick auf die Personen vor diesem Hintergrund gelenkt, die das Bild dominierten.

Ich hielt den Atem an. Hatte ich es nicht geahnt, dass Marc-Antoine ermordet worden war! Drei weiße Büßer mit hohen Kapuzen und Augenschlitzen standen um einen großen Türflügel herum, an dem Marc-Antoine hing. Der Junge trug ein langes weißes Leinenhemd, das die Büßer ihm übergezogen haben mussten. Es war, als gehöre er damit zu ihnen. Seine Kleidung war es, die säuberlich zusammengelegt auf dem Zuschneidetisch lag; ich erinnerte mich sofort daran, dies so in Voltaires Briefen gelesen zu haben. Betrachtete man den jungen Calas genauer, so bemerkte man, dass die Augen zwar halb offen standen, dass er aber bereits tot war, denn seine halbnackten Arme und Beine hingen schlaff herunter, und aus dem Mund ragte ein Stück seiner Zunge.

»Mein Gott«, sagte ich leise, »die Büßer haben ihn wirklich umgebracht. Seht doch, einer hat eine Garrotte in Händen! Sie haben ihn zuerst erwürgt und dann aufgehängt.«

»Es handelt sich um die Affäre Calas, nicht wahr?«

»Ja, Brigadier«, antwortete ich, »kein Zweifel. Voltaire war von einem Selbstmord ausgegangen, doch wie ich bereits vermutete und wie man hier deutlich sieht, hat es sich anders zugetragen.«

Da kam mir eine Idee. »Richten Sie das Licht doch bitte einmal auf das Signet. Ich habe einen Verdacht, was den Künstler angeht.«

Claret kam meinem Wunsch nach.

»Amédée«, sagte ich zufrieden, als ich den Schriftzug entziffert hatte, und ich zollte dem Weißbart innerlich Respekt.

»Aber weshalb hat die Familie Calas sich an diesen Maler und nicht an die Öffentlichkeit gewandt, wenn man die Wahrheit kannte?«

»Aus Angst, Steffi, und weil man den Mord wohl nicht beweisen konnte. Obendrein war die Familie in alle Winde zerstreut, inhaftiert die einen, im Ausland oder im Kloster die anderen. Und wie du siehst, ist auch dieses Gemälde irgendwann in die Hände der Büßer gefallen. Ich wage nicht, mir auszumalen, was sie mit Amédée oder demjenigen angestellt haben, in dessen Besitz es war. Kein Wunder, dass sich meine Urgroßmutter noch immer vor diesen Leuten gefürchtet hat. Höchstwahrscheinlich haben die Büßer das Bild auch nur deshalb nicht zerstört, weil sie stolz auf ihre Tat waren. Stolz darauf, einen verfluchten Hugenotten zur Strecke gebracht zu haben!«

»Aber weshalb traf es ausgerechnet Marc-Antoine? Man hätte dem Vater doch auch irgendetwas anderes am Zeug flicken können. Warum haben sie seinen Ältesten aufgeknüpft, wenn man eigentlich den Patriarchen hatte treffen wollen?«

Steffi hatte etwas ausgesprochen, was auch mich umtrieb. Wir wussten nun, wie Marc-Antoine ums Leben kam, aber noch immer nicht weshalb.

Ratlos sahen wir auf Sokrates, doch der zuckte nur, bei ihm völlig ungewohnt, mit den Schultern.

43

»Warum muss es nur so sein, dass sich die Fanatiker gegenseitig helfen, und die Philosophen sind uneinig und zersplittert?«

Voltaire an Jean Le Rond d'Alembert

Mein ehemaliger Kompagnon Ramon Schneider freute sich über meine Rückkehr und machte mich auch gleich – nach kurzer Schilderung der üblichen Kanzleiprobleme – auf meinen anstehenden Scheidungstermin aufmerksam. »Notiere dir Montag, den dreizehnten Juni«, sagte er, »Sam ist bereits verständigt.«

Ich lachte leise über das Datum, weil unser Hochzeitstag ebenfalls an einem Dreizehnten war.

Nachdem ich ihm erzählt hatte, was alles ich inzwischen erlebt hatte (das Sejanische Pferd hatten wir zuvor gemeinsam in den Safe geschlossen), wurde er sehr nachdenklich.

»Das Ganze scheint mir noch immer eine höchst undurchsichtige Angelegenheit zu sein. Verrenne dich nur nicht«, warnte er. »Du weißt doch, dass es Leute gibt, an die kein Gericht dieser Welt herankommt. Aber weshalb hast du eigentlich in dieser Sache keinen richterlichen Beschluss erwirkt?«

»Wie meinst du das?«

»Nun, ich würde diesen Maître Lestang zwingen lassen, die Herkunft der Sendung preiszugeben.«

»Du meinst eine richterliche Anordnung auf Datenherausgabe? Aber Ramon«, sagte ich verzweifelt, »ich habe keinerlei Einfluss in Toulouse, ganz im Gegensatz zu den berühmten Serralongues. Wenn die Polizei sich schon querstellt, wie soll ich da einen Richter finden, der mitspielt?«

»Du bist doch sicherlich noch einige Zeit in Nürnberg«, meinte Ramon. »Such mal Richter Müller auf. Jedes Mal, wenn ich ihn bei Gericht treffe, fragt er nach dir. Erzähl ihm alles. Wenn jemand zaubern kann, so ist er es. Und seine Frau ist Französin und ebenfalls Juristin.«

Ich schlief wenig in dieser Nacht. Ramons Vorschlag war keine Lösung, aber eine kleine Hoffnung. Gleich am Dienstag nach Pfingsten rief ich bei Richter Müller an, um mir einen Termin geben zu lassen. Ich hatte Steffi nichts davon erzählt, weil mich plötzlich eine seltsame Scheu vor jeglicher Euphorie warnte. Sokrates war zu diesem Zeitpunkt bereits auf dem Weg nach Schanghai.

Der Richter, ein großer, schlanker Mann mit lebhaften Augen empfing mich noch am selben Tag. Ich saß mehr als vier Stunden in seinem Büro. Am Schluss sagte er mir bereitwillig seine Hilfe zu, denn er war richtig zornig, als er hörte, wie man Henri mitgespielt hatte.

»Ihr Freund hat nichts Verkehrtes getan, soweit ich das von hier aus beurteilen kann. Er hat nachgeforscht, einzig um einen Skandal aufzudecken. Das war seine Pflicht als Journalist.«

Bis ich wieder von Müller hörte, vergingen gut zehn Tage.

Steffi fiel meine Nervosität natürlich auf, aber sie führte es auf den anstehenden Scheidungstermin zurück. Aber mir steckte auch die Angst vor Verfolgern noch tief in den Knochen. Schließlich war mein »Beschützer« Laroque tot. Konnte man wissen, welche Rachegefühle vielleicht die Söhne, die Serralongues oder die anderen Büßer entwickeln würden? Selbst Brigadier Claret war besorgt gewesen, denn er hatte mich beim Abschied dringend gebeten, gut auf mich aufzupassen und ihm jede auffällige Erscheinung oder merkwürdige Begebenheit sofort zu melden.

Doch es kam ganz anders. Völlig unverhofft erhielt *ich* eine wichtige Nachricht von Claret und zwar über die Adresse der Kanzlei (die ich ihm in Collioure gegeben hatte), einen DIN-A-4-Umschlag.

Ramon stand neben mir, als ich das Einschreiben öffnete.

Mit dem Einverständnis seines Vorgesetzten (*mon Capitaine*) Louis-Philippe Valéry aus Perpignan setzte mich Brigadier Maurice Claret offiziell davon in Kenntnis, dass die Fahndung nach dem Ehepaar Rodin erfolgreich war. Bereits beim ersten Verhör habe Rodin zugegeben, den Journalisten Henri Gagnepain in der Karfreitagnacht 2004 in Laroques Wagen vom Hotel *Les Templiers* in den Keller der Villa gebracht zu haben, von wo er jedoch noch in derselben Nacht geflohen sei, und zwar unter Mitnahme äußerst wichtiger Papiere, die Eigentum von Monsieur Fernand Laroque waren. Diese Papiere – so hatte Rodin zu Protokoll gegeben – hätten mit der Chemieexplosion in Toulouse im Jahr 2001 zu tun gehabt. Nähere Einzelheiten seien ihm nicht bekannt.

»Lachhaft«, unterbrach mich Ramon an dieser Stelle. »Niemand lässt wichtige Firmenpapiere in seiner Villa so herumliegen, dass sie ein anderer klauen kann. Laroque und die Serralongues haben vielmehr selbst Diebstahl begangen. Sie haben nicht nur Henri, sondern auch diesen dicken Umschlag an sich gebracht, fanden darin aber nicht, was sie so verzweifelt suchten – nämlich seine Recherchen –, sondern vielmehr die Affäre Calas. Die haben sie dann irgendwo, in ihrer Wut und Enttäuschung, im Haus liegengelassen. Darum hat sie Henri auch wieder an sich bringen können. Weißt du, was ich inzwischen glaube? Dein Henri war einer absolut heißen Sache auf der Spur. Deshalb hat er dich auch nicht eingeweiht. Womöglich ging es bei dieser Toulouser Explosion tatsächlich um eine EMP-Bombe. Ich habe mich ein wenig umgetan. Gerüchte besagen, dass die Katastrophe im Zusammenhang mit der Intervention der USA im Irak stünde. Frankreich war schließlich der Hauptwaffenlieferant von Saddam. Auch der CIA soll involviert gewesen sein, was das absolute Stillschweigen und Dichthalten in Toulouse erklärt, das bis zum heutigen Tag andauert. Das ist eine derart gefährliche Angelegenheit, Sandrine, dass dein Freund von Glück reden kann, dass sie ihn nicht sofort umgelegt haben. Der tote Hund, der vor deiner Tür lag, galt ihm. Das war eindeutig eine Warnung! Möglicherweise hat Henri versucht, sich abzusichern, indem er verbreitet hat, dass eine Kopie seiner Unterlagen im Falle seines Todes an die Staatsanwaltschaft oder die Presse ginge. Also, diese Angelegenheit hat wohl eine Dimension, die wir beide uns gar nicht vorstellen können. Doch lies erst mal weiter, Sandrine ...«

»Gut ... Claret schreibt, Rodin hätte angeblich von Laroque den Auftrag erhalten, die Voltaire-Briefe um jeden Preis wiederzubeschaffen, was eine nahtlose Überwachung meinerseits – auch in der Schweiz – zur Folge gehabt hätte. Nach meiner Rückkehr nach Frankreich ... ich fasse es nicht, Ramon! Hier steht, dass man mich tatsächlich abgehört hat, sowohl in Toulouse, als auch ... Rodin hat ein Richtmikrophon benutzt, zumindest in Castelnaudary. Der saß frech draußen vor meiner Gartentür im Wagen, und wir haben das nicht gemerkt!«

Ich musste tief Luft holen.

Doch es kam noch dicker: *Die Vernehmungen Rodins sind noch nicht abgeschlossen,* schrieb Claret. *Den Spanier, der bei der Okkupation von St. Elme ums Leben kam, will er nur einmal zuvor gesehen haben. Erstmals werden nun auch die beiden bislang ungeklärten Todesfälle (der Priester Maury und der Tote aus der Garonne) in den Fall mit einbezogen. Es deutet alles darauf hin, dass Rodin zumindest beim Tod von Abbé Maury die Hände im Spiel hatte. Seine Fingerabdrücke fanden sich in Maurys Schlafzimmer. Die Ermittlungen sind im vollen Gange. Erschwerend kommt hinzu, dass Kommissar Rives aus Toulouse inzwischen den Polizeidienst quittiert hat. (Er wird zukünftig als Sicherheitschef in der Chemieindustrie fungieren. Diese Information bitte ich Sie jedoch, absolut vertraulich zu behandeln.)*

»Wow! Sandrine, jetzt geht es offenbar erst richtig los! Rives vom Konzern gekauft! Du liebe Güte, welche Abgründe tun sich da auf?« Ramon war entsetzt und ich so aufgewühlt, dass ich für eine Weile unfähig war, meine Gedanken zu sammeln. Ich musste mich setzen.

Das Ausmaß dieses Falles war mir zuerst bei meinem

Gespräch mit Kommissar Rives aufgegangen. Mit meiner Forderung nach Aufdeckung der Affäre Calas hatte ich ihn offenbar in einen schweren Loyalitätskonflikt gestürzt. Sein Lavieren, seine Weigerung, mir zu helfen, waren nun honoriert worden.

Und wenn das stimmte, was Ramon über die Explosion herausbekommen hatte, befand sich mein Geliebter womöglich noch immer in großer Gefahr. Wieder sah ich ihn vor mir, diesen nervösen Henri, wie er am Küchenfenster stand und das Haus der Serralongues beobachtete. Er war hartnäckig gegen den Strom geschwommen, gegen eine Monsterwelle, die ihren Zenit vielleicht noch nicht einmal erreicht hatte, und es war blauäugig, anzunehmen, dass mit dem Tod von Laroque die Woge kraftlos in sich zusammenfallen würde. Ich hoffte nur, dass Henri sich weiterhin in Geduld übte, dass er nicht daran dachte, nun wieder den Helden zu spielen.

Ich las weiter und kam aus dem Staunen nicht mehr heraus. Denn Claret schickte mir in der Anlage die Kopie eines Briefes aus dem Jahr 1761 mit, den seine Leute in Fernand Laroques Safe in Toulouse fanden. Er schrieb: *Vermutlich handelt es sich um den vermißten Brief, von dem Ihre Tante, Mme. Charlotte d'Alonge, sprach.*

Mein Herz klopfte beträchtlich, als ich den Umschlag öffnete. Zum Vorschein kam ein Schreiben, das keine Anrede besaß, jedoch eine deutlich lesbare Unterschrift der Verfasserin: Anne-Rosé Calas, die zu diesem Zeitpunkt noch ziemlich jung gewesen sein musste, denn ihre Schrift war kindlich akkurat.

Toulouse, 17. Oktober 1761

Geliebter! Ich gestehe es, ich zittere in meiner verzweifelten Angst, Dir zu schreiben. Doch es gibt eine winzig kleine Zuversicht. Es geht das Gerücht, daß der Prior der Bruderschaft gestern urplötzlich und unter äußerst dubiosen Umständen verstarb. Er soll Schaum vor dem Mund gehabt und stark aus der

Nase geblutet haben. Vielleicht Gift? Ist das ein Beweisthum, daß er hat umfallen wollen? Trachte danach, den Maler zu finden – das lege ich dir ans Herz –, und erzähle ihm von dieser Geschichte. Doch sei nur recht vorsichtig und setze keinesfalls (unleserlich!) *Spiel, nur um uns zu helfen. Unsere Feinde sind mächtiger als je zuvor! Ich zittere und bete für Dich, daß …* (unleserlich!)

Deine dich bis zum Tod liebende Anne-Rosé

Unsere Feinde sind mächtiger als je zuvor …

Ich war mehr als dankbar für den Cognac, den mir Ramon einschenkte. Mit dem Auftauchen des verschwundenen Briefes war erstmals der direkte Kontakt zu meiner Calas-Familie hergestellt. Anne-Rosé hatte diese verzweifelten Zeilen geschrieben, einen Tag bevor das erste Urteil gefällt wurde. Sie hatte sich etwas davon versprochen, dass Amédée von der Vergiftung des Priors erfuhr. Doch was? Welche Verbindung hatte dieser Maler zur Familie Calas oder zu den Richtern? Und weshalb – diese Frage erschien mir noch viel wichtiger – weshalb hatte Fernand Laroque ausgerechnet diesen Brief an sich gebracht?

»Du grübelst?«, fragte mich Ramon.

»Ramon, Laroque und seine Leute waren hinter Henri und seinen Recherchen her. Die Explosion fand drei Jahre vor Charlottes Tod statt, Onkel Alphonse jedoch musste bereits vor vierunddreißig Jahren wegen seiner Calas-Recherchen sterben, wegen eines einzigen Briefes, der sich um den Prior der damaligen Weißen Büßer drehte. Was hat Laroque mit dieser Sache zu tun gehabt? Ging es ihm nur darum, auf die Weißen Büßer – seine Brüder – keinen Schatten fallen zu lassen?«

Es klopfte. Frau Münster steckte den Kopf zur Tür herein. »Ich geh jetzt«, sagte sie strahlend, und sie bedankte sich ein weiteres Mal für die Kleiderpakete, die ich ihr mitgebracht hatte. Wir hörten, wie die Außentür zur Kanzlei ins Schloss fiel.

Ramon sah mich noch immer nachdenklich an. »Ich würde

gerne mal den Brief lesen, den dir deine Tante schrieb. Ist er in der Kassette?« Er deutete auf den Safe.

Ich nickte.

Als er das Schreiben gründlich studiert hatte, machte er mich auf zweierlei aufmerksam, das mir entgangen war. Charlotte hatte geschrieben, das Neuaufrollen des Falles solle durch einen guten Anwalt abgesichert werden, was nur bedeuten konnte, dass sie sich der Gefahr, die mit einer Veröffentlichung einherging, bewusst war.

»Zum anderen schreibt deine Tante«, sagte Ramon, »du würdest in dieser Kassette ›alles‹ zum Fall Calas finden. Sie hat das Wort in Anführungszeichen geschrieben! Das muss doch einen Grund gehabt haben, Sandrine! Ist dir das denn nicht aufgefallen? Das Wort ›alles‹ schließt vielleicht diejenigen Briefe oder Schriftstücke mit ein, die Laroque seit dem Tod deines Onkels verzweifelt in Charlottes Haus suchte, aber nicht finden konnte. Ich möchte zu gerne wissen, ob deine Tante ihm vom Versteck der Kassette erzählt hat. Hast du etwas dagegen, wenn ich mir die Schatulle einmal näher ansehe?«

Ich schüttelte den Kopf. Ramons glänzende Augen bewiesen, dass ihn gerade das Calas-Fieber zu packen begann.

Nachdem wir die Voltaire-Briefe herausgenommen hatten, untersuchte er gründlich die Kassette. Besonders aufmerksam befühlte er mit seinem Zeigefinger den inneren Falz.

»Du vermutest doch nicht etwa einen doppelten Boden?«, fragte ich leicht amüsiert.

Ramon zuckte mit den Achseln. »Kann man das ausschließen? Früher wurde so etwas häufig gemacht. Und hier … fühl doch mal, Sandrine, an einer Stelle im Innenboden befindet sich tatsächlich ein winziger Spalt.«

Es stimmte. Da war etwas …

Ramon sprang auf, um den Werkzeugkasten zu holen, der sich im Sicherungs- und Schaltraum auf dem Flur befand. Mit verschiedenen Zangen und Schraubenziehern versuchte er dann den Boden anzuheben. Es war ein schwieriges Unterfangen, das ihn regelrecht zum Schwitzen brachte. Zum Schluss – der Spalt hatte sich tatsächlich um ein beträchtliches Stück vergrößert, klemmte er die Kassette zwischen seine Knie und setzte den stärksten Schraubenzieher an, der sich im Kasten befand, um das Blech vollends nach oben zu biegen.

»Hol doch mal die Spotlampe aus dem Büro der Münster!«, rief er mir aufgeregt zu.

Als mein Kompagnon in den schmalen Spalt hineinleuchtete, pfiff er laut. »Ich bin doch der Größte«, sagte er grinsend. »Hier haben wir, was der verrückte Alte gesucht hat.«

Ich konnte es nicht glauben, als Ramon mit einer feinen Zange alte Pergamente ans Licht beförderte, die entweder Alphonse kurz vor seinem Tod oder bereits mein Urgroßvater dort versteckt hatte. Hastig räumten wir den Schreibtisch frei.

Dann war ein weiterer Cognac nötig, als wir endlich erfuhren, was und wer der Auslöser für den Tod von Marc-Antoine Calas war, und ich setzte mich noch am gleichen Abend an meinen Laptop, um seine Geschichte niederzuschreiben.

44

»Auf diesen Wahn hat man das Urteil gegründet ...«

Anmerkungen Voltaires zum sogenannten Donat-Brief, 22. Juni 1762

Rue des Filatiers 50, den 13. Oktober 1761 ...

Dunkle Wolken türmten sich über Toulouse auf, und es donnerte entfernt. Obwohl es bereits Oktober war, hatte die Sommerhitze die Stadt noch immer im Würgegriff. Seit Wochen hatte es nicht mehr geregnet, so dass die Garonne nur noch wenig Wasser führte, und wer immer es möglich machen konnte, verließ sein Haus nur in den frühen Morgenstunden.

Marc-Antoine Calas jedoch, eine schmale Rolle mit Papieren unter dem Arm, versuchte sich aus dem kühlen Gewölbekeller, in dem sich das Kontor der elterlichen Tuchhandlung befand, davonzustehlen. Sein Vater, der seit Stunden fast regungslos in seinem Lehnstuhl vor sich hingedöst hatte, war mit einem Mal hellwach. »Wo willst du hin«, sagte er mit schleppender Stimme und ohne die Augen zu öffnen, als der Sohn schon mit einem Bein auf der Gasse stand.

Marc-Antoine blieb erschrocken stehen und hatte auf einen Schlag den Faden seiner am Nachmittag gesponnenen Gedanken verloren. »Nur auf ein Stündchen zu Amédée, Vater!«, antwortete er schnell.

Der Alte blinzelte. »Und was trägst du da unter dem Arm? Ein neues Gedicht, das dieser Maler begutachten soll?« Er versuchte aufzustehen, kam aber aufgrund seiner geschwollenen Füße nicht hoch.

Marc-Antoine sprang hinzu und half ihm auf die Beine. Er lachte verlegen. »Begutachten? Als ob ein Meister des Pinsels etwas von Literatur verstünde! Meine Gedichte wären gut genug, sie der Académie vorzustellen!«, sagte er nicht unstolz.

»Der Académie? Du bist Hugenotte, was fällt dir ein?« Jean Calas schleppte sich hinter den Ladentisch, zog einen Ballen

schwarzen Tuchs aus dem Regal und schlug ihn auf. »Du bist und bleibst ein Schwärmer wie dein Bruder Louis.«

»Das mag sein, Vater«, erwiderte Marc-Antoine, »doch ich werde nicht konvertieren wie er, auch wenn mich die alte Jeanette noch so plagt, eher verlasse ich die Stadt. Ein Literat sollte frei sein von allen Zwängen.«

»Ein Literat! Weil du nicht Jurist werden kannst, muss es nun ein Schreiberling sein. Aber verstehst du denn nicht: Auch wenn deine Gedichte noch so empfindsam sind: Ein Hugenotte wird keinen Ruhm ernten.«

Marc-Antoine wurde unruhig. Die Dispute mit dem Vater brachten nichts Gutes. Außerdem wartete Amédée. Weil er den Alten aber nicht brüskieren wollte, verlegte er sich aufs Schmeicheln: »Ihr habt wohl wie immer recht, Vater«, sagte er. »Ich sollte Euch lieber öfter zur Hand gehen, statt mich von der Muse küssen zu lassen. Die Rechnungsbücher addiere ich jedenfalls noch heute Abend auf, ich verspreche es.«

Mit dem ersten Donnerknall des über die Stadt hereinbrechenden Gewitters, der den alten Calas so zusammenfahren ließ, dass er den Stoff verschnitt, machte sich der Junge davon.

Das Haupt geduckt, aber, wie von einer großen Last befreit, ein Liedchen trällernd, hastete Marc-Antoine an den Gärten der Rue des Filatiers entlang, wo der Wind in den Kronen der Bäume rauschte und die Äste peitschte. Abgerissene dürre Zweige wirbelten – zusammen mit den Blättern des alten Ahorns, der vor der »Grünen Gans« stand – durch die Gasse.

Die Postkutsche war eingetroffen und stand vorne am Eck vor der Station. Der Kutscher hatte jedoch beide Hände voll zu tun, um die schweißnassen Pferde ruhig zu halten. Bei jedem Donnerschlag wieherten sie laut, stiegen hoch oder zerrten mit aller Kraft vorwärts. Die Handvoll Reisenden, die sich mühsam aus der Diligence quälte, musste selbst sehen, wie sie an ihr Gepäck kam. Erneut knallte es, als ob der Himmel bersten wollte, und die Luft roch nach Schwefel.

Marc-Antoine beobachtete beim Heranlaufen, wie eine junge

Dame über den Wagenschlag hinweg und mit einer Hand ihren braunen Schleierhut haltend, vergeblich an einer Reisetasche zerrte, die sich auf dem Dach der Chaise befand. Rasch steckte er seine Papiere in sein Hemd und sprang hinzu, um zu helfen. Die junge Frau bedankte sich, warf dann aber einen ängstlichen Blick in Richtung Himmel. Sie erinnerte Marc-Antoine ein wenig an Anne-Rosé, seine Schwester. Dasselbe dunkle und gelockte Haar, die scharf gezeichneten Brauen, das gleiche Grübchen in den Wangen. Nur der Mund dieser Mademoiselle hier war viel voller, weiblicher … Er fasste sich ein Herz, stellte sich vor und bot sich an, die junge Dame, deren Rock der Wind aufbauschte, so dass man die feinen Stiefeletten und ihre weißbestrumpften Beine sah, nach Hause zu geleiten. Sie nickte ihm dankbar zu und wies in Richtung der Kathedrale St. Etienne. Marc-Antoine reichte ihr galant seinen Arm.

Plötzlich, sie waren noch keinen Donnerschlag weitergekommen, riss ihm jemand von hinten die Tasche aus der Hand. Marc-Antoine erschrak, dachte an dreisten Diebstahl, wollte schon zu schreien anfangen, als »La bouche de fer« hinter ihm stand, mit wutverzerrtem Gesicht. Das »Eisenmaul«, wie die Hugenotten schlichtweg den allseits verhassten Prior der Weißen Büßer hinter vorgehaltener Hand nannten, funkelte ihn böse an. Hochgewachsen, bleich und hohlwangig, hing ihm sein schwarzes Haar strähnig bis über die Schultern.

Die junge Dame war ebenfalls erschrocken. Als sie die Person erkannte, ließ sie sofort Marc-Antoines Arm los und sagte leichthin: »Ach, da bist du ja endlich, Guillaume, ich dachte schon …«

Der Prior schnitt ihr das Wort ab. »Warum hast du nicht in der Station auf mich gewartet«, herrschte er sie an und zerrte sie ohne Gruß oder gar Dank mit sich davon.

Marc-Antoine ballte verstohlen die Faust. Dann nahm er die Beine in die Hand und lief im inzwischen strömenden Regen zu Amédée.

Der Maler saß – einen Skizzenblock auf den Knien – am Boden seiner Kammer. Er hatte Marc-Antoine bereits kommen hören, als dieser die hohe schmale Stiege heraufkeuchte. Amédée kannte jeden am Tritt, der ihn besuchte. Mit gespielter Gleichgültigkeit und ohne von seiner Arbeit aufzusehen, nickte er dem Freund zu. Marc-Antoine – völlig durchnässt – zog das Hemd aus und legte seine Blätter nebeneinander auf den Boden, damit sie trockneten.

Dann ließ er sich auf den Heusack fallen.

»Warst du beim Kerzenhändler, wie ich es dir aufgetragen habe?«, fragte ihn Amédée, einen Kohlestift zwischen den Zähnen.

Marc-Antoine schüttelte den Kopf. »Vergessen, leider!«

»Mon Dieu«, stöhnte der junge Maler theatralisch, wie es seine Art war. Er steckte den Stift hinters Ohr. »Wie soll ich hier arbeiten ohne Kerzen? Die Lampe habe ich längst weggeworfen, sie stank. Wo hast du nur deinen Kopf? Ach, ich weiß schon, wo«, höhnte er. »Beim Jeux floraux, du willst ja das Goldene Tausendschön erringen. Mit welcher Ode gedenkst du die Académie im nächsten Frühling zu beglücken? Bist du schon entschieden?«

»Mit einem Pamphlet über die Eiferer«, sagte Marc-Antoine auflachend. »Und gerade bin ich dem Schlimmsten von ihnen über den Weg gelaufen!«

»Eine Schmähschrift über das Eisenmaul?« Endlich schaute Amédée auf. Er fuhr sich durch seine blonden Locken und gluckste albern. »Und ich dachte bereits, du hättest dich gedreht wie eine Wetterfahne: Kein Glücksspiel mehr mit dem trunkenen Müllerknecht, kein Wein, keine Techtelmechtel mit der reizenden Nichte des alten Hippolite – nur noch der Kult und Saint Esprit …«

»Ich gebe mir eben Mühe«, sagte Marc-Antoine verschmitzt. »Man muss nicht ständig auf einem Amboss schmieden. Diese Lektion wenigstens habe ich gelernt. Was soll es mir bringen, wenn mich der Vater aus dem Haus jagt? Dass ich gut im Dichten bin, wird die Welt noch bald genug erfahren.«

»Eitelkeit kommt vor dem Fall«, sagte Amédée ungerührt. Er langte hinter sich und warf dem Freund ein mit allerlei Farben

bekleckstes Tuch zu. »Trockne deine Haare und dann lies vor. Ich will es hören.«

Als Marc-Antoine mit einer pathetischen Geste geendet hatte, legte der Maler Stift und Block beiseite und klatschte Beifall. »Vortrefflich«, sagte er. »Ein wahrer Philosoph! Aber man wird dir nicht einmal die Silberne Ringelblume überreichen, sondern du riskierst im Gegenteil Kopf und Kragen, wenn du diese Arbeit einreichst. Und wer soll mich dann mit Kerzen versorgen … ich wäre dir wirklich überaus verbunden, wenn du sie mir bald brächtest. Im Augenblick bin ich zwar ein wenig klamm, aber … ich habe da etwas anderes, das dir gefallen wird.«

Amédée sprang auf und entnahm einer kleinen ziemlich verbeulten Milchkanne einen zusammengerollten Stoß Blätter. »Anonym«, sagte er, und seine blauen Augen strahlten vor Schalk. »Der neue ›Voltaire‹: Candide oder der Optimismus. Voltaires Name darf natürlich nicht erwähnt werden, sonst droht ihm wieder das Loch. Der Meister hat diese satirische Attacke gegen Leibnitz' ›beste aller Welten‹ vor zwei Jahren geschrieben; sie ist voller Anspielungen auf die Kirche und den Adel.« Amédée blätterte. »Hier – es spricht die Bastardtochter eines bekannten Papstes: ›Mein Busen rundete sich, und was für ein Busen! Weiß, stramm und vollendet schön, wie der Busen der Mediceischen Venus‹.« Dann blätterte er einige Seiten weiter. »Alsbald wurden sie splitternackt ausgezogen … Also, du wirst dich köstlich amüsieren, mein Freund; nur bring es mir bitte unversehrt wieder mit, es darf nicht in falsche Hände geraten – und vergiss die Kerzen nicht! Aber jetzt wollen wir ein Spielchen wagen.

Wo stecken denn die Würfel wieder?«

Weil es noch immer leicht regnete, machte sich Marc-Antoine zwei Stunden später mit der Milchkanne unter dem Arm auf den Heimweg. Sein Pamphlet hatte er fein säuberlich zu Voltaires Satire gepackt, es dünkte ihm ein gutes Omen. Draußen war es schon dunkel, sie hatten über dem Spiel ganz die Zeit vergessen. Die Luft roch gut und sauber, so dass Marc-Antoine be-

schloss, einen kleinen Umweg zu machen. Der Vater würde ihm ohnehin zürnen, also kam es auf ein Viertelstündchen nicht mehr an. Diese reizende junge Frau wollte ihm nicht aus dem Kopf gehen. Amédée hatte ihm erzählt, dass sie Séline hieß und die Schwester des Eisenmauls war.

Das Haus des Priors lag nahe der Kathedrale St. Etienne in der Rue du chat, der schmalsten Gasse der Stadt. Als Marc-Antoine dort anlangte, brannte einzig die Laterne vor dem Haus. Was hatte er erwartet? Dass die schöne Séline am Fenster stand und sich nach ihm verzehrte?

Er wollte sich gerade auf den Heimweg machen, als er zwei Gestalten beobachtete, die eilenden Schrittes zur Kathedrale hin liefen. Marc-Antoine stutzte. Wer hatte um diese Zeit etwas in der St. Etienne zu suchen? Die Abendmesse war doch längst vorüber.

Er sah sich um. Weit und breit kein Mensch in den Gassen. Von irgendwoher drang Wirtshausgelächter an sein Ohr. Das Glockenspiel von St. Sernin schlug zehn.

Marc-Antoine schlich sich zur Kathedrale hin, öffnete die schwere Tür und lauschte. Nichts. Wo waren die beiden Männer abgeblieben?

Plötzlich hörte er aus dem Inneren der Kathedrale ein Raunen, ein Klatschen – dann leises Stöhnen. Trieb hier jemand Schandbarkeiten? Marc-Antoine schlüpfte in das Gotteshaus. Leise tastete er sich nach vorne, bis zu einer Stelle, wo ein schwacher Lichtschein aus einer der seitlichen Kapellen in das Schiff fiel. Es musste sich um die Kapelle St. Sépulcre handeln, die den Weißen Büßern gehörte.

Marc-Antoine versteckte sich hinter der Statue des Antonius von Padua und spähte in die Kapelle. Dort war ein wahrhaft abgründiges Schauspiel zugange: Ungefähr zehn Männer, völlig nackt, geißelten sich gegenseitig. Das Stöhnen wurde lauter, Blut rann über ihre Rücken, und derjenige, der sich am eifrigsten beim Geißeln hervortat, war das stadtbekannte Eisenmaul.

Marc-Antoine wagte kaum zu atmen. Eine solche Gottlosigkeit war nicht zu überbieten. Nach einer Weile hob der Prior die

Hand. Die Büßer legten die Geißeln beiseite und schlüpften – wie auch das Eisenmaul selbst – in ihre weißen Kutten. Sie setzten feierlich die Caperutxes auf und knieten dann im Halbkreis nieder. Einer der Büßer klingelte mit einer Glocke, ein anderer zog einen dunklen Vorhang auf – und nun meinte Marc-Antoine erst recht erstarren zu müssen, denn dahinter, in gut sechs Fuß Höhe thronend, kam eine gar merkwürdige Statue zum Vorschein: eine Schwarze Madonna mit wildem Gesicht, kunterbuntem Gewand und riesigen schneeweißen Händen. Marc-Antoine war entsetzt. Waren die Büßer vom Christentum abgefallen? Von nächtlichen Messen hatte man gerüchteweise schon gehört in Toulouse, und auch die Geißelpraxis war bekannt. Die Anbetung einer solchen Schreckensgestalt jedoch – statt eines stillen Vaterunsers – ließ Marc-Antoine die Haare zu Berge stehen. Uns schilt man Gottlose, weil es in unseren Kirchen außer der Bibel keinen Schmuck und auch kein Kreuz auf dem Abendmahlstisch gibt, dachte er bei sich, und diese Satansbrut betreibt heimlich Götzendienst. Am liebsten wäre er hinüber zu den Irregeleiteten gelaufen und hätte das entsetzliche Standbild zu Boden gerissen und zerschmettert. Freilich war es auch unter den Reformierten bekannt, dass viele Toulouser Frauen in der Not das Ave Maria an die ebenfalls schwarze Daurade-Madonna richteten, doch diese war wenigstens anständig gekleidet, blau-weiß, wie eben die Muttergottes daherzukommen pflegte, und sie hatte normale Hände. Doch hier? O Himmel und Barmherzigkeit! Er musste diese Blasphemie sofort dem Vater und dem Prediger berichten!

Das Eisenmaul sprach mit schnarrender Stimme ein Gebet, worauf die Büßer mit Inbrunst das Tedeum sangen – wenigstens das erweckte den Anschein, dass es sich noch immer um Katholiken handelte.

Er war schon fast wieder am Ausgang angelangt, als ihm zu seinem größten Schrecken eine Katze zwischen die Beine geriet. Das Tier jaulte auf, und Marc-Antoine kam ins Schwanken, wobei ihm die blecherne Milchkanne aus der Hand fiel und unter die Kirchenbänke kollerte. Verzweifelt tastete er die steinernen Fliesen nach ihr ab, bis er aufgeregte Schreie hörte. Die Büßer! Sie hatten den Lärm vernommen.

Marc-Antoine ließ die Kanne Kanne sein und lief um sein Leben. Im Nu waren fünf Büßer hinter ihm her. Nach Hause konnte er nicht laufen, schon um die Familie nicht in Gefahr zu bringen. Wer wusste, was diese Leute in ihrer Wut, von einem Hugenotten belauscht worden zu sein, anstellten. So rannte er durch sämtliche dunklen Gassen der Stadt, bis er die Männer abschüttelte. Eine Weile verbarg er sich mit schlotternden Gliedern hinter einem Busch und schlich sich dann, als alles ruhig war, zu Amédée. Dort warf er so lange Steinchen an den hölzernen Laden seiner Kammer, bis der Freund ihm öffnete.

Sie tranken sauren Wein und redeten die halbe Nacht im Dunkeln, weil Amédée kein Licht hatte. Marc-Antoine war zutiefst beunruhigt, dachte gar an Flucht. Mit dem Eisenmaul war nicht zu spaßen. Er war ein ruchloser Geselle, der schon mehrere Hugenotten ans Messer geliefert hatte. Schlimm genug, die Büßer heimlich belauscht zu haben; entdeckte der Prior aber die Kanne mit dem anonymen Voltaire-Roman sowie dem beißenden Pamphlet, unter dem zu allem Unglück auch noch Marc-Antoines Name stand, dann gnade ihm zweimal Gott.

Nach einer müden und kraftlosen Handbewegung ob dieser düsteren Vorstellung, stützte er den Kopf in seine Hände.

Der Maler Amédée versuchte, seinen Freund zu beruhigen. Sein Vater, obwohl Hugenotte, stünde in hohem Ansehen in der Stadt; die Büßer würden es schwerlich wagen, seinem ältesten Sohn auch nur ein Härchen zu krümmen. Die nächsten Tage solle er freilich zu Hause bleiben und vor allem den Mund über die nächtliche Geißelung dieser Ketzer und über ihr besonderes »Kleinod« halten.

»Sagtest du, diese Madonna habe weiße Hände gehabt?«, fragte er etwas später in die Stille.

»Ja, Riesenhände. Sie waren furchterregend. Weshalb fragst du?«

»In St. Sépulcre hängt auch Tourniers ›Kreuzabnahme‹. Hast du dieses herrliche Gemälde gesehen?«

»Nein, es ist mir nicht aufgefallen. Was ist damit?«

»Nun, es handelt sich um ein großes Rätsel, denn auf ihm umfasst eine unsichtbare Gestalt mit langen hellen Fingern von hinten das Kreuz. Kein Mensch weiß, wessen Hände das sein könnten. Zum Teufel! Solltest du heute hinter Tourniers Geheimnis gekommen sein?«

»Sein Geheimnis? Wovon sprichst du eigentlich?«

Amédée lachte leise in sich hinein. »Ei, du kannst das nicht wissen, mein Freund. Nicolas Tournier war ein Schüler des Meisters Caravaggio, der in Rom als Eingeweihter galt, was bedeutet, dass er Dinge in seinen Bildern verbarg, die nicht für jedermann bestimmt waren. Das Gleiche sagt man auch Tournier nach.«

Amédée fuhr sich nachdenklich durch sein gekraustes Haar... »Allerdings befänden sich dann zwei Madonnen auf diesem Gemälde, eine sichtbare, hellhäutige – die Muttergottes – und eine unsichtbare dunkle, mit weißen Händen, von der nur die Büßer den Namen kennen. Das deutet auf den alten Dualismus hin, das Dunkle und das Helle, an den die Katharer geglaubt haben. Andererseits ist Weiß in der Farbsprache der Romanik und der Gotik ein Hinweis auf das höchste Wesen. Wie war die Madonna gekleidet? Trug sie Rot und Grün?«

»Jesus, woher weißt du das?«, fragte Marc-Antoine aufs Höchste erregt und verwirrt.

»Nun, Rot deutet auf die weibliche Lebensquelle hin, auf ihr heiliges Blut. Grün hingegen ist ein altes Fruchtbarkeitssymbol. Kennst du den Grünen Mann, den Heros, mit dem sich die Schwarze Göttin in jedem Frühjahr erneut vereint? Ich habe ihn auf einem Bild festgehalten, doch ist es hier zu dunkel, um es dir zu zeigen. Sein Wesen ist der Zyklus von Tod und Wiedergeburt. Ist sie Isis – so ist er Osiris.«

»Isis?« Marc-Antoine war schier entrüstet. »Was hat Tourniers ›Kreuzabnahme‹ mit dieser Heidin zu tun?«

»Vielleicht wollte Tournier damit zum Ausdruck bringen, dass

die heidnischen Götter noch immer kräftig am christlichen Kreuz rütteln. Dass das Vergangene nicht vergangen ist. Er wusste von der Anbetung der Schwarzen Madonna durch die Büßer. Womöglich waren sie schon damals heimlich vom Christentum abgefallen und nicht erst heute!«

Marc-Antoine konnte es nicht glauben. »Allgütiger Himmel! Hier in unserer Stadt?«

»Weißt du, das Alte und Mystische geht nie ganz verloren«, sagte Amédée bedeutungsvoll zu seinem Freund, denn der Wein hatte schon seine Zunge gelockert, »ebenso wenig wie alle anderen Geheimnisse dieser Welt. Wir Maler sorgen dafür! Der gemeine Mann kennt die Symbolik nicht«, raunte er Marc-Antoine verschwörerisch zu. »Oder glaubst du, die neunmalklugen Capitouls im Rathaus sind in der Lage, die Gemälde der alten Meister richtig zu interpretieren?« Amédée lachte meckernd, setzte den Krug an die Lippen und trank ihn auf einen Zug aus.

Beim ersten Hahnenschrei schlich sich Marc-Antoine heim. Alles schlief noch. Aufgewühlt und kein bisschen müde, setzte er sich ins Kontor und versuchte sich an der Addition der Außenstände, wie er es dem Vater versprochen hatte. Doch das gespenstische Bild der Weißen Büßer, wie sie ihn mit ihren spitzen Kapuzen durch halb Toulouse gehetzt hatten, schob sich immer wieder vor die Zahlen. Eine Zeitlang rang er mit sich, dem Vater alles zu beichten, aber dann erinnerte er sich an Amédées Rat.

Als Jean Calas nach dem Frühstück das Kontor betrat und den Sohn so fleißig bei der Arbeit sah, verlor er kein Wort über sein nächtliches Fernbleiben. Er durfte nicht zu streng sein mit Marc-Antoine, dachte er bei sich, sonst würde es ihm eines Tages wie mit Louis ergehen. Dann blieben ihm nur noch Donat und Pierre … Jean Calas war an diesem Morgen milde gestimmt, was auch daran liegen konnte, dass die große Hitze endlich vorüber war.

Am Nachmittag kam unverhofft der junge Lavaisse aus Bordeaux, der Sohn eines berühmten Advokaten aus Toulouse, dessen Familie bereits auf einem Landgut weilte, das er tags darauf ebenfalls aufsuchen wollte. Jean Calas war hocherfreut und lud ihn zum Abendessen ein. Er bedauerte nur, dass seine Töchter in Montauban weilten, denn Lavaisse war ein ordentlicher und angenehmer Mann, der es bereits zu etwas gebracht hatte. Auch die Mutter war recht angetan und schickte umgehend ihren Ältesten, um Roquefort-Käse für das Abendessen zu kaufen.

Marc-Antoine blieb keine Wahl, er musste aus dem Haus. Weil aber Lavaisse noch den Rosshändler aufsuchen wollte, schloss er sich ihm an.

Auf dem Heimweg rempelte ihn ein junger Bursche an. Marc-Antoine wollte ausweichen und trat dabei in eine Pfütze, dass es nur so spritzte. »So pass doch auf, du Bengel!«, entfuhr es ihm.

Doch der Junge grinste nur frech und drückte ihm einen Zettel in die Hand. Marc-Antoine stutzte, entfaltete den Brief und las: »Es gibt Neuigkeiten. Neun Uhr heute Nacht, ich klopfe dreimal an die Tür des Kontors. A.«

A.? Amédée? Aufs Äußerste beunruhigt, blieb Marc-Antoine stehen und beobachtete für eine Weile die Straße, doch außer einigen Kötern, die Doktor Lamarque anbellten, der auf hohen Schuhen und mit schiefer Perücke ins Haus der alten Berthe eilte, war nichts Auffälliges auszumachen. Höchstens dieser dunkle Karren, der am Straßenrand stand … Saß da jemand im Inneren?

Am liebsten wäre Marc-Antoine auf der Stelle zu Amédée gelaufen. Aber da war Lavaisse und die Familie erwartete ihn.

Und was, wenn es sich um eine List der Weißen Büßer handelte? Wenn das Eisenmaul im Karren saß, um das Haus der Calas zu beobachten?

Beim Abendessen aß er nur wenig, beteiligte sich aber höflich an den Tischgesprächen. Als Pierre auf die Altertümer im Rathaus zu Toulouse zu sprechen kam und sich Gober Lavaisse gegenüber als Kenner hervortat, konnte Marc-Antoine nicht länger an sich halten. Er fuhr ihm über den Mund: »Was maßt du Grünschnabel dir an, über die Werke zu urteilen, die dort hängen«, sagte er streng zum Bruder, »wo nicht einmal die Capitouls in der Lage sind, ihre wahre Bedeutung zu ermessen.«

Der alte Jean und seine Frau warfen sich einen fragenden Blick zu, Eitelkeit und Hoffart galten unter Hugenotten als schwere Sünde. Auch Lavaisse war nicht wenig über das rüde Verhalten des jungen Mannes erstaunt, er hatte ihn ganz anders in Erinnerung.

Als die Nachspeise serviert wurde, hielt es Marc-Antoine nicht mehr. Er stand auf. »Ich gehe noch einmal ins Kontor, Vater«, sagte er ernst. »Morgen sollen die Bücher fertig sein.«

Jean Calas, verwundert über den plötzlichen Fleiß des Sohnes, hob die Brauen. »Soll ich dir helfen? Oder vielleicht Pierre …«

Doch Marc-Antoine schüttelte nur den Kopf. »Lasst es gut sein, Vater. Ich komme schon allein zurecht.« Er nickte Lavaisse zu und eilte zur Küchentür. Die alte Magd sah ihn am Herd vorbeilaufen. Blass sah er aus, ihr Schützling, bleich und ernst. »Frieren Sie, junger Herr?«, rief sie ihm hinterher. »Hier – wärmen Sie sich am Feuer.«

»Nein, Jeanette, ich bin ganz erhitzt«, entgegnete Marc-Antoine und lief auf die Treppe zu, die zum Kaufmannsgewölbe führte.

Dort holte er sich Papier und Feder, um alles aufzuschreiben, was geschehen war. Man konnte nie wissen …

Die große Standuhr im Kontor hatte gerade neun geschlagen, als es dreimal an der Tür klopfte.

Rasch schob Marc-Antoine die engbeschriebenen Seiten zusammen, steckte sie in das Kassenbuch des Vorjahres und lief zur Tür …

45

»Wohl gesprochen, erwiderte Candide,
nun aber müssen wir unseren Garten bestellen.«
Voltaire, Candide oder die beste der Welten

Den eigenen Garten zu bestellen, wachsen zu sehen, was man gepflanzt hat, zu gießen, düngen, ernten, ist für viele Menschen eine Lust. Um den Garten des Lebens ist es oft weniger gut bestellt, vor allem, wenn zum Gedeihen und Blühen die Liebe fehlt. Sam und ich, wir hatten es beide geahnt, damals vor dem Standesamt, aber wollten in unserem jugendlichen Optimismus dem, was uns verband, eine Chance geben, obwohl es an Liebe mangelte. Rasch war das Unkraut über den Zaun gewachsen.

Das kleine Pflänzchen Liebe jedoch, das für Henri plötzlich da war, wuchs noch immer, ohne dass es der Pflege bedurfte …

Sam hatte sich geweigert, mich vor dem Scheidungstermin zu sehen. Es interessiere ihn nicht mehr, was mir in Frankreich passiert sei, meinte er am Telefon, noch immer unversöhnlich. Er forderte mich auf, endlich meine restlichen Sachen abzuholen, und zwar zu einem Zeitpunkt, an dem er außer Haus sei. Auf meine vorsichtige Nachfrage, weshalb er plötzlich so verändert sei, legte er den Hörer auf.

Als mich die Nachricht von Richter Müller erreichte, saß ich gerade mit einigen Freundinnen auf der Terrasse des Cafés Kröll am Hauptmarkt. Neben Steffi und mir standen große Einkaufstüten, denn wir hatten uns die aufregendsten Modellkleider, die wir finden konnten, gekauft, eine schwarze fließende Seidenrobe für sie und ein schulterfreies, smaragdgrün und tintenblau gestreiftes Kleid für mich. Im September sei Opernball im Staatstheater, und die rauschende Ballnacht im Anschluss an »Albrecht Dürers Silberrose« sei genau das

Richtige, um auf andere Gedanken zu kommen, hatte Steffi gemeint.

Ich hatte bereits auf dem Display gesehen, wer mich anrief, und stürzte ohne eine Entschuldigung davon – in eine ruhige Ecke neben der Toilette, damit ich nur ja jedes Wort verstand.

Als ich zurückkam, zwinkerte mir Steffi zu. »Sam?«, fragte sie neugierig, und die Freundinnen, die natürlich von meiner bevorstehenden Scheidung wussten, sahen mich erwartungsvoll an.

Ich schüttelte den Kopf. »Nein, aber ich muss sofort nach Marokko!«

Mareike und Marion prusteten, weil sie meinten, ich hätte einen Witz gemacht, doch Steffi sah mir an, dass etwas Ernstes passiert war.

Wir erfanden eine recht fadenscheinige Ausrede, zahlten und gingen.

»Was ist los, Chérie?«, fragte Steffi aufgeregt, als wir am Hauptmarkt neben dem »Schönen Brunnen« standen.

Ich erzählte ihr, dass Richter Müller von Maître Lestang erfahren hatte, dass der rotbraune Briefumschlag von einer *Société Iason & Kastor* aus Marrakesch auf den Weg gebracht worden war.

»Iason & Kastor? Eine Gesellschaft? Eine Firma? Was soll das bedeuten?«

Ich konnte es ja selbst nicht fassen, aber es war mir natürlich sofort klar gewesen, was damit gemeint war. Ich lächelte geheimnisvoll, während mein Herz noch immer heftig schlug.

»Entsinnst du dich, in meinen Aufzeichnungen von dem Hausierer *Monsieur le sucre* gelesen zu haben, der in Castelnaudary mit seinem Bauchladen unterwegs war?«

Steffis Augen blitzten auf. »Du meinst … Die Argonauten? Das Passwort, das Sokrates verwendete? *Iasonmedeia*?«

»Und jetzt Iason und Kastor! Der Hausierer hatte Henri *Iason* getauft und den sommersprossigen Chicotin *Kastor*. Am Abend nach der Beerdigung meiner Tante hat mir Henri erzählt, dass Chicotin Bildhauer geworden und nach Marokko ausgewandert sei. Warum bin ich da nicht früher drauf gekommen! Steffi, du glaubst nicht, wie erleichtert ich bin, dass Henri sich bei ihm versteckt hält. Chicotin ist besonnen, er hat sich immer als Henris Beschützer gesehen. Die beiden wussten genau, dass ich als Juristin einen Weg finden würde, die Herausgabe des Absenders zu erzwingen. Ich muss dorthin!«

»Halt, Sandrine. Nicht so vorschnell. Etwas stimmt doch nicht. Wenn Henri gewollt hätte, dass du sein Versteck erfährst, so hätte er doch nicht verfügt, dass dieser Notar den Absender geheim hält. Unverständlich ist auch, weshalb er nicht Sokrates angerufen hat.«

»Nein, Steffi, überleg mal, in Marrakesch bekommst du französische Zeitungen. Wochenlang füllte dieser ungeklärte Fall die Schlagzeilen in Toulouse. Henri wusste genau, dass ich schwerverletzt in der Klinik lag. Er musste damit rechnen, dass jemand aus meiner Familie oder dem engeren Freundeskreis meine Post entgegennehmen würde. Und zu Letzterem gehörte als Nachbar und Freund schließlich Marceau. Henri wollte verhindern, was ja beinahe eingetreten wäre, nämlich dass die Serralongues und Laroque seinen Aufenthaltsort über meine Post erfahren hätten. Das Gleiche gilt für das Telefon. Wer gab Henri die Gewähr, dass nicht auch Sokrates' Wohnung verwanzt war? So dachte er wohl, dass ich nach meiner Genesung sofort alles daransetzen würde, ihn ausfindig zu machen. Und das ist mir ja auch gelungen, mit Müllers Hilfe …« Mir liefen die Tränen über die Wangen, und ich glühte zugleich vor Aufregung.

Der Kreis hatte sich geschlossen. Ich würde Henri wiedersehen. *Iason* und … *Medeia*, ein schönes Paar, Heroen göttlicher Abstammung auf der Suche nach dem Goldenen Vlies.

Steffi nahm mich wortlos in den Arm.

»Und nun willst du fliegen …«, sagte sie mit hochgezogenen Brauen, als sie mich wieder losließ, »fliegen – ausgerechnet du?«

Ich nickte. »Erinnerst du dich, wie wir in Port-Vendres in diesem Hafenlokal saßen und auf Claret warteten?«

»Klar, aber was hat das mit deiner Flugangst zu tun?«

»Nichts, doch dort lag ein Schiff mit marokkanischer Flagge. Du wirst es mir nicht glauben, Steffi, aber für einen kurzen Augenblick schob sich diese dunkle Wand zur Seite, und ich spürte eine Verbindung zu Henri. Ich wusste, dass er lebt … Ja, ich fliege.«

Nun schreibe ich an den letzten Zeilen meiner Aufzeichnungen zur Affäre Calas, die sich tatsächlich zu einem Kriminalfall, aber mit noch immer offenem Ende entwickelt hat. Ich werde sie gleich – mit einer Abschrift meines geänderten Testaments und Henris Notizen zu den Fällen Calas und Dreyfus – Ramon vorbeibringen. Ich werde meinem Kompagnon auch eine Generalvollmacht erteilen, damit er während meiner Abwesenheit an die Original-Speicherkarte mit den kompromittierenden Fotos der Serralongues kommt, falls sie zur Beweiserhebung gebraucht wird.

Brigadier Claret habe ich gestern schriftlich gedankt. Mit seiner Hilfe und der des Städtischen Archives in Toulouse haben wir herausgefunden, dass der Prior der Weißen Büßer damals (also das »Eisenmaul«) mit wahrem Namen Guillaume Laroque hieß und dass seine liebreizende Schwester Séline, auf die Marc-Antoine ein Auge geworfen hatte, nach dem Tod ihres ältesten Bruders (ob er tatsächlich vergiftet wurde, war nicht mehr zu eruieren) einen Goldschmied namens Nathaniel Serralongues ehelichte, womit endgültig der Nachweis gelang, dass bereits im Jahr 1761 beide Toulouser Familien eng in die Affäre Calas verwickelt waren. Mitansehen zu müssen, wie sich Sandrine Feuerbach daranmachte, den Fall neu aufzurollen, war für sie ein Schock gewesen; dass sie sich zeitgleich auch noch mit Henri Gagnepain einließ, ihrem »Erzfeind« in Sachen Chemieexplosion, verleitete Laroque und die Serralongues zu überstürzten Reaktionen, was ihr oft widersprüchliches Verhalten endlich erklärte.

Noch einmal überfliege ich, was ich gestern Abend über die letzten Stunden des Jean Calas geschrieben habe, damit auch seine Geschichte ein Ende hat: Mit einer Mehrheit von acht zu fünf Stimmen sprachen am 9. März 1762 die Richter Jean Calas schuldig und verurteilten ihn zum Tode durch das Rad. Am 18. März wurde sein jüngster Sohn Pierre auf Lebenszeit aus Frankreich verbannt, die drei anderen Angeklagten wurden freigesprochen.

Man konnte es drehen und wenden, wie man wollte: Auch wenn die Richter die ganze Wahrheit, wie sie Marc-Antoine aufgezeichnet hatte, nicht kannten (vielleicht weil in der Aufregung niemand in das alte Kassenbuch sah), war es ein Urteil, das sich einzig auf Indizien stützte. Was die Hinrichtung noch beschleunigte, war – so Voltaire – die Nähe zu dem berüchtigten Fest, das die Toulouser jährlich zum Andenken der Niedermetzelung der viertausend Hugenotten im Jahr 1562 feierten. Man erklärte öffentlich, das Schafott, auf dem man Calas rädern werde, würde die größte Zierde des Festes sein, und die Vorsehung hätte dieses »Schlachtopfer« beschert, damit es der heiligen Religion dargebracht werden konnte.

Die Toulousaner feierten also dieses Fest mit demselben Enthusiasmus wie das berühmte *Jeux floraux*, diesen großen Lyrikwettbewerb, der auf das Mittelalter zurückging und an dem Marc-Antoine so gerne teilgenommen hätte.

Der alte, wegen seiner Rechtschaffenheit geachtete Jean Calas hatte sowohl im Prozess als auch auf dem Gang zur Richtstätte eine wahrhaft stoische Ruhe an den Tag gelegt. Und als ihn die Menschen endlich im Büßerhemd auf dem Karren sitzen sahen, wendete sich das Blatt. Viele, die vorher seinen Tod gefordert hatten, bekamen nun Mitleid mit ihm und vergossen sogar Tränen. Vor der Kathedrale angekommen, setzte man ihn noch einmal schwersten Folterungen aus. Man brachte mit Feuer seine Zehen und Finger zum Platzen und enthäutete sie. Seine letzten Worte waren: *Ich habe die Wahrheit gesagt, ich sterbe unschuldig. Jesus Christus, der die Unschuld selbst war, hat eine noch viel grausamere Todesart auf sich genommen. Es ist mir nicht leid um ein Leben, dessen Ende mich, so hoffe ich, zur ewigen Seligkeit führen wird. Ich beklage meine Frau und meinen Sohn; aber der arme Fremde, dem ich eine Freundlichkeit zu erweisen glaubte, als ich ihn zum Abendessen einlud, der Sohn von Monsieur Lavaisse, tut mir noch mehr leid.*

Daraufhin zerschlug man ihm mit eisernen Stangen die Knochen und das Rückgrat und flocht ihn aufs Rad, wo er so lange litt, bis man ihn erwürgte.

Seine Asche wurde in alle Winde zerstreut.

... Damit auch diese Geschichte ein Ende hat?

Nein, ein Ende hatte sie wohl nicht mit dem Tod des Jean Calas, und auch nicht damit, dass er 1765 vom Obersten Gerichtshof (*Les requêtes de l'hôtel*) posthum rehabilitiert wurde und seine Witwe eine hohe Entschädigung erfuhr. Sie hat auch damit kein Ende, dass man der katholischen Magd Jeanette dreitausend Livres zubilligte, weil sie standhaft die Wahrheit verteidigt hatte, indem sie die Familie Calas in Schutz nahm.

Am 20. Februar 1763 erhielt Voltaire folgenden Brief aus dem Languedoc (den Namen des Absenders verschweigt er):

... Ihr Werk über die Toleranz scheint mir erfüllt von Humanität und Wahrheit, aber ich fürchte, es wird der Familie Calas mehr Böses als Gutes bringen. Es kann die acht Richter erbittern, die für das Rad gestimmt haben. Sie werden beim Parlament beantragen, Ihr Buch zu verbrennen, und die Fanatiker (denn es gibt sie immer noch) werden auf die Stimme der Vernunft mit dem Schrei blinder Wut antworten.

Übermorgen, um 16 Uhr, fliege ich nach Paris, um die Anschlussmaschine nach Marrakesch zu nehmen.

Und dann?

»Was bleibt zu tun, nachdem wir uns mächtig zugesetzt

haben? Ein sanftes Leben zu führen in friedlicher Gelassenheit und zu lachen« – wie es Voltaire empfiehlt?

Vermutlich ganz einfach nur den Garten zu bestellen.

Nürnberg, 2. Juni 2005

Sandrine Feuerbach

Epilog

»Schwarz und Weiß, eine Totenschau,
vermischt ein niederträchtig Grau.«
Johann Wolfgang von Goethe

Bericht von Stefanie Conrad

Vergangenheit, Gegenwart, Zukunft. Im ersten Teil ihrer Aufzeichnungen hat meine Freundin Sandrine Feuerbach den Versuch unternommen, die Gegenwart der Vergangenheit voranzustellen, um vielleicht – wie sie schrieb – einen Zugriff auf das Schreckliche zu bekommen, das geschah. Dass ihr jetzt – nur wenige Monate später – keine Zukunft mehr beschieden ist, kann ich noch immer nicht akzeptieren, und ihr Tod erfüllt mich mit großer Verzweiflung. Die Fanatiker haben erneut mit dem »Schrei blinder Wut« geantwortet – und das zu einem Zeitpunkt, als Sandrine dachte, »die beste aller Welten« sei halbwegs wieder in Ordnung und das Leben könne neu beginnen.

Es passierte am Abend ihres Abfluges nach Marrakesch, am 4. Juni 2005:

Blass, aber erleichtert, war Sandrine in Paris-Orly gelandet. Der Flug war nicht so schlimm gewesen, wie sie insgeheim befürchtet hatte. Noch vor dem Abflug in Nürnberg hatte sie – auf meinen Rat hin – eine der rosafarbenen Tabletten geschluckt und dann die Augen so lange eisern geschlossen gehalten, bis das Flugzeug gelandet und die Motoren verstummt waren. Nun hatte sie keine Angst mehr vor dem Weiterflug, wenigstens keine, mit der sie nicht fertig werden konnte.

Im Flughafenterminal West herrschte lärmende Betriebsamkeit, lange Schlangen an den Check-in-Schaltern und den

Gepäckförderbändern, scheppernde Durchsagen für abfahrende Shuttlebusse nach Paris, dicht belagerte Anzeigetafeln. Sandrine hatte sich vorgenommen, nach ihrer Ankunft in Marrakesch die Nacht in einem der größeren Hotels in der Nähe des Flugplatzes zu verbringen und dann zeitig am nächsten Morgen mit einem Taxi zur Bildhauerwerkstatt in der Riad les Oliviers zu fahren, die – wie sie im Internet herausgefunden hatte – am Rande der Medina, der Altstadt, lag.

In Gedanken hatte sie bereits vor einer blaugestrichenen Tür gestanden, die zu Chicotins Werkstatt führte, fast ganz zugewuchert mit duftendem weißem Jasmin, dahinter hatte sich ein verschwiegener, schattiger Garten befunden mit blühenden Bougainvillea, Orangen- und Zitronenbäumen. In Chicotins Haus würde sie endlich zur Ruhe kommen, hatte sie gedacht, nämlich dann, wenn sie Henri gefunden und in die Arme geschlossen hatte. Jeden Morgen würden sie fortan nebeneinander im Bett liegen und dem Ruf des Muezzins lauschen. Und nichts und niemand konnte sie zwingen, nach Europa zurückzukehren. Nicht einmal der anstehende Scheidungstermin …

Da Sandrine keine große Lust verspürte, den fast einstündigen Zwischenaufenthalt in Paris in einer der zahlreichen Lounges zu verbringen, setzte sie sich auf eine Wartebank und holte das Feuilleton der Süddeutschen Zeitung vom Vortag hervor, das ich ihr in Nürnberg zugesteckt hatte. Besprochen wurde Peter Zadeks Inszenierung von Strindbergs »Totentanz« bei den Wiener Festwochen. Eine wenig passende Lektüre für ihr Vorhaben, aber Sandrine konnte sich sowieso nicht konzentrieren und steckte das Blatt wieder ein. Dann erhob sie sich, um ein wenig herumzuschlendern, allerdings in der Nähe der Lautsprecher, damit sie auf keinen Fall den Aufruf ihrer Anschluss-Maschine verpasste.

Eher gelangweilt betrachtete sie die Vitrinen der Schmuck- und Modegeschäfte und überlegte, wann sie zum letzten Mal in Paris zum Shoppen war. Plötzlich nahm sie aus dem

Augenwinkel heraus jemanden wahr, der ihr auf der Stelle einen unangenehmen Schauer bescherte. Das konnte doch nicht sein … Rasch drehte sie sich um: Der Mann, der gerade an ihr vorübergelaufen war, hatte dasselbe rötlich blonde Haar und die gleiche Größe und Figur wie jener Abbé Perillos, ihr merkwürdiger Abteilnachbar im Zug nach Lyon. Allerdings war er nicht wie ein Priester gekleidet.

Sandrine war beunruhigt, aber zugleich heilfroh, dass er sie nicht gesehen hatte. Sie stellte sich auf die Zehenspitzen, um den Mann weiter zu beobachten. Sein roter Schopf leuchtete aus dem Strom der Reisenden nur so heraus. Doch wohin ging er? Unvermittelt hielt er inne, scherte aus dem Pulk der zum Ausgang strebenden Passagiere aus, stellte sich vor eine der automatischen Abfluganzeigen und verfolgte den ständigen Wechsel der Flugnummern. Sandrine bemerkte, dass er mehrmals auf die Uhr sah.

Sie selbst hatte noch über eine Dreiviertelstunde Zeit. Ihre Unruhe wuchs, ihr wurde abwechselnd heiß und kalt, obwohl die Air-Condition im Terminal-West für ein angenehmes Klima sorgte. Kam es ihr nur so vor, oder stieg auch der Geräuschpegel an? Verwirrend die ständigen lauten Durchsagen in so vielen Sprachen …

Was sollte sie tun? Wartete Perillos wie sie auf einen Flug? Hoffentlich nicht auf denselben. Ihr Herz wollte und wollte sich nicht beruhigen, selbst wenn sie tief Luft holte und sich zu entspannen versuchte. Sollte sie die Polizei rufen? Oder lieber Claret verständigen?

Doch was war gegen den Aufenthalt dieses Mannes im Flughafenterminal Paris-Orly einzuwenden? Er hatte ihr schließlich nichts getan!

Andererseits …

Sie sah sich um und entdeckte eine Anzahl von offenen Telefonkabinen, darunter eine – die letzte in der Reihe –, die ein wenig zurückgesetzt von den anderen lag und frei war. Dort würde sie sich sicherer fühlen als in dem nervtötenden Gedränge und Gewusel rings um sie herum.

Ohne Perillos auch nur eine Sekunde aus den Augen zu lassen, eilte sie hinüber …

… Ich hatte mich gerade für eine Vernissage umgekleidet, und mein Mann wartete bereits im Wagen, als das Telefon läutete. Sandrine war am Apparat, ganz aufgeregt, ja regelrecht verstört: »Steffi, ich habe gerade Perillos gesehen!«

»Allmächt'! Von wo aus rufst du denn an?«

»Aus Paris-Orly!«, rief sie. »Du musst sofort Claret informieren, ich gebe dir die Personenbeschreibung durch.«

»Ganz langsam. Meinst du den Priester, der in Lyon aus dem Zug stieg und dich warnte? War er am Ende in deinem Flugzeug?«

»Ja, wen denn sonst! Es ist der mit dem verrückten Buch – und nein, er war nicht in meinem Flugzeug, aber er läuft hier im Terminal herum, scheint auf einen Flug zu warten, denn er schaut ständig auf seine Armbanduhr.«

»Bist du dir denn völlig sicher, dass er es ist?«

»Herrschaft, ja!«, sagte Sandrine ungeduldig. »Hundertprozentig. Dieses rotblonde Haar! Allerdings trägt er heute einen hellen Anzug, weißes Hemd, gestreifte Krawatte, wenn ich mich nicht getäuscht habe, ja, und ein dickes goldenes Armband blitzt jedes Mal auf, wenn er auf die Uhr sieht. Das ist kein Priester, sag ich dir, Steffi. Niemals, auch wenn er damals so fromm daherkam! Und noch was ist mir aufgefallen. Sag das Claret: Er hat keine Tasche bei sich, nichts, gar nichts, aber über seinem Arm hängt ein Regenmantel, und das heute, wo in ganz Europa schönes Wetter gemeldet ist. Meinst du, der Kerl ist meinetwegen in Paris? Eines versichere ich dir, wenn der in meine Maschine nach Marrakesch steigt, zieh ich postwendend die Notbremse!«

»Hat er dich gesehen? Hattet ihr Blickkontakt?«

»Nein, nichts dergleichen. Als ich ihn entdeckte, hab ich mir sofort eine Telefonzelle gesucht. Von hier aus kann ich ihn gut beobachten. Ich weiß nur nicht, was ich machen soll, wenn mein Flug aufgerufen wird. Dann muss ich hier raus.

Steffi, das fehlte mir gerade noch. Es lief alles so gut auf dem Flug hierher …«

»Wie lange hast du noch Zeit?«, fragte ich meine Freundin, und war drauf und dran, sie zu überreden, nicht weiterzufliegen.

Plötzlich hörte ich sie ausrufen: »Verdammt, er ist weg! Von einer Sekunde auf die andere verschwunden. Da vorne war irgendein Auflauf um ein schreiendes Kind … Der kann sich doch nicht in Luft aufgelöst haben, Steffi! Mein Gott, ich habe Angst!«

»Ganz ruhig«, versuchte ich meine Freundin – und damit auch mich selbst zu beruhigen. »Was soll dir mitten im Flughafengebäude passieren, bei all den Leuten rings um dich herum? Vielleicht wurde sein Flug aufgerufen. Falls er wieder auftaucht, Chérie, und du dich vor ihm fürchtest, ruf sofort die Polizei, hörst du! Gar nicht lange fackeln …«

»Ich hoffe, du hast recht, und alles ist harmlos«, sagte Sandrine nervös. »Ich warte hier, bis der Flug aufgerufen wird. Aber versprich du mir, Claret anzurufen.«

Ich versprach es.

Dann jedoch – wir hatten noch nicht aufgelegt – beschleunigten sich die Dinge, und ich war gezwungen, das, was nun passierte, mit anzuhören …

Sandrine Feuerbach spürte es sofort. Als sie den Kopf herumriss, Perillos, seine marienblauen Augen und die Absicht darin erkannte, war es zu spät, die Polizei zu rufen. Der ängstliche Schrei, den sie ausstieß, als der Mann beide Arme hob und eine Garrotte um ihren Nacken schlang, ging im Geräusch einer blechernen französischen Flugansage unter. Den Regenmantel lose um die Schultern gehängt, verdeckte der Mann mit seinem Körper Sandrine.

Keuchend und in Todesangst ließ sie den Hörer fallen. Verzweifelt versuchte sie mit den Händen den Draht, der sich um ihren Hals zuzog, zu lockern. Perillos zog noch fester an und presste Sandrine gegen den Telefonapparat.

»Warum haben Sie sich umgedreht, Frau Lot«, sagte er in gebrochenem Deutsch, bevor er die Garrotte endgültig zuzog.

Sandrine würgte, rang nach Luft, spürte, wie sich der Draht in ihr Fleisch schnitt und zugleich ihre Luftröhre immer weiter zusammenpresste.

Sie hatte keine Chance, aber sie kämpfte, solange es ging.

Perillos hatte alle Zeit der Welt. Er wusste, wann es zu Ende war. Er war ein Profi. Eng umschlungen hielt er Sandrine in seinen Armen, bis sie tot war. Dann hängte er ungerührt den Hörer ein …

… Ich dachte, ich müsste vor Angst und Schrecken sterben, als ich Perillos näselnde Stimme vernahm, und rief immer wieder Sandrines Namen. Aber nichts war mehr zu hören als dieses unheimliche gepresste Stöhnen – noch heute wache ich jede Nacht davon auf –, unterbrochen von den Durchsagen des Flughafens.

Als der Hörer aufgelegt wurde, stürzte ich zu Theo hinaus.

Dann riefen wir sofort Brigadier Claret an.

Die Vernissage fand ohne uns statt. Wieder und wieder versuchte ich, Sandrine auf ihrem Handy anzurufen, in der törichten Hoffnung, dass sie vielleicht noch lebte, dass die schlimmen Geräusche nichts mit ihr zu tun gehabt hatten. Aber es war ausgeschaltet, wie das auf Flügen Vorschrift ist.

Gegen dreiundzwanzig Uhr kam Clarets Anruf:

Sandrine Feuerbach war im Flughafengebäude Paris-Orly tot aufgefunden worden. Zeugen sagten aus, dass ein Mann, auf den ihre Beschreibung zutraf, laut nach einem Arzt gerufen hätte. Eine Frau sei ohnmächtig geworden, erklärte er den Umstehenden und auch, dass er Geistlicher sei. Ja, er bat die Leute sogar eindringlich, doch weiterzugehen und sich nicht am Unglück einer Kranken zu weiden. Er legte sie auf den Boden, bedeckte sie mit seinem Mantel und kniete so lange neben ihr, bis der Notarzt eintraf. Als dieser sich über Sandrine beugte, um sie zu untersuchen, stand der Mann auf und verschwand im Gewühl.

Brigadier Maurice Claret – erschüttert wie nie zuvor in seinem Leben, wie er mir am Telefon versicherte – berichtete, dass Sandrines rechtes Bein in einem seltsamen Winkel unter das linke geschlagen war: Das Zeichen für einen bestraften Verräter.

Das Vergangene ist nicht vergangen …

Meine beste Freundin, Sandrine Feuerbach, wird ihren Garten nun woanders bestellen.

Nürnberg, 10. Juni 2005

Stefanie Conrad

Nachtrag von Ramon Schneider

Anwalt für Familien- und Strafrecht
Am Burggraben
90443 Nürnberg,

Sandrine Feuerbachs Testament betreffend (das sich im Original noch beim Nachlassgericht befindet, Flaschenhofstr. 35, 90402 Nürnberg).

Sandrine Feuerbach vermachte ihren Nachlass zu gleichen Teilen Henri Gagnepain, Stefanie Conrad und Sokrates (dessen richtiger Name aus Sicherheitsgründen weiter geheim gehalten wird; er befindet sich inzwischen nicht mehr in Schanghai, sondern in Marrakesch bei Henri Gagnepain, beide stehen dort unter Polizeischutz).

Ein nicht unbeträchtlicher Geldbetrag wird der Gruppe *Plus jamais ça*, also den *Sans Fenêtres*, zufallen, den Opfern der schrecklichen Explosion von Toulouse.

»… wenn ihnen schon keine Gerechtigkeit widerfahren ist«, hatte Sandrine Feuerbach geschrieben.

Mir selbst hinterließ sie ihre Kanzleiräume am Burggraben, mit der einzigen Auflage, im Falle ihres plötzlichen Todes für eine Veröffentlichung der Affäre Calas zu sorgen.

Nürnberg, 21. Juni 2005

Ramon Schneider, Anwalt

Dankeschön ...

Wieder möchte ich an dieser Stelle verschiedenen Menschen danken, die mir bei den Recherchen vor Ort, beim Korrekturlesen des Manuskriptes sowie mit wichtigen Hinweisen geholfen haben. Es sind dies neben meinem Mann Bernd vor allem Kathi Petersen, Schweinfurt, Marion Boskemper, Amsterdam, und Hannes Stuber, Wien.

Jürg Caluori, Rickenbach (Schweiz), danke ich besonders herzlich für die ausgezeichnete Übersetzung einiger alter Texte über die Büßer von Toulouse.

Für technische Beratung gebührt meinem Sohn Stefan Köppel, Bad Kissingen, und Erich Fischer, Schweinfurt, Dank.

Auch nach Toulouse geht ein großes Dankeschön, und zwar an Axel Hémery, Conservateur chargé des peintures (Musée des Augustins), der mich nicht nur vor Ort auf Nicolas Tourniers Symbolsprache aufmerksam machte, sondern auch geduldig meine Fragen nach den Büßern von Toulouse per Mail beantwortete. Ich danke ebenso Christelle Molinié-Sallet (Mairie de Toulouse) sowie den Archives municipales für die Überlassung diverser Dokumentationen.

Eine ganz besondere Entdeckung bei der Vergrößerung eines meiner Fotos aus Toulouse, des Portals über dem Eingang des Musée des Augustins, verdanke ich ebenfalls meinem Sohn Stefan.

Zum Schluss geht noch ein besonderes Dankeschön an meine stets geduldige und freundliche Lektorin in Berlin, Angela Drescher.

Personen und Erklärungen

Die Familie Calas

Eine protestantische Familie aus Toulouse, Rue des Filatiers 50.

Jean Calas, 19.3.1698–10.3.1762, war Tuchhändler, verheiratet mit *Anne-Rosé Cabibel*, vier Söhne: *Marc-Antoine*, *Pierre*, *Louis*, *Donat*; zwei Töchter: *Anne*, *Anne-Rosé*.

18.5.1759 – Marc-Antoine beendet sein Jurastudium, erhält als Hugenotte keine Genehmigung zur Ausübung seines Berufs, lebt im elterlichen Haus; ungesichert ist, ob er tatsächlich depressiv war, Spielschulden hatte oder sich als Literat hervortat.

13.10.1761 – Marc-Antoine wird im Warenlager erhängt aufgefunden. Man bezichtigt Jean Calas des Kindesmordes mit der Begründung, dass der Sohn zur katholischen Kirche übertreten wollte. Verhaftung der Familie, der Magd und des Freundes Gober Lavaisse. Sofort erklären die Weißen Büßer von Toulouse Marc-Antoine zum Märtyrer.
Sie organisieren eine spektakuläre Leichenfeier.

18.11.1761 – Urteil der Capitouls: Jean Calas, seine Familie, die Magd und Lavaisse sollen gemeinschaftlich Marc-Antoine erhängt haben. Die Familie erklärt sich für unschuldig und appelliert vor dem Parlament in Toulouse.

9.3.1762 – Das Parlament trennt die Anklage und verurteilt Jean Calas zum Tod auf dem Rad.

10.3.1762 – Jean Calas wird auf dem Platz Saint-Georges nach der Folterung gerädert.

18.3.1762 – Pierre Calas wird auf Lebenszeit aus Frankreich verbannt, die drei anderen Angeklagten werden freigesprochen.
Voltaire nimmt sich des Falles an und kümmert sich auch später um die Familie Calas, z. B. um die Verheiratung der beiden Töchter.

9.3.1765 – Der Kronrat verkündet die Unschuld von Jean Calas. Noch heute ist unklar, wie Marc-Antoine ums Leben kam. Nach Voltaire habe es »elende Physici« gegeben, die der Meinung waren, der junge Mann hätte sich nicht selbst erhängen können. Auch Albert Gier und Chris E. Paschold (Voltaire, »Die Toleranz-Affäre«, Bremen 1993) schließen die Möglichkeit eines Mordes, begangen von einem Unbekannten, der verschwand, ohne Spuren zu hinterlassen, nicht völlig aus.

Weitere Personen

Arcis, Marc – 1655–1739, französischer Bildhauer, lebte in Toulouse und Paris, schuf Terrakottabüsten und Ausschmückungen der Büßerkapellen in St. Etienne und St. Sernin.

Caravaggio – Michelangelo Merisi da Caravaggio, 1571–1610, italienischer Maler des Frühbarock, Begründer eines neuen Stils, des Caravaggismus. Durch seine aufbrausende und leidenschaftliche Art in viele Händel verwickelt; 1606 beging er einen Totschlag im Affekt. Seine Gemälde »Maria Magdalena« und »Tod der Jungfrau Maria« wurden von den Karmelitern beanstandet, Letzteres löste einen Skandal aus, weil eine Prostituierte Modell war. Unklar ist die Ursache seines Todes: Einige Quellen sprechen von einem Mordanschlag, wobei sich Caravaggio auf das Wort des Kardinals Scipione Borghese verlassen haben und in eine Falle geraten sein soll; andere berichten, er sei einem Fieber erlegen.

Ferrer, Vincens – 1350–1419, Bußprediger, 1455 heiliggesprochen. 1374 Dominikanermönch, Studium an der Ordensschule in Valencia; 1380 an den Universitäten Barcelona und Lérida; 1395 von Benedikt XIII. als Großpönitentiar nach Avignon berufen; 1398 Rückkehr nach Valencia in sein Kloster. 1399 bis 1419 durchzog er als Bußprediger Spanien, Norditalien und Frankreich, begleitet von einer Volksmenge, Priestern und Flagellanten. Er beeindruckte durch seine erschütternden Bußpredigten und Prophezeiungen vom nahen Ende der Welt und der Schlacht gegen den Antichrist. Ferrer gilt als Begründer der

Confréries de la Sanch, der Sanch-Bruderschaften, die noch heute ihren religiösen Eifer in der Karwoche unter Beweis stellen, u.a. wie im Roman geschildert in Collioure. (Nach: Josianne Cabanas, »La procession de la Sanch, six siècles de foi et de tradition«, Perpignan 2003.)

Tournier, Nicolas – 1590–1639, Maler, »Peinture caravagesque«; lebte 1616–1626 in Rom, danach in Toulouse. Die im Roman beschriebenen Gemälde hängen im Musée des Augustins in Toulouse bzw. im Louvre. Er arbeitete als Protestant zeitweise im Auftrag der Schwarzen Büßer, schuf z.B. fünf Gemälde und diverse Medaillons für die Kapelle St. Sépulcre in der Kathedrale St. Etienne. Dort hing zur Zeit der Calas auch die berühmte »Kreuzabnahme« mit den rätselhaften Händen.

Voltaire – eigentlich François Marie Arouet (1694–1778), Dichter, Philosoph, Historiker, Freidenker. Wegen seines Kampfes gegen Fanatismus und Aberglauben sowie seiner Satiren zweimal verhaftet und in die Bastille verbracht.

Zunächst von der Schuld des Jean Calas überzeugt, begann er bald zu zweifeln. Er verfasste Denkschriften im Namen der Witwe oder ihrer Söhne, die den Fall Calas rekapitulierten, verpflichtete Anwälte, mobilisierte die Öffentlichkeit.

In der »Abhandlung über die Religionsduldung« (1763) trat er für Religionsfreiheit ein und wies nach, dass Calas ein Opfer des Fanatismus wurde. Ob sich Voltaire darin an die Fakten hielt oder Jean Calas überzeichnete, indem er ihn älter machte oder als äußerst toleranten Hugenotten und liebevollen Familienvater darstellte sowie Marc-Antoine als depressiv, ist umstritten. Im September 1762 antwortete er auf die Frage, warum er sich für eine Wiederaufnahme des Verfahrens im Falle Calas einsetze: »Weil sich sonst keiner darum gekümmert hat.«

Sein Roman »Candide oder der Glaube an die beste aller Welten« (auch als »Candide oder der Optimismus« bekannt) stand bei der Veröffentlichung 1759 auf dem Index, wurde öffentlich verbrannt und von zeitgenössischen Philosophen, besonders Rousseau, scharf kritisiert. Der Begriff »die beste aller Welten« geht auf Leibniz zurück, der 1710 den Nachweis versuchte, dass diese Welt die beste aller möglichen Welten sei und deshalb die Existenz des Übels nicht der Güte Gottes widerspreche.

Pénitents blancs – Pénitents noirs

Weiße Büßer von Toulouse – Von Bischof Foulques von Toulouse bereits um 1205 gegründete Bruderschaft, die das Kreuzfahrerheer gegen die Katharer unterstützen sollte. Als Gegenreaktion wurde die *confrérie noire* gegründet, die dem Grafen von Toulouse die Treue hielt. Ein sehr früher Beleg für die Existenz einer *confrérie blanche* in Toulouse findet sich in der »Chronica magistri Guillelmi de Podio-Laurentii« (Übersetzung Jean Duvernoy, Paris 1976).

1614 – Gründung ihrer Kirche in Toulouse; relative Unabhängigkeit von der Kirche; drei bemalte Leinwände auf dem Altarbild des Hauptaltars (1643 durch Pierre Affre), u. a. eines, auf dem Herodes befiehlt, Jesus ein weißes Kleid anzulegen; um 1710 arbeitete Marc Arcis für sie (u. a. sechs Statuen von Propheten). Der Bruderschaft gehörten sieben Häuser in der Stadt; am Gründonnerstag zog sie in stundenlanger Prozession durch Toulouse, Geißelungen wurden später verboten.

Die Weißen Büßer von Toulouse spielten in der Affäre Calas eine zwielichtige Rolle. (Siehe »Die Familie Calas). Dass sie Marc-Antoine ermordeten, ist nicht erwiesen.

Schwarze Büßer von Toulouse – 1277 gegründet; bis 1562 Sitz im Konvent der Augustiner. 1562 Abfall vom Glauben, bis 1567 von den Jesuiten besetzt. (Nach: Robert Mesuret, «Evocation du vieux Toulouse», Paris 1960.)

Weiße Büßer von Limoux – Mächtige, reiche Bruderschaft, um die Mitte des 19. Jahrhunderts von dem Freimaurer Louis Auguste Alexis de Peyre gegründet. Sie war u. a. für die Begleitung der Pilger zur Kirche Notre Dame de Marceille zuständig.

Collioure – Kleine Küstenstadt im Roussillon an der Côte Vermeille.
Ältestes Bauwerk ist das Château Royal des Templiers, Sommerresidenz der Könige von Mallorca, zuvor Niederlassung der Tempelritter.
Das im Roman beschriebene Haus von Fernand Laroque beherbergt ein Museum für moderne Kunst (1930 von Jean Peské erbaut).
Fort Val St. Elme, vom spanischen König Karl I. 1552 erbaut, liegt auf einem Hügel zwischen Collioure und Port-Vendres. 1913 versteigert und seitdem in Privatbesitz. Eine Besichtigung ist nicht möglich.
Der Kreuzgang des Dominikanerklosters fiel dem illegalen Kunsthandel zum Opfer, wurde 1992 von der Gemeinde Collioure zurückgekauft. Elf seiner Rundbögen wurden 1997 im Museumsgarten wieder aufgestellt.
Windmühle von 1337, ursprünglich Kornmühle, 2001 Restaurierung, seitdem Ölmühle.
Kirche Notre-Dame des Anges, im 17. Jahrhundert im Stil mediterraner Gotik erbaut. Die Fundamente stehen im Meer. Der Glockenturm diente als Leuchtturm für den Hafen. 1810 erhielt er die charakteristische Kuppel.
Sanch-Umzüge finden alljährlich in der Karwoche statt.

Notre Dame de Marceille – Kathedrale bei Limoux (Aude), seit 1380 als Wallfahrtsort bezeugt. Schwarze Madonna aus dem 11./12. Jahrhundert; viele Exvotos; Tabernakel mit nur drei hebräischen Buchstaben statt des Tetragrammatons. – Ein ähnlicher Tabernakel mit der Aufschrift Chawa/Eva befindet sich in der Kathedrale zu Montréal, Kanada. Beide Kirchen wurden von Jean-Jacques Olier (1608–1654) gegründet, Compagnie de St.-Sulpice.

Rennes-le-Château – 18 km von Limoux entfernt, Ort für Esoterikfans und Schatzsucher. – Der Priester Bérenger Saunière (1852–1917) soll bei Restaurierungsarbeiten in der Kirche geheimnisvolle Pergamente und einen Schatz gefunden haben.

Seine Mitgliedschaft bei den Weißen Büßern von Limoux ist nicht gesichert, allerdings waren viele Priester in dieser Zeit dort Mitglied. Die Verbindung zu den Priestern Gélis (der am 1.11.1897 ermordet wurde) und Boudet ist belegt, ebenso existiert das mysteriöse Buch des Priesters Henri Boudet, »La vraie langue celtique« (»Die Wahre Sprache der Kelten und der Kromleck von Rennes-les-Bains«, deutsch von Olaf Jacobskötter, 2007). – Die Geschichte von Bérenger Saunière wird von Helene Luise Köppel in dem Roman »Die Erbin des Grals« erzählt.

Toulouse – Hauptstadt der Region Midi-Pyrénées, alte Metropole Okzitaniens, auch »La ville rose« genannt, an der Garonne und dem Canal du Midi gelegen, fast 400000 Einwohner, intakte Altstadt, großes Ensemble an Renaissancehäusern, neben der gotischen Kathedrale St. Etienne zahlreiche andere Kathedralen. 1562 Ermordung von 4000 Hugenotten.

Schwarze Madonna (»Notre-Dame la Noire« oder »Notre-Dame de la Daurade«) von 1806, an Stelle einer viel älteren mit schwarzem Gesicht (vermutlich eine Statue der Athene).

Musée des Augustins, ehemaliges Kloster, seit 1793 Musée des Beaux-arts de la Ville de Toulouse, heute größtes europäisches Museum für Romanische Kunst. – Portalwappen der Schwarzen Büßer (Westportal, heute Haupteingang des Museums), letztes Zeugnis der Büßer; die Inschrift NIGRA SUM SED FORMOSA befindet sich links unten, sie ist mit bloßem Auge nicht zu erkennen. Eine weitere, jedoch stark verwitterte Inschrift könnte IN QVO AVRUM EST PIETAS heißen. Im Musée des Augustins war man auf diese Inschriften noch nicht aufmerksam geworden; eine genaue Untersuchung steht bisher aus.

Weitere Erklärungen

Chemiekatastrophe in Toulouse – Am 21.9.2001 fand in Toulouse tatsächlich eine Explosion größten Ausmaßes in einer Düngemittelfabrik, die zu TotalFinaElf gehört, statt. Es wurden auch schwere Vorwürfe wegen Versäumnissen bei der Kontrolle der Lagerhallen (Notfallpläne sahen den Ernstfall »Explosion« nicht vor) sowie der Versorgung und Entschädigung der Opfer aus den ärmeren Bevölkerungsschichten erhoben. – Bis heute ist die Ursache für die Explosion nicht geklärt. Der Ingenieur und Chemiker Daniel Dissy geht in seinem Buch »AZF-Toulouse: Quelle vérité?« (Paris 2006) sogar von der Möglichkeit der Zündung einer sog. EMP-Bombe (Elektromagnetischer Zünder) aus und beleuchtet den politischen Aspekt dieser Affäre, die ihm zufolge auch als Aktion des CIA und als Vorbereitung der Intervention der USA im Irak gedeutet werden könnte. – Am 20.9.2006 entschieden die Untersuchungsrichter, die Akte über die Explosion zu schließen; am 2.5.2007 lehnt das Berufungsgericht alle neuen Nachforschungsanträge ab.

Dreyfus-Affäre – Alfred Dreyfus, aus dem Elsaß stammender jüdischer Artilleriehauptmann im französischen Generalstab, wurde 1894 wegen angeblicher Spionage zu Verbannung und Haft verurteilt. Émile Zolas Artikel »J'accuse« (Ich klage an) vom 13.1.1898 führte zur Wiederaufnahme des Verfahrens, Haftentlassung und späteren Rehabilitierung. Zola stellte sich auf die Seite der liberalen Verteidiger von Dreyfus, denen ein Lager konservativer, meist antisemitischer Gegner gegenüberstand. Zu einer Gefängnisstrafe verurteilt, ging Zola für ein Jahr ins englische Exil. 1906 wurde das Urteil gegen Dreyfus aufgehoben. Die heftigen Debatten um die Affäre hatten weitreichende Auswirkungen auf die französische Gesellschaft.

Erdbeben von Lissabon – Am 1.11.1755 (Allerheiligen) zerstörte ein Beben der Stärke 8–9 auf der Richter-Skala, gefolgt von einer gewaltigen Flutwelle, die portugiesische Hauptstadt fast völlig. Das Ausmaß der Katastrophe (mehr als 100000 Tote) beschäftigte die Zeitgenossen; vor allem Voltaire und Rousseau setzten sich damit auseinander, wie ein gütiger Gott das Übel »in der besten aller möglichen Welten« (Leibniz) zulassen könne. Voltaire nahm den Umstand, dass sich ausgerechnet an diesem Allerheiligen-Tag die Inquisition in Lissabon versammeln wollte, zum Anlass, am 24.11.1755 seinem Bankier

Tronchin in Lyon zu schreiben: »Ich schmeichle mir in der Hoffnung, daß zumindest die ehrwürdigen Patres der Inquisition ebenso wie alle anderen zerquetscht worden sind. Das sollte die Menschen lehren, die Menschen nicht zu verfolgen, denn während einige verdammte Schufte ein paar Narren verbrennen, verschlingt die Erde die einen wie die anderen.« (Nach: Horst Günther, »Das Erdbeben von Lissabon erschüttert die Meinungen und setzt das Denken in Bewegung«, Berlin 1994.)

Hugenotten – (franz. *huguenots*) Protestanten, der Lehre Johann Calvins (1509–1564) folgend. Ursprünglich ein Spott- und Schimpfname, später eine mit Stolz getragene Selbstbezeichnung. Die Ausbreitung des Protestantismus löste unter den Katholiken Frankreichs starken Hass aus. Zwischen 1562 und 1598 acht Glaubenskriege. Die Friedensverträge wurden ignoriert, so dass die Hugenotten zu einer »Kirche in der Wüste« wurden, d.h. die Gottesdienste oft außerhalb der Städte an unzugänglichen Plätzen abhielten. Obwohl Ludwig XIV. den Hugenotten verbot, Frankreich zu verlassen, flohen etwa 200000 als Glaubensflüchtlinge in europäische Länder, die ihnen Sicherheit und religiöse Toleranz gewährten (u.a. die Niederlande, England, die Schweiz und deutsche Länder, vor allem die Mark Brandenburg). Im Zuge der Aufklärung erhielten sie nach und nach ihre Rechte zurück; 1787 im Toleranzedikt von Versailles Duldung, 1804 im Code Napoléon volle Gleichberechtigung.

Flagellanten – (lat., »Geißler«) Angehörige religiöser Bruderschaften, die sich öffentlich mit am Ende mit Knoten versehenen Stricken den entblößten Oberkörper geißelten. – Der Pariser Abbé Jacques Boileau verurteilte um 1700 in seiner Schrift »Historia flagellantium« die religiöse Geißelpraxis als heidnisch und sexuell erregend.

Isis-Kult – Isis: altägyptische Göttin; sie erweckte ihren Bruder und Gatten Osiris nach seiner Ermordung zu neuem Leben und empfing das Kind Horus, das sie durch Zauberkunst vor Gefahren bewahrte. – In hellenistischer Zeit verbreitete sich ihr Kult nach Griechenland, später über die gesamte römische

Welt; sie wurde u.a. gleichgesetzt mit Artemis und Kybele. – Die Darstellung der Isis mit dem Horusknaben auf dem Schoß wurde zum Vorbild der Darstellung Marias mit dem Kinde.

Jeux floraux – (franz. »Blumenspiele«) Seit 1323 jährlich in Toulouse unter dem Vorsitz der Académie veranstaltete Dichterwettbewerbe. Viele Dichter Frankreichs rühmten sich, bei den Jeux floraux einen Preis davongetragen zu haben.

Nigra sum–Mystifikation – mariologische Deutung des Hohen Liedes. Bereits bei Konrad von Würzburg (um 1230–1287) heißt es in der »Goldenen Schmiede« zum Lob der Jungfrau: »du sprichest frouwe reine, daz du swarz und schoene sist«; in einem Gedicht von 1518 spricht die Schwarze Madonna von Le Puy, die Ludwig der Heilige 1254 von einem Kreuzzug mitbrachte: »Schwarz bin ich, aber schön«.

Tetragrammaton – (griech. »vierbuchstabig«) seit Philo von Alexandria Bezeichnung der Konsonanten des israelitischen Gottesnamens Jahwe, Jehova (JHWH); Abweichungen davon enthalten nicht das J. – Nach Samuel George Frederick Brandon, »Religion in Ancient History« (New York 1969), leitet sich die Buchstabenkombination JHWH, yod-he-vau-he, von der hebräischen Wurzel HWH ab (in lateinischen Buchstaben EVE), die sowohl »Leben« wie »Frau« bedeutet. Mit dem angefügten J (yod) entstand angeblich das Wort, durch das die Göttin ihren eigenen Namen als das Schöpfungswort anrief – eine in Ägypten und anderen Ländern des Altertums verbreitete Vorstellung.

Vierges noires – auch Schwarze Madonnen, eigentliches Ursprungsland Auvergne, dunkle Sitzfiguren (axial-frontal) aus vorromanischer oder romanischer Zeit; fast immer aus einheimischem Nutz-, aus Zedern- oder Ebenholz. – Starke Verehrung im 12. und 13. Jahrhundert, gefördert durch Bernhard von Clairvaux. Einige wenige Schwarze Madonnen sind älteren Datums. – Das Gedicht »Ich bin das Haupt des Alls« stammt aus der Offenbarungsrede »Die Dreigestaltige Protenoia« aus dem Nag-Hammadi-Kodex, die eine androgyne Ur- oder Allgöttin in dreifacher Gestalt beschreibt.

Weitere Quellen

»Authentische Briefe welche das traurige Schicksal der reformierten Familie Calas zu Toulouse nach der Wahrheit vor Augen legen«, aus dem Französischen übersetzt, 1762.

Voltaire, »Recht und Politik«, Hg. und Nachwort von Günther Mensching, Frankfurt/M. 1978.

Albert Giev/Chris E. Paschold, »Voltaire. Die Toleranz-Affäre«, Bremen 1993.

»Theologische Realenzyklopädie«, Studienausgabe, Bd. 11, Berlin, New York 1993.

Ean Begg, »Die unheilige Jungfrau. Das Rätsel der Schwarzen Madonna«, Bad Münstereifel 1989.

Petra van Cronenburg, »Schwarze Madonnen. Das Mysterium einer Kultfigur«, München 1999.

Franz Siepe, »Fragen der Marienverehrung«, Gräfelfing 2002.

Die Zitate wurden entnommen aus:

Voltaire, »Korrespondenzen aus den Jahren 1749 bis 1760«, Leipzig 1978.

Voltaire, »Für Wahrheit und Menschlichkeit«, Stuttgart 1939.

Voltaire, »Abbé Beichtkind Cartesianer. Philosophisches Wörterbuch«, Leipzig 1984.

John Dunning
Das Geheimnis des Buchhändlers
Roman
Aus dem Amerikanischen
von Thomas Haufschild
438 Seiten. Gebunden
ISBN 978-3-352-00744-6

Bücher zu lieben, kann tödlich sein

Der ehemalige Polizist Cliff Janeway versucht sein Glück als Buchhändler. Doch sein vermeintlich größter Coup bringt ihn in tödliche Gefahr: Kaum hat er ein seltenes Buch des legendären Forschers und Weltensammlers Richard Burton erworben, erhebt eine alte Dame Anspruch auf diese bibliophile Kostbarkeit – und löst damit eine Reihe spektakulärer Verwicklungen aus. Eine Frau wird ermordet, Janeway selbst gerät ins Fadenkreuz von skrupellosen Bücherdieben. Obendrein scheint die schöne Erin, in die er sich verliebt hat, auf der falschen Seite zu stehen. Janeway hat keine Wahl: Er muß auf eigene Faust ermitteln. Ein spannender und ungewöhnlicher Krimi um den zupackenden Bücherdetektiv Cliff Janeway.

»Eine wunderbare Handlung und ein beinahe klassischer Detektiv.« NEW YORK TIMES

Mehr Informationen erhalten Sie unter
www.aufbauverlagsgruppe.de oder in Ihrer Buchhandlung

rütten & loening
AUFBAU VERLAGSGRUPPE